Patrícia Melo

INFERNO

Roman

Aus dem Brasilianischen übersetzt
von Barbara Mesquita

Klett-Cotta

Für meinen Vater

Leicht ist der Abstieg zum Avernus. Nächte und Tage steht offen das Tor.

Vergil, *Aeneis, Buch* **VI**

1

Sonne, Läuse, Betrüger, anständige Leute, Lumpen, Fliegen, Fernsehen, Spekulanten, Sonne, Plastikteile, Unwetter, alle möglichen Sorten Plunder, Rap, Sonne, Müll und Halsabschneider gibt es an dem Ort in Hülle und Fülle. Der Junge, der den Hügel hinaufsteigt, ist José Luís Reis, Reizinho, der kleine König. Abgesehen von Reizinho wird niemand dort José, Luís, Pedro, Antônio, Joaquim, Maria, Sebastiana genannt. Sie heißen Gisele, Alexis, Karina, Washington, Christian, Van, Daiana, Kleber und Elton, Namen aus den Serien und Fernsehprogrammen, entliehen beim internationalen Jetset, aus den Zeitschriften beim Friseur und von den ausländischen Produkten, die die Favela überfluten.

Unterwegs nach oben. Unbefestigte Straßen. Elf Jahre alt der Knirps, Reizinho. Drachen in der Hand. Bloßfüßig. Orangefarbene Shorts. Ein Mädchen winkt in das Objektiv des Kameramannes. Es ist in der Favela an der Tagesordnung, ein Fernsehteam von den Nachrichten anzutreffen. Die Kleine behauptet, sie könne Samba tanzen. Und sie kann es. Streckt ihren Allerwertesten Richtung Kamera, wiegt sich sinnlich in den Hüften. Zwei schmale Hemden in der Tür zu Onofres Bar machen sich über das Mädchen lustig. Lutschen Mangos. Die Dicke will mit dem Hintern wackeln, sagen sie, sieh dir bloß die Dicke an. Schütten sich aus vor Lachen. Sie beschimpft sie, ihr neunmalklugen Blödiane, und wiegt sich weiter in den Hüften. Sie lächelt Reizinho zu. Die Jungs fragen den Kameramann, ob sie einen Rap singen dürfen. Sie dürfen. Die Mango wird in hohem

Bogen weggeworfen. Haufenweise Müll. Fangt an, sagt der Kameramann. Geier. Hunde. *Ich bin lieber Metamorphose/ wandelnde Metamorphose/ bin ich lieber/ als zu leben in dieser alten Vorstellung/ wandelnd/ ich bin lieber/ die alte Vorstellung von allem/ allem/ wandelnde Metamorphose/ von dem, was Liebe ist / wandelnd/ von dem, was ich nicht weiß, wer ich bin.* Das ist von Raul Seixas, sagt der Kameramann, und Reizinho geht weiter, beschleunigt seinen Schritt. Auf seinem Marsch hügelan lächeln ihm Hausfrauen zu, gehen vorüber, Kinder, Leute auf dem Weg zur Arbeit, hallo Reizinho, Maurer, sie grüßen, Kinder, Hunde, Elektriker, hallo, sie winken ihm zu, Gebell, Hündinnen, Kindermädchen und Tippsen, Hunde, Klempner, Gigolos, Pförtner, Autodiebe, Kinder, sie lächeln, Mädchen in den Fenstern, Einparker, Straßenräuber, Näherinnen, sie lächeln, Waffenhändler, der Ort ist ein einziges Chaos, Kinder, Gejammer, es ist laut, wirr, voll, dreckig und bunt. Reizinho geht an allem vorüber und achtet besonders auf die Hunde, die ihm über den Weg laufen.

Von dort oben sind lauter Satellitenantennen und Eternitdächer zu sehen. Tieffliegende Flugzeuge. Müll. Hunde, die im Gehölz ihr Geschäft verrichten. Eisenbahnen. Zweistöckige Häuser. Öffentliche Telephone, Menschenschlangen. Es weht ein kräftiger Wind. Reizinho lehnt sich an die Mauer am Aussichtspunkt und macht seinen Drachen bereit. Er hatte nie verstanden, weshalb die Jungs vom Berimbau zum Spaß Drachen steigen ließen. Was war schon so schön an einem Drachen am Himmel? Nichts. Höchstens die Farben. Schön war es, einen Geier fliegen zu sehen. Zum Spielen suchte er sich etwas anderes, er grub einen Schlüssel in das Sofa aus grünem Nappa, ein ausrangiertes Möbel, das die Gnädige seiner Mutter ihnen in die Wohnung gestellt hatte, brummm, er ahmte den Anlasser nach und fuhr die eleganten Fahrgäste zum Hotel Nacional, brumm, Leblon, Copacabana, Ipanema, Barra, Shopping-Center, Einkäufe, brumm, Avenida Atlântica, Strände, Parfums, Frauen mit übereinandergeschlagenen Beinen, Lippen, brumm, schwarze Seide, weiße, hohe Hacken, und wenn er die Augen schloß und, brumm, beschleunigte, mit dem Auto in eine leere Avenida einbog und alles an ihm vorüberzog, brumm, das Weiß des Sandes, das Blau, das Grün, das Schwarz des Meeres, es flog dahin, das Grau des Himmels, flog dahin, er wich den Laternen aus, die vor ihm auftauchten, brumm, machte einen Bogen um sein Zuhause, brumm, seine Mutter, sein Bett, machte einen Bogen um die Prügel und die langen Nächte, brumm, brumm, und wenn er noch weiter beschleunigte, dann würde nach vielen Kurven, am Ende eines Tunnels, ein hochgewachsener Mann mit dem Brustkorb eines Profi-Schwimmers ihm den Weg versperren, hallo, ich bin dein Vater, würde der Mann sagen und ins Auto steigen. Fahr weiter. Sie würden weiterfahren, wie Freunde. Immer stellte er sich seinen Vater weiß vor, obwohl er auf den beiden einzigen Photos, die er seiner Mutter gestohlen hatte, ausgiebig gesehen hatte, daß er schwarz war, rabenschwarz. Gut sah er aus, sein Vater. Gerecht, aufrichtig, ehrlich, sein Vater, nicht im Traum schwarz. Jedesmal erklärte ihm sein Vater, daß erstunken und erlogen war, was über ihn erzählt wurde, die Geschichten, er sei mit einem Krug in der Hand von zu Hause weggegangen, um Bier zu holen, und nie wiedergekommen. Ekelhafte Verleumdungen. Die Zirrhose eine Verleumdung, die Besäufnisse, die Prügel, die Geliebten, Verleumdungen über Verleumdungen. Die Treffen mit seinem Vater fanden nicht nur statt, wenn er auf dem Sofa am Lenkrad saß, sondern auch, wenn er sich schlaflos im Bett wälzte und, brumm, Taxifahrer war. Aber so traf er sich nicht gerne mit seinem Vater. Besser war, wenn der Vater ihn an der Haustür erwartete. Laß uns zu McDonald's gehen. Ins Kino. Popcorn essen. Laß uns nach Bahia fahren. Laß uns Wespen fangen. Es war leicht, der Besitzer einer Armada von Wespen zu sein, wenn man die Anweisungen seines Vaters befolgte: Man mußte sie an Regentagen in den Pfützen fangen, ihnen die Stachel ausreißen, sie an Fäden festbinden und ihnen bei ihrem versklavten Flug zuschauen. Etwas anderes, das der Vater ihm in seinen Träumen beibrachte, war, mit einem Besen als Mikrophon die Worte aus dem Fernsehen nachzusprechen: Defizit, Rentabilität, Immobilienmarkt, Bankkredite, Wechselkurs. Die Leute im Fernsehen hatte Reizinho fast alle ins Herz geschlossen. Aber Reizinho war nicht zum Spaß dort oben auf dem Gipfel vom Morro do Berimbau. Er war Beobachter von Berufs wegen. Und er beobachtete gerne, nicht so, von oben, das Ganze, die gesamte Favela, die Hütten, das Menschengewühl. Er liebte die Details. Den Fuß einer Dame im Bus, die Hühneraugen, die Nägel, die schmutzig waren oder sauber, lang, lackiert, von Pilzbefall verunstaltet, Zehen, die aus den Sandalen ragten, Hacken, er konnte nie erklären, weshalb die Einzelheiten, die Deformationen und Anomalien ihn so sehr anzogen, Frauen, die übermäßig fett oder spindeldürr waren, tiefschwarz, mit starkem Kraushaar, Reizinho konnte seine Augen nicht von einer bestimmten Art von Häßlichkeit abwenden, die Rettungsringe der Fettsüchtigen, der gutmütige Gesichtsausdruck der Mongoloiden, die Zellulitis am Strand, der Schweiß in den Damenbärten, die Querschnittgelähmten, die Verkrüppelten, alle zogen sie Reizinhos Blick auf ebenso gefräßige Weise an wie Suzana, seine Nachbarin, mit ihrer Schönheit. Du fängst dir noch mal welche ein auf der Straße, sagte Carolaine, seine ältere Schwester, hör auf zu glotzen, schau den Leuten nicht so ins Gesicht, sagte sie, wenn sie im Bus waren, am Strand oder wo immer es viele Menschen gab. Später, als er sich mit Leitor, der Leseratte, anfreundete, erfuhr er, daß die Leute in Frankreich die Zeit in den öffentlichen Verkehrsmitteln nutzen, um zu lesen. Leitor fand die Angewohnheit der Europäer zu lesen großartig. Stellt euch bloß mal vor, lesen, die ganze Zeit lesen. In der U-Bahn. Im Café. Reizinho war außerstande, eine solche Einstellung zu verstehen. Er fand immer, das Interessanteste auf der Welt seien die Männer, die Frauen. Spannender als Bücher und Landschaften. Die Frauen. Er fühlte sich ständig orientierungslos, besonders, weil er nie auf die Straßen achtete, den Weg, Schilder, Anhaltspunkte. Er beobachtete nur die Menschen. Die Frauen. Die Männer. Die Kinder. Und die Hunde. Und seine Arbeit war genau das, beobachten. Die Haschischraucher waren am leichtesten zu erkennen, sie waren friedfertig, teilnahmslos, ganz anders als die Kokainsüchtigen, die angespannt waren und nur weniger hektisch als die Konsumenten von Crack und härteren Drogen. Süchtige haben's schwer im Leben, hatte ihm Miltão, der Anführer des Drogenhandels auf dem Morro do Berimbau und Freund von Suzana, seiner zum Sterben schönen Nachbarin, erklärt, die Leutchen klauen, sagte Miltão, verkaufen irgendwelchen Plunder, den sie zu Hause finden, und kommen hier angelaufen, um sich Erleichterung zu verschaffen, das Leben von einem Süchtigen ist wirklich beschissen. Und wenn einer auf Heroin ist, na dann gute Nacht. Weil man beim ersten Mal ein tolles Gefühl hat, als ob's die Achterbahn runtergeht, und dann muß man den Stoff nehmen, um nicht zu zittern und zu schwitzen und ins Bett zu kacken. Wirklich beschissen. Langer Rede kurzer Sinn, sagte Miltão, laß die Finger von den Drogen, Kleiner. Ein für allemal. Wenn du ein richtiger Dealer werden willst, Hände weg von Crack, Gras, Schnee und all den leckeren Sachen, die wir hier verkaufen.

Es war völlig ohne Bedeutung, ob jemand, der den Hügel hochging, weiß war oder schwarz, süchtig, Journalist, barmherzig von Berufs wegen oder Abenteurer und schwer in Ordnung, die Anweisung war einfach und klar: Die Dealer mußten alles über die Leute wissen, die die Favela betraten. Mißtraut jedem, sagte Miltão, sogar den Touristen, die hordenweise in gemieteten Jeeps kommen und dafür bezahlen, Kloaken und Armut anschauen zu dürfen. Wer drin ist, muß kontrolliert werden. Und wenn das, was er sagt, nicht astrein ist, warnte er, dann kriegt er mit mir Ärger. Es gab einen Bewegungscode für die Drachen am Himmel. Wenn Kinder wie Reizinho plötzlich ihre Beobachtungspunkte verließen und die Drachen am Horizont verschwanden, wußten die Dealer genau, was zu tun war.

An diesem Morgen machte Reizinho es sich auf dem Aussichtspunkt bequem, und nach zwei langweiligen Stunden Arbeit, während derer er den Eingang zur Favela im Auge behielt, das Treiben, die Gassen, die Antennen, die Dächer, die Leute, Vintão vom Anwohnerverein, Rosa Maria, die Nutte, Dedé und Preta, die Waschfrauen, die Konsumenten, Negão, der an der Tür seiner Hütte saß und Koks verkaufte, die Milizionäre, Suzanas Mutter, die nach Hause kam, Suzana, die hinausging, Suzana, Suzana, Suzana, von Tag zu Tag wurde sie schöner, die herumtollenden Kinder, Suzana und ihr köstliches Lachen, Reizinho verspürte eine abgrundtiefe Müdigkeit, Suzana, Gelächter, gegen seinen Willen fielen dem Jungen die Augen zu. Um nicht einzuschlafen, holte er einen Zettel aus der Tasche, zerteilte ihn in zwei gleichgroße Stücke, malte Karos darauf, numerierte die Linien und Spalten und zeichnete Zerstörer, U-Boote und Jagdboote hinein. Mit verteilten Rollen spielte er Schiffeversenken, einmal war er er selbst, einmal sein Vater. Und sogar wenn er gegen diesen Mann spielte, den er so sehr liebte, obwohl er ihn gar nicht kannte, trotz der schrecklichen Dinge, die seine Mutter über ihn sagte, Säufer, Herumtreiber, Schuft, Schürzenjäger, konnte er nicht anders, als ihn abzuzokken, indem er blitzschnell eins nach dem anderen alle feindlichen Kriegsschiffe untergehen ließ. Er bemühte sich, für sein anderes Ich, das Vater-Ich, Beute zu machen, doch entdeckte er schon bald, daß es ein gebieterisches Ich unter unseren Ichs gibt, eines, das sich nur für unsere eigenen Belange interessiert, das bequem ist, ein Ich, das klaut, siegt und die Ankunft der Polizei in der Favela glatt verpaßt.

Pa pa ra pa pa. Als Reizinho die Schüsse hörte, war es bereits zu spät. Es half nichts mehr, noch Zeichen zu geben. Verdammt. Er holte den Drachen ein, unentschlossen, sollte er zurück nach Hause gehen? Sich in das Labyrinth hineinbegeben und Gefahr laufen, ins Kreuzfeuer zu geraten? Schließlich kroch er in eine Zisterne. Er tauchte mit dem Kopf unter Wasser und kam wieder an die Oberfläche. Pa ra pa pa pa ra. Verdammt. Reizinho hatte gehört, daß manche Kundschafter das Kampfgerät allein an seinen Schußgeräuschen erkannten, AR–15, Uzi, M-16, HK–47, Waffen, die fünfzehn Schuß pro Sekunde abfeuern konnten und für die man bis zu siebentausend Dollar auf den Tisch legen mußte und die den Feind nicht nur töteten, sondern in Fetzen rissen. Aber Reizinho verstand nichts von Waffen. Jedenfalls damals nicht. Er tauchte wieder unter, Dunkelheit. Hoch, pa pa pa ra ra, Dunkelheit, pa pa ra pa pa pa, all das ging rasend schnell, der Hubschrauber flog davon, das Schlimmste kam danach, eine lange Stille, eine Leere, nicht mal die Hunde bellten. Wasser bis unter die Nase. Das ist der übelste Teil, sagte Miltão, es gibt nichts Schlimmeres im Krieg als die Stille. Sie kann Waffenruhe bedeuten, es gibt eine reelle Chance, daß es ein Waffenstillstand ist, sagte der Dealer, aber genauso ist es möglich, daß du eine Kugel in den Kopf kriegst, aus dem Nichts, peng, und stirbst. Untertauchen. Verdammt. Stille, Stille, Stille. Es passierte nichts mehr. Reizinho war nicht imstande, aus der Zisterne zu klettern, nicht mal, als er sich sicher war, daß die Polizei abgezogen war. Was sollte er Miltão sagen? Wieso hatte er die Polizisten nicht gesehen? Und seiner Mutter? Warum bist du völlig durchnäßt, José Luís? Die kalte Stimme der Mutter, ihr gleichgültiger Blick, wo bist du gewesen, José Luís? Und taff, taff, rede, du Schwachkopf, seiner Mutter machte es Spaß, ihm ins Gesicht zu schlagen, ihn zu ohrfeigen, rede, Junge, auf der Stelle, bevor ich dich windelweich prügele, und taff, und taff, du blöder Bengel, dich werde ich Mores lehren, baff, Reizinho wußte, daß seine Mutter sich nach einem ausgiebigen Ohrfeigenprogramm immer beruhigte und sich vor dem Fernseher niederließ, nur deshalb verprügelte sie ihn, um Frieden zu finden und in Ruhe ihre Serien sehen zu können. Was bedeutete es schon, daß er das Schuljahr wiederholen mußte? Wem machte das was aus? Konnte er nicht bereits lesen? Schreiben? Wozu also noch weiter zur Schule gehen? Die Prügel hatten nichts damit zu tun, auch nicht mit Miltão, obwohl sie jeden Tag den gleichen Rosenkranz herunterbetete, wenn du dich mit Miltão einläßt, bringe ich dich um, sie hatte diesen Satz so oft wiederholt, ich tu's wirklich, mit solchem Nachdruck, daß sie ihn schließlich erst auf die Idee brachte, und Reizinho ging zu Miltão, um ihn um Arbeit zu bitten. Noch heute kann er sich genau erinnern, wie es dazu kam. Es war unmittelbar nach einer Tracht Prügel. Er schnappte sich den Drachen eines Freundes und wartete, bis Miltão bei Suzana im Haus erschien. Und während die beiden sich am Tor küßten, lief Reizinho mit seinem Drachen in der Hand hin und her. Miltão würdigte ihn nicht eines Blickes. Suzana ebenfalls nicht. Da hatte Reizinho eine bessere Idee. Er blieb vor dem Pärchen stehen und brüllte los und zerriß seinen Drachen, er fetzte das Quadrat in Stücke, zerbrach die Verstrebungen, warf alles zu Boden und schrie dabei ohne Unterlaß. Das gefiel Miltão. Er lachte. Verrückter Bengel. Willst du für mich arbeiten? So war es gewesen. Letztlich war es die Idee seiner Mutter. Die Prügel seiner Mutter, ich bring dich um, ich schlag dich tot, wenn du dich mit diesen Verbrechern einläßt. Taff. Nach den Schlägen fühlte Reizinho sich, als hätte er ein Ei aus Traurigkeit verschluckt, ein Ei, das ihm in der Speiseröhre festsaß, zwischen der Kehle und seiner Brust, taff, schlag nur, dachte er, schlag zu, du kannst ruhig schlagen; mit der Zeit brach das Ei entzwei, tapp, und von da an fühlte Reizinho gar nichts mehr, nie mehr, tapp, er war nur noch Fleisch, das verdroschen wurde, schlag doch, dachte er, du kannst mich schlagen, es tut sowieso nicht weh, verdammt.

Der Drachen ist hier, sagte jemand. Eine vertraute Stimme. Reizinho tauchte den Kopf unter Wasser und wurde unverzüglich an den Haaren herausgezogen. Hallo, du Glückspilz, sagte Bem Bolado, wollen wir schwimmen? Bem Bolado hatte diesen Spitznamen, »raffiniert gemacht«, weil er ständig in Verzükkung geriet über irgendwelche elektronischen Geräte, jeder Mist, der piepte oder blinkte, war »raffiniert gemacht«, ein raffinierter Mixer, eine raffinierte Uhr, ein raffinierter Revolver, und Miltão hatte ihn sofort »raffiniert gemacht« getauft. Bem Bolado tauchte Reizinho so oft unter, bis der Junge ohnmächtig wurde.

Als er zu sich kam, befand er sich in einem stickigen Raum ohne Fenster, mit einem Poster der Mannschaft von Vasco da Gama an der Wand. Die anderen Kundschafter waren ebenfalls dort, Vavá, Loriva, Bisnaga Velha und Luizão, alle saßen sie am Boden in zerschlissenen Klamotten und mit riesigen erschrokkenen Augen. Vasco da Gama. Wenn er eines Tages seinen Vater in Wirklichkeit kennenlernte, dann würde er ihn zu einem Spiel von Vasco da Gama gegen Flamengo mitnehmen. Der Fernseher lief. Jaú und Bem Bolado starrten auf die Mattscheibe. Die Serie. Gabi ist eine Verbrecherin, sagten die Schauspieler, die ist zu allem fähig. Wie hat Gabi die Geheimzahl vom Tresor herausgefunden? Sie ist ein gemeines Luder. Ich habe Angst vor Gabi, Ângela. Eine ganze Folge lang sagten sie, Gabi ist eine Verbrecherin. Verdammt. Reizinho schloß die Augen, seine Mutter schaute vermutlich ebenfalls die Serie an. Überall in der Favela lief der Fernseher, die Stimmen der Schauspielerinnen, sentimentale Melodien, und dann die Werbung, kaufen Sie dies, kaufen Sie jenes, die Lieder, die Popos, die Biermarken, die Sonderangebote, die Nachrichtensendungen, die Katastrophen, Reizinho verspürte eine gewisse Erleichterung bei diesen vertrauten Geräuschen, der Ton des Fernsehers gab ihm immer ein Gefühl von Frieden und Familie. Ist unser Baby aufgewacht? fragte Bem Bolado ihn.

Miltão kam während der Werbung herein. Mach die Kiste aus, sagte er zu Jaú. Ihr Knalltüten, sagte er und schaute die Jungs an. Feige Knalltüten. Melão ist uns durch die Lappen gegangen wegen fünf blöder, feiger, kleiner Knalltüten. Ich habe fünf feige, hirnlose Hosenscheißer, die für mich arbeiten. Fünf blinde Knalltüten. Schwachköpfe. Komm her, du Einfaltspinsel. Idiot. Da hilft nur umbringen. Angsthase. Du zuerst, Reizinho. Die anderen stellen sich in einer Reihe auf. Und ich hab immer gedacht, du hättest eine Zukunft, ja du, Reizinho, ich dachte, du könntest zwei und zwei zusammenzählen. Das sagte Miltão immer. Zwei und zwei zusammenzählen. Knalltüten. Komm her, du Knalltüte. Reizinho trat näher. Miltão zog einen Revolver aus dem Gürtel, hielt den Lauf der Waffe an die Handfläche des Jungen und drückte ab.

2

Pavão Pavãozinho, Maschinenpistolen, Repetierflinten und Granaten, dreißig Mann. Ladeira dos Abacates, vierzig Mann, Karabiner AR–15 und HK–47. Morro da Maria Penha, Anführer Creudão, fünfzig Mann, Importwaffen. Morro da Baiana, neunzig Mann, Pistolen, Selbstladeflinten, Anführer Feinho. Salvação und Tucano, zwei Elendshügel, achtzig Mann, automatische Karabiner, Anführer Zé Boléu. Rato Molhado und Jacarezinho, einhundertzwanzig Mann. Reizinho wartete im Haus von Bidê, dem Verwalter der Drogenverkaufsstelle vom Morro do Berimbau, darauf, daß er an der Reihe war. Es machte ihm Spaß, die Namen der Favelas auswendig zu lernen, mit ihren Anführern und ihren Waffen und ihren Milizen, er lief immer mit einer Übersicht über den Rauschgifthandel in der Tasche herum, ausgeschnitten aus einer Zeitschrift, die seine Mutter aus dem Haus ihrer Gnädigen mitgebracht hatte. Krieg in Rio, lautete der in roten, Blutstropfen nachbildenden Lettern gehaltene Titel auf der Umschlagseite. Die Stadt in Flammen. Schießereien. Militärpanzer. Photos von mit T-Shirts verhüllten Kindergesichtern und Waffen. Verdammt. Sie liebten diese Art von Photos, die Journalisten. Er hatte schon mal gesehen, wie ein Photograph einen von Miltãos Jungs darum gebeten hatte, für ihn zu posieren, halt die Waffe hoch, hatte er gesagt. Pistole Kaliber 9 mm. Reizinho saß da, mit baumelnden Beinen, paukte, Complexo do Alemão, vierzehn Favelas. Anführer? Es fiel ihm schwer, die Namen zu behalten. Zu lesen. Complexo do Acari. Verdammt. Zahlen. Morro do Juramento.

Bidê telephonierte, die Füße auf dem Tisch, Shorts, mit nacktem Oberkörper, der Ventilator direkt vor seiner Nase war angeschaltet, ha, ha, ha, sein Lachen klang künstlich, ha, ha, die wollen den Hügel hoch, ja?, fragte er, ohne Anzeichen von Besorgnis. Tatsächlich? Rein ist kein Problem, ha, ha, ha, nichts leichter als das, den Schlagstock sausen lassen, den Leuten die Tür eintreten und sie festnehmen, ein Kinderspiel, ha, ha, ha, schwierig wird's hinterher, ha, ha, ha, da liegt der Hund begraben, ha, ha, ob sie wirklich wollen? Du weißt ja, wie das ist, Alter, hier gibt's kein Entkommen. Hier die Kurve kratzen ist was für Spezialisten. Ha, ha, ha. Rocinha, büffelte Reizinho, Gewehre, ha, ha, ha, Bidês Gelächter lenkte den Jungen ab, werden diese Typen es denn nie kapieren? fragte der Verwalter des Drogenladens. Ein häßliches, löchriges Gelächter. Brüchig. Die Leute sollten lieber nicht so viel lachen. Er, Reizinho, lachte nicht einfach drauflos. Er lachte überhaupt nicht. Verdammt. Er lachte nicht gerne. Ha, ha. Auf dem Tisch eine Uzi, ein kleinkalibriges israelisches Maschinengewehr, Bidê streichelte die Waffe, als wäre sie eine Katze. Die kriegen ihr Fett, versicherte Bidê ins Telephon, die sollen ihre Kugeln haben, Alter, ha, ha, ha, Kugeln. Wirklich. Alter. Ponte do Fundo, paukte er weiter, Umsatz achtundfünfzig Kilo im Monat. Ha, ha.

Ein Mädchen kam herein, eine Plastiktüte in der Hand, Bidê gab ihm ein Zeichen zu warten. Ha, ha, ha. Ponte do Fundo, achtundfünfzig Kilo, Chef Denão, wichtigste Waffen? In der Favela läuft jeder mit einer Tüte herum, dachte Reizinho. Die Bushaltestellen füllen sich mit Tüten. Und durch den Bus zu gehen ist noch schlimmer, überall Tüten, Tüten aus dem Supermarkt, aus den piekfeinen Boutiquen der Zona Sul, aus den Geschäften für Elektronikzubehör, aus dem Ausland, alle möglichen Sorten Tüten. Arme Leute werfen keine Tüten weg. Ein blaues Haus, sagte Bidê, red weiter, Alter, von wo sprichst du, ist es dort sicher? Ich weiß, Alter. Blaues Haus. Die werden schon sehen, was es mit einem Haus mit blauer Tür auf sich hat, Alter.

Das junge Mädchen wartete, die Tüte auf den Füßen abgestellt, Plastiksandalen. Es dauerte, bis Reizinho die Blutergüsse im Gesicht der Frau bemerkte. Viel, viel billiger, stand auf der Tüte. Das Auge geschwollen, ein Schnitt in Höhe der Augenbraue.

Bidê legte den Hörer auf und grinste. Ha, ha. Jetzt kannst du reden, Dona. Eilig lud das Mädchen ihr ganzes Leid bei dem Verwalter ab, sagte, sie halte dieses Leben nicht länger aus, Waldeci, ihr Mann, Waldeci sei zu weit gegangen. Waldeci schlug sie immer, wenn er trank, aber nie vor den Kindern, Waldeci war ein guter Vater, WAR, sagte sie, jetzt nicht mehr, seit er seine Arbeit verloren hat, ist Waldeci wie ein tollwütiger Hund, Waldeci läßt sich vollaufen wie ein Schwamm, und dann verdrischt er mich, jetzt sogar vor den Kindern, siehst du diesen blauen Fleck hier? Das war Waldeci. Hier? Waldeci. Am Bein? Alles von Waldeci. Es machte ihr nichts aus, daß der Mann die Wohnung auseinandernahm, daran war sie gewöhnt, soll er doch alles zerschlagen, kurz und klein hauen, der elende Hund, aber meine Platten von Roberto Carlos kaputtmachen? Das einzige was ich habe im Leben sind Robertos Lieder.

Reizinho fühlte sich nicht wohl, dort zu sitzen und die tragischen Geschichten des Mädchens mit anzuhören, er starrte auf den Zettel in seinen Händen, Morro do Dendê, er hörte, wie Bidê ihr riet, Cidade de Deus, sie solle fortgehen, Nova Holanda, Pára-Pedro, solle dem Mann nichts sagen, Morro do Andaraí, und ich garantiere dir, sagte Bidê, du beziehst keine Prügel mehr.

Als sie alleine waren, fragte Bidê, ob es Reizinho besser gehe, er meinte damit die Verletzung an seiner immer noch verbundenen Hand. Ha, ha, ha. Reizinho bejahte. Das ist hier das reinste Krankenhaus, sagte er. Ha, ha. Tock tock tock, Bidê klopfte mit dem Knöchel gegen die Wand, unverzüglich kam Bidezinho herein, Bidês Bruder, ha, ha, ha, ich habe mit dem Bullen geredet, sagte Bidê, ha, ha, ha, Bidezinho hörte zu, was sein Bruder sagte, irgendein kleiner Wichser hatte bei der Polizei angerufen und Bescheid gegeben, daß in der Favela in einem Haus mit blauer Tür eine große Ladung Kokain eintreffen würde, sie lachten, die beiden, ha, ha, ein gleichklingendes Lachen, die haben angerufen, he? Ein blaues Haus? Es hieß, daß Bidê und Bidezinho Zwillinge waren, aber Reizinho konnte keine Ähnlichkeit feststellen, nur die Lache war gleich, ha, ha, ha, hol den Lohn für den Knirps. Und in Sekundenschnelle flatterten die Scheine auf den Tisch, hier, du kannst gehen, und halt die Augen auf. Ha, ha, ha. Das Telephon klingelte, hallo, red, Miltão, am Freitag ist hier die Kacke am Dampfen.

Reizinho nahm die vier Fünfzigerscheine und ging hinaus. Stechende Sonne. Es war sein erster Lohn. Rosa Maria, die Hure, ging an ihm vorüber, hallo, Schatz. Sie redete alle Welt mit »mein Schatz« an. Hügelan im Wiegeschritt Rosa Maria, enger Rock, ausladende Hüften. Vier Fünfzigerscheine in der Hand. Der Lohn seiner Mutter waren sechs Fünfziger. Eine viel miesere Arbeit. Alzira ist eine dumme Kuh, hatte er die Gnädige seiner Mutter sagen hören, als er noch ganz klein war und Alzira ihn seines hohen Fiebers wegen mit zur Arbeit nehmen mußte. Ich erkläre es ihr, sagte Dona Juliana zu einer Freundin im Wohnzimmer, die zuhörte und sich amüsierte, ich erkläre, aber es nützt nichts, Alzira ist die dümmste Person, die ich je gesehen habe, du mußt sie nur mal bitten, das Wort »Brokkoli« zu wiederholen. Sag ihr, sie soll den Tisch decken, und dann sieh, was sie mit dem Besteck anstellt. Spargel sind Spakel. Ich gehe Spakel kaufen, Dona Juliana. Und Rucola? Gelächter. Spakel sind sehr lecker. Gelächter. Rucola ist Ruckum. Wenn ich von dieser Jammergestalt abhängen würde, wäre ich geliefert. Spakel. Eine Vollidiotin. Sie ist ungehobelt, durchtrieben und lahm, diese Alzira. So viel Erniedrigung für ganze sechs Fünfziger. Über derlei Dinge nachzudenken brachte Reizinho um den Verstand. Verdammt. Tu was, Alzira. Seine Mutter ging zu Dona Juliana ins Wohnzimmer und gab ihr das Wechselgeld, Sie finden mich dumm? Und ich finde Sie fett und unnütz, wie Sie immerzu Kringel futtern und Süßstoff nehmen, sich mit Schokolade vollstopfen und ihren Ehemann betrügen, ich höre den Unsinn, den Sie am Telephon reden, Dona Juliana, ständig kichern Sie mit Ihrem Fernando herum, Ihrem Gymnastiklehrer, ich weiß genau Bescheid über Ihre Rendezvous, und taff, diese Ohrfeige hier ist für Sie, damit Sie lernen, die Menschen ordentlich zu behandeln. Das war die Reaktion seiner Mutter. Die in seinem Traum. In Wirklichkeit reagierte seine Mutter nicht. Sie starrte in das Waschbecken voll schmutzigen Geschirrs und hörte, wie Dona Juliana über sie lachte, »Trampeltier«, »Landpomeranze«, »dumme Kuh« und andere, ähnliche Bezeichnungen. Vielleicht hatte Reizinhos Vater deshalb die Familie verlassen. Der Vater war schlau. Intelligent. Knallhart. Geschäftsführer. Korrekt. Kaufmann. Respekteinflößend. Alles hat seine Grenzen, sagte er, in seinen Träumen. Tatsächlich war es nicht direkt im Traum gewesen, Reizinho hatte im Fernsehen einen Mann energisch reden hören, basta, es gibt Grenzen, alles hat seine Grenzen. Und sein Vater redete von da an genauso, in seinen Träumen. Basta. Es reicht. Grenzen. Für alles. Bei Erniedrigungen gab es für seine Mutter keine Grenzen. Für sechs Fünfziger stieg sie hinab bis in die Hölle.

Dona Juliana war ein Typ Frau, wie Reizinho ihn häufig in Leblon und auch in den Autos, an den Ampeln sah, der Monzas und Toyotas und Blazers und Suzukis fährt, der weder dick noch dünn ist, ein aufgedunsener Typ, der aus den Hosen quillt, überbordend, Frauen, die ständig Diät und Gymnastik machen, Ponys und Strähnchen tragen, die Nägel golden lakkieren, die besorgte Mütter sind und die ihre Alziras anschreien, wenn sie schlechte Laune haben. Von seinem Bett aus, das durch eine Spanplatte von dem Ehebett, in dem seine Mutter und seiner Schwester schliefen, getrennt war, hörte Reizinho die beiden sich unterhalten. Schwüle Nächte, Regen. Die jammernde Stimme seiner Mutter, die flüsterte, mein Kopf hält das nicht mehr länger aus, Mädchen, das Geschrei. Nur weil ich etwas schmutzig gemacht habe. Zerbrochen. Verbrannt. Vermasselt. Nicht ausgerichtet. Nur, weil ich etwas vergessen habe. Nur, weil ich etwas nicht weiß. Sechs Fünfziger. Dona Julianas Kinder, zwei Teenager. Der Junge, Otavinho, war lieb. Ruhig, kam und ging, unmerklich. Das Mädchen ganz die Mutter, aufgedunsen und immer schreiend. Marcelinha. Noch ein Pony. O je. José Luís spürte, als er den Hügel hinunterging, die Hände in den Taschen, die Beschaffenheit der Scheine, die er bei sich trug. Toll. Verdammt. Kinder, Hunde. Onofres Bar, aus dem Radio Samba. O je. Die evangelische Kirche, ihre Türen für immer geschlossen. Miltão hatte den Pastor hinausgeworfen. Der Kerl hat »meinen Leutchen« Angst eingejagt, da war er in den Arsch gekniffen, hatte der Dealer erklärt. Hier muß Gott einen Rabatt geben, und ein Pastor kann nicht in die vollen langen. Wir haben Geschäfte auf dem Hügel. Wir arbeiten und verdienen Geld. Diese Geschichte mit der Sünde darf mir keine Verluste einbringen, sagte Miltão. Reizinho, unterwegs nach unten. Und mit den Gedanken bei allem möglichen. Bei der schreienden Dona Juliana, wie hielt seine Mutter das nur aus? Es hilft nichts, meine Liebe, ich habe dieser Frau schon gezeigt, wie man Stockfischrisotto zubereitet, Lachs mit Rosmarin, Orangenente, sie kocht trotzdem wie ein Affe, was soll ich deiner Meinung nach tun? O je. Seine Mutter, die immerzu weinte wegen der Erniedrigungen, unter denen sie litt, und die Carolaine ihr

Leid klagte. Und Reizinho, der es hörte. Unterwegs nach unten. Diese Dinge bekamen dem Jungen ganz und gar nicht. Unzufriedenheit. Lust, sich hinzulegen und zu schlafen. Hallo, Reizinho, die Leute mochten ihn, besonders die Frauen, die ihn um Gefallen baten, kannst du mir die Tüte hier tragen? Sag Créo Bescheid, daß der Laster mit dem Gas gekommen ist. Kauf eine Schachtel Hollywood ohne Filter. Créo, der Laster mit dem Gas ist da. Ohne Filter, bitte. Reizinho hatte kein großes Talent, nein zu sagen, er erfüllte die Bitten, während er den Hügel hinunterging, es kostete ihn ja nichts. Ein Goldjunge, sagten sie zu seiner Mutter. So lieb, der José Luís.

An der Bushaltestelle holte er die Scheine aus der Tasche, schaute sie an, steckte sie ein. Neue Turnschuhe würde er kaufen. Schon immer wollte er solche federnden Turnschuhe haben, in denen man geht und puff, puff, die Weichheit spürt. Und wenn er den Lohn seiner Mutter gäbe? Nein. Und außerdem wollte er eine Mütze, auf der Nike geschrieben stand, in schwarz. Seine Mutter könnte den Fernseher austauschen. Oder eine Waschmaschine kaufen. Wieviel kostete eine Waschmaschine? Nein. Als er in den Bus stieg, sah er Suzana ankommen, im Taxi. Sie lächelte, winkte, ganz automatisch, so wie immer, Suzana, ganz automatisch. Reizinho war froh, daß sie von ihm kein Lächeln zurück erwartete, er konnte nicht auf diese Art lächeln, hallo, es wirkte bei ihm albern, tschau.

Im Bus wollte er niemanden beobachten. Vier Scheine, in der Tasche, er spürte ihre Berührung, sie knisterten, neues Papier. Völlig anders als Alziras Geld, schmieriges, klebriges Geld. Seine Mutter hatte von Suzana zu Weihnachten ein Portemonnaie geschenkt bekommen, aber sie hatte ihre Gewohnheit nicht abgelegt, die Scheine in ihren feuchten Händen zu kneten, pelzige, stinkende Scheine. Reizinho mochte das nicht. Er würde ein buntes T-Shirt kaufen.

Durchs Fenster die Stadt, Fabriken, Wohnsiedlungen, Lager, Geschäfte, Gelände, Garagen, Lager, es dauerte, bis die Hochhäuser auftauchten, Hochhäuser, Hochhäuser, Läden, und das Meer, Meer, Meer, Menschen zuhauf, die joggten, Rad fuhren, Rollschuh liefen, ausschritten, Eis, Kokoswasser und Gesundheit, Reizinho stieg in Leblon aus. Vier Scheine. Vor dem Gebäude, in dem seine Mutter arbeitete, in der Rua General Artigas, blieb er stehen, er schaute zu dem Portier. Er würde niemals Portier werden. Ein beschissenes Leben. *Mit aufgerissenem Maul voller Zähne saßen sie da,* Raul hatte recht. Wer Miltão auf dem Morro do Berimbau umhergehen sah, kannte den Unterschied. Und selbst Bidê. Ha, ha, ha. Autos und Uhren aus dem Ausland, Frauen, Goldarmbänder, das war schön und gut, aber nicht Spitzenklasse. Spitzenklasse war Miltãos Stil. In seiner Baracke gab es alles, was du willst, Gold, Videorecorder, Dollars, ausländische Teppiche, egal was, versicherte ihm Suzana. Wirklich beeindruckt aber war Reizinho von der Art, wie Miltão die Menschen anschaute. Irre. Ich sage, wo's langgeht. Ich mache. Ich bin. Dona Juliana würde sich umschauen, auf dem Berimbau.

Reizinho ging die Strandpromenade entlang, überlegte, ob er ein Eis kaufen sollte, ließ es sein. Die Turnschuhe. Er kaufte sie nicht. Die Mütze. Auch nicht. Er lief umher, kaufte nichts, ging zur Promenade, so viele Leute am Strand. Jungs beim Volleyballspiel, eine Handvoll plaudernder Kindermädchen, Babys, eine angenehme Brise. Rio de Janeiro war wirklich eine schöne Stadt.

Er legte sich in den Sand, der Himmel, die Hände in den Taschen, wirklich schön, hielt die Fünfzigerscheine fest. Ganz fest. Und schlief ein. Benommen wachte er auf, die Autos, die Motorräder, die Menschen auf dem Weg nach Hause. Er hatte Hunger, eine Seltenheit. Er verspürte nie Hunger.

Zu Hause fand er seine Mutter am Herd vor. Ich koche gerade Bohnen, sagte sie und lächelte. Wo bist du gewesen? So traurig, seine Mutter. Bei Oma. Bohnen. Er legte sich auf sein Bett, geht's Oma gut? Er fühlte, daß er einschlafen würde. Oma ging es bestens. Mühsam stand er auf, legte die Fünfziger unter Alziras Kopfkissen. Er ging zurück zu seinem Bett, er wollte schlafen.

3

Laufender Fernseher. Im Waschbecken abfließendes Wasser, schmutziges Geschirr, Gläser, feuchte Hände. Alzira hatte immer feuchte Hände. Keine Zeit zum Abtrocknen. Sie wischte, fegte, tauchte die Hände in den Eimer, trocknete und wusch, Waschbecken, Bidet, Wasser, putzen, die Wäsche, die gewaschen werden mußte, Geschirr, trocknen und einweichen, zu Hause, bei der Arbeit, die Hände immer im Wasser. Topf auf dem Feuer. Die Fingerspitzen runzlig, gerötet. Sie hatte in der Apotheke eine Creme gekauft, zum Fenster hinausgeworfenes Geld, zu dem Schluß war sie hinterher gelangt, die Hand war weiterhin dick, rot, eine vom Kaltwasser aufgesprungene Hand. Wäsche waschen, aufhängen, es gab vieles, was Alzira vor dem Schlafengehen erledigen wollte. Ordnung war sehr wichtig. Sauberkeit, sie war immer überaus reinlich gewesen. Aufräumen. Der Müll, sollte er doch draußen bleiben. Auf der Straße. Sie nahm den Schnellkochtopf vom Feuer und stellte ihn unter den Wasserhahn. Pfffffff. Ich habe zwar kein Geld, sagte sie immer, aber bei mir ist es sauber. Lecker duftende Bohnen. Aufgeräumtes Haus. Verbrühte Hände. Geschwollen. Die Haut auf dem Handrücken war zart, wie die eines Babys, aber an den Handflächen wirkte sie wie altes Plastik. Sie goß Öl in den Topf, tat gehackten Knoblauch, Zwiebelscheiben, Lorbeerblätter dazu, briet die Bohnen an. Carolaine konnte nicht kochen. Ein Glück. Sie würde kein Dienstmädchen werden, Carolaine. Und auch nicht die Frau eines Taugenichts. Sie würde im Büro arbeiten. Dr. Rodrigo hatte ihr einen Computerkurs besorgt. Gratis. Schmutzige Wäsche, sie schleppte alles zum Waschbottich. Carolaine, abgeschlossene Grundschule, dazu noch ein Computerkurs, das Mädchen war ein einziger Grund zum Stolzsein, Alziras Stimme wurde geradezu sanft, wenn sie mit ihrer Tochter sprach, um ehrlich zu sein, ein Fehler, weich zu werden, sie mußte Carolaine härter an die Kandare nehmen, ihr sagen, sie solle sich diese Flausen von wegen ich-will-Model-werden aus dem Kopf schlagen. Dummes Gör. Alle Mädchen aus der Favela wollten blond sein und Model oder Fernsehansagerin werden. Weißt du, wonach die Ansagerinnen für die Kindersendungen ausgesucht werden, Carolaine? Nach ihrem Hintern, mein Kind. Sie schrubbte die Wäsche, schlug sie, wrang sie aus. Sag mal, ist das richtig, daß man nach dem Hintern und nicht nach den Fähigkeiten ausgewählt wird? Und außerdem sollte Carolaine es sich ein für allemal hinter die Ohren schreiben, sie würde nicht Model werden. Alzira kannte das Leben, solche Dinge gibt es einfach nicht für uns, sagte sie. Sie ging zum Tor, sie klappten nie, die guten Sachen, Carolaine war noch nicht vom Computerkurs zurückgekehrt. Übles passierte alle naselang. Mädchen wurden vergewaltigt. Wurden schwanger. Mädchen ließen sich mit Dealern ein. Das Schlimmste auf der Welt war, ein Mädchen im Haus zu haben. Eine Jungfrau. Sie fegte das Wohnzimmer, das Bad. Die Hölle, eine Frau zu sein. Die Männer, eine Horde Tiere. Sie nahm Eimer und Schrubber und ging mit einem feuchten Feudel über den Boden. Sie mochte diesen Geruch nach Sauberkeit. Vierzehn Jahre alt, wenn du schwanger wirst, hatte sie gesagt, dann raus hier. Staub und kein Ende. Ich ziehe die Kinder von niemandem groß. Wirklich, raus hier. Wenn es nicht regnet, noch mehr Staub. Unbefestigte Straßen. Ich tue alles für dich, Carolaine, ich kümmere mich um einen Computerkurs für dich, gratis, ich kaufe dir irgendwie einen Computer, ich tue alles, ein Computer, warte, du wirst einen bekommen, aber wenn du schwanger wirst, ich schwöre dir. Sie ging quer durch den Garten ins Badezimmer. Ich schwöre, daß ich mich umbringe, wenn du schwanger wirst. Hör auf so zu reden, Mutter, beschwerte sich Carolaine, hör auf damit, daß ich schwanger werde, aber ich bringe mich wirklich um, bekräftigte Alzira. Ich schwör's. Und sie stellte Forderungen. Kommandierte herum. Sie sollten lernen. Keine Dummheiten machen. José Luís sollte wenigstens die vierte Klasse beenden. Besser, keine Kinder zu haben, niemals. Nur wenn man einen guten Mann heiratete. Sie bereute, ja. Sie liebte ihre Kinder, gewiß, aber es war nicht gut, Kinder zu haben. Besser keine haben. Viertel nach neun. Carolaines Unterricht war um sieben zu Ende, zehn Minuten bis zur Bushaltestelle, zehn nach sieben, weitere vierzig Minuten im Bus, zehn vor acht, eine halbe Stunde warten an der Haltestelle, zwanzig nach acht, das Rechnen versetzte Alzira jedesmal in Unruhe.

José Luís, deine Schwester ist spät dran, sagte sie zu dem Jungen, der angezogen mit dem Kopfkissen auf dem Gesicht schlief. Keinen Mucks gab er von sich, der Bengel. Ferkel, hast nicht geduscht, du Rabauke. Willst du nicht essen, José Luís? Ich habe Bohnen gekocht. Reizinho drehte sich auf die andere Seite. Er hatte nicht mal die Latschen abgestreift.

Carolaine kam um viertel nach zehn. Weißt du, wie spät es ist? Das Mädchen gab der Mutter einen Kuß, ließ sich aufs Sofa fallen, viertel nach zehn, Mutter, sie zog die Schuhe aus, Mutter, laß uns nicht streiten. Es war leicht, Alzira zu beschwichtigen. Der Kurs hatte länger gedauert, weil der Lehrer eine Stunde nachgeholt hatte. Wir lernen, mit Word zu arbeiten. Betriebssystem. DOS. Windows. Alzira liebte diese Worte. Das bedeutet auf englisch Fenster, Mutter, es nützt nichts, wenn ich es dir erkläre, du wirst es nicht verstehen.

Sie löffelten, auf dem grünen Nappasofa neben dem Waschbecken hockend, Bohnen aus Suppentellern. Beide barfuß. Carolaine bereitete Limonade.

Nach dem Essen ging Alzira hinters Haus, um am Zaun die Wäsche aufzuhängen. Angenehme, frische Brise. Wenn es bloß nicht regnete. Immer wollte sie eigentlich eine Matte ausrollen und hier schlafen, wenn es heiß war. Getan hatte sie es noch nie. Sie tat niemals, was ihr Spaß machte. Alles mußte im voraus geregelt, geordnet, organisiert werden, und Alzira schaffte es nicht, ihre Freizeit zu planen, an den Strand zu fahren oder eine Sommernacht im Garten zu schlafen. Unmöglich. Das ist Veranlagung, dachte sie. So bin ich eben. Am Sonntag war sie zu spät aufgewacht, sie mußte den Bus erwischen, arbeiten und Dona Julianas gesamtes Silber putzen, schon war sie voller Angst aus dem Bett geschreckt, als ihr einfiel, daß Sonntag war. Sie war nicht zu spät dran. Sie konnte im Bett liegenbleiben, ausschlafen. Kaffee kochen, ihn in Ruhe auf dem Sofa neben der Tochter sitzend trinken. Vielleicht an den Strand fahren. Sie konnte am Gartentor stehen und mit Suzanas Mutter, Dircinha, ausgiebig schwatzen. War sie an den Strand gefahren? Nein. Hatte sie Radio gehört? Nein. Sie hatte den ganzen Tag geschuftet, geputzt, gewischt, Wäsche gewaschen. Sie war außerstande, müßig zu sein. Fühlte sich unwohl. Immer hatte sie einen Lappen in der Hand und wischte. Veranlagung.

Die Wäsche aufgehängt, das Geschirr gewaschen, das Haus saubergemacht, Bohnen für den nächsten Tag fertig, alles in Ordnung. Alzira zog das grüne Kleid aus und ein sauberes T-Shirt an, putzte sich draußen im Bad die Zähne und legte sich ins Bett. Carolaine schlief schon. Sie nahm den Tabakgeruch im

Haar des Mädchens wahr und stieß es mit dem Ellenbogen an. Carolaine, rauchst du etwa? Mutter, hör auf. Wenn sie rauchte, dann sollte sie es lieber zugeben. Lüg nicht, Carolaine. Ja, Mutter, es reicht. Ich werde keine Laster unterstützen. Ist gut, Mutter. Sie mußte an Francisco denken, Laster. Der unselige Francisco. Immer, wenn sie an ihn dachte, wenngleich das in letzter Zeit seltener vorkam, murmelte sie vor sich hin, dieser elende Hund, dieser Idiot, dieser Schuft. Anfangs war es noch schlimmer gewesen, dieser Hurensohn, hatte sie damals gedacht. Es gelang ihr nicht, die Kraftausdrücke zu vermeiden, wenn sie im Geist das Bild ihres Mannes vor sich sah. Die Schimpfworte sprossen auf ihrer Zunge wie Blumen im Frühling. Jetzt war es anders. Da war kein Haß mehr. Haß verdorrt mit der Zeit, folgerte Alzira daraus. Drei Jahre hatte sie angedauert, die Wut. Dann war sie vermodert. Hatte sich in ein Nichts verwandelt. Hurensohn. Er würde sowieso bald sterben, das stand fest. Hoffentlich würde er bald sterben. Er und seine verrottete Leber. Mochte Gott ihr verzeihen, jemandem den Tod an den Hals zu wünschen. Dafür sollte sie doppelt sterben. Mein Gott, es tut mir so leid, daß ich gesündigt habe. Verzeih mir. Drei Vaterunser. Drei Avemaria. Drei Bußübungen. Amen. Die Müdigkeit kam immer erst in diesem Moment. Sie sagte Amen, und die Erschöpfung brach über sie herein wie das Haus, das sie im vergangenen Sommer hatte einstürzen sehen, es hatte stark geregnet, ploft, machte das Haus, von oben herab, das gesamte Gewicht auf Alzira, die Übermüdung, alle Ziegelsteine. Die Beine schmerzten. Die Arme pochten. Der Kopf schwer. Morgen: die Stromrechnung bezahlen. Sie würde eine Zahlungsanweisung verlangen, morgen. Morgen würde sie mit den Fenstern im Wohnzimmer beginnen, Dona Juliana hatte gesagt, sie seien völlig verdreckt, die Scheiben, Alzira, seit wie vielen Monaten hast du die Fenster nicht geputzt? So bist du, Alzira, wenn ich nicht sage, putz sie, dann putzt du sie auch nicht, du bist nicht selbständig, benutz deinen Kopf, Alzira. Putz. Anfangs kränkten Alzira die Dinge, die Dona Juliana zu ihr sagte. Mit Alkohol. Dann begriff sie. Du mußt ordentlich schrubben. Das war eben Dona Julianas Art. Desinfizieren, Alzira. Das war Dona Julianas Technik. Sie behandelte ihre Hausangestellten schlecht, und hinterher tat es ihr leid. Möchtest du diese köstliche Schokolade hier probieren, Alzira? Du kannst heute früher gehen, Alzira. Was würde ich bloß ohne dich machen, Alzira? Alzirinha, ich bin wieder zurück. Sie drehte sich im Bett auf den Bauch, Alzirinha, und da spürte sie es. Es fühlte sich wie Geld an. Sie machte Licht. Es war Geld. Vier Scheine. Neue Scheine. Sie stieß Carolaine an, warst du das, Carolaine, hast du das Geld hier hergelegt? Hmm, knurrte das Mädchen schlaftrunken. Hmm? Das Geld hier, ist das von dir? Hmm, Mutter, nein, hmm, was für Geld? Mutter, laß mich schlafen.

Reizinho, auf freiem Feld, Sonne, im Sand sitzend, sah am Horizont eine Schar Pferde, bunte Uniformen, der Trupp kam auf ihn zugaloppiert. Schwerter. Hier ist Krieg, hatte jemand zu ihm gesagt, und wir sind die Verlierer. Wir haben Pferde, Panzer, Soldaten, Bomben, und wir werden verlieren. Reizinho wußte nicht, wo die Sieger waren, er hörte nur die Stimmen. Sie, die Sieger. Uniformen, Goldknöpfe, die näherrückenden Truppen, die feindlichen Truppen im Sand, wo sind meine Soldaten? Die Schar rückte näher. Noch näher. Das Pferdegetrappel. Sie werden mich umbringen. Auf mich schießen. Der Krieg. Hufe im Sand. Sonne. Die Stimme seiner Mutter, wach auf, aufwachen, riß ihn unvermittelt aus dem Traum. Hufe. Er setzte sich im Bett auf, verstand noch immer nicht, was sie wollte. Da waren immer noch Pferde. Das Geld. Ich will wissen, was mit diesem Geld ist, sagte sie, seine Mutter, mit dem Geld unter meinem Kopfkissen. Ich habe von Pferden geträumt, dachte der kleine Junge. Von wem kommt dieses Geld? Wo hast du es her? Es ist für dich, antwortete er. Wer hat es dir gegeben? Es dauerte, bis Reizinho antwortete, er brauchte einige Sekunden zum Nachdenken, ich arbeite, sagte er. Vielleicht wäre es eine gute Idee, der Mutter vorzuschlagen, eine Waschmaschine zu kaufen oder ein Bügeleisen, aber er sagte nichts. Für wen? Für wen arbeitest du? Reizinho sah es im Blick seiner Mutter. Verdammt. Bevor sie ihn versohlte, kündigten ihre Augen es an. Für wen arbeitest du, Junge? Er gab keine Antwort. Alzira packte die Hand ihres Sohnes und riß den schmutzigen Gazeverband, der die Wunde umhüllte, herunter. Hast du dich mit diesen Verbrechern eingelassen, José Luís? Sie betrachtete die Wunde, ich wußte es, sagte sie. Ich habe es gewußt. Antworte. Mit diesen Rauschgifthändlern? Ich arbeite mich tot, damit du zur Schule gehen kannst, Kind. Alzira hatte geschworen, ihren Sohn nicht mehr zu schlagen, sie hatte es sich selbst versprochen, aber es war zum Auswachsen, unbeherrschbar, die Hand schnellte hoch, mit Macht, niemand konnte sie aufhalten, verschlagener Bengel, nicht einmal sie selbst, die Herrin der Hand, die Hand bewegte sich von alleine, kannte den Weg, du Blödian, und schlug zu, red schon, Junge, er brauchte gar nichts zu sagen, und es war besser, wenn er nichts sagte, jetzt, Dummheit ist unverzeihlich, sollte er fühlen, Schläge auf den Kopf, die Wange, er würde nicht mehr in die Schule gehen, der Dummkopf, Miltão und all die anderen Halunken, die mit zwanzig ihr Leben ließen, taff, sie verspürte eine wilde Lust, dem Jungen weh zu tun, ihn zu verprügeln, und sie schlug, du Idiot, schlug zu, und er beschwerte sich nicht, tut es nicht weh? Wer nicht hören will, muß fühlen.

Als sie mit dem Geld in der Hand das Haus verließ, war der Junge am Boden zusammengebrochen, und Carolaine weinte über ihn gebeugt.

Sie ging schnellen Schrittes durch die Gassen, die Beine liefen, ohne im geringsten zu zögern. Ihr Körper fühlte sich mächtig, kraftvoll, Gott ist bei mir, dachte sie, und die Füße traten auf Steine, in Löcher, Pfützen, gingen die ausgestorbenen Pfade hoch, Haschischraucher hockten auf den Mauersimsen, sie kannte den Geruch von Haschisch, Rosa Maria kam gerade aus dem Haus, silberner Rock, geht's gut, Betschwester? Diese Hure, ist das vielleicht eine Art zu grüßen? Betschwester. Sie antwortete nicht einmal, Betschwester, ich bin ein redlicher Mensch, dachte sie, silberner Rock, mein Gott, laß nicht zu, daß aus meinem Sohn José Luís ein Verbrecher wird, mach, daß er nicht so ein Taugenichts wird wie sein Vater. Er kam nach dem Vater. Jawohl. Sollte sie etwa zweimal den gleichen Preis bezahlen? Sie stieg die engen Straßen hoch, im Mund bitteren Haß, Seu Onofre war gerade im Begriff, die Bar zu schließen, alles in Ordnung, Dona Alzira? Alles kaputt, zerrüttet, verdorben, aber man soll ja nicht überall herumerzählen, was zu Hause los ist. Alles friedlich, Seu Onofre.

Ein bewaffneter junger Kerl versuchte sie am Betreten der Drogenverkaufsstelle zu hindern. Es wurde Kokain an die eintreffenden Kunden verkauft. Irgendein Problem, Dona Alzira? Sie sagte, sie wolle mit Miltão sprechen. Schießen Sie los, sagte er. Es geht um etwas zwischen Miltão und mir. Der Junge ging einige Meter weiter und übergab sie an einen anderen Milizionär. Das ist die Mutter von Reizinho, sagte er.

Alzira wurde zu einer Hütte in der Nähe des Ortes gebracht, an dem ihre Freundin Preta, die Wäscherin, wohnte. Die Bewaffneten gingen hinein, warten Sie hier. Sie wartete über eine Viertelstunde, bis Bidê zu ihr kam, Bidê, Erklärung, gehen wir hinein. Sie sind die Mutter von dem Knirps, stimmt's? Reizinho. Ein guter Junge. Alzira wollte nicht eintreten. Sie wollte nur mit Miltão sprechen. Er ist schon auf dem Weg, sie haben ihm schon Bescheid gesagt.

Es dauerte eine halbe Stunde, bis Miltão in Begleitung von sieben Milizionären erschien. Gehen wir rein, sagte Miltão. Alzira wollte lieber draußen bleiben. Draußen führe ich keine Unterhaltungen. Kommen Sie rein.

Sie gingen hinein. Setzten sich. Miltão, sagte Alzira und schaute auf ihre Hände, ich kenne deine Mutter und war Kirchbanknachbarin deines Vaters. Erst da bemerkte Alzira das Blut, das an ihren Fingern klebte. Ich habe dich oft auf dem Arm getragen. Im Namen des Verstorbenen, deines Vaters, bin ich hier, weil ich dich um etwas bitten will. Im Namen Jesu. Sie legte die Fünfzigerscheine auf den Tisch. Hier. Laß meinen Jungen aus dem Spiel.

4

Rinderleber, drei Real das Kilo. Ochsenschwanz, vier zwanzig. Beinscheibe, sechs. Muskelfleisch, drei Real. Hochrippe, drei fünfzig. Die Schlachterei von Zino lag direkt gegenüber der Bushaltestelle, von der aus man eine riesige rotgelbe Plakatwand mit dem Bild einer lachenden Kuh sehen konnte, deren Leib von gestrichelten Linien zerteilt wurde, Kamm, Schulter, Nakken, alle Teile waren namentlich benannt. Daneben die Preisliste. Ein Kühllaster hielt auf dem Fußweg, zwei Männer stiegen aus, öffneten die Türen und fingen an, die blutigen Fleischteile herauszuholen und sodann in den Laden hineinzutragen.

Es herrschte immer viel Trubel und Lärm bei der Einfahrt zur Favela an der Avenida Epitácio Pessoa. Die Autos mußten gezwungenermaßen einen Gang herunterschalten, um nicht die Menge anzufahren, die sich auf den schmalen Bürgersteigen der einzigen befestigten Straße des Elendshügels anrempelte. Man mußte nicht weit gehen, um alle möglichen Arten von Waren und Dienstleistungen zu bekommen. Außer dem Schlachter gab es einen Bankautomaten, eine Autowerkstatt, verschiedene Boutiquen, eine Apotheke, Geschäfte für Baumaterial, Elektriker, Stände von Straßenhändlern, ein Fitneßzentrum, die meisten davon wurden illegal betrieben. Um diese Uhrzeit luden die Busse an der Endstation die Bewohner ab, die von der Arbeit zurückkehrten.

Reizinho saß auf der Bank unter dem Schutzdach der Bushaltestelle, er schaute niemanden an. Gedankenverloren blickte er hinüber zur Schlachterei, auf seine eigenen Schenkel, zu den blutigen Fleischbrocken, auf seine schmerzenden Beine, Arme, die Blutergüsse, er wollte nicht, daß irgendwer sein geschwollenes Gesicht bemerkte, die Blessuren oberhalb der Augen. Er, der immer gerne unsichtbar blieb inmitten der Menge, um nach Belieben zu beobachten, was ihm in den Sinn kam, war nun Gegenstand der Neugierde der Passanten. Er haßte es, wie sie ihn anstarrten. Als wäre er ein eitriger Furunkel, ein Bettler, der auf dem Asphalt schlief, ein Epileptiker mit einem Anfall während der Sonntagsmesse. Musterte er die Leute etwa auch auf diese Weise? So taktlos, die Stielaugen in fremdes Leid gebohrt? Nie und nimmer. Du und deine Neugierde, sagte Carolaine immer. Nein. Reizinho war kein herkömmlicher Beobachter, kein Gaffer, er besaß eine Technik, Geschick, verstand es, sich dumm zu stellen, wenn er bemerkte, daß er jemanden belästigte. In solchen Situationen richtete der Junge seinen Blick in die Ferne, wie ein Idiot oder ein Philosoph und konzentrierte sich darauf, aus den Augenwinkeln heraus alles zu registrieren. Du mußt lernen, mit Mutter zurechtzukommen, hatte Carolaine nach der Tracht Prügel gesagt. Lauf weg, wenn sie dich schlagen will. Renn. Warum läufst du nicht weg? Hast du keine Beine? Das

Problem war, daß seine Beine schlichtweg versagten. Lauf weg. Sie versanken wie versteinert im Boden. Flüchte vor Mutter. Ich haue ab, hatte Reizinho gesagt. Verdammt. Er fühlte sich wie gelähmt während der Schläge. Hast du dich wirklich mit Miltão eingelassen? hatte seine Schwester gefragt. Ich möchte meinen Vater finden, hatte der Junge geantwortet. Willst du einen Rat? hatte das Mädchen weitergebohrt. Erzähl Mama nicht alles, was du tust. Sie ist nervös. Denk dir ein paar harmlose Lügen aus. Mach's wie ich. Lüg. Erinnerst du dich noch an Vater? wollte José Luís wissen. Ach Mensch, warum hörst du nicht endlich auf, mich mit unserem Vater zu löchern? Unser Vater ist ein Zwerg. Schwach. Klein. Die Antwort der Schwester war eine Enttäuschung gewesen. Verdammt. Sein Vater konnte nur groß sein. Ganz groß. Er hatte sich ihn nie im Leben als klein vorgestellt. Ganz groß. Verdammt. Es war unmöglich, die Größe des Vaters anhand der Photos einzuschätzen, die José Luís bei Alzira gestohlen hatte, zwei miserable Aufnahmen, eine Geburtstagsfeier, der Vater hinter dem Tisch, hinter den Leuten, nur das ernste Gesicht. Auf dem anderen Bild war der Vater beim Einrahmen halb weggeschnitten worden. Trotzdem, Reizinho stellte ihn sich hochgewachsen vor, muskulös, stark wie ein Boxkämpfer. Und wo war der Vater nun? Ich will bei ihm wohnen. Carolaine hatte keine Ahnung. Was für einen Beruf hatte er? Herumtreiber, antwortete Carolaine. Lauf weg. Klein und schwach. Reizinho glaubte der Schwester nicht. Lauf, renn weg, schwach, wenn sie dich schlagen will. Ein Zwerg, der Vater. Carolaine hatte keine Ahnung. Lauf, renn von zu Hause weg. Verschwinde.

Es dauerte lange, bis Suzana in der Favela eintraf. Sie stieg aus dem Taxi, zwei Tüten im Arm. Reizinho trat aus dem Unterstand hervor und eilte ihr zu Hilfe. Es war ihm peinlich, als das Mädchen sein Gesicht sanft in die Hände nahm und fragte, was passiert sei. Die hübsche Suzana, gewelltes Haar, enganliegende Hosen, breiter Mund, freier Bauchnabel, rote Holzlatschen, achtzehn Jahre alt. Sie und Reizinho bummelten gemächlich, was ist passiert? Schwer, die Tüten. Als er noch kleiner war, liebte Reizinho es, bei Suzana zu Hause fernzusehen, das Nachmittagsprogramm, süße Milchcreme aus der Dose zu löffeln, auf dem Sofa, und häufig, wenn der Junge Prügel bezog, kam Suzana atemlos zu Alzira ins Haus gestürzt, entriß der Mutter den Jungen und schleppte ihn mit zu sich hinüber. Verflucht, sagte sie, deine Mutter ist wirklich zum Kotzen. Und Carolaine? Warum tut das Mädchen nichts?

Bei Suzana zu Hause gingen sie direkt ins Badezimmer. Tiegel und Flaschen im Schrank über dem Waschbecken, Parfums, Cremes, Lippenstifte, Suzana war eitel. Watte, Wasserstoffperoxyd. Schließ die Augen, ich werde das saubermachen. Ein letztes Mal rede ich mit deiner Mutter, sagte sie. Sie muß aufhören, dich zu schlagen. Was ist mit Carolaine? Ich möchte, daß du mir einen Gefallen tust, erwiderte Reizinho. Ich will, daß du mich zu Miltão bringst. Mensch, sagte sie. Hast du aber einen Dickkopf.

Reizinho hatte bereits mit Miltão zu reden versucht. Am Morgen hatte er die gesamte Favela nach dem Dealer abgeklappert. Er war bei ihm zu Hause vorbeigegangen, im Büro, hatte zwei Stunden auf dem Platz neben dem öffentlichen Telephon gewartet in der Hoffnung, er würde in Onofres Bar auftauchen. An jenem Nachmittag war auf den Straßen eine Menge los. Überall Männer von Miltão mit schweren Waffen. Streicht eure Türen blau an, tönte die Stimme aus dem Lautsprecher auf dem Platz. Holt euch hier die Farbe ab. Macht mit. Alles blau. Farbdose um Farbdose wurden aus Onofres Bar abgeholt. Willst du keine mitnehmen, Reizinho?

Bevor er Suzana suchen ging, hatte Reizinho mit Bidê geredet. Willst du einen Rat? hatte der Verwalter ihn gefragt. Es gibt keinen Miltão, auch keinen halben und keinen Kumpel Miltão, verpiß dich. Du bist raus, hatte Bidê gesagt. Ha ha ha. Verschwinde.

Jetzt konnte nur noch Suzana ihm beistehen. Suzana, du wirst mir doch helfen, oder?

Für diesen Abend hatte Miltão ein Hühneressen vorbereitet, um den Ausbruch von drei Kumpeln aus dem Staatsgefängnis zu feiern. Na, Suzana? Siebzehn Bewaffnete bewachten den Zugang zu dem Ort, hallo Suzana, sagten sie, lachten, als sie sie mit Reizinho vorbeigehen sahen. Musik. Auf dem unüberdachten Steinboden der von der Stadtverwaltung hinterlassenen Bauruine einer Schule tanzten die Leute, na, Brother, sagten sie, schüttelten sich die Hände, komm rüber, Alter.

Suzana überquerte den Platz, Reizinho im Schlepptau, Fleischgeruch hing über dem Ort, Beretta-Maschinenpistolen, man trank Dosenbier, unterhielt sich, koreanische Karabiner, aß Huhn, na, Brother, willst du'n Bier? Reizinho achtete auf die Waffen, obwohl er sie noch nicht unterscheiden konnte, Uzis, HK–47, man mußte laut reden, um gehört zu werden, was willst du trinken? Bier, sagte Reizinho.

Suzana ließ ihn auf der niedrigen Mauer, die den Platz umgab, zurück und kam mit einem Glas Trauben-Fanta wieder, du darfst keinen Alkohol trinken, sagte sie, ich bin gleich wieder da, bleib hier. Es herrschte euphorische Stimmung, Reizinho hatte den Verdacht, daß sie irgend etwas ausheckten, die Dealer, und das machte ihn noch unglücklicher, er fühlte sich nicht zugehörig, ausgeschlossen, lauf weg, ein mieses Gefühl in der Brust, renn, die Worte, die ihm in den Kopf kamen, waren »Hundekacke«, »Zwerg«, »schwach« und »kleiner Scheißer«. In Wahrheit hatte er sich nie als Mitglied dieser Gruppe empfunden, nicht einmal, als er der Schmieresteher der Bande war. Er lief nicht so herum wie sie. Benutzte keine Waffen. Und auch nicht den Slang. Verdammt. Er kannte weder die Pläne, noch nahm er an den Übungen teil. Du bist raus, hatte Bidê gesagt. Verpiß dich. Er tauschte die Fanta gegen ein Bier und hockte sich wieder auf das Mäuerchen, wobei er von ferne stets Suzanas Bewegungen verfolgte.

In dieser Nacht lernte er Leitor kennen. Der Junge kam auf ihn zu, rauchend, nikotinverschmierte Finger, und wollte wissen, ob Reizinho auf die Türen der Baracken geachtet habe. Nein, hatte er nicht. In dieser Nacht wird es passieren, sagte er. Er zeigte auf die drei frischgebackenen Ausbrecher, die Stars der Feier. Sie waren bewaffnet. Sie helfen uns, fuhr Leitor fort. Ich mache mir nie Sorgen wegen dieser Art von Problemen, sagte er und zündete sich eine neue Zigarette an. Reizinho verstand nicht, was er mit »diese Art von Problemen« meinte, und auch das übrige nicht, was er erzählte. Spürst du die Unruhe? fragte Leitor. Ja, er spürte sie, aber er hatte den Tag wie betäubt verbracht, mit pochendem Kopf, die Arme, die Beine, der Bauch schmerzten, die Gelenke, er konnte keinen klaren Gedanken fassen. Die blauen Türen waren ihm nicht aufgefallen, und er hatte auch keine Lust zu fragen, weshalb bei Onofre in der Bar Farbe verteilt wurde. Er wollte mit Miltão reden, mehr nicht. Er wollte, daß sein Gesprächspartner sich verkrümelte, und zwar so schnell wie möglich. Leitor hatte nicht die geringsten Skrupel, taktlos zu wirken, er betrachtete die Blessuren in Reizinhos Gesicht wie ein interessierter Kaufmann die Ware, aufmerksam, unverblümt, fehlt nur noch, daß er sich nach dem Preis erkundigt, dachte Reizinho mißfällig.

In einer der Ecken des Gevierts unterhielt Miltão sich mit seinen Freunden. Den Arm um Suzanas Taille gelegt. Miltão wiegte sich, gestikulierte, lachte, Suzana machte Reizinho zweimal ein Zeichen zu warten. Immer mit der Ruhe, gab sie ihm zu verstehen. Verdammt. Von wegen Ruhe.

Leitor erzählte, er habe in einer Zeitschrift gelesen, daß Clinton sehr viel größere Schwierigkeiten habe, einen Bunker voller durchgedrehter Phantasten in Texas unter Kontrolle zu bekommen, als in Haiti einzumarschieren. Klasse, sagte Reizinho und vermied, Leitor ins Gesicht zu schauen, er wollte dort weg, wußte nicht, was er sagen sollte, wozu dieses blöde Gefasel über Haiti? Er wußte nicht mal, was Haiti war. Was wollte dieser Mann überhaupt, der sich eine Zigarette nach der anderen ansteckte und Dampfwolken in die Welt ausstieß? Nach etlichen Umschweifen fragte Leitor, wer das mit ihm angestellt habe. Wer hat dich geschlagen? Reizinho gab keine Antwort. Du darfst niemanden so etwas mit dir machen lassen, sagte er. War das dein Vater? Reizinho schloß mit einer ungeduldigen Gebärde die Augen. Schon gut, sagte Leitor. Tut mir leid, wenn ich mich einmische. Aber ich toleriere so etwas nicht. Wie alt bist du? Zehn, nehme ich an. Keiner, egal wer, dein Vater, deine Lehrerin, weiß der Teufel, niemand darf so etwas tun. Ich spreche aus eigener Erfahrung. Reizinho suchte mit den Augen nach Suzana. Sie machte ihm ein Zeichen. Ruhe. Und weißt du, was das schlimmste ist? sprach Leitor weiter. Man gewöhnt sich dran, vermöbelt zu werden. Alter, wenn ich es dir sage. Es dauert nicht lange, und du findest es völlig normal, Prügel zu beziehen. Tatsache. Hört sich verrückt an, ist aber die reine Wahrheit. Anfangs tut es noch weh, aber dann spürt man nicht mal mehr den Schmerz. Und wenn du nicht ganz bei Trost bist, denkst du sogar noch, du hast die Strafe verdient. Wirklich wahr. Und das ist nicht das Widerwärtigste daran. Am ekelhaftesten ist, daß das Arschloch, das dir die Fresse poliert, ebenfalls lernt, Gefallen daran zu finden. Jawohl, so ist das. Zuschlagen ist eine feine Sache. Baut bei dem Typ die Spannungen ab, verstehst du? Ich kenne diesen Mist. Ich sehe immer, wie du hier rumschleichst, fix und fertig. Es ist nicht das erste Mal. Jede Woche, um die Wahrheit zu sagen. Ich denke immer, wer ist der Sack, der diese Verwüstungen anrichtet? Ich verwette das gesamte Geld in meiner Tasche, daß es dein Vater ist. Stimmt's? Los, du kannst es doch sagen. Nein, antwortete Reizinho widerwillig, es ist nicht mein Vater. Leitor schaute ringsumher und überlegte, was er sagen sollte. Schweigen. Er holte einen Zettel aus der Tasche, schrieb eine Anschrift darauf, komm vorbei, wenn du Bedarf hast.

Miltão kam kurz darauf, er und Suzana, händchenhaltend. Suzana flüsterte ihrem Liebsten irgend etwas ins Ohr und ging hinaus. Noch viele Jahre später sollte der kleine König sich an diese Nacht erinnern, an die Dinge, die Miltão ihm gesagt hatte, bestrebt, gut und gerecht zu erscheinen wie ein aufopfernder Vater, obwohl er doch nur grausam und fühllos war wie jeder andere Dealer in Rio de Janeiro. Dünn, schmal, das Gesicht voller Blutergüsse, die Hand zerschossen, bat er Miltão inständig, im Rauschgifthandel weiterarbeiten zu dürfen, er sagte zu Miltão, er wolle nie wieder zurück nach Hause, es fehlte wirklich nur, daß er sich hinkniete, verdammt, er flehte ihn an, ihm eine Arbeit zu geben, um Gottes willen, verdammt, er würde alles tun, klauen, sollte seine Mutter doch zum Teufel gehen, er wollte nicht wieder nach Hause, er würde auf der Straße schlafen, wenn es sein mußte, nein, nein, nein war alles, was Miltão erwiderte. Was also sollte er tun? Lernen, antwortete Miltão. Schule, er hatte nichts mit der Schule im Sinn, verdammt noch mal. Seit über sechs Monaten ging er nicht mehr in seine dritte Klasse in der Grundschule. Seit sechs Monaten? Geh wieder in die Schule, sagte Miltão. Wenn er doch kein Wort von dem verstand, was die Lehrerin erzählte, verdammt. War Miltão zufällig zur Schule gegangen? Kein Mensch wollte etwas von Schule wissen. Er auch nicht. Er wollte arbeiten. Aber nicht als Schuhputzer und auch nicht als Lastenträger auf dem Markt, ebensowenig als Autoscheibenwäscher, wie Miltão ihm vorschlug. Er wollte nicht. Nichts zu machen, sagte Miltão, und du solltest mir dankbar sein. Es ist kein gutes Leben, das wir führen. Willst du früh in die Kiste springen? Ja, antwortete Reizinho, ich will eine Waffe, ich will arbeiten. Miltão legte dem Jungen väterlich die Hand auf den Kopf, grinste, es geht nicht, sagte er. Verdammt. In Reizinho machte sich ein mieses Gefühl breit, Haß, eine Wunde, die explodierte und seinen Körper durchlöcherte, sich in alle Richtungen ausbreitete, in die Beine, die Arme, und vor allem in den Mund. Und mein Geld? fragte er. Der Dealer steckte die Hand in die Tasche, zog ein Bündel Scheine hervor, zählte vier Fünfzigerscheine ab. Sag deiner Mutter nichts davon, erklärte er und gab ihm das Geld.

Auf dem Rückweg fiel Reizinho auf, daß die meisten Baracken blau angestrichene Türen hatten, genau wie Leitor gesagt hatte. Er fand seine Großmutter, Cândida, auf der Veranda ihres Hauses beim Anmalen der Pfosten vor. Sie haben Farbe ausgeteilt, sagte sie. Fand ich gut. Laß mich streichen, Oma. Kann ich bei dir schlafen?

5

Heftiger Regen in den frühen Morgenstunden. Die Glühbirnen der Laternen waren im Laufe des Nachmittags zerstört worden. Vollständige Dunkelheit. Nur ganz oben auf dem Gipfel der Favela waren ein paar Lichtpunkte zu sehen, Miltão hatte an alles gedacht.

Ein Chevrolet-Bus bog in die Ladeira dos Papagaios gegenüber von Zinos Schlachterei ein und fuhr mit heulendem Motor langsam hinauf. Gleich darauf tauchten aus dem Nichts wie ein Rudel Hunde aus dem Wald einhundertzwanzig Polizisten mit Schilden, gepanzerten Wagen und schweren Waffen auf, umzingelten den Hügel und verstellten die Zugänge zur Favela. Maschinengewehre schossen den Weg frei. Die Soldaten rückten voran, wurden mit Kugeln von Miltãos Männern in Empfang genommen. José Bezerra, der für die Operation verantwortliche Kommandant, starb gleich in den ersten Minuten des Gefechts durch eine Granate, die seinen Körper zerfetzte. Der Fahrer des Chevrolet wurde verprügelt, sein Bus zerstört. Der Motor wurde ausgebaut, die Sitze ausgeweidet, nichts gefunden. Der Regen weichte die Gassen auf, verschlammte sie immer mehr, und das war gut für die Dealer. Die Soldaten eröffneten das Feuer, drangen in Hütten ein, rissen Familien aus dem Schlaf, schlugen den armen Schluckern ins Gesicht und wälzten sich im Morast. Dreißig Personen wurden festgenommen und am folgenden Tag alle ausnahmslos wieder freigelassen, da nichts vorlag, das sie mit dem Drogenhandel in Verbindung brachte. Geschichten von Übergriffen, Prügeln, Gewehrkolbenstrichen, Stockhieben auf den Rücken, Keulenschlägen, Tritten und Elektroschocks, wie die von dem Fahrer des Chevrolet, dem Elektronikmechaniker Q-Jóia, waren in allen Bars, öffentlichen Telephonen, Kneipen, Bäckereien, Toren und Terrassen der Favela zu vernehmen, so wie immer nach Invasionen. Kinder vergnügten sich damit, die Projektile vom Boden und aus dem Putz der armseligen Häuser zu klauben. Die Polizisten hatten weder die »Hütte mit der blauen Tür« noch die Ladung von fünfzig Kilo Kokain ausfindig gemacht, die dem Fingerzeig eines Informanten zufolge, der die Besetzung ausgelöst hatte, in einem Chevrolet eintreffen sollte. Alle Türen von allen Hütten und alle Tore waren, wohin man auch schaute, blau angemalt.

Mancherorts konnte man erkennen, daß der Anstrich noch frisch war, und in allen Gassen des Elendshügels lagen Dosen und große Pinsel verstreut. Die Typen waren verloren, erzählte Miltão am darauffolgenden Tag unter großem Gelächter, leicht, kinderleicht, so leicht wie einem Gaunerjungen die Süßigkeiten abknöpfen, sagte er. Der Mechaniker würde seinen Anteil bekommen, weil er seine Arbeit ordentlich erledigt und bei der Abreibung den Schnabel gehalten hatte. Bem Bolado hatte dem Jungen übel mitgespielt, indem er ihm den Plan nicht vollständig erklärt hatte, fahr mit deinem Chevrolet um vier Uhr langsam den Hügel hoch, zu dir nach Hause. Der Mann hatte versucht, sich herauszuwinden, aber Rauschgifthändler sind es nicht gewohnt, Absagen zu bekommen.

Die Gruppe war auf den Einmarsch vorbereitet. Tage zuvor hatte ein Informant angerufen und Alarm geschlagen. Streich den Laden lila, hatte Miltão gesagt, als mitgeteilt wurde, daß die Polizei eine seiner Verkaufsstellen besetzen würde. Ändere den Lagerplatz. Such dir einen anderen Tag aus. Nehmt einen anderen Wagen. Miltão kaute Kaugummi, reinigte seine Waffe, weniger besorgt wegen des Angriffs als über die Existenz von Polizeiinformanten. Die Bullen kann man sehen. Wir schießen und legen sie um. Aber diese Verräter? Jemand von drinnen, jemand aus der Nähe, der diesen Affen Details über das Lieferfahrzeug, über den Lagerort zukommen ließ. Das bereitete ihm Kopfzerbrechen. Es war nicht das erste Mal, daß eine Information durchsickerte. Laß uns unsere Strategie ändern, sagte Miltão. Alle befanden sich im Haus des Dealers, an einem schwülen Dienstag, der Himmel verdüsterte sich, es donnerte. Leitor hatte einen besseren Vorschlag, als er das hörte. Leitor redete beständig davon, diesem Drogenkriminalisierungszirkus müsse ein Ende gesetzt werden, er wurde nicht müde, seinen Freunden Passagen aus einem Buch zu wiederholen, das er gerade über das Thema gelesen hatte: Haschisch ist schädlich? Und Boxen? Und Bergsteigen? Und mit dem Auto um die Lagoa rasen? Warum verbieten sie das nicht? Warum verbieten sie nicht die Fettleibigkeit, die Millionen Menschen auf der Welt umbringt? Wir wollen, daß der Bürger sich nicht kaputtmacht, und dann geben wir Zigaretten und Alkohol frei. Das ist genauso sinnvoll, wie einem Selbstmörder eine geladene .38er in die Hand zu drücken. Wir rauchen, bis wir an Krebs sterben. Trinken, bis eine Zirrhose uns dahinrafft. Tabak und Alkohol sind wirklich tödlich. Scheinheiliges Gerede. Dort in den USA, bei den ganzen Puritanern, bei diesen Provinznasen aus Ohio, die mit sechzehn Hemden tragen, auf denen »I love Jesus« steht, lasse ich diese Politik ja noch gelten, aber hier? Von klein auf lernen unsere Töchter im Fernsehen, daß, was in dieser Welt zählt, blondes Haar und ein Knackarsch sind. Mehr nicht. Und wir sollen kein Haschisch rauchen dürfen? Kein Kokain schnupfen? Das ist zuviel der Verlogenheit, sagte er. Alkohol ist erlaubt, Tabak ist erlaubt. Wir dürfen uns mit Pillen vollstopfen, um mit dem Essen aufzuhören, Pillen, von denen wir den ganzen Tag lang scheißen müssen, und noch mehr Pillen, Pillen zum Aufwachen, zum Schlafen, wir sind süchtig, wie schon gesagt, nach Fernsehen, Essen, Sex und Lithium, aber Haschisch und Kokain sind verboten, weil sie abhängig machen. Abhängig? Liest denn keiner die Untersuchungen, die Statistiken? Idioten. Schwachköpfe sind das. Das sage nicht ich. Das behaupten fähige Gelehrte. Leute, die was von der Materie verstehen und Bücher zu dem Thema veröffentlichen. Wir werden die nächste Cosa Nostra sein. Das ist alles.

Keiner scherte sich um Leitors Theorien, auch nicht um die Bücher, die er las und pausenlos zitierte, Miltão, Bidê und Bidezinho, Jaú, Bem Bolado telephonierten im allgemeinen, wenn Leitor seine Vorträge hielt, blätterten in Comics, reinigten ihre

Waffen, furzten vor sich hin, schliefen, kauten an den Nägeln, oder sie luden einen Haufen Blödsinn in Leitors Gehörgängen ab, wenn sie legalisieren, sagten sie, dann wird es so sein, daß man in die Apotheke kommt und ein Kilo reinsten Schnee kauft, Marke Los Pablitos, mit einem kleinen Totenschädel darauf, sie lachten, fanden es lustig, Los Fodidos, La Bolivia, La Colombia, Los Cucarachos Blancos, lachten sie, es war ihnen ziemlich schnuppe, ob es legal war oder nicht, Los Diegos, sie kapierten es nicht mal, Steuern, Los Juans, Gewalt, die Hohlköpfe bringen sich um und verstehen noch nicht mal, was mit ihrem eigenen Arsch passiert, dachte Leitor. Er war es gewohnt, verhöhnt zu werden, aber an diesem Nachmittag, als er etwas anderes vorschlug, horchten sie auf. Die Polizei wird hochkommen und nach der Baracke mit der blauen Tür suchen? Ist es so? Miltão, wir werden es ihnen zeigen. Hör mal, Miltão, ich lese viel in der Bibel, da gibt es eine Passage, hör zu. Ihr wißt, wer Moses ist, oder? Sie wußten es so ungefähr. Gottes Freund. Ein Heiliger? Gott hat zu Moses gesprochen, sagte Leitor, er hat ihn geheißen, ein Lamm zu töten, und hat die Hebräer mit dem Blut des Tieres die Türen ihrer Häuser kennzeichnen lassen. Das steht in der Bibel, sagte er. So haben es die Hebräer gemacht, und in der Nacht tötete Gott die Erstgeborenen der Familien der Ägypter. Ich habe kein Wort verstanden, sagte Miltão und spuckte das Kaugummi aus. Das Problem waren die Worte »Hebräer« und »Erstgeborene«. Leitor erklärte alles noch einmal. Wir werden die Türen aller Baracken blau anstreichen, und damit wirst du zu verstehen geben: Wir sind größer, wir sind schrecklich, wir sind unbesiegbar. An unseren Türen ist das Blut vom Lamme Gottes. Hast du kapiert? Verteil Farbe. Miltão gefiel die Idee, wenn auch nicht aus den gleichen Gründen wie Leitor. Alles blau anmalen? Großartig. Wir lassen sie auflaufen. Die Typen werden alt aussehen. So machten sie es. Ha, ha, Bidê war ebenfalls für den Plan. Die werden schon sehen. Sie behielten in ihren Telephongesprächen dieselbe Strategie bei, obwohl die an der Operation Beteiligten schon über die neue Lieferroute, den neuen Wagen, den neuen Tag Bescheid wußten.

Leitor amüsierte sich köstlich, als er später vernahm, daß Miltão die Operation »Moses beim Pack« getauft hatte.

Am darauffolgenden Morgen spürte Reizinho, als er losging, um seine Kleider aus dem Haus seiner Mutter abzuholen, die gleiche Unruhe wie am Tag zuvor, Miltão schüttet sich immer noch aus vor Lachen, sagte irgendwer in Onofres Bar. Stell dir das Gesicht der Polizisten vor. Stellt euch bloß mal vor. Alles blau. Es stand in der Bibel. Und als es zu regnen anfing, was war da? Dieser gewaltige Schlag, die schlitternden Stiefel. In der Bibel. Ha, ha, ha, Bidê kaufte Zigaretten. Alles blau. Das bringt's. Nur von den Toten sprachen sie nicht. Nach den Schießereien war es gang und gäbe, die Schreie verzweifelter Mütter zu hören. Die Habenichtse hockten auf den Mauern und wollten Neuigkeiten. Aber von Toten war an diesem Tage nicht die Rede. Nur von Verletzten.

Enge Straßen, unbefestigt, voller Löcher, Pfützen, Hühner, Autowracks, und am Himmel tieffliegende Maschinen im Landeanflug auf den Flughafen Galeão. Magere Gestalten. Reizinho unterwegs. Beobachtenden Auges. Dicke Frauen. In der Favela sind die kleinen Jungen spindeldürr und die heranwachsenden Mädchen pummelig. Die Frauen sind fett, und die Männer haben einen Bauch. Das ist die Regel. Reizinho schlenderte langsam, schaute, er fühlte sich zerschlagen. Er hatte in der Nacht die Türleisten vom Haus seiner Großmutter gestrichen, und da noch Farbe übriggeblieben war, hatte er auch die Fenster und die Pfosten der Terrasse angemalt. Um drei Uhr morgens pinselte er, noch immer nicht müde, die Reifen im Garten an, die als Fuß für einen Tisch dienten, auf dem Cândida an sonnigen Tagen die Kleider der Schule ausbreitete, um sie zu besticken. Und während er alles blau zukleckste, dachte er wieder und wieder an Miltãos Worte und ärgerte sich über sie. Geh wieder zur Schule. Er würde nicht wieder hingehen. Er hatte mit seiner Großmutter eine Abmachung getroffen, er würde wieder zur Schule gehen. Im Gegenzug würde er bei ihr wohnen, ihr beim Sticken helfen, bei der Auslieferung der Stücke und beim Einkauf der Materialien, Pailletten, Perlen, Glasschmuckkugeln. Er würde alles tun. Er würde sticken. Er würde nicht vor den weibischen Kerlen losprusten, die im Haus seiner Großmutter ein- und ausgingen, wun-der-schön, pracht-voll, sagten die Künstler, die die Kostüme entwarfen, ich will Federn, Cândida, ich will Gold, Volumen, meine Liebe, Fülle, Farbe, sagten sie und gestikulierten mit den Händen und Mündern, dieses Blau ist furchtbar, einfach ab-scheu-lich, ich werde ganz krank davon, ich bekomme keine Luft, wenn ich dieses triste Blau nur sehe, Cândida, trist, und sie setzten sich hin und lachten lauthals und heulten, weil sie unglücklich waren, die Karnevalisten, er hat mich verlassen, Cândida, wisperten sie, ich habe ihm dies gegeben und das, habe dies getan, habe jenes gemacht, und sie weinten affektiert, ich bin völlig fertig, Cândida, Reizinho hörte immer aufmerksam zu, völlig fertig, Schätzchen, und hätte am liebsten über die Bemerkungen der Männer gelacht, über die Kleidung, die sie trugen, ihre pathetisch gefärbten Haare, aber er gelobte, von diesem Tag an, versprach er, würde er nicht mehr lachen. Es macht mir nichts aus, daß sie schwul sind, es sind meine Kunden, sagte Cândida. Reizinho würde höflich zu den Kunden seiner Großmutter sein, er würde sticken, kochen, Kaffee bereiten, er würde das Wohnzimmer putzen, die Pailletten aufklauben, die auf dem Boden verstreut lagen, er würde alles tun. Aber er würde nicht wieder zur Schule gehen. Er mochte die Schule nicht. Ja, ich gehe wieder zur

Schule, hatte er der Großmutter gesagt. Er hatte es versprochen. Bis drei Uhr morgens hatte er gepinselt und an Miltão gedacht. Und an Suzana. So hübsch, die Suzana. Die lachenden weißen Zähne. Alles blau. Als er den Kopf auf das Kissen legte, zeigte die Digitaluhr drei Uhr zweiundfünfzig Minuten. Kurz darauf ging die Schießerei los. Er und die Großmutter hörten, sich bei den Händen haltend, die Schüsse. Regen. Dann, als alles still war, taten sie, was alle bei solchen Anlässen machten, sie öffneten das Fenster einen Spalt, spähten, hängten sich an die Tore und redeten mit den Nachbarn. Sie schliefen nicht mehr. Jetzt begreife ich, weshalb sie die Farbe ausgegeben haben, sagte die Großmutter, als man ihr mitteilte, was geschehen war. Schlauer Bursche, dieser Miltão. Cândida sprach von dem Dealer in bewunderndem Tonfall, und genau dieser Tonfall, der sich über die gesamte Favela ausbreitete, die blaue Farbe und der bewundernde Tonfall waren es, die das Blut des Jungen vergifteten, als er am nächsten Morgen durch die Straßen schlenderte. Reizinho fühlte sich unpäßlich, der fehlende Schlaf hatte ihm nichts ausgemacht, aber Miltão, ja, Miltão hatte seinem Arbeiten ein Ende bereitet und seiner Zukunft, an diesem Nachmittag und an den folgenden, im Oktober, November, Dezember würde er nichts zu tun haben außer umherzulaufen, alles zu betrachten, ohne zündende Ideen. Er würde nicht zur Schule gehen. Er geht in die Schule, hatte seine Großmutter behauptet, als Alzira am Morgen fassungslos auf der Suche nach dem Jungen aufgetaucht war. Er hat mir nicht mal Bescheid gesagt, Mutter, er hat mir nichts davon gesagt, daß er hier ist. Es ist ihm schnurzpiepegal, Mutter. Ich habe kein Auge zugetan, ich muß den ganzen Tag arbeiten, ohne eine Sekunde Schlaf. Zehn Leute werden bei Dona Juliana zu Mittag essen. Dona Juliana hat Geburtstag. Und ich habe nicht eine Minute geschlafen, Mutter. Die weinerliche Stimme der Mutter, die er vom Schlafzimmer aus hörte, weißt du, Mutter, was hart ist? Hart ist, wenn man seinem Sohn nicht den Kopf zerspalten und die guten Dinge hineintun kann. Das ist hart. Sie haben ihm ein Loch in die Hand geschossen, hast du gesehen? Ein Glück, Mutter, daß ich Carolaine habe. Sie sind so anders, Mutter. Carolaine ist brav. Sie lernt, mit dem Computer zu arbeiten. Dieser Herumtreiber gerät nach dem Vater. Ein Taugenichts wie der Vater. Ich schaue ihn an, Mutter, und sehe diesen Schuft vor mir. Ganz der Vater. Die Augen, haargenau gleich. Der Mund. Ach, Mutter. Das ist eine Strafe.

Reizinho wußte, daß niemand zu Hause war, er hatte eine Uhrzeit gewählt, zu der beide fort waren, die Mutter bei der Arbeit, Carolaine beim Computerkurs. Er ging ohne Eile, die Ohren aufgesperrt. Alle waren von Miltão beeindruckt. Hast du gesehen, was er gemacht hat? Er hat die Häuser angemalt. Er hat einen Polizisten umgelegt. Alles blau. Habt ihr die Zeitungen gelesen? Wieder ein Polizist im Drogenkrieg getötet, lautete die Schlagzeile. Dieses Bein hier auf dem Photo ist meins, Reizinho. Hier mein Schuh, siehst du? Schau, das Haus von Rosa Maria hier in der Zeitung, sagte jemand. Das ist mein Bein. Miltão ist klasse, sagten sie. Miltão mußte sich im siebten Himmel befinden, er liebte es, wenn die Kinder herbeigelaufen kamen, um ihm zu applaudieren. Seht die Abwasserkanäle, seht die Kinderkrippen, seht, was ich gemacht habe. Ein eitler Kerl. Sogar Rosa Maria freute sich über Miltão, sie hielt allen die Zeitung mit dem Photo eines Jungen aus der Favela hin, dessen zu einer Muschel geformte Hand voller Projektile war. Dahinter ein Paar Beine von jemandem, der am Rinnstein saß, der Körper war abgeschnitten. Das war Rosa Maria. Ich habe gesehen, wie sie das Photo aufgenommen haben. Sie haben mich sogar interviewt. Was steht dort, Reizinho? Lies es mir vor. Schreiben sie über mich? Reizinho las nicht gerne. Miltão ist bei mir, und ich mache nicht auf, sagte Rosa Maria mit der Zeitung in der Hand. Schau dir meine Schuhe an. Miltão würde später defilieren, Reizinho wußte es. Um Lob zu kassieren. Wenn sich allerdings jemand wegen der fehlenden Abwasserrohre, wegen des Mangels an Kinderkrippen, über das Verbrechertum beschwerte, dann ging Miltão in die Luft. Wir tun, was möglich ist, und sie beschweren sich weiter. Das ist diese Lebenseinstellung Dein-Reich-komme, weißt du, wie das funktioniert? Sie wollen eine Wohnung, Essen und saubere Klamotten. Ich tue mein möglichstes. Wenn sich was verbessern läßt, dann verbessern wir's. Schau die Rohre dort drüben. Abflußrohre. Früher floß die Scheiße dort unter freiem Himmel hinunter. Sieh das Abwasserrohr. Wir haben die Kanalisation gebaut. Wir haben den Kindern Hefte gekauft. Radiergummis. Lineale. Die Krippe, wir haben sie eingerichtet. Jemand stirbt? Wir beerdigen ihn und bezahlen alles. Wir geben der Witwe eine Rente, sofern sie keine Herumtreiberin ist. Und sie beschweren sich? Es gefällt ihnen hier nicht. Dann sollen sie doch woanders hinziehen.

Reizinho ging auf das Haus zu, die Fenster waren geschlossen. Suzanas Haus ebenfalls verriegelt. Suzana arbeitete als Verkäuferin in einem Kosmetikladen. Von Mal zu Mal roch sie besser. Carolaine bei ihrem Computerkurs. Alle arbeiteten, außer ihm. Miltão, der Sack. Klötengesicht. Er hatte kaum die Tür vom Wohnzimmer geschlossen, da hörte er das Geräusch, das aus dem Schlafzimmer drang, etwas Quietschendes, Winselndes, er hielt den Atem an, um keinen Lärm zu machen, immer, wenn er Angst verspürte, hielt er den Atem an, er hielt ihn an, schnappte sich das Messer aus dem Waschbecken und zap, zerschnitt den Vorhang des Schlafzimmers seiner Mutter. Carolaine kauerte nackt auf dem Bett, auf allen vieren. Reizinho sah nicht mal, wer der Junge hinter ihr war, er drehte sich um und ging hinaus. José Luís, rief seine Schwester. Im Gehen nahm der Junge zwei T-Shirts von der Wäscheleine, ein paar Strümpfe, Unterhosen, José Luís, Carolaine öffnete das Fenster und zog sich dabei etwas über, ich will mit dir reden, sagte sie. Reizinho knallte das Tor zu und ging in Richtung des Hauses seiner Großmutter. Er überlegte, umzukehren und dem Kerl die Fresse einzuschlagen. Wer war der Mann? Er ging nicht zurück. Sollte seine Schwester doch zum Teufel gehen. Amöbe. Die ganze Zeit über vor dem Spiegel, wie hypnotisiert, tanzend, sich nach hinten wendend, zur Seite, nach vorn, Posen, Lippenstift, tanzen, mehr nicht. Und sich nun in den Arsch ficken lassen. Ein Lastwagen von der Stadtverwaltung verstellte den Zugang zum Sportplatz. Reizinho kroch unter dem Laster hindurch, spürte die der Erde entströmende Hitze. Er erblickte zwei von Miltãos Leibwächtern, die sich unterhielten. Brillen mit farbigen Gläsern, geile Musik, er würde nie solche tollen Sachen haben. He, warte auf mich, schrie Carolaine, die bloßfüßig und atemlos hinter ihm hergerannt kam. Reizinho blieb stehen, sah zu, wie seine Schwester unter dem Laster hervorkroch, genau wie er Minuten zuvor. Ein Frau ging eilends mit ihrem Kind auf dem Arm vorüber, sie war wütend, die Frau. Du bist noch klein und verstehst das nicht, sagte seine Schwester. Der Lastwagen mit den Gasflaschen fuhr davon, und einige Sekunden lang verstand Reizinho kein Wort von dem, was Carolaine redete. Was hast du gesagt? Er ist mein Freund, wir werden heiraten. Ich weiß. Heiraten. Stechende Sonne. Genau, heiraten. Kinder haben. Woanders wohnen. In einem anderen Stadtteil. Ein Auto haben. Eine Waschmaschine. Ein anständiges Leben. Oder willst du, daß ich Dienstmädchen werde wie Mutter? Willst du das? Willst du, daß sie mich anschreien, mich eine dumme Kuh schimpfen? Dieser Hungerlohn. Willst du, daß ich kaputtgehe? Tut mir sehr leid, José Luís. Ich werde mich nicht abrackern so wie sie. Stechende Sonne. Willst du meine Meinung hören? Dann lieber der Drogenhandel, dann lieber Miltão. Viel lieber. Genau, geh zurück zu Miltão. Sei wer. Besorg dir eine Maschinenpistole und zeig's ihnen. Jungen trafen bei der Verkaufsstelle ein, eine kleine Schlange, Käufer, Kuriere, Drogennotruf, schnelle Bedienung. Nur um eins will ich dich bitten, sagte sie. Erzähl Mama nichts.

Reizinho antwortete nicht. Er drehte sich um und trottete davon, überquerte den Sportplatz, willst du spielen, Reizinho? Er wollte nicht. Weiter vorne nahmen Miltãos mit automatischen Pistolen bewaffnete Männer die Bestellungen der Konsumenten entgegen. Briefchen, Steine oder was zum Rauchen? fragte einer von ihnen, als Reizinho näher kam. Alles, sagte er. Knete bar auf die Kralle, sagte der Milizionär. Reizinho dachte, die Dealer könnten nicht auf einen Fünfzigerschein herausgeben. Aber sie konnten. Wir können sogar auf Dollar herausgeben, sagten sie lachend, die Rauschgifthändler.

6

Dig dig, den den/ dig dig, don don/ dig den, dig don/ dig dig, den don, Kinder sangen in der Ferne, klatschten in die Hände, während Reizinho auf dem Sportplatz mit dem Rücken an einen Laternenpfahl gelehnt dasaß und wartete. Er fühlte sich gut, ein angenehmer Tag, milde Temperatur, keine Müdigkeit, kein Hungergefühl und auch keine Trägheit, schmutzige Füße, dem Vater würde es nichts ausmachen. Das rote Auto parkte auf der gegenüberliegenden Seite vom Platz, hupte, Reizinho lief hinüber, stieg ein, hallo Vater, hallo, mein Sohn, was möchtest du machen? Schwimmen gehen. Sie fuhren zu einem Hochhaus in Leblon, schau, mein Sohn, wir haben einen Spielplatz, möchtest du spielen? Swimmingpool. Tschof, ins Wasser, sie sprangen, schwammen, wir haben auch einen Festsaal, Parks und ganz in der Nähe den Strand.

Sie redeten über Vasco, der Vater rauchte, den Bauch in die Sonne gestreckt, aß Erdnüsse, trank Bier, viele Spieler sind angeschlagen, wie sollen wir da gewinnen? Wir müssen uns auf den Gegner stürzen. Sie schwammen. Eine Mannschaft, die zuschlägt, die drauflos stürmt, sagte er. Tauchten. Wir müssen die Positionen der Spieler ändern. Stärker zuschlagen. Dieser Verteidiger. Angreifen und schießen. Dieser Mittelfeldspieler. Dieser blöde Taktiker. Und der Verteidiger ist uns abhanden gekommen. Der ist zu Botafogo gegangen. Sie tauchten und schwammen. Duschten mit Phebo-Seife, Reizinho liebte diese Marke, bei Dona Juliana lag immer Phebo-Seife neben dem Waschbecken, und Trockenblumen, ein köstlicher, süßlicher Duft, und kleine Handtücher für die Hände der Gäste, mit Spitzen, weiches Toilettenpapier. Sie tobten auf dem Spielplatz. Spielplatz und Swimmingpool waren genau, wovon Alzira träumte. Alzira auf der Straße, am Sonntag, eine alte Zeitung in der Hand, hingerissen von den Bildern und den Grundrissen der Immobilienanzeigen. Schau mal dieser hier, Carolaine. Sieh nur. Drei Schlafzimmer. Swimmingpool. Spielplatz. Festsaal. Ich habe in der Lotterie gespielt, sagte sie. Wenn ich gewinne, ha! Spielplatz und Festsaal. Ha! Und Swimmingpool. Aber sollten doch alle in der Hölle schmoren, warum an sie denken, an die Mutter, an die Träume der Mutter, Swimmingpool und Spielplatz, an die anderen, in der Hölle, wenn er doch bei seinem Vater bleiben konnte, im Restaurant zu Mittag essen, in welches Restaurant willst du gehen, mein Sohn? Sie aßen im Mar Manso, ein Tisch auf dem Trottoir, salziges Gebäck, Stockfischbällchen und Eis. Das Problem war der Hunger, er verspürte nie Hunger. Sie gingen ohne Eile, angenehme Brise. Auf der Straße Party. Frauen in Tops, sie joggten, skateten, Pferdeschwänze, praktisch nackte Mädchen im Bikini, Sand auf der Haut, Verliebte, junge Frauen, die Fett verbrannten, Walking, schneller Schritt, Mädchen beim Volleyballspielen, Fußball, Frauen, Strandball, viel Saft und Kraft, Fahrräder, Shorts, Bikinis, Sonne, Beine, Füße, Kettchen an den Fußgelenken, auch der Vater liebte es, die Frauen am Strand zu bewundern. Sie müssen Suzana kennenlernen, Vater. Du kannst mich duzen. Vater. Du. Ich. Herr. Ist Suzana deine Freundin? Ja. Er sagte gerne »meine Freundin«. Herr. Ein schönes Wort, »Freundin«. Ich. »Braut«, ein tückisches Wort. Du. »Frau« und »Gattin«, gruselig. Herr. »Chefin«, er würde seine Freundin niemals »Chefin« nennen. Selbst nach der Hochzeit würde Suzana seine Freundin bleiben. Der Vater erzählte von einer Frau, die im Büro arbeitete. Sehr hübsch. Schreibdame. Sekretärin. Liebe. Telephonistin. Willst du ein Eis? Lieber ein Kokoswasser. Und plötzlich ein heftiger Windstoß, flap, das Fenster schlug auf, Reizinho öffnete die Augen, sah das Schlafzimmer seiner Großmutter, Jesus Christus an der Wand, Dornen, er stand auf, um das Fenster zu schließen, mit schwindelndem Kopf. Kinder spielten draußen, in der Nähe des schon zerborstenen Abwasserrohres, klatschten in die Hände und sangen, *Aiona iona ie/ ai mini mini ma.* Die Uhr zeigte drei, *Makkaroni mit Schokolá,* so waren die Tage, Lösungsmittel, Schusterleim, Äthychlorid, Verdünner, Crack, die Augen schließen, dieses tolle Gefühl spüren, gute Gedanken, ausgestreckt auf dem Bett der Großmutter, wenn sie zum Einkaufen ging, oder auf den Sportplatz geflätzt, oder im Inneren der verlassenen Autos, unter der sengenden Sonne, wo immer man ihn in Ruhe ließ. Manchmal, wenn seine Großmutter zu Hause war und stickte, lief Reizinho zu Onofre in die Bar. Billardtisch, blauer Tresen hinten. Darüber ein mit Plastikblumen und dem Bildnis Unserer Lieben Frau geschmücktes Bord mit dem Hinweis: »Meine Familie ist wie Deine, sie will geachtet werden«. Doch Onofres Familie arbeitete nie in der Bar. Nur Onofre. Hallo, Reizinho, winkten die Passanten. Hunde. Er versteckte sich, wann immer er seine Schwester Carolaine im Eilschritt unterwegs zur Bushaltestelle erblickte, oder seine Mutter auf dem Rückweg von der Arbeit, immer in derselben engen rosa Bluse, einem Geschenk von Dona Juliana. Reste. Nimm es mit für die Kinder. Müll. Es wird ihnen gefallen. Diese zu klein gewordenen Turnschuhe hier. Die ausgeblichenen T-Shirts. Diese löchrigen Stiefel, wie wär's damit? Sachen, die die Mutter freudig mit nach Hause schleppte, natürlich wollen wir sie. Wir brauchen sie. Ist zwar ein bißchen eng, aber wo ist das Problem? Zieh das hier an. Und meckere nicht. Danke Gott. Im übrigen war seine Gleichgültigkeit gegenüber Gott genau aus der Haltung seiner Mutter erwachsen, in jeder widrigen Lage, bei Hunger, Geldknappheit, Kälte, Elend, sollten sie Gott danken, sagte sie. Verdammt. Sollten Gott für das undichte Dach danken. Für die kaputten Schuhe. Für die zerrissenen Kleider. Für das Fleisch, das sie nicht hatten. Bedank dich bei Gott. Er bedankte sich nie. Niemals.

Rosa Maria, sonnengebräunt, ausgehbereit für den Abend, ich habe mir einen Gringo als Freund angelacht, Reizinho, er spricht kein Portugiesisch, bloß Deutsch, und weißt du, wie wir uns verständigen? Ich verstehe alles, Reizinho, es ist unglaublich, wie der Mensch zum Reden und zum Verstehen gemacht ist. Überall diese gerollten R, raus, Reis, ich verstehe zwar die Worte nicht, aber ich weiß, ich fühle, daß er etwas Schönes sagt, über die Liebe, man versteht das, Reizinho. Hallo, Reizinho. Leitor, immer ein Buch unterm Arm, Zigarette in der Hand, in Begleitung draller Frauen, dieser Leitor, Reizinho, ich muß dir was erzählen, wo du schon mal hier bist, ich werde dir was sagen, Leitor steht nämlich auf diese strammen schwarzen Achtzig-Kilo-Bomben, sagte Onofre. Auf dicke Maschinen. Du verstehst doch schon was von diesen Dingen, oder? fragte er mit boshaftem Gesicht und vollführte obszöne Gesten, die den Geschlechtsverkehr andeuten sollten. He? Hast du schon mal? Vögeln. Frauen. Muschis. Appetitliche Mösen, he? Schön feucht. Hmmmm. Lecken. Leitor liebt das, Reizinho, Schlangestehen bei der Bank, im Krankenhaus, bei der Versicherung, du weißt schon. Er lungert dort herum, beobachtet die Arzthelferinnen, die Bankangestellten, die Verkäuferinnen, und wenn er das pummelige, sinnliche Mädchen trifft, ob nun schwarz oder weiß, meistens schwarz, wenn er dieses Mädchen findet, das noch nie einen Freund hatte, die Einsame, die noch nie einen vernünftigen Schwanz zu Gesicht bekommen hat, die bedürftig ist, dann hat Leitors Stunde geschlagen. Er überschüttet die Mädels mit seinem Liebesgeschwafel, und schon sind sie bei ihm in der Bude und vögeln. Leitor, sagte Onofre und beugte sich über den Tisch hinunter zu Reizinhos Ohr, Leitor ist ein Dikkenvernascher. Scheint so, daß die Dicken im Bett was Besonderes sind. Was ganz Tolles. Da wackeln die Wände. Glaubst du das, Reizinho? Die bumsen sogar auf dem Herd, habe ich gehört. Auf dem brennenden Herd. Die Nachbarn sind es, die diese Sachen erzählen, Leitor kriegt die Zähne ja nicht auseinander. Ein Hurensohn, dieser Leitor. Ich hab ihm sogar schon Freibier ausgegeben, ich habe den Typen abgefüllt wie einen Truthahn am Heiligen Abend, aber nichts, er hat nicht ein Sterbenswörtchen über die schwarzen Bomben gesagt. Lauter Dicke. Ich für meinen Teil kenne nur eine Dicke, nämlich die Chefin, wiederholte Onofre. Meine Welt sind Hintern. Ein schöner runder Arsch, in den ich meine Hand hineinstecken kann, das ist was Feines. Aber er muß sauber sein. So ein Arsch wie der von Rosa Maria, da halte ich Abstand. Da sind mir schon zu viele Gringos drin abgestiegen. Ich passe schön auf meinen Pimmel auf. Du mußt mal ihre Gesichter sehen, Zé Luís, die von Leitors dicken Tanten, wenn sie morgens hier vorbeigehen. Als ob sie Jesus Christus gesehen hätten.

Das war Onofres Lieblingsthema. Muschis. Schön feucht. Runde Riesenärsche. Straffe Brüste. Reizinho mochte ihn gerne leiden. Es hatte etwas Beruhigendes, einen Stein zu rauchen und zu Onofre zu gehen, um sich zu amüsieren. Einmal hatte Onofre zu Reizinho gesagt, sein Vater sei ein prima Kerl. Wirklich? Ja, ein guter Mensch, dein Vater. Reizinho hatte ihn mit Fragen überhäuft, aber Onofre konnte keine beantworten. War er groß? Er war normal groß. Was hat er gemacht? Ich kann mich nicht daran erinnern. Hat er viel getrunken? Das weiß ich nicht mehr. Es ist schon eine Weile her, daß dein Vater weggegangen ist. Vergeßlich, dieser Onofre. Klasse, dort in der Bar herumzuhängen. Normaler Vater. In Wahrheit ließ es sich an jedem Ort gut aushalten, wenn er Crack in der Birne hatte. Crack war übel, das hatte er, kurz nachdem er es zu nehmen anfangen hatte, begriffen, ohne Crack war es das Grauen, den ganzen Tag lang Crack zu nehmen war die wahre Hölle, und alles wurde womöglich noch schlimmer, wenn er kein Crack hatte. Bevor er süchtig wurde, nach seinem Rausschmiß bei Miltão, fühlte er sich so niedergedrückt, doch auch schon vor alledem hatte es immer etwas Poröses in seiner Brust gegeben, ein riesiges Loch, Löcher, und Mangel, eine diffuse Traurigkeit, er wachte mitten in der Nacht auf, weil seine Beine und Arme von den Prügeln seiner Mutter schmerzten, und um die Schlaflosigkeit zu besiegen, stellte er sich vor, wie sein schmächtiger Leib auf der Avenida Brasil von einem Lastwagen überfahren wurde. Crash. Tot auf dem Asphalt. Bei der Totenwache. Die Mutter in Tränen aufgelöst, verzweifelt. Onofre, der weinte. Die Großmutter. Carolaine. Suzana. Und wenn alle beim Friedhof eintrafen, dann kam der schrecklichste Teil. Reizinho haßte seit jeher den Gedanken, alleine unter der Erde liegen zu müssen und sich aufzulösen, Staub, er übersprang dieses Kapitel, Würmer, kehrte zur Totenwache zurück, Staub, es waren viele Nächte, in denen er bei seinem eigenen Leichnam Wache hielt. Durch die Drogen war es damit in mancher Hinsicht vorbei, Reizinho erlebte nun ein neues Gefühl, Wärme in der Brust, alles in ihm paßte ineinander, Crack, harmonisch, »Schlüssel im Schloß«, genau das hatten sie ihm prophezeit, der richtige Schlüssel, das richtige Schloß, und die Tür sprang auf. Crack. Noch immer wachte er mitten in der Nacht auf, verzweifelt, aber wenn er Drogen nahm, empfand er eine Art Liebe, die Sonne, der Strand, er dachte, die Natur, die Sonne, die Photosynthese, das Wachsen der Pflanzen, das Meer, alles ist vollkommen, das Leben, wunderschön, allein der Mensch ist wirklich zum Kotzen, Miltão ein Stück Dreck, Klötengesicht, er wurde mitten in der Nacht wach und dachte, Miltão taugte nichts, er hatte Suzana nicht verdient, der dreckige Lump, er hatte keine Waffen verdient, verdammt noch mal, Ehre, nichts. Das widerwärtige Schwein. Nie vergaß er das erste Mal, als er Haschisch geraucht hatte, er kam zu seiner Großmutter nach Hause, die Augen verquollen, der Mund ausgetrocknet und dieses angenehme Gefühl, schaltete den Fernseher an, eines Tages, dachte er, werde ich Miltão umbringen. Ich werde meine Männer haben. Werde töten. Werde wachsen. An diesem Nachmittag sah er eine Menge Farben, er spürte, daß die Entdeckung von etwas sehr Wichtigem bevorstand, einer Wahrheit, eines Talentes, einer Tatsache, er ging mehrfach zum Tor, gespannt auf den Umschwung, die Veränderung, den Umstand wartend, wie lange würde er so leben?

Cândida, den Blick unbeirrt auf die Brokatstoffe und die Volants geheftet, bemerkte nichts von dem, was mit ihrem Enkel vor sich ging. Das Jahresende rückte näher, und die Vorbereitungen für den Karnevalsumzug hatten Vorrang. Wie war es in der Schule? fragte sie, ohne die Augen von der als Araukarie oder Brasilholzbaum verkleideten jungen Mulattin abzuwenden, das Thema der Sambaschule war der Amazonasurwald, die Mutter aller, wie war es in der Schule? fragte sie, wenn José Luís zum Mittagessen kam, nachdem er den Vormittag damit verbracht hatte, ziellos durch die Straßen zu laufen, zu rauchen, zu schnupfen, das speckige Heft unterm Arm, ohne ein einziges geschriebenes Wort darin, nichts, zu flanieren, auf dem Sportplatz mit Murmeln zu spielen oder irgendwo im Schatten zu schlafen. Für die Drogen gab Reizinho das ganze Geld aus, das er auf der Straße verdiente, mit Scheibenwaschen an den Ampeln, indem er vor dem Kino auf Autos aufpaßte, oder einfach mit dem Verkaufen der auf dem Grundstück seiner Großmutter heruntergefallenen Brotfrüchte auf dem Markt. Alles, was er einnahm, wurde umgehend in Drogen umgesetzt. Sich in den weichen Sand am Strand legen, zugekifft, vom Vater träumen, dies sein, niemand, Suzana, jenes, sinnieren. Verdammt. Er mochte die Unordnung seiner Gedanken, den Humor, das Gelächter und vor allem die Träume. Den Vater. Verdammt. Kokain war anders, er fühlte sich nützlich, aktiv, kompetent, hatte Ideen, war munter, fühlte sich stark wie Zement, Eisen, unverwüstlich, trug Dinge, die man ihm gab, die Schleppen der Karnevalskostüme, gut, Kleiner, Cândida, Ihr Enkel da ist ein Goldstück, sagte der Klunkerhändler. Geh Perlen kaufen. José Luís tat alles, was ihm aufgetragen wurde. Nie verspürte er Erschöpfung oder Müdigkeit, zuweilen wuchs die Leere in der Brust an, so wie die Schlaglöcher nach dem Regen größer werden, Schlamm, Teile, die verschlungen wurden, hinweggeschwemmt vom Wasser.

Die Kinder auf der Straße machten ihn mit anderen Dingen

bekannt, hier, Blutsbruder, nimm KO-Tropfen, nimm Demrol, das tut gut, Alter, schluck Algarfan, Apetivit, wow, probier mal Binelli-Tropfen. Nimm Cobavital, Periatim, Periavita. Schusterleim, Verdünner, Benzin, Äther, zieh dir Crack rein. Aus einem Joghurtbecher bastelten sie sich eine provisorische Pfeife und rauchten. Beim ersten Mal spürte Reizinho nichts. Noch mehr Crack. Beim dritten Mal, zupt, schlug es ein, kam die Explosion, innerhalb von zwei Sekunden war die Welt erträglich und voller schillernder Farben.

An diesem Tag begannen die Geldprobleme. Er verkaufte den Saftmixer seiner Großmutter, um Crack zu kaufen. Das silberne Kruzifix. Zwei neue Handtücher, Marke Artex. T-Shirts. Einen meergrünen Turban von dem Kostüm der Siegeskönigin aus dem Flügel der Bahianerinnen. Eine seiner Beschäftigungen bestand darin, das Haus auf der Suche nach irgend etwas zu durchforsten, das gegen Crack eingetauscht werden konnte.

Eines verzweifelten Nachmittags entdeckte er auf dem Kleiderschrank zwischen lauter Plunder die Trophäe der Mangueira. Cândida hatte in Chapéu Mangueira gewohnt und fast zehn Jahre lang für die Sambaschule des Elendshügels genäht.

Er schnappte sich die Trophäe und ging hastig hinaus, voller Angst, unterwegs seiner Großmutter zu begegnen. Kaum hatte er das Haus verlassen, hörte er eine vertraute Stimme, hallo, Reizinho, wie schaut's aus, Alter? Du bist von der Bildfläche verschwunden. Genau. Leitor, der kam, ihn am Arm nahm, Reizinho konnte es nicht ausstehen, wenn man seinen Körper berührte, Umarmungen, Händeschütteln, Wangenküsse, jede Art von Tuchfühlung war ihm lästig, Crack, er zerbarst, und sofort fing Leitor mit seinem Unsinn an: »Hier liegt also das Glück! Es füllt nur einen Kaffeelöffel aus! Das Glück mit all seinen Trunkenheiten, all seinen Verrücktheiten, all seinen

Kindereien.« Was sollte das? Löffel füllen? Weshalb kam Leitor bloß immer mit diesem verrückten Gerede über Haiti, Clinton und nun über Löffel voller Glück? Poesie, erklärte Leitor. Von der guten Sorte. Mein Lieblingsdichter, um die Wahrheit zu sagen. Bist du zugekokst? Reizinho antwortete nicht, ging weiter, den Mangueira-Pokal unterm Arm, Leitor hinterdrein, was wirst du tun mit dem Pokal? Nichts. Tolle Trophäe, laß mal sehen. Reizinho haßte diese Art von Getue, diese Übergriffe, Leitor untersuchte die Trophäe, tastete sie ab, als wäre er blind, ja, sagte er, die große Mangueira, die Siegerin, das ist es, wem gehört die Trophäe? Mir. Dir gehört sie nicht, denn du warst noch nicht mal geboren, als die Mangueira diese Auszeichnung gewonnen hat. Schau dir das Datum hier an. Reizinho nahm die Statue zurück, drehte ihm den Rücken zu und beschleunigte seinen Schritt. Soll Leitor, dieser Dickenvernascher, doch zum Teufel gehen. Soll er doch in den Speckrollen ertrinken. Wo wohnst du jetzt? fragte Leitor und begleitete ihn. Komm, Junge, hör mir mal zu, du hast dich verändert, stimmt's? Ich sehe, daß du keine Prügel mehr beziehst. Du hast dich verändert. Und jetzt sehe ich dich nur noch zugedröhnt. Du wirst in der Scheiße landen, Alter, und zwar in Null Komma nichts. Ich weiß es.

Reizinho blieb stehen, einige Augenblicke lang standen sie einander direkt gegenüber. Leitor rauchte schwitzend, mit wirrem Haar. Wo ist das Problem? Du bist nicht mein Vater, sagte Reizinho. Ja, erwiderte Leitor, ich weiß. Ich weiß das sehr wohl. Und wenn du mich fragst, warum ich hier meine kostbare Zeit mit dir verplempere, dann kann ich dir darauf keine Antwort geben. Ich könnte jetzt statt dessen Machado de Assis lesen. Steig aus, Alter. Tu was. Ich sollte dich lassen, damit du dich genauso in die Scheiße reitest wie alle anderen. Ich sehe dich zusammen mit den anderen Gaunerjungen, den Taugenichtsen, Kriminellen, Herumtreibern, Nichtstuern, anfangs hattest du noch etwas an dir, einen intelligenten Blick, eine Haltung. Jetzt, mit dieser Trophäe in der Hand, bist du die Hirnlosigkeit in Person. Und denkst, daß die Dinge an dieser Stelle stehenbleiben. Tun sie aber nicht. Das ist wie in diesem Lied, du glaubst, du hast schon alles verloren, aber du hast noch ein wenig mehr zu verlieren. Und du wirst es verlieren. Ich sollte überhaupt nichts sagen. Geh. Geh, und verlier deine Trophäe. Zieh dir alles durch die Nase. Du kannst abzwitschern.

Reizinho drehte sich um und ging fort, er bekam zwei Steine für den Pokal. Nicht mal einen ist er wert, sagte der Lieferant, aber du hast mir Glück gebracht, Goldjunge, ich bin Mangueira-Fan, Alter. Erste Sahne. Prima.

Als er nach Hause kam, schaute seine Großmutter gerade die Serie im Fernsehen. Geh duschen, sagte sie. Zieh dir saubere Sachen an. Setz dich hin, wir wollen zu Abend essen. Bohnen auf dem Teller. Magst du Pfeffer? Allein vom Geruch des Essens zog sich dem Jungen der Magen zusammen. *Inlandsnachrichten.* Schätzungen zufolge sind neunzig Personen verschwunden. Regenfälle. Einstürze. Der Dollar, die Inflation, eine Untersuchung belegt, daß die Gewalt die Brasilianer in Angst versetzt. Cândida stand auf, schaltete den Fernseher aus. Junge, sagte sie und setzte sich, iß. Du mußt was essen. Und hör zu, was deine Oma dir jetzt sagen wird. Was hast du mit meiner Trophäe gemacht? Verkauft? Reizinho senkte den Kopf. Du brauchst nicht zu antworten, José Luís. Du hast den Pokal umgesetzt, um Drogen zu kaufen. Du hast auch den Mixer verscherbelt, nehme ich an. Und das silberne Kruzifix von deinem Großvater, dem besten Maurer hier auf dem Hügel, der dieses Haus gebaut hat und das, in dem du geboren wurdest, du hast das Kruzifix verkauft, das dieser fromme Mann mir geschenkt hat. Du hast es verhökert und dir Drogen gekauft. Ich bin heute in deiner Schule gewesen. Ich weiß, daß du dort nicht auftauchst. Sie wußten nicht mal, wer du bist. Du hast sie schon vor längerer Zeit hingeschmissen, hat man mir gesagt. Schmekken die Bohnen? He? Keinen Appetit, was? Willst du nicht mehr?

Die Großmutter räumte die Teller ab. Nichts Feindseliges lag in ihrem Verhalten, absolut nichts, immer großherzig, ruhig strich sie dem Jungen über den Kopf, ich habe auch Guavenkompott gekocht. Möchtest du? Reizinho war kalt, er zitterte. Die Bohnen waren ihm nicht bekommen, der Magen brannte. Er legte sich aufs Sofa. Er wollte seine Großmutter um Entschuldigung bitten. Er würde die Trophäe wiederbekommen. Ja, es würde einen Weg geben, Junge, pack deine Siebensachen. Ich werde dich zu deiner Mutter bringen. Es dauerte, bis Reizinho begriff, was los war. Oma, sagte er und begann zu weinen, um Gottes willen, Oma, tu das nicht, ich verspreche, daß ich aufhöre, ich verspreche, daß ich lerne, ich verspreche es wirklich, er rannte ruhelos wie ein vergifteter Hund durch das Wohnzimmer, trat auf die Karnevalskostüme, litt, hatte Schmerzen, es hilft nichts, José Luís, ich werde dich zu deiner Mutter bringen, sie wird dich großziehen, nicht ich, sie, sie wird es tun, ich bin zu alt dafür, hör auf, hör auf mich zu umarmen, Junge, steh auf, knie dich nicht hin, hör auf zu weinen, Junge, laß mich los, Reizinho ließ nicht los, Cândida versetzte ihm einen kräftigen Schubs, der Junge kugelte am Boden, und auf der Erde liegend sagte er: Oma, ich hasse meine Mutter. Sag das nie wieder in meiner Gegenwart, José Luís. Steh auf. Reizinho konnte sich nicht bewegen, hatte keine Kraft, weinte. Es war echter Haß, was er empfand. Erst in diesem Moment begriff er. Wut. Komm her. Seine Großmutter half ihm beim Aufstehen. Sie brachte ihn ins Bett. Ich will nicht, Oma, ich will nicht zurück zu ihr nach Hause. Die beiden umarmten einander, Reizinho hörte nicht auf zu weinen. Mal sehen, Junge. Mal sehen, wie du dich von jetzt an beträgst.

7

Grummeln. Neun Uhr morgens. Schwarzer Himmel, aufziehendes Unwetter. Rote Ampel. Auf dem Weg zum Friseur wurde Maria Emília von einem Jungen überfallen, der sie mit einer Glasscherbe bedrohte. Minuten später zog Simone, Sekretärin bei einem multinationalen Konzern, sich im Rückspiegel die Lippen nach, als ein Knirps auftauchte und sie bedrohte, eine Glasscherbe in der Hand. Wenn Sie schreien, sind Sie dran. Ana, Jurastudentin, geben Sie die Tasche her, sagte der Junge, her mit der Tasche, Madame, und ganz ruhig. Glasscherbe in der Hand. Amélia, vierundfünfzig Jahre alt, erzählte ihrem Sohn am Telephon, wie sie an diesem Morgen überfallen worden war, ich hatte nichts in der Handtasche, zum Glück, mein Sohn. Er hat nur die Uhr mitgenommen. Ich hätte Lust, sagte Simone, als sie im Büro mit ihrer Freundin über den Überfall sprach, ich hätte Lust, mir einen von diesen Bengeln zu schnappen und ihn zu versohlen, richtig zu versohlen, ihm eine Tracht Prügel zu versetzen, dem elenden Hund das Fell über die Ohren zu ziehen. Dies ist ein Überfall, sagte der Junge zu Angélica, achtzehn Jahre, einem hysterischen Mädchen, das gerade aus den Ferien in den USA zurückgekommen war. Glasscherbe in der Hand. Ich komme aus Miami, und kaum fahre ich das ersten Mal mit dem Auto, werde ich überfallen. Das ist Brasilien, sagte sie. Keines der Opfer erstattete Anzeige bei der Polizei.

Reizinho arbeitete alleine, obwohl immer wieder Jungen auftauchten, die ihm vorschlugen, seine Partner zu werden. Nie waren sie eine Hilfe, die Bengel, und für die Opfer stellten sie ein Risiko dar, weil sie, anders als Reizinho, nur überfielen, wenn sie Drogen genommen hatten. Zum Einlullen, behaupteten sie. Wie in der Wiege. Wie sieht's aus, Brother? Sie bewunderten Reizinhos Kompetenz, und sie ermunterten ihn, Kassettenrecorder zu klauen, Bäckereien und die Benutzer von Bankautomaten zu überfallen. Doch José Luís zog die Überfalle an der Ampel vor, mit der Glasscherbe in der Hand, ohne Partner, ohne Probleme, die genügend einbrachten, um Drogen und Hamburger zu kaufen.

Es war nicht leicht. Unmöglich, die Reaktion der Opfer vorherzusehen. Hauptsächlich die der Frauen. An seinem rechten Arm befand sich eine halbmondförmige Narbe, die Hinterlassenschaft einer ungestümen Dame, die ihre Zähne hineingeschlagen hatte, lassen Sie meinen Arm los, Madame, bitte, Madame, die Ampel ist auf Grün umgesprungen, Madame. Beklemmend. Ein andermal quetschte eine junge Frau seine Finger mit der Automatikscheibe ein. Er war stolz darauf, niemals einen Menschen verletzt zu haben. Seit dem ersten Mal hatte Reizinho nie die Angst verlassen. Die Ampel sprang auf Rot, und schon strömte das Blut eisig, die Glasscherbe in der Tasche, das Opfer auswählen. Die Mehrzahl, Frauen, stand zerstreut an der Ampel, frischte das Make-up auf, stellte den Radiosender richtig ein oder telephonierte. Ein junges Mädchen sprach sogar während des Überfalls weiter in sein Handy, Carlos, sagte es, Carlos, du bist ein Arschloch, dies ist ein Überfall, drohte Reizinho, geben Sie die Tasche her, die Frau händigte ihre Handtasche aus, als wäre es das Normalste von der Welt, Carlos, komm mir bloß nicht mit diesem Gewäsch, redete sie weiter, ich will nur das Geld, sagte Reizinho und gab ihr alles außer dem Portemonnaie zurück, Carlos, sagte sie, legte den ersten Gang ein und fuhr davon, du bist der größte Schürzenjäger von ganz Rio de Janeiro.

An diesem Mittwoch traf Reizinho früh in der Venâncio Flores ein, einer Straße in Leblon, die zum Strand führt. Es war das erste Mal, daß er an dieser Stelle einen Überfall beging. Ein mieser Tag, geringe Einnahmen. Die Ampel sprang auf Rot, Reizinho schlich sich an, die Glasscherbe in der Tasche, erst, als er sich an den Wagen lehnte, erkannte er Dona Juliana am Steuer, José Luís? sagte sie erschrocken. Neben ihr saß ein junger Mann, kräftig, sonnenverbrannte Haut, Sportdress. Reizinho bemerkte die Hand des Jünglings auf Dona Julianas Knie. Hallo, José Luís. Die Hand des Mannes, blitzschnell. Was tust du hier? fragte die Frau. Scheibenwaschen, antwortete der Junge. Ohne Eimer, ohne Schwamm, in sauberen Kleidern. Es wird einen Schauer geben, was? Bestimmt. Pause. Deine Schwester, geht es ihr gut? Ja. Guck, die Ampel wird gleich umspringen, tschau. Juliana legte den ersten Gang ein, ihr Wagen glitt mit dem Fluß mit, bog nach rechts in die Avenida ein. Scheibenwaschen, sagte Fernando, Julianas Gymnastiklehrer, und lachte, Scheibenwaschen bei dem Regen, der gleich herunterkommt. Der ist gut. Das ist der Sohn von Alzira. Er hat deine Hand auf meinem Bein gesehen, bemerkte Juliana besorgt. Ja? Fahr geradeaus, sagte er. Ich bin ganz weiß geworden, bin ich nicht weiß, Nando? Mir ist eiskalt. Er wird es Alzira erzählen. Mach dir keinen Kopf, Bella. Eiskalt. Bella, so nannte Fernando seine Schülerinnen. Ich zittere. Dort entlang, Bella, fahr langsam. Eiskalt. Barra da Tijuca geradeaus. Bevor sie São Conrado erreichten, steuerte Juliana den Wagen zu einem der zahlreichen Motels der Gegend, während Fernando die paranoiden Instruktionen Julianas befolgte und nach den Seiten schaute, sieh ganz genau hin, kommt auch niemand hinter uns her? Paß auf. Ich hasse Motels. Fahr, Bella. Ich werde hineinfahren. Ich glaube nicht, daß er Scheiben gewaschen hat, Alzira, würde Juliana später zu ihrem Dienstmädchen sagen. Ja, das würde sie sagen. Er hat

Leute überfallen, da bin ich mir sicher. Sie würde es wirklich sagen. Wenn ich du wäre, würde ich meinen Mund halten, schlug Fernando im Motel vor. Besser so tun, als wäre nichts geschehen. Ohne Eimer, ohne Schwamm, ich weiß nicht, vielleicht wäre es besser, Alzira alles zu erzählen, zu sagen, daß ihr Sohn wahrscheinlich dort war, um Leute zu überfallen. Überleg mal, Nando. Und wenn der Junge irgendeine bösartige Bemerkung machte? Alzira würde zwei und zwei zusammenzählen. Das tat sie vermutlich sowieso schon. Alzira hatte beiläufig etwas fallen lassen. Andeutungen gemacht. Ich habe Angst. Bella, komm her, es ist alles gut, sagte Fernando im Bett, Juliana nackt, bäuchlings daliegend, besorgt. Nichts dergleichen wird geschehen, Bella. Sag Alzira nichts, es ist besser. Zigarette. Vielleicht hat der Knirps gar nichts verstanden. Was hat er denn schon gesehen? Nichts. Er hat gar nichts gesehen. Die Hände auf dem Rücken, den Hinterbacken, Fernandos kräftige Hände. Die beiden im Bett. Ich liebe deinen Körper, Bella. Juliana hatte einen Hang zur Besessenheit, deine Brüste, ich liebe sie, aus der winzigen Möglichkeit einer Katastrophe machte sie einen tagtäglichen Alptraum, ich mag deinen Bauchnabel, nährte ihre Ängste, pausenlos, selbst während Fernando ihren Körper bedeckte, Küsse, hatte Juliana nur einen einzigen Gedanken, daß alles an einem seidenen Faden hing, sie würden ihr das Leben vermasseln, es zerstören, allem ein Ende bereiten. Später, von zu Hause, sollte sie Alicinha anrufen, unter Tränen. Ach, Alicinha. Bevor sie sich mit Fernando eingelassen hatte, war Julianas Leben wunderschön gewesen. Weder glücklich noch unglücklich, Alice. Jetzt, meine Liebe, bin ich ein Nervenbündel. Stehe unter Strom. Früher war es besser. Nicht, daß ihre Ehe so hervorragend gewesen wäre, doch Rodrigo war ein guter Gatte, leidenschaftslos, aber gut, Frieden, eine schöne Sache, Harmonie, kein Abenteuer in der Wildnis, zwei wunderbare Kinder, ein ruhiges Leben, Frieden, Frieden und nochmals Frieden, weißt du, was das ist, Alicinha? Frieden. Ich will Frieden. Du hast mir mein Leben ruiniert, sagte sie zu Fernando. Ruiniert. Wenn sie weit weg war von ihm, erfüllte ein physischer Überdruß sie, das Gewäsch, das alle von sich gaben, und sie selbst, so viel Unsinn, wozu die ganze verlorene Zeit? Immer angespannt, unzufrieden, besorgt, wartete sie darauf, daß das Telephon klingelte. Sie und Fernando in Flammen, das Bett fing Feuer, seine Hände, Männerhände. Verlieb dich nur nicht, hatte Alicinha von Anfang an gesagt. Eine traurige Sache, zu lieben, wenn man nicht reich ist, das hat schon La Bruyère gesagt. Ich habe es irgendwo gelesen, und es stimmt. Eine traurige Sache, Ju. Ein Mann, unverdorben und mittellos. Kannst du dir vorstellen, Ju, wie ihr von seinen Unterrichtsstunden lebt? Adieu, ihr lieben Kostüme. Leb wohl, New York. Leb wohl, Paris. London. Indien. Thailand. Juliana dachte niemals in solchen Kategorien. Alicinha war eine dumme Kuh. Zum Teufel mit Paris. Zum Teufel mit den Kostümen. Sie hatte noch nie darüber nachgedacht, daß Fernando kein Geld hatte. Sollten sie doch alle zum Teufel gehen. Wenn sie sich die Zukunft ausmalte, dachte sie an sie beide, wie sie einträchtig irgendwo die Strandpromenade entlanggingen, irgendwo, zum Beispiel in Itu, ohne Ehemann, in Boituva, ohne Kinder, in China, ohne eine feste Zeit, um nach Hause zurückkehren zu müssen. Fernando und Ju in einem Restaurant. Sie würde ihn ihren Freunden vorstellen. Nando, gutaussehend, witzig, gesund, aufrichtig. Die wundervollen Dinge, die er sagte. Die Jahre, die er als Yakult-Verkäufer gearbeitet hatte. Die staatliche Schule. Das Opfer, das die Familie gebracht hatte, damit er die Sporthochschule besuchen konnte. Ehrlich. Fleißig. Aufrichtig. Trotzdem, er hatte ihr das Leben versaut. Ja, versaut. Die Qualen der Liebe. Nicht richtig schlafen können. Umherirren. Weinen und erdulden. Die euphorischen Zustände und die

Depressionen. Leiden. Diese Unrast der Liebe, die macht mich fertig. Auf Anrufe warten, Gelegenheiten schaffen, um den Liebhaber anzurufen, das Warten auf die Rendezvous, die Wochenenden überstehen, die langen Nächte. Wo mag Fernando jetzt sein? Ja, denn Fernando sah gut aus und war Junggeselle. Und dann waren da die Samstage und die Sonntage, und alle Nächte der Woche, mit allen Frauen, die verfügbar und freizügig waren. Nicht nur in dieser Hinsicht hatte Fernando ihr Leben ruiniert. Jene freie, ruhige, fröhliche, lebendige, zuweilen verärgerte, wache Ju, die im Haus herumschimpfte, die dicker und naschsüchtiger war, hatte ganz einfach aufgehört zu existieren. Die neue Juliana war neurotisch, angespannt, besuchte Motels, kaufte Reizwäsche, hatte keinen Sinn für Humor und war nikotinsüchtig.

Laß uns gehen, sagte sie und stand vom Bett auf. Komm, Bella, es ist noch zu früh, nein, antwortete sie, laß uns fahren. Ich bin ganz verzweifelt. Juliana wollte wieder zu Hause sein, bevor Alzira ging.

Grummeln. Schwarzer Himmel. Nach der Begegnung mit Juliana beschloß Reizinho, an diesem Morgen keinen weiteren Überfall zu begehen. Es regnete. Er hatte Glück gehabt. Grummeln. Irgendwann einmal hatte er im Fernsehen einen ausgezeichneten Film gesehen, »wenn auch in Schwarzweiß«, und niemals war ihm die Szene mit der Zigeunerin aus dem Sinn gegangen, die in einer Bar Karten las, ein betrunkener Mann kam zu ihr und bat die Kartenlegerin, ihm die Zukunft zu sagen. Du hast deine Zukunft schon verwirkt, antwortete sie. Schon verwirkt. Es gibt keine Zukunft. Jedesmal, wenn etwas Gutes in seinem Leben geschah, irgend etwas, das den Gedanken an Glück in ihm aufkommen ließ, an den guten Stern, die glückliche Fügung, wo auch immer, beim Kartenspielen mit seiner Schwester, beim Domino oder Billard mit Onofre, jedesmal, wenn ihn dieses Gefühl überkam, beschenkt zu werden, ließ er von dem ab, was er gerade tat. Wenn bei den Überfällen alles gut ging, ohne Geschrei und Verzweiflung, wenn er eine Goldkette stahl, ein paar Zehnerscheine, dann war das schon ausreichend. Selbst wenn er sich sicher genug fühlte, um weiterzumachen, tat er es nicht. Du hast deine Portion Glück schon ausgeschöpft, sagte er zu sich selbst, und hörte auf. Keine Zukunft. Als er Dona Juliana begegnete, hatte er das gleiche Gefühl. Er hätte auf frischer Tat ertappt werden können und war es nicht. Er hatte Glück gehabt. Grummeln. Es reicht, dachte er. Blitz und Donner. Reizinho ging die Ataulfo de Paiva entlang, er mochte den Regen, die Blitzstrahlen, für heute reicht es, dachte er, den schwarzen Himmel, immer träumte er davon, mit dem Flugzeug zu fliegen, das Unwetter zu erleben, die schweren dunklen Wolken, in sie einzutauchen, er sah gerne die Blitze, das Wasser auf dem Körper, das ihn durchnäßte, herrlich, das klatschnasse T-Shirt, die Füße in den Pfützen, wunderbar, Reizinho schlenderte dahin und fühlte sich gut. Nichts, worüber er sich Gedanken machen mußte. Alles unter Kontrolle. Regen. Er hatte Glück gehabt. Die schlechten Zeiten waren vorbei, dachte er. Nach dem Streit mit seiner Großmutter hatte er versprochen, daß er im nächsten Jahr wieder in die Schule gehen würde, es war schon Oktober, hatte er gesagt, es würde nicht mehr lange dauern. Großartig, mein Junge. Er würde als Träger auf den Märkten der Stadt arbeiten. Er würde der Großmutter helfen. Wie schön, mein Schatz. Er hatte ebenfalls gelobt, sich von den Drogen fernzuhalten. Und das hatte er auch getan. Regen. Wie viele Häuserblocks noch bis zu McDonald's? Drei. Zwei Wochen ohne Drogen. Jawohl. Rastlos. Schwierige Tage waren das. Immer in Panik, schlaflos, zitternd. Er schleppte sich irgendwo hin, elend, auf die Märkte, verschreckt, mit schmerzendem Körper, schob mit Gemüse vollgestopfte Wagen vor sich her, steckte Schimpfworte ein, und beim Geruch des Fisches, der die Straßen erfüllte, überkam ihn die Übelkeit. Drogenfrei. Er haßte Märkte.

In der Stadt herrschte Chaos an diesem Morgen, Regen, Gehupe, Autos, die bremsten, anfuhren, dichter Verkehr an den Kreuzungen. Reizinho blieb an der Ampel stehen, neben einem Schuhputzer. Auch er hatte Schuhe geputzt, an der Praça Quinze. Grauenhaft. Clean und dann Schuhe putzen, jeden Tag. Eine Idee seiner Großmutter. Geh Schuhe putzen. Der Besitzer der Putzkästen leitete die Jungen bei der Arbeit an, seid sparsam mit der Schuhwichse, sagte er, seid freundlich zu den Kunden und erzählt ihnen eine schön traurige Geschichte, wenn ihr ein paar Münzen mehr rausholen wollt. Nachdem er mit den Jungen geredet und die Kästen verteilt hatte, setzte sich der Mann mit den Zeitungen, die er beim Kiosk an der Ecke kaufte, an einen Betontisch unter den Bäumen. Sorgfältig breitete er den ersten Teil vor sich aus, so genüßlich, als wollte er eine Pizza verspeisen. Er faltete das Papier, glättete die Ränder, ich habe noch nie jemanden gesehen, der so für Scheiße schwärmt, dachte Reizinho. Verdammt. Friß schon deine Zeitung. Die Ampel sprang auf Grün, ein Wagen hielt auf dem Fußgängerstreifen. Passen Sie doch auf, beschwerte sich eine Dame bei dem Fahrer, der so tat, als hörte er nicht. Reizinho überquerte rennend die Straße und dachte an den Alten, den Besitzer der Schuhputzkästen. Die ganze Zeit meckerte der Alte und las laut die Nachrichten vor, über die er sich ärgerte. So eine Unverschämtheit, sagte er. Die Gehälter dieser Stadtverordneten. Diese Schweinebande von Regierung. Daß die sich nicht schämen. Und er wiederholte dieselben Geschichten drei-, viermal. Halunkenbande. Lauter Drecksäcke. Schlechte Zeiten waren das gewesen. Am Ende des Tages kehrte Reizinho heim, die Hände schwarz, wütend, entkräftet, und wenn seine Großmutter dann vor dem Fernseher saß und stickte, verspürte er einen maßlosen Kummer, eine Traurigkeit, die am Bauchnabel einsetzte und alles in Beschlag nahm. Hol mir die Federn dort, mein Schatz. Die Pailletten. Komm her, unterhalte dich mit deiner Oma. Erzähl mir, Liebling. Wie war es? Ständig gereizt, im Bett biß er sich in die Arme, war nicht müde.

Der Regen ließ nach. Reizinho blieb vor dem Schaufenster eines Schönheitssalons stehen, betrachtete die Reklame. Braunes Haar. Wella. McDonald's war gleich dort. Er würde Suzana gegen keine einzige der Frauen auf den Photos tauschen. Beschissen, das Leben ohne Drogen, er ging weiter. Jetzt war alles in Ordnung. Schlechte Zeiten waren das gewesen. Schuhe wichsen und schwitzen. Erdulden. Schleppen. Zittern. Das Leiden war an dem Tag vorbei gewesen, als er auf dem Nachhauseweg vom Bus einen Jungen kennengelernt hatte, Fake war sein Name, verspiegelte Brille, rasierter Schädel, Baseballmütze, eigentlich wollte ich Conan heißen, aber dann habe ich entdeckt, daß es irgendwo schon einen Conan gab. Ich will einmalig sein, Brother. Nebeneinander im Bus sitzend, setzte Fake den Hörer seines Walkmans auf Reizinhos Kopf, und ein Lied erfüllte die Gehörgänge des Jungen. *Jorge wurde Soldat bei der Kavallerie,* das ist erstklassiger Rap, Kumpel, *ich bin froh, denn auch ich bin in deiner Kompanie.* Lauter tolle Stücke, Alter. Hör dir dies an. Hard-core again, sagte er, weißt du, wovon sie reden? Pulver. Fashion-Welt. Morde. Verhalten. Schnee. Revolte. Politik. Der Hip-Hop hat mir die Augen für die Dinge geöffnet. Mir Durchblick gebracht. Bewußtsein. Ich weiß, wer ich bin, Alter, Hip-Hop sei Dank. Ich bin ein Nigger. Ich bin schwarz und will meinen Anteil. Ich werde ein berühmter Rapper werden. Vertrag mit Coca-Cola, wart's ab. Kohle. Wir Nigger sind mächtig. Ich werde reich sein. Fake nahm Reizinho mit zur Radiostation des Elendshügels. Ich bin der Diskjockey von unserm Kabelradio. Nagelneues elektronisches Equipment. Ich bin Miltãos Kumpel. Aus Reizinhos Sicht war das vielleicht Fakes einzige Unzulänglichkeit, die Freundschaft zu Miltão. Das ist die schwarze Verbundenheit, Alter. Bist du das, der die Musik auflegt, die aus den Lautsprechern auf dem Platz kommt? fragte Reizinho. Fake, höchstpersönlich. Ich selbst. Gefällt dir der Sound? Reizinho war total begeistert. Von Onofres Bar aus hörte er immer diese rhythmischen Stücke, tum tum tum, und die Texte, vermischt mit den Drogen, nje nje nje nje nje, im Gehirn, sie waren das reinste Gift, er kannte einige Textstellen, *ich bin der Wurm, der dich heilen wird,* Worte, *Hund des Systems/ die Elendshügel hinuntersteigen und in die Stadt eindringen/ töten,* die Worte, sie vermengten sich in Reizinhos Kopf, *ich spür nichts mehr/ der Revolver an deinem Kopf/ an der Ampel,* die Verse vermischten sich in Reizinhos Hirn, und komisch, diese Dinge, so wie sie da gesagt wurden, weckten in dem Jungen den Wunsch, auch so zu sein, zu ihrer Gruppe, zu den Schwarzen dazuzugehören, auch schwarz zu sein. Du bist dunkel, sagte Fake. Braun. Es gibt viele Kumpel mit deiner Hautfarbe, die behaupten, sie seien weiß. Du bist auch schwarz. Sei ein Nigger. Im Studio, einer rot angemalten Hütte mit lauter Postern von Künstlern, kernigen amerikanischen Schwarzen mit dunklen Brillen und extravaganten Klamotten, hörten sie einen Haufen Sound. An diesem Tag fing Reizinho wieder an, Crack zu rauchen. Er wurde Fakes Freund, besuchte von nun an täglich das Studio, Fake bot ihm ständig Drogen an. Noch mehr Crack. Ich beliefere auch die Leute vom Fernsehen, sagte er. Crack. Die Kameramänner. Die Kabelträger. Irgendwann nehme ich dich mal zum Zuschauen bei den Dreharbeiten für die Serie mit. Toll, das Crack. Frauen, eine schöner als die andere. Fake bot ihm immer Drogen an, Crack, Kokain, Haschisch, er mochte Reizinho. Ich kenne die Künstler. Crack ist toll, sagte er. Findest du nicht? Du kannst ruhig rauchen, Reizinho. Rauch doch. Nimm eine Nase. Greif zu. Und hilf mir, die Platten hier wegzutragen. Und zieh dir eine Nase rein. Und rauch. Und hör dir diesen Sound hier an. Du kannst dich bedienen. An den Tagen darauf war Reizinho zu befangen, die Drogen von seinem Freund zu nehmen. Er beschloß, klauen zu gehen. Markt, Schuhwichse, Großmutter, Lebewohl. Er würde nicht Schuhputzjunge sein. Auch kein Lastenträger. Sollten sie doch alle zum Teufel gehen. Sollte doch alles in die Luft fliegen. Es war nicht schwer, mit dem Stehlen anzufangen. Schwer war es, Schuhe zu putzen. Einkaufswagen auf dem Markt zu schieben. Zu schwitzen. Zu malochen. Klauen war einfach. Goldkettchen, Klunker, Uhren, die Hehler kauften alles.

Grummeln. Kassensturz an diesem Tag: eine Uhr und Kleingeld. Wäre da nicht Dona Juliana an der Ampel gewesen, hätte er mehr einnehmen können. Endlich, McDonald's. Reizinho ging hinein, klitschnasse Kleider, Dona Juliana, wer hätte das gedacht. Schlange, drei Leute vor ihm. Dona Juliana und ihr Liebhaber an der Ampel, er konnte nur ihr Liebhaber sein, der Kraftprotz. Er hatte seine Mutter schon etwas zu Carolaine sagen hören. Einen Happy McLunch, bitte. Cheeseburger ohne Mixed Pickles mit Ketchup und Pommes, zwei Coca-Cola und ein Käsesandwich. Weißt du, Carolaine, ich finde, Dona Juliana benimmt sich ihrem Lehrer gegenüber sehr aufgedreht.

Reizinho im Bus, auf dem Heimweg, ein Sandwich essend, draußen die Stadt, das Meer voller Unrat. Heißt es. Alles verpestet. Aschgrau das Meer, an Regentagen. Als er gegenüber von Zinos Schlachterei aus dem Bus stieg, hatte es aufgehört zu regnen. Voller Magen. Aufstoßen. Er überquerte den Sportplatz, trat in die Pfützen, die sich auf dem Zement gebildet hatten, Kinder spielten. An der Drogenverkaufsstelle erstand er drei

Steine. Reizinho war ganz erpicht darauf, zu rauchen und die Mulatten in Fakes Studio die Stücke singen zu hören, die er toll fand. Während er ging, dachte er nach. Die Steine in der Tasche. Vielleicht könnte er, wenn Fake es erlaubte, bei der Band mitmachen, die Fake auf die Beine gestellt hatte. Rap-Lieder komponieren. Sein Leben ändern. Er fühlte es ganz deutlich, sein Leben würde anders werden. Irgend etwas würde passieren. Er spürte es. Sie stand nahe bevor, die Veränderung. Er hatte das sogar zu Fake gesagt. Aber was? hatte der Freund gefragt. Was wird geschehen? Irgendwas, sagte Reizinho.

Die Studiotür war mit Kette und Vorhängeschloß verriegelt. Zwei Uhr. Fake verbrachte die Nächte auf den Rap-Tanzpartys, Dance Columba, Fantástica Black, und am nächsten Tag wachte er nicht so leicht auf. Um die Zeit totzuschlagen, spielte Reizinho mit Onofre Billard. Er wartete. Setzte sich auf einen der Hocker am Tresen und beobachtete die vorübergehenden Leute. Wieder Regen. Er und Onofre. Bidê, der sich mit bloßem Oberkörper in der Tür seines Hauses räkelte. Dieselben Leute. Dinge. Das gleiche Leben wie immer. Die gleiche Scheiße, sagte Onofre ihm beipflichtend. O je. Die Neuigkeit war Carolaine, die hereinkam, wohlriechend, sie hatte soeben geduscht, hallo, Zé Luís, ich habe dich gerade gesucht. Sie setzten sich, tranken Coca-Cola. Unterhielten sich. Ach, du wartest auf Fake. Ich kenne Fake. Carolaine ging auch zu Rap-Tanzpartys. Jedenfalls ab und zu. Mein Freund und ich, sagte sie und schaute ihren Bruder schmachtend an. Wir gehen zusammen. Reizinho hatte versucht, eine Tanzparty zu besuchen, aber weil er noch zu jung war, hatten sie ihn nicht hineingelassen. Es ist grandios, sagte Carolaine. Dort drinnen ist alles dunkel, die Lichter flimmern an der Decke, und wer Prügeleien liebt, der kommt auf seine Kosten. Erzähl das bloß nicht Mama. Ich bin keine Rapperin. Mein Freund, der mag das. Mein Bräutigam. Erzähl Mama nichts davon. Bräutigam. Du mußt fix sein. Treten, schlagen, und zwar schnell. Sonst packen sie dich. Es ist toll. Das Prügeln. Aber weißt du, Reizinho, ich bin hier, um dich an deinen Geburtstag am Sonntag zu erinnern. Reizinho hatte überhaupt nicht mehr daran gedacht. Zwölf Jahre. Du kleiner Irrer, hast du deinen Geburtstag vergessen? Mutter wird einen Kuchen für dich backen. Scheint sogar, sagte Reizinho. Was? Ach nichts, antwortete er. Vergiß es. Zu Hause, der Kuchen. Du kommst doch, oder nicht? Weiß nicht, sagte der Junge. Mensch, Zé Luís, Mutter hat dich so lieb. Mensch. Suzana kommt auch. Mensch. Mutter, sie hat eine Überraschung für dich. Eine Überraschung? Reizinho dachte sogleich an seinen Vater. Was für eine Überraschung? Das darf ich nicht erzählen, antwortete seine Schwester. Sie wird dir gefallen. Sein Vater würde zu Alzira nach Hause kommen, nur das konnte die Überraschung sein, dachte Reizinho. Um wieviel Uhr? Abends um acht. Ist gut. Dann mache ich mich mal auf den Weg, sagte das Mädchen. Willst du noch Coca, Carolaine? fragte Onofre. Nein, ich gehe jetzt. Und verschwand. Reizinho blieb in der Tür von der Bar stehen. Die Überraschung, sie konnte nur sein Vater sein. Drei Uhr. Seine Schwester marschierte den Hügel hinunter. Neben ihm Onofre. Seit einiger Zeit sehe ich, Carolaine, wird sie nicht immer dicker? Was, Reizinho? Carolaine war so dünn. Sie hat zugenommen, die Carolaine, das ist mir aufgefallen. Reizinho hörte gar nicht hin, was Onofre sagte. Was für eine Überraschung würde seine Mutter ihm bereiten? Es konnte nur sein Vater sein.

8

Geschrei und Gerenne. Steinewerfen. Berstende Scheiben. Schüsse. Mach ihn kalt. Pack ihn. Crash. Für dich, du Hund. Raus hier. Stöcke. Steine. Reizinho wurde von dem Lärm draußen wach, sprang aus dem Bett und lief hinter seiner Großmutter her. Auf der Straße hockten die Anwohner auf Toren und Mauern, warfen Steine und Stöcke nach den Polizisten, die mit Revolvern und Granaten in der Hand, eine Horde Slumbewohner auf ihren Fersen, davonrannten. Cândida hielt, auf einer Apfelsinenkiste stehend, eine Schüssel voller Steine aus ihrem Garten fest. Hol vergammelte Brotfrüchte, Zé Luís.

Kaum liefen die Polizisten den Elendshügel hinunter, schlossen sich die Bewohner der sie verfolgenden Menge an, selbst wer nicht genau begriff, was los war, so wie Reizinho, gesellte sich zu der aufgebrachten Gruppe hinzu, schrie, warf Steine, Stöcke und stieß Beleidigungen aus. Auf der Avenida setzte die aufgewiegelte Menge einen Wagen in Brand. Die Polizisten zündeten Bomben, der moralischen Wirkung wegen. Menschen warfen sich verängstigt zu Boden. Das ist eine Tragödie, sagte eine Anwohnerin später, als die Reporter eintrafen. Jedesmal, wenn die Polizei auf der Suche nach den Rauschgifthändlern den Hügel hochsteigt, bricht der Krieg aus. Sie prügeln auf alle ein. Schlagen zu. Meinem Sohn haben sie eins mit dem Gewehrkolben verpaßt, sagte eine andere und lächelte dem Photographen zu. Sie haben Zino, den Schlachter, bedroht. Der arme Zino. Die Journalisten fragten danach, wer die Munition hergestellt hatte, dem Grund für den Polizeiüberfall. Was weiß ich schon von Munition, antwortete ein junger Mann. Ich bin Arbeiter, mit Eintrag im Arbeitsbuch, ich habe einen Kolbenschlag auf den Kopf abbekommen, das ist alles, was ich weiß, und ich weiß auch, daß sie Osvair auf die Erde gestoßen und ihm ins Gesicht getreten haben. Ausgerechnet Osvair, diesem Tugendbold.

Reizinho ging erst wieder nach Hause, als die Journalisten abzogen. Beim Aufstieg begegnete er Fake, der gerade bei Onofre herauskam. Er hoffte, daß sein Freund sich an seinen Geburtstag erinnerte, er hatte gesagt, am Sonntag habe ich Geburtstag, aber Fake hatte es eilig, ich muß was erledigen, sagte er. Tschau. Onofre, das Ohr ans Transistorradio geheftet, dachte ebenfalls nicht an seinen Geburtstag.

Sonntag, Sonne, Reizinho besah sich gerne die Sonntagskluft der Leute. Die besten Sachen. Frauen auf dem Weg zur Messe, mit den schönsten Schuhen. Frisch geduscht. Die besten Vorsätze. Jugendliche und Kinder unterwegs zum Strand verstopften den Bus. Nur Leitor nicht. Immer mit strubbeligem Haar, dieser Leitor. Hollywood rauchend und Reden über irgendein Thema schwingend. Ich habe heute Geburtstag, sagte Reizinho. Wirklich? fragte Leitor. Geburtstag? Dann laß uns zu mir nach Hause gehen, ich werde dir etwas schenken.

Das gemietete Zimmer, in dem Leitor lebte, war winzig und stickig, fensterlos, überall lagen Bücher herum, stapelten sich auf dem Boden, auf dem Herd und dem Kühlschrank, im Waschbecken, allerorten. Laß mich mal sehen, sagte Leitor und stöberte in dem Chaos auf der Suche nach einem besonderen Titel. Ein Buch. In deinem Alter habe ich mit dem Lesen angefangen. Reizinho bereute es, die Einladung angenommen zu haben, er würde das Buch nicht lesen. Er hatte nicht gedacht, daß das Geschenk ein Buch sein würde. Verdammt. Ein blödes Geschenk. Er hatte an was Besseres gedacht. Hmmm, ein Buch auszuwählen ist nicht leicht, sagte Leitor. Ja. Vielleicht habe ich es noch. *Die Schatzinsel.* Hier ist es. Es wird dir gefallen.

Reizinho ergriff lustlos den Band, der Deckel, die verblichenen Farben, die sich lösenden Seiten, ein zerfleddertes Buch. Fast schon Staub, dachte der Junge. Verdammt. Lies mir den ersten Satz vor, bat Leitor. Nicht ums Verrecken. Er las nicht gerne, kam nur schwer voran, und dieses Gefühl, sich in den Worten zu verheddern, an die Buchstaben gekettet zu sein, ärgerte ihn. War das deine Mutter, die dich von der Schule genommen hat? wollte Leitor wissen. Sie war es, stimmt's? Suzana hat mir von deiner Mutter erzählt. Persönliches, Privates, immerzu wollte Leitor zu weit vordringen, fragte, sondierte, schnüffelte herum, das brachte Reizinho auf. Ich will dir was zeigen, sagte Leitor, hob sein Hemd hoch und entblößte mehrere kreisrunde Narben rings um den Bauchnabel und auf dem Brustkorb. Weißt du, wer das war? Mein Vater. Es gibt noch schlimmere, an den Füßen und an den Beinen. Wenn du meinst, daß du einiges an Prügel bezogen hast, dann kann ich dir versichern, daß ich noch mehr eingesteckt habe. Ich kenne dieses Kapitel. Wir haben das, Reizinho. Wir beide. Gleich, nachdem ich hier hergezogen bin, habe ich dich beobachtet, wie du bei Onofre in der Bar gesessen hast, ohne daß es mir jemand erzählt hatte, wußte ich Bescheid. Ich bin imstande, es auf der Stelle zu erkennen, ich brauche den Menschen nur anzuschauen. Zwölf Jahre Prügel haben mir eine gute Sachkenntnis vermittelt. Ich bin auf diesen Mist spezialisiert. Und ich habe Glück gehabt, ich bin dem Schlimmsten entgangen. Weißt du, was mein Geheimrezept war? Ich habe mich nie selbst bemitleidet. Bedauert. Niemals. Meiner Ansicht nach gibt es kaum etwas Übleres als Selbstmitleid. Ich frage mich oft, ob du deinen Kopf noch aus der Schlinge ziehen kannst.

Reizinho hörte Leitor zu, ohne ihn anzuschauen. Verdammt. Das Buch in der Hand. Dieses Thema interessiert mich, redete Leitor weiter, ich lese viel über Psychiatrie. Sie haben eine Untersuchung gemacht, schau mal, hier, sagte er und hielt ein Buch hoch, diesen Test, es geht um Drogen, bestätigt jedoch meine Theorie, Vater am Leben, Vater verschwunden, Vater abwesend, ein Test, verstorben, abwesend, immer abwesend. Wenn du mir nur auf drei kleine Fragen antworten könntest. Es ist einfach. Ich muß gehen, sagte der kleine König. Komm schon, Reizinho. Ich habe es genau wie du gemacht. Haargenau so wie du. Habe so getan, als ginge es mich nichts an. Ich habe mir selbst die kalte Schulter gezeigt. Über zehn Jahre habe ich gebraucht, um zu begreifen, was ich dir heute zu sagen versuche. Jemand, der ein Kind schlägt, egal wer, ist ein Idiot. Ein Arschloch. Sie sind die Arschlöcher, nicht wir. Weißt du, was sie mit uns anstellen? Sie nehmen uns unsere Liebe. Sie töten unsere Liebe. Und du wirst das erst dann kapieren, wenn du jemanden wirklich lieben willst. Eine Frau. Das ist nicht mehr zu reparieren. Du wirst nichts lieben können. Nicht mal ein Tier. Du wirst dich minderwertig fühlen, ständig. Ein Stück Vieh. Immer wertlos. Überflüssig. Du wirst verdorrt sein wie ein Stück Kohle. Und es tut weh. Es ist ein seelischer Schmerz. Du verstehst nur Bahnhof, ich weiß. Solange du nichts kapierst, hör auf, Scheiße zu bauen, bitte. Mehr nicht. Verdammt noch mal. Weshalb hast du dich mit Fake eingelassen? Weißt du, wer Fake ist? Meinst du, ich sehe nicht, wie du aus Fakes Studio rauskommst? Meinst du, Drogennehmen ist toll? Kokain ist was für den Pöbel. Haschisch rauchen, das machen Bankangestellte, armselige, gewöhnliche Typen. Politiker. Abgeordnete. Widerwärtige Leute. Bescheuerte Leute, verstehst du? Wer kokst, ist nicht ganz richtig in der Birne. Gestern habe ich dich gesehen, wie du jemanden überfallen hast. Du wirst dich in die Scheiße reiten, Alter.

Reizinho stand auf, ich will das Buch nicht haben, sagte er und ging hinaus. Als er schon in der Tür war, hörte er Leitors Gratulation, alles Gute zum Geburtstag, du Verlierer.

Es war ein schwerer Tag. Er hatte Angst, fühlte sich gehetzt. Du Verlierer. Am besten die Dinge schnell lösen. Und dabei gab es gar nichts zu lösen. Sie töten unsere Liebe, was sollte das? Schwuchtelgelaber, verdammt noch mal. So viel Hektik, Quälerei, wozu eigentlich? Es gab nichts zu erledigen. Weder Schule noch Arbeit. Nichts. Nicht mal seine Großmutter wollte Hilfe bei der Stickarbeit.

Reizinho verbrachte den Tag in seine Gedanken verkrochen im Bett, wälzte sich angespannt hin und her. Mit zwölf Jahren seinen Vater kennenlernen, er hatte sich ihre Begegnung schon so oft ausgemalt, aber nun würde es anders sein. Wirklichkeit. Sie beide zusammen, jawohl, auf seiner Geburtstagsparty. Carolaine hatte sich deutlich ausgedrückt, Mama hat eine Überraschung für dich. Sein Vater, nur das konnte sie sein, die Überraschung. Vater. Er würde den Vater nicht vor aller Augen umarmen. Verdammt. Überhaupt, er würde seinen Vater gar nicht umarmen. Er würde nichts sagen, solange Menschen in der Nähe wären und zuhörten. Er wollte mit ihm irgendwo hingehen und reden. Schade, daß kein Spiel stattfand. Am schönsten wäre es, bei einem Spiel dabei zu sein, schweigend. Keine Unterhaltung. Daumen drücken. Das Gerede führte zu nichts. Das Geheule, das Geschrei, die Forderungen, Anschuldigungen, niemals würde er das mit seinem Vater machen. Er würde über andere Dinge reden. Vielleicht würde sein Vater ihm ein Geschenk mitbringen. Er hatte im Fernsehen die Werbung für ein Video gesehen, mit Bildern von echten, brennenden Gebäuden, Meerbeben, Erdbeben, alles echt, Menschen, die aus dem Meer gerettet wurden, andere, die nach einem Flugzeugunfall tot im Wasser trieben, ein reales Video, erschreckend, bewegend, hatten sie im Fernsehen gesagt, er würde sich freuen, wenn sein Vater ihm dieses Video zum Geburtstag schenkte. Leute, die wirklich starben.

Um sechs Uhr duschte er, zog die bunten Shorts an, die seine Großmutter ihm geschenkt hatte, das T-Shirt, und ging zu Fakes Studio. Sein schon von Natur aus hektischer Rapper-Freund erregte an diesem Nachmittag Reizinhos Aufmerksamkeit, weil er noch ruheloser war als sonst. Er stolperte über die Plattenstapel, suchte nach dem Schlüssel, den er schon in der Tasche gefunden hatte. Das ist Überarbeitung, erklärte er. Ich habe heute Geburtstag, sagte Reizinho. Geburtstag, Fake umarmte den Freund, wünschte ihm mehr Liebe, mehr Gesundheit, mehr Frieden, mehr Drogen, mehr Gott, mehr Rap, mehr Vater, mehr Geld, mehr von allem. Laß uns zu Onofre gehen, feiern, sagte er. An der Tür hielt er inne, nein, wir bleiben hier. Ich habe etwas für dich. Ja, ein Geschenk. Fake verriegelte die Tür mit dem Vorhängeschloß. Er stieg auf einen Stuhl, holte oben von der Wand ein Poster herunter, dieser Wahnsinnsnigger hier, weißt du, wer das ist? Hinter dem Poster befand sich ein Loch in der Wand, Fake steckte seine Hand hinein und holte ein Kilopaket Kokain hervor. Ist das deins? fragte Reizinho. Ja, ich wickle gerade ein Geschäft ab, antwortete Fake. Kein Sterbenswörtchen. Das ist mein Stoff. Er ist nicht rein. Sie haben schon viel Mist dazugemischt, sagte Fake. Dieser Nigger ist der große Zampano der Popmusik. Ist die Tür zu? wollte Fake wissen. Du hast sie verriegelt, antwortete Reizinho. Mit einem Löffel trennte Fake eine Portion Schnee ab und verpackte sie in einer Plastiktüte. Hol die Platte dort vom Tisch. Sie ist von diesem Typ. Fake hängte das Poster zurück an seinen Platz. Gray hat mir ein Interview gegeben, es ist in der Zeitung über diesen Meister erschienen, sensationell, Brother, in der Steinzeit hat dieser Mordsnigger schon Kraftwerk gehört und Sachen von sich gegeben wie: »den Groove will ich in ein Elektronikstück einbauen, ein Mix, der zum Rap paßt«. Das ist dabei rausgekommen. Ganz einfach. Dieser Wahnsinnssound. Gefällt es dir? Ohne ihn hättest du keinen blassen Schimmer, was Rap ist. Er hat sogar schon zusammen mit James Brown gesungen, der Hund.

Unter dem Soundpult standen zwei Verstärkerboxen, die bei den Festen auf dem Elendshügel benutzt wurden. Fake öffnete die eine davon und holte mehrere Glasgefäße mit Natriumbikarbonat, Talkum und eine Tüte mit Marmorstaub daraus hervor. Laß uns Abrakadabra machen, sagte er. Sieh nach der Tür, ob sie abgeschlossen ist.

Alle Zutaten wurden in einer Plastikschüssel vermengt, und brum, Abrakadabra, jetzt habe ich zwei Kilo Schnee. Während sie snifften und die Drogen zu kleinen Päckchen verpackten, berichtete Fake aufgekratzt von seiner Begegnung mit Gray, der der Freund von einem Cousin eines Rapper-Agenten war. Ein Profi. Gray wird mir den Weg ebnen. Ich werde nicht mein ganzes Leben hier verbringen und Rap hören. Ich werde welchen machen. Kreativ sein. Ich will einen Rap schreiben, der von spitzen Dingen erzählt, von Hörnern, Klagen, Dickhäutern, Schreien. In dem Augenblick begriff Reizinho, daß er in Fakes Plänen nicht vorkam. Niemals würde er in die Band aufgenommen werden. Meine Mutter, stell dir vor, sagte Fake, meine Mutter möchte, daß ich Bulle werde. Stell dir das bloß mal vor, Bulle. Mein Vater hat einmal gesagt, die Polizei, Creusa, die Polizei von heute ist gut zum Töten und zum Stehlen. Schlag dir das aus dem Kopf, Creusa. Ich will, daß mein Sohn dem Land dient, sagte meine Mutter. Sie ist ein bißchen naiv, meine Mutter. Eine einfältige Bahianerin, die Ärmste. Sie hat keine Ahnung, meine Alte. Aber ich werde dem Lande dienen, so wie sie es sich wünscht. Rap ist eine sehr ernste Sache, sagte Fake. Eine politische Haltung, Brother, du zeigst den Fans, wie die Dinge wirklich sind. Krieg. Du klagst an. Gewalt. Du übst Kritik. Morast. Zeigst die Wunden. Soziale Ungerechtigkeit. Das ist Rap. Du Verlierer, weshalb hatte Leitor das gesagt? Ich werde meinen Vater kennenlernen, sagte Reizinho und wechselte das Thema. Tatsächlich? Klasse. Vater ist eine wichtige Sache. Mutter ist noch wichtiger, aber Vater auch. Vater ist weniger wichtig. Weißt du, José Luís, ich werde dir was sagen. Pause. Nein, lieber nicht. Morgen. Steck den Schnee hier ein, in die Tasche. Das ist ein Geburtstagsgeschenk.

Auf dem Tisch in der Mitte des Raumes stand ein Kuchen mit einem Überzug aus süßer Milchcreme und bestreut mit Schokoladenstreuseln, Sprudel und Plastikbecher. Frischgeduscht gab Alzira ihrem Sohn einen Kuß, Carolaine macht sich noch zurecht, sagte sie und umarmte Cândida, die unmittelbar nach ihm eintrat. Zwölf Jahre, wie die Zeit vergeht! Herzlichen Glückwunsch, mein Sohn. Hier, für dich, sagte sie und überreichte ihm ein eingewickeltes Geschenk. Reizinho machte es auf, noch eine Shorts. Wie schön, sagte Alzira, als sie hörte, daß seine Großmutter ihm ebenfalls eine Shorts geschenkt hatte, dann hast du jetzt ja zwei. Die Überraschung kommt später, flüsterte sie dem Jungen ins Ohr.

Suzana kam kurz darauf. Ich kann nicht lange bleiben, sagte sie, ich bringe dir das hier. Es war ein Bilderrahmen mit einem Photo von Suzana als kleinem, vielleicht sieben Jahre alten Mädchen mit Reizinho auf dem Arm. Ich habe dieses Photo zwischen meinen Sachen gefunden. Schau, wie klein du bist. Du dürftest sechs Monate alt gewesen sein. Ich habe dir immer die Windeln gewechselt. Und hier ist noch ein Geschenk, ein T-Shirt mit der Zunge von den Rolling Stones. Du kannst es für deine Freundinnen anziehen. Das gefiel Reizinho nicht. Da waren keine Freundinnen. Verdammt. Jetzt unterhielten Carolaine und Suzana sich am Tor, Suzana erzählte etwas, angeregt, jetzt hat er's kapiert, sagte sie, ich habe ihm eine harte Lektion erteilt, ist mir doch egal, sagte sie, nicht mit mir. Reizinho wollte mehr hören, ging es um Miltão? Weiberhelden, nicht mit mir, aber der Krach vom Fernseher übertönte die Stimmen, Werbespots, Schürzenjäger können bei mir nicht landen, der Zauberer, der die Tricks verriet, die neue Entdeckung gegen Krebs, ich habe ihm gesagt, entweder so oder du bist abgeschrieben, der Junge aus Amerika, der in die Schule hineingelaufen ist und elf Mitschüler umgebracht hat. Suzana ging, und Carolaine setzte sich neben ihn. Kommt er? fragte Reizinho. Nein, ich habe Mama noch nichts erzählt, antwortete das Mädchen in der Annahme, die Frage ihres Bruders beziehe sich auf ihren Freund. Carolaine erklärte mit kaum vernehmbarer Stimme, daß ihr Freund verheiratet war. Mit einer gräßlichen Frau. Zwei Kinder. Aber er wird sich trennen. Er hat mir gesagt, er wird sich trennen, und wir werden heiraten.

Es kamen noch zwei weitere Nachbarn zu der Party, Bekannte der Mutter, und außerdem ein paar Kinder, die in der Gegend wohnten, keines war mit José Luís befreundet, sie wollten bloß Kuchen essen, die Knirpse. Das war alles unwichtig. Bald würde sein Vater hereinkommen, Reizinho spürte, wie sein Herz schneller klopfte, jeden Augenblick würde sein Vater da sein.

Der Fernseher lief sogar weiter, als gratuliert wurde. Sie aßen Kuchen, tranken Sprudel, Reizinho stand wartend in der Tür.

Nachdem alle gegangen waren, zog Alzira den Jungen auf die Veranda und sagte in feierlichem Ton: Mein Sohn, ich bin sehr froh, wirklich sehr froh. Und hier ist die Überraschung: Ich habe dir eine Arbeit besorgt. Als Laufbursche. Im Büro von Dr. Rodrigo. Eine gute Weile lang hörte Reizinho die Mutter reden, ohne auf die Worte zu achten. Er sah Alziras Gesicht, die Falten, das Doppelkinn, den Mund mit den Zahnlücken, die leblosen Augen, die schlaffe Haut. Verdammt. Er konnte sich nicht getäuscht haben. Das konnte nicht die Überraschung sein. Eine Arbeit. Als Laufbursche. Niemals würde er Laufbursche werden. Scheißzeug hin- und herschleppen. Und mein Vater? fragte er und unterbrach seine Mutter bei ihren Ausführungen über die Vorteile von Essenmarken und Fahrgutscheinen. Dein Vater? Was weiß ich. Der wird sich vermutlich irgendwo herumtreiben. Ich dachte, er würde kommen, sagte Reizinho. Alzira lachte sonderbar auf. Dein Vater? Das wäre ja noch schöner. In mein Haus? Weshalb sollte er kommen? Weil ich Geburtstag habe, antwortete der Junge. Der weiß wahrscheinlich nicht mal, daß heute dein Geburtstag ist. Alzira lachte abermals, ein höhnisches Gelächter, das war es, worauf der Junge reagierte. Ich will nicht bei Seu Rodrigo arbeiten, sagte er. Alzira stand auf, da war sie wieder, die Wirklichkeit, direkt vor ihrer Nase, roh, der Sohn ein Dummkopf, du blöder Bengel, hast du das gehört, Mutter? schrie sie. Ich schufte mich tot, und dieser Idiot sagt, er will nicht im Büro arbeiten. Du willst nicht Laufbursche werden? Ich weiß, du willst lieber mit Drogen handeln. Viel besser, wirklich. Leute überfallen. Morden. Geh. Bist du dämlich, oder was? Begreifst du nicht, daß man dir eine Chance gibt? Weißt du, wer in Seu Rodrigos Firma Laufbursche wird? Jungs, die in die sechste Klasse gehen. Er bietet dir eine Gelegenheit. Du wirst die Arbeit annehmen, o ja, das wirst du. Und wehe. Wehe nicht. Werde ich nicht, antwortete Reizinho, indem er seiner Mutter ins Wort fiel. Er mußte an Leitor denken. Du Verlierer. Alzira faßte die Absage als persönliche Beleidigung auf. Sie erhob die Hand, der Junge duckte sich nieder und griff nach einem Stein. Sie sind die Arschlöcher, nicht wir. Verlierer. Sie nehmen uns unsere Liebe. Sie töten unsere Liebe. Ach ja?

Du willst mit einem Stein nach mir werfen? fragte seine Mutter und riß die Augen auf. Los, steinige deine Mutter ruhig. Du Blödmann, du Dummkopf, schrie sie und rannte ins Haus, um sich ihrer Mutter, die vor dem Fernseher saß, in die Arme zu werfen. Hast du gesehen, Mutter? Weshalb hast du ihm etwas von einer Überraschung gesagt? hatte Alzira an dem Tag gefragt, als Carolaine ihr erzählte, wie sie Reizinho dazu überredet hatte, zu dem Fest zu kommen. Es gäbe nur einen Kuchen, sie würde nichts weiter machen, der Junge hatte es nicht verdient, hatte Alzira gesagt. Kuchen, mehr nicht. Doch Carolaine hatte sich das mit der Überraschung ausgedacht, er kommt sonst nicht, Mutter, hatte sie gesagt, ihm gefällt es bei uns zu Hause nicht. Das, so ganz ohne Umschweife gesagt, ihm gefällt es bei uns zu Hause nicht, hatte sie fertiggemacht, am Boden zerstört, und weil sie sich schuldig fühlte, hatte Alzira beschlossen, ihre Brotgeber um einen Vorschuß zu bitten, sie würde irgend etwas für den Jungen kaufen, die besagte Überraschung, einen Ball, ein Spielzeugauto, sie wollte so gerne, daß ihr Sohn sie liebte, daß sie alles wieder ins Lot brachten, ein für allemal, daß sie den Rest vergaßen, daß er Verständnis für die Schwierigkeiten aufbrächte und sich so benähme wie Carolaine, daß er mithülfe, war das denn so schwierig? Wie alt ist er? hatte Rodrigo beim Frühstück gefragt, nachdem er gehört hatte, aus welchem Grund sein Dienstmädchen um Vorschuß gebeten hatte. Zwölf. Besser als ein Geschenk, Alzira. Schicken Sie Ihren Sohn zu mir ins Büro, wir brauchen einen Laufburschen. Er ist noch viel zu jung, hatte Juliana gesagt, die ebenfalls ihr Frühstück einnahm, zwölf Jahre, er ist zu klein. Auf diese Weise lernt man eben, hatte Rodrigo geantwortet. Indem man arbeitet. Alzira hatte gestrahlt. Und von diesem Tag an hatte sie millionenmal wiederholt, die Überraschung, die Überraschung, und hatte sich für sich selbst eine Lüge ausgedacht, daß ihr

Sohn arbeiten und sich bessern würde. Aber Gott hatte ihr einen Dummkopf gegeben. Er hat einen Stein vom Boden aufgehoben, Mutter, mein Sohn, und dann hat er mich angeschaut, das hättest du mal sehen müssen. Er wollte mit dem Stein nach mir werfen.

Reizinho blieb auf der Veranda sitzen und hörte, wie Alzira im Wohnzimmer fluchte und heulte, Cândida und Carolaine, der Fernseher, Mutter, er hat gedacht, die Überraschung würde darin bestehen, seinen Vater kennenzulernen. Weißt du, wonach mir ist? Daß er diesen Wurm zu Gesicht bekommt. Ich schwöre es. Danach ist mir.

Reizinho öffnete das Tor und ging die Straße hinunter. Du Verlierer. Er fühlte nichts, jenen inwendigen Schmerz, von dem Leitor gesprochen hatte. Das war es nicht. Schmerz. Da war ein Hohlraum, dort drinnen, in seinem Inneren. Eine Leere, ein Loch. Verdammt. Das auslief. Er ging an Suzanas Haus vorüber, José Luís, rief seine Mutter. Sie kam eilends angelaufen, entschlossen, die Tasche unter dem Arm, das Gesicht, gehen wir, es war, als läge nichts Menschliches darin, nichts, nur Nase und Mund und Fleisch und Haß, los, sagte sie, ich habe beschlossen, du willst deinen Vater kennenlernen, dann komm mit, du sollst deinen Vater kennenlernen.

Sie gingen hinunter zur Bushaltestelle gegenüber von Zinos Schlachterei, schweigend, die Mutter vorneweg, in Selbstgespräche vertieft, und der Junge hinterdrein. Du Verlierer. Unterwegs wechselten sie kein Wort. Alzira vermied es, ihren Sohn anzusehen, hielt das Gesicht die ganze Zeit ans Fenster gepreßt. Sie stiegen im Stadtzentrum aus, in der Nähe der Praça Argentina. Zu Fuß gingen sie bis zum Viadukt, wortlos. Komm. Alzira machte suchend einen Rundgang in der Gegend. Los. Vor weniger als zehn Tagen hatte sie ihren früheren Ehemann genau an derselben Stelle gesehen, als sie mit dem Bus auf dem Weg ins Santa-Bárbara-Krankenhaus vorbeigefahren war. Diesen Herumtreiber. Nach so vielen Jahren. Direkt vor ihrer Nase. Dieses Tier. Und jetzt war er wieder da, der Taugenichts. Unglaublich. Papphütten, Bettler, Dreck. Siehst du den Mann dort, der in die Decke gewickelt ist? Den schmutzigen, betrunkenen Kerl dort? Siehst du ihn? Er schaut zu uns herüber. Das ist dein Vater, sagte Alzira. Du wolltest ihn doch so gerne kennenlernen. Da ist er. Dein Vater.

9

Ein monochromes Mädchen, Haar und Haut bleich, fahl, die Lippen, Brauen, Augen, alles in der gleichen verschossenen Farbe, gelb, ein Typ Frau, der weder häßlich noch hübsch war, winzig, todernst und ohne jeden Reiz. Graça war ihr Name, ein unglücklicher Name, nichts Graziöses lag in ihren Gesten, in ihrem Ausdruck, nichts Attraktives, keinerlei Charme, aber sie war ein anständiges und korrektes Geschöpf und behandelte Reizinho respektvoll und herzlich. Diese Umschläge hier, sagte sie, bringst du zur Post. Von den Papieren machst du Kopien. Gib dieses Ticket in der Rua Barão de Capanema im Haus von Dona Beatriz ab. Und im Kopierladen mußt du auf die Reihenfolge der Seiten achten, sie bringen sonst alles durcheinander. Ach ja, und beinahe hätte ich es vergessen, geh bei Dr. Rodrigo zu Hause vorbei, er hat sein Handy liegenlassen.

In das Reisebüro Santorini hinein- und wieder hinauszukommen, war gar nicht so leicht. Es gab zwei schwere automatische Stahltüren, die einander gegenüberlagen und niemals gleichzeitig aufgingen. Die eine mußte geschlossen sein, damit die andere freigegeben wurde, und bevor der Besucher durch sie hindurchgehen durfte, wurde sein Bild von einer an der Decke der Eingangshalle angebrachten Kamera erfaßt. Wir sind schon zweimal überfallen worden, erklärte Graça am ersten Arbeitstag. Reizinho hatte nur zu diesem Teil des Reisebüros Zugang. Weiter hinten arbeiteten noch mehr Leute, gab es noch mehr schwere Türen, noch mehr Kameras, unser Büro hat verschiedene Abteilungen, hatte Graça gesagt, Inlands- und Auslandstourismus, Firmenkonten, jeder Bereich kümmert sich um etwas Spezielles, und wir gestatten unseren Angestellten nicht, sich frei zwischen den Abteilungen zu bewegen, um die Atmosphäre nicht zu beeinträchtigen.

Beim Betreten oder Verlassen der Firma begegnete Reizinho mit einer gewissen Regelmäßigkeit Dr. Rodrigo in Anzug und Krawatte, rasiert, freundlich, der ihn jedesmal fragte, ob Graça ihn auch gut behandele, lächelnd, wie schön, sagte er. Sehr schön. Reizinho liebte besonders die Mittagsstunde, nicht wegen der Mahlzeiten in den umliegenden Kneipen, nie verspürte er Hunger, er tauschte seine Essenmarken gegen Geld, und mit diesem kaufte er dann Crack und Seven-Up, er versilberte auch sonst alles, was sich gegen Drogen einwechseln ließ, einen Heftklammerer, einen Stapel Packpapier oder Druckerpatronen. Die kleinen Diebstähle im Büro zur Unterhaltung seiner Sucht fielen Graça nicht auf und machten die Mittagspause zu einer angenehmen Stunde, Leute beobachten, Crack rauchen, den Mädchen beim Fußballspielen am Strand zuschauen, den Bedächtigen, den Affektierten, alle mit einfältigem Gesicht, der Trainer, ein munterer Mulatte, schrie, los, Patrícia, komm schon, Renata, an den Ball, schieß ins Tor, Renata, mach schon, sie schossen nicht, liefen nicht, Patrícia war eine von der verschlagenen Sorte, Blondinen mit Angst vor dem Ball, Reizinho amüsierte sich königlich, wenn er bei den Spielen zuschaute.

Es war nicht gänzlich unangenehm, bei seinen Botengängen den Bus zu besteigen, das gab Reizinho die Möglichkeit, herumzukommen, Leute zu sehen, was unendlich viel besser war, als den Tag in vier Wände eingepfercht zu verbringen, wie Graça, die Telephonistin, wie Anete, die in einem winzigen Kabuff arbeitete, einem Schuhkarton, der mit einem PABX-Tisch und Fernsehklatschzeitschriften ausgestattet war.

Photokopien besorgen, Bestellungen ausrichten und andere kleine Dienste für ein Reisebüro erledigen war keine vollkommen unerträgliche Tätigkeit, wie der Junge sich anfänglich vorgestellt hatte. Er konnte den Rhythmus beschleunigen, Zeit gewinnen und dann nach Herzenslust rauchen und herumstreunen. Trotzdem war Reizinho selbst unter diesen Umständen nicht gerne Laufbursche. Jeden Morgen, wenn er sich in die mit Pförtnern und Kindermädchen, Hausangestellten, Sekretärinnen und Handpflegerinnen vollgepfropften Busse auf dem Weg in die Zona Sul quetschte, verspürte er ein Loch in der Brust, Bitterkeit, und all das wurde erst nach dem ersten morgendlichen Zug Crack auf dem Platz in der Nähe vom Reisebüro besser, schhhhh, das Zaubergebräu der Kraft wurde durch eine aus einem Joghurtbecher improvisierte Pfeife eingesogen, Cracksteine, schhhh, die verbrannten, schhh, ihren machtvollen Wirkstoff, ihren Nektar, ihre Kraft in Rauch auflösten. Im Büro regte er sich auf, feste Zeiten, Forderungen, hast du dies gemacht? Hast du das erledigt? Du hast vergessen, im Verkehrsamt vorbeizugehen. Du hast den Briefumschlag schmutzig gemacht, wasch dir die Hände. Du hast die Papiere durcheinandergeworfen. Die Einkäufe brachten ihn ebenfalls auf die Palme. Hol zwei Schachteln mittelgroße Heftklammern. Die hier sind doch zu groß, ich habe mittelgroße verlangt, geh wieder hin und tausch sie um. Die Mappen mußt du auch umtauschen, ich will welche mit Gummiband, hast du nicht gehört?

José Luís, du bist zerstreut. Aber du hast nichts von Gummibändern gesagt, Graça. Dona Graça. Doch, das habe ich. Sie, du sollst mich siezen. Mir ist schon aufgefallen, daß du nicht zuhörst, José Luís. Was Reizinho am meisten haßte, war etwas, das er »die Messe« getauft hatte, nämlich wenn Graça ihm die Vorzüge eines strebsamen, rechtschaffenen Laufburschen predigte, eines Laufburschen, der dies tut und jenes und der befördert wird und der auf diese Weise die Stufen der Erfolgsleiter hinaufklettert. Graça empfand eine gewisse Befriedigung bei ihren Standpauken, Dinge zu sagen wie »etwas darstellen im Leben«, »sich verwirklichen«, »es zu etwas gebracht haben«, »ich habe viel geschuftet« und »man muß kämpfen« machte letztlich auch sie aktiver bei der Arbeit, effizienter, fähiger. Fortschritt. Erfolg. Graça führte Namen an, erzählte Fallgeschichten, ein Junge, dem wir einen Vertrag gegeben hatten, brauchte drei Stunden, um zur Post zu gehen, wir haben ihn natürlich weggeschickt. Entlassen. Ein anderer Junge, der so wie du hier angefangen hat und kaum schreiben konnte, ist heute Geschäftsführer in unserem Unternehmen. Adalberto. Reizinho gefiel die Art, wie sie »unser Unternehmen« sagte, so als wäre sie Teilhaberin. Er lachte darüber, wenn er alleine im Bus saß. Wir sind ein mittelständisches Unternehmen. Sind offensiv. Wir glauben an dein Potential, sagte sie. Sie sollte besser nicht daran glauben, sagte Reizinho zu Fake, wenn sie sich trafen. Sie wird kein Glück haben, die Frau. Ich will nicht Sekretär werden, und auch nicht der Chef der Laufburschen. Sie waren völlig zwecklos, die Karriereaussichten, die Graça tagtäglich entwarf. Und es gab bei dieser Arbeit zudem den Nachteil, die Mutter im Nakken zu haben. Dr. Rodrigo war ganz groß darin, das Handy zu Hause zu vergessen, die schwarze Aktenmappe, den Akku für das Telephon, den Schlüssel, und immer war es Reizinho, der die Sachen holen ging. Und? Gefällt es dir, mein Sohn? Alzira hatte millionenmal dieselbe Frage gestellt. Aber macht es dir auch wirklich Spaß? Die Mutter in ihrer Dienstmädchenuniform, feuchte Hände, beim Wäschewaschen, den Bauch ins Waschbecken gehängt, zufrieden. Du mußt deine Chance nutzen, José Luís. Dr. Rodrigo ist ein sehr guter Mensch. Sieh zu, daß Dr. Rodrigo Gefallen an dir findet. Bei einer dieser Gelegenheiten kam Dona Juliana genau in dem Moment in die Küche, als er sich von seiner Mutter verabschiedete. Hallo, José Luís. Sie war dünner geworden, die Dona Juliana. Gymnastikdress. Komische Blicke warf sie ihm zu, die Dona Juliana. Ein anderes Mal fuhr er zusammen mit Dona Julianas Lehrer im Fahrstuhl nach unten. Ein Kraftprotz, der Kerl. Heiß, was? Zum Durchdrehen heiß, hatte der Lehrer gesagt. Durchdrehen. Er war auch den Kindern begegnet, beide guter Dinge, lockeres Leben, sorgenfrei. Feine Sache, reich auf die Welt zu kommen. Reizinho verdiente das Mindestgehalt. Diesen Hungerlohn. Acht Stunden am Tag schuften, um »dieses monatliche Häufchen Scheiße« zu bekommen, wie er zu Fake sagte. Als Kundschafter hatte er weniger gearbeitet und mehr verdient. Als Kurier würde er noch mehr bekommen. Und als Milizionär bei der Drogenverkaufsstelle noch mehr. Wieviel verdient der Chef von einem Verkaufsposten? Sehr viel mehr. Und wenn er den Hügel übernähme, dann hätte er richtig viel Geld. Wenn er die Zahl der Verkaufsstellen erhöhte, das Lager mit den Karabinern und den Maschinenpistolen aufstockte, mehr Männer und mehr Granaten, dann würde er wachsen, expandieren, er würde reich sein, verdammt, praktisch reich. Elf Kilo Kokain verkaufte Miltão pro Monat. Wenig. Miltão, das Klötengesicht. Strotzte vor Geld. Und dann noch Suzana. Reizinho hatte ihn bei Onofre gesehen, redselig zeigte er die Waffe herum, die er gerade gekauft hatte. Verspiegelte Brille. Blödian. Patronengürtel mit neunzig Kugeln. Was holt Miltão im Monat heraus, Fake? Es war schön, sich mit Fake zu unterhalten. Nach der Arbeit ging er zu seinem Freund ins Studio, Rap hören, koksen, reden, Fake hatte immer Stoff. Ich bin dabei, mein Repertoire zu erweitern, sagte Fake und zeigte ihm die Briefchen. Kein Sterbenswörtchen. Schau hier. Das ist das Abrakadabrasystem der Operation Fischwunder. Was meinst du, Fake, wieviel verdient Miltão? Miltão, laß mich mal überlegen, sniff, so um die, sniff, was weiß ich, einen Haufen, sniff, ziemlich viel Schotter. Miltão hat einen Lastwagen, Grundstücke, sniff, Häuser, Mieteinnahmen. Mach die Kröte nach, Zé. Fake liebte es, wenn Reizinho Graça imitierte, genau das ist es, die Kröte, sagte Reizinho, sie sieht aus wie eine weiße Kröte, eine richtige Kröte. Schau, José Luís, sagte er und ahmte Graça nach, mir ist aufgefallen, daß es bei dir mit dem Lesen sehr zu wünschen übrigläßt. Wenn du es zu was bringen willst, wirst du lernen müssen, sniff, lernen und arbeiten. Und brav sein. Sniff. Und nicht zu spät kommen. Und zuverlässig sein. Und höflich. Und die Hände waschen. Das einzige, was fehlt, sagte Reizinho, was wirklich noch fehlt, ist, daß sie von mir verlangt zu bellen. Wau wau wau. Die beiden schütteten sich aus vor Lachen. Sie denkt wahrscheinlich, daß es dir für einen Nigger aus Paraíba zu gut geht, sagte Fake lachend, du bist gut im Nachmachen, du solltest Schauspieler werden. Gelächter. Sniff. Ich komme nicht aus Paraíba, erklärte Reizinho. Gelächter. Aber du hast dunkle Haut, du kommst aus der Favela, das kommt aufs selbe heraus. Einmal, erzählte Fake, habe ich einen amerikanischen Film im Fernsehen gesehen, die Hauptfigur war ein Brasilianer und hieß Pablito. Stell dir das mal vor. Ein Brasilianer mit so einem Namen. Für die Amis heißen alle, die südlich vom Äquator wohnen, Pablito. Mit Graça ist es das gleiche, für sie bist du einer aus der Favela, ein Nigger und kommst aus Paraíba. Das gibt übrigens einen guten Rap, Nigger aus Paraíba.

Reizinho dachte in der letzten Zeit häufig an Geld. Seit er am Abend seines Geburtstags seinen Vater gesehen hatte, barfuß, die Decke über den Schultern, betrunken, unter dem Viadukt. Los, hatte Alzira gesagt, unterhalte dich mit ihm. Das ist dein Vater. Geh hin und sag ihm, daß du ihn schon immer kennenlernen wolltest. Das wolltest du doch, oder? Nun geh schon. Reizinho spürte, wie seine Füße in den Boden gegraben waren, er konnte sich nicht entschließen. Siehst du? Das ist dein Vater. Nein. Dieser zu einem Nichts zusammengeschrumpfte Mensch war ganz bestimmt nicht sein Vater, er war ein Fremder, nicht sein Vater, dreckig, von wegen, verdammt, betrunken, ein Bittsteller, doch, das ist dein Vater, hatte seine Mutter bekräftigt, und diese Horde Bettler ist seine Familie, diese Nichtstuer, saufen und pennen und verdrecken die Stadt, das ist alles, was sie tun. Was glaubst du wohl, mein Sohn, weshalb ich nicht wollte, daß du deinen Vater kennenlernst? Das ist nicht Vater. Doch, das ist dein Vater. Deiner. Das da, dieses Etwas, das du da siehst, dieser Haufen Lumpen, dieser Dreck, ein wandelnder Kothaufen, ein Stück Scheiße, das zu überhaupt nichts nütze ist. Das ist dein Vater. Er hat mir mein Leben ruiniert, dieser Mann. Du kennst noch nicht mal einen Bruchteil, Zé Luís. Die Horrortaten, die er zu Hause begangen hat. Jeden Tag kam er betrunken heim, und meine Qual begann. Er war mit dem Messer hinter mir her, du auf meinem Arm, als kleines Baby. Einmal, Zé Luís, ich werde es lieber nicht erzählen, sagte sie, indem sie sich besann. Wozu? Geh hin. Es ist dein Vater. Hab kein Mitleid, Zé Luís. Täusch dich nicht. Dein Vater ist ein Arschloch.

Tage später, als er zu Hause an jenen Augenblick zurückdachte, gelangte Reizinho zu dem Schluß, daß es die Decke gewesen war, die ihm ein negatives Bild von seinem Vater vermittelt hatte. Er hatte schon viele betrunkene, schmutzige

Lumpengestalten wie Francisco gesehen. Dutzende solcher Nachbarn, in Onofres Bar, die auf dem Hügel herumstolperten. Der Unterschied war die Decke. Als sein Vater die Arme hob, mit der Decke über den Schultern, breiteten sich schwarze Flügel aus, ein riesiger Geier, ein langmähniger, schwankender Geier. Er fühlte sich so traurig in jener Nacht. Sie kehrten heim, sie beide, er und seine Mutter, sie weinte im Bus. Ein unterdrücktes, schluchzendes Weinen. Seine Mutter tat ihm leid. Er wollte sie umarmen, irgend etwas sagen, Entschuldigung, verdammt, aber das einzige, was er tun konnte, war die Nase gegen die Fensterscheibe drücken und reglos dort sitzenbleiben und Alziras Schluchzen zuhören.

Nachdem er in Dr. Rodrigos Firma zu arbeiten begonnen hatte, ging er, wann immer Zeit dazu war, auf der Suche nach seinem Vater hinunter zur Praça Argentina. Er beobachtete ihn aus der Ferne. Für gewöhnlich traf er ihn in der sengenden Mittagssonne schlafend an, die Passanten gingen vorüber, die Füße, der verkrustete Schmutz, die Lumpen, die Wunden. Frühmorgens sah er, wie er von seinem Platz vertrieben wurde, aus den Durchlässen, Ladenunterständen, Bankvorräumen, Polizisten, die ihn traten, weg hier, du Herumtreiber, raus mit dir. Nachmittags trank er, bettelte um Geld. Wenn er welches hätte, würde er den Vater von der Straße holen. Du denkst zu viel ans Geld, sagte Fake, mein Ding, Alter, ist die Kunst. Sniff. Ich will bloß Geld, um die Dinge auf den Weg zu bringen. Ich will Künstler werden. Ich habe weder die Absicht, auf der Flucht vor der Polizei zu leben noch mit zwanzig den Löffel abzugeben. Die kneifen alle den Arsch zu. Ich hab schon viele gesehen, die den Arsch zugekniffen haben. Alle. Miltão wird seinen ebenfalls zukneifen. Heute ist er der Glorreiche, und morgen, zack, ist er's schon gewesen. Dann ist er hinüber. Mein Ding ist die Kunst. Rap. Sniff.

Vergessen Sie den Ärger. Fahren Sie nach Paris. Sie haben es sich verdient. Griechenland, die Wiege der Kultur. London. Italien. Maccarone. Waren Sie schon in Bahia? Nein, noch nie. Auch nicht in São Paulo. Am häufigsten dachte Reizinho an Geld, wenn es nicht viel Arbeit gab und der Junge gezwungen war, neben Graça zu sitzen und die Werbeplakate an der Wand zu betrachten, Denkmäler in Paris, Inseln, Essen, Menschen, die lachten und sich amüsierten, während er, er und Graça, dort saßen und nicht viel zu tun hatten. Warum warf er den Kram nicht gleich hin? Er verspürte eine enorme Lust zu sagen, Graça, ich bin raus aus dem Spiel, hinauszugehen und nicht mehr wiederzukommen. Er wußte nicht, weshalb er überhaupt noch kam. Wegen der Großmutter. Arbeit, Arbeit, die Alte erzählte allen, daß José Luís eine feste Stelle hatte. Sie gebrauchte dieses Wort, »fest«, und sprach es mit Nachdruck aus. Er war Laufbursche, der José Luís. Eine große Scheiße, die Arbeit. Immer hart, ohne Geld. Verdammt.

Normalerweise legte Graça ihr Portemonnaie in die Schublade rechter Hand vom Schreibtisch. Geh mir ein heißes Käsebrötchen und einen Guavensaft kaufen. Nein, einen Wassermelonensaft. Die Hand, die das Portemonnaie öffnete und schloß, Geld, das Portemonnaie, das in die Schublade gelegt und wieder herausgeholt wurde, jeden Tag, und Reizinho immer abgebrannt, immer Geld vor der Nase, blank, mit den Gedanken beim Geld, er wollte Geld, hier sind zehn, zwanzig, kannst du diesen Scheck für mich einlösen? Zehnerscheine, Fünfziger, hier ist das Wechselgeld. Vielen Dank.

Reizinho hatte nichts geplant. Es war an einem dieser Tage, einem Tag ohne viel zu tun. Eine unerträgliche Hitze, die Klimaanlage wie verhext. Im Büro er und Graça, irrsinnige Lust, einen Stein zu rauchen, dort herauszukommen. Als Graça ins Bad ging, trat er zum Tisch. Er wollte nicht stehlen, er dachte nicht ans Stehlen, wollte nur schauen. Anfassen. Er öffnete die Schublade, im Portemonnaie war kaum etwas drin. Doch dahinter, in der Tiefe der Schublade, ein Bündel brandneuer Scheine. Er zählte nach. Achthundert Piepen. Er steckte sie in die Tasche und ging.

10

Zwei Kilo Muskelfleisch. Ein halbes Paket gehackte Perlzwiebeln. Zwei zerquetschte Knoblauchzehen. Zwei in Scheiben geschnittene Gemüsezwiebeln. Auf getrennten Tellern zurechtlegen, in den richtigen Mengen, Tomaten, den gewaschenen Reis, das gewürzte Fleisch. Alzira wollte alle Zutaten vorbereiten, bevor sie zu kochen begann, genauso, wie sie es in den Kochsendungen im Fernsehen sah, es war nicht einfach, das Telephon ließ ihr keine Ruhe, Seu Fernando hatte mehrmals angerufen, säubern Sie das Fleisch, wie Sie sehen, lasse ich kein bißchen Fett daran, sagte die Moderatorin, und Dona Juliana mit ihrer schlechten Laune, irgend etwas Schlimmes würde demnächst in diesem Haus passieren, sie sah es sehr wohl kommen, und Alziras Messer taugten auch nicht viel, sie hatte Ohren und konnte hören, die beiden, der Lehrer und Dona Juliana, das würde Ärger geben, am besten, sie machte es wie die drei Äffchen, die sie irgendwo gesehen hatte, Mund, Ohren und Augen zu, die Messer waren stumpf, in den Fernsehsendungen waren die Zutaten voneinander getrennt und übersichtlich, sie mußten nicht geschnitten werden, die Messer, gelbe Paprikaschoten, grüne Paprikaschoten, Alzira kam kaum dazu, das Gemüse zu zerhacken, alle Naselang wurde nach ihr gerufen, wo ist mein schwarzer

Rock, Alzira? Alzira, es hat geklingelt, hallo, Dr. Rodrigo, Sie sind heute früh zurück, bitte zwei Kaffee ins Büro, Alzira. Ein chaotischer Spätnachmittag, in einem fort verlangten sie Kaffee mit Süßstoff, Alzira schnitt gerade die Möhren, als Dona Juliana kam, um ihr zu sagen, Dr. Rodrigo will mit dir sprechen, Alzira.

Im Wohnzimmer. Dr. Rodrigo auf dem Sofa, die Beine übereinandergeschlagen, es ist besser, du setzt dich, Alzira. Sie blieb lieber stehen, das Geschirrtuch in der Hand, danke. Es ist etwas sehr Schlimmes passiert, Alzira. In dem Augenblick begriff sie, Dr. Rodrigo brauchte ihr nichts weiter zu erzählen, sie wußte Bescheid, sie hatte erwartet, daß das passieren würde. Ja, sie hatte es vorausgeahnt, irgend etwas Schlimmes, etwas Furchtbares. Die ganze Zeit hatte sie darauf gewartet. Da war es. Die Tragödie. Dein Sohn, er hat gestohlen. Es ist uns schon seit längerem aufgefallen, daß im Büro Dinge verschwunden sind, Kleinigkeiten. Vielleicht war das bereits er. Ich werde keine Anzeige bei der Polizei erstatten, weil er dein Sohn ist. Ich werde für alles aufkommen, sagte Alzira, darauf lege ich Wert. Er wird jeden Centavo zurückzahlen.

In dieser Nacht wartete Alzira in Cândidas Haus auf José Luís, sie blieb auf der Veranda, ging auf und ab, das Kommen und Gehen der Karnevalisten und der Standartenträger machte sie ganz nervös, es regnete stark, Alzira spürte nicht das Wasser an ihrem Leib, sie lief zum Tor und wieder zurück, die Kleider völlig durchnäßt, ging zu Fuß zur Bushaltestelle und wieder retour, vorher schaute sie bei Onofre vorbei und erkundigte sich, jemand sagte, Reizinho sei für gewöhnlich dort, gleich dort drüben, in Fakes Baracke zu finden, sie klopfte an die Tür, ein Jüngelchen mit Ring im Ohr erschien, ja, sagte er, laute Musik, ja, ich kenne Zé Luís, aber heute ist er nicht gekommen.

Im Morgengrauen wartete Alzira zusammen mit Cândida, die nicht von ihrer Nähmaschine abließ, und Carolaine fiebernd auf die Rückkehr ihres Sohnes. Oh, er würde schon sehen. Ruhig, Mutter, sagte Carolaine, Alzira schrie das Mädchen an, geh mir nicht auf die Nerven, sie würde ihm den Hosenboden strammziehen, ja, verhauen, er würde schon sehen, eine Tracht Prügel, die Abreibung würde ihm eine Lehre sein, sie würde diesen Bengel derartig versohlen, derartig, diesen schamlosen Taugenichts, derartig, hört auf mich anzustarren, ihr beiden. Im Bett bereute sie zuweilen die Prügel, die sie ihrem Sohn verpaßte, sogar geweint hatte sie manchmal schon, wenn sie die violetten Flecken an dem zerbrechlichen Körper des Jungen entdeckte, und in solchen Augenblicken hatte sie das Gefühl, als Mutter versagt zu haben, gescheitert zu sein, doch nicht in diesem Moment, Dieb, jetzt begriff sie, genau, sie hatte diesem Dummkopf zu wenig Prügel verpaßt, versohlen, jawohl, verdreschen, verhauen, mir ist ganz danach, seinen Kopf zu packen und ihn gegen die Wand zu schlagen, Mutter, bis er entzweigeht. Wie hatte sie sich geschämt, dein Sohn hat gestohlen, hatten sie gesagt, verfluchter Sohn, stehlen, nie im Leben, eine Schande, eine Demütigung, ein Dieb, und das ihr, Alzira, der es schwer fiel, ein Geschenk anzunehmen, einen Langfinger in die Welt zu setzen, lieber hätte sie einen Hinkefuß geboren, einen Schwachkopf, Gott, einen Zurückgebliebenen, das ganze Leben lang hatte sie sich abgerackert, die Häuser anderer Leute geputzt und geschrubbt, es schwer gehabt, noch nie hatte sie auch nur eine Birne aus dem Kühlschrank ihrer Familien genommen, das ganze Leben lang, wollen und nicht können, und nun ein Halunkenbengel, ein Dieb, ein Langfinger, oh, mein Gott.

An den darauffolgenden Tagen klapperten Cândida, Carolaine, Suzana die ganze Favela ab, keiner wußte etwas von Reizinho. Wir haben ihn nicht gesehen, sagten sie. Nein, wir haben keine Ahnung. Ein schmächtiger Knirps mit unergründlichen Augen? Nein, weiß ich nicht. Keine Neuigkeiten.

Am Dienstag ging Leitor zu Alzira nach Hause, zusammen mit Onofre, bereit zu helfen, ich kenne Ihren Sohn, sagte er, er erzählte von den Drogen, wußten Sie, daß er Drogen nimmt? Nein, nein, sagte sie verwirrt, mit einem schwachen Gefühl in den Beinen, Sie irren sich, mein Sohn ist nicht süchtig gewesen, er ist nicht süchtig, berichtigte sie sich, nicht sehr überzeugt, zaghaft, tot, ja, der Gedanke war ihr in diesem Augenblick gekommen, ihr Sohn konnte jetzt tot sein, und ich bin schuld, dachte sie, mein Sohn, und dann sagte sie gar nichts mehr, lauschte Leitors Bericht über das, was er wußte, der Junge braucht Hilfe, erklärte er, Crack, sie fühlte sich niedergeschmettert von alledem, Crack, am Boden zerstört, warum war ihr an ihrem eigenen Sohn nie eine Veränderung aufgefallen? Leitor riet der Familie, zum siebzehnten Polizeirevier zu gehen und das Verschwinden zu melden, Alzira war so verzweifelt, so zerknirscht, wenn sie ihren Sohn fände, hatte sie der Jungfrau Maria gelobt, würde sie nie wieder Hand an ihn legen, warum hatte sie nichts bemerkt? Das schreckliche, sagte sie zu Cândida, während sie darauf wartete, vom Kommissar vorgelassen zu werden, das schreckliche, Mutter, ist, daß ich nicht mal fragen darf, was ich falsch gemacht habe, ich weiß, was ich falsch gemacht habe, Mutter, ich weiß es, sagte sie. Als der Kommissar sie an die Reihe nahm, konnte Alzira nur weinen, immer mit der Ruhe, gute Frau, Abel, bring ein Glas Wasser für die Dame hier.

Reizinho hatte nicht vor, nach Hause zurückzukehren. Seit vier Tagen lebte er auf der Straße, lief, in der Tasche das Geld, verloren auf den Plätzen und unter den Viadukten umher, rauchte, ging an den Strand, in Flipperbuden, rauchte, schlief irgendwo. Er kaufte haufenweise Steine, noch nie hatte er so viel Drogen genommen wie in diesen Tagen. Wenn das Bereiten der Pfeife zu lange dauerte, war es ein furchtbares Gefühl, als ob etwas ihn bedrohte, etwas, das in seinen Körper eindrang und ihn mit Angst erfüllte, eine Art Invasion, mikroskopisch kleine Tiere, Feinde, sie durchbohrten seine Haut, verursachten Angst und Juckreiz und manchmal Lust, zu weinen und zu schreien. Zwei sieben, er überlegte, Fake anzurufen, zwei sieben neun, über das öffentliche Telephon bei Onofre, hätte er sich nur an die Nummer erinnern können, er wollte mit Fake reden, vielleicht würde der Freund ihm helfen, nie konnte er sich Zahlen merken, zwei sieben fünf, wenn sie ihm irgendeine Medizin gäben, zwei sieben neun fünf, vielleicht würden sie ihm irgendein Medikament geben, um die Invasion zu stoppen. Er wollte zu Cândida, sich bei der Großmutter in den Schoß kuscheln, bloß wie, wenn die Tiere nicht aufhörten, über ihn herzufallen, wenn er sich immerzu übergab und Durchfall hatte? Er konnte nicht zurück nach Hause zu seiner Großmutter. Verdammt. Er konnte nirgendwohin. Mußte scheißen. Nie mehr. Verdammt. Dableiben. Kotzen. Gleich dort schlafen. Wenn er die Augen schloß, stellten sich die schönen Bilder von früher, die Farben, nicht ein, es gelang ihm nicht mehr, mit dem Vater im Auto spazierenzufahren, zum Spiel von Vasco zu gehen, Hamburger zu essen, das ärgerte ihn, seit er ihn kennengelernt hatte, war er nie wieder mit ihm ausgegangen, er schloß die Augen, das rote Auto kam angefahren, hupte, hallo Vater, hallo mein Sohn, aber am Steuer saß er, der Bettler, nicht sein Vater, die Decke um die Schultern, stinkend, Schnaps trinkend, mit einem Messer in der Hand verfolgte er die Mutter, Reizinho, ein Baby, auf Alziras Arm, und der Geier umkreiste die beiden, wollte sie töten, du Verlierer, und Reizinho stürzte sich aus dem Wagen, wachte auf, mit schmerzendem Körper, jemand trat ihm in den Rücken, weg mit dir, sagte die Polizistin, du kannst hier nicht bleiben. Verdammt. Reizinho lag vor der Tür eines Supermarktes, der gerade öffnete, weg mit dir, die Mädchen, die an der Kasse arbeiteten, trafen schon ein, ein parkender Laster mit Erfrischungsgetränken fuhr los, der Tag begann, verdammt, wieder ein Tag. Solange er Kraft hatte, morgens war da immer noch eine Reserve, lief er umher, ging in die Flipperbuden, kaufte Chips und verbrachte so die Zeit, vor dem Bildschirm, spielte Löwenjagd, Verbrecher töten, Ziele treffen, Feinde in die Luft jagen, das Problem waren die Ziele, es gelang ihm nicht, sie zu treffen, er verfehlte sie, die Löwen flohen, die Verbrecher, verdammt, und um alles noch schlimmer zu machen, drehte der aus den Apparaten dringende Krach ihm den Magen um. Er schloß sich den Bettlern und den Kinderbanden an, die ihm über den Weg liefen, in ihrer Mitte fühlte er sich wohl, er ging neben ihnen her, lief mit ihnen mit, niemand scherte sich darum, auch er nicht, er blieb stumm, mochte nicht reden, fühlte, wie eine düstere Wolke in seinem Inneren wuchs, ein schwarzes Knäuel, das in seiner Kehle entsprang und wuchs und seine Zunge lähmte.

Zweimal ging er zur Praça Argentina, um seinen Vater zu sehen. Er setzte sich neben ihn, die beiden auf einer Bank, Seite an Seite, der Vater betrunken, er voller Drogen, sie saßen da und schauten den Straßenhändlern bei der Arbeit zu, es gab einen lustigen Verkäufer, der Sprüche von sich gab, sang, sie lachten über den Mann, verrückter Typ, sagte der Vater und stand auf. Er war an diesem Tag ohne seine Decke da, und Reizinho konnte sehen, wie dünn der Vater war.

Samstagabend. Der Joghurtbecher wurde mit einer Rasierklinge zerschnitten. Reizinho baute, am Boden sitzend, die Beine über Kreuz, eine neue Pfeife. Weiter vorn inspizierten drei Jungs und ein Mädchen die parkenden Autos, in dem da ist nichts drin, sagten sie, in dem hier auch nicht, die Blödmänner lassen nichts zurück, sie lachten, Reizinho kannte bloß den Namen des Mädchens, Suzana, ein häßliches, spindeldürres Ding, heißt du wirklich Suzana? hatte er sie gefragt, als sie zum ersten Mal gemeinsam geraucht hatten, an jenem Nachmittag, ja, mein Name ist Suzana, potthäßlich, diese Suzana, ganz anders als die echte Suzana, seine Suzana, die Suzana mit den Hot-Pants und den Tops, den schönen Händen und dem duftenden Haar, die Suzana, die ihn eines Tages mit zum Strand genommen hatte, sie beide im Sand sitzend, aufs Meer schauend, was willst du werden, wenn du groß bist, Zé Luís? Ich werde Lastwagenfahrer. Ich will umherreisen. Und ich, hatte Suzana gesagt, möchte eine Boutique haben. Fernsehansagerin werden. Die Pfeife war nichts geworden, Reizinho nahm einen anderen Becher, schnitt sich in den Finger. Aua. Die Kinder hatten jetzt ein Auge auf den Kassettenrecorder eines abgestellten Volkswagens geworfen. Reizinho zündete die Steine an, rief die Jungs, crash, die Autoscheibe wurde eingeschlagen, willst du einen Zug? brüllte Reizinho und hielt die Pfeife hoch. Crack. Rauch. Lauf weg. Die Kinder rannten davon, in den Händen den geklauten Kassettenrecorder, alle vier, schhhh, Reizinho atmete ein, schhhhh, sollen sie doch zum Teufel gehen, dachte er, sonst sagten sie nie nein, diese Gierhammel, er inhalierte nochmals und spürte die Kraft, ahhhh, etwas in seinem Inneren, das lachte, oder draußen, Suzana, die echte, die ihn anlächelte, die wahre Suzana, das war das Gefühl, er atmete und spürte Suzana.

Als er die Augen hob, hatte der Wagen bereits gehalten, Polizisten sprangen heraus, Stiefel, diese Tagediebe, diese Nichtsnutze, da hilft nur abmurksen. Zwei Waffen waren auf Reizinho gerichtet. Sie rückten ihm mit Fußtritten zu Leibe, brüllten, ohrfeigten ihn. Verdammt. Sie wollten wissen, wo der Kassettenrecorder war. Diese Herumlungerer, wo sind die anderen? José Luís kannte die anderen Jungs gar nicht, er wußte nicht, wie sie hießen. Nur Suzana, die kenne ich. Aha, du weißt also nichts. Ohrfeige. Hosenscheißer. Sie durchsuchten ihn. Noch mehr Ohrfeigen. Flüche. In den Shorts des Jungen, zusammengeschnürt in einer Plastiktüte, fünfhundertdreißig Real. Das wird ja immer schöner, bemerkte einer der Polizisten. Das Geld wurde unter ihnen aufgeteilt. Sieben Cracksteine. Sehr gut. Diese Nichtsnutze gehen mir auf den Sack, sagte einer der Polizisten und verwahrte die Steine in seiner Tasche. Los, verfrachtet den Bengel in den Wagen.

Um zehn Uhr abends wurde Reizinho in die Jugendanstalt Tereza Guimarães Moraes eingeliefert, mit blutunterlaufenen Augen, fahrig, eisiges Blut floß durch seinen Körper. Sie steckten ihn in einen kleinen Raum, nahmen ihm seine Kleider ab, durchsuchten ihn, gaben ihm ein Paar Latschen und einen Pyjama. Es waren noch andere Jungen in der Zelle, und, Blutsbruder? Sie redeten leise, das Messer, sagten sie, Knarre, was zu rauchen herüberwachsen lassen, Reizinho gab sich keine Mühe, etwas zu verstehen. Er versuchte, die Augen zu schließen, aber er wußte, er würde nicht schlafen können.

Es waren acht furchtbare Tage, er dachte nur ans Rauchen, verzweifelt, schlug gegen die Wand, zitterte, sein Zahnfleisch blutete, die Wärter brüllten ihn an, wenn du Rambazamba willst, können wir dir helfen. Los. Bettenmachen. Faltet die Decken zusammen, du da, ich hab dich im Auge. Du stellst dich an die Wand. Mit dem Rücken. Morgens verlangten sie von ihm, am Unterricht teilzunehmen, du kannst nicht im Bett liegenbleiben, sagte eine Alte, steh auf, putz dir die Zähne, vergebens, die Sozialarbeiter füllten Karteikarten aus, schrien ihn an, beim Mittagessen, sitzenbleiben, Messer haben wir verboten, Gabeln, Zahnstocher, alles, was spitz ist, aufstehen, alles, die Geschichten, das furchtbare Essen, der widerwärtige Reis, ich habe einen Supermarkt ausgeraubt, ich habe einen Bäcker umgebracht, ich habe eine Tankstelle überfallen, mein Vater hat mir beigebracht, wie man Leute beklaut, und nachts verschlimmerte sich der Kummer noch, er verspürte eine so große Traurigkeit in der Brust, wenn er zusammen mit den anderen Jungen fernsah, eine Traurigkeit, den Wunsch zu sterben, er wollte tot sein, nicht zurück nach Hause, keinen Vater, keine Suzana, er wollte wirklich sterben.

Am Montag, als er Cândida, seine Großmutter, vor dem Jugendrichter die Verpflichtungsurkunde unterschreiben sah, fühlte er sich wie ein Straßenköter. Sie fuhren mit dem Bus zurück nach Hause, hielten sich bei der Hand, sie haben dir das Haar abrasiert, sagte sie, aber du siehst richtig hübsch so aus.

Als sie gegenüber von Zinos Schlachterladen ausstiegen, erzählte Cândida, daß Alzira und Carolaine auf ihn warteten, deine Mutter möchte sehr gerne, daß du nach Hause zurückkommst, mein Junge, sie will dir helfen.

Die beiden erwarteten ihn am Tor. Carolaine umarmte ihn, Reizinho bemerkte ihr rundes Gesicht. Onofre hatte recht, Carolaine war dicker geworden. Hallo, mein Sohn, sagte Alzira mit roten Augen, sie hatte geweint. Der Zwiebelgeruch seiner Mutter. Die kalten Hände seiner Mutter. Alles wird gut, sagte sie und umarmte ihn fest.

Hilfs- und Entwöhnungstherapiezentrum für Drogenabhängige. Allwöchentliche Treffen. Eindrucksvolle Berichte, Weinkrämpfe, Wehklagen. Ich habe mit Haschisch angefangen. Ich bin mit Crack eingestiegen. Mit Aufputschmitteln. Als ich herausgefunden habe, daß mein Sohn Drogen nahm, war das Problem bereits sehr gravierend. Speedball ist eine Art Atombombe unter den Drogen, Heroin und Kokain zusammen, sie katapultieren dich direkt auf den Gipfel über dem Abgrund. Mein Gefühl war, stundenlang zu fallen. Meine Zähne verbrannten. Meine Mutter, mein Vater, die Leute gerieten in Brand, direkt vor meinen Augen. Ich habe mir in die Halsschlagader gespritzt. Meine Tochter, sie ist aus dem Krankenhaus geflohen, um Drogen zu kaufen. Seht euch meine Venen an. Ich wollte sterben. Die Zusammenkünfte fanden einmal in der Woche statt, und Alzira fühlte sich wohl, wenn sie sich mit den Eltern und Angehörigen anderer Drogenabhängiger traf. Wichtig ist das Reden. Erklären. Der Dialog. Setz Grenzen, aber denk dran, daß Zwang keine Lösung ist. Nur Liebe hilft. Zuwendung. Verständnis. Sei deinem Sohn ein Freund. Unterstütz ihn. Alzira hatte alles versucht. Manchmal hatte sie den Eindruck, daß es dem Jungen besser ging, aber es war bloß ein Eindruck. José Luís durfte nicht eine Minute alleine bleiben. Wenn man ihm den Rücken zuwandte, nahm er, was ihm in die Finger kam, das Radio, Töpfe, alles mögliche, und tauschte es an der Drogenverkaufsstelle gegen Crack ein. Er kam nie nach Hause, sie mußten ihn suchen gehen, immer lag er irgendwo herum. Bei anderen Gelegenheiten sammelten Nachbarn, die Bescheid wußten, ihn mit Drogen zugedröhnt von der Straße auf und brachten ihn zu Alzira.

Die Idee, zu Miltão zu gehen, stammte von Suzana. Schließlich, Alzira, herrscht er über die ganze Jungenhorde. Die Bengel respektieren Miltão. Und außerdem hast du keine große Wahl, Alzira.

Miltão empfing Alzira an einem Sonntagnachmittag im Haus von Bidê, am Himmel braute sich ein heftiges Gewitter zusammen. Das Radio lief, an der Tür sorgten Männer für die Sicherheit, neun Mann, zählte Alzira und wandte die Augen von den Waffen. Dieses Mal verlief die Begegnung anders. Die Frau, die Monate zuvor gekommen war, um das Geld zurückzugeben, das ihr Sohn mit seiner Arbeit für die Rauschgifthändler verdient hatte, war nicht mehr dieselbe, die nun dort stand und um Hilfe bat. Alzira war älter, ausgelaugter und vor allem trauriger geworden. Was soll ich denn Ihrer Meinung nach tun?

fragte Miltão und schaltete das Radio aus. Rede mit ihm, antwortete Alzira. Erklär ihm, daß er sterben wird. Mein Sohn wird sterben. Ich kann mit ihm reden, erwiderte Miltão, aber ich weiß, daß es nichts nützen wird.

Reizinho saß im Wohnzimmer und sah fern, als Miltão zusammen mit Suzana und seiner Mutter hereinkam. Der Dealer gab den beiden ein Zeichen, sie alleine zu lassen. Sie unterhielten sich, in Wirklichkeit redete nur Miltão, José Luís hörte zu, Freundchen, mach dies, Freundchen, tu das, immer an die Moral appellierend, er sagte, Zelão ist tot, Branco ist nicht mehr ganz dicht, Reizinho war zum Lachen zumute, es war abgeschmackt, aus Miltãos Mund zu hören, daß Drogen tödlich wirkten. Aber sie töten wirklich, du Hohlkopf. Du wirst dich in die Scheiße reiten. Ich nehme keine Drogen. Reizinho wußte, daß Miltão Schnee mochte, Marihuana, er kokste und rauchte. Hast du mich schon mal durchgeknallt rumlaufen sehen? Nein, und das wirst du auch nicht. Ich verkaufe Stoff. Das ist mein Geschäft. Ich vergifte mich nicht. Stell die Scheißkiste aus, ich rede mit dir, du Strohkopf. Reizinho schaltete den Fernseher aus. Wenn du ins Gras beißen willst, Kumpel, sprach Miltão weiter, ist mir das scheißegal, aber, verdammt noch mal, was ist mit deiner Mutter, Alter? Du bist ein kleiner Bengel, du verstehst nichts vom Leben. Um dir das zu sagen, bin ich gekommen. Suzana macht sich Sorgen. Und deine Mutter auch. Es lohnt sich nicht, Freunde zu bescheißen. Ich höre auf, sagte Reizinho, ich nehme keine Drogen mehr, ich schwöre auf der Stelle, daß ich nie wieder rauche oder kokse oder sonst was nehme, nie wieder, unter einer Bedingung. Und die wäre? fragte Miltão. Daß ich wieder für dich arbeite. Du hast du sie nicht mehr alle, sagte Miltão und lachte. Total durchgeknallt, der Kumpel. Deine Mutter, Alter. Du bist nicht mehr ganz dicht. Deine Mutter, hast du vergessen? Du gehst mir auf den Sack, Alter. Du bist ein Quälgeist. Das ist meine Bedingung, sagte der Junge. Miltão kratzte sich am Kopf, lachte, und dabei bemerkte Reizinho die Waffe an seinem Hosenbund. Reizinho ging zum Fenster. Alzira unterhielt sich mit Suzana. Mutter, sagte er, komm her.

Alzira kam herein, ihr war nicht geheuer, sie war besorgt. Mutter, sagte José Luís, von heute an arbeite ich für Miltão. Du wirst mich nie im Leben wieder Drogen nehmen sehen.

Alzira seufzte gequält. Was konnte sie schon noch tun?

11

Treppen und Gassen, abschüssige Pfade und Steigungen, Treppen, Kindergeheul allenthalben, Stufen, auf und ab, Hohlwege, düstere Schmuddelecken, Treppen, Wäscheleinen voller Lumpen, man biegt nach rechts, nach links, muß erst hinunter, dann hinauf, hoch, Stufen, runter, Dächer und Fenster, jeden Tag wählte Reizinho einen anderen Weg und nutzte den Fußmarsch zum höchstgelegenen Teil der Favela, von wo aus er für die Rauschgifthändler das Treiben auf dem Hügel beobachtete, um das Labyrinth und die Leute besser und besser kennenzulernen, neue Gäßchen zu entdecken, Fluchtwege, Namen, Vanessa, Cida, Jorjão, Washington, Dora, Edevaldo, Madeusa, Gisele, Edicréia, er freute sich, wenn sie ihm zuwinkten, hallo, Reizinho, Fabiane, Lecilda, Wilmor, oder wenn er feststellte, daß er, wenn er dort abbog, hier herauskam, man muß jeden Winkel kennen, sagte Miltão, jedes Loch, sei wie eine Maus, diesen Rat gebe ich meinen Männern, je mäuseartiger, desto besser, wenn man auf die Bullen abdrückt, muß man einen Vorsprung haben, und dieser Vorsprung liegt bei uns, sie schaffen es zwar, hier hereinzukommen, anzugreifen, aber raus, die Biege machen, das können nur wir. Sei wie eine Maus.

Niemals versäumte er, in Onofres Bar vorbeizuschauen, um Zigaretten zu kaufen und Seven-Up zu trinken, hallo, kleiner König, Onofre, hochrot, die behaarten Arme auf dem Tresen, unterhielt sich mit den Frauen und machte sich bei ihnen beliebt, erzählte Witze, bot ihnen Erdnußkonfekt an, so kriege ich sie herum, sagte Onofre, mit dem Erdnußkonfekt, ich verteile es umsonst, eine Frau bleibt solange anständig, bis sie etwas Süßes ißt und sich die Finger leckt, ich bin verrückt nach einer Tussi, ach, Reizinho, ein Mordsweib, das meinen Pimmel fix und fertig macht, Ave Maria, eine kraftvolle Möse, die sich meinen Ständer packt, Mama mia, die mich schält, mich verschlingt, Mensch, Vögeln ist wirklich eine tolle Sache, ein gutes Leben, das ist Bumsen, Essen und Schlafen, und ich hier am Malochen, he? Hast du was von Leitor gehört? Mit was für einer macht er herum? Mit so einer fidelen, vollbusigen Maschine? Warum zum Teufel erzählt er mir nichts? He? Macht nicht viele Worte, der Mann? Leute, die den Mund nicht aufmachen, sind mir immer suspekt. Wie geht's deiner Schwester Carolaine, he? Alles in Ordnung mit Carolaine? Nichts Neues von Carolaine? He?

Von dort oben hatte Reizinho eine gute Aussicht auf die Hauptzufahrt, über Zinos Schlachterei hinweg, wo montags Männer große blutige Fleischhälften von frischgeschlachteten Tieren entluden. Er konnte den gesamten Elendshügel überblicken, eine sich beständig ausdehnende, halbfertige, gewaltige graue Masse, durchzogen von allen denkbaren Formen schmaler Wege und Gassen, ein Labyrinth von Fluren und Durchlässen, mit wenigen Ein- und Ausgängen. Nie ließ Reizinho sich ablenken, aufmerksam wie ein Wachhund harrte er aus, aufgeregt, rastlos, mit Crack oder Haschisch war es vorbei, auch kein Koks, Äther, Chloroform, Verdünner, nichts, all das war Schnee von gestern, er hatte beschlossen, Schluß zu machen mit den Drogen, und er hatte Schluß gemacht, er hatte gelitten, jawohl, aber da war etwas, das ihn vorwärtstrieb, Entschlossenheit, Eifer, er hatte entschieden, daß nichts ihn davon abbringen würde, gar nichts, die Schweißausbrüche, das Zittern, Fieber, Reizinho wandte dem, was da in seinem Inneren brannte, den Rücken zu und ignorierte die Süchte und Begierden, wenn du rauchst, Freundchen, hatte Miltão gesagt, dann reiß ich dir den Arsch auf, Alter, ich rauche, ich kokse, ich trinke, weil ich nicht durchknalle, ich kann das vertragen, ich baue keine Scheiße. Ich rauche, um zu essen. Es macht mir Appetit. Saufen mag ich nicht. Ich trinke, um zu schlafen. Und zum Wachwerden nehme ich eine Nase.

Im Dezember gab es wegen der heftigen Regenfälle keine üblere Tätigkeit im Drogengeschäft als die des Schmierestehers. Schmiereschwimmers, sagte Bidê. Die Aufgabe des Schmiereschwimmers ist es, naß zu werden. Ha ha ha. Dann wurde er eben naß. Der Schlamm floß abwärts, die Löcher wuchsen, die Pfützen nahmen überhand, und mit jedem Guß stellte man fest, daß es immer noch ein bißchen schlimmer kommen konnte.

An diesem Tag erhielt Reizinho am Ende seiner Schicht die Mitteilung, daß Miltão ihn auf dem Sportplatz gegenüber der Bauruine einer Grundschule erwartete. Während Reizinho mit durchnäßtem T-Shirt und in Zehenlatschen durch den Schlamm hinunterlief, stieg Rosa Maria, die Nutte, hügelan, lächelnd, geschminkt, neu eingekleidet, Regenschirm, schwarze Lackschuhe, weißt du was? fragte sie freudestrahlend. Erinnerst du dich an den Deutschen? Den Touristen? Wir werden heiraten. In

Deutschland. Aufgekratzt erzählte Rosa Maria weiter, daß in Deutschland die Regierung dazu verpflichtet sei, allen Bürgern eine Beschäftigung zu geben, allen, die Städte seien sauber und geordnet, großartig sei das alles, Rosa Maria war das Drunter und Drüber leid, die Brasilianer sind zu chaotisch, »ohne jegliche Grundbegriffe«, die Brasilianer haben kein Ziel. Wußtest du, daß die Deutschen es waren, die die Kartoffel erfunden haben?

Schieß, brüllten sie auf dem Platz, Miltão rannte und spielte mit den Jungen Fußball, Tor, der Zwerg soll schießen, schieß doch, schieß. Reizinho lehnte sich gegen den Pfeiler und schaute zu, Miltão bemerkte den Jungen, hob den Arm und winkte, Tor, Bidê und Bem Bolado sahen beim Spiel zu, lachten, die Knirpse zogen Miltão am T-Shirt, Miltão dribbelte, rannte, behende, wach, als er bemerkte, daß Reizinho nicht nur zu Miltãos Mannschaft hielt, sondern ausschließlich zu Miltão, Tor, die Ausdrücke »verdammter Kerl«, »Scheißdealer« und »eingebildeter Blödmann« kamen ihm nicht mehr in den Sinn, wenn er an Miltão dachte, Tor, andere Worte tauchten auf, wenn es um den Dealer ging, positivere Worte, »Kraft«, »Mut«, »Tor«, »Führungsstärke«, »Schneid«, Reizinho bewunderte die Art, wie Miltão das Leben auf dem Elendshügel beherrschte, indem er schlug und streichelte, drohte und gewährte, einschüchterte und half. Miltão stand treu zu den Männern, die im Gefängnis saßen, den Milizionären und Chefs der Drogenverkaufsstellen, die »einkassiert« worden waren. Geh in den Knast, hatte Leitor eines Nachts erklärt, ein Gutteil des Kuchens, den wir mit den Drogen verdienen, ist das, fuhr er fort, ist das, was die Zeitungen als organisierte Kriminalität bezeichnen. Du hast von Loyalität gesprochen? Das ist Ansichtssache. Loyalität und Angst. Schiß, daß die Gefangenen ausbrechen und beschließen, einem die Fresse zu polieren. Deshalb muß, wer am Leben bleiben möchte, mit denen hinter Gittern gemeinsame Sache machen.

Zumindest eine Zeitlang. Sag mal, Reizinho. Du bist doch ein aufgewecktes Kerlchen, siehst du hier irgendwo Organisation? Wir sind doch kleine Fische. Peanuts. Hier gibt es nichts Organisiertes. Organisiert sind die Hispanos, die Asiaten, hochdisziplinierte Leute mit internationalen Strukturen, mit spektakulären Methoden, Richter umzubringen und Staatsanwälte und Polizisten zu bestechen. Weißt du, was die Waffe dieser Typen ist? Atomenergie. Jawohl. Ich rede von Plutonium und dergleichen. Sie haben alles in der Hand, Prostitution, Geldwäsche, Entführungen, Spielautomaten, Pornographie, Diebstähle, Fälschungen und Börsenspekulation. Scheint so, als hätte sogar einer von diesen Kommunisten eine Skulptur aus massivem Gold von einem Mafioso aus Usbekistan geschenkt bekommen. Das ist organisierte Kriminalität.

Reizinho teilte Leitors Ansichten nicht. Mehr als alles andere auf der Welt liebte er es, sich als Teil eines Getriebes vorzustellen, einer mächtigen Sphäre, eines Systems, einer Kraft. Und zu denken, daß es viele Verknüpfungen gab. Hierarchie. Gesetzbücher und Gebote. Milizionäre. Schwarze Kanäle. Es war gut zu wissen, daß sogar die Angestellten von der Krankenversorgung einen Passierschein brauchten, um bei ihren Gesundheitskampagnen den Hügel hinaufzugelangen. Dealer in Rio beschießen Kaserne, Drogenhandel macht fünfhundert Milliarden Umsatz, Drogenhandel ordnet Trauer in Favela an, die Zeitungen beschäftigten sich mit ihrer Welt, in dicken Schlagzeilen, Onofre las Reizinho immer die Meldungen vor. Und sie hatten auch ihren eigenen Stil, Geld, Honda, Mitsubishi, Dollars, verspiegelte Brillen, Handy, Satellitenantennen, Spezialmunition, Rap-Nächte, Grillfleisch, die Art zu gehen, den Slang, Suzana, den Respekt der Anwohner, Reizinho beeindruckte das alles sehr.

Gehen wir, sagte Miltão nach dem Spiel. Es war Freitag

nachmittag und schon fast fünf Uhr, als sie den vor Zinos Schlachterei geparkten Monza bestiegen, Bem Bolado hinterm Steuer, Miltão vorne, José Luís und Bidê auf der Rückbank. Gleich, nachdem sie losgefahren waren, sagte Miltão zu Reizinho, er habe den Wagen nur wegen der Farbe, kürbismetallic, klauen lassen. Mir gefällt diese Farbe. Reizinho fühlte sich wichtig, weil Miltão ihm etwas erzählte, Kürbis, er überlegte, was er Interessantes sagen konnte, metallic, gab aber auf, Kürbis, in seinem Kopf war nichts, kürbismetallic, keine Antwort, keine Idee, er kam sich vor wie ein Idiot, jedesmal, wenn er in Miltãos Nähe war, wußte er nichts zu sagen, der Kopf wie leergefegt, kein Wort, ein Blödian. Er grinste schüchtern zurück. Kürbis.

Immer ernst, mit sich selbst beschäftigt, wenig mitteilsam, genau diese Eigenschaften waren es, die Miltão an Reizinho schätzte. Nie stellt er Fragen. Weißt du was? Ich mag diesen Jungen. Jetzt gefällt er mir. Er schwafelt nicht herum, stellt keine Forderungen, beschwert sich nicht, bescheißt nicht, geht mir nicht auf den Sack. Er erledigt zuverlässig seine Arbeit. So soll es sein. Laßt uns den Jungen taufen. Meinst du, Suzana, fragte der Rauschgifthändler seine Freundin, meinst du, daß ich diesem Knirps vertrauen kann? Ja, antwortete sie.

Bei starkem Regen erreichten sie die Avenida Brasil, Bem Bolado achtete auf die Ausfahrten, es ist weiter vorn, sagte Miltão jedesmal, wenn der Fahrer die Geschwindigkeit drosselte, um die Schilder zu entziffern, du kannst ruhig fahren, es ist weiter vorn, ich kenne den Weg. Es herrschte dichter Verkehr, viele Leute fuhren in die Berge hoch, sonniges Wochenende, hieß es im Radio, Kaltfront zieht Richtung Ozean, Temperatur siebenundzwanzig Grad.

Ein Mann wartete auf sie an der letzten Tankstelle, am Stadtrand von Rio, ein untersetzter Schwarzer, Duque war sein

Name. Er stieg ins Auto, grinsend, redselig. Duque verstand es, Leute nachzuahmen. Während der Fahrt bat Miltão ihn unablässig, mach den Gringo nach, Peroba, Marinho, Preá, Zoba, Voutéir, Ademilson, Gambá. Bei jeder Darbietung platzten im Monza die Lachsalven los.

Geht auf meine Rechnung, sagte Miltão zu der Gruppe, als sie das Grill-Restaurant Brasinha betraten. Er erklärte, wie das Rodízio funktionierte, du legst die Chips auf dieses Dings hier, sagte er und meinte damit eine kleine Holzhalterung. Rot heißt Rindfleisch, weiß ist Hähnchen, gelb ist geräucherte Schweinswurst, sie servieren alles. Schwarz bedeutet, daß du satt bist. Miltão und seine Freunde wählten einen Tisch in der Nähe des Fernsehers, bestellten Bier, aßen, tranken, Duque, das Lästermaul, spottete in einem fort und brachte die anderen zum Lachen.

Als das Abendessen vorüber war, gesellte sich ein weiterer Mann zu ihnen, er hieß Romeu und wirkte intelligent, mit wachen Augen. Großer Romeu, witzelte Miltão alle naselang und schlug dem Kerl auf den Rücken.

Sie bestellten weitere Getränke, es war ein angeregter Abend. Reizinho bemühte sich, der Unterhaltung zu folgen, doch eine Art Benommenheit umwölkte ihn von Kopf bis Fuß, er war derartige Fleischmengen nicht gewöhnt, der viele Alkohol, sein Gesicht war heiß, die Beine und Arme schlaff, die Worte, die sie von sich gaben, alles viel zu schnell, Entführungen, Waffen, Fleischsorten, Pistolen, Miltão und Bem Bolado brüllten, rülpsten, erzählten von Affären, schrien, Duque ließ Fürze fahren, äffte nach, parodierte, kannst du dich noch an diesen Typ erinnern, der gestorben ist, Pitanga? Mach Pitanga nach. Tote mache ich nicht nach, erwiderte Duque. Gelächter. Auch keine Schwuchteln. Nachher steckt das noch an. Hast du schon mal daran gedacht? Noch mehr Gelächter. Nur Romeu schien sich nicht sonderlich zu amüsieren. Ein wachsamer, beobachtender Typ, Reizinho fiel das auf. Nichts fand er lustig, verdammt, merkwürdig.

Es gab einen eindrucksvollen Moment, zumindest für Reizinho, als nämlich Miltão einen Packen Scheine an Romeu übergab, noch nie hatte José Luís so viel Geld gesehen. Mehr nicht? fragte Romeu. Das ist schon zuviel, antwortete Miltão und zog Romeu beiseite. Die beiden gingen zum Tresen und unterhielten sich freundschaftlich in leisem Ton.

Auf der Rückfahrt wetterte Miltão aufgebracht und cholerisch über Romeu und belegte ihn mit allen Schimpfnamen, die er kannte. Romeu, Polizeifahnder, verkaufte Anführern des Drogenhandels wie Miltão Waffen und Informationen. Noch so ein kleiner Scheißer, der etwas abhaben möchte. Elender Hurensohn. Oberarschloch. Meine Preise sind gestiegen, hatte Romeu verkündet. Er hat die Preise erhöht, der Saftsack, hast du gehört, Bem Bolado? Mistköter. Und dieses ganze Gerede über die Lieferung, die letzte Woche angekommen ist? He? Bem Bolado? Hast du gehört? Behalt den Typen im Auge. Der taugt nichts. Der wird keinen Blumentopf gewinnen. Stinkstiefel. Hast du gesehen, was er mir verkaufen wollte? Diesen Dreck? Ich habe zu dem Hund gesagt: Bruderherz, mit dem Ding kriegst du noch nicht mal in eine Kakao-Dose ein Loch geschossen.

Ich steige hier aus, sagte Duque, als sie wieder an der Tankstelle vorbeikamen, an der sie ihn einige Stunden zuvor eingesammelt hatten. Bem Bolado fuhr weiter.

Reizinho fühlte sich pudelwohl, der Alkohol hatte ihn entspannt, es wäre schön, dachte er, es wäre schön, wenn Duque noch mehr Leute nachahmte, vielleicht würde das Miltão aufheitern, vielleicht könnte die lockere Atmosphäre vom Beginn des Abends wieder zurückgeholt werden, mach Onofre nach, sagte er zu Duque ins Ohr. Duque schaute ihn verächtlich an, halt den Mund, Kleiner. Geh mir nicht auf den Sack.

Bem Bolado legte noch ungefähr zehn Kilometer zurück, bevor er rechts in eine enge, unbefestigte Straße einbog. Sie fuhren einige Minuten, nunmehr schweigend, nur mit dem Geräusch des Motors. Wohin geht die Reise? fragte Duque. Keine Antwort. Der Monza hielt auf der verlassenen Straße, alle stiegen aus, nur Duque blieb sitzen und wartete.

Miltão urinierte an der frischen Luft und schaute in den Himmel. Komm her, Kleiner. Reizinho trat beklommen näher. Willst du pinkeln? fragte der Dealer. José Luís blickte zum Himmel, kein Stern war zu sehen, nur Dunkelheit. Bist du bereit? fragte Miltão. Bereit wozu? wollte der Junge wissen. Zu töten, antwortete der Drogenhändler, du wirst Duque töten.

Duque war ein Polizeispitzel, das war einige Tage zuvor von Romeu aufgedeckt worden. Miltão hatte darauf bestanden, Duque in das Churrasco-Restaurant mitzunehmen, er befürchtete, daß Romeu sich täuschte. Verwechslung ausgeschlossen, es ist wirklich er, hatte Romeu bekräftigt, als er mit Miltão alleine gewesen war. Ich bin mir ganz sicher. Er war derjenige, der die Koordinaten des Überfalls auf die Verpackungsbarracke weitergegeben hat.

Miltão erklärte, daß niemand zu irgend etwas gezwungen wurde. Sie würden Duque auf jeden Fall umbringen. Sie würden dem Verräter die Augen ausstechen. Ihm die Zunge abschneiden. Ihn danach verbrennen. Das würden sie mit ihm machen. Reizinho aber könnte dem Mann eine Kugel in die Stirn verpassen und die Sache auf schnellere Weise erledigen. Es war bloß ein Gefallen, um den sie ihn baten. Wenn jemand dich um einen Gefallen bittet, dann kannst du die Bitte erfüllen oder es lassen. Dafür bist du mitgekommen. Um ja oder nein zu sagen.

Du hast die Möglichkeit zu sagen, ja, ich kann diesen Schuft töten, der unsere Clique verraten hat. Oder du sagst, nein, ich will mir nicht die Hände schmutzig machen. Hier hast du die Wahl, sagte Miltão.

Duque wurde aus dem Auto geholt. Ich habe überhaupt nichts getan, wiederholte er, ich schwöre es, bei Gott, ich schwöre, ich schwöre es. Nichts als Sackratten gibt es auf dieser Welt, sagte Miltão, während Bem Bolado und Bidê den Denunzianten an Füßen und Händen fesselten. Da ist einer ein mieser kleiner Nichtsnutz, eine Niete, du gehst hin, besorgst ihm einen Job, hilfst dem Typen, und dann? Dankt er's dir? Zeigt er sich erkenntlich? Nein, der Kerl bescheißt mich, verpfeift meine Verpackungsfabrik. Das ist alles. Das stimmt nicht, wiederholte Duque weinend, ich schwöre es, um Gottes Willen, bei der Heiligen Jungfrau, ich schwöre es, bei meiner lieben Mutter, vergib mir. Wenn ich eins nicht abkann, sagte Miltão, dann diese Hosenscheißer mit ihrem Jammergeschwafel. Duque, du Memme, sei ein Mann.

Ein mulmiges Gefühl machte sich in Reizinho breit, als Miltão ihm den Revolver in die Hand drückte. Es war das erste Mal, daß er eine Waffe hielt. Er spürte die kalte Berührung des Metalls in seinen Fingern. Es gab nicht viel zu überlegen. Effizienz. Einen Mann töten. Er hatte gewußt, daß es passieren würde, nur hatte er nicht geahnt, daß er an dem Tag einen so vollen Magen haben würde.

Reizinho zielte auf Duques Kopf und schoß. Die erste Kugel schlug fehl. Erst in diesem Moment schaute der Junge sein Opfer richtig an. Die Augen schrien, angsterfüllt. Verdammt. Miltãos Männer schienen ihren Spaß zu haben. Anfänger sind das Größte, sagten sie. Der zweite Schuß traf Duques Wange und riß ein Loch von der Größe einer Tomate hinein. Fertig. Die Sache war erledigt. Einige Sekunden lang verharrten alle schweigend und hörten das gedämpfte Geräusch vom Stöhnen und Schlucken des Opfers, dem Blut aus Mund und Ohren trat.

Gefaßtheit, Nerven aus Stahl. Gut gemacht, sagte Miltão. Sehr gut. Mit dieser Methode, einen Verräter hinzurichten, testete er gerne das Potential eines neuen Gruppenmitglieds. Großartig. Miltão war zufrieden. Jetzt bist du getauft, sagte er zu dem Jungen, während sie zum Wagen zurückgingen. Hat mir gefallen.

12

Ich habe einen Mann getötet, ihr Gläubigen. Halleluja. Und zwar nicht aus Rache, Zwietracht, Groll oder Streit. Es ist traurig, es auszusprechen, dieser Teil macht mich fertig. Ich habe für Geld gemordet. Halleluja. Gott ist unser Vater.

Ein vierschrötiger, muskulöser Mann schilderte mit pathetischen Worten seine Tragödie vor einem Publikum aus Armen, Leidenden, hilflosen Alten, auf Krücken gestützten Kranken, Witwen, Müttern, die Kinder verloren hatten, Gelähmten im Rollstuhl, von ihren Ehemännern sitzengelassenen Frauen, jungen Arbeitslosen, Ex-Alkoholikern, ehemaligen Prostituierten, lauter Anwohnern der Favela, die ihre besten Kleider angezogen hatten.

Ich erinnere mich, ihr Leute, fuhr der Prediger fort, ich erinnere mich, als ich im Hinterhalt auf den armen Teufel wartete, den ich kaltblütig umbringen wollte, halleluja, den Unglückseligen, der mir nichts Böses getan hatte, da habe ich das Bild Unserer Lieben Frau gesehen, ihr Leute, ich habe es gesehen, halleluja, mit meinen eigenen Augen, ihr Leute, ich stand auf der Veranda eines einfachen Hauses, eines Arbeiterhauses, ich sah die kleine Statue, die dort stand, um die Familie zu beschützen, wie es in so vielen Häusern hier bei uns üblich ist, ich habe die Jungfrau mit ihrem Kindlein auf dem Arm gesehen, ihr Gläubigen, und unmittelbar darauf hörte ich ein Kind weinen, einen Säugling, in dem Moment, ihr Gläubigen, habe ich, den Revolver in der Hand, nicht begriffen, ihr Leute, daß Gott, halleluja, mir ein Zeichen schickte, indem er mir die Jungfrau vor die Nase stellte, das Säuglingsgeschrei, ich sah nichts, ihr Gläubigen, ich habe die göttlichen Zeichen nicht wahrgenommen, denn ich stand mit dem Teufel im Bund.

Alzira saß, mit zwei von der Arbeit mitgebrachten Plastiktüten zu ihren Füßen, auf der hintersten Holzbank und lauschte aufmerksam den Worten des Redners. In letzter Zeit hatte sie auf dem Heimweg immer einen Schlenker gemacht, nur um an der frischeingeweihten evangelischen Kirche Rebanho do Puríssimo Amor do Nosso Senhor Jesus Cristo vorüberzugehen. Anfangs war es die von oben bis unten mit braunen, den aus Dona Julianas Badezimmer ähnelnden Fliesen verkleidete Fassade gewesen, die ihre Aufmerksamkeit auf sich gezogen hatte. Dann, bei den nächtlichen Messen und den religiösen Festen, hatte sie begonnen, auf die Gesänge und die Gebete zu achten. Mehrfach hatte sie Pastor Walmir, der in diesem Moment zu Tränen gerührt dem Zeugnis des Bekehrten lauschte, in der Umgebung der Kirche in Begleitung Jugendlicher umherlaufen sehen. Sie verspürte das Bedürfnis, mit ihm zu sprechen, ihn um Hilfe zu bitten. Ihr fehlte jedoch der Mut. An diesem Spätnachmittag hatte sie auf dem Rückweg von der Arbeit ganz spontan beschlossen hineinzugehen. Sie fühlte sich so wohl dort. Sie mußte an ihre Jungmädchenzeit zurückdenken, als sie mit ihrer Mutter in die Kirche von Catumbi gegangen war und laut und vernehmlich Lobeshymnen gesungen hatte. Wie schön das gewesen war. Sie hatte Sehnsucht nach den sonnenhellen Sonntagen, nach der Messe, den sauberen Kleidern, echte Sonntage, mit Ehemann, einem Huhn im Topf und Makkaroni, Alzira und ihr blaues Ausgehkleid mit den weißen Tupfen, sie, ihr Mann, die Kinder auf dem Arm, gemeinsam auf dem Weg in die Kirche. So lange war das noch gar nicht her. Wie innig sie, Alzira, damals an Gott geglaubt hatte. Francisco, ihr Mann, war Busschaffner gewesen. Ein gutaussehender Mann, ihr Francisco, fröhlich, voller Arbeitseifer ging er in der Frühe aus dem Haus, du kannst auf mich warten, Frau. Eines Nachmittags hatte er Alzira eine blaue Glasperlenkette mitgebracht. Halleluja. Warum hatte alles so enden müssen? Als Francisco zu trinken begann, betete Alzira inbrünstig zu Nossa Senhora Aparecida, oh, Jungfrau Maria, gesegnet seiest du, und Francisco wurde Alkoholiker, verlor Arbeit, Schamgefühl, Ehre, oh, Jungfrau, erhör mein Flehen, so viel hatte Alzira gebetet, sie hatte allen Glauben in ihrem Herzen verausgabt. Es folgten die Prügel, halleluja, die Drohungen, ich habe getötet, ich habe gemordet, die Geliebten, die Trennung, doch damals hatte Alzira bereits aufgehört zu beten. Sie konnte sich nicht mehr an den genauen Zeitpunkt erinnern, an dem sie sich von Gott abgewandt hatte. Sie hatte ihn einfach fallengelassen. Sie hatte Gott vergessen. Nun, wo sie den verzweifelten Worten dieses Mannes dort lauschte, fühlte sie sich als Sünderin, weil sie jahrelang behauptet hatte, Gott habe sie nicht erhört. Sie war es gewesen, die aufgehört hatte zu beten, die der Kirche entsagt hatte. Vielleicht, weil sie zu jener Zeit ein so großes Unbehagen verspürt hatte, wenn sie in die Messe ging, ein Unbehagen vergleichbar mit dem, das sie heute empfand, wenn sie in Dona Julianas Auto stieg oder wenn sie Dr. Rodrigos Gäste bei Tisch bediente. Doch in dieser kleinen gekachelten Kirche fühlte Alzira sich ganz wie zu Hause. Für sie hatte der Gottesdienst irgendwie Ähnlichkeit mit den Zusammenkünften des Drogenhilfevereins. Es herrschten dort Zuversicht, Vertrauen und menschliche Wärme.

Als er mich erblickte, ihr Leute, das Opfer, sagte der Prediger, bat er mich demütig, ihn nicht zu töten. Halleluja. Oh, wie die Erinnerung daran schmerzt, ihr Leute. Ich zielte. Oh, wie traurig. Ich schoß, ihr Gläubigen. Und seine Frau kam zur Tür heraus, ihr Leute, mit einem kleinen Baby auf dem Arm, genau wie die Jungfrau, ihr Gläubigen, und schrie nach ihrem Mann, der Säugling erschrak. Ich habe den armen Vater getötet, einen ehrenwerten Mann, den Vorstand jener Familie. Für Geld. Ich habe getötet, halleluja, ich habe gesündigt, halleluja.

In dem Moment, Gloria! beherrschte Klagen die Atmosphäre, die Menge weinte, hielt sich bei den Händen, schrie, halleluja, beschwor Gott, alle knieten. Die Gesänge setzten ein, und all das, obwohl die Stimmen zum Teil durch den vom Sportplatz herüberwehenden Lärm erstickt wurden, wo die Sambaschule ihre letzten Proben abhielt, richtete Alziras Herz auf und gab ihr das Gefühl, daß irgend etwas in ihrem Geist wuchs, Gloria, Gloria, sangen sie.

Beim Hinausgehen überlegte sie, mit Pastor Walmir zu sprechen. Sie ging sogar einige Schritte auf den Mann zu, entschlossen, doch plötzlich sah sie ihre Kleider an, sie hatte nicht geduscht, ihre Hände war rot und runzlig von dem vielen Wasser und der Seife den ganzen Tag lang, ihr Haar roch nach Fritierfett, die Sandalen waren schlammverschmiert. Alzira war nicht eitel. Doch ohne vorher zu duschen fühlte sie sich unwürdig, mit diesem wortgewandten, gutgekleideten, lächelnden Mann zu sprechen, der zu ihr herüberschaute, der auf sie zukam, umringt von Gläubigen, es war besser zu gehen. Willst du mit mir sprechen, meine Tochter?

Als sie dem Pastor kniend die Hand küßte, spürte Alzira, wie eine Kraft in ihrem Inneren wuchs, sie brach in Tränen aus. Sprich, meine Tochter, was kränkt dein Herz?

Alzira zitterte, schluchzend, es kamen keine Worte, nur Tränen und Schluchzer, und anfänglich konnte nicht einmal sie selbst sagen, was ihr so weh tat, alles war Unglück und Verzweiflung. Welch großer Kummer, meine Tochter, öffne dein Herz. Es war nicht die Arbeit, die Alzira zum Weinen brachte, wenngleich ihre Gnädige, Dona Juliana, impulsiv war, ja, sie schrie sie an, du blöde Kuh, sagte sie, dein Problem, Alzira, ist deine Dummheit, doch gleich darauf bat Juliana weinerlich und reumütig um Entschuldigung, Alzira, ich bin so gestreßt, mein Leben, Alzira, sagte sie und wollte eigentlich den wahren Grund für ihre Qual loswerden, mein Liebhaber, Alzira, Fernando, mein Leben ist ein Chaos, Alzira wußte schon über alles Bescheid, doch stellte sie sich dumm. Weißt du, was ich täte, Mutter? Carolaine liebte es, Alzira Ratschläge zu geben. Ich würde ihr eine runterhauen, Mutter. Ganz ehrlich. Blöde Kuh? Tap, ich würde ihr eine Ohrfeige verpassen, diese Tante soll doch abzwitschern. Soll sie doch zum Teufel gehen, diese Frau, diese Schlampe. Sag so etwas nicht, Carolaine. Doch, sie ist eine Schlampe, jawohl, ich mag nicht, wenn du leidest, Mutter. Du bist zu nachgiebig. Es war keine Nachgiebigkeit. In Wirklichkeit tangierten Julianas Wutanfälle sie nicht mehr, sie hatte sich an das Geschrei gewöhnt und an die schlechte Laune, an die Grobheiten, den mangelnden Respekt, es war ein anderer Grund, aus dem Alzira litt, etwas Umfassenderes, sehr viel Umfassenderes, sehr viel Bedeutenderes, sehr viel Schwerwiegenderes, Gravierenderes, etwas, das ihr den Schlaf raubte, ihr den Appetit nahm und die Lebensfreude. Was ist es, meine Tochter? Gott ist hier, um dir beizustehen. Es dauerte noch einige Minuten, bis sie zu reden imstande war.

Das Hemd von meinem Sohn, Herr Pastor, es war voller Blut.

Walmir half Alzira aufzustehen, führte sie in einen Raum im rückwärtigen Teil der Kirche, bot ihr Wasser an. Ganz ruhig. Wer ist dein Sohn? Gehört er zu Miltãos Clique? Erzähl alles ganz genau. Was hat es mit dem blutverschmierten Hemd auf sich? Wer ist dein Sohn?

Alzira setzte sich auf einen orangefarbenen Plastikstuhl gegenüber dem Bildnis des gekreuzigten Christus, sie ließ es geschehen, daß der Pastor ihre Hände hielt. Es war nicht leicht, über diese Dinge zu sprechen. Über diese Verkommenheiten. Daß ihr Sohn sich beinahe umgebracht hatte mit dem vielen Rauschgift und daß er jetzt für die Drogenhändler arbeitete. Daß er als Kundschafter angefangen hatte und jetzt Kurier war, er brachte die Drogen überallhin. Daß der Junge Brustketten trug und sich wie ein Gangster kleidete. Daß er einen merkwürdigen Slang benutzte und gutes Geld verdiente. Daß sie nicht einen Heller von ihrem Sohn annahm und daß ihre Tochter Carolaine es ihr leider nicht gleichtat. Und daß sie das alles, wie schlimm es auch sein mochte, tolerieren konnte. Doch nun hatte er ein Verbrechen begangen, und wenngleich sie keine Gewißheit hatte und auch keine Beweise, wußte sie, daß es etwas Schreckliches war, denn sie war eine Mutter, und Mütter wissen Bescheid. Er hatte getötet. In der Nacht, Herr Pastor, ist er im Morgengrauen ganz verängstigt und zitternd nach Hause gekommen, er ist ins Bad gerannt, ist mir aus dem Weg gegangen, hat die Dusche laufen lassen und gedacht, ich würde es nicht hören, aber ich habe es gehört, Herr Pastor. Er hat auf eine merkwürdige Weise gestöhnt, es war kein Klagen, es war ein Grunzen, ein grauenvolles Geräusch, er hat sich übergeben, Herr Pastor, gespuckt und geheult, ich habe alles mit angehört, mit meinem Ohr an der Badezimmertür. Er ist mit roten Augen aus der Dusche gekommen, das Gesicht weiß wie ein Gespenst, hat den Fernseher angestellt, nur um mir auszuweichen. Ich habe ihm Milch heiß gemacht, erzähl deiner Mutter, habe ich gesagt, was ist los? Ich habe zuviel Fleisch gegessen, hat er geantwortet. Am nächsten Tag, als ich seine Wäsche gewaschen habe, ist es mir aufgefallen, es war Blut.

Alzira weinte weiter in den Armen des Pastors, ich nehme alles hin, was Gott mir auferlegt, Herr Pastor, alles, Schmerz, Krankheit, Armut, Einsamkeit, Tod, alles, aber das, ein Mörder, einen Menschen umbringen, mein Sohn, das nehme ich nicht hin, Herr Pastor, damit kann ich mich nicht abfinden. Ich finde mich einfach nicht damit ab.

Es war bereits nach acht, als Alzira mit einem Gefühl der Erleichterung aus der Kirche hinaustrat. Ein wohltuender Geruch nach Regen lag in der Luft. Sie kaufte bei Onofre Brot und ging ohne Hast den Hügel hoch.

Als Alzira zu Hause eintraf, fand sie Carolaine vor dem Fernseher sitzend, barfuß, eine Dose Milchcreme in der Hand. Hallo, Mutter, die Serie fängt gleich an. Sie gab dem Mädchen einen Kuß, nahm ihr die Süßspeise weg, sonst ißt du nichts zu Abend. Ach, Mutter, du nervst! Nichts konnte Carolaine den Appetit verderben. Sie war imstande, zwei Teller Makkaroni zu essen, selbst nachdem sie zuvor ein Paket Schokoladenbonbons verschlungen hatte oder eine Schachtel Schokoriegel. Ihr Bruder war schuld daran, daß sie schokoladensüchtig geworden war, weil er ständig paketeweise Süßigkeiten mit nach Hause brachte.

Alzira schimpfte mit dem Mädchen, weil es weder Bohnen gekocht noch das Geschirr vom Mittagessen gespült hatte, alles stapelte sich im Waschbecken, schmutzige Töpfe, Teller, die dreckigen Tassen hier, Carolaine? rief sie, komm sofort her und wasch das Geschirr ab, während ich mich umziehe. Sie war zu müde, um alles alleine zu machen. Wie war der Computerkurs?

Immerzu stellte sie der Tochter die gleichen Fragen. Hast du viel gelernt? Und nie gab Carolaine die Antworten, die sie hören wollte, sie erwiderte so kurz und knapp wie möglich, interessierte sich nur für die Serie, jeden Abend war es das gleiche, pssst, Mutter, Alberto wird Isadora gleich dabei ertappen, wie sie Marcos küßt.

Isadora ist mit Marcos zusammen? fragte Alzira aus dem Schlafzimmer, wo sie sich bereits umzog, aber liebt Isadora denn nicht Carlos?

Als sie sich auf der Suche nach ihren Pantoffeln unter das Bett bückte, bemerkte Alzira eine kleine Schachtel dicht an der Wand. Es war die Verpackung irgendeines Medikaments. Komm her, Mutter, schau dir das an, Alberto hat Isadora eine runtergehauen. Was hatte das dort zu suchen? Sie öffnete die Schachtel, zwei kleine Glasbehälter befanden sich darin, ein leerer und ein weiterer mit einer farblosen Flüssigkeit. Sie ging zurück ins Wohnzimmer, was ist das hier, Carolaine?

Das Mädchen sprang hastig vom Sofa auf, riß Alzira die Schachtel aus der Hand, das ist ein Medikament gegen Pickel, antwortete sie. Wühl nicht in meinen Sachen. Wenn es eine Medizin wäre, hättest du sie nicht versteckt, sagte Alzira, gib her. Alzira mußte eine gewisse Kraft aufwenden, um Carolaine die Schachtel wieder wegzunehmen.

Alzira ging hinaus durch den Garten und rief Suzana. Lies mir das hier vor, sagte sie, als die junge Frau, ein Handtuch um den Kopf gewunden, am Zaun erschien. Was steht hier geschrieben? Suzana nahm die Packung entgegen. Sie schaute zu Carolaine. Fragen Sie Ihre Tochter, antwortete sie. Ich frage dich, Suzana. Lies es mir vor. Suzana seufzte gequält. Du wirst es erzählen müssen, Carolaine.

Was? fragte Alzira. Was wird sie mir erzählen müssen, Suzana? Oh, bei meinem Vater, ihr beiden, was verheimlicht ihr mir? Carolaine rannte zurück ins Haus, Alzira hinterdrein, rede, Carolaine, was ist passiert, Kind?

Das Mädchen warf sich aufs Sofa und hielt ein Kissen umklammert, sag es, Carolaine, egal, was es ist. Red schon.

Ich bin schwanger, sagte Carolaine.

Oh, mein Gott, schrie Alzira und ging auf das Mädchen los, packte es bei den Haaren, ich wußte, daß das passieren würde, oh, bei meinem Vater, ich habe dich gewarnt, ich habe mir den Mund fusselig geredet, laß mich los, Mutter, bat Carolaine, du tust mir weh, laß mich. Alzira schubste das Mädchen in den Garten hinaus, raus, raus hier. Sie verriegelte die Küchentür, verschwinde, du undankbares Gör, brüllte sie heulend und schloß die Fenster, mach auf, Mutter, flehte das Mädchen, mach die Tür auf, mach doch auf, laß mich hier nicht allein, liebe Mutter, raus, wiederholte Alzira, raus mit dir, ich werde kein Kind von dir großziehen, ich arbeite wie ein Gaul, wie eine Schindmähre, warum hast du mir das bloß angetan, Carolaine?

Alzira setzte sich weinend aufs Sofa, mit einem Ohr draußen beim Schluchzen der Tochter. Du bist noch keine fünfzehn Jahre alt, schrie sie. Nicht mal fünfzehn, großer Gott.

Nachdem sie sich ein wenig beruhigt hatte, zog Alzira sich um, ergriff entschlossen ihre Handtasche. Sie öffnete die Tür, Carolaine saß auf der Stufe zur Küche, den Kopf in die Hände gestützt. Bring mich zu ihm, augenblicklich. Was, Mutter? wimmerte Carolaine, was willst du? Hör auf, die Dumme zu spielen, ich will mit dem Vater des Kindes reden. Nein, Mutter, das nützt nichts. Du wirst mich jetzt auf der Stelle zu dem Haus des Jungen bringen, oder du setzt nie wieder einen Fuß hier herein. Zieh deine Schuhe an.

Unterwegs legte Alzira sich im Kopf alles zurecht. Sie würde gar nicht erst mit dem Jungen reden. Sie würde gleich mit seinen Eltern sprechen. Ja, dachte Alzira, die Eltern würden die

Verantwortung übernehmen müssen. Schließlich war ihre Tochter minderjährig. Hatten sie nicht den Jungen in die Welt gesetzt? Dann sollten sie eben heiraten. Sollten sie doch das Baby großziehen. Das Kind würde einen Vater haben. Einen Namen. Sie würden heiraten. Und fertig aus.

Als sie in Jacarepaguá aus dem Bus stiegen, hatte Carolaine ihrer Mutter noch immer nichts erklären können. Sie trabte schwerfällig mit ihren dicken Beinen, die Arme an den geschwollenen Brüsten scheuernd, und wußte nicht, wie sie die Mutter zum Umkehren bewegen sollte. Sie gingen zwei Blöcke, bis sie zu einer Siedlung mit Doppelhäusern gelangten, dort hinten wohnt er. Ein anständiges Haus, sagte Alzira. Wenigstens etwas. Ein sehr ordentliches Haus.

In dem Moment erschien ein Mann auf der Veranda, zusammen mit zwei kleinen Kindern. Das ist er, sagte Carolaine. José Paulo.

Ein Mulatte, untersetzt, über vierzig. Komm her zu Papa, Juninho, sagte er. José Paulo half den Kindern, auf die Rückbank des vor dem Haus geparkten Käfers zu klettern, als er Carolaine und Alzira auf dem gegenüberliegenden Bürgersteig wie gelähmt zu ihm herüberschauen sah. Einen verzweifelten Moment lang blickten die drei einander furchtsam an, ohne zu wissen, was in der folgenden Minute geschehen würde. Eine schwangere Frau kam eilends aus dem Haus gelaufen, laß uns fahren, Schatz, hast du Juninhos Windel dabei? Ja, sagte er. Was ist los? fragte sie, als sie die Frauen bemerkte. Nichts, antwortete er. Nichts. Laß uns fahren. Sie stiegen in den Käfer und brausten davon. Alles in Windeseile.

Ein alter Bock, sagte Alzira, noch ganz betreten von der Offenbarung.

Carolaine setzte sich auf die Bordsteinkante und fing an zu weinen.

Ein alter Bock. Und noch dazu verheiratet, großer Gott. Verheiratet. Ein alter, verheirateter Schuft mit zwei Kindern. Weiß er von der Schwangerschaft? fragte Alzira.

Ja, antwortete das Mädchen. Er redet nicht mehr mit mir. Es nützt nichts, Mutter.

Oh, mein Gott. Zwei Kinder. Ich sehne mich nach dem Tod, um endlich bei Jesus Christus zu sein, sagte Alzira und half ihrer Tochter beim Aufstehen. Gehen wir, Mädchen.

Hand in Hand trotteten sie zur Bushaltestelle, schweigend.

13

Pi, pi, pi, pfiff der Anführer der Schlagzeugtruppe. Blöde Warterei, dachte Reizinho. Unerträglich, verdammt noch mal. José Luís haßte es, zu warten. Nicht einmal dort, auf dem Sportplatz, wo er mit einem Glas Bier in der Hand der Generalprobe der Sambaschule zuschaute und die praktisch nackten Frauen sich vor seinen Augen in den Hüften wiegten, ertrug Reizinho es, worauf auch immer zu warten. Wenn er eine Verabredung traf, war er pünktlich. Immer. Er ließ niemanden warten. Niemals. Er hatte Fake schon zigmal eingeschärft, nicht zu spät zu kommen, wenn er seine Versprechen nicht halten konnte, sollte er besser gar nichts ausmachen. Aber Fake besserte sich nicht. In der vorigen Woche hatte er Reizinho vierzig Minuten vor dem Frenesi, einer Rap-Tanzhalle, stehenlassen. Ganz ruhig, Brother, hatte Fake damals gesagt, entspann dich, ich bin auf dem Latin-Hip-Hop-Trip, und du bist schon auf Krawall gebürstet, wenn du ankommst. Nicht sehr rappermäßig. Dein Problem, Zé Luís, ist, daß du halber Weißer bist. Deine weiße

Seite ist dein Verhängnis. Wozu die Eile, kannst du mir das mal erklären?

Es war gar nicht mehr das Bedürfnis, sich mit dem Freund zu treffen und sich die Nacht über zu amüsieren, das ihn ungeduldig wartend auf dem Sportplatz hielt. Jetzt wollte er Fake nur noch sehen, um ihm zu sagen, wie wütend er war, wie lästig und nervtötend es war, seine Zeit mit Warten zu verplempern, verdammt, er hatte eine tolle Fernsehsendung verpaßt, *Schwarze Maske,* einen Film mit viel Rauferei und Prügeln, er hätte auch zu Kelly gehen können, dem Mädchen, das er auf Leitors Geburtstag kennengelernt hatte. Meine Mutter hat heute Nachtdienst im Krankenhaus, hatte Kelly erwähnt, als sie sich bei Onofre über den Weg liefen. Das bedeutete, daß die beiden bei ihr zu Hause alleine sein konnten. Kelly war nicht gerade atemberaubend, große Brüste, sie plapperte zuviel, doch José Luís mochte ihre Treffen, sie bereiteten Popcorn und machten bis spät in die Nacht Schweinereien auf dem Sofa. Das wäre ein gutes Programm. Besser, als untätig dort herumzusitzen. Alles wegen Fake. Heute abend, Reizinho, hatte Fake gesagt, werde ich dir im Studio eine Rapperin vorstellen, daß es dir kalt den Rücken runterläuft. Ein Mordsweib. Eine Wahnsinnsbraut.

Pi pi pi. Verdammt. Die Schlagzeugtruppe war an diesem Abend eine Katastrophe. Kriegte das denn niemand mit? Keinen blassen Schimmer von Rhythmus, die Idioten, weshalb pfiff der Anführer der Truppe eigentlich derart, wenn kein Mensch sich darum kümmerte? Wie sollten sie auf diese Weise den Umzug auf der Sapucaí über die Bühne bringen? Die ganze Favela sang bereits das Sambathema, *Du Smaragd unseres Planeten/ du bist die strahlende Quelle, bist Leben, bist die Explosion des Seins,* Reizinho hatte sich nur den Refrain merken können. Er liebte den Karneval, er hatte sogar Lust, bei der Schlagzeugtruppe mitzumachen, er würde allerdings nicht diese glitzernden Sachen tragen, die seine Großmutter für die Narren schneiderte, er würde nicht betrunken herumtanzen wie die anderen, zumal in dem Wissen, daß sie verlieren würden. Sie würden verlieren. Jedes Jahr verloren sie und waren am Boden zerstört.

Was Reizinho an diesem Abend beeindruckte, war der Anschein von Normalität bei der Probe, wenn ein Tourist dort hineingeraten wäre und die Ehrentribüne mit den Bonzen vom Tierkartenspiel und ihren Leibwächtern gesehen hätte, umringt von schwarzen Frauen mit glattgezogenem Haar und spärlichst bekleidet, würde er denken, daß alles bestens lief. Und dabei lief alles ausnehmend schlecht. Tage zuvor hatte Reizinho seine Großmutter zum Geburtstag besucht, er hatte ihr einen neuen Mixer geschenkt, und Cândida hatte ihn über die Misere ins Bild gesetzt. Die Bonzen vom Tierkartenspiel haben eine läppische Summe gespendet, Zé Luís. Die Zeiten sind vorbei. Zu Ende. Von Miltão ganz zu schweigen. Der Dealer hatte Versprechungen gemacht und abermals Versprechungen, und dabei war es geblieben, bei Versprechungen. Cândida nähte und beklagte sich. Um alles noch zu verschlimmern, war der Wagen mit der Goldäffchen-Allegorie vom Platzregen am Wochenende zerstört worden. Und Kiko, der Karnevalist, hatte entdeckt, daß er unter dem Paniksyndrom litt. Ob jemand wüßte, was das war? hatte Cândida die Helferinnen ringsumher gefragt. Angst zu sterben, antwortete sie selbst. Ja, sie denken sich diesen komplizierten Namen für eine ganz einfache Sache aus, Schiß. Jetzt bestand Kikos Problem nicht mehr nur aus Ohnmachtsanfällen. Der Mann schwitzte und klimperte vor Angst, daß er den Löffel abgeben mußte, mit den Wimpern. Und das bei seiner Größe. Als ob ich mit diesen vielen Kostümen, die ich nähen muß, ans Sterben denken würde. Das fehlte mir gerade noch. Und dann kein Geld. Da liegt nämlich der Hund begraben, denn arbeiten tun alle, aber wir, wir verdienen einen Hungerlohn, um den Karneval auszurichten, das ist Liebe, reine Liebe, mein Sohn. Für diese Schule gebe ich mein Leben. Red mit Miltão. Pi pi pi. Während im Haus seiner Großmutter die Atmosphäre einer verlorenen Schlacht herrschte, war die Stimmung dort auf dem Sportplatz, mit den Touristen, die zehn Real für den Eintritt und fürs Tanzen bezahlten, siegesgewiß und gelöst. Es war schön mit anzusehen, wie der Vorsänger, ein Müllmann, seinem Organ vor dem Mikrophon freien Lauf ließ. Er hatte keine Ähnlichkeit mehr mit dem ausdruckslosen, nichtssagenden Tropf, der unter der Woche alle darin übertraf, beim Gehen auf seine Füße zu schauen. Er lächelte beim Singen. Wirkte sogar größer. Und weniger schmal. Reizinho war mit den neuen Fahnenträgerinnen nicht einverstanden. Er zog Suzana vor. Suzana schwenkte die Flagge wie eine Dame, wirbelte graziös im Kreis, vollführte die vorgegebenen Schritte, leicht, behende, die hübsche Suzana. Miltão hatte seiner Freundin jedoch verboten, in diesem Jahr am Umzug teilzunehmen. Es gingen Gerüchte über die beiden um, daß sie sich häufig stritten. Eifersucht, hatte Onofre gesagt. Es ist nicht leicht, eine Frau von solchem Kaliber zu halten. Suzana ist sehr begehrenswert. Bei allem Respekt. Eine junge Stute. Du brauchst mich nicht so anzuschauen, Reizinho, das ist bloß ein Kommentar. Schönheit ist zum Bewundern da. José Luís hätte am liebsten Leitor gefragt, ob die Gerüchte stimmten. Leitor saß da, er rauchte unablässig. Und wenn schon? Was machte das für einen Unterschied? Suzana behandelte ihn immer so, als wären sie Mutter und Sohn. Mein Liebling, sagte sie und schloß ihn in die Arme. Du bist so groß geworden. Siehst gar nicht mehr wie José Luís aus. Behandelt Miltão dich gut? He? Wenn irgendwas ist, sag mir Bescheid. Erzähl mir alles. Ich habe schon mit Miltão gesprochen, ich will dich nicht mit Waffe sehen. Keine Bewaffnung. Du bist noch zu jung. Reizinho schämte sich, wenn Suzana sich vor den Drogenhändlern so aufführte. Nein. Er würde Leitor nichts fragen. Lieber nichts wissen. Darüber hinaus hatte Reizinho die Nase voll von Leitor und seiner Dozierer ei. Man brauchte bloß in seine Nähe zu kommen, und schon sprudelte eine monumentale Rede aus ihm hervor. Niemanden ließ er zu Wort kommen. Besser, er ging und versuchte zu schlafen. Er war schlecht gelaunt an diesem Tag. Und schuld daran war weder Fake noch Leitor noch sonst jemand. Ein eigenartiges Gefühl. Es war keine gute Idee gewesen, an dem Nachmittag zu Duques Haus zu gehen. Tagelang schon lief er mit der Adresse des Schwarzen in der Tasche umher, seit er ihn umgebracht hatte. Eine baufällige Baracke, viel schlimmer als seine eigene. Drei kleine schmutzige, ungekämmte, hungrige Kinder. Die Frau hängte schicksalsergeben die Wäsche auf. Und was zum Teufel hatte er damit zu schaffen? Sollte er sich jetzt, verdammt noch mal, außer um seinen Vater, verdammt, etwa auch noch um diese Wäscherin dort kümmern? Weshalb vergaß er nicht? Ja, er hatte getötet, na und? Duque war ein Verräter. Pi pi pi. Ein Verräter. Und Verräter lassen wir über die Klinge springen, sagte Miltão. Wenn jemand in dieses Geschäft einsteigt, dann muß er folgendes wissen: Wer Verrat begeht, ist fällig, das ist das Gesetz, verraten, mausetot. Verdammt. Zwanzig nach zwei. Besser, er ging zu Bett.

Reizinho war schon im Begriff, den Platz zu verlassen, als er Fake hochkommen sah, wir gehen zu einer Rap-Party im Black Rose, sagte er, willst du mitkommen? Verdammt, Fake, jetzt? Verdammt noch mal, erst verabredest du dich mit mir, und dann kommst du nicht, Alter, so eine verdammte Scheiße, verdammt!

Gegenüber von der Bushaltestelle wartete ein Kleinbus auf sie. Reizinho quetschte sich auf die hinterste Bank, dieselben Typen wie immer, sie grölten, ua ua ua, ou ou ou, einer von ihnen, der Japaner, pflaumte ununterbrochen die auf der Straße vorübergehenden Leute an, auch Reizinho fand es toll, unterwegs herumzuschreien, besonders an den Eingängen der Clubs, um Eindruck zu schinden, Präsenz zu zeigen, wie Fake es bezeichnete, doch in dieser Nacht fand er alles fade, einschließlich des Black Rose. Sie hatten den Saal kaum betreten, als Fake inmitten der *do you love me?* singenden Menge verschwand. Reizinho verspürte eine Trostlosigkeit, er hatte es so satt, das Tanzen, die Besäufnisse, sich in die Menge stürzen und Püffe verteilen und singen, vorwärts, zurück, so ein Schwachsinn, wozu war er eigentlich mitgekommen?

Fake kam mit drei halbwüchsigen Mädchen und zwei Rappern zurück, hey, Bro, Jessica hat Haschisch, will jemand? Fake wartete die Antwort gar nicht erst ab, er tanzte mit der Gruppe weiter zur Ausgangstür. Eines der Mädchen blieb bei Reizinho stehen. Es trug ein weißes T-Shirt mit einer Plastikapplikation, zwei händchenhaltenden gelben Bären. Ihr Name war Marta. Dünn, kurzes Haar, ein paar Zentimeter größer als José Luís.

Ich rauche nicht, sagte sie.

Noch sehr viel später sollte José Luís sich an diese Nacht erinnern, an den Eindruck, den Marta ihm bei ihrer Ankunft gemacht hatte. Innerhalb von weniger als einer Sekunde hatte er seinen Entschluß, zu gehen, fallengelassen, und seine Stimmung hatte sich gewandelt. Er fühlte sich nicht mehr so niedergeschlagen wie zu Beginn des Abends. Weder dachte er mehr an Duque, noch an Duques Frau oder an Duques Kinder oder an Kelly oder an die geröteten Augen seiner Mutter, die unausgesetzt weinte, seit sie von Carolaines Schwangerschaft erfahren hatte. Er und Marta standen nebeneinander da und beobachteten das Geschiebe der Gangs, lachten ein bißchen über die Püffe und Backpfeifen, die die Rapper austauschten, manchmal sagte sie ihm etwas ins Ohr, sieh mal den Neandertaler dort!

Hast du den Turnschuh fliegen sehen? Reizinho spürte Martas Minzatem in seinem Gesicht, und das löste eine Hitze in ihm aus, die ihn von Kopf bis Fuß erschaudern ließ. Ich habe Durst, sagte sie, laß uns was zu trinken holen, antwortete Reizinho, und auf ihrem Weg hinaus quer durch die Menge faßten sie sich bei der Hand. Als ihre Finger sich verschränkten, geschah mit Reizinho etwas noch nie Dagewesenes, er spürte, wie ein Gefühl der Euphorie von ihm Besitz ergriff, so viele Mädchen, dachte er später im Bett, er hatte so viele kennengelernt, die meisten davon zum Wegwerfen, man konnte sie alle vergessen, warum nur war ein einziger Mensch inmitten so vieler anderer in der Lage, diese Glut zu entfachen? Er ist stark, sollte Marta ihren Freundinnen am nächsten Tag erzählen, und mein Gott, wie gut er küssen kann. Ein wunderbarer Küsser. O je, sollte Marta, sehnsüchtig danach, zu lieben und anzuhimmeln, seufzen. Sie ist hübsch. Seine Augen haben die Farbe des Meeres an einem Regentag. Sie ist gut gebaut. Er hat Witz. Sie ist groß. Oh, was für ein Kuß!

Sie gingen zurück in den Saal und hielten für den Rest der Nacht Händchen. Marta erzählte, daß sie zum dritten Mal auf einer Rap-Party war, es gefiel ihr aber nicht, sie mochte lieber langsame Musik, auch wenn sie nicht tanzen konnte, mein Körper ist steif, sagte sie. Sie ging in die siebte Klasse und half ihrem Vater bei seinen Geschäften. Was macht dein Vater? Er ist Kaufmann, sagte sie. Und du? Ich bin Laufbursche. Laufbursche, lachte sie. Die Hälfte der Jungs hier ist Laufbursche. Magst du Rap-Musik? Ja, sagte er. Und Samba? Finde ich toll. Ich auch. Funk? Klasse. Rock? So lala. Mehr oder weniger. Sie hatte ein Faible für Shows und amerikanische Musik und wäre wahnsinnig gerne einmal zu einer Publikumsshow gegangen, um die Schauspieler aus der Nähe zu sehen. Er war »radikaler Vasco-Fan«, sah gerne Boxkämpfe im Fernsehen und war ein As im

Skaten. Das Skaten war nicht seine einzige Lüge in dieser Nacht. Reizinho hatte viel von seinem Vater erzählt. Welch dicke Freunde sie waren. Richtig dicke Freunde. Sein Vater war Geschäftsführer bei einem Transportunternehmen. Eine gute Stellung. Er hatte sich von seiner Mutter getrennt und seine Sekretärin, Rose, geheiratet. Sehr hübsch, diese Rose. Anfangs mochte ich meine Stiefmutter nicht, du weißt schon, wegen meiner Mutter. Echt Spitze, diese Rose. Jeden Sonntag aßen sie gemeinsam zu Mittag. Und dann gingen sie skaten. Dein Vater fährt Skateboard? fragte Marta. Ja, er hat es mir beigebracht. Ich habe mein erstes Brett mit fünf Jahren bekommen. Sein Vater spielte auch ausgezeichnet Fußball. Beinahe wäre er Profispieler geworden. Ein toller Hecht, sein Vater, er wollte, daß er und Carolaine zu ihnen nach Flamengo zogen, doch Reizinho brachte es nicht übers Herz, seine Mutter alleine zu lassen. Und dann war es auch so gut, jeder für sich. Inmitten dieses Lügengebirges startete José Luís dann seinen Versuch. Er wußte nicht, ob sie es zulassen würde. Sie standen so dicht beieinander, es war unumgänglich. Die fleischigen Lippen berührten sich, die sprudelsüßen Zungen, sie küßten sich eine Ewigkeit, dem frenetischen Tanzrhythmus entrückt. Sie standen mitten im Gang, der zu den Tanzflächen führte, und behinderten den Verkehr, manchmal wurden sie geschubst, sie merkten es nicht einmal. Sie küßten. Sollte die Welt doch in die Luft fliegen.

Während dieses leidenschaftlichen Kusses war es, als jemand Reizinho ins Ohr zu schreien begann, komm, schnell, Fake ist verhaftet worden. Der Japaner, der mit ihnen in dem Kleinbus gekommen war, zog José Luís entschlossen am Arm. Geh, sagte Marta, ich warte hier auf dich. Rühr dich nicht vom Fleck, bleib hier, brüllte er im Fortgehen.

Draußen versuchten die Sicherheitsleute vom Black Rose, die Menge der Schaulustigen zu zersprengen. In Bewegung bleiben, immer schön in Bewegung bleiben, sagten sie. Während er sich einen Weg durch die Menschenmenge zu bahnen versuchte, schnappte Reizinho den einen oder anderen Satz auf, wir standen gerade auf der gegenüberliegenden Seite, die Polizei ging Streife und sah, wie dieser Junge dort an der Ecke irgend etwas versteckt hat. Der Typ verkauft hier ständig Schnee, sagte einer der Sicherheitsleute zu einem Kollegen. Geschieht ihm ganz recht. Nun sitzt er in der Tinte. Unter großen Schwierigkeiten gelang es Reizinho, den vor dem Eingang vom Black Rose geparkten Polizeibus zu erreichen. Drei Jungen wurden gerade in das Fahrzeug verfrachtet. Fake war einer von ihnen. Sag Miltão Bescheid, schrie er, als er Reizinho aus der Menge hervortreten sah. Sag Miltão Bescheid.

Reizinho kehrte verstört in den Saal zurück, er wollte sich, bevor er ging, von Marta verabschieden. Er glaubte nicht daran, daß Fake diesen Mist verzapft hatte. Fake war nicht Kurier wie er. Und er war auch nicht blöd. Miltão wollte seit geraumer Zeit nicht, daß Fake für ihn arbeitete. Er überließ es Fake, sich um das Radio zu kümmern, aber ständig legte er sich mit dem Jungen an. Löcherte ihn mit Fragen. Und Fake wußte von alledem. José Luís selbst hatte es ihm erzählt, als er zum Kurier befördert worden war. Miltão hatte zu ihm gesagt, ich weiß, ihr seid befreundet. Fake ist raus, hatte er erklärt. Zumindest fürs erste.

Marta stand nicht an der verabredeten Stelle. Ohne mit ihr gesprochen zu haben, wollte er nicht gehen. Er hatte weder ihre Adresse noch sonst etwas. Wie sollten sie sich wiedertreffen? Er fragte zwei junge Frauen, die sich in der Nähe unterhielten, ob sie ein hochgewachsenes Mädchen mit einem Bären-T-Shirt gesehen hatten. Sie lachten. Man sieht ja noch nicht mal die Gesichter, antworteten sie. Reizinho drehte aufmerksam eine Runde durch den Saal, dann wartete er einige Minuten vor der Tür der Damentoilette. Nichts.

Als er das Black Rose verließ, tagte es bereits. Er machte sich Sorgen wegen Fake, war traurig, ein Angstgefühl wuchs in seiner Brust. Warum zum Teufel war sie einfach verschwunden?

14

Tausend Probleme im Kopf. Miltão wickelte ein Bonbon aus und steckte es in den Mund. Er hatte den ganzen Tag noch nichts gegessen. Fake, dieser Verräter. Nichts als Probleme. Und dann Suzana. Suzana war komisch in der letzten Zeit, dieser Ring am Finger, was ist das? hatte Miltão gefragt, als die beiden nach dem Sex im Bett lagen, die Hände ineinander verschränkt. Den habe ich gekauft, hatte sie behauptet. Und am nächsten Tag lautete die Version schon wieder anders, den hat mir meine Kollegin geschenkt. Hatte sie ihn nun geschenkt bekommen oder gekauft? Eine endlose Auseinandersetzung, drei Wochen lang stritten sie wegen des Rings. Kollegin, so ein Quatsch, warum sollte er so ein ekelhaftes Geschwätz glauben? Es ist nicht leicht, jemanden anzulügen, der aufpaßt wie ein Schießhund. Und Rita? Und Valéria? Und Cidoca? Meinst du, ich weiß nicht Bescheid? brüllte Suzana, ich habe es satt, daß du alle auf dem Berimbau vernaschst. Was für eine Rita, was für eine Valéria? Lenk nicht vom Thema ab, Suzana, du hast einen Ring geschenkt bekommen, und jetzt, wo du mir erklären sollst, welcher Heini ihn dir gegeben hat, verhaspelst du dich, los, Süße, raus mit der Sprache. Mist. Probleme. Aber das würde er später klären. Blöder Ring. An erster Stelle die Geschäfte. Freund Bem Bolado hatte ihm gerade das Ergebnis der Durchsuchung von Fakes Studio präsentiert: dreihundert Gramm Kokain, versteckt in einem Loch in der

Wand. Im Bezug des alten Studiosofas waren Glasgefäße mit Natriumbikarbonat, Talkum und Marmorpulver gefunden worden. Hurensohn. Miltão dachte an Arnóbio, Nobre, den ehemaligen Anführer vom Morro do Berimbau. Er war es gewesen, bei dem er diese Art, »Hurensohn« zu sagen, gelernt hatte, die Silben fein säuberlich voneinander getrennt, Hu-ren-sohn, mit rauher, herber Stimme, den Mund voller Wut und Abscheu. Das hatte etwas Ansteckendes. Zwei Tage mit Nobre, und die Leutchen sagten bereits haargenau wie er »Hurensohn«. Man konnte sogar alleine daran, wie jemand »Hurensohn« aussprach, erkennen, ob er zu Nobres Gang gehörte. Fünfzig, sechzig Mann, ein ganzes Bataillon, das »Hurensohn« auf die gleiche Art und Weise sagte. Und wenn jemand ihm den Rücken kehrte, bezeichnete Nobre ihn alsbald schon als Hurensohn, auch wenn es ein Freund, ein wichtiger Verbündeter war. So war Nobre eben. Für ihn, der gerade eine Strafe im Gefängnis Padre Moraes verbüßte, war jedermann ein Hurensohn. Unmittelbar seit seiner Verhaftung besuchte Miltão ihn für gewöhnlich sonntags im Gebäude 7, Abschnitt C, um seine Instruktionen zu hören. Nobre hatte Pläne, um die Anzahl der Verkaufsstellen zu erhöhen, doch damit ging es einfach nicht voran. Es war immer die gleiche Geschichte. Die Hurensöhne. Das Gesindel. Die Verräter. Das Lumpenpack. Jeden Sonntag hörte Miltão sich die gleiche Litanei an. Zu jener Zeit verbrauchte der zu einhundertsiebzehn Jahren Gefängnis verurteilte Nobre einen Gutteil des von Miltão geschickten Geldes dafür, Gefängniswärter, Prostituierte und Komfort zu kaufen und gewissenlose Anwälte zu bezahlen. Miltão hatte sich persönlich um den Ausbruch des Drogenhändlers gekümmert, wegen Nobres Launenhaftigkeit hatte er »ein Vermögen« ausgegeben. Ich will durch die Vordertür raus, hatte Nobre gesagt. Das ist mir ein Bedürfnis. Und so kam er in der Tat heraus. Das Problem war, daß Nobre »keinen Blick für die Realität« hatte, wie Bem Bolado es ausdrückte. Er war in der Stadt geblieben, war als »leichte Beute« herumspaziert, ohne sich im geringsten um die Polizei zu scheren. Und war verhaftet worden. Eine Unsumme für den Papierkorb.

Der direkte Kontakt zwischen den beiden Dealern war vor mehr als einem Jahr abgebrochen, als gegen Miltão Haftbefehl erlassen worden war, weil er mit einem Maschinengewehr in der Hand in einer Fernsehreportage aufgetreten war und die Polizei von Rio beleidigt hatte. Damals untersuchte die Landesregierung die Möglichkeit, eine »Säuberungsaktion« in den Favelas vorzunehmen und Eliteeinheiten der Streitkräfte auf die Hügel zu schicken. Rio de Janeiro erlebt einen Bürgerkrieg, behaupteten die Befürworter der Militärbesetzung. Und unsere Feinde haben echte Feuergewalt, sagten sie und präsentierten die bei den immer häufiger durchgeführten Blitzeinsätzen beschlagnahmten Waffenarsenale, sehen Sie nur, Uru, HK–47-Karabiner, sie sind gerüstet. Die Wahrheit ist, daß die Halunken uns in der Hand haben. Das Heer muß die Favelas unter Kontrolle bringen. Das Problem in Rio, antworteten die, denen die Vorstellung einer Militärinvasion zuwider war, ist weder der Drogenhandel noch das Rauschgift, sondern die soziale Ungerechtigkeit. Wenn von organisierter Kriminalität die Rede ist, dann muß das Hauptaugenmerk auf das Tierkartenspiel gerichtet werden, behauptete ein Politiker in der Presse. Wenn es darum geht, mit dem aufzuräumen, was die öffentliche Gewalt untergräbt und die Medien korrumpiert, dann ist unsere Zielscheibe das Tierkartenspiel.

Die Elendshügel von Rio mit ihren Kapuzen tragenden und schwerbewaffneten Jugendlichen illustrierten die Diskussion über das Eingreifen der Armee in den Krieg gegen die Drogen, das obligatorische Thema aller wichtigen Zeitschriften und Zeitungen des Landes. Wir werden alles in die Luft jagen, erklärte

Miltão einem Fernsehreporter. Das Bild von Miltão mit einer AR–15 in der Hand wurde veröffentlicht und so sensationsheischend und häufig gezeigt, daß Miltão zu dem wurde, was Leitor als das »Symbol der Lächerlichkeit« bezeichnete. Um die Wirkung der Äußerung noch zu verstärken, war das Bild des Drogenhändlers an Dutzende von Zeitungen und Zeitschriften verkauft worden, die es mit alarmierenden Schlagzeilen endlos nachdruckten: Krieg! erklärt Dealer, Anführer vom Morro do Berimbau fordert Obrigkeit heraus. Das Resultat dieses ganzen Aufruhrs war, daß Miltão auf die Gefahr hin, verhaftet zu werden, die Favela jetzt nicht mehr wie früher verlassen konnte. Doch das machte für den Drogenhändler nicht den geringsten Unterschied. Seine Welt war diese dort, das übrige Rio de Janeiro konnte ihm gestohlen bleiben. Wenn es lästig war, sich tagsüber nicht frei in der Favela bewegen zu können, so gehörte der Hügel des Nachts ihm. Und was die unmöglich gewordenen Besuche bei Nobre im Gefängnis anging, so war die Wahrheit, daß Nobre nicht mehr der Alte war. Er hatte seine Stärke eingebüßt. Beweis dafür war die Episode mit Fake. Miltão hatte zwei Monate zuvor Bem Bolado zu Nobre geschickt, um ihm seinen Verdacht mitzuteilen. Er mißtraute dem Rapper. Ihm waren in der letzten Zeit Dinge zu Ohren gekommen. Nobres Antwort war kurz und schroff ausgefallen: Fake ist sauber. Laß ihn in Ruhe. Nun, wo Fakes Verrat erwiesen war, quälte Miltão sich damit herum, daß er Nobres idiotischen Ratschlägen gefolgt war. Bloß weil Nobre sein ganzes Leben lang mit Fake Fußball gespielt hatte, weigerte er sich zu glauben, daß sein Freund ein Hurensohn war. Miltão hatte es satt. Er hatte die Gelegenheit verpaßt, Fake einen Denkzettel zu erteilen. Nun würde über ihn herumerzählt werden, daß er eine Memme war. So geraten die Leutchen ins Straucheln. Lauter Probleme. Und zu allem Überfluß noch Suzana. Nichts als Probleme.

Der riesige Wohnblock mit Dutzenden von winzigen Appartements in jedem Stockwerk lag in der Nähe des Hauptbahnhofs Central do Brasil im Zentrum der Stadt. Reizinho kannte die Örtlichkeit wie seine Westentasche. Täglich brachte er Dutzende von Koksbriefchen zu den Prostituierten, Bankangestellten, Zuhältern, Tagedieben, Homosexuellen und Studenten, die in Löchern dieser Art hausten. Wohnküchen von der Größe einer Eierschale, die nach Elend stanken. Unter seinen Kunden war nicht ein einziger Gutsituierter. Reizinho hatte unzählige Geschichten über die Zeit gehört, in der berühmte Persönlichkeiten, Politiker und reiche Leute auf Festen und in den renommierten Nachtlokalen Kokain von Tabletts geschnupft hatten. Er bedauerte es, nicht in dieser Zeit gelebt zu haben. Er bediente nur Nobodys, die auf dem letzten Loch pfiffen. Und die kein Geld hatten, die stets später zahlen wollten. Später, morgen.

Reizinho wartete ungeduldig auf den Fahrstuhl, er wollte seine Lieferung so schnell wie möglich abgeben und zurück auf den Hügel, vielleicht hatte Miltão schon eine Antwort. Miltão hatte ihm versprochen, unverzüglich tätig zu werden, er würde mit seinen Informanten bei der Polizei sprechen, würde Fakes Lage ganz genau prüfen und dann entscheiden, was zu tun wäre. Ja, Fake war sein bester Freund. Er wollte ihm helfen, das Problem aus der Welt schaffen. Es kam ihm überhaupt nicht in den Sinn, daß Miltão die Angelegenheit womöglich nicht bereinigen könnte. Sie würden Polizisten bestechen. Alle Welt ist käuflich, sagte Bidê, wir kaufen Kommissare, Ermittler, Gefängniswärter, sollen die Drecksäcke doch zahlen. Obwohl er sich selbst einredete, die Lage seines Freundes sei der Grund für seine Misere, gab es doch noch einen anderen Anlaß für all seine Qualen. Er wollte Fake so schnell wie möglich treffen, um ihn nach Marta auszufragen. Er war hingerissen von dem Mädchen. Was für ein entzückendes Ding! Das bloße Aussprechen ihres Namens, Marta, setzte sein Herz in Flammen. Mein Vater wird dir Skateboardfahren beibringen, hatte er in der vergangenen Nacht gesagt. Ich werde mich schämen, hatte sie geantwortet. Vor meinem Vater? Er ist ein prima Kerl. Du wirst begeistert sein von meinem Vater. Die lasziven Küsse. Diese Küsse hatten nichts mit denen von Kelly zu tun. Ja, es war schön, Kellys Brüste zu streicheln, sich auf dem Boden zu wälzen, die Schweinereien, das Gerede war es, das ihm auf die Nerven ging, ich bin Jungfrau, ich sterbe vor Angst, schwanger zu werden. José Luís haßte es, wenn Kelly so redete, dieses Blabla über Babys und Schwangerschaft und Verpflichtungen erinnerte ihn an Carolaine und an seine Mutter, das turnt total ab, sagte er, das nervt, Kelly; aber wenn ich nun mal vor Angst sterbe, antwortete sie, ich habe eine Mordsangst, schwanger zu werden. Marta hatte ihm von Anfang an gefallen. Sie rauchte nicht. Sie trank nicht. Sie redete kein dummes Zeug. Und ging zur Schule. Groß, schlank. Er hatte nur nicht begriffen, weshalb sie nicht auf ihn gewartet hatte. Fake würde sicher wissen, wo sie zu finden wäre. Er würde hingehen. Gleich heute noch.

Obwohl er die ganze Nacht kein Auge zugetan hatte, war Reizinho guter Dinge, aufmerksam. Da der Fahrstuhl sehr auf sich warten ließ, beschloß er, die zwölf Treppen zu Fuß hochzulaufen. Er drückte auf die Klingel des Appartements 1207. Die Tür ging auf, ein kräftig gebauter Mann mit zerzaustem Haar, bekleidet nur mit einer Unterhose, erschien, halb verschlafen. Reizinho hätte Fernando, den Gymnastiklehrer von Dona Juliana, der Gnädigen seiner Mutter, gar nicht erkannt, wenn der Typ nicht so fassungslos gewesen wäre. Du, sagte er, was für ein Zufall, du hier. Menschenskind. Das wußte ich nicht. Reizinho fragte, ob sie sich drinnen unterhalten konnten. Er händigte seine Lieferungen nicht gerne auf dem Flur aus, auch nicht auf Plätzen, er war vorsichtig. Du darfst den Bullen das Leben nie leicht machen, hatte Miltão ihm eingetrichtert. Ein gutes Kurierflugzeug ist eins, das nicht abstürzt, das mit wenig Ware unterwegs ist, das die Übergabe innerhalb von vier Wänden erledigt und sich verkrümelt. Und genauso ging Reizinho vor. Du hier, Menschenskind, sagte Fernando, die Welt ist klein, klar, gehen wir rein. Überall im Wohnzimmer standen Gläser herum, Kissen auf dem Boden, ganz schön vergammeltes Loch, dachte Reizinho. Fernando sagte irgend etwas in der Art dieser-Schnee-ist-nicht-für-mich, Reizinho hörte gar nicht richtig hin, er war einzig damit beschäftigt, die Kohle in Empfang zu nehmen und sich zu verpissen. Eine junge Frau kam, in ein Handtuch gehüllt, aus dem Bad und ging ins Schlafzimmer. Reizinho erkannte sie auf der Stelle. Alicinha, eine muskulöse Blondine, Busenfreundin von Dona Juliana. Wie Schwestern, sagte Alzira immer. Die eine tut nichts ohne die andere. Das taten sie, wie es schien, wirklich nicht. Fernando gab ihm einen Scheck. Bitte, bat er, sag Alzira nichts davon. Juliana, sagte er und hielt pathetisch nach Worten ringend inne.

Reizinho war mit allem einverstanden, er wollte bloß von dort weg. Zehn Gramm Schnee. Und in der Tasche ein Scheck von Dona Juliana. Er kannte die Unterschrift. Damals, als er für Dr. Rodrigo gearbeitet hatte, hatte er Dona Julianas sämtliche Zahlungen besorgt. Er stammte wirklich von ihr, der Scheck. Und dann Alicinha. Menschenskind. Reizinho kümmerte es nicht im geringsten, wenn diese Leute herumvögelten, einander hintergingen und sich eine Nase Koks vom Geld der anderen reinzogen, wo war das Problem? Ein Scheck von Dona Juliana. Widerliches Pack. Verflucht und zugenäht. Er dachte an die Zeit zurück, als er bei Dr. Rodrigo gearbeitet hatte. Er erinnerte sich sogar noch an den Geruch des After Shaves, das er benutzte. Ein Zitronenduft, der einem in die Nasenlöcher drang und sich tagelang festsetzte. Widerliches Pack.

Miltão bestellte Reizinho erst am späten Nachmittag zu sich, als ihm die Informationen über Clêmio dos Santos, gemeinhin bekannt als Fake, der in das Wiedereingliederungszentrum für Minderjährige São Francisco de Assis eingeliefert worden war, bereits vorlagen. Setz dich, Zé Luís. Du bist heute morgen ganz entgeistert hergekommen und hast mir erzählt, daß Fake verhaftet worden ist und Hilfe will. Dann paß mal schön auf. Weißt du, warum er hopsgegangen ist? Weil er zwölf Koksbriefchen dabei hatte. Und wem gehörte dieses Kokain? Mir. Der Schuft hat mich beklaut.

Plastikgefäße und Verpackungsmaterial lagen auf dem Tisch herum. Siehst du dieses ganze Zeugs hier? Das war alles im Studio versteckt. Das mir gehört. Das Studio ist meins. Mir gehört das Kommunalradio. Ich bezahle das Früchtchen, und das Freundchen nimmt mich aus. Wirklich unglaublich. Die Sache ist die, Reizinho. Du wirst mir einen Gefallen tun. Am Sonntag ist Besuchstag in São Francisco. Du wirst hingehen und diesem Hohlkopf folgendes sagen: Wenn er hier wieder auftaucht, springt er über die Klinge. Ich lasse ihn nur deshalb nicht gleich dort drinnen abmurksen, weil dieser beschissene Rapper ein Kumpel von Nobre ist. Wenn es um einen anderen ginge, dann würde er gleich heute ins Gras beißen. Das war's, Reizinho. Ich habe alles gesagt. Ich sehe, daß du deinen Mund aufmachen willst, aber ich rate dir, Freundchen: Wenn du den Schuft in Schutz nehmen willst, halt die Klappe. Du kannst abzwitschern.

Ich habe doch schon gesagt, daß ich nicht weiß, wer diese Marta ist, Reizinho. Ich kenne sie nicht. Themenwechsel, Brother. Schau dir dieses Pack da vorne an. Lauter Bengel, die Leute überfallen. Da hat einer noch die Windeln am Arsch und überfällt schon Leute. Das ist die große Mode, Brother, Überfälle. Jeder in diesem Land begeht Überfälle.

Es war Sonntag, die Häftlinge begrüßten im Innenhof des Wiedereingliederungszentrums für Minderjährige São Francisco de Assis ihre Familien. Reizinho und Fake saßen nebeneinander und schützten sich vor der Sonne, die vom Zementboden zurückgeworfen wurde und sie blendete. Fake war von dem, was Reizinho ihm über Miltão erzählt hatte, beunruhigt. Anfangs hatte er gelacht, ich bezweifle, daß er sich mit Nobre anlegen wird, hatte er gesagt. Nobre wird mich beschützen. Einige Minuten später hatte er seine Meinung bereits geändert. Glaubst du, sie werden mich tatsächlich umbringen? fragte er. Ja, antwortete Reizinho. So eine Scheiße, Brother. Ich schwöre bei Gott, José Luís, das war nicht mein Schnee. Er gehörte einem Typ, der mich gebeten hat, ihn abzugeben, mehr nicht, ich hab ihn nur abgeliefert. Fake stand entschlossen auf und sagte, Reizinho könne ihm helfen, sie mußten diese Sache wieder geradebiegen, sie würden mit Nobre reden, mit Leitor, vielleicht, sagte Fake, können wir ein Bußgeld festsetzen, ich zahle Miltão ein bißchen Knete, was meinst du? Fake war völlig davon überzeugt, daß das klappen könnte, ja, wir Schwarzen müssen einen Club gründen und uns verbünden, deshalb liebe ich die Vereinigten Staaten so, dort haben die Schwarzen Black Power, weil sie zusammenhalten, ist es nicht lachhaft, wegen zehn Briefchen einen Brother ins Jenseits zu befördern? Zwölf, berichtigte José Luís, meinetwegen, zehn, zwölf, das kommt doch aufs selbe raus. Das Problem ist, daß du seit längerer Zeit klaust, Fake, und Miltão weiß das.

Und wenn ich es zugebe? fragte Fake ängstlich besorgt. Ich gehe hin und sage, gut, Brother, ich habe einen Fehler gemacht, ich habe ein paarmal geklaut. Wieviel? fragte Reizinho. Weiß ich nicht genau, ich habe eine Zeitlang ein bißchen was beim Verpacken abgezweigt. Seit wann? wollte José Luís wissen. Fake gab keine Antwort. Plötzlich kam ihm der Ernst der Lage zu Bewußtsein. Miltão würde ihm nie und nimmer verzeihen. Er war ein verlorener Mann. Sie würden mit ihm das gleiche machen wie mit Nói und mit Raimundo. Mit Zecão. Sie würden ihn zu einem unbebauten Grundstück bringen und ihm drei Kugeln in den Kopf jagen. Ich wollte doch nur mein Demo-Band aufnehmen, Reizinho. Erinnerst du dich an Ned, diesen Black, der ein paar Gedichte über das Fundão-Gemetzel geschrieben hat? Er hat einen Produzenten für mich gefunden. Und ein sehr gutes Aufnahmestudio, das auch Platten von Anfängern produziert. Nur muß ich die Kosten bezahlen, verstehst du? Ich bin Künstler, sag Miltão das. Wenn ich meine Band habe und berühmt bin, gebe ich Gratiskonzerte für euch, bis ans Lebensende. Was für eine Riesenscheiße, Brother. Was soll ich bloß machen?

Nach Reizinhos Ansicht war es das beste, Gras über die Sache wachsen zu lassen. Vielleicht würde Miltão sich beruhigen. Ich werde mit ihm reden. Versprochen, Brother? Versprochen. Meinst du, daß es was nützen wird?

Als sie das Thema Miltão endlich erschöpft hatten, kam Reizinho wieder auf Marta zu sprechen. Was für eine Marta ist das, zum Teufel? Reizinho erklärte noch einmal, sie war am Donnerstag mit dir zusammen. Marta? Ich kenne keine Marta, das habe ich doch schon gesagt. Natürlich kennst du sie, als ihr rausgegangen seid, um zu rauchen, im Black Rose, hat sie beschlossen, bei mir zu bleiben. Keine Ahnung, was für eine Marta das ist. Ich kenne keine Marta. Du gehst mir auf den Sack, Brother.

Reizinho verließ enttäuscht die Anstalt. Er hatte immer noch nicht geschlafen. Den Freitag und den Samstag über war er auf der Suche nach Marta im Black Rose gewesen. Er hatte stundenlang wie festgewachsen an der Stelle gestanden, an der sie sich kennengelernt hatten, vergebens.

In den folgenden Monaten bestand das Leben aus der Suche nach Marta. Selbst beim Abliefern der Briefchen bei seinen Stammkunden verlor Reizinho nicht die Hoffnung, sie irgendwo zu finden. Und wenn er sich auf der Praça Argentina neben seinen Vater setzte, was immer häufiger vorkam, versäumte er nicht, auf die Passanten zu achten. Eines Tages würde er Marta treffen. Entgegen Miltãos Anweisung besuchte er Fake häufig. Weißt du, was mir fehlt? sagte Fake. Weder meine Baracke, noch der Hip-Hop, noch sonst was. Ich vermisse es, ziellos durch die Gegend zu laufen, irgendwo zu pinkeln, dabei in den Himmel zu schauen, das ist es, was mir fehlt. José Luís hörte zu, wie sein Freund über die Regierung sprach, die Gesellschaft, die Justiz, die Institutionen bringen nicht das geringste wieder in Ordnung, Brother, hier lernt man bloß klauen, verraten, bescheißen, fertigmachen, mehr nicht. Ein prima Kindergarten ist das hier. Früher, Reizinho, da war ich unschuldig, heute weiß ich, wie man Autos knackt, ich kenne die beste Methode, um bei einem Überfall der Polizei zu entwischen, man muß bloß ein altes Mütterchen beim Überqueren der Straße oder einen Studenten an der Bushaltestelle schubsen, und so ruft man einen Tumult hervor, um die Polizei abzulenken, ich weiß alles. Reizinho hörte sich seine Klagen geduldig an, bloß um ein weiteres Mal fragen zu können: Bist du sicher, daß du Marta nicht kennst?

Obgleich er sich immer bemühte und sich vor dem Einschlafen das Bild des Mädchens im Geist vorstellte, gelang es ihm nur ein einziges Mal, von Marta zu träumen, nämlich am siebzehnten September. Mitten in seinem köstlichen Traum wurde er von seiner Mutter geweckt, die aufgeregt rief, geh ein

Taxi holen, deine Schwester kommt nieder. Genau in dieser Nacht wurde Carolaines Sohn geboren. Drei Kilo und zweihundert Gramm, kaffeebraun, gesund, ein Prachtjunge. José Luís war gerührt, als er ihn in den Armen hielt. Wie soll er heißen? wollte Alzira wissen. Carolaine lag mit geschlossenen Augen im Bett in der Entbindungsklinik Miguel Couto und gab keine Antwort. Alas, sagte Alzira. Ich finde, das ist ein schöner Name. Alas José Reis.

15

Alas tat zwei unsichere Schritte und fiel um. Habt ihr gehört? fragte Suzana, die mit dem Jungen bei Alzira in der Küche spielte. Er ist ganz erpicht darauf zu laufen, der Kleine. Sag, Alas: Pa-ten-tan-te. Alzira bügelte Windeln und stapelte sie anschließend auf den Resopaltisch in der Küche. Alas, sag der Patentante, wer ist Suzana? Pante, stammelte der Junge. Suzana überschüttete ihn mit Küssen, habt ihr gesehen? Er nennt mich Pante. Das ist die Patentante, was, mein Babylein? Du Süßer. Räum die Windeln hier weg, Carolaine, verlangte Alzira. Carolaine war auf dem Sofa in die Fernsehbeilage der Sonntagszeitung vertieft. Mein Schnuckelchen. Patentantes Schätzchen. Carolaine, rief Alzira, hörst du nicht? Ich lese gerade, was in der Serie passieren wird, Mutter. Isabel wird dahinterkommen, daß André mit Amélia zusammen ist. Hör mal, die nächsten Episoden: Montag, Antônio Luís hört Amélia am Telephon sagen, daß sie krank ist. Eunice fleht Rafael an, auf die Werft zurückzukehren. Clarice wird im Fahrstuhl übel, und Marcos wird mißtrauisch. André belauscht das Gespräch zwischen Isabel und Clarice über Isabels Krankheit. Dienstag: Isabel verfolgt André bis zu Amélias Haus. Antônio Luís bekommt einen Brief von Isabel, in dem sie die Verlobung löst. Rafael hindert Otávio, das Haus des Patriarchen zu betreten und behauptet, der Magnat Pedro Albuquerque werde ihn enterben. Henriette trifft aus Japan ein und strapaziert die Nerven der Familie Albuquerque aufs äußerste. Wo liegt der Reiz, die Episoden im voraus zu kennen? wollte Alzira wissen. Wir sollten uns eigentlich gar keine Serien mehr anschauen, Pastor Walmir ist gegen die Serien, das Fernsehen zeigt nur Laster und Sünde. Das hat der Pastor nicht gesagt, behauptete Carolaine, ohne die Zeitung beiseite zu legen. Walmir meint, wer den ganzen Tag fernsieht, wird am Ende vom Teufel versucht. Aber wir sind nicht so, wir sitzen nicht den ganzen Tag vor der Glotze, wir sehen unsere harmlose Serie, was ist daran Schlechtes? Alle sehen die Serie, Mutter, ganz Brasilien. Sogar Dr. Rodrigo, pflichtete Alzira ihr lachend bei. Die um sieben und die um acht. Dieser kultivierte Mann schlingt hastig das Abendessen hinunter, bloß, um es sich so schnell wie möglich vor dem Fernseher bequem zu machen. Carolaine las weiter die Zusammenfassung der Woche vor, doch Alzira hörte nicht mehr zu. Sie fühlte sich wohl zu Hause, beim Wäscheplätten mit dem Bügeleisen, das Dona Juliana ihr eine Woche zuvor beim Kauf eines neuen geschenkt hatte. Sie verspürte Ruhe, der laufende Fernseher, der Magen vollgestopft mit Hähnchen, Makkaroni und Coca-Cola, Suzana, die mit Alas spielte, alles bestens. Sie lebten nach Gottes Geboten. Zufrieden. Zwar mit wenig Geld, dafür aber mit Christus. Und glücklich. Alzira hatte in der letzten Zeit viel durchgemacht, sie hatte große Entbehrungen erlebt, doch nun war sie froh. Dank dem Pastor. Ja, wenn Alzira sich heute eines friedlichen Lebens erfreute, dann schuldete sie das Pastor Walmir. Er war es gewesen, der ihr Christi Weg gewiesen hatte.

Christus steht dir bei, sagte er immer. Er ist in dir. Wie hast du nur so lange Zeit ohne Christus leben können? Alles war leichter mit Christus in ihrer Nähe. Sogar die Arbeit. Dona Juliana hatte aufgehört, im Haus herumzubrüllen und sie als dumme Kuh, als unfähige Trine und als Vogelscheuche zu beschimpfen. Der Grund für den Sinneswandel war Christus gewesen. Gleich, nachdem Alzira zu Christus zurückgefunden hatte, hatte sie eines Morgens Dona Juliana weinend wegen eines Streits am Telephon mit ihrem Fernando im Wohnzimmer angetroffen. Von Christus ermutigt sagte Alzira ihr in einem Atemzug: Sie leben in Sünde, und nur Christus kann Sie retten. Fertig, das hatte gereicht. Die Gnädige behandelte sie seither mit mehr Respekt. Vielen Dank, Alzira. Bitte, Alzira. Du kannst das Wechselgeld behalten, Alzira. Christus sei Dank. Und nicht nur bei der Arbeit liefen die Dinge gut. Carolaine, die ihr so viele Probleme bereitet hatte, war wie ausgewechselt. Anfangs hatte sie Alas abgelehnt, doch jetzt war alles anders. Mit Christus. Dank dem Pastor. Ehre sei Gott! Carolaine hatte ihre Aufmüpfigkeit abgelegt. Gottesfürchtig besuchte sie tagtäglich die Andacht und begleitete Walmir bei vielen Aktivitäten. Deine Tochter muß nur angeleitet werden, hatte der Pastor gesagt. Ein gutes Mädchen. Ein Schäfchen. Außergewöhnlich, der Pastor. Ja, Carolaine arbeitete weder, noch ging sie zur Schule, aber wer sollte auf Alas aufpassen? Und José Luís umgab sich nach wie vor mit einer Gesellschaft, die Alzira als »Lumpenbande« bezeichnete. Dinge vom Satan, dem Hund, Geschwänzten, Schwarzbock, Höllenzauberer, dem Bösen. Doch sie gab die Hoffnung nicht auf. Jetzt, wo Pastor Walmir in ihrem Haus verkehrte, wer weiß? Es war ihm geglückt, aus Carolaine ein Schäfchen zu machen, warum sollte er nicht auch José Luís zur Herde des Guten führen? José Luís würde ein braver Diener Christi werden. Und auch Kelly, ein weiteres Schaf. Alzira war die Liebschaft recht.

Ich finde es in Ordnung, daß André von Isabels Krankheit erfährt, sagte Carolaine. Später werden sie herausfinden, daß die Diagnose falsch ist. Im Labor hat es eine Verwechslung gegeben. Habt ihr gehört? fragte Suzana, Alas hat noch einmal Pante gesagt. Sag's, damit Suzana es hören kann, sag schon. Pante. Alzira betrachtete den Enkel liebevoll. Pante. Dieser Bengel, sagte sie. Es ist Schlafenszeit, komm, Alas, Baby heia machen. Pan-te. Heia mit Omi. Suzana bedeckte Alas' Wange mit Küssen, mein kleiner Süßer, sagte sie, mein Schnuckelchen, du bist Pantes Schätzchen, ich werde vor Sehnsucht nach dir sterben. Was erzählst du da, Suzana, willst du verreisen? fragte Alzira argwöhnisch. Nein, antwortete die junge Frau mit blödem Gesicht. Ihr beiden, sagte Alzira und nahm den Jungen auf den Arm, ihr beiden denkt wohl, daß ich schwer von Begriff bin. Aber mir könnt ihr nichts vormachen.

Carolaine begleitete Suzana bis zu dem Zaun, der die beiden Gärten trennte. Die Freundinnen umarmten einander innig. Wir fallen auf, bemerkte Carolaine. Stimmt, ich mache mich auf den Weg, verabschiedete sich Suzana, schau dir bloß mal meine Augen an, ich heule schon. Paß gut auf Alas auf, Carolaine. Sei eine gute Mutter. Und kein Sterbenswörtchen, ja? Die beiden umarmten einander ein weiteres Mal. Carolaine wartete, bis Suzana hineingegangen war, und kehrte, Alas' Weinen im Ohr, ins Haus zurück. Oh, was für ein Geheul dieser Bengel veranstaltete. Sie konnte Kindergeschrei nicht ertragen. So etwas Nervtötendes. Wenn Reue umbringen würde ... Heulboje.

Lieber Onofre, Deutschland ist ein organisiertes Land. Alle arbeiten und sind gesund. Es gibt hier viele alte Knacker wie dich, nur keinen so häßlichen, so ausgebufften und so geizigen. Der Schnee ist blitzweiß, und Heinrich behandelt mich sehr gut. Ich habe einen Jaguarpelzmantel, der sechshundert Dollar gekostet hat. Ich bin sehr glücklich, Onofre. Nur die heiße Sonne, die schwarzen Bohnen und die Caipirinha fehlen mir. Ansonsten ist hier alles besser. Der Supermarkt bei uns an der Ecke ist das Schönste von der Welt. Sie verkaufen alles. Sogar Autos. Ich wohne in einer Wohnung mit drei Zimmern. Das einzige Problem ist die Sprache. Ich verstehe nur Bahnhof, Onofre. Erzähl all unseren Freunden, daß Rosa Maria glücklich ist. (Erzähl es deiner Frau). Küsse. Rosa Maria Schoffler.

Die Karte war in Deutschland, Berlin, aufgegeben und zeigte eine Skistation voller gutaussehender, herausgeputzter Leute. Nachdem Onofre sie das Wochenende über seinen Kunden gezeigt hatte, unterhielt er sich mit Suzana, die zum Zigarettenkaufen haltgemacht hatte. Wer wohl diese Karte für Rosa Maria geschrieben hatte? Sie konnte nicht schreiben, die Rosa Maria. Oder doch? Wer hätte das gedacht, he? Rosa Maria, verheiratet mit einem Fritz. In Wahrheit überrascht es mich nicht. Worauf diese Fritze wirklich stehen, sind doch stramme Mulattinnen mit dicken Hintern. Die hätten sie gerne. Hast du schon mal etwas Reizloseres als diese käsigen Tanten gesehen? In ihrer Jugend sind sie hübsch, Sommersprossen, rosa Bäckchen, aber wenn sie die Dreißig überschritten haben, sind sie lauter Vogelscheuchen. Sie gehen auseinander, die Weißen. Werden quadratisch. Und rot wie der Weihnachtsmann. Ganz schwabbelig. Grauenvoll. Unsere Schwarzen sind knackiger. Und schön rundlich. Es gibt immer einen Haufen Fritze, die sich an der Copacabana nach unseren Schwarzen die Finger lecken, nicht wahr? Das kann ich verstehen. Mir leuchtet allerdings nicht ein, warum ein reicher Ausländer eine abgetakelte Hure wie Rosa Maria heiratet, he? Und ihr einen Pelzmantel und alles mögliche schenkt? Meinst du, daß es Pelzmäntel für sechshundert Dollar gibt? Rosa Maria will mich wahrscheinlich ärgern. Ausgebuffte Nutte. Was ist mit dir los, Suzana? Hat es dir die Sprache verschlagen? Wohin so eilig? Wo ist Miltão?

Suzana bezahlte ihre Rechnung bei Onofre und ging rasch die unbefestigte Straße hinunter, darauf bedacht, sich nicht ihre neuen Schuhe schmutzig zu machen, ein Geschenk von Zequinha Bigode. In der Tasche quer über ihrer Schulter befanden sich lediglich zwei Kleider, zwei Slips und ein Büstenhalter. Es war besser so, ohne Koffer, um nicht Miltãos Aufmerksamkeit zu erregen. Hier, hatte Zequinha gesagt, wirst du alles haben. Du mußt bloß darum bitten. Kleider, Shampoo, Grillfleisch, Handy, Luxus, Videokassetten, du kannst alles verlangen. Du wirst meine Prinzessin sein. Zequinha war nicht wie Miltão. Gar kein Vergleich. Vornehm, gebildet, abgeschlossene Oberschule. Sie hatte Zequinha bei der Geburtstagsfeier einer Freundin auf dem Morro dos Marrecos kennengelernt. Anfangs hatte sie ihn nicht gemocht, er war frech, zwei gierige Glubschaugen, stellte lauter blöde Fragen. Hallo, du Schöne, ganz allein? Ißt du gerne Fleisch? Ohne jede Erklärung, erzählte Suzana ihrer Freundin. Und dann, in den folgenden Wochen, hatte Zequinha sie nicht in Ruhe gelassen, tagtäglich schickte er ihr über die Freundin Nachrichten. Komm am Samstag um acht ins Boi Gordo. Nicht ums Verrecken, sagte Suzana. Eingebildeter Kerl, was denkt der sich? Doch als Zequinha ihr das goldene Kettchen hatte überbringen lassen, mit einem goldenen Herzen, auf dem geschrieben stand »Cleópatra Suzana, ich bin verliebt«, ja, da hatte Suzana Feuer gefangen. Das war wunderbar. Eine tolle Idee. Und dann der goldene Ring. Ich bin verschossen. Vierundzwanzig Karat, hatte er gesagt. Du bist sehr teuer, Schatz. Ich habe schon einen Haufen Geld in diese Frau investiert, sagte er. Ein heißblütiger Mann. Und im Bett ein Fest. Unermüdlich. Seit sie mit Zequinha schlief, fiel ihr zu Miltão nur »Automatikfick« ein. Anschalten und vögeln. Nicht so Zequinha. Es fehlte nur, daß er vor dem Sex betete. Er kniete nieder, voller Bewunderung für Suzanas makellosen Körper, du schönes Weib, sagte er. Du bist mein Licht. Meine Königin. Prinzessin. Göttin. Engel, sagte er. Weißt du, was du machen wirst? fragte er. Den Dritten Weltkrieg anzetteln, mehr nicht, sagte er zum Spaß, wenn die beiden im Bett lagen.

Zu Nobres Zeiten hatten sich die Elendshügel Berimbau und Marrecos ständig bekämpft und um die Drogenvertriebsstellen gestritten. Als Nobre verhaftet wurde, trafen Miltão und Zequinha eine Vereinbarung und teilten das Gebiet auf. Der Unterschied, sagte Zequinha, ist, daß ich mich weiter vergrößert habe, während Miltão noch immer das piefige Leben eines ordinären kleinen Dealers führt. In Wahrheit, sagte er, ist das Problem des Drogenhandels in Brasilien die reine Blödheit. Gegen Blödheit ist kein Kraut gewachsen. Blödheit und Fortschritt passen nicht zusammen. Mit dem Drogenhandel geht es nicht vorwärts wegen der Dealer, lauter ungebildete Kerle, lahme Krücken ohne eine müde Kröte. Zequinha Bigode war, im Gegensatz zu den meisten Anführern, nicht in den Drogenhandel eingestiegen, weil er auch so ein armer Teufel war, der nichts Besseres zu tun hatte. Er war Elektronikfachmann. Doch war er, wie er behauptete, nicht auf die Welt gekommen, um Sklave des Systems zu sein. Auch nicht, um zu hungern. Ich bin kein Trottel, sagte er. Heute war er mit zweiundvierzig Verkaufsstellen der Anführer des Drogenhandels auf dem Morro dos Marrecos. Wenn er sich an der Spitze hielt, dann weil er Geschäftssinn besaß. Er wußte, daß das Schmieren eine richtige und sichere Investition war. Die Polizei erhielt einen »wöchentlichen Batzen«, und zum Ausgleich dafür florierten seine Geschäfte. Er erfreute sich eines behaglichen Lebens. Er hatte ein solides Haus gekauft, in dem er mit seinen beiden halbwüchsigen

Töchtern und seiner Mutter lebte. Und zu seinem Besitz zählten zwei Taxis, vier Lastwagen, drei Schuppen, sieben Kleinbusse und zwei große Grundstücke. Alles auf den Namen der Töchter, denn er war nicht auf den Kopf gefallen. Bei mir gibt's kein Wenn und Aber, lautete seine Devise. Nun hatte er nach sieben Jahren Witwerdasein beschlossen, Suzana zu heiraten. Die Töchter hatten die Idee anfänglich nicht gutgeheißen, doch was sollten sie tun? Der Vater war kategorisch gewesen: Suzana wird hier wohnen und Punkt. Es paßt euch nicht? Ihr müßt es schlucken.

Auf dem Weg hügelab traf Suzana einige von Miltãos Milizionären. Gegenüber von Zinos Schlachterei erwartete sie ein Wagen. Sie stieg ein und fuhr ohne zurückzuschauen davon. Ein neues Leben. Gott sei Dank.

Weißt du, was passieren wird? fragte Onofre, als er José Luís zu dessen fünfzehntem Geburtstag einlud. Sie werden dich verheiraten. Ich habe die Lage schon erfaßt. Es geht wirklich um Hochzeit. Die Mutter von Kelly, diese Yolanda, die ist so. Eine resolute Frau. Sie hat beschlossen, daß du der Ehemann für Kelly bist, und zack, schon bist du Bräutigam. Onofre übertrieb, es würde keine Verlobung geben, noch viel weniger eine Hochzeit, es war bloß eine Geburtstagsparty. Aber bei ihr zu Hause? fragte Onofre. Ich kenne Yolanda. Sie werden dich verheiraten, ich habe alles durchschaut. Sag mir nur eins, habt ihr schon … he? fragte er maliziös, wie ist sie? Erzähl's mir. Wenn das Mädchen wie die Mutter ist, Mannomann, die Mutter, habe ich sagen hören, ist im Bett eine Wucht. Du bist ja noch schlimmer als Leitor, wo ist das Problem, darüber zu reden, he? Übrigens treibt Leitor es jetzt mit Lalá. Muß so eine Art Gelübde sein, es mit Lalá zu treiben, was? Und du, alter Gauner? Denkst du, ich sehe nicht, wie Kelly sich in der letzten Zeit benimmt? Ihr beide ständig in diesem Haus verkrochen, alleine, he? Ich sehe alles. José Luís ärgerte sich über Onofres Gerede. Aufdringlicher alter Knacker. Immerzu mußte er sich in Dinge einmischen, die ihn nichts angingen. Er sollte ihn besser gar nicht zu der Party einladen. Und wenn er und Kelly heirateten, wo lag das Problem? Seit langer Zeit hatte er die Hoffnung aufgegeben, Marta zu treffen. Er war es müde geworden, die Nächte hindurch ergebnislos auf Rap-Tanzpartys umherzuirren. Er träumte noch von Marta, noch immer hämmerte sein Herz los, wenn ihm ein hochgewachsenes, schlankes Mädchen mit kurzem Haar über den Weg lief, na und? Marta existierte nicht. Und es gab in der Favela keine Bessere als Kelly. Mit dreizehn, vierzehn Jahren streckten die Mädchen bereits den Hintern vor und hielten nach Ärger Ausschau, wie Leitor es ausdrückte. Und interessierten sich nur für bewaffnete Kerle. Je schwerer die Waffe, um so größer die Chancen, die einer hatte. Die Portiers, Müllmänner, Fahrstuhlführer, kurz gesagt, alle rechtschaffenen Normalbürger, sagte Leitor, sind in den Arsch gekniffen mit dem Weibervolk aus der Favela. Kelly war aufrichtig. Sie mochte Reizinho. Und seit sie zum ersten Mal miteinander geschlafen hatten, im Bett ihrer Mutter, hatte Reizinho mehr Respekt vor ihr. In jener Nacht blieben die beiden nach dem Sex eine lange Weile Arm in Arm liegen, still, die Musik lief, Reizinho schlief schon beinahe, als er etwas Heißes auf seiner Brust verspürte, Kellys Tränen. Jetzt gehöre ich dir, hatte sie gesagt. Es war großartig, diese wenigen Worte zu hören, ich gehöre dir, jemanden zu haben. Es war aus verschiedenen Gründen schön, mit Kelly zu vögeln, vor allem aber, weil sie ihn liebte. Ich liebe dich, ich liebe dich, ich bete dich an, sagte sie wieder und wieder. Gemeinsam gingen sie das erste Mal zum Frauenarzt. Vor dem Sex fragte José Luís sie immer, hast du die Pille genommen? Er fürchtete, sie könnte schwanger werden, er fühlte sich für sie verantwortlich. Und ebenso für Yolanda. Eine bewundernswerte Frau. Es war sehr viel angenehmer bei Yolanda und Kelly als bei Alzira und Carolaine. Yolanda behandelte ihn respektvoll, zärtlich, und sah ihn nicht jedesmal tadelnd an, wenn er ihr ein Geschenk machte oder sich anbot, die eine oder andere Rechnung zu bezahlen. Ganz anders als Alzira. Dieses Geld, sagte Alzira, gehört dem Teufel. Ich nehme es nicht.

Reizinhos fünfzehnter Geburtstag wurde auf der Veranda von Kellys Haus gefeiert, mit Grillfleisch, Samba und Bier. Außer der Familie waren ein paar Freunde da, Leitor, Onofre, Bem Bolado und Bidê. Stolz zeigte Reizinho seinen Neffen Alas herum. Alzira hat sich geirrt, sagte Großmutter Cândida, bei so einer Urgroßmutter sollte der Junge eigentlich Abre Alas heißen. Alas hat nichts mit Karneval zu tun, antwortete Alzira. Das ist ein ausländischer Name. So wie Carolaine. Das ist Englisch.

José Luís hatte Miltão zwar eingeladen, rechnete jedoch nicht damit, daß der Dealer zu der Party kommen würde. Erstens, weil Miltão es aus Sicherheitsgründen vermied, vor Einbruch der Dunkelheit aus dem Haus zu gehen. Und dann, weil die beiden seit einiger Zeit kaum miteinander redeten.

Viele Dinge hatten sich in letzter Zeit verändert. Wegen der Maßnahmen gegen ihn und dem daraus folgenden Rückgang des Verkaufs hatte Miltão beschlossen, eine Entführergruppe zu unterstützen, um schnelles Geld zu machen. Er verlieh Waffen, Milizionäre und Unterschlupf und erhielt einen Prozentsatz vom Gewinn. Romeu, der Polizeifahnder, war es gewesen, der den Drogenhändler darauf gebracht hatte. José Luís war bei den ersten Verhandlungen dabeigewesen. Ich bin der Ansicht und kann belegen, daß Entführung eine gute Investition ist, hatte Romeu bei einem der Treffen gesagt. Wenn man es intelligent anstellt. Falls du von dieser Mode redest, Bäcker zu entführen, dann ohne mich, Freundchen, das wirft nichts ab, antwortete Miltão. Den Gewinn hast du in der Tasche, versicherte Romeu. Du baust eine Basis auf, eine Struktur, ein System zum Einsammeln der Lösegelder, und fertig. Romeu konnte nie erklären, wie besagtes System zum Einsammeln der Lösegelder funktionieren sollte. Redest du von einem Müllwagen, der die Stadt abklappert und Geldsäcke einsammelt? fragte Leitor und lachte. Ich rede von Professionalität. Heutzutage ist es doch so, daß einer sich am Morgen entschließt, nachmittags jemanden zu entführen. Das geht nicht. Da muß schon Grips hinter stekken. Entführung ist eine hochgeistige Tätigkeit. Denk drüber nach, Miltão. Laß uns Geld verdienen. Den Gewinn haben wir schon in der Tasche. Geld in Hülle und Fülle.

Miltão bestellte nach der ersten Entführung José Luís für »eine weniger öde Arbeit« zu sich. Du bist schon lange Kurier, sagte er. Es ist Zeit, daß du Milizionär wirst. Reizinho hatte sehnsüchtig auf diesen Moment gewartet. Immer war sein Traum gewesen, Milizionär im Drogengeschäft zu sein. Doch während des Gesprächs merkte er, daß es in Wahrheit lauter leere Versprechungen waren, Miltão wollte ihn nur befördern, um die Verstecke der Geiseln zu bewachen. Verdammt. Ein Hundejob. Deutscher Schäferhund. Kommt nicht in Frage, hatte der kleine König geantwortet. Nicht um's Verrecken. Warum nicht? wollte der Dealer wissen. Weil mir nicht danach ist, sagte er herausfordernd. Reizinho hatte von klein auf nur ein Ziel: Drogenhändler zu werden. Er wollte mit Rauschgift arbeiten, es verkaufen, verpacken, befördern, handeln, Gewinn machen. Nie war ihm in den Sinn gekommen, Autodieb zu werden, Bankräuber oder Entführer. Niemals. Du lehnst mein Angebot also ab, Freundchen? Ja, antwortete Reizinho. Ich gebe weiter. Alles klar, sagte Miltão, großartig, du willst Kurier sein, dann bleibst du eben Kurier. Kein Problem.

Alle Jungs, die zusammen mit Zé Luís in den Drogenhandel eingestiegen waren, hatten es bereits zum Milizionär gebracht, liefen bewaffnet umher, einige leiteten Verkaufsstellen, Verpackungsabteilungen oder Lager. Außer dem kleinen König. Nur, um ihn zu bestrafen, hielt Miltão ihn seit über einem Jahr in derselben Funktion. Und behandelte ihn herablassend. Bei Treffen grüßte er ihn nicht, und wenn er ihm etwas zu sagen hatte, polterte er über die Flaschen los. Leutchen gibt's, die scheißen sich von oben bis unten ein, solche Mimosen können keine Knarre tragen. Die müssen Kindermädchen werden. Oder Müllmann. Schißhasen haben hier keine Chance, sagte er jedesmal, wenn José Luís in seiner Nähe war.

Deshalb hatte Reizinho nicht erwartet, daß Miltão auf der Party zu seinem fünfzehnten Geburtstag erscheinen würde. Als er ihn in seinen Surfershorts mit einer bunten Plastiktüte hereinkommen sah, bemühte José Luís sich, freundlich zu sein. Hallo, Kumpel. Prima. Kelly, hol Miltão ein Bier. Und sonst, Alter? Sie schüttelten sich freundschaftlich die Hand und sagten sich weitere Nettigkeiten, während Alzira, der die Anwesenheit des Rauschgifthändlers nicht geheuer war, die Gäste mit Kuchen versorgte. Was für ein Betongesicht! Carolaine, erklär dem Pastor, daß ich nichts von seinem Kommen wußte. Der Pastor unternahm sogar zweimal den Versuch, mit dem Drogenhändler ein Gespräch anzufangen. Schon seit langem wollte er ihn kennenlernen. Doch Miltão, der bereits einige Männer an die Kirche Rebanho do Puríssimo Amor do Nosso Senhor Jesus Cristo eingebüßt hatte, war allein schon der Anblick des Pastors zuwider. Er stellte sich absichtlich mit dem Rücken zu ihm. Der Knabe soll mir aus dem Weg gehen. Ich warne ihn schon jetzt. Wo können wir uns unterhalten? fragte Miltão den kleinen König. José Luís führte ihn in Kellys Zimmer, schloß die Tür. Miltão öffnete die Plastiktüte und holte einen leichten Automatikkarabiner daraus hervor, der bei der Armee gestohlen worden war. Das ist mein Geburtstagsgeschenk.

José Luís nahm die Waffe, inspizierte sie, erstaunt, freudig. Für mich? Wahnsinn, Miltão. Klasse. Verdammt, ich weiß gar nicht, was ich sagen soll. Wahnsinn. Es ist Zeit, die Sache aus der Welt zu schaffen, sagte Miltão. Verdammt, schon erledigt. Du bist jetzt Milizionär, Freundchen. Die beiden schüttelten sich die Hand und schauten sich in die Augen.

Mittwoch nacht werden wir den Morro dos Marrecos überfallen, sagte Miltão, nunmehr der Unterstützung José Luís' gewiß. Du wirst fünf Männer befehligen. Ich will Zequinha eine Granate in den Arsch jagen, sagte er. Und Suzana, diese Schlampe, werde ich zurückholen, wenn es sein muß, tot.

Wie üblich, wenn er morgens gegen zwei von der Arbeit zurückkehrte, drosselte der Besitzer der Gärtnerei Pétalas Brancas die Geschwindigkeit seines Kleinbusses, um in die Gasse einzubiegen, die zum Morro dos Marrecos führte. An diesem Morgen war es nicht anders. Als ihm auf seinem Heimweg gleich bei der Ausfahrt an der Avenida Epitácio Pessoa der Weg von einem Van verstellt wurde, dachte der Fahrer, er sollte überfallen werden. Aus dem Wagen sprangen zwanzig bewaffnete, behelfsmäßig maskierte Männer von Miltãos Bande. Nachdem sie sich übereinander auf den Boden des Kleinbusses gelegt hatten, befahlen sie dem Japaner, wie gewohnt den Hügel hochzufahren. Immer im Fadenkreuz eines auf seinen Kopf gerichteten Revolvers, fuhr der Chauffeur in die Favela hinein und winkte Zequinha Bigodes Männern, die am Fuße des Elendshügels ihre Arbeit taten, freundschaftlich zu.

Langsam fuhren sie hinauf. Als der Wagen vor einem öffentlichen Telephon parkte, platzten die Raketen wie Popcorn am Himmel los. Jemand hatte das Signal für den Einmarsch in die

Favela gegeben. Japanerarsch, schrie Miltão und drückte auf den Abzug. Der Kopf des Fahrers explodierte wie eine Flasche bei einer Schießübung.

Niemand hatte eine Erklärung für die Kette von Fehlern, die danach passierten. Theoretisch waren sie vorbereitet. Es gab einen Angriffsplan, sie sollten sich in Kleingruppen aufteilen und über vier verschiedene Wege bis zu Zequinha Bigodes Haus vorrücken. Die Leutchen sollen nicht denken, die sollen den Finger am Abzug halten und abknallen, abknallen und noch mal abknallen, unser Geschäft ist das Töten. Nur Suzana durften sie nicht umbringen. Keiner legt Hand an Suzana. Suzana wird zurück nach Hause kommen. Lebendig, habt ihr gehört? Miltão hatte den Nachmittag mit den Milizionären verbracht und versucht, eine Zeichnung von dem Straßenlabyrinth auf dem Morro dos Marrecos anzufertigen, doch in diesem Moment, bei den Schüssen und Explosionen, stürmten die Männer orientierungslos auseinander.

In Wahrheit hatte weder Miltão noch sonstwer eine Vorstellung von Zequinhas Verteidigungsstrategie. Reizinho, der die vorangehenden Nächte mit Bem Bolado, Jaú, Bidê und weiteren achtzehn für die Operation angeworbenen Männern auf dem Fußballplatz mit AR–15-, M-16- und HK–47-Karabinern herumhantierend verbracht und die Handhabung holländischer Granaten erlernt hatte, spürte gleich in den ersten Minuten des Gefechts, daß es keine Chance auf Erfolg gab. Kaum waren sie aus dem Kleinbus ausgestiegen, begann das Gewehrfeuer. Jaú fiel weniger als fünf Meter von dem Fahrzeug entfernt, noch bevor er die Stellung der Feinde hatte ausmachen können. Reizinho kam es so vor, als fielen die stahlummantelten Kugeln vom Himmel. Miltãos Männer bliesen auf der Stelle den Krieg ab und suchten, jeder für sich, Schutz vor der Artillerie.

Reizinho schleppte sich zu einem Durchgang zwischen der Bäckerei und einer Autowerkstatt und blieb die ganze Zeit über dort. Die Kugeln prallten zurück, zerbrachen Scheiben und beschädigten Barracken. Jaú, Jaú, rief jemand. Erst in dem Augenblick, als er spürte, wie ihm die Kugeln um den Kopf pfiffen, verstand er Leitors Haltung. Ich bin gegen den Einmarsch, radikal dagegen, hatte er gesagt. Wir haben weniger Männer als der Morro dos Marrecos, sind schlechter bewaffnet, und sie sind vorgewarnt. Miltão schien nicht zuzuhören. Nachdenklich einen Joint rauchend, starrte er auf die Straßenkarte, spuckte ab und zu die Cannabisfasern aus, die ihm an der Zunge klebten. Die Leutchen werden in den Arsch gekniffen sein, sagte er. Die Salven nahmen kein Ende, José Luís in seiner Deckung riskierte nicht einen einzigen Schuß, aus Angst, entdeckt und erschossen zu werden. Keine Sekunde lang glaubte er, daß er den Morro dos Marrecos lebend wieder verlassen würde. Er war ganz allein, und jeden Moment konnten Zequinhas Männer ihn hinrichten. Er verspürte keine Angst. Er war nur traurig zu sterben, ohne seinem Vater gesagt zu haben: Ich bin dein Sohn. Ohne Marta wiedergetroffen und ihr gesagt zu haben, daß er sie liebte und daß es jedesmal, wenn er an sie dachte, einem Erdbeben in seinem Inneren gleichkam.

Die Schießerei dauerte zwei Stunden. Danach totale Stille. José Luís wartete geduldig ab. Als es tagte, nutzte er das Gewusel der Kinder auf dem Schulweg und den Strom der Arbeiter, die die Favela zu einem weiteren Tag Schufterei verließen, um unbemerkt zu verschwinden. Er kam an drei Leichen vorüber, bevor er den Asphalt erreichte. Sie waren mit Zeitungen bedeckt, doch an den Turnschuhen erkannte er sie. Alle von seiner Bande.

16

Strahlender Sonntag. Proppenvoller Strand. Carolaine und Kelly saßen am Wasser und bauten Alas eine Sandburg.

Eisgekühlter Mate, rief der Verkäufer, die Kühlbox quer über der Schulter schleppend. Wer will? Das Geschrei kam von allen Seiten, Rufe, Unterhaltungen, Gelächter, Kindergeheul, fliegende Händler, das Rauschen der Wellen gegen die Felsen am Pepino-Strand.

Es war Reizinhos erster freier Tag seit dem Beginn des Krieges vor einem Monat. Er hatte das Handtuch zu einem provisorischen Kopfkissen im Nacken zusammengerollt und lag, den Bauch in die Luft gestreckt, mit geschlossenen Augen da, spürte die Sonne und dachte über das Leben nach. Wichtige Entscheidungen traf er auf diese Weise, schweigend, in aller Stille, ohne irgend jemandes Meinung zu hören. *Du bist Licht/ la ra la ra ra la la/ du bist Sonne/ mein Begehren/ lara ra ra ra,* das Mädchen nebenan, eine teigige Mulattin in winzigem Bikini, sang einen Hit aus dem Radio und störte seine Aufmerksamkeit. Unglaublich, daß die Leute nicht den Mund halten können, dachte Reizinho. Reden die ganze Zeit. José Luís war empört, daß Kelly und Carolaine nicht imstande waren, auch nur eine Minute still zu sein. Verdammt. Das Geplapper im Bus auf der Fahrt zum Strand hatte ihn völlig betäubt. Lauter dummes Zeug, verdammt, die Soundso, die XY, der Pastor, die Serie, abnehmen, meine Mutter hat gesagt, knackiger Hintern, Arbeitslosigkeit, Dienstmädchen, nicht ums Verrecken, Zellulitis, Baby, so etwas Nervtötendes! Es war so schön, schweigend über dies und jenes zu sinnieren, zu beobachten. Warum bist du so still? fragte Kelly. Wie ihn das in Harnisch brachte! Sogar nach dem Sex wollte Kelly sich unterhalten, woran denkst du gerade, Liebling? Verdammt, Kelly. Liebling. Eisgekühlter Mate, Coca-Cola, Guaraná, Trauben-Fanta, bot der Strandhändler feil. Mit großer Mühe vergaß José Luís den Lärm ringsum und konzentrierte sich auf die wichtigen Fragen. Seinen Vater. Der Vater ging ihm nicht aus dem Kopf. Als er ihn das letzte Mal gesehen hatte, auf der Praça Argentina, in der Nähe der Lastwagenfahrer, war es ihm so vorgekommen, als erwartete Francisco ihn, und was noch bewegender war, als hätte er sich für das Treffen zurechtgemacht. Reizinho hatte ihn ins Herz geschlossen, als er ihn mit gekämmtem Haar sah, das zerknitterte, zerrissene Hemd in die Hose gesteckt. Er hatte ihm an jenem Tag ein Paar Turnschuhe geschenkt. Francisco zog sie an und verbrachte eine gute Weile damit, ihn verwundert anzuschauen. Dann gingen sie gemeinsam in eine Kneipe und aßen Feijoada zu Mittag, der Vater war begeistert von den neuen, schneeweißen Turnschuhen, einer amerikanischen Marke. Nun waren sie Freunde. In irgendeiner Ecke des Platzes setzten sie sich hin, unterhielten sich, Francisco beklagte sich häufig über die Kriminellen, die dort in der Gegend hausten. Sie reden über mich, hast du das bemerkt? Er glaubte, die Bengel wollten ihn an die Polizei ausliefern. Er schrie sie an, was glotzt ihr so, ihr Idioten? Widerliches Diebsgesindel. Klebstoffschnüffler. Straßenräuber.

Die Annäherung der beiden war nicht leicht gewesen. Dieser halbwüchsige Bursche, spielt den Samariter, taucht aus dem Nichts auf und quatscht mich an, was will der eigentlich? dachte Francisco mißtrauisch. Den anderen Bettlern gegenüber, die auf dem Platz lebten, hatte er früher von José Luís immer als dem Einfaltspinsel, dem Trottel gesprochen. Im Laufe der Zeit hatte er sich mit dem Jungen angefreundet, und nun mochte er ihre Treffen direkt. Er erwartete sie voller Ungeduld, nicht nur wegen der Zigaretten, des Essens und der Decke, die José Luís ihm mitbrachte, sondern vor allem, weil er sich in Gesellschaft des Jungen wohlfühlte. Du bist ein guter Kerl, hatte er einmal zu ihm gesagt, als der Junge ihm Geld geschenkt hatte. Wie heißt du noch mal? Zé. Ständig vergaß er José Luís' Namen. So ein dämlicher Name, nie fällt er mir ein. Betrunken war er unerträglich. Er wurde anhänglich und sagte Dinge, die Reizinho nicht verstand. Oder er ergriff einen Knüppel und bedrohte ihn, du bist doch ein Bulle, sagte er, du bist hier, um mir was in die Schuhe zu schieben. Wenn das geschah, ging Reizinho frustriert nach Hause, drauf und dran aufzugeben. Doch er gab nicht auf. Jetzt, wo seine finanzielle Lage sich verbessert hatte, dachte er immer öfter, daß sein Vater im Berimbau wohnen könnte. Er würde ihm ein Zimmer mieten. Ihn zu den Anonymen Alkoholikern bringen. Und er würde einen Kleinbus kaufen, dann könnte Francisco Lieferungen ausfahren. Hatte er nicht jahrelang als Schaffner gearbeitet? Nun, jetzt würde er hinterm Steuer sitzen. Und Carolaine würde helfen, sich um den Vater zu kümmern. Das Haus saubermachen, kochen, nur eine Zeitlang, bis die Dinge ins Lot kamen. Bist du verrückt geworden? Ich will diesen Penner überhaupt nicht sehen, hatte Carolaine gesagt, als ihr Bruder auf das Thema zu sprechen kam. Wozu taugt der Alte denn? Uns das Leben schwer zu machen. Uns zur Verzweiflung zu treiben. Niemals. Denkst du denn gar nicht an unsere Mutter? An den Kummer, den du ihr damit bereitest? Ich will das nicht. Nicht ums Verrecken. Kommt überhaupt nicht in Frage. Und damit ist das Thema beendet.

Eine Strandballkugel fiel neben José Luís nieder und katapultierte eine Portion Sand auf seinen Bauch. Blagen. Nervensägen. Er stand auf, sah, wie Carolaine, den Sohn auf dem Arm, auf ihn zukam. Nimm mir Alas für eine Minute ab, sagte sie, ich muß Pastor Walmir anrufen, ich habe mich für nach dem Mittagessen in der Kirche verabredet. Ich bin gleich wieder da.

Kelly winkte ihm vom Wasser aus zu, lachte. José Luís winkte lustlos zurück. Er fühlte sich in letzter Zeit gereizt. Es war ihm nicht möglich, sich hinzulegen und den Strand zu genießen. Er war einfach nicht dazu imstande. Immer angespannt, in Grübeleien versunken. Er mußte an Graça, die Sekretärin von Dr. Rodrigo, denken. Sie hatte ihm erzählt, wie sie an manchen Tagen so viele Stunden am Computer saß, daß sie in der Nacht vor dem Einschlafen unwillkürlich im Geist ihre Gedanken Wort für Wort tippte, so sehr sie sich auch dagegen wehrte. Während des Kriegs passierte mit Reizinho etwas Ähnliches. Wenn er sich ins Bett legte, hatte er das Gefühl, seine Hand sei eine Waffe, und in der Dunkelheit des Schlafzimmers suchte er die Ziele und schoß und tötete Feinde.

Alas fing an, nach seiner Großmutter zu rufen. José Luís holte ein Eimerchen voller Sand, um ihn abzulenken. In dem Augenblick tauchte Marta vor seinen Augen auf, in einem blaugrünen Bikini, ganz braungebrannt, mit feuchtem Haar, José Luís? sagte sie, erinnerst du dich an mich? Ich bin eine Freundin von Fake. Verdutzt stand Reizinho auf und ließ Alas auf dem Handtuch sitzen. Etwas in seinem Inneren schien explodieren zu wollen, die Muskeln in seiner Brust gerieten in Brand, Marta, sagte er, verdammt, er hatte so lange nach Marta gesucht, hatte jeden Rap-Tanzschuppen abgesucht, eine lange Zeit war vergangen, verdammt, es gab so viel zu fragen, da stand sie nun, endlich, Marta, bereit zu antworten, verdammt, er war immer noch völlig verrückt nach dieser Frau, verdammt, und nun? Alas fing an zu weinen. Was für ein niedliches Baby, sagte sie. Es gehört nicht mir, sagte er, in Sorge, Marta könne womöglich falsche Schlüsse ziehen. Er mußte schnellstens erklären, daß er weiterhin frei, ledig und verfügbar war. Er war so sehr damit beschäftigt, die Lage ein für allemal klarzustellen, daß er gar nicht auf das Kindergeschrei achtete. Ihm wurde erst bewußt, was passierte, als er Kellys schrille Stimme vernahm, die alles übertönte, José Luís, du trittst Alas auf die Hand, sagte sie. Er war tatsächlich daraufgetreten. Verdammt, habe ich nicht gesehen. Kelly nahm Alas auf den Arm und untersuchte seine winzigen Finger. Tut mir leid. Alas' Weinen störte die Unterhaltung. Eis wäre gut, sagte Marta. Genau, Zé, Eis, bekräftigte Kelly, geh Eis holen, los, schnell. Der arme Kleine.

Aufgewühlt rannte Zé Luís los auf der Suche nach einem Erfrischungsverkäufer, es war keiner da, Hu-ren-söh-ne. Er schaute ringsumher, verzweifelt, Eis, was geschehen war, hatte ihn völlig kopflos gemacht, Marta, da stand sie und half Kelly, wo wohnst du? würde er sie später fragen. Eis. Er würde Martas Telephonnummer aufschreiben und sie anrufen, wenn Kelly nicht dabei wäre. Die Dinge klarstellen. Ich liebe dich, würde er sagen. Er liebte Marta, dessen war er sich absolut sicher. Es war Liebe. Kein Verkäufer weit und breit, unglaublich, diese Halunken. Jetzt waren sie verschwunden. Echte Liebe. Eis. Mensch, Marta. Sie war plötzlich einfach aufgetaucht, direkt vor seiner Nase. Hübsch. Verdammt. Eis. José Luís rechnete sich aus, daß er Zeit gewinnen würde, wenn er schnurstracks zu einer der Kokosbuden auf der Promenade ginge, und das tat er auch, er rannte, Sand und Asphalt verbrannten ihm die Fußsohlen. Er ergatterte ein paar Eisstücke, lief zurück, verzweifelt, verdammt, von ferne sah er, daß Marta nicht mehr da war.

Alas weinte noch immer auf Kellys Arm, als José Luís näher kam. Wo ist Marta? fragte er und überreichte das Eis. Du hast sein Händchen verletzt, sieh nur. Reizinho schaute ringsum wie ein Jagdhund auf der Suche nach seiner Beute. Armes Babylein, sagte Kelly, das heilt wieder. Wo ist das Mädchen hingegangen, das hier war? Das mit dem kurzen Haar. Halt mal das Eis, Zé

Luís. Hilf mir. Verdammte Scheiße, schrie Reizinho, hörst du nicht? Wo ist Marta? Was weiß ich, wer Marta ist, antwortete Kelly gereizt. Und hör auf, mich anzuschreien. Hoffentlich hast du dem Kleinen nicht den Finger gebrochen.

José Luís rannte wie von Sinnen den Strand entlang und suchte jeden Quadratmeter Sand ab, wo mochte sie stecken? Er ging zur Promenade, kehrte wieder um, von Marta keine Spur. Abermals der Sand. Nichts. Im Wasser, im Sand, auf der Promenade, Fehlanzeige. Sand, nichts.

Auf der Heimfahrt im Bus mit Alas auf dem Arm und neben der beleidigten Kelly konnte er nur unablässig wiederholen »Scheiße, verdammte«. Unglaublich, so ein Pech. Das war Vorbestimmung. Es konnte nur das sein. Er hatte so sehr nach Marta gesucht, und ausgerechnet an diesem Tag war sie aufgetaucht. Scheiße, verdammte. Verfluchter Sonntag. Warum mußte die Nervensäge auch heulen, dachte er und fühlte sich gestört von dem Gewicht des zufrieden in seinem Arm schlafenden Kindes. Verwöhntes Balg. Und dann noch ohne Vater, Blödmann. Unberührt von alledem stopfte Carolaine sich auf der Rückbank mit gekochtem Mais voll.

Kelly gab während der Rückfahrt kein einziges Wort von sich. Tut mir leid, Kelly. Diese Marta schuldet mir nämlich Geld, du weißt nicht, wie schwer es ist, die Leute zum Zahlen zu bewegen. Ich weiß. Kelly war nicht zum Verzeihen aufgelegt. In ihren Augen war José Luís viel zu eingebildet, seit er zum Milizionär aufgestiegen war. Bloß, weil er eine Waffe besaß und die Mädchen ihm nachschauten, hielt er sich für den Größten. Toll. Mußte er so daherreden, bloß weil er seine Schulden von jemandem wiederhaben wollte? Also wirklich. Sie hatte diese Marta kaum gesehen. Ja, da war so eine dumme Gans gewesen, die Alas noch mehr verstört hatte. Sie hatte gar nicht auf sie geachtet. Willst du mich noch weiter herunterputzen? Obwohl ich schon am Boden liege? fragte José Luís und umfaßte sie am Tor ihres Hauses. Kelly lächelte zärtlich. Schon verziehen.

Als er den Hügel nach Hause hochging, bemerkte Reizinho den Polizeihubschrauber, der abermals die Favela überflog. Das gefiel ihm überhaupt nicht. Ein ganz schlechtes Zeichen.

Tragische Nacht für die Bewohner vom Berimbau, lautete die Schlagzeile einer der wichtigsten Zeitungen von Rio de Janeiro. Die Reportage schilderte das Gefecht, das sich im Morgengrauen zugetragen hatte und bei dem fünf Menschen ums Leben gekommen waren, lauter Mitglieder der Bande von Milton dos Santos, bekannt als Miltão vom Berimbau. Es gab ein Photo von José Antônio da Silva, im Volksmund Zequinha Bigode, dem Anführer des Überfalls, der die Bewohner des Berimbau in Panik versetzt hatte.

Brasilien kannte die blutigen Kämpfe in allen Einzelheiten aus Artikeln wie diesem und aus Fernsehreportagen, die vornehmlich Bilder von gevierteilten, verstümmelten, verkohlten Leichen, geheimen Friedhöfen und Rauschgifthändlern in Heldenpose verbreiteten, die mit ihren Maschinenpistolen in die Luft ballerten.

In den Favelas wußten alle, daß der wahre Grund für den Krieg Suzana war. Doch wagte niemand, den Journalisten etwas zu sagen. In den Interviews hielten die Bewohner zu ihren Anführern. Wir sind für Zequinha, sagten sie. Für uns ist Zequinha ein Goldjunge, hatte eine der Befragten erklärt. Er hat ein gutes Herz. Er bezahlt die Medikamente für meine Niere. Ich mag Miltão, hatte eine andere verkündet, weil er all das tut, was ein Präfekt tun sollte. Wenn Kritik geäußert wurde, dann gegen niemand Bestimmtes. Ich bin daran gewöhnt, bemerkte eine Hausfrau, hier liegen ständig Leichen herum, besonders am Wochenende.

Im Fernsehen sieht man Bilder aus dem Iran, aus Israel, von explodierenden Bomben, hatte Onofre zu einem Journalisten gesagt, brennende Menschen, Kinder, die durch die Straßen rennen, die verzweifelt sind und weinen, zehnjährige Jungs, bis an die Zähne bewaffnet, Menschen ohne Arme, Bettler allenthalben, Blut, Hunger, die Hölle. Hier ist es das gleiche. Wir haben unseren eigenen Irak, unsern Saddam Hussein, unsere Araber, unsere Türkenscheiße. Wie ein Angriff funktioniert? Leihen Sie sich einen Kriegsfilm aus, ziehen Sie den Soldaten die Stiefel aus, ihre Tarnkleidung, denken Sie sich die blonden Haare weg, die blauen Augen, und fertig, das ist unser Krieg. So geht das.

Was der Bevölkerung die Sprache verschlägt, sagte Leitor zu José Luís, als sie sich wie so oft bei Onofre trafen, um ein Bier zu trinken und über den Krieg zu reden, was die Leute verblüfft, ist nicht der Krieg als solcher, sondern die Schießereien zwischen den Ordnungshütern. Sie sind wie taumelnde Kakerlaken, man braucht nur die Zeitung zu lesen. Die Bekämpfung des Drogenhandels ist nicht die Aufgabe der Präfektur, hatte der Landesminister für Sicherheit erklärt. Das fällt in die Zuständigkeit der Landesregierung, hatte der Bundesjustizminister behauptet. Was wollt ihr eigentlich? hatte ein Kommissar in einem Interview gefragt, uns sind die Hände gebunden. Jetzt mit der Unverletzbarkeit der Wohnung und dem Jugendgesetz ist unsere Arbeit eine Lachnummer. Wir können einem Rauschgifthändler nur bis in sein Haus folgen, wenn wir einen Durchsuchungsbefehl haben.

Die Wahrheit, fuhr Leitor fort, die Wahrheit ist, daß über das Wesentliche gar nicht diskutiert wird, nämlich die Legalisierung des Rauschgifts. Denk mal scharf nach, Reizinho, ohne dieses blöde Gesetz gäbe es alles ganz genauso, Händler, Konsumenten, nur nach dem Prinzip Einkaufen-und-Bezahlen, verstehst du? Wie eine Apotheke, alles fein säuberlich in Regalen ausgestellt, ohne Waffen, ohne Gewalt. Ja, denn wenn die Drogen freigegeben würden, und nicht ich sage das, sondern ein bedeutender Gelehrter, er behauptet, wenn man die Drogen freigäbe, würden viele Todesfälle und viele Verbrechen nicht passieren. Bei einer Legalisierung würde der Rauschgiftpreis fallen, es gäbe nicht mehr so eine große Nachfrage, das sagen diejenigen, die wirklich was von der Sache verstehen. Wenn sie nicht legalisieren, dann müssen sie das schlucken: Wir werden haargenau so enden wie die italienische Mafia. Die Polizei will hier heraufkraxeln, um dem Drogenhandel ein Ende zu bereiten. Sieh dir den Hubschrauber dort an. Sie werden nach oben kommen, einen Haufen Leute umbringen, Menschen festnehmen, und was wird passieren? Nichts. Absolut gar nichts. Andere werden unsere Plätze einnehmen. Warum? Weil Rauschgift lukrativ ist, ein gutes Geschäft. Ganz davon zu schweigen, daß Brasilien ein mächtiges Land sein könnte. In Wahrheit könnte der Hanf Brasilien aus der Scheiße holen. Es ist sehr viel billiger, Hanf anzubauen als Bohnen oder Mais. Und anders als Zuckerrohr oder Soja bringt er unter Umständen mehrere Ernten im Jahr. Ich habe das nicht vom Hörensagen. Ich lese eine Menge. Ich werde dir meine Bücher zeigen, Reizinho. Es steht alles darin, alle diese Überlegungen.

Miltãos Bande erlitt bei dem Überfall auf den Morro dos Marrecos große Verluste. Sie büßte dreizehn Männer ein. Abgesehen davon verschwand aus dem Lager auf mysteriöse Weise eine beträchtliche Anzahl Waffen. Zequinha Bigode nahm zwei Drogenverkaufsstellen an der Grenze zwischen den Hügeln in Besitz und ließ Miltão von nun an unverschämte Botschaften ausrichten. Sag »diesem Heini«, daß es bei mir kein Wenn und Aber gibt. Falls er die Nase voll hat von den Kugeln, können wir aufhören. Aber wenn er weiterkämpfen will, dann soll er Männer schicken. Ich murkse nicht gerne kleine Jungs ab, und auch keine Bangbüchsen.

Miltão gab dem Pastor die Schuld an der Niederlage, obgleich die Zahl der zur Kirche Rebanho do Puríssimo Amor do Nosso Senhor Jesus Cristo konvertierten Milizionäre mit nur acht unerheblich war. Seit Vivinho, ein früherer Automechaniker, der sehr geschickt mit Maschinengewehren umgehen konnte, verkündet hatte, daß von nun an nur noch Jesus Christus ihm Befehle erteilen würde, konzentrierte Miltão jetzt seinen ganzen Haß auf den Pastor. Mit noch mehr Drogen vollgepumpt als für gewöhnlich und mit blankliegenden Nerven übertrieb Miltão jedesmal, wenn er das Thema anschnitt, der Pastor ist ein Hornochse, sagte er, alles ist Sünde, Karneval ist Sünde, Vögeln, Schokoladeessen, Drogen, alles Sünde, aber einem dreisten Pastor Geld in den Rachen zu werfen ist keine Sünde. Es mit dem Pastor treiben auch nicht. Ich erfahre alles. Das Früchtchen schlägt sich den Bauch voll, wie ich sehe. Das Früchtchen will mich fertigmachen, will mir meine Männer wegnehmen, aber ich warne ihn, wenn er Blödsinn macht, dann jage ich ihm seinen Scheißladen in die Luft. Dann mache ich die Bude zu, das wollen wir doch mal sehen. Dann kann der blöde Heini mit seinen Tussis weit weg von hier Kartoffeln pflanzen gehen. Deine Mutter ist auch so eine Bibeltante, Zé Luís, sag ihr Bescheid. Ich mach den Scheißladen dicht.

Miltão explodierte bei jeder Kleinigkeit. Der Rauschgifthändler war jetzt seiner Bande gegenüber intolerant, er behandelte seine Freunde ungerecht. Leitor war das Hauptopfer. Seine Ratschläge interessierten Miltão nicht länger, seiner Ansicht nach unkte er, halt's Maul, sagte er jedesmal, wenn der Freund ihn auf irgend etwas aufmerksam machte. Klappe. Red kein Blech. Schon bald begann der gedemütigte Leitor, von »Miltãos Nachfolger« zu sprechen. Immer mit leiser Stimme, den Blick zur Seite gewandt. Meistens war Reizinho sein Gesprächspartner. Du bist der einzige, der das Kommando übernehmen kann, sagte er. Du bist der geborene Anführer. Du bist mutig. Intelligent. Du weißt, was du willst. Während des Krieges war der kleine König auf dem Elendshügel zu Ruhm gelangt. Er war es gewesen, der Branquelo, Zequinha Bigodes rechte Hand, umgebracht hatte. Und Capixaba Corcunda. Er hatte auch einen fünfunddreißigjährigen Familienvater getötet, Opfer einer verirrten Kugel. Doch das wußte José Luís nicht. Er merkte lediglich, daß er immer einflußreicher wurden und sah sein künftiges Leben in der Favela nach Übernahme der Führung schon vor sich. Doch gab er diese Möglichkeit niemandem gegenüber zu. Ich will nicht Anführer werden, antwortete er Leitor stets, wenn das Thema zur Sprache kam. Jetzt, wo er zum Vertrauensmann Miltãos geworden war, des einzigen, der ihm das Wasser reichen konnte, würde er seinen Freund nicht verraten. Ja, Miltão war sein Freund. Er vertraute ihm. Er würde ihn nicht hinterrücks erstechen. Nie und nimmer. Niemals. Und wenn Miltão stürbe? Ja, wenn Miltão stürbe, dann stünde das auf einem anderen Blatt. Aber ihn umbringen, niemals. Sag das nie wieder, Leitor. Zu deinem eigenen Besten.

Miltão schlug die Augen auf und fühlte seine Schläfen pochen. Es war, als dränge der Hubschrauberlärm direkt in seine Arterien und seine Muskeln und drehte ihm den Magen um. Die Szene wiederholte sich seit zwei Tagen. Die Polizei wollte einmarschieren? Bitte schön. Nur sollten sie auf der Stelle mit dieser ohrenbetäubenden Herumfliegerei, den Patrouillen am Fuße des Hügels, den Fahrzeugen, den Hunden aufhören. Das ging auf die Nerven. Da war Miltão der Krieg lieber. Tausendmal lieber.

Noch bevor er einen Fuß auf den Boden setzte, hatte der Dealer schon sein israelisches Maschinengewehr in der Hand.

Er ging zum Fenster, dort standen die neun Männer, die für seine Sicherheit verantwortlich waren. Er sah undeutlich am Himmel das Flugzeug über die Baracken fliegen. Die Vorstellung von den darinsitzenden Polizisten brachte sein Blut in Wallung. Hu-ren-söh-ne. Ausgerechnet während seines mit vielen Haschischzigaretten errungenen steinernen Schlafes kamen die Bullen und weckten ihn auf. Miltão wußte, daß seine Lage kritisch war. Es gab bereits acht Haftbefehle gegen ihn, vier wegen Rauschgifthandels, einen wegen Vergewaltigung, drei wegen Mordes. Sie wollten ihn um jeden Preis verhaften. Die Presse bezeichnete Miltão als »einen der größten Drogenhändler Rios«. Steht das da? hatte er Onofre gefragt, der ihn über alles auf dem laufenden hielt, was über ihn geschrieben wurde. Das gefällt mir. Großartig. Ich werde diese Zeitung zur Erinnerung aufbewahren, gib her.

Nachdem er die Bewegungen des Hubschraubers einige Minuten lang beobachtet hatte, legte Miltão sich wieder ins Bett, und erst da bemerkte er das nackte Mädchen, das mit dem Kopf unter dem Kopfkissen schlief. Er konnte sich nicht an ihren Namen erinnern. So lief das jetzt. Normalerweise schickte er die Mädchen gleich nach dem Sex fort. Wenn die mit ihrem Geplapper loslegen, sage ich sofort, bis später, Süße. Vögeln und ab dafür, erklärte er seinen Freunden. Das war seine Art der Rache an seiner Ex-Freundin, deren Namen auszusprechen er vermied. Er nannte sie »die Verstorbene«. Die Verstorbene wird es noch bereuen, sagte er. Die Verstorbene wird zurückkommen wollen. Sie wird flehen, die Verstorbene, schreib, Onofre, und wenn sie wiederkommt, weißt du, was ich dann tue? Nichts. Soll die Verstorbene doch zum Teufel gehen. An Suzana zu denken bekam ihm äußerst schlecht. Die Schlampe.

Er öffnete den Kühlschrank, nahm eine Coca-Cola heraus. Er weckte das Mädchen und hielt ihr die Dose hin. Geh in die

Schule, Chuchu. Er steckte ihr einen Fünfzigerschein zu. Auch das tat er jetzt gern, die Frauen bezahlen. Benutzen und bezahlen.

Als er allein war, ging er zum Schrank und inspizierte sein Waffenarsenal: zwei M-16-Karabiner mit Laserteleskopzielrohr, vier Patronenkammern, zwei AR–15. Er belud den Karabiner mit Militärmunition und entfernte rechts in der Ecke vom Wohnzimmer einen Dachziegel. Von dort aus hatte er einigermaßen Sicht und eine gute Position zum Schießen. Der Hubschrauber flog weiter seine Runden über das Häusergewirr. Bei einer Niedrigschleife der Maschine drückte Miltão ab. Als seine Männer ihn schießen sahen, gingen sie in Deckung und eröffneten das Feuer.

Es war eine spektakuläre Szene. Der Hubschrauber stürzte vom Himmel und zerschellte am Boden wie ein Feuerball. Keiner der Polizisten hat überlebt, hieß es später in der Zeitung.

Miltão feierte seinen Sieg den ganzen Tag lang, betrank sich und nahm Drogen.

Noch im Morgengrauen wurden die beiden Eingänge zur Favela besetzt. Einhundertfünfzig Soldaten des Sondereinsatzbataillons und des Schockbataillons der Militärpolizei erklommen mit ihren Spürhunden und ihren Projektilen den Hügel und lieferten sich Schießereien mit den Rauschgifthändlern. Militärhubschrauber griffen aus der Luft an, warfen Granaten ab und schossen den Weg frei. Als sie auf dem Gipfel der Favela ankamen, wurde die Lage noch prekärer. Gruppenweise durchsuchten die Soldaten die Baracken und verhörten die Bewohner, doch niemand wollte ihnen bei der Arbeit behilflich sein. Es gelang ihnen einzig, Bidê festzunehmen und zwei Kilo Kokain sicherzustellen, die sich in der Hütte des Verwalters befanden. Zwei Polizisten wurden verwundet, einer davon schwer. Miltão konnte fliehen.

Die nächsten Tage über blieben siebzig Soldaten der Militärpolizei zur Bewachung am Fuße des Hügels zurück, um neue Zusammenstöße zwischen den rivalisierenden Banden zu verhindern. Durch dieses Zwischenspiel wurde dem Krieg zwischen Miltão und Zequinha Bigode eine Phase des Waffenstillstands auferlegt. Jetzt ist alles gut, sagten die Bewohner. Die Schießereien hatten ein Ende.

Reizinho zog zu Kelly und vermied aus Vorsichtsgründen, das Haus zu verlassen. Es gab auch nichts zu tun. Er mußte auf Miltão warten, und der würde erst auftauchen, wenn die Polizei die Favela räumte.

Leitor besuchte ihn fast jeden Abend. Das Problem ist, daß viele in dieser Schlacht ihr Leben gelassen haben, sagte er. Sie haben Monga getötet. Beco. Mangueira. Ja, sagte er, wir sterben. Wir stecken in einer Sackgasse. Solange Miltão unser Chef ist, wird es so sein, sterben und Schluß. Begreif das endlich, Reizinho. Damit der Drogenhandel hier weiterhin florieren kann, muß Miltão von der Bildfläche verschwinden. Willst du nun seinen Platz oder nicht?

Reizinho haßte dieses Gerede. Verdammt noch mal. Wie oft soll ich es noch sagen, Leitor?

17

Bevor sie mich eingesperrt haben, war ich beinahe ein berühmter Diskjockey, sagte Fake. Ich hatte meine Fans. Wenn ich bei irgendeinem Rave auftauchte, mit meinen Ketten, meinen Dreadlocks und meiner gelben Brille, war ich die pure Energie. Ich wußte, wie man die Leute gut draufbringt. Manche Rapper wollen nichts als tumtumtumtum, Gewummere und Schluß. Not me. Ich habe Poesie. Wenn die Leute auf der Piste wie wild tanzten, dann habe ich einen anderen Rhythmus aufgelegt, Jazz-Step, Groove, langsame Stücke. Meine Partys waren voller Mädchen aus der Südzone, alle auf derselben Wellenlänge. Ich war sogar mal in der Zeitung. In irgend so einem Blatt. Also, wenn diese Marta behauptet, sie kennt mich, sie ist mit mir befreundet, dann kann es sein, sie weiß, wer ich bin, kapierst du? Vielleicht eine Bewunderin.

Es war Samstag abend, zehn Uhr, Fake und Reizinho schlenderten durch Cinelândia und kickten Dosen. Immer, wenn das Gespräch auf Marta kam, beschlich Reizinho das Gefühl, daß sein Freund ihm etwas verheimlichte. Es war Fakes Theoretisiererei, die Reizinho aufhorchen ließ. Er erklärte zu viel, erfand viele Details, stellte alles so dar, daß es logisch, wahrscheinlich, akzeptabel klang. Genau das machte Reizinho mißtrauisch. Die Wahrheit war nie in dieser Weise einfach. In den meisten Fällen hinkte sie, war löchrig. Er selbst hatte mehrfach ein wenig lügen müssen, damit die Wahrheit weniger unwahr klang. Ich verstehe nicht, redete Fake weiter, wie ein Brother sich in ein Girl vergucken kann, das er kaum kennt. Ich kapier's nicht. Love ist für mich eine Sache, die ganz langsam wächst, eine Art Krankheit, die dich nach und nach befällt, zuerst den Schwanz, dann steigt sie hinauf in die Brust, den Mund, und zuletzt ergreift sie das Denken, und du verwandelst dich in einen Vollidioten. Für José Luís war die Liebe anders passiert. Sie war vom Himmel in seinen Kopf geplumpst, ploft, »gib ihm Marta«, so war es gewesen. Er konnte sich noch an ihr Lächeln erinnern, ihre schönen Zähne, die wachen Augen. Und unablässig verspürte er im Mund Martas Geschmack. Was für eine Frau.

Am Zaun zum Passeio Público öffnete Fake seinen Hosenstall und urinierte, den Blick zum Himmel gerichtet. Mensch, ist das schön, einfach irgendwo hinzupinkeln. Seit er vor zwei Tagen das Gefängnis verlassen hatte, konnte Fake nur das sagen. Ich weiß nicht, was mit mir los ist, Reizinho, aber mir kommen philosophische Gedanken, wenn ich irgendwo hinpinkele. Ich pinkele und denke an ernste Dinge, ich pinkele so drauflos und denke nach. Wunderbar.

Sie überquerten die Straße, um das Programm des Odeon-Kinos aus der Nähe zu studieren. Eine Prostituierte ging eilig an ihnen vorüber, tock, tock, tock, und schimpfte mit einem spindeldürren Kind, das schicksalsergeben hinter ihr hertrottete. Ich muß nicht, sagte sie. Du wirst mich nicht zugrunde richten. Tock, tock, tock, die Absätze ihrer Schuhe. Reizinho folgte ihr mit den Augen. Tock, tock, tock, Erklärungen sind überflüssig. Das Kinoplakat zeigte eine sinnliche Blondine mit den Händen in der Taille. Tock, tock, tock. *Glória,* hieß der Titel. Heiße Braut, bemerkte Fake und betrachtete bewundernd die Schauspielerin auf dem Bild. Sieh dir bloß mal die tollen Beine an. Tock, tock, tock. Fake starrte immer noch verzückt das Plakat an. Wahnsinn, sagte er, anderthalb Jahre, ohne ein Kino von innen zu sehen. Anderthalb Jahre ohne eine Rap-Party, ohne anständige Bohnen zwischen die Kiemen zu kriegen, anderthalb Jahre pures Leben für den Arsch. Ich kann mich nicht damit abfinden. Wahnsinn. Laß uns gehen, Fake, sagte sein Freund zu ihm.

Sie schlenderten weiter, kickten dieselbe Coca-Cola-Dose, Fake erzählte zum hundertsten Mal von seinem Leben in der Jugendanstalt. Täglich vier Stunden habe ich mich gesonnt und den Rest der Zeit mit Nichtstun vergammelt. »Absolut nichts.« Bin scheiße draufgekommen. Habe mir das Hirn zermartert. Bin total abgebuddelt. Als Abschaum bin ich dort herausgekommen, reif, zu stehlen, zu überfallen, zu vergewaltigen und zu morden. Und wenn du denkst, daß es die Häftlinge waren, die mir das beigebracht haben, dann bist du schief gewickelt, über krumme Dinger habe ich von den Beamten, den Direktoren, den Aufsehern weit mehr gelernt. Das sind wahre Meister, wenn es darum geht, sich Vorteile zu verschaffen und den anderen das Fell über die Ohren zu ziehen. Die sind da, um Geschäfte zu machen. Alles ist Geschäft. Geschäftemacherei und Gammeln. Wenn einer nicht gerade Crack oder sonst irgend welchen Mist vertickt, dann guckt er Löcher in die Luft. Es gab einen Typ dort, der den ganzen Tag lang nichts tat als furzen. Mit dieser Lehre bin ich dort rausgegangen. Das Einfachste von der Welt ist abstürzen, das Schlechte lernen. Aber ich bin ein geiler schwarzer Typ. Ich will abheben. Erfolgreich sein. Ich bin Künstler, Brother. Mein Ding ist die Bühne. Glitter. Ich werde meine CD rausbringen, ich will der Hip-Hop-König von Brasilien werden. Mr. Explosion will ich sein.

In der Bar beim Bier drängte Fake den kleinen König, mit Miltão über seine Rückkehr auf den Morro do Berimbau zu reden. Ich bin ins Schleudern geraten, Brother. Das war ein Ausrutscher, sagte Fake. Aber jetzt ist es anders. Ich habe haufenweise Ideen. Ich will auf den Berimbau zurück, sagte er. Mich um unser Radio kümmern. Ich werde Miltãos Jugendclique auf die Beine stellen.

Fake wohnte bei seiner Mutter, Creusa, einer noch jungen Frau, die von Tür zu Tür ging und Kosmetikartikel verkaufte. Das Problem ist, daß sie so einen Bibelheini geheiratet hat, ich kann dort nicht mehr bleiben. Mein Gott ist dieser hier, sagte Fake und zeigte auf das Bild von James Brown auf seinem T-Shirt. Mein Gott ist Mr. Dynamite. Und ihr Gott ist der am Kreuz. Das haut nicht hin. Sie passen nicht zusammen. Du kannst dir nicht vorstellen, wie strange das ist, Brother, deine Mutter heiratet einen Kerl, und der Typ ist plötzlich der Herr im

Haus, sagt dir, wo's langgeht, und sieht dich an, als wenn du der Teufel wärst. Das haut nicht hin. Miltão muß mich aufnehmen.

Reizinho versprach, mit dem Rauschgifthändler zu reden. Miltão war unberechenbar. Es war nicht völlig aussichtslos, seine Vergebung zu erlangen. Ein Versuch kostete nichts.

Haben sie ihn schon freigelassen? fragte Miltão und streute eine weitere dicke Linie Koks auf die Glasplatte. Ja, antwortete Reizinho. Erste Sahne, dieser Schnee, sagte er. Die Fernbedienung vom CD-Player in der Hand, drückte er jedesmal auf die Wiederholtaste, wenn der Samba »Du wirst für alles zahlen« von der Gruppe Pagodança zu Ende war. Tolles Stück. Schieß los.

Seit Miltão zwei Wochen zuvor auf den Hügel zurückgekehrt war, hatte er praktisch nicht mehr geschlafen. Nacht für Nacht schlüpfte er in einer anderen Baracke unter, in Begleitung von Mädchen, denen er Drogen und Getränke ausgab. Launenhaft, reizbar, hatte er nur dann seinen Spaß, wenn er im Radio den Polizeisender fand, ihr Schißhasen, schimpfte er, ihr Mistkerle, ihr verkappten Schwulen, ihr seid doch nur zum Blutsaugen hier, sagte er, kommt doch hoch, kommt schon, ihr Nullen. Kommt hoch.

Reizinho gefiel das nicht. Er fühlte sich unwohl, wenn er diesen Auftritten beizuwohnen gezwungen war. Miltão hatte sich in der letzten Zeit sehr verändert, das war die Wahrheit. Einige Tage nach seiner Rückkehr hatte der Dealer seine Freunde zu einem Grillessen eingeladen und die Milizionäre auf Trab gebracht, um das Fest vorzubereiten. Zino und zwei andere Schlachter wurden dazu verdonnert, sich um das Fleisch zu kümmern, und für das Flüssige sorgte ein Überfall auf einen Getränkevertrieb in der Avenida Epitácio Pessoa.

Am Ende der Nacht bestand Miltão darauf, daß die Gäste eine Kiste Bier mit nach Hause nahmen. Wickel sie für den

Hund ein, sagte er und lachte schallend. Es war eine laute Nacht, in der viel Munition verpulvert wurde. Miltão schoß unausgesetzt mit seinen Karabinern in die Luft, haut auf die Kacke! schrie er.

Als die meisten bereits gegangen waren, nahm Miltão betrunken, wie er war, Bidezinho, den Zwillingsbruder von Bidê, welcher gerade im Padre Moraes eine Strafe absaß, mit in den hochgelegenen Teil der Favela. Sie setzten sich auf den Ausguck und schauten auf die Stadt, die angestrahlte Christusstatue. Rauchten einen Joint, lachten und redeten dummes Zeug, und nach alledem jagte Miltão mit einer kleinkalibrigen Uzi Bidezinhos Kopf in die Luft. Reizinho, Leitor, alle, die auf dem Elendshügel etwas zu sagen hatten, sahen die Szene mit an. Von jetzt an, sagte er, läuft es so. Feinde bringe ich um.

Tags darauf war die Zunge des Dealers mit einem Küchenmesser an die Tür genagelt. Diese ganze Gewalt geschah, weil Gerüchte kursierten, Nobre hätte Miltãos Ermordung bestellt. Manche beteuerten, Miltão weigere sich, den im Padre Moraes einsitzenden Kameraden Geld zu schicken, und solle deshalb umgebracht werden. Andere behaupteten, Miltãos Tage seien gezählt, weil er ein »Schwächling« sei. Das Gerede nahm kein Ende. Es wurden sogar die Namen der potentiellen Nachfolger erörtert, Zequinha Bigode oder Paredão vom Morro dos Marrecos. Es war ein tagtägliches Getuschel, Nal hat gesagt, Duda hat gehört, Neco hat erklärt, Micuim erzählt herum, sie haben behauptet, sieht so aus, als ob, das wird jedenfalls erzählt. Aus diesem Grund hatte Miltão, um den Gerüchten ein Ende zu bereiten, Bidezinho hingerichtet.

Die einzigen Geschichten, die erzählt werden durften, waren die, die Miltão höchstpersönlich guthieß. Wer mit Journalisten redet, stirbt. Wer mit den Bullen quatscht, ist ein toter Mann. Wer nach zehn Uhr abends Blödsinn macht, krepiert.

Der nächste, der ins Gras beißt, wird der Pastor sein. Miltão lag mit den Evangelen im Clinch. Er hatte ein Gebet aufgeschnappt, »Ave Maria, voller Pomade, das Schwein ist mit euch«, das aus einem von Leitors Büchern stammte und das er laut und vernehmlich jedesmal wiederholte, wenn ihm ein Gottesfürchtiger über den Weg lief.

Alzira sorgte sich um das Leben des Pastors, zumal jetzt, wo Walmir »fast wie ein Vater« für Alas war. Kommen Sie nicht mehr hierher, hatte sie am letzten Sonntag zu Walmir gesagt, gehen Sie besser nicht den Hügel hoch. Dieser Miltão ist ein Teufel. Der Junge wird noch mit Hörnern und Hufen aufwachen. Satan. Höllenfürst. Beelzebub. Jesu Blut ist Leben, sagte sie wieder und wieder, um sich vor Miltãos Schlechtigkeit zu schützen. Doch Walmir fürchtete den Teufel nicht. Jeden Sonntag kam er zu Alzira nach Hause, manchmal auch während der Woche, und nicht selten ging er direkt vor der Nase von Miltãos Männern vorüber. Wie gut Walmir und Carolaine sich doch verstanden, Alzira sah es mit Wohlgefallen. Immerzu plante er christliche Werke. Carolaine, so hatte er versichert, hat die Gabe des Wortes. Die Schwester kann später predigen, wenn sie Ausdauer hat. Schaf. Carolaine war von der Idee begeistert gewesen. Sie las nun der Mutter laut aus der Bibel vor. Weißt du, Mutter, Walmir hat mir gezeigt, daß ich einen Herrn habe. Ich bin Gottes Sekretärin. Schaf. Natürlich. Alzira verstand voll und ganz, was ihre Tochter meinte. Und sie sah sich genauso. Als Jesu Sekretärin. Dona Juliana sagte jetzt, wo sie ruhiger war, zu ihren Freundinnen: Das ist Alzira, unsere Sekretärin. Jesu Sekretärin, das nämlich war sie. Sie diente Jesus. Deshalb sorgte sie sich so um den Pastor. Sie bat sogar ihren Sohn, mit Miltão zu reden.

Das war keine gute Idee. Miltão gefiel das nicht. Besser, du läßt deine Bitten, Freundchen. Das nimmt langsam überhand.

Die Bewohner verließen ihre Häuser nur, um zur Arbeit zu gehen. Wenn die Reporter den Hügel hinaufstiegen, um sie zu interviewen, wurden sie mit Drohungen verscheucht.

Jetzt haben wir eine Ruheverordnung, eine Sperrstunde, sagte Leitor. Und wir kassieren von den Kaufleuten Abgaben. Ich habe Miltão gefragt, wozu diese Abgaben? Weißt du, was er mir geantwortet hat? Geh mir nicht auf den Sack. Das ist alles, was er zu sagen hat. Fick dich in den Arsch, du Penner, ich mach dich alle. So behandelt er mich. Die Leute sind verängstigt. Das wird nicht gutgehen. Wir sind fast am Ende. Irgendwann rückt irgendein Großkotz von einem der umliegenden Hügel mit Truppen und allem drum und dran hier hoch, und wir werden alle ins Gras beißen. Du solltest dich bereithalten, Reizinho. Wir brauchen einen Nachfolger. Dich. Ich habe es schon tausendmal gesagt. Dich.

Reizinho war zwar nicht geneigt, mit Leitor über das Thema zu diskutieren, doch verlangte er nicht mehr von ihm, er solle »keinen Blödsinn reden«. Er hörte zu, aufmerksam, nachdenklich, nervös.

An jenem Abend fühlte Reizinho sich unwohl, abermals vor Miltão zu stehen und ihn um einen weiteren Gefallen zu bitten. Er sollte Fakes Rückkehr erlauben.

Du wirst folgendes tun, antwortete Miltão. Du wirst ein Treffen mit diesem Drecksack verabreden. Und ihm drei Kugeln in die Birne jagen. Genau. Schon seit langem will ich diesen Wichser umbringen. Und jetzt verpiß dich. Geh, husch.

Reizinho streifte ziellos durch die Gassen und beobachtete die hungrigen, aussätzigen Straßenköter, die ihm über den Weg liefen. Gebell. Bis dahin hatte er über Leitors Ideen nie ernsthaft nachgedacht. Seine Gefühle für den Rauschgifthändler waren immer widersprüchlich gewesen, Begeisterung und Widerstreben. Hunde stöberten im Müll, drehten vergeblich ihre

Runden, schliefen in der heißen Sonne, verschwinde, sagte Reizinho. Miltão war der Mann, der ihm einen Schuß in die Hand verpaßt und einen Job besorgt hatte. Verschwinde. Der Mann, der seine Feinde grausam tötete und Fleisch an die Arbeitslosen verteilte. Ohne Miltão hätte Reizinho vielleicht noch immer dieses Gefühl in der Brust, ein Stück Scheiße zu sein, ein Nichts. Verschwinde. Die Kinder umringten zwei kopulierende Köter, das ist die Hündin vom Schlachter, sagten sie. Miltão hatte ihm eine Stellung verschafft. Wenn er heute ein achtbarer Milizionär war, seine Rechnungen bezahlte, gut aß und ausländische Turnschuhe trug, dann dank dem Rauschgifthändler. Ja, er schuldete Miltão eine Menge. Aber das jetzt war etwas anderes. Er verlangte von ihm das Leben von Fake.

Die Dinge im Berimbau würden sich ändern müssen. Leitor hatte recht. Verschwinde, Köter.

»Onofre, alter Gauner, was sagst du zu meiner Handschrift? Du weißt gar nicht, wie schön der Fortschritt ist. In meiner Wohnung ist alles automatisch. Mikrowelle, Heizung, Computer, Waschmaschine, alles eingebaut, weiß, und alles funktioniert. Ich finde es gar nicht schlimm, daß ich für Heinrich wasche, bügele und koche. Brasilien ist sehr rückständig. Sogar die armen Leute sind hier besser dran. Arm sind hier die Türken. Aber du würdest nicht behaupten, daß sie arm sind (nicht mal die Türken). Alle tragen ordentliche Jacken und wohnen in Häusern, die dir deine Hütte noch schlimmer vorkommen lassen, als sie in Wirklichkeit ist. Und sauber ist es. Die Sauberkeit ist das Beste an Deutschland. Wir haben hier nicht so einen Dreck wie in Brasilien, Bonbon- und Eispapier auf der Straße. Die Straßen sind so rein, daß man vom Bürgersteig essen kann. Und die Hunde scheißen nicht überall hin. Eine gute Sache ist auch das Parken. Es stehen kleine Automaten auf der Straße, du steckst eine Münze hinein und fertig, es gibt keine Wächter, nichts. Das ist die gute Seite. Die schlechte ist der Schweißgeruch in der U-Bahn. Ich verstehe nicht, wie ein Volk, das den Krieg überstanden hat, nicht diesen Schweißgestank besiegt. Die Frauen rasieren sich nicht die Achseln. Und Heinrich ist viel auf Reisen. Ich bin immer allein. Ich bin nicht imstande, Deutsch zu lernen. Heinrich hat eine Portugiesin engagiert, Dona Augusta, die mich unterrichten soll. Es ist sehr schwer. Eine Kuh zum Husten zu bringen ist leichter. Nächsten Monat fliegen wir nach Brasilien. Sag den Freunden Bescheid, daß Rosa Maria im Anmarsch ist. Ich will Feijoada und Samba satt. Als Geschenk bringe ich dir ein Schweizer Taschenmesser mit. Grüße von Rosa Maria.«

Onofre war gerührt von dem Brief, den er von Rosa Maria bekommen hatte. Er hatte ihn Reizinho und Leitor, die am Tresen Fleischpasteten aßen, freudestrahlend vorgelesen. Ein Schweizer Taschenmesser, glaubt ihr das? Das ist bestimmt sehr teuer. Ach, Rosa Maria. Unglaublich. Wieviel ein Schweizer Taschenmesser wohl kosten mag? Onofre bezeichnete die Freundin nicht mehr als »die Nutte«. Er sprach über sie voller Stolz, hast du gehört, daß sie eine Privatlehrerin hat? Dona Augusta. Ich wette, daß Dona Augusta die Karten schreibt. Schau nur. So eine niedliche runde, bemühte Handschrift. Vom Boden essen, ob das wirklich stimmt? Dieser Fritz muß tatsächlich haufenweise Kohle haben. Ich freue mich für Rosa Maria. Seht ihr, auf dieser Welt kann jeder was aus sich machen, man muß nur wollen. Ach, Onofre, antwortete Leitor und lachte, es reicht mit deinem Geschwafel, laß mich mit Reizinho reden.

Onofre verschwand, ging anderen Gästen den Brief vorlesen. Ich werde eine kleine Party veranstalten, jawohl, Rosa Maria hat das verdient. Schweizer Taschenmesser. Vom Boden essen.

Reizinho und Leitor unterhielten sich leise weiter. Gestern, sagte Leitor, hat er Tampinha einen Tritt in den Hintern versetzt. Ich schwöre es. Einen Mordstritt. Stell dir vor, dieser zwei Meter große Schrank von einem Nigger kriegt einen Tritt in den Arsch. He? Wie lange soll das noch so weitergehen? Unsere Lage ist heikel. Du kannst nicht einfach sagen, daß du Fake nicht umbringen wirst. Vor langer Zeit gab es einen schrecklichen Fall auf dem Berimbau. Du warst noch ein Knirps, als Giba herzog. Giba war einsfünfzig groß, höllisch intelligent und vernaschte alle Mädchen vom Berimbau. Halb durchgeknallt, häßlich wie die Nacht, aber er konnte tolle Reden schwingen. Die Frauen waren ihm schlichtweg verfallen. Eines Tages wurde auf einem unbebauten Grundstück in der Nähe von Onofre ein Mädchen tot aufgefunden, vergewaltigt, die Augen ausgestochen, eine furchtbare Sache. Sie war dreizehn, und es war nur soviel bekannt, daß das Mädchen wie verrückt hinter Giba her gewesen und von ihm abgewiesen worden war. Giba wollte nie etwas von ihr, nicht mit Babys, sagte er. Doch der gesamte Elendshügel beschuldigte Giba, als das Mädchen plötzlich tot war, es gab ein Mordsgerede, um so mehr, als sie ihm am Abend vor dem Verbrechen in Antônios Billardsalon nachgelaufen war. Jetzt kommt der Teil, der für dich interessant ist. Paß gut auf, Miltão hatte keinerlei Gewißheit, es waren alles nur Gerüchte und Hörensagen. Trotzdem ließ er Valinho, Gibas Bruder, holen und sagte, du bringst Giba um. Valinho weigerte sich. Daraufhin tötete Miltão beide, Giba und Valinho. Das war noch nicht das Schlimmste. Tage später wurde der wahre Mörder des Mädchens ausgemacht. Es war ihr Nachbar, ein rechtschaffener Maurer, sehr beliebt hier in der Gegend. Ich erzähle dir das nur, um dir zu sagen: Miltão toleriert nicht, daß jemand seine Befehle nicht befolgt. Selbst nicht bei jemandem wie dir. Ich meine folgendes. Wir rüsten uns. Ich helfe dir. Du hast meine Unterstützung.

Am Montag traf Reizinho sich um neun Uhr abends mit Fake in derselben Bar in Cinelândia. Er kam gleich zur Sache, Miltão will, daß ich dich umbringe. Fake lachte los. Das glaube ich nicht, dieser Hurensohn denkt doch wohl nicht, daß ich ihm nach eineinhalb Jahren Knast noch irgend etwas schuldig bin. Doch, sagte Reizinho, das denkt er. Du mußt abhauen, und abhauen bedeutet wirklich abhauen. Verschwinden. Wenn du kannst, zieh in eine andere Stadt. Geh in den Norden, nach Amazonien, mach die Biege. Solange Miltão auf dem Berimbau das Sagen hat, vergiß, daß dieser Ort existiert.

Leitor und Abigail, genannt Biga, waren bei dem Treffen dabei. Alles war geplant. Tage zuvor war Leitor zu Miltão gegangen und hatte ihm von seinem Verdacht erzählt, José Luís werde Fake nicht umbringen. Er schlug vor, er und Biga sollten bei der Hinrichtung dabeisein. Zu Beginn des Gesprächs hatte Miltão gesagt, er selbst werde Fake töten. Leitor hatte spontan zugestimmt, ja, du mußt den Schuft kaltmachen. Großartige Idee. Du. Nur du. Obgleich es schmerzhafter wäre, wenn er von seinem Freund umgebracht würde. Aber deine Idee ist besser. Du selbst, höchstpersönlich. Der Anführer, der den Floh zermalmt. Damit wird ein Exempel statuiert.

Auf diese Weise gelang es Leitor in letzter Zeit, Miltão zum Umdenken zu bewegen. Wenn niemand sich den Worten des Rauschgifthändlers widersetzte, wurde der Mann sogleich zahmer. Ich werde mir an diesem Drecksack nicht die Finger schmutzig machen, hatte er schließlich geantwortet, nachdem er einen Joint geraucht hatte. Macht den Schuft kalt, und zwar sofort.

Als sie an jenem Montag spät nachts von Biga kutschiert zurück zum Berimbau kamen, legte Leitor Rechenschaft ab. Wir haben den elenden Kerl mit einem Haufen Kugeln vollgepumpt, erzählte er Miltão. Die Leiche haben wir verbrannt und in der Nähe von Fundão abgelegt. Die Geier sind bestimmt schon dort und freuen sich. Leitor hatte phantasievolle Details auf Lager, Miltão würde sich kugeln vor Lachen bei der Szene, als Fake weinte. Er war gewappnet, eine Geschichte voller grausamer Einzelheiten zu erzählen. Das war gar nicht nötig gewesen. Miltão wollte in dieser Nacht keine Unterhaltung. Michele, fünfzehn Jahre, in Shorts und Top, saß auf dem Sofa, sie war gerade eingetroffen. Der Dealer hatte nichts anderes im Kopf, als die Jungs wieder loszuwerden und mit ihr alleine zu sein.

18

Zzzzzzzzzzzzzzzz, der kaputte Staubsauger gab einen schrillen, penetranten Ton von sich, der Alzira in eine Art teuflischer Trance versetzte. Nachdem sie ihn ausgeschaltet hatte, brauchte sie einige Sekunden, bis sie verstand, was die Menschen rings um sie sagten. Sie hörte die Worte, sah die Lippen Laute formen, doch so wie in einer fremden Sprache. Mein Kaffee, Alzira, stell meinen Kaffee auf den Tisch, verlangte Dr. Rodrigo, ich bin spät dran. Jeden Donnerstag war Putztag in Dona Julianas Haus. Alzira rückte die Möbel ab, rollte die Teppiche zusammen, räumte das Wohnzimmer leer, und sie tat das alles mit Freude, denn Putzen machte ihr Spaß. Beim Saubermachen war sie in Gedanken bei Jesus, und das gab dem Scheuern und Wischen einen tiefen Sinn. Wenn der Schmutz hartnäckig war, um so besser, so war er, der Weg in den Himmel, beschwerlich, schrubben, scheuern, voller Inbrunst, am Ende des Tages legte sie sich mit schmerzenden Armen und Beinen ins Bett und spürte ihr von Christus erfülltes Herz, die wohlige Erschöpfung einer Dienerin Gottes. Das Problem waren die Unterbrechungen. Kaffee, Milch, Riesenpapaya und Butterbrote, hier ist Ihr Kaffee. Morgens war Dr. Rodrigo immer in Eile, hektisch, er verbrachte zwei Stunden im Bad mit Zeitungslektüre und Duschen, und dann fing er an, im Haus herumzuschreien, wo ist meine braune Krawatte? Ist mein Anzug nicht aus der Reinigung zurück? Und bevor der Herr mit der Nörgelei anfing, hatte Alzira bereits die erste Runde hinter sich, die Kinder auf dem Schulweg, Alzira, meine Käsepastete, mein Mandarinensaft, meine roten Turnschuhe, hol das, Alzira, Wasser, komm her, Alzira, geh in mein Zimmer und schau nach, ob ich meine Federtasche vergessen habe. Hier ist sie, Alzira. Ich habe sie gefunden. Das Putzen wurde zwischen andere Tätigkeiten gequetscht, genauso wie das Gebet im Leben gewisser Schafe. Und selbst so gefiel ihr das Putzen, besser als zu kochen. Beim Kochen konnte sie an nichts anderes denken. Das geschnippelte Gemüse, das gegrillte Filet für Dona Juliana (ohne das geringste Fett, Alzira), die Pommes Frites für Marcelinha, das blutige Steak für Dr. Rodrigo, die Zubereitung der Speisen beanspruchte ihre ganze Konzentration. Nicht so das Putzen. Tschau, Alzira. Es war unglaublich, wie schnell sich der Dreck ansammelte. Vergangenen Donnerstag hatte sie alles saubergemacht, und zack, da lag der schwarze Staub, schmutzige Welt, Alzira tränkte die Lappen mit Ammoniak und scheuerte die Scheiben, in der Vorstellung, jeder Fleck sei eine Sünde. Servier mir bitte das Frühstück, sagte Dona Juliana, die noch im Pyjama das Wohnzimmer betrat.

Wieder eine Unterbrechung. Eine Scheibe Vollkornbrot mit Riccotta, eine halbe Tasse Milch mit Süßstoff und Kaffee und haufenweise Pillen gegen Zellulitis. Was nützte einem so ein Minifrühstück, wenn man sich hinterher mit Brot vollstopfte? Mein Problem sind die Kohlehydrate, Alzira. Ich giere danach.

Aus Süßigkeiten mache ich mir nichts, sagte sie. Lüge. Immerzu bediente sich ihr Löffel vom Teller der anderen. Abnehmen und zunehmen, Woche für Woche. Genau wie Carolaine. Allerdings nahm Carolaine nur zu. Sie paßte sogar schon nicht mehr in die Hosen, die sie nach Alas' Geburt gekauft hatte. Wozu dieser Riesenwanst? Carolaine war noch so jung. Ja, Alzira war dick, aber nun, ihr Leben ging ja auch dem Ende entgegen. Sie hatte bereits geheiratet, Kinder bekommen, und fertig. Wozu abnehmen? Nicht so Carolaine, so jung, und dann ein derartiger Bauch. Das ging nicht an. Räum das Brot weg, um Himmels willen, Alzira, sagte Juliana, den Telephonhörer am Ohr. Ich darf nicht zunehmen. Hallo, könnte ich bitte Fernando sprechen? Pause. Wie? Er ist nicht zur Arbeit erschienen? Könnten Sie ihm ausrichten, daß Juliana angerufen hat? Ja, Juliana. Alzira, mehr Brot. Warum hast du es weggeräumt, Alzira? Juliana legte besorgt den Hörer auf. Hat Fernando nicht angerufen? Nein, hatte er nicht. Wenn er sich meldet, sag ihm, daß ich ausgegangen bin. Nein. Ich werde ans Telephon gehen. Ich gehe ran, in Ordnung, Alzira?

Juliana war aufgefallen, daß Alzira in den letzten Tagen ein zugeknöpftes Gesicht machte. Vielleicht hatte sie Rodrigos boshafte Bemerkung gehört. Sprich leise, Rodrigo. Die Freunde im Wohnzimmer, und Rodrigo hatte erzählt, Alzira ist der Beweis dafür, daß Gott ein Hurensohn ist, wenn es ihn denn gibt: Alzira ist häßlich, arm, beschränkt und ungebildet. Wir lieben Alzira, sagten sie. Aber sie ist strohdumm. So dumm, daß sie letztens eine Telephonnummer so aufgeschrieben hat: 555 44 77 333333333, womit sie meinte 35 24 27 93.

Ja, Alzira war schlecht gelaunt. Jetzt, hatte Juliana zu ihrer Freundin Alicinha gesagt, jetzt behandele ich Alzira wie eine Königin. Alzira weiß von Fernando. Und wie sie mich anschaut, Alicinha, ich will dir was sagen, ich muß diese Frau vor die Tür setzen. Und zwar schnell. Aber wenn ich sie entlasse, dann erzählt die Vogelscheuche alles Rodrigo. Da bin ich mir sicher. Dieser Tage hat sie mich um eine Gehaltserhöhung gebeten. Ich habe sie ihr auf der Stelle gewährt. Ein Vermögen, was ich ihr bezahle. Ju, Liebste, antwortete Alicinha, wenn du mich fragst, braucht Alzira über deine Affäre mit dem Knaben gar nichts zu sagen, das besorgst du ja selbst. Du winkst derart mit dem Zaunpfahl, meine Liebe, an dem Tag damals bei dem Mittagessen bei Helena habe ich mitgezählt, sieben Mal hast du deinen Gymnastikunterricht erwähnt. So wird es schwierig; halt deinen Mund, mein Engel. Wie würde Rodrigo reagieren, wenn er es herausfände? Ausgerechnet Rodrigo, der pausenlos darüber herzog, daß der Soundso ein Verhältnis mit seiner Sekretärin hatte. Mit der Sekretärin? Wie gräßlich, sagte er, wie geschmacklos, seine Sekretärin zu vernaschen. Einen Chauffeur zu verführen. Eine Assistentin aufs Kreuz zu legen. Eine Praktikantin. So was Kleinbürgerliches. Es gab in Rodrigos Augen nichts Schlimmeres, als jemanden oder etwas als kleinbürgerlich zu bezeichnen. Kleinbürgerrestaurant. Kleinbürgerlicher Zwerg. Typisch Kleinbürger, sagte er. Nimm dich in acht, Schätzchen. Rodrigo ist nicht blöd. Ja, gut, sie durfte nicht soviel von Fernando reden, aber Fernando brachte sie um den Verstand. Alice, er hat bestimmt eine andere, ich spüre das. Er hat sich verändert. Bin ich vielleicht zu schlaff, Alice? He? Sie stellte sich vor den Spiegel und zog die Brüste hoch. Ich habe nicht eine einzige Freundin, die keine Schönheitsoperation gemacht hätte. Schau dir meine Zellulitis hier an. Ich mache gerade eine Behandlung mit Ginkgo Biloba. Ich trinke sechs Liter Wasser täglich, jogge, mache Fitneßtraining, Massage, sieh dir bloß meine Verfassung an. Zellulitis ist ein Fluch. Liegt in der Familie. Weißt du, Alicinha, vierzig zu werden ist das Schlimmste, was einer Frau passieren kann. Eine Katastrophe. Vierzig zu sein ist eine Art Krankheit. Neuerdings lüge ich. Ich sage, daß ich neununddreißig bin. Das macht einen Riesenunterschied. Keinen physischen. Aber die Männer gehen ohne weiteres mit einer Frau von neununddreißig aus. Vierzig, undenkbar. Vielleicht hat Fernando eine Fünfundzwanzigjährige kennengelernt. Ob das stimmt? Früher, Alice, ach, was nützte es, Alice davon zu erzählen? Alice kümmerte es kein bißchen. Alice gehörte zu dem, was die Amerikaner jetzt die »addicted society« nannten. Ihr lag daran, auf Partys zu gehen, um darüber zu reden, wer eingeladen worden war, wer in der Klatschspalte auftauchte, wer wichtig war, wer Geld hatte. Dieser Tage, hatte Juliana zu einer anderen Freundin gesagt, dieser Tage hat sie mir erklärt, ich will zu meinem Geburtstag ein »Gesellschaftsbukett« organisieren, sie hat das irgendwo gelesen und sagt pausenlos, »Gesellschaftsbukett«, die dumme Pute. In Wahrheit ging es Juliana gar nicht so viel anders als Alice, sie selbst hatte anderen Freundinnen gegenüber mehrfach den Ausdruck »Gesellschaftsbukett« erwähnt, sie hatte das interessant gefunden, ein Strauß Menschen, das Problem war, nun, seit ihre Freundin mit ihren Stunden bei Fernando begonnen hatte, nun, daran zu denken tat nicht gut. Ob es stimmte? Fernando setzte immer ein hochmütiges Gesicht auf, wenn er von Alice kam. Meinst du, daß er eine andere hat, Alice? Ist dir nichts aufgefallen? Nein, nichts. Rein gar nichts. Psst, sprich leise, da kommt Alzira. Hast du gesehen, daß sie schlechte Laune hat? Immer mit schiefem Gesicht. So geht das jetzt. Ich habe sie »Miss Bulldog« getauft.

Alzira war nicht schlecht gelaunt. Es war ihr Bein, das ihr keine Ruhe gab. Direkt über dem rechten Knöchel war eine Wunde aufgebrochen. Vor einer Woche hatte sie sie bemerkt. Sie hatte Jodtinktur aufgetragen, und nichts war passiert. Sie hatte sich nicht verletzt, ganz bestimmt nicht. Vielleicht war es ein Stich. Noch Kaffee, Alzirinha. Danke. Immer sehr artig, die Dona Juliana. Eine wohlerzogene Sünderin. Das war gut, besser als eine Sünderin ohne Manieren. Eitelkeit war Sünde. Unzucht war Sünde. Ehebruch. Gier. Alzira hatte schon versucht, die Gnädige aus den Klauen des Teufels zu erretten. Sie hatte sich angeboten, Pastor Walmir zu einem Gespräch mitzubringen. Ich bin katholisch, hatte Juliana geantwortet. Alzira verstand nur zu gut die Bedeutung dieser Antwort. Gott ist mir völlig einerlei, das war der Katholizismus. Da lag das Problem.

Das Haustelephon klingelte. Alzira zog ihr krankes Bein in die Küche nach, um abzunehmen. Mein Name ist Fake, sagte eine Stimme am anderen Ende, ich bin ein Freund von Ihrem Sohn, ich war vor langer Zeit schon einmal mit ihm hier, darf ich Sie eine Minute sprechen? Sie erinnerte sich an ihn. Ja, du kannst heraufkommen. Noch so ein schlimmer Finger aus Miltãos Bande. Sie wollte nicht, daß Dona Juliana ihn in der Küche sah. Wie geht es Ihnen, Dona Alzira? fragte der Junge überaus freundlich, als Alzira die Tür öffnete. Was nützte die ganze Wohlerzogenheit, wenn er nicht mit Christus war? Wenn der Teufel erscheint, spricht er mit sanfter Stimme. Könnten Sie Zé Luís vielleicht diesen Umschlag geben? Es ist wichtig. Sehr wichtig. Vergessen Sie es nicht.

Alzira schloß die Tür und setzte sich, um ein wenig auszuruhen. Was hatte sie da nun eigentlich am Bein?

Das Haus lag im untersten Teil vom Berimbau, hinter Zinos Schlachterei. Eine drei mal drei Meter große fensterlose Baracke mit Zementboden und einem Dach aus Asbestplatten. Nicht weit entfernt von der Tür ein dunkler Graben, in dem offen das Abwasser floß. Wenn du sie streichst, wird sie sehr schön, sagte die Besitzerin. Den massigen Körper gegen den Türpfosten gelehnt, zählte die Frau unablässig die Vorteile auf, am Fuße des

Hügels zu wohnen. Die Bushaltestelle ist in der Nähe, sagte sie. Bei Schießereien kann man leicht weglaufen. Ich habe im Fernsehen gesehen, sagte die Frau, daß jetzt nicht mal mehr die Männer von der Müllabfuhr den Hügel hoch wollen, sie haben Angst, eine Kugel in die Stirn verpaßt zu bekommen. Das einzig Wahre ist tatsächlich, hier unten zu wohnen.

Reizinho wollte etwas Höhergelegenes, in der Nähe von Kellys Haus, die ihm versprochen hatte, sich mit um Francisco zu kümmern. Doch wenn man es recht bedachte, war es ein Gewinn, sich nicht tagtäglich mit den steilen Straßen herumplagen zu müssen. Er schloß das Geschäft ab und bezahlte die Miete für sechs Monate im voraus.

Reizinho stieg den Hügel hoch, in Gedanken bei den Zukunftsvorbereitungen. Hallo, Dona Zita, grüßte er die Frau, die mit einem Kind auf dem Arm in der Haustür saß. Er würde Farbe kaufen, wenn er Zeit hätte, er selbst würde das Haus streichen. Wie geht's, Dona Elza? Am Ende des Tages spielten Kinder auf der Straße, und die Frauen an den Fenstern und in den Türen plauderten frischgeduscht mit den Nachbarn, während sie auf die Heimkehr ihrer Männer oder Söhne warteten. Wie steht's? Ein Bett, ein Herd, Fernseher und Kühlschrank, er würde dem Vater nur das Nötigste kaufen. Ja, und einen Kleinbus. Den allerdings erst, wenn der Vater das Trinken aufgegeben hätte. Guten Abend, Seu Pedro. Natürlich würde er mit dem Trinken aufhören, der Vater, er würde Lieferfahrten machen, ständig zogen Leute her und gingen fort, heirateten, feierten Partys, Umzüge, eine Arbeit, die nie endete. Später könnte der Vater noch einen Wagen kaufen und noch einen, sie würden gemeinsam arbeiten, einen Fuhrpark aufbauen, sie würden eine Firma haben. Guten Abend, kleiner König. Vater Unternehmer. Mutter Hausangestellte. Sie könnten auch Taxis anschaffen. Und Fahrer anstellen. Hallo, Zé. Der Vater würde alles leiten. Sie würden eine Sekretärin haben. Das Problem würde sein, es der Mutter zu erzählen. Und Carolaine. Hallo. Vielleicht sollte er Cândida, seine Großmutter, um Hilfe bitten. Cândida war Francisco gegenüber nicht so feindselig eingestellt. Deine Mutter war schon immer sehr nervös, hatte sie einmal gesagt. Ich erinnere mich, eines Tages waren dein Großvater und ich bei euch zu Hause zum Mittagessen, du warst noch ein Baby und Carolaine ein kleines Mädchen. Dein Vater sah fern, das Essen stand schon auf dem Tisch, und nur, weil er ein bißchen getrödelt hat, veranstaltete deine Mutter ein Geschrei, idiotisch. Ich habe gesagt: Alzira, so funktioniert die Ehe nicht. Männer mögen nicht so behandelt werden. Sie hat nicht auf mich gehört. Das ist dann dabei herausgekommen. Geschieht ihr recht, dachte Reizinho.

Ein paar Knirpse kamen lärmend auf ihn zu. Sie wollten einen neuen Fußball für die Grundschule. Wir können im Moment nicht spielen. Mal sehen, antwortete Reizinho. Zeig deine Waffe, baten sie, sie liebten es, Maschinenpistolen anzuschauen, die Kinder vom Berimbau. Miltão hatte ihnen das angewöhnt. Ständig verteilte der Rauschgifthändler Bonbons und unterhielt sie damit, ihnen sein Waffenarsenal zu zeigen. Nein, antwortete José Luís. Verdünnisiert euch. Ist das eine AR-15? fragten sie. Verpißt euch. Hügelan. Gedankengänge. Und sein Vater? Was sollte er ihm sagen? Ich habe eine Bleibe für Sie gefunden. Nein. Vielleicht müßte er ihm die ganze Wahrheit erzählen. Sie sind mein Vater. Ich bin José Luís, der Sohn von Alzira, Bruder von Carolaine, Enkel von Cândida, Bewohner des Berimbau. Er hatte ein ungutes Gefühl bei dem Gedanken an diese Möglichkeit. Es war merkwürdig, zu seinem eigenen Vater zu gehen und zu sagen, ich bin der Sohn, den du im Stich gelassen hast. »Im Stich gelassen«, dieser Ausdruck gefiel ihm nicht. Alzira sagte das immer, dieser

Schuft hat euch beide im Stich gelassen. Ein Lump, dein Vater. Ein schamloser Weiberheld. Widerliche Schnapsnase. Hallo, Dona Cida.

Als er Kellys Haus betrat, lief im Fernsehen die Serie. Du bist eben eine Pechtante, sagte der Schauspieler, eine neurotische Ziege, Gustavo hat gut daran getan, Gilda zu heiraten, ich werde dich kaputtmachen. Kelly? José Luís schaltete den Apparat aus. Er stellte einen angenehmen Geruch im Haus fest. Kelly, ich bin da.

Er schälte eine Banane und ging ins Schlafzimmer. Kelly fönte in Slip und Büstenhalter ihr Haar vor dem Spiegel vom Kleiderschrank. Hallo, Zé, deine Mutter hat das hier für dich dagelassen, sagte sie und wies auf den Umschlag auf der Kommode. Reizinho betrachtete Kellys nackte Oberschenkel. Meine Mutter? Er legte das Gewehr auf den Stuhl neben der Tür, umarmte Kelly von hinten. Hm. Ich werde dir vorlesen, fuhr Kelly fort und öffnete den Umschlag: »Zé, wir müssen reden. Dringend. Triff dich heute mit mir um halb zehn bei McDonald's in der Fashion Mall. Fake«.

Kelly verströmte einen Duft nach Seife. Zé Luís drängte sie zum Bett. Küsse. Zieh die Sachen da aus, sagte sie. Was mag Fake von dir wollen? José Luís war in diesem Augenblick weder danach, an Fake noch an sonst jemanden zu denken. Er hatte Besseres zu tun.

Bemalte bunte Fähnchen. »Große Kirchweih Jesu Christi. Das Junifest vom Rebanho do Puríssimo Amor do Nosso Senhor Jesus Cristo. Am 27. auf dem Sportplatz vom Berimbau. Spiele, Feuerwerk, heißer Zuckerrohrschnaps und jede Menge Unterhaltung. Nicht verpassen.« Das mit bunten Filzstiften bemalte Plakat aus Pappe wurde gerade von Pastor Walmir am Tresen von Onofres Bar befestigt. Walmir zählte seinem Freund die in

Vorbereitung befindlichen Aktivitäten auf, Geschicklichkeitswettkämpfe, Eierlaufen, dabei verliere ich, sagte Onofre. Ich werde meine Alte ebenfalls für den Wettkampf anmelden. Sie ist gut in solchen Dingen. Wird es auch Sackhüpfen geben? Ich kann Jute besorgen, sagte er.

Das Fest sollte am Sonntag stattfinden, und von dem eingenommenen Geld würde mit dem Bau einer Kinderkrippe für die Kirche Rebanho do Puríssimo Amor do Nosso Senhor Jesus Cristo begonnen. Ja, ich komme, sagte Onofre. Und wo wir gerade von Geld sprechen, wollen Sie nicht ein Fahrradlos erwerben? Ich verkaufe welche. Für das Grillessen, das ich für Rosa Maria spendieren will. Wissen Sie schon von Rosa Maria? Meiner deutschen Freundin?

In dem Moment betraten Miltão, Leitor und zwei weitere Bandenmitglieder die Bar. Hallo, Leute, sagte Onofre beklommen angesichts der Lage. Und? Ein Bier hinter die Binde kippen?

Walmir grüßte Miltão respektvoll. Wie geht es Ihnen?

Quatsch mich nicht an, gab Miltão zurück. Und guck gefälligst woanders hin, hast du gehört? Du falsche Schlange. In der Kirche zieht er über mich her, sagte er zu Leitor, der ihn in den rückwärtigen Teil der Bar zum Snooker lotste. Ganz ruhig, Alter, sagte er. Laß uns spielen. Laß ihn links liegen. Miltão wußte, daß Walmir seine Taten bei den Predigten in der Kirche verurteilte. Seine eigene Mutter, auch eine »Bibeltante«, hatte es ihm erzählt. Nach der Sonntagspredigt war es ihr, die unter Bluthochdruck litt, nicht gut gegangen. Hast du das alles getan, mein Sohn? Hast du den Jungen umgebracht und ihm die Zunge abgeschnitten? Natürlich nicht, Mutter. Sehe ich wie ein Zungenabschneider aus? He? Du hast mich doch großgezogen, glaubst du das etwa? Dein Sohn, der dir alles gibt, was du brauchst, Essen, Töpfe, Decken, Schuhe, ein Haus, Medikamente, überleg doch mal, dein Sohn läuft herum, he, und tut solche Dinge? Was hat er noch gesagt, Mutter?

Leitor konnte den Rauschgifthändler nicht lange zurückhalten. Wütend und laut redend ging Miltão zurück zum Tresen, dieses Kirmes- und Krippengequatsche paßt mir überhaupt nicht, sagte er. Mich hat keiner gefragt. Ich habe nichts genehmigt, hörst du, du Himmelsclown?

Walmir sah ihm, ohne Angst zu bekunden, in die Augen. Er erklärte, daß sowohl die Idee mit der Kirchweih als auch die von der Kinderkrippe mit Leitor besprochen und von ihm gebilligt worden war. Leitor hat hier nichts zu melden, antwortete Miltão. Leitor ist eine Null. Der Laden gehört mir, sagte er.

Betreten senkte Leitor den Kopf. Zwar erwartete niemand eine Reaktion von ihm, doch ihn gedemütigt den Kopf hängen lassen zu sehen, ohne ein Wort zu sagen, bereitete allen Unbehagen.

Miltão, sagte Onofre, der Krach vermeiden wollte, heute geht das Bier auf Kosten des Hauses. Geh mir nicht auf den Sack, Onofre. Seit wann habe ich Freibier nötig?

Onofre gab Walmir besorgt ein Zeichen, schleunigst zu verschwinden. Hier kommt das Bier. Wer hat gestern das Spiel gesehen?

Walmir stand schon in der Tür, als Miltão das Kirmesplakat herunterriß und in Stücke fetzte. Erledigt, sagte er. Die Kirmes ist gestorben. Und die Krippe ebenfalls. Du Clown.

Walmirs Reaktion überraschte alle. Nur über meine Leiche, sagte er. Ich werde das Fest veranstalten, Miltão. Und ich werde die Krippe bauen. Ich werde hier nach Lust und Laune herumlaufen, auch wenn Sie mich weiter bedrohen. Der Hügel gehört nicht Ihnen. Er gehört Gott.

Nachdem er ausgeredet hatte, drehte Walmir sich um und ging ohne Eile hinaus.

Onofre mußte Miltão festhalten, damit der Dealer nicht seine Waffe zog. Hier nicht, sagte er. Nicht in meiner Bar. Bitte, Miltão.

Was denkt der, wer er ist? brüllte Miltão. Unverschämter Kerl. Verschissen, sagte er. Jetzt hat das Früchtchen verschissen. Der wird schon noch sehen. Der ist im Arsch, die Laus. Jetzt ist Sense.

Reizinho kam zu früh zu seiner Verabredung mit Fake. Ziellos schlenderte er durch das Shopping Center und beobachtete die Mädchen, die lachend, aufreizend, mit freiem Bauch, in Gruppen umherbummelten. Ab und zu blieb er vor einem Schaufenster stehen. Alles heruntergesetzt. Wahnsinn.

Um viertel nach neun ging er zu McDonald's, kaufte eine Coca-Cola und wartete an einem der kleinen Tische. Nebenan verschlang ein fetter Teenager in bemerkenswertem Tempo einen Big Mac. Wahnsinn. Wie die frißt. Die hat bestimmt noch nie in ihrem Leben einen Pimmel zu Gesicht bekommen, dachte José Luís belustigt. Als das Mädchen zum Tresen ging und einen weiteren Big Mac bestellte, lachte José Luís in sich hinein. Wahnsinn, sie mußte über hundert Kilo wiegen, die Schlampe. Und dann so fressen. Dazu Bananentorte, Pommes Frites. Zellulitis. Verdammt. Sie sah aus wie Carolaine.

Hallo, Brother, sagte Fake und setzte sich ihm gegenüber.

Das Gespräch war sachlich. Fake erzählte, daß er jetzt unter Zequinha Bigodes Schutz lebte. Ein geiler Nigger. Total clever. Wahnsinnig human. Und kompetent. Er will mit dir quatschen, Brother. Und das hat nichts mit deinen Qualitäten zu tun, Zé. Es ist wegen Suzana, wegen deiner guten Fee, deiner Patentante, die steckt hinter allem. Auf dem Morro dos Marrecos ist Suzana eine Kapazität. Sie hat absolut das Sagen, die Frau. Weißt du, was das bedeutet? Deine Zeit ist gekommen, Brother. Kapierst du? King sein, wie wär's? He? Hast du's erfaßt? Genau,

Brother. Wenn du nicht für den Rest deines Lebens Miltãos Lakai bleiben willst, dann hat jetzt deine Stunde geschlagen. Der Mann ist bereit, dir zu helfen. Er will ein Treffen verabreden. Wie findest du das? Hat's dir die Sprache verschlagen? Bist du verhext? Entscheide dich, Brother. Was soll ich ihnen sagen?

19

Der Vater bringt zum Doktor/ das kranke Töchterlein/ es ißt nicht und es lernt nicht/ es schläft nicht und es will nichts, sang der von Walmir engagierte Akkordeonist, der bei der Kirmes für Stimmung sorgen sollte. Obgleich in aller Eile aufgebaut, waren alle von der Bühne mit ihrem Zierat aus Fahnen und bunten Papierfransen entzückt. Zwei zünftig gekleidete Gitarristen gaben bei dem Fest den Takt vor. *Der Doktor aber horcht es nicht erst ab/ nimmt zur Seit den Vater und sagt leise ihm sogleich/ das Übel ist das Alter/ und für ein solches Mädchen/ kennt alle Medizin nicht eine einzige Arznei.*

Milchcreme, Maispudding, Maniok mit Pökelfleisch, Erdnußkonfekt, Kokosmarshmallows, Kokosbrocken, Pasteten, Käsetörtchen, grüner Mais, heißer Zuckerrohrschnaps, Fuba-Kuchen, Maisbrot, Popcorn, gedämpfter Maiskuchen, Fleischtaschen, Schaschlik, Kroketten, es gab alle Arten von Leckereien an den sechzehn Ständen, die anläßlich des Sankt-Johannis-Festes auf dem Sportplatz vom Morro do Berimbau aufgestellt worden waren. Putzmunter lief Carolaine in buntem Kattunrock und mit einem Strohhut hin und her, beaufsichtigte die Leute von der Kirche und trällerte dabei vor sich hin *Sie will nur/ sie denkt nur ans Turteln.* Darf ich das Erdnußkonfekt probieren? Krrrk. Sehr lekker. Ich weiß wohl, was dieser ständige Appetit zu bedeuten hat, dachte sie und strich über ihren Bauch. *Sie will nur/ sie denkt nur ans Turteln.* Sie fühlte sich glücklich wie nie. Krrk krrk krrk. Seit drei Tagen ging sie völlig in dem Fest auf. *Kennt alle Medizin nicht eine einzige Arznei.* Njkk. Sie war es gewesen, die die gesamte Herstellung der Speisen und Getränke koordiniert, die Geld gesammelt und Aufgaben an die siebenundvierzig Schafe der Herde Christi verteilt hatte. Ich liebe Milchpralinen, sagte sie und steckte sich eine in den Mund, hm. *Sie will nur.* Hm, sehr lecker, hm. Eine Mordsarbeit, alles abzustimmen. Ich konnte nicht mal meine Serien sehen, sagte sie zu Kelly, weißt du, ob Felipo Albuquerque die Magda geküßt hat? Ja, antwortete Kelly, und Tarsila hat Irene entlassen. Und außerdem ist Marcela Aragão aus der Werft geflogen. Tatsächlich? fragte Carolaine, geschieht ihr ganz recht, Marcela ist eine Nutte, sieh bloß mein dreckiges Schandmaul, hoffentlich hört Walmir mich nicht, Amen. Wo ist Reizinho? Dort drüben, antwortete Kelly.

Reizinho unterhielt sich mit Onofre und Leitor am Stand mit dem heißen Zuckerrohrschnaps. Sie winkten. Ist das Carolaine? fragte Leitor. Er hatte sie nicht erkannt. Carolaine war mächtig stolz auf ihren Bruder. Ohne ihn wäre die Kirmes nicht zustande gekommen. Reizinho war es gelungen, Miltão zu beruhigen. In Wahrheit konnte nicht mal José Luís erklären, wie dieses Wunder geschehen war. In der Nacht damals hatte José Luís auf die flehentlichen Bitten seiner Schwester hin, die weinend und verstört in Kellys Haus aufgetaucht war, mit dem Dealer geredet, ohne große Hoffnung, den Anführer umzustimmen. Miltão kokste zuviel. Im Rausch demütigte er seine Soldaten ohne Unterlaß. Das paßt dir nicht? Dann zieh Leine. Soll das Früchtchen doch zum Teufel gehen, sagte er. Der kriegt eine Kugel in den Arsch, wenn er Blödsinn macht. Bitte ihn um nichts, hatte Leitor ihm geraten. Nimm dich in acht vor ihm.

Gestern hat er Biga vermöbelt, bloß weil der arme Kerl vergessen hatte, sein Auto vollzutanken. Der Wichser. Wenn er wenigstens ein großer Mann wäre, dann ginge es ja noch, aber Miltão ist in Wahrheit ein Rüpel. Ein verdammter Hungerleider. Nobre zum Beispiel mag ja verrückt gewesen sein, aber er hat nicht auf Polizeihubschrauber geschossen. Zu seiner Zeit wurde niemand hier im Viertel überfallen. Und es mußte auch kein Straßenzoll gezahlt werden. Willst du einen Rat von mir? Sag dem Pastor, er soll sein Fest veranstalten, und scheiß drauf. Ich bin gespannt, wie Miltão reagiert. Ob er Feuer legen wird? Verplempere deine Zeit nicht mit dem blöden Kerl. Soll er es sich doch mit den Leuten verscherzen. Der Idiot wird nicht kooperativ sein. Weißt du, warum? Eine von Miltãos Lieblingsbeschäftigungen ist es, ein Arschloch zu sein. Er macht sich einen Zeitvertreib daraus, den anderen das Leben zur Hölle zu machen.

Gleich in den ersten Minuten des Gesprächs mit dem Rauschgifthändler, noch bevor José Luís eine Lanze für die Kirmes gebrochen hatte, kam Miltão ihm zuvor, er solle nicht »herumnerven«. Ich habe das Fest genehmigt, erklärte er ohne Umschweife. Sag dem Pfaffen, er kann sein frommes Popcorn rösten. So war Miltão. Unberechenbar. Ohne meinen Bruder, hatte Carolaine dem Pastor gesagt, sobald sie die Neuigkeit erfahren hatte, ohne Zé hätte dein Streit schlimme Folgen gehabt. Es hat keinen Krach gegeben, hatte Walmir geantwortet. Er hat mich angegriffen. Trotzdem, Liebling, ob nun mit Streit oder nicht, mein Schatz, ohne Zé wäre die Kirmes ein Traum geblieben, du kennst Miltão nicht. Carolaine, hör zu, Carolaine, du mußt aufpassen, sonst nennst du mich noch im Beisein deiner Mutter »mein Liebling«, hatte Walmir sie an diesem Tag ermahnt. Ach, sollten sie doch alle zum Teufel gehen, dachte das Mädchen. Sie konnte es gar nicht erwarten, der Welt zu verkünden, daß sie in Walmir verliebt war. Um so mehr jetzt, wo sie ein

Kind von ihm im Bauch trug. Und sie war nicht absichtlich schwanger geworden. Im Gegenteil, sie hatte es zu verhindern versucht. Sie war sogar bei einem Frauenarzt gewesen, der ihr die Pille verschrieben hatte. Doch vergaß sie ständig, sie zu nehmen. Ja, ihr Kopf taugte nicht für »diese Dinge«. Sie würde Walmir erzählen müssen, daß sie schwanger war. Eines war gewiß: Das Baby würde helfen, die Situation umgehend zu bereinigen. Und wenn jemand hört, wie du »Liebling« zu mir sagst, Carolaine? hatte Walmir an jenem Abend gefragt. Was wird er denken? Mir ist völlig egal, was sie über uns denken, antwortete sie. Mir nicht, Carolaine. Ich bin mit Clotilde verheiratet. Oh, verdammt und zugenäht, immer dieselbe Litanei, Clotilde, meine Frau, ich bin verheiratet, ich bin Pastor, was Gott vereinigt hat, darf der Mensch nicht trennen. Zum Teufel mit diesem ewigen Gerede, dachte Carolaine. Außerdem hast du versprochen, daß du Clotilde verläßt. Niemals, Carolaine, nie und nimmer. Ich habe gesagt, WENN Clotilde eines Tages sterben sollte, eines natürlichen Todes, wohlgemerkt, eines natürlichen Todes, dann können wir heiraten. WENN. Ich bin Pastor. WENN. Ein Pastor ist Vorbild. Eine Grundfeste. Eine Autorität. Von Anfang an ging das so, immer der gleiche Streit. Carolaine wurde fuchsteufelswild, wenn Walmir ihr die Wichtigkeit des Hirten für die Herde darzulegen begann. Ich bin derjenige, der vorangeht, du Geschöpf Gottes. Ich bin der Pfeil. Ich bin der Weg. Manchmal sprach Carolaine zwei, drei Tage lang nicht mit Walmir, um ihn dafür zu bestrafen, daß er verheiratet war. Sie kannte Clotilde nicht. Walmir brachte seine Frau nie mit in die Kirche. Nie hatte er Carolaine einen Besuch in dem Stadtteil erlaubt, in dem er wohnte. Ich will nicht, daß du leidest, sagte er. Wozu willst du Clotilde kennenlernen? Du bist meine Liebste, Carolaine. Große Worte. Lieben ja, heiraten nein. Sie war gespannt, was für ein Gesicht Walmir machen würde, wenn sie ihm von dem Baby erzählte. Und Clotilde. Was für ein Name. Clotilde, so heißen die übriggebliebenen Tanten in den Siebenuhrserien. Eine dürre Bohnenstange, die unter Verstopfung leidet. Das ist Clotilde, sagte sie manchmal, um ihn zu ärgern. Gott hört unsere Worte, Carolaine. Und was macht Gott, während du mich vögelst, in voller Montur, nach dem Gottesdienst? Schließt Gott da die Augen? Ach, Carolaine, wie du mich quälst, wenn du mir meine Sünden so grausam vor Augen hältst. Carolaine liebte es, ihn zu piesacken, wenn sie wegen Clotilde in Rage war. Nur zu gerne malte sie sich aus, wie sie an einem Samstagabend, wenn Walmir seine Frau und seine Kinder zum Pizzaessen ausführte, Christi Schafe darüber aufklärte, wie Walmir sie in der Kirche verführt hatte. Es gab dort hinten einen kleinen Raum, ein Büro, mit einem Feldbett. Dort war es passiert. Mein Gott, hatte sie ihrer Freundin Kelly erzählt, im Bett wirkt der Mann überhaupt nicht wie ein Pastor. Er ist ein Tier. Wow. Er vergißt Gott ganz und gar. Nur Kelly wußte von der Romanze. Sie hatte geschworen, »kein Sterbenswörtchen« darüber zu verlieren. Allerdings hatte sie bereits alles José Luís berichtet. Verdammt. Carolaine ist eine Schlampe, hatte ihr Bruder gesagt. Sie baut liebend gerne Scheiße, die Dicke. Verdammt. Bescheuerte Kuh. Blöde Tussi. Ich hätte Lust, Carolaine eine Tracht Prügel zu versetzen. Schwör mir, daß du dich nicht mit ihr streitest, die Ärmste. Verdammt. Streiten, soll sie doch zum Teufel gehen, verdammt. Kelly hatte es auch ihrer Mutter Yolanda erzählt. Der Pastor und Carolaine? Hab ich's doch gewußt. Der hat mich auch mit seinem ordentlich zugeknöpften Hemd nicht hinters Licht geführt. Ich kenne die Weiberhelden. Sie geben sich diesen überzeugenden, seriösen Anstrich wohlanständiger Männer. Dabei denken sie nur an ihren eigenen Schwanz. Vernascht der das Mädchen. Die Arme. Sieh mal einer an. Wußtest du das, Onofre? hatte Yolanda den Freund später gefragt. Das mit Walmir und Carolaine?

Eine Kirmes der Superlative wie diese hatte es auf dem Berimbau seit vielen Jahren nicht mehr gegeben. Die Kinder waren bereits seit dem Morgengrauen, als es ans Aufbauen der Stände ging, auf dem Sportplatz. Ungestüm liefen sie durcheinander und wollten den Erwachsenen helfen.

Achtung, Leute, wer beim Bingo mitmachen will, die Punktekarten werden von Seu Caju in der Nähe vom Tor verkauft.

Hallo, Mutter, sagte Carolaine zu Alzira, die sich um den Stand mit dem Maisbrei und dem Maniokpökelfleisch kümmerte, hast du Walmir gesehen? Alas spielte, im Gesicht einen von Kelly gemalten Schnurrbart, in Jeans, kariertem Hemd und Halstuch, mit einem leeren Topf, den seine Großmutter ihm gegeben hatte. Keine Ahnung. Caju ist auch auf der Suche nach ihm. Er braucht die Punktekarten fürs Bingo. Ich werde Walmir suchen, sagte Carolaine.

Auf dem Weg zur Kirche verspürte Carolaine beim Anblick des sternenübersäten Himmels und des Vollmondes ein so unbändiges Wohlbehagen, ein Gefühl des Glücks. In ihr machte sich die Gewißheit breit, daß dies der Moment war. Sie würde geradewegs dort in der Kirche von ihrer Schwangerschaft erzählen. Natürlich würde es nicht leicht werden, doch sie beide zusammen, gemeinsam mit Christus, würden die Lage meistern. Wenn nötig, würde sie selbst mit Clotilde reden. Nur Alzira wollte sie es nicht erzählen. Alzira regte sich so schnell auf. War so überspannt. Sie würde nicht noch einmal diese Vorhaltungen ertragen, diese Predigten nach dem Motto wie-ist-das-Leben-schwer und wie-sind-die-Männer-schlecht. Nein.

Walmir? Beim Betreten der Kirche bemerkte Carolaine die heruntergefallenen Bingokarten in der Nähe der Kanzel. Walmir? Im Hinterzimmer brannte Licht. Walmir?

Langsam ging Carolaine zu der halbgeschlossenen Tür. Als sie sie aufstieß, sah sie den Pastor bäuchlings auf dem Bett liegen. Das Kopfkissen war eine einzige Blutlache. Die rechte Hälfte des Kopfes war schlicht nicht mehr vorhanden, und sogar an der Wand klebten Teile vom Gehirn.

Oh, Jesus Christus, schrie Carolaine und kniete neben dem Pastor nieder. Nein. Tu mir das nicht an. Laß mich nicht alleine, Walmir.

Ein Ei auf dem Löffel zwischen den Zähnen, liefen die Männer und Frauen hastig auf das Ziel zu, angefeuert von dem Geschrei der Anhänger, lauf, lauf. Kinder lachten johlend, wenn die Eier auf dem Boden zerschellten, lauf, und die Hunde herbeigerannt kamen, um das Eigelb aufzulecken, ehe es gänzlich von der Erde aufgesogen wurde.

Carolaine kam nur schwer voran inmitten der rings um die Wettkämpfe, die Stände und das Feuer unbeweglich dastehenden Menge, sie bat um Durchlaß, geht aus dem Weg, sagte sie weinend. Komm und schau dir Onofre an, Carolaine, er läuft wie eine Kröte. Sie hörte die ihr geltenden Fragen nicht, sie konnte kaum die Menschen vor sich erkennen, es war, als ginge sie durchs Wasser, mit langsamen Bewegungen, schwindeligem Kopf, das Bild des toten Geliebten, Jesus, sagte sie, bei deiner Macht, laß nicht zu, daß er stirbt, Jesus, laß mich nicht schwanger im Stich, auch wenn Walmir verkrüppelt bliebe, plemplem, selbst ohne Kopf wollte sie ihn wiederhaben, Jesus Christus, der du gut bist, gerecht und mächtig, laß mich nicht allein ohne meinen Walmir. Wir warten nur noch auf die Punktekarten, um das Bingospiel zu eröffnen, gab der Akkordeonspieler bekannt.

Als Carolaine auf die Bühne kletterte, bemerkte fast niemand ihre blutverschmierten Kleider. Unter den neugierigen Blicken der Anwohner nahm sie dem Sänger das Mikrophon aus der Hand. Sing-schon, sing-schon, sing-schon, brüllten sie los und klatschten in die Hände. Sie haben, versuchte sie herauszubringen, die Stimme versagte. Pastor Walmir ist ermordet worden, brachte sie im zweiten Anlauf unter Schluchzen hervor. Sie haben ihm in den Kopf geschossen. Schluchzen. Drüben in der Kirche. Schluchzen.

Anfangs entstand ein großes Schweigen. Als das Mädchen leblos auf dem Holzboden zusammensackte, brach Chaos aus. Das war Miltão, rief jemand. Die Gläubigen knieten nieder, weinten, schrien, beteten und forderten Gerechtigkeit. Zino, der Schlachter, stieg auf die Bühne. Achtung. Niemand wollte ihm zuhören. Hört den Schlachter an, sagte der Sänger der Gruppe. Hört, was er mitzuteilen hat. Wir lassen uns so etwas in der Favela nicht mehr bieten, sagte Zino. Wir wissen, wer unsern Pastor umgebracht hat. Ja, schrien die Anwohner und erhoben die Arme. Wir können nicht nach Hause gehen und schlafen, als wenn nichts passiert wäre. Das war Miltão, schrien die Bewohner. Wir werden Gerechtigkeit üben. Ja, brüllten alle. Rache. Gerechtigkeit. Was empfiehlt dieser Irre dort gerade? fragte Biga, über den Aufruhr besorgt. Wenn ich richtig verstanden habe, antwortete Leitor, dann wiederholt er den Rat eines amerikanischen Richters, ich weiß nicht, wo ich ihn gelesen habe, aber er gefällt mir außerordentlich: »Es ist an der Zeit, daß wir nach Hause gehen und unsere Baseballschläger holen.«

Unverzüglich bewaffneten sich Männer, Frauen und Kinder mit Holzknüppeln, Messern und Steinen und zogen einer Meute gleich auf der Suche nach Miltão durch die Favela. Mehrere Gruppen aus zehn, zwanzig Personen durchkämmten etliche der verwinkelten Gassen des Elendshügels, wobei sie mit ihrem Lärm die wenigen Leute, die nicht zu dem Fest gekommen waren, meist Alte, ans Fenster lockten. Da niemand die genaue Adresse des Rauschgifthändlers kannte, irrten sie ziellos umher. Sie umzingelten das Haus von Miltãos Schwester und bewarfen es mit Steinen. Eine der Drogenverkaufsstellen wurde in Brand gesteckt.

Miltão war in keinem seiner Verstecke zu finden. Niemand wußte, wo er war. Jemand hatte behauptet, er sei in Caxias. Das ist gelogen. Mörder.

Aufgebracht, außer Rand und Band, entschlossen nahmen Anwohner die Straßen in Besitz; als sie das sahen, trafen sich Leitor, José Luís, Biga und einige andere Milizionäre, die Leitor als die »erste Gesindelstaffel« bezeichnete, außerhalb der Favela bei einer Tankstelle an der Avenida Brasil, um die Sache zu besprechen. Da gibt's nicht viel zu überlegen, erklärte Leitor. Der Typ ist im Arsch. Ich habe hier schon eine Menge mitgekriegt. Im allerblutigsten Mafiakrieg hat ein Bonze, das habe ich in einem ausgezeichneten Buch gelesen, mehrere Richter, Journalisten, Polizeichefs und noch einen Haufen anderer Leute, die ihm unterwegs begegnet sind, erwürgt, verbrannt, enthauptet, erschossen, verprügelt, gefoltert. Ich glaube, Pfarrer waren keine auf der Liste. Wirklich nicht. Finito. Das ist alles, was ich dazu zu sagen habe. The end. Fine. Ende.

Während der Totenwache, die am Morgen des darauffolgenden Tages in Pastor Walmirs Haus abgehalten wurde, kam beinahe alles über sein Leben ans Tageslicht. Anfangs waren die Gläubigen beeindruckt von dem großen, luxuriösen Haus in Catumbi und den drei Autos in der Garage. Ich wußte nicht, daß er reich war, erklärte Alzira und betrachtete die in einer Ecke vom Wohnzimmer eingerichtete Mahagonibar mit Flaschen schottischen Whiskys und Kristallgläsern, die Getränke waren tadellos aufgestellt, genau wie im Haus ihrer Herrschaft. Sieh dir den Teppich an, flüsterte sie Carolaine ins Ohr, er ist wunderschön. Schau, die Spitzengardinen. Als blinde Bewunderin des Pastors fühlte Alzira sich bei der Feststellung, daß ihr Mentor reich gewesen war, bestätigt. Carolaine, die nicht auf die Worte ihrer Mutter achtete, versuchte zu erraten, wer von den Anwesenden Clotilde sein könnte. Und die Kinder? Wo mochten sie sein? Walmir hatte ihr ein anmutiges kleines Mädchen mit Lockenhaar und einen pummeligen kleinen Jungen mit wachen Augen beschrieben. Die bei der Totenwache anwesenden Kinder waren eher häßlich, tolpatschig, mit krausem Haar wie dem von Carolaine. Keine Locken. Keine lebendigen Augen. Lauter weinende, verletzte Menschen, nichts als Leid und Trauer. Die Küche ist ein Gedicht, sagte Alzira zu Carolaine nach einem kleinen Rundgang durchs Haus. Geh sie dir anschauen. Ein Dunstabzug, der einem glatt das Haar verschluckt. Dona Juliana wäre begeistert. Er wirkte gar nicht wie ein reicher Mann, sagte sie alle naselang. Walmirzinho. Er mochte meine Makkaroni. So ein anspruchsloser Mensch. Wie Moses. Moses war ein Prinz, wußtest du das? Walmir hat Ähnlichkeit mit Moses, sagte sie zu allen. Was soll aus uns werden, ohne Moses? Wie sollen wir das Rote Meer überqueren? Überleg mal, Carolaine, was für eine gute Seele, welchen Reichen sonst kennst du, der ein Freund Christi wäre so wie Walmir?

Der Sarg in der Mitte des Wohnzimmers war versiegelt worden, damit die Freunde nicht den erbärmlichen Zustand des Toten sahen. Der Kopf, hatte jemand erklärt, war »hohl«. Das Hirn war herausgerissen worden. Carolaine, darauf vorbereitet, die Witwe kennenzulernen, erlitt einen Verzweiflungsanfall, als sie Clotilde begrüßte, eine Dame von zweiundachtzig Jahren, die als »Walmirs Mutter« vorgestellt wurde. Sie heißen ja genauso wie die Frau des Pastors, bemerkte Carolaine verwirrt und verhaspelte sich in den Worten. Nein, Walmirzinho war nicht verheiratet, erklärte die alte Frau. Gott sei Dank. Weder Frau noch Kinder, die leiden müssen.

Carolaine machte sich von Alzira los und ging hinaus, um

sich auszuweinen. Er war nicht verheiratet. Walmir, dieser Schuft, sagte sie, dieser gemeine Lügner, hat eine Frau erfunden, nur um mich hinters Licht zu führen, und schluchzte, ich schwanger, dieser Schuft, und er ledig. Weder Frau noch Kinder, die leiden müssen. Sie fühlte sich so elend. Ihr fiel ein, warum, wußte sie selbst nicht, wie Walmir sie bei der Aussprache mancher Wörter verbessert hatte, das müssen wir korrigieren. Bei anderen Gelegenheiten hatte er sie gebeten, ihr Kraushaar zurechtzumachen. Benutz doch Gel. Warum glättest du es nicht? Clotide hat ihres geglättet, und es ist prima geworden. Gehst du in diesen Latschen dorthin? hatte er an José Luís' Geburtstag gefragt. Alle in der Favela trugen Latschen der Marken Havaiana oder Rider. Und wie er sie ansah, als ob das häßlich wäre, als ob er mit seinen schwarzen Schnürschuhen anders wäre als alle anderen. Sie wußte gar nicht, warum sie sich an diese Begebenheiten erinnerte. Sie fühlte sich klein, verraten, kraftlos. Latschen. Warum hatte Walmir nicht einfach gesagt, daß er nicht heiraten wollte? Junggeselle. Und tot. Was auch immer geschehen mag, sagte er, ich bin bei dir. Lügner. Locken und wache Augen. Sie hatte Angst vor der Zukunft, vor dem Alleinsein. Der Bauch würde anschwellen, ein Baby würde zur Welt kommen, sie kannte das schon, Alas hatte es sie gelehrt, dicker werden, gebären, großziehen. Mies und traurig. Und dann begriff sie, daß das vielleicht die Strafe Gottes war. Gut. Sie hatte gelernt. Sie hatte soeben erfahren, daß Gott Gerechtigkeit nichts bedeutete. Wieder wäre sie diejenige, die mit dem Kind und den Folgen aller begangener Sünden dasitzen würde. Der Schuft, sagte sie noch einmal.

Zurück im Wohnzimmer, die Augen geschwollen und mit laufender Nase, betrachtete sie aufmerksam zwei junge, am Sarg heftig weinende Mädchen. Sodann bemerkte sie eine andere Frau auf dem Sofa, das tränenüberströmte Gesicht in die Hände gestützt. In der Küche wurde eine Blondine von Freunden getröstet. Ich kann mich nicht damit abfinden, sagte sie schluchzend. Und dann kamen ihr andere Erinnerungen, an andere Mädchen, denen der Pastor geholfen, an die Frauen, die er in demselben Raum der Kirche empfangen hatte, in dem er es mit Carolaine trieb, ich möchte mit Dona Irene alleine sein, mit Dona Cláudia, oh, mein Gott, sie Eselin, die Mitteilungen, die sie notiert hatte, richte aus, daß Tânia angerufen hat, Lúcia, von der Post, sie dumme Kuh, immerzu Frauen, viele Frauen. Und alles paßte so haargenau zusammen, es gab nun keinen Zweifel, ich bin eine Vollidiotin, dachte Carolaine und wischte sich die Augen trocken. Woher kam nur ihr Hang zu Schwangerschaft und Unglück? Das plötzliche Auftauchen zahlloser Geliebter verletzte sie weniger als die Nachricht, daß Walmir Junggeselle gewesen war. Schuft.

Auf dem Friedhof São João Batista war es Alzira ein Bedürfnis, sich einen Weg durch die Menge zu bahnen, um nahe bei dem Sarg zu stehen. Ich will sehen, wie er heruntergelassen wird. Gott, so eine Gemeinheit. Zu sterben wie ein Verbrecher.

An diesem Tag schien die Sonne. Vater unser, der du bist im Himmel, geheiligt werde dein Name. Die Sonnenschirme in den Händen der gläubigen Heerschar machten es noch schwerer, zum Grab vorzudringen. Dein Reich komme, dein Wille geschehe. Ich bekomme ein Kind von Walmir, sagte Carolaine ihrer Mutter ins Ohr, während die Frommen das Gebet vorsprachen.

Alzira wurde ohnmächtig. Doch niemand bemerkte es. Etliche Frauen fielen im Laufe der Beerdigung in Ohnmacht.

Kaum waren die Türen des Lieferwagens von Miltãos Milizionären geöffnet worden, roch es allenthalben intensiv nach frischem Fleisch. Anfangs kamen nur die Kinder herbeigelaufen, um zu sehen, was los war. Gratishähnchen, erklärte einer der Männer. Spendiert von Miltão. Ihr müßt nichts bezahlen. Einfach einpacken und mitnehmen. Gratishähnchen.

Miltão, der die Hähnchen in einem Hypermarkt an der Avenida Epitácio Pessoa hatte stehlen lassen, um sie an die Bewohner zu verschenken, beobachtete vom Gipfel des Hügels aus mit einem Feldstecher das Gedränge. Wenn's ans Essen geht, halten sie die Klappe, sieh nur, alle holen sie sich ein Hähnchen. Er lachte schallend.

Leitor, der zu einem »Schwätzchen« herbeizitiert worden war, beobachtete die Szene schweigend. Was meinst du? fragte Miltão, war das nicht eine prima Idee, Hähnchen zu verteilen? Morgen gebe ich Hackfleisch aus. Nur, damit die Leutchen, die mir nicht über den Weg trauen, kapieren, daß ich immer noch der alte bin. Scheißbibelheinis. Ich bin Miltão, der Freund der Jugend. Ich bin der Herr vom Berimbau. Leitor, der Miltãos Mißtrauen zu wecken vermied, erklärte sich mit allem einverstanden, prima. Großartig. Tolle Idee.

Die Händler trauerten um Walmir. Viele der Anwohner trugen Schwarz, andere hängten schwarze Bänder in die Fenster ihrer Baracken.

Miltão legte unausgesetzt das Fernrohr beiseite und telephonierte mit einem Mädchen. Und, mein Schnuckelchen? Wie geht es deinem kleinen Bauchnabel? Der Dealer wandte den Milizionären den Rücken zu und ergoß in honigsüßem, beinahe kindlichem Ton seine Redeflut über das Mädchen. Heute abend. Ja? Schnuckel. Süße. Für ihn gab es keinerlei Problem in der Favela, außer den Bibelheinis. Er begriff nicht, daß er an Macht eingebüßt hatte und in Gefahr war. Obwohl er gehört hatte, wie jemand Mörder! rief, als er Onofres Bar betrat. Obwohl er »Miltão muß sterben« an einer Mauer im Treppengewirr gelesen hatte. Obwohl er sah, wie die Milizionäre das Weite suchten. Das kommt von dem Schwuchtelgelaber dieser Bibelfritzen. Die sind gegen mich, weil ich was gegen Abzocken habe. Ich habe schon zu meiner Mutter gesagt: Die Leutchen wollen bloß Kohle. Das hat nichts zu tun mit Gott, und auch nicht mit Christus. Das ist der reine Kommerz. Fehlt nur der Gewerbeschein. Ich mach diese Typen alle, in zwei Tagen. Ich habe Agnaldo schon befohlen, eine Liste von diesen Hungerleidern zu machen, die mir meine Familie aus dem Lot gebracht haben.

Welche Schuld trage ich, wenn der Pastor umgelegt worden ist? Ich habe den Kerl nicht abgemurkst. Leider. Liebend gern hätte ich dem Sack eine Granate in die Fresse geschleudert. Onofre, diese Null, ist angekommen und hat was gefaselt von wegen »du bist zu weit gegangen«. Ich reiß ihm den Arsch auf, wenn ich diesen Quatsch noch mal von ihm höre. Schau an, sagte er, indem er erneut seinen Feldstecher ergriff. Die Hähnchen sind alle, sagte er und beobachtete den Laster durch das Glas. Hast du gesehen?

Nicht weit davon entfernt wartete José Luís an der Bushaltestelle auf Fake. Reizinho hatte ihn gleich morgens angerufen und ein Treffen verabredet. Ja, der Augenblick zu handeln war gekommen. Obwohl er sich gesträubt hatte. Als Fake ihm von Zequinha Bigodes Unterstützung erzählte, lehnte er ab. Verdammt. Du bist nicht ganz bei Trost, hatte Leitor damals gemeint. Weißt du, was Zequinha dir da vorschlägt? Gemeinsame Sache. Du wirst der Herr von dem Scheißladen hier. Du hast dir deine große Chance durch die Lappen gehen lassen. Bei Zequinha gibt es kein zweites Mal. Vorbei ist vorbei.

Doch auch wenn Reizinho den Bockmist, den Miltão die ganze Zeit über verzapft hatte, nicht guthieß, wollte er kein

Verräter sein. Nein, hatte er an dem Abend damals zu Fake gesagt. Ich bin draußen. Dafür gibt es nur eine Bezeichnung, hatte Fake geantwortet: Blödheit. Du entscheidest dich für deinen Ruin. Fake hatte alle Argumente ins Feld geführt: Zequinha hatte ihm erzählt, Miltão würde in jedem Fall sterben, er war von Nobre verurteilt. Und wenn so ein Obermacker einen Typen auf der Abschußliste hat, tja, Brother, dann gibt's kein Vertun. Irgendwann demnächst bricht nachts einer aus dem Padre Moraes aus und stattet Miltão einen Besuch ab. So wird es sein. Miltão im Bett mit einer Schnecke am Vögeln. Puff. In die Birne. Bitte schön, und wenn schon.

Aber Miltão verraten würde Reizinho nicht. Miltão war es gewesen, der ihn aus dem Sumpf gezogen hatte. Miltão war derjenige, der ihn wieder auf die Beine gebracht, der ihn von den Drogen weggeholt hatte. Alles, was er besaß, verdankte er Miltão. Vor allem in der letzten Zeit entlohnte ihn der Rauschgifthändler fürstlich.

Doch nach dem Tod des Pastors hatte Reizinho seine Meinung geändert. Alzira persönlich hatte ihn gebeten: Tu was. Carolaine derart in Tränen aufgelöst zu sehen, war furchtbar gewesen.

Genau, Brother, sagte Fake, als er aus dem Bus stieg. Laß uns was essen gehen.

Sie gingen in eine Eckkneipe, bestellten Pasteten und Coca-Cola. José Luís sagte, daß er sich mit Zequinha Bigode treffen wollte.

Das sehe ich gern, Brother.

Fake ging zu dem Riesenohr mit dem öffentlichen Telephon, wählte. Er kam zurück und bestätigte die Verabredung. Heute abend um neun.

Abgemacht.

José Luís hatte den Morro dos Marrecos schon mehrfach erklommen, immer im Gefecht. Als Milizionär war ihm der Eingang genauestens bekannt, und die enge Gasse, die zur Bäckerei führte, war bei solchen Anlässen nur ein weiteres Schlachtfeld. Im Krieg ist es wichtig, das Ziel zu orten, den Feind, den Unterschlupf, den besten Angriffswinkel. In dieser Nacht jedoch, in der er unter sternenübersätem Himmel und bei Vollmond in friedlicher Mission hügelan stieg, erschien ihm der Ort ganz anders, ungemein anheimelnd und geordnet. An mehreren Stellen Riesenohren mit öffentlichen Telephonen, schmale Abwasserkanäle, überall in der Favela Laternen und solide Häuser. Am besten gefielen ihm die kleinen Schilder mit den Straßennamen, die er vielerorts sah. Eine großartige Idee. José Luís wußte, daß eines der Probleme der Favelabewohner bei der Arbeitssuche darin bestand, daß sie keine Anschrift hatten. So war es besser, Rua da Paula Nummer 5. Und fertig. Die Idee stammt von Zequinha, erklärte Fake, der zusammen mit José Luís den Hügel hochging und einige der an ihnen vorüberkommenden Leute grüßte. Seit er die Leitung des Lokalradios übernommen hatte, wurde der Rapper bei den Anwohnern langsam berühmt. Zequinhas entlang der gesamten Strecke verstreut stehende Männer grüßten ihn freundlich. Hallo, Brother. Der Mann wartet, sagten sie. Dort oben. Nicht jeder darf hoch, erklärte Fake. Niemand im übrigen. Nur die Topleute. Suzana hat dich wirklich gerne, Alter.

Zequinha Bigodes Haus war eine Festung, strategisch günstig gelegen inmitten des ärmlichen Häusermeers der Favela, das sie schützte. An der Eingangstür wurden die beiden Besucher streng von den Sicherheitsleuten kontrolliert. Das ist immer so, erklärte Fake. Selbst Freunde müssen durchsucht werden. Anschließend wurden die beiden ins Wohnzimmer des Hauses geführt. Reizinho hatte sich im Traum nie so viel Luxus vorgestellt. Wahnsinn. Schieferboden, bunte Teppiche, Couchtische mit Nippes, Wahnsinn, Samtsofas, feine Leute, sagte José Luís zu Fake ins Ohr. Miltão war wirklich ein Barbar. Verdammt. Am meisten beeindruckte ihn die Anzahl ausländischer Whiskysorten in der Bar. Über zwanzig. Sehr vornehm. José Luís zupfte sein Hemd zurecht, inmitten des Prunks dort fühlte er sich schlecht angezogen. Verdammt. Tock, tock, tock, jemand kam die Treppe herunter. José Luís vermied es, aufzuschauen, er wartete ab, die Hände im Schoß, den Blick fest auf ein Arrangement künstlicher Blumen auf einem Marmortisch geheftet. Hallo, sagte sie. Reizinho schaute hoch, sprachlos. Verdammt. Dort stand sie, hübsch, in Shorts, Top und Holzlatschen. Verdammt. Du bist das also, den mein Vater erwartet? fragte Marta und lächelte.

20

Die Sache ist die, sagte Zequinha kategorisch, du kannst einen Kaufmann umlegen, der dich übers Ohr gehauen hat, oder einen Nachbarn, der mit einem unverschämten Bullen gemeinsame Sache macht; ich finde es auch nicht verkehrt, eine Sabbeltante aus dem Weg zu räumen, wenn ihr Gequatsche Schaden oder Personalverluste verursacht. Niemand ist fürs Abschlachten, klar, aber wir wollen Geld mit dem Drogenhandel verdienen, da dürfen wir gegenüber Leuten, die bei Rot über die Ampel fahren, nicht tolerant sein. Moralisch gesehen akzeptiere ich, daß bestimmte Leute eliminiert werden, fuhr Zequinha Bigode wachsam fort, immer mit einem Auge bei seiner Tochter und ihrem Kommen und Gehen. Martinha, rief er, verschwinde in dein Zimmer zum Lernen, ich habe es schon gesagt. Ihm gegenüber auf dem roten Samtsofa saßen Fake und José Luís, sichtlich eingeschüchtert von dem luxuriösen Ambiente. Wo war ich stehengeblieben? fragte Zequinha. Ja, gut, fuhr er fort, einen Schuft abmurksen, einen Verräter, ein Arschloch, machen wir, kein Problem. Aber einen Pastor umlegen, das steht auf einem ganz anderen Blatt. Das geht zu weit. Das heißt, Gott auf den Kopf spucken wollen. Der Pastor ist sozusagen das Double Christi auf Erden, nicht wahr? Meiner Ansicht nach gibt es Menschen, die man nicht töten darf. Pfarrer zum Beispiel. Pfarrer und Kinder. Die bringen wir nicht um. Das ist Anarchie. Deshalb habe ich ein ruhiges Gewissen. Ich sage es in aller Deutlichkeit: Bei mir gibt es kein Wenn und Aber. Ich verrate niemanden. Ich hasse Unaufrichtigkeit. Doch wir sind heute hier zusammengekommen, um über das Schicksal von diesem Hund zu reden, der den Pastor vom Berimbau auf dem Gewissen hat. Einen Nobody verraten heißt nichts von Null abziehen. Denn schließlich hat Miltão alle beschissen. Er hat die Evangelen beschissen. Er hat meinen Geschäften geschadet. Er hat der Gemeinschaft geschadet. Er hat Nobre in die Pfanne gehauen, der ein ausgezeichneter Bullenausrotter war und außerdem ein Riesenhurensohn. Und das alles nur, weil er sich für den Größten hält.

Das Gespräch dauerte lange, Zequinha liebte es, Monologe zu führen. Er kam sich wichtig vor, wenn er Ausdrücke verwendete wie »meiner persönlichen Ansicht nach«, »unter uns gesagt« oder »der springende Punkt bei der Sache«. Was gibt's, Martinha? Habe ich dir nicht bereits gesagt, du sollst mit diesem Hin- und Hergerenne aufhören? Donnerschock, kann ich mich nicht mal in Ruhe unterhalten?

Das Mädchen entschuldigte sich, sie sei nur dort, um Gläser auf Anordnung Suzanas zu holen, die in der Küche einen Imbiß bereitete. Ja, ja, ich weiß, antwortete der Vater spottend. Gläser. Du platzt vor Neugier, mein Tochterherz. Nimm auf der Stelle deinen Kram und verschwinde. Verdünnisier dich, Süße. Zequinha zwinkerte Fake und Zé Luís zu. Die da, raunte Zequinha, belauscht liebend gerne meine Gespräche. Ständig bettelt sie, ob sie bei mir arbeiten darf. Ist das die Möglichkeit? Das Mädchen hat Talent, erklärte er stolz. Nächste Woche hat sie Geburtstag. Ich habe sie gefragt, was wünschst du dir, Tochterherz? Wißt ihr, was sie geantwortet hat? Eine Glock-Pistole. Ist das die Möglichkeit? Die drei lachten. Ich hätte sie fast gefragt: Soll sie vielleicht ein Laserzielrohr besitzen, du altkluges Ding?

Reizinho war bemüht, keinerlei Interesse für das Mädchen zu bekunden, das alle naselang ins Zimmer kam und wieder ging, ohne jede Eile Schranktüren öffnete und wieder schloß und ihm verstohlene Blicke zuwarf. Kam es ihm nur so vor, oder hatte sie ihm ein Zeichen gegeben und auf die Tür im hinteren Teil des Wohnzimmers gewiesen? Verwirrt bat er um Erlaubnis, auf die Toilette gehen zu dürfen. Dort drüben, sagte Zequinha und zeigte auf eine Tür, die genau in der entgegengesetzten Richtung zu der von Marta angedeuteten lag.

Auf der mit weißen, blumenverzierten Reliefkacheln ausgekleideten Toilette betrachtete er sein bleiches Gesicht in dem goldgerahmten Spiegel. Er fühlte sich erregt, angespannt, seit er Marta in blauen Shorts, mit ungekämmtem Haar, die Treppe hatte herunterkommen sehen. Verdammt. Fake hat mir gar nicht erzählt, daß du auch kommen würdest, hatte sie gesagt. Verdammt. Marta. Zu nichts war Zeit gewesen, er wollte Fragen stellen, verdammt, mit ihr reden, ein Treffen verabreden, alles sagen, ich liebe dich, ich bin verrückt nach dir, seit diesem vermaledeiten Tag im Black Rose, doch plötzlich, verdammt, kam Suzana ins Zimmer, redselig, aufgedreht, Zé, mein Liebling, wie ich dich vermißt habe, Junge, wow, du bist wirklich groß geworden. Wie geht es Kelly? Und Alas? Reizinho bekam die Fragen nicht mit, verhaspelte sich bei der Antwort, er sah nur Marta am Sockel der Treppe stehen, mit bloßen Beinen, offenen Holzlatschen, die ihre zierlichen Füße erkennen ließen. Er war so an den Anblick abgrundtief häßlicher Füße gewöhnt, in der Favela, im Bus, am Strand, Füße mit Überbeinen, Hühneraugen und Wunden, dicken pilzbefallenen Nägeln, selbst die stets pflegliche Kelly hatte häßliche große Füße, die Hacken und die Zehen ragten ständig aus den Sandalen, wozu lackierten sich die Frauen schließlich die Fußnägel? Nicht so Marta. Ihre Füße waren ebenso hübsch wie ihr Gesicht, niedliche Zehen, feine, glatte gesunde Haut, die Nägel kurz und sauber, verdammt, José Luís konnte gar nicht aufhören, sie zu bewundern. Kelly geht es gut. Ja, Alas. Die Füße. Meine Mutter ist immer noch bei Dona Juliana, alles beim alten. Alas, ja. Um alles noch schlimmer zu machen, war Zequinha genau in dem Augenblick ins Wohnzimmer gekommen, als Marta beflissen ein Telephongespräch entgegennahm. Es ist mir ein Vergnügen, einen jungen Mann in meinem Haus willkommen zu heißen, der praktisch von meiner Frau großgezogen worden ist, hatte er feierlich gesagt. Sie schüttelten sich die Hände. Zwangsläufig hörte José Luís die Worte Martas am Telephon mit an. »Neun Uhr.« »Ich auch.« »Tschau.«

Vielleicht, dachte José Luís im Bad, als er den Wasserhahn aufdrehte und sich kaltes Wasser ins Gesicht spritzte, vielleicht hatte am anderen Ende der Leitung ihr entflammter Freund ihr eine Liebeserklärung gemacht. Verdammt. Wie hatte Fake sich nur so schuftig benehmen können? Es konnte nur so sein, ihr Freund, »ich auch« war die Antwort auf ein »ich liebe dich«. Ich liebe dich auch. Verdammt. Jetzt hatte er jede Chance verloren. Schuld war Fake. Vielleicht war sie verlobt. Mit feststehendem Hochzeitstermin.

Als José Luís zurück ins Wohnzimmer kam, öffnete Suzana eine Flasche Bier. Um die Gedanken abzukühlen, sagte sie. Marta strich nicht mehr dort herum, und auch Fake war nicht mehr da. Weißt du, Zé, sagte sie und bot ihm ein Glas an, wir müssen es wie die Politiker machen. Bündnisse schließen. Suzana setzte sich neben ihren Mann, sie faßten sich bei den Händen. Wo hatte Fake sich verkrochen? Ich bin vom Berimbau, sagte sie, mir liegt viel an dem, was wir heute entscheiden. Ja, bestätigte Zequinha, auch wenn Suzana hier wohnt, ist sie doch auf dem Berimbau geboren, ich möchte in Frieden mit der Heimat meiner Frau leben. Die beiden schauten einander verliebt an. José Luís hätte sich gerne nach Fake erkundigt, ihn störte die Vorstellung, sein Freund könnte womöglich irgendwo mit Marta zusammenstecken. Verdammt, das hat mir gerade noch gefehlt. Für mich, versicherte Zequinha, war der Fall schon gegessen, aber Miltão, dieser Hund, macht ständig Probleme. Fake, der Hurensohn. Nicht mal meine Mutter besuchen kann ich, gestand Suzana. Wirklich, »die Mauer« ist der Tropfen, der das Faß zum Überlaufen gebracht hat, sagte Zequinha und meinte den Stacheldraht, den Miltão an der Grenze zwischen den beiden Hügeln hatte anbringen lassen, um den Anwohnern den ungehinderten Durchgang zu verwehren. Nur mit meiner Erlaubnis, hatte Miltão angeordnet. Ungebetene Gäste kriegen eine Kugel verpaßt.

Wo ist Fake? fragte Reizinho. Draußen, antwortete Suzana, das hier geht ihn nichts an. Hör zu. Seit Kriegsbeginn habe ich gewarnt: Miltão läßt nichts durchgehen, vergiß das nicht. Der Typ ist durchgeknallt. Er kokst, kifft, wirft alles mögliche ein und brütet darüber, wie er die Leute fertigmachen kann, er wird mich noch umbringen, ich kann nicht mal mehr richtig schlafen. Verdammt, das hat mir gerade noch gefehlt, Fake und Marta, ein Paar, verdammt. Wenn Zequinha aus dem Haus geht, werde ich verrückt vor Angst, tue kein Auge zu, sagte Suzana. Menschenskind, Schatz, beschwerte sich Zequinha, der Junge denkt noch, wir hätten Angst vor Miltão, das will ich nicht. Liebling, entschuldige, aber ich habe tatsächlich Angst, bekräftigte sie, Zé ist für mich wie ein Sohn, bei ihm muß ich kein Blatt vor den Mund nehmen. Angst vor diesem Arschloch, jawohl. Richtiggehend Schiß. Verbrecher, Gespenster, Polizei, Erdbeben, nichts von alledem bringt mich zum Zittern. Aber ein Irrer, der macht mir angst. Miltão ist verrückt. Fake, der Hurensohn, verdammt, wenn er etwas mit Marta haben sollte, ich mag gar nicht dran denken. Ich bringe den Typen um. Jeden Tag muß ich mir das gleiche Geschwafel anhören, fuhr Suzana fort, Miltão hat vergeigt, er hat keine Männer, kein Geld, aber verflucht noch mal, was für ein Durchhaltevermögen der Mann hat! Wie viele haben wir in diesem Krieg schon getötet? Nur Miltão stirbt nicht. Bereits sieben Handys habe ich in den Müll geworfen, und ich kann dir garantieren, der Mistkerl weiß schon die Nummer von dem, das ich jetzt benutze. Ich gehe ran, und er schnauft nur am andern Ende der Leitung. Früher rief er an, um zu jammern. Komm zurück zu mir, sagte er. Er werde mir verzeihen. Er liebe mich. Natürlich liebt er dich, sagte Zequinha, so ein Rasseweib, der Typ findet sich nicht damit ab, daß er dich verloren hat. Nein, Zequinha, das hat nichts mit Liebe zu tun, antwortete Suzana. Das hat damit zu tun, daß er einen Tritt in den Arsch bekommen hat. Der Kerl kann das bis heute nicht verwinden. Suzana, sagte ihr Mann zärtlich, mach dir keine Sorgen, laß mich eine Minute mit Zé reden, bitte, mein Engel, es wird alles gut, Blümchen. Liebchen, Herzblatt, so redeten sie miteinander. Ich möchte euch nur um eins bitten, sagte sie, bevor sie aus dem Zimmer ging: Bringt die Sache schnell in Ordnung. Macht Schluß mit dem Scheiß.

Fake ist ein Mistkerl. Verdammt.

Ich erklär's dir, hey, hör auf, Brother, was soll das? fragte Fake, indem er sich gegen die Schläge verteidigte, die José Luís ihm auf dem Weg den Morro dos Marrecos hinunter versetzte. Verdammt. Du hast behauptet, du kennst Marta nicht, sagte José Luís erbittert und gab seinem Freund einen Schubs. Es war fast zehn Uhr abends, die wenigen Leute, die noch auf den schlecht beleuchteten Gassen der Favela unterwegs waren, betrachteten die Jungen neugierig, unsicher, ob sie sich zum Spaß oder ernstlich stritten. Du mieser Lügner, Fake, spuck's aus, verdammt. Ruhig, Brother, ich erklär's. Darf ich was sagen? Ruhig.

Fake gab zu, Marta kennengelernt zu haben, als Zequinha ihn einmal hatte kommen lassen, um ihn um einen Gefallen zu bitten. Der Brother war total verschossen, er wollte, daß ich Suzana ein Päckchen bringe, er wußte jedenfalls, daß ich mit einer Freundin von Suzana »was hatte«, du kennst das Mädchen nicht, ich hatte eine Love-Story mit ihr. Verdammt, unterbrach José Luís ihn, an deinem Gelaber ist doch was faul, du warst Zequinhas V-Mann, stimmt's? Häng mir nichts an, Brother. Verpfeifen ist nicht, ich hab Zequinha nie irgendwas ausgeplaudert, das einzige, was ich getan habe, war Suzana ein paar läppische Geschenke bringen und Schluß. Ich bin sauber. Mein Ding ist Rap, ist Funk, ist Soul. Ich halt mich raus aus dem Krieg.

In Wirklichkeit arbeitete Fake seit zwei Jahren für Zequinha. Er bekam eine großzügige Entlohnung dafür, den Anführer vom Morro dos Marrecos über die wichtigen Geschäfte im Rauschgifthandel auf dem Berimbau auf dem laufenden zu halten. Nicht einmal während seiner Gefangenschaft hatte Fake aufgehört, für Zequinha zu arbeiten. Woche für Woche spielte er dem Dealer die Informationen zu, die Reizinho ihm bei seinen Besuchen überbrachte. Stunden später sollte Fake es bereuen, seinem Freund nicht die volle Wahrheit gesagt zu haben.

Ja, er war V-Mann, er hinterging Miltão, aber tat José Luís das nicht auch? Und Leitor? Und Biga? Hatte nicht Miltão selbst Nobre verraten? Und Nobre hatte seinen Vorgänger, Josué, umgebracht. Und Josué hatte seinen besten Freund, Janjão, auf dem Gewissen. Alle waren sie Verräter. In dem Moment jedoch, als sie den Hügel hinuntergingen, kam ihm dieses Argument nicht in den Sinn. Er leugnete derart überzeugend, daß José Luís die Geschichte glaubte. Er erzählte von seiner ersten Begegnung mit dem Mädchen in Zequinhas Haus, Marta hörte gerade eine heiße Musik, wir lagen auf einer Wellenlänge, haben uns über Techno Trance unterhalten, über House, Groove, Techno, Acid Techno, so war das, ein cooles Gespräch, wir haben unsere Telephonnummern ausgetauscht, sind ein paarmal ausgegangen, alles rein freundschaftlich, es ist nie was gelaufen, sie fand es witzig, bei mir am Mischpult im Fogosa zu stehen und zuzuschauen, wie die Leute losfetzten. Nur hat mich dann eines Tages Zequinha zu sich bestellt, fuchsteufelswild, Finger weg von Marta, sagte er. Ohne Erklärung, nichts. Das war, bevor ihr euch im Black Rose kennengelernt habt. Brother, ich bin ein alter Hase, ich will keine Schwierigkeiten mit Zequinha. Ich will keine und werde keine bekommen. Deshalb habe ich meinen Mund gehalten, als du mich nach Marta gefragt hast. So war's, Brother. Und wenn du einen Rat willst, halt dich da raus. Sonst wird's ungemütlich.

Der Rest des Wegs zur Bushaltestelle verlief schweigend. José Luís war überwältigt von allem, was passiert war. Es gab so viele wichtige Dinge zu tun, so viel zu organisieren, verdammt, das Gespräch mit Zequinha, alles mußte geplant werden, Männer, Waffen, Strategien, und trotzdem konnte er nur an Marta denken. Verdammt.

Jemand hupte und wollte vorbei. José Luís trat zur Seite und gab den Weg frei. Zé, rief jemand. Er schaute, sah Marta aus einem roten Mitsubishi-Kombi steigen, den ihre ältere Schwester Priscila lenkte. Hallo, sagte sie und kam auf ihn zu. Fake kratzte sich am Kopf, ich wußte es, Brother. Du hast das hier auf dem Sofa vergessen, sagte Marta und drückte José Luís einen kleinen Umschlag in die Hand. Tschau.

Später, eingeschlossen im Badezimmer bei Kelly, hatte Reizinho Mühe, Martas Schrift zu entziffern: »Komm am Samstag abend nach elf in die Rua Nossa Senhora da Paz Nummer 1203, Appartement 709b. Es ist wichtig. Kuß. Marta.«

Laß sie doch sagen, doch denken, doch reden/ ich tue gar nichts, und du auch nicht, die Musik dröhnte aus der vollaufgedrehten Jukebox, Gelächter, angeregte Unterhaltungen, die Atmosphäre war festlich, genau so, wie Onofre, der Organisator des Feijoada-Essens zu Ehren von Rosa Maria, es sich erträumt hatte. Tische mit Wegwerfdecken waren vor der Bar aufgestellt, und dort, rings um die dampfenden Schüsseln mit Bohnen, Trockenfleisch, Schinkenwurst, Schweinefüßen und Schweineschwänzen saßen die Leute versammelt, die Onofre als »die wirklich wichtigen« bezeichnete. Leitor, Tänzer und Fahnenträger der Sambaschule Unidos do Berimbau, ein paar Händler, der Vorsitzende des Stadtteilvereins und Rosa Marias frühere Kolleginnen vom Gewerbe.

Onofre wich seiner Freundin nicht von der Seite, seit er sie am Samstag spätnachmittags aus dem Taxi hatte steigen sehen. Wundervoll, die Rosa Maria. Sie ist sogar heller geworden, hatte Onofre gedacht. Komm her, du alter Gauner. Sie umarmten einander. Mein alter Bock, wie hast du das nur fertiggekriegt, daß dein Bauch noch dicker geworden ist, he? Es ist bestimmt schon eine Weile her, daß du deinen Piephahn zuletzt beim Baden gesehen hast. Gejohle. Weitere Umarmungen. Laß uns hochgehen, die Leute warten auf dich.

Bei Rosa Marias Ankunft herrschte eine Stimmung der Zufriedenheit und auch des Überflusses. Es hieß, sie sei Gräfin, Herzogin, Botschafterin, sie sei mit einem sehr bedeutenden Mann verheiratet, einem reichen Deutschen, der ihr alle Wünsche erfüllte. Niemand dachte mehr an ihre Vergangenheit als Prostituierte. Sieh dir meine Schuhe an, Onofre. Ich werde in Chanel hochkraxeln. Aus Frankreich. Wer ist der dort drüben, etwa Didi? Gott, Didi sieht schon aus wie ein Bandit. Ich wette, er hat sich bereits mit Miltão eingelassen, Didi, komm her, sagte sie. Hände weg von meinem Tailleur, du Dreikäsehoch. Hier, nimm. Etwas Kleingeld. Das ist zum Sparen, hast du gehört? Ach herrje, sagte sie und betrachtete die armseligen Häuser, die jämmerlichen Kinder, die sie umringten und anbettelten, hier hat sich ja kein bißchen was verändert, Onofre. Die gleiche Scheiße wie immer.

Heinrich war der Geschäfte seiner Firma wegen nicht mit nach Brasilien gekommen. Das war alles, was Rosa Maria über ihren Mann sagte. In Wahrheit wußte sie nicht viel mehr, die Verständigung mit Heinrich war überaus schwierig, und um die Sache noch zu verschlimmern, war Heinrich von der Langsamkeit seiner Frau beim Erlernen der Sprache verärgert. Rosa Maria behauptete, sie gebe sich die allergrößte Mühe und habe beinahe täglich Unterricht, tatsächlich jedoch profitierte am meisten die Lehrerin, Augusta, eine betagte, völlig vereinsamte Portugiesin, von den Stunden. Nicht nur hatte sie eine großzügige Freundin gewonnen, die ihr beigebracht hatte, wie man Samba tanzte und Ochsenschwanz zubereitete, auch ihr Portugiesisch wurde von Tag zu Tag flüssiger und wortreicher. Sie interessierte sich lebhaft für die neue brasilianische Umgangssprache. Ihre typisch portugiesische Ausdrucksweise hatte sie abgelegt. Wenn ihr etwas gefiel, egal was, eine Apfeltorte oder ein Luxusauto, dann sagte sie jetzt mit ihrem harten portugiesischen Akzent: Das ist eine Show.

Eine harte Sprache ist das, Onofre, die Deutschen sind ohnehin hart, niemand verteilt Küßchen, umarmt seinen Freund, mit dem Anfassen haben sie's nicht so. Am Anfang war Heinrich wie ein Stück Holz zu mir. Er wußte nicht mal, wie man sich zärtlich den Kopf krault, der Ärmste. Das ist die Erziehung. Ein zugeknöpftes Volk. Und Neger mögen sie keine, diese Bleichgesichter, das habe ich schon kapiert. Schauen mich ständig schief an. Mir ist das völlig schnuppe. Der Erfinder der deutschen Sprache war ein Genie, Onofre. Weißt du, was ein Verb ist? Gehen, essen, diese Dinge? Genau. Die Deutschen verstekken das Verb ganz am Ende des Satzes, sie reden und reden, und dann packen sie das Verb in die allerhinterste Ecke. Das ist ziemlich lustig. Ich bin jetzt im Zweifel, ob es das Verb oder das Subjekt ist, das sie ans Ende setzen. Weißt du, was ein Subjekt ist? Ich bin ein Subjekt, und du bist ein anderes. Du, wir, sie. Ich muß Augusta fragen.

Rosa Maria hatte sich im Copacabana Queen einquartiert. Weißt du warum, Onofre? Wegen der Dickschädeligkeit dieser blöden Portiers, die mich ständig vom Gehsteig verjagt haben. Weißt du, Onofre, einer von denen hat mich wiedererkannt. Ein alter Bock wie du, der mich immerzu gepiesackt hat, als ich noch anschaffen gegangen bin. Noch nicht mal anschauen durfte ich das Hotel, sie dulden keine Nutten dort. Wie überall, im übrigen. Auf der ganzen Welt, Onofre, sogar in Deutschland, mögen sie keine Nutten. In Holland, habe ich gehört, sitzen sie in Schaufenstern, wie in einer Kühltruhe aus dem Supermarkt mit käuflichen Fleischbrocken. Ich habe glatt geweint, als mir jemand diese Geschichte erzählt hat. So was Erniedrigendes. Und das in Europa. Wenn es in Ceará wäre, würde ich's verstehen. Aber zurück zum Thema, als der alte Bock von Portier vom Copacabana Queen mich sah, ganz Luxusdame am Pool, mit Drink, Chanel-Wiegeschritt und allen Schikanen, da ist ihm die

Kinnlade runtergeklappt. Eine elegante Negerin, die es zu was gebracht hat im Leben, das macht die Typen fertig, die gehen doch alle am Krückstock mit ihrem beschissenen Gehalt und ihren miesen Zukunftsaussichten. Der alte Bock glotzte mich an, glotzte, es dauerte, bis er sich ein Herz faßte. Ich verfolge Ihren Fortschritt, sagte er mit langem Gesicht. Und, tut es weh, Süßer? Schmerzt er ordentlich, mein Erfolg? Das habe ich tatsächlich gesagt. Weißt du, Onofre, es ist sehr schön, ein anständiges Haus zu haben, gute Schuhe, Essen im Kühlschrank, aber das Beste von allem ist, jeden Tag beim Aufwachen die langen Gesichter der Portiers vom Copacabana Queen zu sehen.

Während des Feijoada-Essens empfing Rosa Maria unablässig die Anwohner. Mit Ausnahme von Leitor (der das Treiben von Miltãos Männern im Auge behielt) waren alle da, hauptsächlich um Geld von ihr zu erbitten, Geld für die Kinderkrippe, für die Sambaschule, für Medikamente, Krücken, Dachziegel, Nahrungsmittel, Schuhe, Rollstühle, Geld für den Bau eines Abwassernetzes, die Operation von Krampfadern und grauem Star. Doch einzig die Sambaschule Unidos do Berimbau profitierte von Rosa Maria. Nach der Show mit zwanzig jungen, uniformierten Trommlern und sambatanzenden Mulattinnen versprach die schon betrunkene Rosa Maria ein großzügiges Geschenk.

Um elf Uhr nachts, als alle schon gegangen waren, unterhielt Rosa Maria sich noch an der Bar sitzend, ihre bloßen Füße massierend, mit Onofre. Sie überlegte, die Tochter einer Freundin mit nach Deutschland zu nehmen, um bei ihr zu wohnen. Erinnerst du dich noch an Dadá? Genau. Ihre Tochter. Die werde ich mitnehmen. Gestern war ich dort. Wenn die Kleine hierbleibt, wird sie Prostituierte, das weiß ich. Nicht, weil sie möchte. Aber Dadá findet es besser, Nutte zu sein als Dienstmädchen. Und im Grunde hat sie recht. Schau dir Alzira an, wie sie sich ihr Leben lang abschuftet, was? Als Nutte würde sie vielleicht weniger leiden. Oder auch nicht. Was weiß ich. Aber ich mag das Mädchen. Sie ist eine hübsche, anstellige kleine Mulattin. Verteufelt aufgeweckt. Ich will nicht, daß sie Nutte wird. Und außerdem brauche ich jemanden, der mir im Haus hilft. Weißt du, ein Mädchen, das mal Geschirr spült, putzt, mir die Nägel lackiert, verstehst du, was ich meine? Die Deutschen, Onofre, haben keine Hausmädchen.

Der ergreifendste Augenblick des Abends war, als Rosa Maria aus ihrer schmalen Handtasche ein Päckchen von der Größe einer Zigarettenschachtel hervorholte. Für dich. Vor Rührung den Tränen nahe, öffnete Onofre das Geschenk. Ist das das Schweizer Taschenmesser? fragte er, enttäuscht von dem Format des Utensils. Ich dachte, es wäre größer, weil es doch aus der Schweiz ist, sagte er. Das ist kein nordbrasilianisches Buschmesser, Onofre. Der Vorteil ist, daß es klein ist. Schau, es paßt in meine Tasche. Onofres Begeisterung wuchs mit Rosa Marias Vorführungen. Du kannst dir damit die Zähne reinigen, die Nägel schneiden und feilen, Schrauben losdrehen, Bierflaschen öffnen, Korken ziehen, es einem Bengel, der dich überfällt, in den Bauch rammen, alles mit einem einzigen Werkzeug, das in deiner Handfläche Platz hat. Sind die Schweizer so sparsam? fragte Onofre. Die Schweizer, Onofre, haben die Schweizer Uhr erfunden, die nicht nachgeht. Wenngleich das in Brasilien nichts nützt. Dort in Europa bedeutet neun Uhr neun Uhr und nicht zehn nach neun oder halb zehn, die Leute kommen pünktlich, was einen übrigens rasend macht. Heinrich hat haargenau das gleiche Taschenmesser.

Auf einmal fiel nach dem Getöse einer Explosion das Licht in der Bar aus.

Voller Angst warf Rosa Maria sich auf den Boden. Oh, mein Vater, schrie sie. Laß mich nicht sterben, bevor ich zurück in Deutschland bin.

Nachdem Reizinho den Generator mit Sprengstoff in die Luft gejagt und so den Morro do Berimbau von der Stromversorgung abgeschnitten hatte, wies er seine dreißig Mann an, möglichst immer im Schutz der Hütten, den Hügel zu erklimmen. Er teilte sie in Zehnergruppen auf, wobei er über eine davon das Kommando übernahm und die Führung der anderen Biga und Carlito überließ. Die Mehrzahl der Milizionäre und der Waffen waren von Zequinha ausgeborgt. Es war ein erlesenes, aus Südkorea, Deutschland und den Vereinigten Staaten stammendes Arsenal, schlagkräftige Präzisionswaffen und reichlich Munition. Reizinho verbrachte zwei geschlagene Tage mit dem Verantwortlichen für die Waffenausrüstung vom Morro dos Marrecos, um sich mit dem Gerät vertraut zu machen. Selbst die Kämpfer waren besser, stellte José Luís fest. Selbstverständlich hatte Zequinha ihm die besten gegeben, Ratão, Zé Miguel, Louriva, Gato Preto und Lagartixa, Leute, die im Rauschgifthandel waren, weil sie Geld verdienen wollten, Profis, wie Leitor sagte. Zequinhas Männer waren erfahren, viele von ihnen waren jahrelang im Gefängnis gewesen, allesamt waren sie sehr bewandert im Gebrauch des Abzugshahns.

Leitor war José Luís an den Tagen vor dem Angriff eine große Hilfe gewesen. Sie redeten, diskutierten über Strategisches. In Augenblicken des Zweifels gab Leitor ihm moralische Unterstützung. Natürlich verhältst du dich richtig, sagte er. Wir müssen diesen Krieg beenden. Noch mehr Zeit mit Töten und Sterben zu verplempern anstatt Geld zu verdienen ist ein ganz schlechtes Zeichen, das hat schon dieser berühmte Mafioso gesagt. Tatsache ist, daß Miltão dabei war, uns runterzuwirtschaften. Er liebt es, Krieg zu führen, zu töten, Chaos anzuzetteln. Und ohne Frieden gibt es keinen Rauschgifthandel. Du siehst ja, wir können nichts tun, die Polizei hat hier ständig ihre Zelte aufgeschlagen. So sind uns die Hände gebunden, sagte Leitor.

Und außerdem muß Miltão sterben, weil er ein Idiot ist. Wenn er was in der Birne hätte, wäre er schon geflohen. Aber Miltão hat ein Brett vor dem Kopf. Für ihn ist alles in Ordnung, alles prima. Erst gestern hat er zu mir gesagt: Ich hab nur zu zwei Leutchen Vertrauen. Zu dir und zu Reizinho. Das zeigt, daß er nicht zum Anführer taugt.

José Luís erfuhr erst am Samstag nachmittag, daß der Überfall in jener Nacht stattfinden würde. Zequinha hatte ihm bereits mitgeteilt, er solle sich darauf gefaßt machen, daß der Angriff täglich passieren könne, sobald er den geeignetsten Moment für gekommen halte. So ging Zequinha vor, überraschend, selbst seine Verbündeten besaßen wenig Informationen über seine Aktionen. Fake hatte die Nachricht übermittelt. Aber heute, ausgerechnet heute? fragte José Luís besorgt wegen seiner Samstagabendverabredung mit Marta. Die Vorstellung, daß sie sich nicht sehen würden, bereitete ihm Sorgen, er wollte auf jeden Fall mit Marta sprechen. Er bat Fake sogar um Zequinhas Privatnummer. Brother, ich sage dazu nur drei kleine Wörtchen: nicht ums Verrecken.

An diesem Abend dachte José Luís, als er den Morro do Berimbau hinaufstieg und das Gefecht vor sich sah, nur an Marta. Er hatte so lange auf sie gewartet, er wollte nicht sterben, ohne die Liebe kennengelernt zu haben. Er dachte an Marta gerne in diesen Begriffen, die wahre Liebe. Vor ihr hatte es niemanden gegeben. Liebe. Selbst Kelly, die eine so gute Freundin war, so lieb, großzügig, ehrlich, kameradschaftlich, bedeutete nichts im Vergleich mit Marta. An der Seite von Männern zu kämpfen, die der Vater seiner Liebsten selbst zu seiner Unterstützung ausgewählt hatte, gab ihm ein Gefühl von Schicksalhaftigkeit, die Gewißheit, daß alles so erdacht worden war, damit am Ende Marta und er vereint und glücklich wären. Er würde nicht sterben.

Drei Stunden dauerte das Gefecht. Seine Männer rückten

rasch voran, einige kannten sich gut aus in den steilen Gassen des Morro do Berimbau.

Miltãos Kämpfer ergaben sich, als die Truppen von José Luís den Gipfel der Favela erreichten. Es gab keinen Widerstand. Nur Miltão ballerte weiter von einem der Räume seiner Hütte aus durchs Fenster. José Luís selbst war es, der ihn umbrachte, und das erfüllte ihn mit keinerlei Befriedigung oder Siegesgefühl, obgleich seine Gefährten ihn unaufhörlich für seine Arbeit lobten. José Luís wahrte die Tradition der großen Anführer des Rauschgifthandels von Rio de Janeiro. Er schleifte Miltãos Leiche zu Onofres Bar, feuerte mit seinem Maschinengewehr in den Himmel und verkündete, daß von diesem Augenblick an der Berimbau unter seinem Kommando stehe.

Zequinha hatte alles vorbereitet. Den Krieg zu verlieren war ihm überhaupt nicht in den Sinn gekommen. Seine Männer blieben in Bereitschaft. Sobald José Luís ein Zeichen gab, sammelten Lieferwagen die Toten ein, um sie zu dem illegalen Friedhof an der Estrada do Jacaré zu bringen. Dreißig bewaffnete Milizionäre besetzten die strategisch wichtigen Punkte der Favela und schützten die Zufahrten, die Häuser von Kelly, Alzira, Cândida und die Baracke, in der José Luís theoretisch die Nacht verbringen würde.

Niemand feierte den Sieg. In Wahrheit verstanden die Anwohner nicht genau, was zwischen den Dealern vor sich ging. Von den alten Freunden war nur Leitor da, um José Luís zu begrüßen. Leitor war es auch, der in dieser Nacht ein Auto besorgte und ihn heimlich zur Avenida Nossa Senhora da Paz fuhr. Es war beinahe zwei Uhr morgens. Während der Fahrt hielt José Luís in der Tasche den Zettel von Marta mit der Adresse umklammert, bei der sie sich treffen würden. Er war auf dem Weg ins Glück, dachte er zufrieden. Sofern denn das Glück noch dort wäre und wartete.

21

Lactobacillus casei Shirota. Lebende Milchsäurebakterien, Sauermilch Marke Yakult. Dan-up, mit Fruchtmark. Danoninho, Geschmacksrichtungen Ananas, Kokos und Erdbeer. Milchgetränk von Parmalat, Naturjoghurtshake, Einliterflasche. Pasteurisierter Käse Polenguinho. Milchpulver. Toddynho mit Vitaminen. Tanjal, vor dem Verzehr schütteln. Cremiger Rahmkäse Poços de Caldas. Karamelüberzug TopCream. Marshmallow. Kibon-Eis Napolitano. Reiner Orangensaft, hundert Prozent naturbelassen, trinkfertig. Kakaomilch Arisco. Mayonnaise light. Toastbrot von Wickbold. Vor dem geöffneten Kühlschrank ließ José Luís seinen Blick über die Fertigprodukte gleiten, von denen die Fächer überquollen. Er liebte das. Seine Schwäche galt den Joghurts. Er erinnerte sich noch, wie er vor vielen Jahren zum erstenmal einen Becher Danone gesehen hatte. Alzira arbeitete als Putzfrau im Haus einer Tänzerin, Renata war ihr Name, einer hübschen, gesundheitsbewußten Frau. Renatas Kühlschrank war stets mit Kosmetikartikeln, Obst, Käse und Joghurt gefüllt. José Luís hatte es die rosafarbene Verpackung von Danone-Erdbeer angetan, der metallene Deckel mit der abgebildeten Frucht, du kannst ihn essen, hatte Renata gesagt, als sie ihn vor dem Kühlschrank ertappte. Doch Alzira hatte dem Jungen den Becher aus den Händen gerissen, nein, hatte sie geantwortet, er will nicht, und später, als Renata nicht mehr dabei war, paff, hatte sie ihm eine Ohrfeige versetzt, da, hatte Alzira gesagt, mit du lernst, nicht an die Sachen anderer Leute zu gehen. Von dem Tag an war Danone zu einer Art Lebensmittel höheren Ranges geworden, wie auch Birnen, Fleisch, süßer Rahm aus der Dose und Milchcreme, Dinge, die seine Mutter niemals im Supermarkt kaufte. Wenn Alzira einholen ging, schien sie sich vor den farbenfrohen Regalen zu fürchten, sie floh vor den süßen, mit Vitaminen angereicherten Keksen, den Malzmilchgetränken, den Kakaopulvern, den Streuseln für die Schokoladenkugeln, den Pullmann-Kuchen und den Buchstabensuppen, die in der Fernsehwerbung auftauchten. Sie kaufte nur das Nötigste, Reis, Bohnen, Öl, Mehl und Makkaroni, das ist was für reiche Leute, gab sie Carolaine zur Antwort, wenn das Mädchen sie um irgend etwas bat.

Jetzt, wo er der Anführer vom Morro do Berimbau war, sorgte José Luís dafür, daß der nagelneue Kühlschrank in seinem Büro, einem Schuppen auf dem Gipfel der Favela, mit Köstlichkeiten gefüllt war, auch wenn er nur Joghurt aß. Der Rest wurde von Fake, seiner rechten Hand, verschlungen, schau dir meinen Bauch an, Brother, und von seinen Vertrauten, Lobo, Negaço, Mário Paula Rodrigues, genannt Paula, von Cachaça und von Leitor. Seit ich ins »Geschäft« eingestiegen bin (mit Geschäft meinten sie jetzt den Rauschgifthandel), werde ich immer dicker, sagte Negaço, der nur bedauerte, nicht mehr wie in alten Zeiten Haschisch rauchen und sich »mit Heißhunger auf den Kühlschrank stürzen« zu können. José Luís' Männern war der Konsum von Drogen verboten. Die sind gesundheitsschädlich, sagte Leitor.

Fake war José Luís' Privatsekretär. Er nahm Telephongespräche entgegen, stellte Männer ein, erledigte Zahlungen und vereinbarte die heimlichen Treffen mit seiner neuen Freundin, Marta, der Tochter Zequinha Bigodes. In Wahrheit hatte Reizinho bei der Aufstellung seiner »Basismannschaft« Befürchtungen bezüglich seines Freundes gehegt, schließlich vermuteten alle, daß Fake als Informant für Zequinha tätig gewesen war, und nach der Ethik der Rauschgifthändler war sein Verhalten nie beispielhaft gewesen. Leitor war sogar gegen Fakes Aufnahme gewesen, doch José Luís meinte, es würde einfacher sein, den Freund aus der Nähe zu kontrollieren. Du bleibst im Fadenkreuz, hatte er zu Fake gesagt. Und wenn du Blödsinn machst, Alter, verdammt, dann mache ich dich richtig fertig, und zwar persönlich.

Fake trug weiterhin Dreadlocks, auffallende Brillen, Piercings und Glitter, aber er träumte nicht mehr davon, ein Demo-Band aufzunehmen und berühmt zu werden. Er war jetzt Geschäftsmann. Business, wiederholte er bei jeder Gelegenheit. Money. Wir werden es zu was bringen. Zwar hatte er die Rap-Tanz-Partys aufgegeben, nicht aber die Angewohnheit, James Brown zu hören (»I'm black and I'm proud«) und stundenlang über Trance, Acid Techno und andere psychedelische Musikstile zu schwadronieren. Er hatte seine Kameraden angesteckt, Negaço trällerte bereits Passagen aus »Die Farbe der Haut«, und Leitor hatte seinen Spaß, wenn irgendwer von ihnen die Ideen aus den überall im Büro herumliegenden Fanzeitschriften mit Sätzen wie »Rap ist keine Musik, sondern eine Bewegung« wiederkäute.

An diesem Morgen öffnete José Luís einen Joghurt, Kokosgeschmack. Er setzte sich auf seinen Stuhl und gab Fake ein Zeichen, den »nächsten Nörgler« hereinzuschicken. Er hatte an diesem Tag bereits mehrere Anwohner empfangen. Die meisten waren Hausfrauen wie seine Mutter. Sie kamen, nach Seife riechend, in ihren sauberen Kleidern und mit leidgeprüften Gesichtern, und wie sehr José Luís sich auch bemühte, es gelang ihm nicht, sich auf etwas anderes als das Abstoßendste an jeder von ihnen zu konzentrieren, Schuppen, Krampfadern, Pilzbefall, Wunden und dunkle Verfleckungen auf der Haut, verdammt, die Füße, die kaputten Nägel, verdammt, brüchig, schlampig lackiert, verdammt, der Lack immer alt und abgeblättert, rot, rosa, weiß, und alle beschwerten sie sich über das gleiche, Bedrohungen, Hauseinstürze, Verlassenwerden, Mißhandlungen, verdammt, Streitereien, Beleidigungen, Konflikte, und vor allem Diebstähle. Jemand hat meine Waschschüssel mitgenommen, sagten sie, ein Badetuch, einen Sack Kartoffeln, eine Radkappe, eine Hacke, ein Gefäß, ein Paar Sandalen.

Der gravierendste Fall an diesem Tag war der von Maria das Dores. Ich bezahle das Gas, den Strom, die Rate vom Ponto Frio, alles pünktlich, hatte die Frau gesagt, ich zahle Wasser, Sozialversicherung, die Krippe für die Kleine, ich zahle ohne Verspätung, aber wie soll ich jetzt, wo ich arbeitslos bin, die Miete aufbringen? Der Mann ist ein Scheusal, sagte sie über Valdo, den Geschäftsführer der Grundstücksfirma, er droht mir die ganze Zeit, er werde mich schlagen, meinen Herd mitnehmen, mal sehen, ob er das fertigkriegt, den Herd mitzunehmen. Ist das fair, daß sie unseren Herd mitnehmen?

José Luís bat seine Männer, Valdo ins Büro zu bringen. Zu Miltãos Zeiten hatte Valdo im Drogengeschäft gearbeitet und war von der Kirche Rebanho do Puríssimo Amor do Nosso Senhor Jesus Cristo bekehrt worden. Jetzt war er als »Mieteintreiber« für eine der drei ortsansässigen Immobilienfirmen tätig. Sein Ruf als »mieser Kerl« hatte sich verschlimmert im Vergleich zu damals, als er bewaffnet herumgelaufen war und Miltãos Feinde umgebracht hatte.

Innerhalb von weniger als zehn Minuten stand Valdo vor José Luís, um Argumente nicht verlegen. Diese Leute, diese Maurer, Portiers und Kindermädchen, diese Hausangestellten, die Leute stellen sich heutzutage vielleicht an, ist doch wahr, wegen jedem Mist, weil die Gnädige die Stimme erhebt oder sich über das miserable Essen beschwert, und schon werfen sie die Arbeit hin, und ich schaue in die Röhre. Rindfleisch und

Kürbis haben sie immer im Topf, daran fehlt es nie. Aber die Miete, die zahlen sie nicht. Die Baracke ist ein Dreck, sagte das Dores, sie säuft ab, die Mistbude. Sie lügen, Dona das Dores. Die Frau lachte. Der ist gut, antwortete das Dores, auf einmal bin ich »Dona«, gestern noch war ich »du Nutte« und »du Betrügerin«.

Wie viel schulden Sie dem Herrn, Dona das Dores? fragte José Luís. Zwei Monatsmieten, antwortete der Mann. Sehr gut. Hier sind sie, sagte der Dealer und überreichte ihm ein Bündel Geldscheine. Und von jetzt an zahlt das Dores erst dann wieder, wenn sie eine Arbeit hat. Sag denen bei der Immobilienfirma Bescheid. Haben wir uns verstanden? Und Sie, Dona das Dores, fangen gleich heute an, sich eine Stelle zu suchen.

So wurden die Probleme der Gemeinschaft gelöst, ohne Diskussion, und auf diese Weise stellten die Diebe das Stehlen ein, die Ehemänner hörten auf zu prügeln, die Wucherer wucherten nicht weiter, und Zino, der Schlachter, verkaufte nicht mehr länger verdorbenes Fleisch.

Das Ritual wiederholte sich jeden Montag. Noch bevor er im Büro eintraf, standen die Anwohner bereits Schlange und warteten darauf, ihre Beschwerde vorzubringen. Die Idee stammte von Leitor. Wir müssen den Bewohnern des Hügels helfen, hatte er gesagt, als José Luís die Macht übernahm. Es gibt nur eine Art und Weise, uns die Polizei vom Hals zu halten. Indem wir für sie die Drecksarbeit erledigen. Wir überwachen, erlassen Gesetze, verprügeln, sorgen für Gerechtigkeit, töten die Schurken, sorgen für Ordnung. Um es in aller Deutlichkeit zu sagen, wir müssen die Probleme der Anwohner lösen, wir selbst. Oder besser gesagt DU, José Luís. Du mußt dich um diese armen Schlucker kümmern. Und denk nur nicht, du könntest das so nebenbei machen. Sperr die Ohren auf und laß sie ihren Mist bei dir abladen. Und wenn du die Nase gestrichen voll hast, dann denk an die Geschichten, die ich dir vorgelesen habe, von dem Kokainbaron, der in seinem Haus einen Privatzoo hatte. Oder von dem Italiener, der seinem Freund eine Badewanne aus massivem Gold geschenkt hat. Und denk auch daran, daß diese Sklavenarbeit, die wir verrichten, der Drogenverkauf, eine Stufe auf dem Weg zur nächsten Etappe ist. Aber das steht auf einem anderen Blatt.

Von Leitor stammte auch die Idee, eine Gruppe speziell zum Klauen von Autos bereitzustellen, um Geld für den Rauschgifthandel zu beschaffen. Jetzt weht ein anderer Wind, sagte er bei den Trainingsübungen, vergeßt, was ihr bei Miltão gelernt habt. Wir sind keine Mörder, Diebe, Verbrecher. Wir sind keine Hurensöhne. Wir sind Geschäftsleute. Das hier ist Geschäft, sagte er bei jeder Gelegenheit. Deshalb darf niemand töten oder vergewaltigen.

Zequinha Bigode borgte die Waffen für die Überfälle und erhielt dreißig Prozent vom Gewinn. In Zukunft, sagte Leitor, werden wir unsere eigenen Waffen und unser eigenes Netzwerk haben. Aber vorläufig halten wir es wie der Zerstückler. Wir gehen Stück für Stück vor.

Ein ehemaliger Polizist hehlte mit den gestohlenen Autos und bezahlte seine Lieferanten entsprechend den »marktüblichen Preisen«: neunhundert für brasilianische Jahreswagen und das Doppelte für Importautos. Von dem Geld kaufte José Luís das Kokain und das Haschisch, mit dem die vierzehn eroberten Drogenverkaufsstellen versorgt wurden.

An diesem Morgen dachte José Luís nicht ohne Stolz, während er auf das Eintreten des nächsten Anwohners wartete, daß das Leben in der Favela nicht mehr wie früher war. Verdammt. Die Bevölkerung hatte Miltãos Tod gelassen aufgenommen. Am nächsten Morgen hatten José Luís' Männer die Mauer des Kindergartens gesäubert, an der sich Blutflecken von den Hinrichtungen befanden, und versucht, die Spuren des Kampfes soweit wie möglich zu beseitigen. Bei Onofre hatte jemand einen Zeitungsausschnitt mit der Nachricht von Miltãos Tod an den Tresen geheftet. Abrechnung, lautete die Schlagzeile. Geschieht ihm ganz recht, sagten José Luís' Freunde. Es hat ihn spät genug erwischt. Alles lief großartig, nur Fake ließ auf sich warten, verdammt, was ist los, Fake? Scheiße, so spät, verdammt, sagte José Luís und schaute auf die Uhr. Viertel nach elf. Für seine Verabredung mit Leitor war es bereits zu spät. Er stand auf, um sich noch einen Joghurt aus dem Kühlschrank zu holen. An diesem Tag würde er niemanden mehr empfangen, beschloß er, in eben dem Moment, als die Tür vom Büro aufging und Fake hereinkam, in Begleitung von Alzira.

Es war das erste Mal, daß Mutter und Sohn sich begegneten, seit José Luís das Kommando über den Rauschgifthandel auf dem Berimbau übernommen hatte.

Heiliger Expedito, hatte Alzira an diesem Morgen vor ihrem Bett kniend gebetet, Heiliger der hoffnungslosen Schafe, erhöre meine Bitte: Mach, daß mein Sohn den Banditen kein guter Anführer sei. Mach, daß er heute aus dem Drogenhandel hinausgeworfen wird, lebendig. Alzira hatte in letzter Zeit viele Enttäuschungen erlitten. Ich muß bittere Pillen schlucken, sagte sie zu Dona Juliana, während ihre Gnädige frühstückte. Das Gute von alledem ist, wenn das Ende der Welt kommt, entschuldigen Sie mein Gerede, dann werde ich nicht, wie man so schön sagt, tausend Jahre lang im Fegefeuer schmoren. Ich habe schon alles abgegolten, Gott sei Dank. Ich habe malocht. Schauen Sie, wie die Wunde wächst. Sie gleicht einer Frühlingsblume. Von Tag zu Tag größer. Hier, Ihr Kaffee. Denken Sie nur, die Wunde. Die schwangere Carolaine. Hier, Ihr Diätkeks.

Noch hatte sie nicht den Mut gefunden, Dona Juliana zu erzählen, daß ihr Sohn, der Kleine, der Laufbursche in Dr. Rodrigos Firma gewesen war und Geld aus dem Büro gestohlen hatte, jetzt der größte Bandit vom Morro do Berimbau war. Sie schämte sich zutiefst für ihren Sohn. Süßstoff, alles da, sonst noch etwas? Ich habe bittere Pillen zu schlucken, Dona Juliana, seit sie meinen Pastor umgebracht haben. Das Leben ist traurig ohne Pastor. Schafe brauchen einen Hirten, sagte sie. Alziras Wut auf Walmir, weil er Carolaine geschwängert hatte, war verraucht, sie glaubte die Geschichten, die das Mädchen ihr erzählte, daß die beiden bald geheiratet hätten. Sehen Sie, was für ein Pech, Dona Juliana? Ich leide wirklich. Zu sterben, direkt vor der Hochzeit. Und dieses Weh am Bein, das mir zu schaffen macht.

Alles, was angeblich dagegen helfen sollte, hatte Alzira bereits ausprobiert, sie hatte die Verletzung mit Kaffeesatz bestrichen, mit Zucker, mit einer Paste aus Aloeblättern, allen möglichen Salben, doch die Wunde wurde immer größer. Du mußt zum Arzt, hatte die Gnädige gesagt. Und stell den Eimer weg. Laß die Treppe. Geh früher nach Hause, ruh dich aus, Alzira. In Wahrheit überlegte Juliana, wie sie das alte Hausmädchen loswerden konnte. Es störte sie die Art, wie sie Fernando behandelte, immer höflich, lächelnd, »ganz nach dem Motto ich-weiß-alles«. Du glaubst gar nicht, was für ein zufriedenes Gesicht Alzira macht, wenn ich nach Hause komme und sie zu mir sagt: Seu Fernando hat angerufen. (Er hat übrigens seit acht Tagen nicht mehr angerufen. Wußtest du das, Alicinha? Seit acht Tagen.) Geradezu, als ob er ihr Liebhaber wäre. Das leuchtet ein, antwortete Alicinha und lachte. So ein Prachtkerl! Hmm, wer wollte den nicht? Ach, du kannst mich mal, Schatz, und nimm die Schokolade vor meiner Nase weg, bitte, warum werden einem in deinem Haus immerzu diese Schweinereien aus der Schweiz aufgetischt, Alicinha? Sieh nur, wie dick ich geworden bin.

Alzira ahnte nichts von dem Coup, den die Gnädige gegen

sie plante. Sie war zu beschäftigt und zu krank, um irgend etwas zu bemerken. Und auch wenn sie das Geschwür am Bein als ihr Übel bezeichnete, war es doch in Wahrheit der Gedanke, daß ihr Sohn der Anführer des Rauschgifthandels auf dem Morro do Berimbau war, der sie quälte. Sie kannte schreckliche Geschichten, die bekehrte Verbrecher in der Kirche erzählten. Und alle hatten sie vor den Gefahren des Satans gewarnt, nimm diesen neuen Kühlschrank, hier hast du hundert Real, ein ordentliches Haus, Hackfleisch Tag für Tag, und dann kam er selbst, höchstpersönlich, Luzifer, der Hexenmeister, um die Schulden einzutreiben. Alzira hatte beschlossen, nichts von dem anzunehmen, was ihr Sohn ihr anbot. Hatte sie früher schon nichts genommen, »dann jetzt erst recht nicht«, sagte sie Jesus Christus, während sie die Wäsche wusch oder den Boden schrubbte. Sie bedauerte, daß Carolaine ihren Rat nicht befolgt hatte. Ihre Tochter war nicht mehr das, was Alzira als »Schaf Christi« bezeichnete. Sie las nicht in der Bibel, betete nicht, und sie bedauerte auch nicht länger, daß die Türen der Kirche Rebanho do Puríssimo Amor do Nosso Senhor Jesus Cristo verschlossen waren. Sie ist wie ein Karnickel, dachte Alzira, immerzu hoppelt sie durch die Shopping-Center, mit nackten Beinen, steckt mit Suzana, auch so einer Verbrecherbraut, und mit Kelly zusammen. Errette sie von der Sünde, o Herr.

An diesem Morgen war Alzira zu spät zur Arbeit losgegangen. In der Nähe der Bushaltestelle war ihr ein geparkter Kleinbus aufgefallen. Es war jedoch nicht der Wagen, der ihre Aufmerksamkeit erregt hatte. Wer war der Mann dort, mit bloßem Oberkörper, der sich den Bauch kratzte? War das die Möglichkeit? Nein. Unter keinen Umständen. Niemals. Barmherziger Gott, er war es wirklich. Ja, es war Francisco. Der Schuft. Gauner. Hund. Und dann noch in einem Kleinbus. Wer hatte ihm den Wagen gegeben?

Nun, vor ihrem Sohn stehend, wollte Alzira eine Erklärung. Ja, es stimmte. Francisco lebte jetzt auf dem Berimbau, erklärte José Luís. Ja, er selbst hatte seinen Vater in die Favela geholt. Er hatte ihm den Bus besorgt, um Lieferungen auszufahren. Für euch? fragte Alzira. Nein, Mutter, er wird auf eigene Rechnung arbeiten, erklärte José Luís.

Fassungslos über ihren Sohn spürte Alzira, wie ihre Kräfte sie verließen. Sie überlegte, ihren Sohn danach zu fragen, warum er ihr das antat, doch auf einmal wurde ihr klar, daß der Grund egal war. Alles war egal. Sie wollte nichts wissen. Sollten sie doch zur Hölle fahren, die beiden. Zum Teufel, es reicht. Weil er mein Vater ist, hätte José Luís mit der gleichen Selbstverständlichkeit geantwortet, mit der er Francisco einen Monat zuvor, am Tage seines Umzugs, die ganze Wahrheit erzählt hatte. Beim Anblick der Baracke war Francisco, der das alles nicht zu verdienen glaubte und der nicht verstand, weshalb der Junge sich so um ihn kümmerte, mißtrauisch geworden. Ich habe kein Geld, hatte er gesagt. Ich mache keine Drecksarbeit. Ich bin dein Sohn, hatte Reizinho geantwortet. Sie wechselten kein weiteres Wort. Francisco bezog sein neues Haus, legte sich hin und schaute die Zinkdecke und die soliden Wände an, während José Luís mit seinem neuen Maschinengewehr den Hügel hochstieg.

José Luís hatte seinen Vater zu den Anonymen Alkoholikern gebracht. Er hatte von nahem seinen Kampf gegen die Sucht verfolgt. Er hatte gesehen, wie er aus der Ferne bewundernd Carolaine beobachtete, ohne den Mut, sie anzusprechen. Er hatte ihn gerührt Alas auf den Arm nehmen sehen. Und jetzt stand seine Mutter da und sagte unangenehme Dinge, Francisco hat dich und Carolaine im Stich gelassen, verdammt, Mutter, hör mal, ich höre überhaupt nicht, Zé, dieser räudige Hund hat mir mein Leben zerstört, und du, José Luís, du, du mußt im Rausch sein, Haschisch rauchen und diesen Schweinkram nehmen, etwas anderes kann es nicht sein, denn ein Sohn, der richtig im Kopf ist, würde seiner Mutter nicht solchen Kummer bereiten. Verdammt, Mutter, schrie José Luís unbeherrscht, hör zu, was ich dir sagen will, verdammt.

Mühsam stand Alzira auf, Tränen in den Augen. Ich werde mir gar nichts anhören, antwortete sie. José Luís eilte ihr zu Hilfe. Faß mich nicht an, sagte sie, an dir ist lauter Sünde. Ich werde überhaupt nichts hören. Es interessiert mich nichts davon. Wirklich nichts. Bleib bei deinem Vater. Bleib bei deinen Drogen. Deinen Banditen. Du magst deine Mutter nicht, sagte sie, bevor sie hinausging.

José Luís überlegte, ob er Alzira schütteln, sie anschreien sollte, verdammt, ihr sagen, daß nichts Böses dabei war, seinem Vater zu helfen, verdammt, mit dem Vater zusammen zu sein, ihn zu beschützen, zu lieben, aber es war, als ob sein eigener Körper seinen Befehlen nicht gehorchen wollte, verdammt, er blieb störrisch auf dem Drehstuhl sitzen, sah, wie Alzira davonging, wie sie langsam, schwerfällig zur Tür hinkte. Ihre schrille Stimme war wie eine Kugel in sein Fleisch eingedrungen, du magst deine Mutter nicht, hatte sie gesagt. Verdammt. Ein Schuß. Die eigene Mutter nicht zu lieben. Ein übles Gefühl in der Brust, Verdrossenheit. Verdammt. Du liebst deine Mutter nicht, hatte sie gesagt. Dort war sie, die Wahrheit, deutlich und greifbar wie seine neue AR–15, imstande, bis zu achthundert Schuß pro Minute abzufeuern. Es war hart, sich das einzugestehen, aber das war tatsächlich die Wahrheit. Entsetzlich traurig, die eigene Mutter nicht zu lieben.

Zugelaufene, ausgehungerte und räudige, schutzlose Straßenköter, aber auch kraftstrotzende, reißende, furchterregende, beim Züchter gekaufte Rassehunde, Abkömmlinge von Wettkampfgewinnern, wertvolle Tiere, José Luís war ständig von

Hunden umgeben, wann immer er den Hügel hinunterging, das Rudel begleitete ihn, eine Art Hofgefolge aus aufgeregten Hunden, die den Herrscher umringten, und die anderen Haushunde, die dem Zug zuschauten, an der Seite der Anwohner, die Hunden gleich ebenfalls dem neuen Anführer huldigten und ihn begrüßten, ein echtes Spektakel, sagte Leitor voller Stolz auf den Freund. Du hast einen neuen Stil erfunden, sagte er. »Hundemode« hatte Negaço ihn unter schallendem Gelächter getauft. Ich habe nur keinen Pudel, erklärte José Luís seinen Kameraden, wenn ich einen sehe, bekomme ich unweigerlich Lust, ihm einen Tritt in den Arsch zu verpassen.

Als José Luís an diesem Tag mit seinen Hunden den Hügel hinunterging, hallo, Anderson, um sich mit Leitor zu treffen, hallo, Gisele, verspürte er Zufriedenheit, gute Laune, trotz des Ärgers mit seiner Mutter, hallo, Christian, er war wirklich glücklich, und das hatte nichts mit Macht zu tun, hallo, Danilei, auch nicht mit Ruhm, hallo, Kleber, oder mit Waffen, hallo, hallo, es gab nur eine ganz einfache und zu schöne Erklärung dafür: Marta. Apotheke Saúde de Ferro. Es war schon ein Monat seit dem ersten Rendezvous der beiden vergangen, Reizinho erinnerte sich noch an jede Einzelheit. Hallo, Dona Cida. Sofortphotos im Dreimalvierformat. Es war in einer Wohnung an der Copacabana gewesen, die eine Freundin von Marta ihnen zur Verfügung gestellt hatte. Wasserleitungen Guimarães. Hallo, Seu Vado. Autoschlosserei Viagem Azul. Willst du mal was sehen? hatte Marta gefragt und sich ein Kaugummi in den Mund geschoben. Ploc, ploc, ploc, sie formte riesige Blasen daraus, eine nach der anderen, in rasendem Tempo. Keiner kann das besser als ich, hatte das Mädchen gesagt, ploc, und es stimmte, verdammt, Marta machte das großartig, und hübsch war sie, verdammt, Blasen, ploc, eine nach der anderen, ploc, ploc. Anfänglich waren sie unbeholfen, wußten nicht, worüber sie reden sollten, José Luís fühlte sich nicht zuständig in solchen Dingen, ein Thema anschneiden, eine Unterhaltung, was ist los? fragte sie und lachte, stimmt was nicht mit meinen Beinen? Zieh die Turnschuhe aus, bat José Luís, und sie stand barfuß da, du hast die schönsten Füße der Welt, sagte er. Findest du? Ja. Warum küßt du sie dann nicht? fragte sie, und genau das tat José Luís, er küßte ihre Füße und kletterte langsam die Beine hinauf, und dann zog sie ihn aufs Sofa, sie küßten sich lange auf den Mund, es waren viele Küsse, Beteuerungen, bevor sie mit dem begannen, was Marta später als »diesen Mordsfick« bezeichnen sollte. Wer war diese Dicke, die mit dir am Strand war? fragte Marta, als José Luís sich zum Gehen anzog. Sie ließ ihn nicht zu Wort kommen. Ploc. Mich interessiert nicht, was sie für eine ist, sagte Marta. Ich bin eifersüchtig, ich warne dich schon jetzt. Und auf die Liebe lasse ich mich nur ein, wenn es ernst ist. Wenn du mich wiedersehen willst, sag der Dicken, daß es aus ist zwischen euch. Ploc. Aus und vorbei. Weg mit der Dikken, wiederholte Marta, heute. Und noch etwas, mein Vater darf nichts von uns beiden wissen. Ploc.

Du brauchst mir nicht zu erzählen, daß du verliebt bist, war Kellys einziger Kommentar, als José Luís ihre Beziehung beendete. Das Gespräch der beiden war sehr traurig gewesen, Kelly saß auf der Küchenstufe, bloßfüßig, und versuchte, die Tränen abzuwischen, noch ehe sie ihr die Wangen herunterliefen. Toll, diese Kelly. Und Yolanda ebenso. Beide. Wundervoll. Verdammt. Er verspürte eine so große Zärtlichkeit für die beiden, er würde alles tun, damit sie nicht leiden mußten, er würde die Rechnungen bezahlen, verdammt, was brauchst du, Yolanda? Nimm das Extrageld hier. Das Beefsteak. Ein Handy. Ein geklautes Auto. Kelly wird einen netten Freund finden, hatte er zu Yolanda gesagt. Keinen wie dich, hatte die Frau geantwortet. Was willst du eigentlich? fragte Marta, die nackt auf ihrem Freund im Bett lag. Du bist der große Zampano vom Berimbau. Ploc. Der Anführer. Der Herr. Die Dicke ist ja nicht blöd und verdirbt es sich mit dir. Daran ist nichts Tolles. Im übrigen habe ich in meinem Leben noch keine einzige tolle Frau gesehen. Was es haufenweise gibt, sind Schlampen. José Luís wollte nicht mit Marta streiten. Aber tolle Frauen gab es sehr wohl auf der Welt, und Kelly war eine davon. Nach Beendigung der Romanze wohnte José Luís noch weitere fünf Tage bei Yolanda und wurde hervorragend behandelt. Yolanda war dem Rauschgifthändler behilflich gewesen, ein neues Haus zu finden und zu mieten. Yolanda hatte auch die Möbel für ihn gekauft und alles hergerichtet. Und Kelly kümmerte sich täglich um seinen Vater, brachte ihm Essen und wusch seine Wäsche. Aus all diesen Gründen mochte José Luís es nicht, wenn Marta von Kelly und Yolanda als »diesen unverschämten Tanten« sprach. Eine Puffmutter ist das, wo gibt's das denn, der Tochter zu erlauben, mit dem Freund zu schlafen! Aber er war so in Marta verliebt, daß er all das verzieh, er lachte über Martas Eifersucht und gab vor, ihre schrecklichen Bezeichnungen für seine Freundin Kelly lustig zu finden, die Dicke, der Kartoffelsack, die Jungfrau Maria vom Berimbau, das Heimchen, der wandelnde Trauerkloß, und je mehr sie sich liebten, um so größer wurde seine Liebe, verdammt, ständig lechzte er nach Marta, es war wie eine Sucht, Hunger, Not, zwei Stunden fern von ihr, und schon brachte er nichts mehr zustande. Verdammt. Zieh die Sachen aus und leg dich her zu mir, sagte sie, wenn José Luís in die Wohnung an der Copacabana kam, wo die beiden sich beinahe täglich trafen. Komm. Sag, daß du mir gehörst. Ich gehöre dir. Sag, daß du nie wieder eine andere Frau bumsen wirst. Niemals, nie, ich verspreche es.

Ich werde mit Zequinha reden, sagte José Luís. Kommt nicht in Frage, antwortete Marta, du wirst alles kaputtmachen. Es dauerte, bis José Luís begriff, daß der mächtige Rauschgifthändler vom Morro dos Marrecos ihn nicht als Schwiegersohn akzeptieren würde. Zequinha behandelte ihn durchaus mit Respekt. Der Junge ist ein Talent, sagte er zu Suzana. Feiner Schlag. Und er will nicht in die Zeitung. Mann, der hat was auf dem Kasten, Note zehn, der Kleine. Ohne Wenn und Aber. Der Junge gefällt mir mordsmäßig gut, sagte er bei jeder Gelegenheit. Er bestellte ihn zu sich, um über Geschäfte zu reden. José Luís war ebenfalls sehr zufrieden mit Zequinha. Alles, was er sagte, fand er höchst wichtig. Ein kluger Kopf, dieser Zequinha. Überaus erfahren. Der Typ ist klasse. Er war begeistert, wenn er bei Marta zu Hause zum Mittagessen eingeladen wurde, er freute sich und kam sich wichtig vor bei Tisch, wenn er Suzanas Feijoada aß, so nahe bei seiner Freundin, auch wenn er nicht mit ihr allein sein konnte, das bloße Dortsein, zusammen mit Zequinhas Familie, sich als Teil davon zu fühlen, war bereits phantastisch. Vielleicht, sagte er zu Marta, vielleicht akzeptiert dein Vater unsere Liebe irgendwann. Doch eines Sonntags beim Mittagessen verstand José Luís alles. Ich will, daß meine Töchter achtbare Bürger heiraten, hatte Zequinha verkündet, Anwälte, Ingenieure, Zahnärzte, Kinderärzte. Hauptsache mit Diplom, sagte er. Hier auf dem Hügel gibt es nur arme Schlucker und Dealer. Priscila spricht englisch wie eine Amerikanerin. Marta ist ein Buchhaltungsgenie. Bin ich denn ein Narr, daß ich meine Töchter diesen Banausen, diesen armen Schluckern, diesen ordinären Holzklötzen gebe? Ganz bestimmt nicht. Und dieses Geschwätz von wegen Liebe gibt's nicht, das habe ich schon angeordnet. Mit oder ohne Liebe, sie heiratet einen Anwalt. Liebling, sag so etwas nicht, tadelte Suzana ihn. Meine Angebetete, meine Herrin, du schönstes Weib der Welt, Engel meines Lebens, ich sage nur, was ich denke. So bin ich nun mal. Bei mir gibt's kein Wenn und Aber.

José Luís war in Gedanken noch bei Marta, als er Leitor seinen Namen rufen hörte und ihn aus einem vor Zinos Schlachterladen geparkten Wagen winken sah. José Luís redete mit dem Fleischer, bevor er einstieg. Er bat ihn, zwei Kilo Rinderfilet bei Yolanda abzuliefern und zwei bei seiner Mutter.

Der Japaner war unschlüssig, sagte Negaço, er wußte nicht, welchen Namen er seinem Sohn geben sollte. Da sagte der Amtsschreiber, mein Tip: Kleber, Washington, Anderson. Der Japaner antwortete: Der erste gefällt mir. Kleber? fragte der Standesbeamte. Nein, erwiderte der Japaner. Mein Tip. Schreiben Sie Mein Tip Kamanachi. Gelächter. Ich kenne noch einen, fuhr Negaço fort, der Witze liebte. Den von dem Neger aus dem Reganzglas. Reagenzglas, korrigierte ihn Leitor. Einige Wissenschaftler, fuhr Negaço fort, wollten im Labor einen Neger herstellen. Sie versuchten alles mögliche, nichts. Es klappte nicht. Weißt du, welchen Schluß die Typen daraus gezogen haben? Neger kommen abgefuckt auf die Welt. Noch mehr Gelächter. Der hat schon einen Bart, sagte Paula. Und du, wo du doch quasi marineblau bist, bemerkte Fake, solltest keine Negerwitze erzählen. Ich bin ein abgefuckter Nigger, sagte Negaço und lachte, Vögeln muß sein, Schwanz und Möse, nur so kommt ein richtig guter Neger zustande.

José Luís gab dem Kellner in der Kneipe Sete de Espadas, in der sie sich versammelt hatten, ein Zeichen und bestellte weitere Getränke für die Gruppe. Die »Gipfeltreffen«, wie Leitor sie nannte, waren stets vergnüglich. Immer in irgendeiner Kneipe der Gegend, versorgt mit gebratenem Speck, Maniokkuchen, Trockenfleisch und Bier, löste José Luís' Gruppe die dringlichsten Angelegenheiten. Doch an diesem Tag gab es nichts zu besprechen. Deshalb ließen sie Negaço nach Herzenslust Witze erzählen, unterhielten sich über das letzte Spiel von Vasco, lachten, grölten, bis Murilo, der Polizist, den sie erwarteten, mit der Information eintraf, auf die José Luís seit einer Woche hoffte: Ja, es stimmte, daß der Sohn des Besitzers einer Supermarktkette die Geisel einer Entführerbande aus der Favela Berimbau war. Dahinter steckt Romeu, hatte Leitor Tage zuvor gesagt, als ihm das Gerücht zu Ohren kam. Und mehr noch, er tut das, um uns zu schaden. Der Schuft war ein Kumpel von Miltão. Nicht mehr lange, und wir haben die Bullen hier. Und wenn die Bullen kommen, dann sind die Todesschwadrone nicht weit, und der Krieg geht von neuem los. Rotte ihn aus mit Stumpf und Stiel, hatte Leitor ihm geraten. Reizinho hatte Romeu bereits einen Denkzettel verpaßt. Wie's scheint, sagte der Polizist, hat das nicht geholfen. Sie sind wirklich dort, versicherte der Informant, der allerdings nicht genau sagen konnte, wo sich das Verlies befand. Ich weiß nur, daß es in der Nähe der Zisterne liegt.

José Luís wollte nicht bis zum Einbruch der Dunkelheit warten. Er befahl zwanzig Milizionären, jeden Quadratmeter vom Berimbau noch an diesem Nachmittag abzusuchen. Wühlt alles durch. Stellt alles auf den Kopf. Ich will dieses Verlies finden. Heute.

Die Männer verteilten sich über den Hügel, der Kerl kriegt sein Fett, dies nur zur Warnung, sagten sie mit ihren furchteinflößenden Waffen, während sie die Baracken der Anwohner durchsuchten. Es gibt genug für alle. Wer Informationen verheimlicht, drohte Paula, dem wird es schlecht ergehen.

Eine alte Waschfrau war es, die das Verlies verriet: Ich dachte, José Luís hätte seine Finger im Spiel, sagte sie. Deshalb habe ich meinen Mund gehalten. Die sind schon seit Tagen dort, aber es sind anständige Leute, die stören keinen. Die sitzen dort drinnen, mucksmäuschenstill, und sehen fern.

Um sechs Uhr abends wurde das Versteck der Entführer umstellt. José Luís und Leitor wurde eilends herbeigerufen, als die Kidnapper bereits bezwungen waren.

Drinnen in der Hütte, in einem winzigen, verdreckten und übelriechenden Raum ohne Fenster fand José Luís die Geisel. Es war ein kaum zwanzig Jahre alter Bursche, der an Händen und Füßen gefesselt und über dessen Kopf eine Kapuze gezogen war. Leitor verspürte das dringende Bedürfnis zu kotzen, als er den Raum betrat. Verdammt, sagte er, dieser Romeu ist echt menschlich. Sein Stil gefällt mir. José Luís löste die Knoten an den Beinen des Gefangenen, half ihm aufzustehen und befahl Negaço, ihn in der Nähe irgendeiner Tankstelle an der Avenida Brasil freizulassen.

Sieh nur, was sie dem armen Kerl zu essen gegeben haben, sagte Leitor und hob einen Teller mit angetrockneten Bohnen vom Boden hoch, auf denen eine tote Kakerlake ruhte. Hat jemand Hunger?

Paula holte die drei Männer herbei, die auf das Opfer aufgepaßt hatten, »die Englein«, witzelte er. Der hier, sagte er und meinte den größten von ihnen, einen Blondschopf, der die Augen nicht vom Boden erhob, der hier, habe ich mir sagen lassen, hat sich, wenn seine Serie im Fernsehen vorbei war und er nichts mehr zu tun hatte, einen Spaß daraus gemacht, dem Entführten Angst einzujagen. Er hat ihm den Revolver vor die Schnauze gehalten und bis drei gezählt. Hat so getan, als wenn er abdrücken würde. Stellt euch das mal vor.

Stimmt das? fragte José Luís und trat auf den Jungen zu.

Er antwortete nicht.

José Luís zielte auf den Kopf des Entführers und schoß. Die Wand hinter ihm spritzte voller Blut.

Sagt Romeu Bescheid, befahl er den beiden anderen verstummten Jungs, daß ich nichts mehr von Entführungen hier auf dem Berimbau hören will.

Als sie schon im Begriff zu gehen waren, bat er Paula, ihm ein Auto zu besorgen. Ich fahre zur Copacabana.

22

Name: Everaldo dos Santos, genannt Vivico. Anführer von Haus 5. Hat Mário da Silva getötet und den Morro da Saudade übernommen. Festgenommen am 7. April. Name: Zezinho Caolho, hat drei Jahre lang an der Spitze des Rauschgifthandels der Favelas Formiga und Boca Pequena gestanden. Sieben Morde. Verhaftet im Mai, im Krankenhaus, wo er sich von einer Blinddarmoperation erholte. An seine Stelle trat Geraldo Zacarias de Assis, bekannt als Bife de Chapa. Cremaldo Moreira, Spitzname Crê, Spezialität: Hinrichtung von Polizisten. Die Liste der in der Haftanstalt Padre Moraes einsitzenden Rauschgifthändler war lang, und José Luís legte Wert darauf, sich die Namen der Anführer einzuprägen, bevor er sich mit Nobre, dem früheren Chef vom Morro do Berimbau, traf.

Der Besuch war auf Angeregung Leitors zustande gekommen und seit längerem geplant. José Luís hatte Fake, der ein Freund Nobres war, in der Woche zuvor ins Padre Moraes geschickt, um das Treffen vorzuschlagen. Mit dem Comando Vermelho, hatte Leitor gesagt, ist das wie mit dem Weihnachtsmann, den gibt's, wenn man dran glaubt. Und wer das tut, der erzählt herum, daß er zu dieser Bruderschaft von Kriminellen dazugehört, was durchaus einleuchtend ist. Vor allem, wenn du im Knast sitzt und monatlich weiterhin fünfzig Kilo Kokain verkaufen und deine sechzig Milizionäre kontrollieren willst. Du sagst: Ich bin beim CV, keiner weiß genau, was das CV ist, ob es existiert oder nicht, wie groß das Zerstörungspotential dieser »Organisation« ist, und diese mangelnde Sachkenntnis ist ebenfalls sehr hilfreich, flößt Angst ein. Mit wem lassen wir uns da eigentlich ein? Das Comando Vermelho sitzt hier drinnen, sagen sie, im Gefängnis, wir sind draußen, überall, und wir können auch zu dir ins Haus. Wer bekommt da keine Angst? Behandelt unsere Frauen ordentlich, sagen sie, kümmert euch um unsere Kinder, zahlt unsere Kautionen, unsere Supermarktrechnung, unsere Miete, finanziert unseren Ausbruch. Klar, du kannst diesen Typen den Rücken kehren, und vielleicht läuft alles bestens. Aber es besteht auch die Möglichkeit, daß du irgendwo einen Kopf kürzer auftauchst, und alle, einschließlich der Presse, werden sagen, dein Tod war »eine Abrechnung des Comando Vermelho«, auch wenn kein Mensch erklären kann, was das CV ist. Seien wir nicht so naiv, von diesen Typen eine Rede, eine Struktur, eine Organisation zu erwarten. Das ist eine Horde Außenseiter, mehr nicht. Letztens hat Paula mir ganz begeistert erzählt, er habe bereits kleine Ausweise vom CV gesehen. Leeres Geschwätz. Stell dir die Mitglieder von Yakuza vor, diese Obermacker, die Bordelle betreiben und weltweit ein gigantisches Frauenhandelnetzwerk besitzen, wie die ihren Ausweis vorzeigen, Name: Yakisoba Soundso, Mitglied von Yakuza, Funktion: Geschäftsführer der Heroinabteilung, wie wär's damit? In Brasilien erfinden die Leute liebend gerne Geschichten. Selbst Paula ist mir damit gekommen. Aber zurück zum Thema, was ich letztlich damit sagen will: Uns interessiert nicht, ob es das Comando Vermelho gibt oder nicht und ob Nobre dazugehört oder nicht. Wichtig für uns ist, daß wir im Padre Moraes über gute Beziehungen verfügen. Zumal in Zukunft einer von uns dort hineingeraten kann. Daher vereinbaren wir besser das Grundsätzliche.

José Luís befolgte blind Leitors Ratschläge. Jedenfalls wurde nichts ohne seine Billigung oder seine Stellungnahme getan. Reizinho bewunderte seine Ansichten, seine Bildung. Er kam gerne in Leitors Haus, Bücher allenthalben, hast du das wirklich alles gelesen? fragte er. Zweihundert Seiten täglich, mindestens, versicherte Leitor, der jede Gelegenheit nutzte, über sein Lieblingsthema zu sprechen, die Entkriminalisierung des Rauschgiftes. Es ist schon so viel Blödsinn darüber gesagt worden, bemerkte er. Zum Beispiel, daß jemand, der Haschisch nimmt, am Ende einen x-beliebigen Menschen umbringen kann, der ihm einen guten Tag wünscht. Das ist doch ein Witz. Von wenigen Ausnahmen abgesehen, kann Haschisch einen Menschen höchstens in einen Kohlkopf verwandeln. Ich rauche kein Haschisch, ich bin dagegen, aber wenn die Leute das Recht haben wollen, sich zum Simpel zu machen, wo ist das Problem? Wozu verbieten? In diesem Buch hier steht, daß jährlich Milliarden Dollar durch Beschaffungskriminalität verlorengehen, mit der die Abhängigen ihre Sucht finanzieren. Und die Prognose, die der Autor für die Zukunft aufstellt, ist erschreckend, die Tendenz geht zur Verschlimmerung, schreibt er, je höher unser Drogenkonsum, um so mehr Verbrechen werden begangen. Beeindruckende Zahlen. Und was eine mögliche Steigerung des Konsums bei Legalisierung der Drogen anbetrifft, so ist das alles leeres Geschwätz, sagt er. Dieser Fachmann hier, eine Autorität, fuhr Leitor fort und zeigte auf die mit einem roten Stift markierten Passagen, dieser Experte sagt, daß mit einer Legalisierung der Konsum unter Kontrolle gebracht werden kann. Und als Zugabe wird die Kriminalität gesenkt. Ich studiere. Lese viel. Die Legalisierung ist der einzige Ausweg. Sie bringt nur Vorteile, hauptsächlich für uns. Und das beste Argument für eine Legalisierung ist, wie schon gesagt, daß wir in jedem Fall bezahlen müssen. Wir verschwenden die Schmiergelder mit der Polizei. Warum also nicht legalisieren und Steuern an den Staat zahlen, so wie es die Tabakindustrie gemacht hat?

Es gefiel José Luís sehr, nach diesen Unterhaltungen umherzulaufen und Wörter wie »Strategie« oder »legalisieren« und

Ausdrücke wie »Korruptionsindustrie« und »Verbrechenskartell« zu wiederholen, die gut ankamen, besonders bei Zequinha. Unangenehm war nur, wenn Leitor bei solchen Gelegenheiten in der Nähe war, er benahm sich wie ein eifriger Lehrer und korrigierte ihn vor den anderen, verdammt, laß mich ausreden, verdammt, ich spreche gerade, Menschenskind. Oder wenn er unsinnige Fragen stellte, wie bitte? fragte er bei jeder Gelegenheit, du ernährst dich nur von solchem Mist, Danoninhos, wie? Erklär mir das mal genau, wie war das gleich?

Leitor bekundete stets großes Interesse für die Menschen, und auf diese Weise hatte er alle für sich eingenommen, insbesondere José Luís' engste Freundinnen, Marta schwärmte für ihn, ebenso wie Kelly und Yolanda. Doch die größte seiner Bewunderinnen war Carolaine. Im vierten Monat schwanger, war sie Leitor ständig auf den Fersen. Mit allen auftauchenden Problemen oder Fragen ging sie zu ihm. Wie intelligent er ist, sagte sie. Und er weiß, wie man das Internet nutzt. Ich werde Leitor diesen Maiskuchen bringen. Alzira war mit der Freundschaft nicht einverstanden. Jesus, ich habe den Eindruck, daß dieser dicke Kerl mit der Brille Carolaine vom Herrn entfernt, sagte sie in ihren Gebeten. Ich bin mir nicht mehr so sicher, daß Gott uns beisteht, hatte Carolaine am letzten Sonntag gesagt. Jungfrau Maria, red keinen Unsinn, Mädchen.

Leitor war es, der José Luís für das Treffen mit Nobre vorbereitet hatte. Sag dieses und jenes, versprich nichts, zeig dich standhaft. Schau ihm in die Augen.

Neben José Luís sitzend, inmitten der Gefangenen, die Besuch von ihren Familien empfingen, zeigte Nobre sich nicht sonderlich interessiert an dem Gespräch, solange es dabei um den Rauschgifthandel ging. Er stellte wenige Fragen und antwortete kurz angebunden. Er gehörte nun einer Kommission an, deren Ziel darin bestand, das Gefängnis in »einen menschenwürdigen Ort« zu verwandeln, so seine eigenen Worte. Wenn er sich über seine neuen Aktivitäten ausließ, wurde seine Stimme lauter, und sogar seine Körperhaltung war eine andere, aufrechter und kraftvoller. Alles ist hier sauberer, wir haben jetzt Reinigungstrupps, wir machen im Turnus die Latrinen sauber, die Zellen, den Innenhof, alles ist besser. Wußtest du, daß wir im Schnitt dreißig Kilo Reis am Tag verbrauchen?

Erst gegen Ende des Gesprächs unterbreitete José Luís seinen Vorschlag, eine monatliche Unterstützung, die durch Fake überbracht werden würde. Nobre kratzte sich am Kopf. Du meinst, daß du mir Geld geben willst? Das ist prima, sagte er und lachte. Das wird den Leuten gefallen. Red weiter.

Klick. Der Deckel des Metallkoffers sprang auf und brachte eine große Anzahl von Waffen, kleineren Maschinenpistolen, Karabinern, Repetierflinten verschiedener Marken und Kaliber zum Vorschein. Diese hier durchdringt sogar Tresorwände. Preis: fünfzehntausend Dollar. Einer der wenigen Unterschiede zwischen dieser Flinte und einer Sig-Sauer ist der Preis, eine Lappalie, fünftausend Dollar. Wieviel kostet diese hier? fragte José Luís. Neunhundertfünfzig Schuß pro Minute, dreitausend Dollar, erwiderte Isório, der Schmuggler, der bereits den dritten, von Zequinha spendierten Whisky trank.

Zum Großteil war das von Isório angebotene Sortiment in den Vereinigten Staaten gekauft. Von dort wurden die Waffen mit falschen Papieren nach Brasilien versandt, zusammen mit verschiedenem Elektronikgerät. Es gab eine Einrichtung, die Isório als das »Sonderprogramm zur Frachtauslösung« bezeichnete, ein Netz, in das viele Leute eingebunden waren, von denen jeder seinen Part erledigte, und der von Isório bestand darin, die Waffen zu den Elendshügeln zu bringen und den besten Preis für sie herauszuschlagen. Einige Waffen kaufte er zu Schleuderpreisen von Banden, die Diebstähle bei der Armee begingen. Er hatte Zequinha sogar zwanzig M3- und M4-Granaten angeschleppt, willst du sie nicht, Zequinha? Ein Schnäppchen. Es war das erste Mal, daß er mit José Luís geschäftlich verhandelte, doch konnten die Referenzen, die er vom Anführer des Morro dos Marrecos über ihn erhalten hatte, nicht besser sein: Paß auf, Isório, in einem Jahr wird dieser Junge einer deiner größten Kunden sein, hatte er ihm am Telephon versichert.

Zequinha erwies sich, neben José Luís sitzend, als großer Waffenkenner. Ist das die neue Glock? fragte er. Der Schmuggler bejahte mit einem Kopfnicken. Sieh dir bloß die Verarbeitung an. Die Amis sind ganz verrückt nach diesem Schießeisen, halt das Biest mal, Zé, sechshundertzwanzig Gramm, das schmiegt sich dir in die Hand wie eine wasserscheue Katze, ergänzte Isório. Unglaublich, wozu diese Typen imstande sind, wenn es um Technologie zum Töten geht.

José Luís untersuchte aufmerksam einen HK–47-Karabiner, richtig gefallen tut ihm das Papstgewehr, bemerkte Isório. Papst? Zequinha lachte. Sie haben versucht, Papst Johannes Paul den Zweiten mit so einer da umzubringen, erklärte er.

Einen Großteil des Vormittags verbrachten sie damit, die Ware zu inspizieren. José Luís kannte sich bereits gut mit Waffen aus, doch war dieses das erste Mal, daß er ein Kontingent für seine Männer kaufte. Seit Miltãos Tod befand er sich in einer vertrackten Lage und mußte ständig auf Zequinha zurückgreifen, der ihm die Waffen für die besonderen Einsätze borgte, selbstverständlich gegen Leihgebühr. Mit Waffen ist es so, du mußt jeden Monat ein paar kaufen. Das ist eine Investition. Mit Waffen verliert keiner Geld, sagte er.

José Luís kaufte drei Karabiner und zwei kleinkalibrige Maschinengewehre, und Zequinha behielt das letzte Modell der Glock-Pistole.

Nachdem Isório gegangen war, rief Suzana sie zu Tisch. Kommt zum Mittagessen.

Bohnen, Reis, Kartoffelpüree, Würstchen und Kohl, ich liebe dieses Gericht, sagte Zequinha und bediente sich. Suzana, meine Angebetete, gib mir den Ketchup, ich tue auf alles Ketchup, sagte er. Die ganze Zeit, die José Luís im Eßzimmer saß, schaute er immer wieder zur Treppe in der Erwartung, Marta könne jeden Augenblick hinunterkommen. Ketchup zu den Makkaroni, zum Reis, den Bohnen, wenn ich nicht aufpasse, kommt sogar Ketchup auf mein Eis. Um diese Uhrzeit mußte Marta eigentlich schon aus der Schule zurück sein. Ich mag kein Schwulenessen, sagte Zequinha, Stroganoff, Soufflé, Pizza California, solchen Tuntenfraß kann ich nicht ausstehen. Wenn sie anfangen, zu viel zu erfinden, gefällt mir das nicht. Rindersteak mag ich, das ja. Mein Herzblatt, was ist los? wollte Zequinha von Suzana wissen. Ißt du nichts? Ich habe keinen Hunger, antwortete Suzana. Keinen Hunger? So etwas kenne ich nicht, fuhr Zequinha fort, keinen Mittagshunger. Ich habe mittags Appetit und abends, so ein Zufall, nicht wahr? Gib mir das Olivenöl, du Blume meines Daseins. Du solltest ein Würstchen essen, Kleopatra, Würstchen sind gut fürs Gehirn, habe ich gehört.

José Luís überlegte, ob es nicht vielleicht später eine Möglichkeit gäbe, Zequinha zu entwischen und in das Zimmer seiner Freundin hinaufzugehen. Er stellte sie sich im Bett vor, im Slip und ohne Büstenhalter, wie Freitagnacht, als sie ihrem Vater vorgelogen hatte, sie würde übers Wochenende mit einer Freundin verreisen, und bei José Luís zu Hause aufgetaucht war, mit Jeansshorts, Lederblazer und einer Ray-Ban-Brille, ich bleibe, verkündete sie und zeigte auf ihren Rucksack. Schau, was hier drin ist, sagte sie und leerte den Inhalt aufs Bett: Schlüssel, zwei saubere Slips, eine Zahnbürste, und als Überraschung zwei

Eintrittskarten für die Show von Zeca Pagodinho, sagte sie und begann zu singen *ich hab entdeckt, ich lieb dich zu sehr la ra ra,* und zu tanzen, tanzte durchs Wohnzimmer, José Luís am Arm mit sich ziehend. Zum ersten Mal verbrachte das Paar zwei ganze Tage und Nächte gemeinsam, sie schliefen im selben Bett, aßen zu Mittag und zu Abend, das Paradies, verdammt, sogar zum Pipimachen gingen sie gemeinsam ins Bad, sie saß auf dem Klo, und er stand in der Tür, hörte ihr beim Reden zu, wundervoll, sie vögelten so viel, verdammt, Marta hatte die Idee, für jedes Mal, daß sie sich liebten, mit der Spitze einer Heftklammer Kreuze in das Kopfteil vom Bett zu ritzen, verdammt, sie verpaßten sogar Zeca Pagodinhos Show. Am liebsten dachte José Luís daran zurück, wie Marta ihm ihre Hinterbacken gezeigt hatte, zwei runde, wohlgeformte Kugeln, sag mir die Wahrheit, findest du meinen Arsch schön? Mein Gott. Dein Arsch ist schöner als der Vollmond. Er erinnerte sich an Onofres Frage: Stimmt es, was die Leute herumerzählen, über dich und die Tochter von Zequinha? Dann ist ja gut, ich dachte schon, du wärst nicht ganz bei Trost. Wie schön, daß es nicht wahr ist. Ein Glück. Eine langweilige Bohnenstange, diese Marta, sieht aus wie eine Landlose. Die wiegt höchstens fünfzig Kilo, ich bin gut im Schätzen. Und dann der Hintern? Ich sage immer zu den Mädchen, die hier hereinkommen und meine Pasteten nicht essen wollen: Eine Frau kann alles verlieren, nur nicht ihren Arsch. Eine Frau ohne Hintern ist wie Guavenbrot ohne Käse. Wo liegt da der Reiz?

Doch in José Luís' Augen verstand Onofre gar nichts von Hinterteilen. Er war rasend in Marta verliebt und überlegte, das Mittagessen mit dem Schwiegervater auszunutzen und die Karten auf den Tisch zu legen, ein für allemal, warum nicht? Ich will Marta heiraten, würde er zu ihm sagen, genau so, direkt ins Gesicht.

Möchtest du lieber gegrilltes Fleisch oder Makkaroni? fragte Zequinha zum dritten Mal. Der Junge hört nicht richtig zu, Suzana. Entschuldigung, antwortete José Luís, gegrilltes Fleisch, Entschuldigung. Vielleicht war das der ideale Augenblick, dachte José Luís, die Wahrheit zu sagen, ich will Marta heiraten, eine Familie mit ihr gründen. Wie geht es den Mädchen? fragte er unvermittelt und unterbrach Zequinha bei seiner eben begonnenen Geschichte über eine Reise nach Südbrasilien. Warum? fragte Zequinha und sah ihn unwillig an. Schatz, sagte Suzana, was für eine Frage! Er erkundigt sich nach den Mädchen. Liebling, überlaß das mir, ohne Wenn und Aber, okay? Sag, Reizinho, weshalb fragst du nach den Mädchen? Nur so, antwortete der Junge und erblaßte. Am Tisch machte sich Schweigen breit. Kinderstube, Zequinha, sagte Suzana, Reizinho ist sehr wohlerzogen, mehr nicht. Ach so, meine Angebetete, wenn es wegen der Kinderstube ist, dann ist ja gut, ich bin ebenfalls gut erzogen, wo wir schon dabei sind, wie geht es deiner Frau Mutter? Gut, antwortete José Luís. Grüß deine Frau Mutter schön. Scheint so, als ob ihr der Tod von dem Pastor an die Nieren geht. Ja, sagte José Luís, verstört von dem Vorfall. Ein Jammer, daß der Pastor umgebracht worden ist, sagte er. Miltão war wirklich ein Arschloch.

Nach dem Mittagessen bot Zequinha sich an, seinen Freund bis zur »Mauer« zu begleiten. Damit meinten die Bewohner der Gegend den Grenzbereich der Favelas, wenngleich es keinen trennenden Zaun mehr zwischen den beiden Elendshügeln gab. Ich hole nur mein Portemonnaie, warte. Kaum war er aus dem Wohnzimmer gegangen, trat Suzana auf ihn zu. Zequinha ist nicht auf den Kopf gefallen, sagte sie, er hat ganz genau gesehen, wie du zur Treppe gestiert hast. Reiß dich zusammen. Sei vorsichtig.

Unterwegs drückte Zequinha die soeben gekaufte Glock in

José Luís' Hand. Sie gehört dir, Geschenk von deinem Freund. Verdammt, für mich? Danke. Dein Vater, erzählte er Marta später, schenkt mir so eine Waffe, verdammt, das war riesig. Komisch, bemerkte seine Freundin, mein Vater ist so ein harter Knochen, hat er keine Gegenleistung verlangt? Nein, antwortete José Luís. Nichts.

In Wahrheit hatte Zequinha jedoch eine Bitte gehabt: Ich will den Morro do Sambacuim überfallen. Das bedeutet weitere acht Drogenverkaufsstellen, wenn wir ihn einnehmen. Wie ist es? Kann ich auf deine Unterstützung zählen?

Abgemacht, hatte José Luís geantwortet.

In Ordnung, sagte die Stimme am anderen Ende der Leitung, du kannst losmarschieren. José Luís stellte das Handy aus und gab seinen Männern ein Zeichen. Wäre sein Blick zurückgewandert, hätte er den rückwärtigen Teil einer Militärkaserne gesehen, doch das kümmerte José Luís' Bande nicht. Die Polizei griff nie spontan in die Gefechte zwischen den Rauschgifthändlern ein, um so weniger, wenn sie vorher keine Informationen über die Anführer und die von den Banditen benutzten Waffen hatte.

Der Einmarsch war zwar nicht so leicht, wie Zequinha erwartet hatte, aber auch nicht so extrem schwierig, wie Paula und andere Milizionäre hinterher beim Siegesmahl ihren engsten Freunden berichteten. An diesem Nachmittag war der Anführer vom Sambacuim in einem Vergnügungspark in der Baixada Fluminense hingerichtet worden. Zequinha hatte den Hinterhalt vorbereitet, ich habe die Mausefalle aufgestellt, sagte er großtuerisch beim Churrasco-Essen, ich habe die Falle präpariert, und der Mäuserich hatte Appetit auf Käse. José Luís' Beteiligung hatte darin bestanden, während der Nacht in den Elendshügel einzudringen und die Wachen des Dealers auszuschalten. Wenn in einer Gruppe Einigkeit herrscht, hatte Zequinha erklärt, wie bei den Leuten vom Sambacuim, dann reicht der Kopf des Anführers nicht aus. In so einem Fall, und das sage ich aus eigener Erfahrung, ist die Antwort ein Rotationsmaschinengewehr. Da gibt's kein Wenn und Aber.

Die Einzelheiten des Überfalls waren zuvor zwischen Zequinha und Leitor vereinbart worden. Leitor war empört darüber, wie José Luís sich zu dem Gewinn aus der Operation gestellt hatte, ich verstehe nicht, was du damit meinst, »das habe ich nicht ausgehandelt«, hatte Leitor bemerkt, wenn es acht Drogenverkaufsstellen gibt, wie viele bekommen dann wir? José Luís hatte geantwortet, daß das nur eine Detailfrage sei. Eine Lappalie. Leitor hatte gelacht. Fake, hatte er gesagt, ruf Zequinha an und sag ihm, daß ich unterwegs zu ihm bin, um die »Detailfragen« zu klären.

Die Unterredung mit dem Rauschgifthändler war kein Spaziergang gewesen, Zequinha war ein überaus netter Mensch, aber wenn es ums Geld ging, wurde er nervös. Ich habe nur um einen Gefallen gebeten, und ihr wollt mir das Fell über die Ohren ziehen, verdammt. Das nennt ihr Solidarität. Ich will Unterstützung, keine Teilhaber. Ich habe euch sehr geholfen. Es wurde vereinbart, daß zwei der acht zu erobernden Verkaufsstellen José Luís überlassen würden, und die Kosten der Operation würde Zequinhas Mannschaft tragen. Suzana, hatte Zequinha gesagt, nachdem er Leitor abgefertigt hatte, mit diesem Kerl werde ich Ärger bekommen. Das rieche ich. Mit dem werde ich mich nicht gut verstehen.

Der Einmarsch ging reibungslos vonstatten, die Gegner befanden sich nur auf dem Rückzug, ängstlich kletterten sie zum Gipfel des Hügels hinauf, wo es dann allerdings einen echten Zusammenstoß mit Granaten gab, die die schlaglochübersäten Straßen hinunterkullerten. Genützt hat es aber nichts, prahlte

Negaço später. In nicht mal zwei Stunden haben wir den Hurensöhnen den Garaus gemacht.

Der einzige unerfreuliche Zwischenfall war der Schuß, der, von Negaço selbst abgefeuert, einen von José Luís' Kämpfern, Valtinho, in den Arm getroffen hatte. Ich habe gesagt: Warte auf das Zeichen, wenn das Handy klingelt, gehst du rüber, und ich gebe dir Deckung, erzählte Negaço. Aber ich habe gar kein Zeichen gegeben, es hagelte Granaten in unsere Richtung. Plötzlich habe ich gesehen, wie ein Kerl versuchte, auf unsere Seite zu gelangen, da habe ich abgedrückt, Alter. Die Kugel abgefeuert. Verdammt, es war Valtinho. Aber ich hab die Scheiße erst kapiert, als ich Valtinho angerufen habe und er abnahm und mich beschimpfte, hör auf zu schießen, sagte er.

Dieses Ereignis sorgte für Stimmung bei dem Churrasco-Essen, das Zequinha am Abend in seinem Haus hinten auf der Veranda spendierte. Nachdem er an Ort und Stelle in der Favela medizinisch versorgt worden war, trank Valtinho Bier und lachte über Negaços Witze.

Auf Feiern wie dieser verbot Zequinha seinen Töchtern und selbst Suzana das Umherlaufen im Haus. Marta beobachtete das Treiben durch die Jalousien ihres Zimmers. Sobald sie José Luís eintreffen sah, rief sie ihn auf dem Handy an. Komm hoch in mein Zimmer, sagte sie. Sofort.

Bei der ersten Gelegenheit ging José Luís ins Haus und stieg die Treppe hoch, bedacht darauf, nicht erwischt zu werden. Im Flur ging eine Tür auf, ploc, Marta zog ihn ins Zimmer hinein. Ploc, kann der Herr mir erklären, was das hier ist?

Es war ein Bankauszug, ein Einzahlungsbeleg auf den Namen von Yolanda Moreira, Kellys Mutter. Fünfhundert Real. Ploc. Ich habe diesen Mist in deinem Portemonnaie gefunden, das bei mir in der Tasche geblieben ist, sagte Marta verärgert. Ploc. Pack aus.

José Luís setzte sich aufs Bett, Marta würde kaum verstehen, was passiert war. Ploc. Carolaine, seine Schwester, hatte es ihm erzählt.

Ploc. Alles hatte mit einer blöden Bemerkung von José Luís angefangen, ich möchte gern ein Kind haben, hatte er in einem Gespräch mit seiner Schwester beiläufig erwähnt. Du hättest beinahe schon eines gehabt, hatte Carolaine erwidert. Verdammt, was sagst du da, Mädchen? Carolaine hatte versucht, das Thema zu wechseln, schließlich aber doch die Wahrheit erzählt, daß Kelly schwanger gewesen war, als ihre Beziehung in die Brüche ging, sie hatte abgetrieben, fast wäre sie gestorben. Und sie hat nichts erzählt, Zé, weil sie dir keinen Ärger bereiten wollte. Es war schrecklich gewesen, diese Geschichte zu erfahren, José Luís fühlte sich so schuldig und gleichzeitig so erleichtert, voller Dankbarkeit gegenüber Kelly, was für eine außergewöhnliche Frau, was für ein großartiger Mensch, diese Kelly, verdammt. Red schon, Zé, rief Marta. Ploc. Ich warte. Sie hat eine Abtreibung gemacht, stammelte José Luís, und auf diesen Satz hin bekam Marta einen Wutausbruch, sie hörte kaum die Erklärungsversuche ihres Freundes, du Mistkerl, du Schuft, du hast diesen Walfisch geschwängert? Laß mich erklären, Liebste, verdammt noch mal.

Marta warf José Luís die Nachttischlampe an den Kopf, trat ihm gegen die Beine, zerkratzte seine Arme, José Luís flehte sie an, sich zu beruhigen, man hört uns noch, er versuchte, sie zu bändigen, doch Marta war nicht zu bändigen, sie stieß ihren Freund aus dem Zimmer, schlug die Tür zu, verschwinde aus meinem Leben, schrie sie weinend. Marta, verdammt, mach die Tür auf. In dem Moment erschien Zequinha auf dem Treppenabsatz. Was machst du hier? fragte er. Verdammt, antwortete er, ich suche die Toilette.

Zequinha kratzte sich am Kopf. Himmel, Arsch und Zwirn.

Das da gefiel ihm nicht. Ganz und gar nicht. So würde es nicht gut gehen. Hoffentlich irre ich mich, dachte er und seufzte. Komm, sagte er, die Toilette ist unten.

23

Tum chic tum chic tum chic tum, ob in Onofres Bar, den Gassen, chic tum, den Zufahrtswegen oder dem höhergelegenen Teil des Elendshügels, an jedem Punkt der Favela, chic tum tum, hörte man das Getrommel der Sambaschule Unidos do Berimbau, die in jener Mittwochnacht, chic tum tum tum, zwei Tage vor Beginn des Karnevals, mit allen Ehren ihren neuen Gönner, José Luís Reis, empfing. Pi pi pi pi pi, der Break. In weißer Hose, T-Shirt der Fußballmannschaft Vasco, betrat José Luís den Sportplatz, begleitet von den Männern seines Vertrauens und den unzertrennlichen Straßenkötern Pirosca, Tutu, Jaboti und Guliver. Fülliger, gewachsen, gesprächiger und vor allem selbstsicherer, hatte der lächelnde, sich zum Samba wiegende, den Gästen zuwinkende José Luís keinerlei Ähnlichkeit mehr mit dem schüchternen Halbstarken, der sechs Monate zuvor die Macht übernommen hatte. Mit knapp siebzehn Jahren war er ein Anführer im buchstäblichen Sinne des Wortes. Na, Kumpel? begrüßte ihn Kiko, der Karnevalist, und schüttelte ihm die Hand. Kiko war es ein Bedürfnis gewesen, persönlich dabeizusein, um den Freund auf dem Sportplatz willkommenzuheißen. Ja, nach so vielen Querelen konnte er endlich sagen, daß sie Freunde waren. *Und die Welt, die sich dreht, ist die Welt des Balls, der rollt,* schmetterte der Sambavorsänger mit seiner imposanten Stimme. Es rührte José Luís jedes Jahr von neuem, zu sehen, wie der Karneval den Mann verwandelte. Von März bis Dezember beobachtete er ihn, wie er in seiner baumwollenen Kluft eines Arbeiters der städtischen Müllabfuhr mit hängendem Kopf, völlig antriebslos, durch die Straßen des Elendshügels schlich. Doch in der Karnevalssaison als Sambavorsänger war er die Fröhlichkeit in Person. *Das ist Pelé, ist Garrincha, ist Tostão,* Fußball war das Sambathema der Wahl. José Luís hatte die Nachricht mit großer Begeisterung aufgenommen und gleich Leitor losgeschickt, um den Organisatoren Bescheid zu geben, daß er mitmachen wollte. Wir nehmen Geld an, hatte Kiko ihm über Cândida, José Luís' Großmutter und Schneiderin der Schule, ausrichten lassen. Der Kerl hat nicht verstanden, worum es geht, Oma, den Geist. Sag ihm, er soll morgen zum Abendessen herkommen. In José Luís' Augen wurde »der Geist« zu jener Zeit am sinnfälligsten von einem Mann vertreten, der Leitors Angaben zufolge die Mafia neu erfunden hatte. Seit Leitor ihm die Geschichte von Lucky Luciano erzählt hatte, hatte José Luís' Einstellung sich gänzlich gewandelt. Er wollte nicht mehr einfach nur der Anführer des Rauschgifthandels auf einem Elendshügel sein. Reizinho hatte nunmehr den Ehrgeiz, den Titel »größter Drogenhändler Südamerikas« zu erlangen. Diese Zeitschrift, hatte Leitor gesagt und ihm das Photo des Mafioso gezeigt, das den Artikel illustrierte, diese Zeitschrift handelt von den großen Männern unseres Jahrhunderts. Lucky, steht hier zu lesen, ist der Mann, der der Mafia ein neues, moderneres, dynamischeres Image gegeben hat. Der Kerl hat als Straßenjunge begonnen und ist zu einem der großen Namen der internationalen Wirtschaft aufgestiegen. Er hat aus der Mafia eine Geldmaschine gemacht. Das waren schwierige Zeiten damals, fuhr Leitor fort. Im Kampf um die Macht gab es keine Feuerpause, Schießereien gleich zum Frühstück, weißt du? Der oberschlaue Lucky wußte, daß die Gewalt ein Riesenübel für die Geschäfte darstellte. Damals dachten alle, Al Capone sei derjenige welcher, der Obermacker, aber für Lucky war Al Capone nur ein brutaler und nutzloser Bandit. So einer wie Miltão, verstehst du? Weißt du, was er gemacht hat? Er hat seinen eigenen Chef erledigt und sich von da an selbst um die Geschäfte gekümmert, mit gewaltlosen Methoden.

José Luís war beeindruckt gewesen von den Parallelen zwischen seinem eigenen Weg und dem des großen Mafioso Salvatore Luciano: Er war ebenfalls Straßenjunge gewesen, und auch er hatte seinen Chef umgebracht, um der Gewalt ein Ende zu bereiten. Und alles, was er in der letzten Zeit unternommen hatte, entsprach haargenau dem, was Leitors Erzählungen nach Salvatore in seinen goldenen Zeiten getan hatte, nämlich Ordnung in sein Haus zu bringen. Auf Leitors Vorschlag hin benutzte jetzt die gesamte »Struktur«-Mannschaft des Rauschgifthandels Mobiltelephone. In der »Produktion« (einer großen Baracke, in der die Jungen eingeteilt wurden und einige das Kokain mit Marmorstaub und Talkum streckten, andere die Drogen stückelten und verpackten) lief alles über Computer. Die Konsumenten schickten E-Mails mit verschlüsselten Bestellungen, und der Stoff wurde ihnen ins Haus geliefert. Das ist der Beginn von etwas völlig Neuem, sagte Leitor. Es ist ein alter Hut, daß der Kapitalismus immer mit einem Projekt beginnt, bei dem jemand gegen die Regeln verstößt, wie diese Verrückten, die Erz gewinnen oder Eisenbahnen bauen und die am Ende die Stützen der Wirtschaft eines Landes sind. Das ist so ungefähr das, was mit uns später mal passieren wird. Wer ist »uns«, Bleichgesicht? fragte Zequinha, der an diesem Tag dabei war und Leitors Theorien mit anhörte. Das ist ein Riesengeschwafel. Wenn sie die Drogen legalisieren, dann hat höchstens jemand wie der Tabakkonzern Souza Cruz etwas davon, mein Junge. Schlag dir das aus dem Kopf. Da gibt's kein Wenn und

Aber. Zequinha läuft mit Scheuklappen herum, hatte Leitor später zu José Luís gesagt. Er hat keine Visionen. Zequinha vergißt zum Beispiel, daß Brasilien der weltweit wichtigste Ausfuhrkanal für Kokain ist. Davon hat Zequinha, dieser Ignorant, keine Ahnung. Reizinho hatte diese Ideologie völlig übernommen. Bei den Zusammenkünften lauteten die meistgehörten Wörter »professionalisieren«, »erweitern«, »strukturieren«, mir ist schon ganz schwindelig, nörgelte Negaço, bei so vielen komplizierten Wörtern. Ich verstehe nur Bahnhof. Diese ganze »Diskutiererei« macht mich wahnsinnig. José Luís' Lieblingsthema war der Fortschritt auf dem Berimbau. Friedenszeiten, wiederholte er in einem fort, obgleich seine Truppen unablässig Drogenverkaufsstellen überfielen und schwache Anführer töteten. Seit fünf Monaten ist in der Favela niemand abgemurkst worden. Wir bringen unsere Frauen nicht mehr um, stellte er stolz fest, wir schlagen unsere Kinder nicht, klauen unserm Nachbarn weder seinen Eimer noch seine Gasflasche, wir zetteln bei Onofre in der Bar keinen Streit an. Warum? Weil wir, die Dealer, für den Fortschritt da sind. Friedenszeiten. Ja, es stimmte, daß es ein paar Reibereien gab, Belanglosigkeiten, Francisco, der Vater von José Luís, hatte den Kater von Dona Crecilda überfahren, eine dumme Geschichte, eine Lappalie, und wegen so etwas hatte die Frau herumzuerzählen begonnen, daß Francisco ein Säufer sei. Hat irgendwer meinen Vater betrunken gesehen? He, Onofre? Nein, niemand. Also. Alles in Ordnung. Sag Dona Crecilda, sie soll ihr Klatschmaul halten.

Für José Luís lief somit alles höchst zufriedenstellend, mehr als gut, bestens, auch in seinem Privatleben, seine Romanze mit Marta wurde immer schöner, war mehr als einzigartig, fabelhaft, alles lief ganz nach Wunsch, und die Devise lautete »organisieren«. Das Abendessen mit Kiko hatte genau das zum Zweck gehabt, seine Idee darzulegen. Organisation. Fortschritt.

Zukunft. Expansion. Doch Kiko, der seit zwölf Jahren für den Karneval auf dem Berimbau verantwortlich war, wollte nichts als Geld von den Rauschgifthändlern, da das, was er von den Wettbrüdern der Tierlotterie erhielt, nicht ausreichte. Er würde keinerlei Art von Einmischung dulden, und José Luís ging es vor allem darum, sich einzumischen. Wir haben kein Geld, hatte José Luís auf Leitors Rat hin vorgebracht. Was ich für dich tun kann, hatte er gesagt, ist »den Karneval zu strukturieren«. Du weißt nichts von den Wundern, die Organisation vollbringen kann. José Luís war tief beeindruckt gewesen, als Leitor ihm Tage zuvor erzählt hatte, daß die bei den Umzügen verwendeten Stoffe und Materialien nicht wiederverwendet wurden. Das liegt alles irgendwo in der Favela in der Nähe vom Fußballplatz herum, und dann kommt der Kram auf den Müll. Leitor, hatte der Rauschgifthändler während des Abendessens verlangt, erklär Kiko unsere Idee. Tage später hatte sich Kiko bereits das ganze Gespräch über Materialrecycling und Wiederverwertung der allegorischen Figuren, Skulpturen und Dekorationen zu eigen gemacht.

Tatsächlich war der Karnevalist von José Luís begeistert, und das überraschte niemanden, schließlich war die gesamte Bevölkerung fasziniert von dem neuen Anführer, und wer nicht zufrieden war, hatte bereits resigniert und sich abgefunden mit ihm als dem Herrn vom Berimbau, »meinem Hügel«, wie José Luís die Favela für gewöhnlich nannte. José Luís war höflich, respektvoll, zuvorkommend. »Er tut viel für die Armen«, hieß es. Er hat mein Dach in Ordnung gebracht. Er hat die Medikamente für meinen Sohn bezahlt. Mir hat er einen nagelneuen Reifen geschenkt. Er baut dort oben schon eine Schule. Wenngleich der Entschluß zum Bau einer Schule in der Nähe des Hauptquartiers des Drogenhandels sich eher aus der Notwendigkeit erklärte, die Kinder im Falle einer Polizeiinvasion als

Schutzschilde zu benutzen, denn aus der Erfüllung der Forderungen der Anwohner, führte José Luís wirklich nach und nach einige Verbesserungen auf dem Berimbau ein. Rings um sein Haus war das Abwasser bereits kanalisiert worden. Ich be-wun-de-re Reizinho, sagte Kiko. Ich liebe ihn, leidenschaftlich. Von Reizinho bekomme ich am wenigsten Geld, das gebe ich zu, dafür gibt er mir die größte moralische Unterstützung.

Das Gespräch mit José Luís wurde erst schwierig, als Kiko ihm erzählte, daß es einen Wagen zu Ehren von Oscar Cox geben würde. Wer ist das? Cox, Reizinho, hat den Fußball nach Rio de Janeiro geholt, antwortete Kiko. Wirklich? Ist ja toll, sagte der Dealer, ich dachte, der Fußball ist hier erfunden worden. Nein, erwiderte Kiko, der die Themen mit größter Akribie recherchierte, die Chinesen haben sogar schon vor Jesu Christi Geburt Fußball gespielt. Im Ernst? Das ist ja ein Ding, sagte José Luís, dann war dieser Cox also Chinese? Nein, Cox hat in Europa studiert, und er hat auch bei der Gründung des Fluminense mitgewirkt. Wie bitte? fragte José Luís empört. Ja, der ersten großen Mannschaft von Rio. Damit fing das Durcheinander an. Als manischer Vasco-Anhänger war José Luís gegen die Ehrung von Cox. Der Fluminense ist ein ganz mieser Verein, sagte er, ich werde das nicht zulassen. Kommt nicht in Frage. Aber das ist die Geschichte, argumentierte Kika gespreizt, die Geschichte in Großbuchstaben geschrieben, wir können doch nicht über die Tatsachen hinwegsehen. Zum Teufel mit der Geschichte, Cox ist aus dem Rennen, sagte er, keine Chance, verdammt. Leitor war es, der sie aus der Sackgasse befreite. Es ist ja ein alter Hut, Kiko, sagte er, daß Vasco für die Schwarzen die Rettung im Fußball war. Vasco hat mit den Vorurteilen gegenüber der Hautfarbe aufgeräumt, wußtest du das? Warum lassen wir nicht einfach den Bahianerinnen-Flügel die Fans vom Vasco darstellen? Wie findest du das, Reizinho? Dann haben wir Cox und Vasco, wie wäre das? Damit war José Luís einverstanden, unter der Bedingung, daß Vasco vor diesem sogenannten Cox hermarschierte.

Jedenfalls wurde José Luís in gewisser Weise zum Herrn über den Karneval vom Berimbau. Mit allen auftretenden Problemen kamen sie zu ihm in sein Haus (in seine Häuser, denn José Luís hatte, dem Beispiel der gutverdienenden Bewohner des Berimbau folgend, die neben der seinen liegenden Baracken aufgekauft und so sein Anwesen vergrößert), um sie zu besprechen. Das weiß Reizinho, sagte Kiko, redet mit dem kleinen König, und der Dealer wurde in jede Frage mit einbezogen, sogar in die Wahl des Geschäftes, in dem Cândida die Pailletten und Perlen kaufen sollte. Marta kennt sich mit diesen Einzelheiten aus, pflegte er zur Antwort zu geben. Wann immer er konnte, bezog er Marta in die Geschäfte mit ein, obgleich seine Freundin absolut nichts vom Karneval verstand. Ja, aber sie wird Betriebswirtschaft studieren, erklärte José Luís stolz.

Tor, schreit die Fangemeinde, sie tobt, Tor, ein Tor, stimmte der Vorsänger an und brachte die Leute in Stimmung. Reizinho, sagte Kelly, indem sie sein Gespräch mit Kiko unterbrach, wie schön, dich hier zu sehen. Und ausgerechnet als er und Kelly sich in den Armen lagen, traf Zequinha mit Suzana und seinen Töchtern Marta und Priscila ein. Und in genau dem Moment geschah es auch, ohne irgendeine vorherige Absprache, daß Fake sich zwischen sie stellte und alle fragte, ob sie denn schon die Neuigkeit wüßten, Reizinho und Kelly werden heiraten, sagte er. Wirklich? fragte Zequinha. Wie schön. Großartig, herzlichen Glückwunsch, sagte Suzana und umarmte Kelly. José Luís brachte kein Wort heraus, er schaute ängstlich besorgt zu Marta, ploc, laß uns eine Runde drehen, sagte sie zu Priscila, tschau, Vater, ploc. Und verschwand. Die Leute gratulierten weiter dem Paar, seit ich dieser Göttin begegnet bin, prahlte Zequinha auf Suzana gemünzt, diesem Licht, diesem geschliffenen Diamanten, ist mein Leben das Paradies. Und alle beglückwünschten José Luís und ließen sich eingehend über die Ehe und das Kinderkriegen aus, Menschenskind, Fake, sagte er später, als sie sich in einiger Entfernung von ihren Freunden befanden, was ist das für ein blödes Geschwafel? Halt die Klappe und mach ein Bräutigamsgesicht, Brother, antwortete Fake, ich bin dabei, deine Haut zu retten, Zequinha hat mich angequatscht, er hat Lunte gerochen, ihr laßt zuviel durchblicken, Marta und du, was ist mit euch los? Wollt ihr euch in die Scheiße reiten? Was sind das für Klamotten? fragte José Luís, der erst jetzt Fakes Bügelfaltenhose bemerkte. Die ist neu, antwortete sein Freund großspurig, gefällt sie dir, Brother? Ich liebäugele sogar mit einem Anzug. Business. José Luís mußte an die Hosen von Dr. Rodrigo denken, die gleiche Sorte Hosen, zwei schnuckelige Falten, verdammt, ich bin stinksauer, verdammt, wo ist Marta? fragte er und hielt ringsum nach seiner Freundin Ausschau. Brother, ich sage dir nur eins, Zequinha ist ein Typ Mensch, der mit seinen Feinden schon alles mögliche veranstaltet hat, und ich kann dir versichern, er ist immer für eine Überraschung gut. Sieh nur, wie er dort drüben lacht, fuhr Fake fort und wies zu dem Rauschgifthändler auf der gegenüberliegenden Seite vom Sportplatz, ein Bier in der Hand, smile mal rüber zu dem Mann. Zé Luís grinste. Marta ist bestimmt fuchsteufelswild, sagte Zé Luís und wählte die Nummer vom Handy seiner Freundin. Mein Telephon ist zeitweilig nicht erreichbar, lautete die Tonbandmitteilung, hinterlassen Sie Ihre Nachricht nach dem Signalton. Die Mailbox, verdammt.

Tum chic tum chic tum chic tum, in dem Moment entstand ein Stimmengewirr, ruft einen Krankenwagen, schrie jemand. Carolaine, die, obwohl sie im neunten Monat schwanger war, die ganze Nacht ununterbrochen Samba getanzt hatte, ging es nicht gut. Schwitzend setzte sie sich auf dem Sportplatz zu Boden, hol meine Mutter, bat sie Suzana.

Es waren vier starke Männer vonnöten, um sie auf die Autobank zu hieven, die auf dem Sportfeld als Sofa diente.

Fake besorgte einen Wagen, und José Luís harrte bei seiner Schwester aus und beruhigte sie. Weinerlich verlangte Carolaine unablässig nach der Mutter. Sie hatte keine Angst, bei der Entbindung zu sterben oder davor, das Baby könnte mißgebildet zur Welt kommen. Sie weinte, weil sie daran dachte, wie es werden würde, die Zukunft, die Veränderungen. Ihr Leben war in der letzten Zeit so schön gewesen. Zé Luís gab ihr alles, Kleidung, Essen, sogar einen neuen Vierzehn-Zoll-Fernseher hatte sie geschenkt bekommen. Mit Fernbedienung und allen Schikanen. Jeden Nachmittag ging sie bummeln, ohne bestimmtes Ziel, besuchte Leitor, Suzana, oder saß bei Cândida, der Großmutter, im Haus, nur um den Mulattinnen beim Anprobieren der Kostüme zuzuschauen. Sie hatte ihre Kurse hingeworfen, den ganzen lästigen Kram, und hatte jetzt sogar ein junges Mädchen angeheuert, das ihr im Haus beim Putzen half, die Idee stammte von José Luís. Großartig, nicht mehr saubermachen zu müssen. Und Alzira wußte nicht mal etwas davon, die Hausangestellte kam nur, wenn Alzira bei der Arbeit war. Wunderbar, ein Dienstmädchen zu haben, das die Bohnen kochte, das aufwischte und das schmutzige Geschirr wusch, die Wäsche, dank dieses Privilegs konnte Carolaine sich ihrer Lieblingsbeschäftigung widmen, dem Fernsehen, vor allem an besonders heißen Tagen. Sie schaltete den Apparat und den Ventilator an, pflanzte sich mit einer Packung Schokoladenkeksen aufs Sofa und sah Filme und Wiederholungen der Serien, bis sie einschlief. Alas in der Kinderkrippe, das Haus still, Carolaine konnte sich nicht erinnern, jemals in ihrem Leben so viel

Ruhe und Frieden erlebt zu haben. Und jetzt, wie würde es werden? Stillen, Windeln wechseln, nachts aufwachen, um das Kind zu versorgen. Sieh zu, wie du zurechtkommst, Carolaine, ich bin zu alt zum Kindergroßziehen, hatte Alzira gesagt. Wer würde das Kind nehmen, wenn sie mit Leitor tanzen ginge? Auf Alas paßte Alzira auf, aber ihre Mutter hatte sie bereits millionenmal gewarnt, daß sie für keinen weiteren Enkel das Kindermädchen spielen würde. Es reichte. Vorbei mit dem Schmarotzen. Während der neun Monate der Schwangerschaft, vor allem nach dem Tod des Pastors, hatte Carolaine sich eine einfache Betrachtungsweise für ihren Zustand zu eigen gemacht, indem sie ihn gänzlich übersah. Sie dachte einfach nicht daran. Ihren Bauch würdigte sie kaum eines Blickes. Wenn Alzira zu meckern anfing, verließ sie das Haus, ignorierte, vergaß. Aber wie würde es jetzt werden?

Ruf Mutter, bat sie José Luís noch einmal, als sie auf dem Weg ins Krankenhaus waren.

Wir werden nun zeigen, sagte der Fernsehansager, wie die Mörderin in der Nacht, in der sie ihren Geliebten unter dem Vorwand aufsuchte, ihren Wohnungsschlüssel verloren zu haben, jede Einzelheit ihrer Tat im voraus geplant hatte.

Alzira saß in Dona Julianas Schlafzimmer im Sessel, neben der jetzt ruhiger wirkenden Gnädigen, und sah fern. Ich werde Ihnen noch etwas Milch bereiten, sagte Alzira und stand auf. Nein danke, Alzira, antwortete Juliana, es ist gut, bleib hier. In der Tatnacht, sagte der Sprecher, in der Nacht des Verbrechens verließ die Mörderin um achtzehn Uhr ihre Arbeitsstelle.

Alzira mochte diese Art Sendungen, sie halfen, den Leuten ins Gedächtnis zu rufen, daß der Teufel existierte. In unserer Welt. Nicht, wie sie es sich als Kind vorgestellt hatte, mit Hörnern, halb Mensch, halb Tier, er war noch viel schlimmer, der

Teufel, durch und durch Mensch, von Kopf bis Fuß, ohne irgendein Merkmal, das einen gewarnt hätte, ganz und gar normal, er ging mitten unter uns umher, redete, arbeitete, dingsbumste, alles völlig normal. Tage zuvor hatte Dona Juliana eine Meldung in der Zeitung gelesen über eine Verlautbarung des Papstes, der Teufel ist besiegt, hatte der Papst verkündet, und da war sie nun, die Wahrheit, vor ihrer beider Nase. Der Papst hatte sich geirrt. Der Dämon setzte seinen Kampf fort. Lief in der Menge umher, anonym. Sie überlegte, ob sie Dona Juliana das sagen sollte, nahm aber Abstand davon, sie schien ruhiger zu sein, hatte endlich zu weinen aufgehört, warum also vom Teufel reden?

Dr. Rodrigo befand sich geschäftlich in São Paulo, und die Kinder Marcelinha und Otávio waren ebenfalls verreist, machten Ferien, Marcelinha in Disneyland, und Otávio hatte einen Kurs in London belegt. Es waren ruhige Tage, Dona Juliana immer auf Diät, ein wenig Gegrilltes mit Salat, das Haus aufgeräumt, alles ein Kinderspiel. Selbst der Wunde an ihrem Bein ging es etwas besser. Sie war zwar nicht kuriert, platzte aber auch nicht weiter auf. Haben Sie gesehen, wie sie heilt? hatte sie Dona Juliana gefragt. Zeig sie mir bloß nicht, Alzira, ich hasse den Anblick von Eiter. An diesem Spätnachmittag war alles friedlich, Alzira zog sich gerade für den Nachhauseweg um, sie hatte Dona Juliana einen Raukesalat mit Feigen im Kühlschrank hinterlassen, das Haus war von diesem angenehmen Geruch nach Sauberkeit erfüllt, einem ehrlichen, untadeligen Geruch, der Alzira beruhigte, so gut war er, nun, sie war bereits im Begriff zu gehen, als auf einmal die Gnädige in Tränen aufgelöst zur Küchentür hereinstürzte und sich Alzira wimmernd, schluchzend in die Arme warf, bei Christus, Dona Juliana, was ist passiert? Als es Juliana gelang, etwas herauszubringen, war es immer das gleiche: etwas Furchtbares, Alzira, furchtbar, wiederholte sie tränenerstickt. Ist es wegen Marcelinha? Nein, nein, jammerte Juliana, ohne eine richtige Erklärung zu geben, es ist nichts dergleichen. Was ist denn los, um Gottes willen? fragte Alzira besorgt.

Juliana erzählte nicht, was geschehen war, darüber zu sprechen war zu erniedrigend, nicht einmal dieser armen Analphabetin hätte Juliana berichten können, was sie mit ihren eigenen Augen gesehen hatte, grauenvoll, Fernando und Alice, ihre beste Freundin, im Bett, es war gräßlich gewesen. Und alles hatte so schön begonnen, an einem sonnigen Tag hatte sie mit Lila, die gerade aus Paris zurückgekommen war, zu Mittag gegessen, sie hatten viel gelacht, Juliana war guter Laune gewesen, fröhlich, hatte auf der Heimfahrt im Auto Musik gehört, das Meer olivgrün, alles war wunderbar gewesen, und plötzlich war ihr die Idee gekommen, Fernando einen Überraschungsbesuch abzustatten. Sie hielt an einem Feinkostladen, kaufte Baguette, Camembert und Pfirsichsekt, oh, es war schrecklich. Fernandos Tür war nicht verschlossen, das Wohnzimmer ein Tohuwabohu, und auf dem Sessel eine Damenhandtasche, eine schöne, geschmackvolle Tasche, und, oh, wie gräßlich, warum nur hatte sie sich in dem Moment nicht auf dem Absatz umgedreht? Wenn es darum geht, alles kaputtzumachen, sollte sie tags darauf zu ihrem Psychiater sagen, bin ich wirklich quasi eine Meisterin. Dinge zu zerstören ist meine Spezialität. Alles zu ruinieren. Ich wußte, daß es mir schlecht bekommen würde, und trotzdem bin ich hineingegangen, habe die Tür von Fernandos Schlafzimmer aufgestoßen. Es war grauenhaft. Der makellose Körper des Geliebten, sein muskulöser Rücken, bedeckte Alicinha. Furchtbar. Juliana war sämtliche Stockwerke zu Fuß die Treppe hinuntergegangen, das war das schrecklichste gewesen. Von Fernando hatte sie nichts erwartet. Von Alicinha allerdings schon, sie hatte sich vorgestellt, daß Alicinha, ihre beste

Freundin, hinter ihr herkommen würde, in ein Bettlaken gehüllt, womöglich sogar nackt, aber daß sie kommen würde. Daß sie sie um Verzeihung bitten, daß sie weinen würden, gemeinsam vielleicht. Die Schlampe. Verräterin. Juliana hatte sogar ihren Schritt verlangsamt, um der Freundin die Möglichkeit zu geben, sie gebrochen auf der Treppe einzuholen. Doch weder Fernando noch Alicinha kamen hinter ihr her. Und während der fünf Minuten, die sie schluchzend in ihrem Wagen saß, der in der Nähe von Fernandos Haus parkte, zeigte sich keiner der beiden am Fenster.

Jetzt endlich, nachdem sie sich nach Leibeskräften ausgeheult hatte, fühlte sie sich ruhiger. Rodrigo, ihr Mann, hatte kurz zuvor aus São Paulo angerufen, warum bist du traurig, mein Schatz? Was ist passiert? Ich vermisse die Kinder, hatte sie geantwortet. Liebling, morgen bin ich wieder da, sei ganz ruhig. Wir gehen zum Abendessen in das Restaurant, das du so gerne hast.

Sie war so dankbar dafür, daß Alzira bei ihr geblieben war, sie wäre nicht imstande gewesen, die Nacht alleine zu verbringen. Und Alzira hatte es ebenfalls nicht schlimm gefunden, im Haus der Gnädigen zu übernachten. Sie hatte keine große Lust, nach Hause zu gehen, höchstens wegen Alas. Es erboste sie zutiefst, wenn sie dort ihrem früheren Ehemann über den Weg lief, diesem Schuft, der vergnügt in seinem Kleinbus saß und sich für den Größten hielt. Das konnte sie nicht dulden. Gerne hätte sie Fernando ignoriert, aber, verflucht, ständig suchten ihre Augen ihn, wollten ihn sehen, und wenn sie sich auf der Straße begegneten, mein Gott, vergib mir, wie schrecklich es war, diesen Haß im Herzen zu spüren, einen mächtigen, gierigen Haß, der wuchs und nur immer weiterwachsen wollte, es war der Haß, der über ihren Kopf und ihre Beine gebot und sie zwang, einen anderen Weg einzuschlagen, bloß um Francisco zu sehen und ihn zu verachten, nur das war es, was sie in letzter Zeit tat, Francisco verabscheuen, sie war kaum imstande zu beten, immerzu verfluchte sie diesen Wurm, diesen Schuft, Hohlkopf, Idioten, Feigling, Säufer, zum Teufel mit ihm.

Als um viertel nach elf Uhr abends das Telephon klingelte, war Alzira, den Kopf auf die Stuhllehne in Dona Julianas Schlafzimmer gestützt, eingenickt. Ihr zweiter Enkel ist geboren, sagte Suzana am anderen Ende der Leitung.

Alzira fragte, ob es Carolaine gut gehe. Ja, alles bestens, es ist ein Junge, sagte Suzana munter, ein hübsches Baby. Er soll Júnior heißen. Júnior Reis.

Alzira legte den Hörer auf und ging ins Schlafzimmer zurück, ein Gefühl von Traurigkeit in der Brust. Noch ein Kind. Arme Carolaine.

24

»Mein lieber, alter Dickwanst, der schöne weiße, weiche, köstliche Schnee, den man im Fernsehen sieht, weißt du? Er ist gräßlich, mein Lieber. Spaziergänge im Schnee, Schneemänner bauen, das ist nur im Fernsehen oder auf der Postkarte schön. Ich komme gerade von draußen herein, fünfundzwanzig Grad unter Null! Ehrlich, Onofre, da ist mir die sengende Sonne lieber. Gebibbert habe ich wie ein Stück Vieh auf der Schlachtbank. Der Schnee türmt sich auf, schmilzt, es ist zum Kotzen, wenn man auf dem Bürgersteig geht, er ist voller dunklem, eisigem Schlamm, heute habe ich mich sogar auf die Nase gelegt und meine Tomaten im Dreck verteilt.«

»Um fünf Uhr fangen die Leute an, sich in den Kneipen mit

dunklem Bier vollaufen zu lassen, und um neun Uhr abends ist keine Menschenseele mehr auf der Straße, alle hier in der Stadt liegen betrunken im Schlaf. Niemand geht aus dem Haus. Wenn sie auf die Straße hinausgehen, dann im Laufschritt, sie kaufen ihre tägliche Bratwurst, und fertig. Das Schlimmste von allem ist die Farbe des Himmels, Onofre. Von zehn Uhr morgens bis nachmittags um vier ist es immer das gleiche, diese undurchlässige Wolkendecke, alles grau. Das geht im Oktober los und hört erst im März auf. Ich muß dir gestehen, alter Bock, deine quietschvergnügte Rosa Maria lacht nicht mehr so oft.«

»Dennoch bin ich froh, Jenifer, die Tochter von Dadá, ist vor zwei Wochen angekommen, um bei Heinrich und mir zu wohnen. Ein reizendes Mädchen. Und so aufgeweckt, sie sagt schon guten Tag auf deutsch. Heinrich mag sie. Zumindest bin ich nicht mehr so alleine. (Sie hingegen war vergangene Woche ziemlich traurig. Alle von den Unidos do Berimbau wollten sie als neue Fahnenträgerin der Schule, wußtest du das? Und den Karneval zähneklappernd hier zu verbringen ...)«

»Gerade habe ich die letzte Packung Erdnußkonfekt aufgegessen, die du mir gesandt hast. Beim nächsten Mal schick mir das mit dem kleinen roten Herzen, das ist das Beste. Kannst du mir auch Guavenbrot schicken? Ich warte darauf. Grüße an die Clique. Und für dich einen dicken Kuß von Rosa Maria.«

Meinst du, fragte Onofre, nachdem er Negaço den Brief vorgelesen hatte, meinst du, daß Rosa Maria noch mehr Leute nach Deutschland einladen wird? Ja, bestimmt, erwiderte Negaço mit einem Glas Tubaína in der Hand und immer auf das Treiben der Passanten achtend, dich wird sie einladen, habe ich gehört. Kennst du den, sprach der Rauschgifthändler weiter, von dem Typ, der einen Faustschlag aufs Auge bekommt? Sagt er zu dem Schrank, der ihn geschlagen hat: Das kann so nicht bleiben. Antwortet der Schläger ihm: Stimmt, das wird blau werden und anschwellen. Wovon redest du eigentlich? fragte Onofre irritiert, so ein Blödsinn, als ob du keinem Gedanken folgen könntest, ich spreche hier von einer Sache, und du kommst mir mit einem uralten Witz, der überhaupt nichts damit zu tun hat. Negaço lachte, ich weiß schon, sagte er, gleich holst du dein schwedisches Taschenmesser heraus und quatschst kariert über Rosa Maria. Schweizer, verbesserte Onofre, mein Taschenmesser kommt aus der Schweiz.

Onofre betrachtete die Postkarte, ein Photo von Berlin im Schnee, wieviel, fragte er, mag wohl ein Flugticket nach Deutschland kosten?

Negaço beobachtete jetzt aufmerksam die Jungen, die in der Haupteinfahrt zur Favela Fußball spielten. Jemand gab ihm ein Zeichen. Ich mache mich auf den Weg, sagte er.

Was ist los, Negaço? Weshalb sind heute alle so unruhig?

Im Motel Serenade öffnete Marta die Minibar und holte eine Tafel Schokolade heraus. Sie stieg zurück ins Bett, kuschelte sich in José Luís' Arme. Wie spät ist es? fragte er. Viertel nach fünf, antwortete sie. Mach weiter, bat er, das hat mir eben gefallen. Du hast geschlafen, sagte Marta. Ich habe überhaupt nicht geschlafen. Dann erzähl mir, worüber habe ich gerade gesprochen? Du hast gesagt, antwortete José Luís, daß der Mann explodiert. So ungefähr, erklärte Marta, ich habe vom Unterschied zwischen der Lust der Frau und der Lust des Mannes gesprochen, der Mann explodiert, und die Frau wird gesprengt. Habe ich dich gesprengt? fragte José Luís und streichelte dabei Martas Bauch. Küsse. Es stimmte, José Luís gab es zu. Er explodierte. Etwas in ihm entlud sich beim Sex, und vor der Explosion verdichtete sich eine gewaltige Kraft irgendwo in seinem Inneren, und plötzlich war es reine Potenz, die losbrach, die seine Eingeweide durchquerte, ihn von oben nach unten zerschnitt wie ein Blitz, verdammt, wie schön das war. Martas Mund schmeckte nach Schokolade, stets verströmte er einen köstlichen Zimt- und Pfefferminzatem von den Kaugummis, die sie in großen Mengen kaufte und in der Tasche und im Handschuhfach vom Auto deponierte, ich bin kaugummisüchtig, sagte sie, ploc, und du bist schuld, wenn du mich nicht so viel küssen würdest, müßte ich, ploc, weniger Kaugummi kauen. Wenn dein Schwanz in mich eindringt, sagte Marta, ist er wie ein Messer, es ist, als gäbe es einen Ballon dort drinnen, eine Art Himmel, den das Messer plötzlich, ploc, zerplatzen läßt, ploc.

Wie schön und friedlich es mit Marta war, dachte José Luís, und noch schöner, wenn sie zumindest für einige Augenblicke begreifen konnte, daß zwischen ihm und Kelly nichts war, unmöglich, daß da etwas wäre, ich interessiere mich für Kelly ebensosehr wie für eine Plastikschüssel, sagte José Luís, Kelly ist mir piepegal, ich will von keiner Frau etwas. Aber sie liebt dich, antwortete Marta, die Dicke ist immer voller Hoffnung. Na und? fragte José Luís. Und wenn schon. Sie ist nicht wichtig, existiert nicht. Ja, Zé, aber seit Fake sich diesen Schwachsinn mit der Hochzeit ausgedacht hat, schaut mich die Dicke mit einem Gesicht an nach dem Motto ich-sitze-am-längeren-Hebel, und das gefällt mir nicht. Sie will nur helfen, brachte José Luís vor. Schlampe. Unverschämte Kuh. Sogar an den Armen hat sie Zellulitis, die Dicke. Du solltest froh sein, daß Kelly meine Freundin ist, sagte José Luís, das beweist, daß ich ein feiner Kerl bin. Ploc, blödes Geschwätz, die Dicke soll sich vor mir in acht nehmen, sonst mache ich sie fertig, ploc.

Marta interessierte sich sehr für die Geschäfte. Ständig stellte sie Fragen, wollte alles mögliche wissen und sagte ihre Meinung, ploc, ich habe ein Händchen für so etwas. Einmal erhielt José Luís eine Ladung Kokain, die von Polizisten gestohlen worden war, welche bei einer Telephonüberwachung an Informationen zum Übergabeort gelangt waren. Es war Martas Idee gewesen, über das abgehörte Telephon eine fingierte Aktion zu planen. Auf diese Weise tötete José Luís' Bande drei in den Raub verwickelte Polizisten. Ein andermal, als José Luís überlegte, wie ausgeborgte Waffen am besten von einem Elendshügel zum anderen verfrachtet werden könnten, erschien Marta mit einer Zeitungsreportage, in der von Müllwagen zum Transport von Waffen und Drogen die Rede war. Wahnsinn, großartig. In Wahrheit war es eine sehr schlechte Idee gewesen. Da die Polizei bereits gewarnt war, gerieten die Müllaster in einen Blitzeinsatz, und auf diese Weise verlor José Luís einen kleinen Teil seines Arsenals. Doch das schlechte Ergebnis der Operation beeinträchtigte in keiner Weise Martas Ansehen. Ein Genie, das Mädchen, verdammt. Sie hat wirklich ein Händchen dafür, was, Leitor? Leitor stimmte ihm zu, vor allem, weil Marta ihn beim Aufbau eines direkten Kontaktes, ohne Zequinhas Vermittlung, zu dem Lieferanten unterstützte. Mein Vater muß lernen, daß ihr schon große Jungs seid, sagte sie.

Nach der Liebe blieben die beiden nackt im Bett liegen und unterhielten sich über die Geschäfte. In letzter Zeit machte Marta sich Sorgen wegen ihrer Stiefmutter. Sie sieht mich so merkwürdig an, diese Frau. Weißt du, Zé, sie ist sehr ehrgeizig. Deine Vorstellung von Suzana als der großen Mutter und Freundin zieht bei mir nicht. Sie hat meinen Vater in der Hand. Eine Schlampe. Und jetzt kommt sie mir alle naselang damit, ich soll vernünftig sein, vernünftig, was glaubt sie eigentlich, wer sie ist?

Genau in dem Moment klingelte José Luís' Handy. Ich bin in zehn Minuten da, sagte er, nachdem Negaço ihm die Ankunft »des Künstlers« gemeldet hatte.

Marta war begeistert, als sie erfuhr, daß José Luís sich mit einem Werbefilmer treffen würde. Echte Reklame, fürs Fernsehen. Ein Werbeprofi also, sagte sie. Ja, ein Werbeprofi, wiederholte José Luís genüßlich das neue Wort. Welche Werbung hat er denn gemacht? José Luís konnte die Frage nicht beantworten.

Er wußte lediglich, was Negaço ihm erzählt hatte, sein Freund war es gewesen, der das Treffen zwischen den beiden arrangiert hatte. Tage zuvor hatte Negaço Besuch von einem alten Bekannten bekommen, von Dunga, einem Fernsehproduzenten, der sich auf dem Elendshügel immer mit Kokain eindeckte. Dunga hatte Negaço darum gebeten, José Luís den amerikanischen Werbeprofi Rick Molzer vorzustellen. Rick war nach Brasilien gekommen, um einen Werbespot für ein Erfrischungsgetränk zu drehen, und wollte die Favela als Schauplatz für seinen Film benutzen. Der Gringo will nur deinen Segen, hatte Negaço gesagt. Leitor war dagegen gewesen. Was haben wir davon? Das ist das Risiko nicht wert. Bald steht es in der Zeitung. Ich bin dagegen.

José Luís hatte sich von dem Ansinnen zu sehr geschmeichelt gefühlt, um auf Leitors Warnungen zu hören. Jemand so Wichtiges, der ihn kennenlernen wollte, ein Amerikaner, der ihn um Erlaubnis bat. Werbespots im Fernsehen. Wahnsinn. Auf Zequinhas Rat hin vermied Reizinho es, mit Journalisten zu reden. Reine Strategie, sagte Zequinha. Ruhm führt in unserem Fall nur zu mehr Ärger, sagte Martas Vater. Doch hier war die Sache anders gelagert. Es handelte sich um einen Amerikaner, einen Künstler.

Seit einer Woche warteten alle mit Spannung auf das Treffen. Einmal drohte Rick Molzer abzusagen, doch zum Glück fügte sich alles im Zeitplan des Werbeprofis.

Darf ich mit? bat Marta. Es half kein Flehen, ploc, kein Niederknien, keine Imitieren einer Affenfrau wie sonst, wenn sie

José Luís zum Lachen bringen wollte. Zwar lachte er aus vollem Halse, sagte aber nein. Er setzte sie in ein Taxi und fuhr alleine zum Berimbau, am Steuer seines 1200-Kubikzentimeter-Motorrads.

Rick Molzer unterhielt sich, behaglich mit einem Glas Coca Cola in der Hand in einem weinroten Samtsessel sitzend, mit Fake und Leitor über den Produzenten Dunga, der mühsam seine Fragen und die Antworten der Dealer übersetzte. Der Knabe mit seinem kurzgeschorenen, blondierten Haar, der ein weißes T-Shirt der Marke Hering über seiner roten Jeanshose trug, hatte Fake maßlos enttäuscht. Es war so viel von dem Amerikaner, dem Künstler, die Rede gewesen, Fake hatte sich jemand anderen vorgestellt. Er hatte sich zu dem Anlaß mit größter Sorgfalt gekleidet, beigefarbene Hose, Oberhemd im gleichen Ton, kaffeebraune Schuhe und Gürtel, die Freunde hatten ihn dermaßen ausgelacht, Negaço hatte sogar gesagt »aus dem Brother wird langsam ein Weißer«, nicht daß Fake solche »dümmlichen Kommentare« etwas ausgemacht hätten, Idioten sind das, sagte er zu Leitor, ich will vorankommen, ich kann nicht mit Drogen handeln und wie ein Weihnachtsbaum herumlaufen. Ich bin schwarz und stolz darauf. Was haben die Klamotten, die ich trage, mit meiner Hautfarbe zu tun? Aber nun hatte er sich feingemacht, hatte sogar das Haar geschnitten, um den besagten Amerikaner zu empfangen, und dann kommt der Witzbold in einer halbverdreckten Hose, lausigen Turnschuhen, keine von Nike, Reebok oder Adidas, nichts dergleichen, ein Kerl, weiß wie ein Bürohengst, ohne die geringste Spur Sonnenbräune, nichts, was war das eigentlich für ein Gewäsch? So weiß kann man nur sein, wenn man keine Yacht hat, sollte Fake hinterher lachend erklären. Meiner Meinung nach, sagte Leitor später, als er José Luís zu dem »wirklich wichtigen«

Treffen brachte, das an jenem Tag stattfinden sollte, meiner Meinung nach ist dieser Amerikaner eine Schwuchtel.

Wie viele Leute leben heute auf dem Berimbau? fragte Rick Molzer. Tatsächlich? So viele? Beinahe die Bevölkerung einer Stadt im Mittleren Westen. Das seichte Gespräch zog sich in die Länge, bis mit einer Stunde Verspätung José Luís eintraf, und die Ankunft vom Anführer des Rauschgifthandels auf dem Berimbau war in den Augen Rick Molzers eine Sensation. Helm in der Hand, die Maschinenpistole unter der Jeansjacke eng am Körper, grinsend, Anweisungen erteilend, ungezwungen, witzig, er hätte glatt in dem Werbespot auftreten können, sollte er später zu seinem Art-director sagen.

Das Gespräch dauerte zwei Stunden.

Ich liebe die Favelas von Rio, sagte er zu José Luís. Ihr findet sehr kreative Lösungen. Benutzt phantastische Materialien. Die Plastikgardinen in Onofres Bar haben mir sehr gefallen. Ich liebe die Antennen überall. José Luís begriff nicht recht, was er damit sagen wollte, diese banalen Dinge gut zu finden, Antennen, Plastikkram, gab es in den Vereinigten Staaten etwa keine solchen Antennen? Übersetz das, Dunga, ich will das wissen. Doch, wir haben Antennen, antwortete Rick und lachte, aber nichts, was mit dem hier bei euch vergleichbar wäre, dieses Farbfeuerwerk, dieses Augenfest, das ist absolut postmodern. Und deshalb bin ich hier. Ich will etwas Neues für meine Kunden. Sprudel trinkende Jugendliche bei einer Rockshow zu zeigen, ist nicht kreativ. Wir werden eine hübsche Mulattin an einem Sommertag mitten in der Favela zeigen, verschwitzt, sinnlich, und plötzlich hält sie erschöpft inne, und peng, wie durch einen Zauber, taucht in ihrer Hand eine Sprudelflasche auf, die sie genüßlich austrinkt. Dann schaut die Mulattin in die Kamera und sagt: Das ist Leben! übersetzte Dunga und mußte sich beeilen, um mit dem Englisch des Amerikaners Schritt zu halten.

José Luís fand die Idee ausgezeichnet. Das ist Leben! Er konnte zwei gute »Locations« anbieten (um das Wort zu benutzen, das Dunga mehrfach wiederholt hatte), den Verkaufsstand, dort, wo alle Hauswände blau angemalt waren, und Maurinhos Werkstatt mit lauter Autos der modernsten Sorte. Ich will aber die Favela zeigen, entgegnete Rick, so, wie sie ist, die Farben, den Trubel, ich liebe die Favelas. Das ist Rio. Das ist Brasilien. Favela ist für mich das Authentische. Das ist das echte Brasilien. Ich will nichts Gefälliges, blau Angemaltes. Ich will die pulsierende Realität, so wie sie ist.

Dann ging das Gespräch in eine andere Richtung. Entgegen Leitors Signalen sprach José Luís über den Drogenhandel, die wichtige Beziehung zwischen seiner Truppe und der Gemeinschaft, aber Rick Molzer interessierte sich nicht sonderlich für das Thema. Er stellte einige Fragen, hast du keine Angst zu sterben? Bist du schon mal verhaftet worden? Verwundet? Was ist deine Lieblingswaffe? Doch hörte er bei den Antworten nur mit halbem Ohr hin, woran Dungas miserables Englisch schuld war, der nicht so schnell »die richtigen Worte fand«.

Für José Luís war die Begegnung mehr als erfreulich gewesen. Noch nie hatte er jemanden »so ein Englisch« reden hören, und das war ihm ganz und gar phantastisch vorgekommen. Außergewöhnlich, Wahnsinn. Sag ihm, Dunga, daß meine Arbeit hier für die Gemeinschaft fundamental wichtig ist. Obwohl Rick nicht eben enthusiastisch auf die Informationen über den Rauschgifthandel reagiert hatte, fühlte José Luís sich in dem Augenblick immens wichtig, als würde er gefilmt, er lachte, fuhr sich mit der Hand durchs Haar, schnitt Grimassen, war ständig auf Wirkung bedacht. Er wollte, daß der Amerikaner ihn mochte. Eine tolle Kampagne, die Rick da macht, sagte er hinterher zu Leitor. Ein Dreck, wenn du mich fragst, antwortete Leitor. Idiotisch, Armut zu zeigen. Hast du gesehen, wie er uns angeschaut hat? Ein Vollidiot, der Typ. Lauter behämmerte Fragen, sagte Leitor. Und als er sich nach unseren Plastiksandalen erkundigt hat, he? Verdammte Scheiße. Ihr Brasilianer mögt so was, hat er gesagt. In Wirklichkeit wollte er gar nicht sagen: Ihr Brasilianer, sondern ihr Habenichtse. Ihr Dritteweltler. Ihr armen Schlucker, tragt primitive Sandalen. Weswegen wohl, he? Ein Idiot, dieser Gringo. Er denkt, wir seien anders, verschieden. Plötzlich sind die Amerikaner auf den Trichter gekommen, daß sie die Armen lieben. Arme, Neger und Schwuchteln und jede Menge Schuldgefühle, das ist bei den Typen jetzt in Mode. Blödmann. Ach, verdammt, sagte José Luís, ohne auf Leitors bissige Kommentare zu achten. Er hätte von der Kinderkrippe berichten können, verdammt. Er hatte es vergessen. Meinst du vielleicht, fragte Leitor, dieser Ami interessiert sich wirklich für das, was du da erzählst? Der Mann ist hier, um Sprudel zu verkaufen, Reizinho, er ist ein Verkäufer mehr. Wußtest du zum Beispiel, daß er einen Haufen Kulissen aufbauen, Profis bezahlen, Unsummen von Geld ausgeben müßte, wenn er den Werbespot in einem Studio drehen würde? Sehr schlau die Idee, die Favela zu nutzen. Ich kenne diese Geschichten. Spottbillig. Du hättest ihm mehr abknöpfen sollen. José Luís hörte gar nicht auf Leitors dummes Gerede. Verdammt. Er hatte auch vergessen, die neue Kirche zu erwähnen, die sich im Bau befand. Sie war eine Überraschung für seine Mutter, er hätte sagen können, die Leute brauchen Unterstützung, und die Kirche ist eine Stütze. Er wiederholte »die Kirche ist eine Stütze« und versuchte, den Satz für die nächste Gelegenheit im Kopf zu behalten. Sie hätten sich noch weiter unterhalten können, doch Leitor hatte für diesen Abend eine überaus wichtige Sitzung einberufen. Schade.

Wenn es um Kokainhandel im großen Stil ging, hatte kein Name in Rio de Janeiro größeres Gewicht als der von Zé Gavião. Wer ihn in seinem luxuriösen Haus ruhig im Sessel sitzend sah, mit sanfter Stimme, ein Whiskyglas in der Hand, der konnte sich seinen Arbeitselan nicht vorstellen. Er empfing niemals Kleinkäufer, und obgleich José Luís' Bestellungen von Mal zu Mal größer wurden, war er für Gavião bloß einer von diesen »Schneebürschchen«. Er ließ ihn vor, weil er ein Freund Zequinhas war, und auch, weil »der Junge keine Ruhe gab, er ließ nicht locker«.

Bis zu diesem Augenblick war Zequinha bei den Käufen des Anführers vom Berimbau immer als Vermittler aufgetreten, und es ging ihm gegen den Strich, feststellen zu müssen, daß José Luís nach Unabhängigkeit strebte. Heute will er die Drogengeschäfte selber abwickeln, sagte er. Morgen ist er mein Feind. Gerne hätte er es vermieden, aber er war nicht imstande, José Luís etwas abzuschlagen. Wochen zuvor hatte Reizinho zwei Jungs hingerichtet, die die Geschäfte auf dem Morro dos Marrecos gestört hatten. Noch bevor Zequinha ihm danken konnte, präsentierte ihm sein Partner bereits »die Rechnung«, die just in seiner Hilfe bestand, einen direkten Kontakt zu Gavião herzustellen. Das schmeckt mir nicht, Suzana, hatte Zequinha gesagt. Dieses Kind hat einen Namen, nämlich ins Abseits gedrängt zu werden, meine Angebetete. Das ist das berühmte »weg da«, Kleopatra.

Wie legst du dein Geld an? fragte Gavião sogleich, als José Luís von »Gewinnmargen« zu sprechen anfing. In Immobilien und Grundstücken, das ist meiner Ansicht nach eine gute Investition. José Luís war nicht sonderlich an einer Finanzberatung durch den Lieferanten interessiert. Wenn schon von Geld die Rede war, dann hätte er gerne gefragt, wie die Städte Tabatinga und Leticia am Amazonas waren, die den Kartellen aus Cali und

Medellín als Zwischenstationen für den Drogenverkauf dienten. Er hätte liebend gerne gewußt, ob sein monatlicher Umsatz tatsächlich so hoch war, wie man sich auf dem Elendshügel erzählte. Doch auf der Tagesordnung der Zusammenkunft standen andere Fragen. José Luís war dort, um einen besseren Preis für das von ihm verkaufte Rauschgift zu erzielen. Er gelobte, den Verkauf schnell auszuweiten. Den Preis senken werde ich nicht, antwortete Gavião. Zumindest vorerst nicht. Bau dein Angriffspotential aus, und ich denke über die Sache nach. Das einzige, was ich in Anbetracht meiner Verbundenheit mit meinem treuen Freund Zequinha im Augenblick tun kann, ist, dir eine Zahlungserleichterung in Form von Raten zu gewähren, bei allen damit verbundenen Risiken.

Zufrieden ging José Luís hinaus. Es gab noch eine kniffelige Angelegenheit, die in den nächsten Tagen erledigt werden mußte. Er wollte Zequinha keine Prozente mehr vom Gewinn zahlen. Er war mit Leitor einer Meinung. Sie hatten bereits eine Menge Geld weggegeben. Selbst wenn der Mann sein zukünftiger Schwiegervater sein sollte, nun würde eine andere Devise gelten. Freundschaft ist eine Sache. Geschäfte eine völlig andere.

Möchtest du was trinken? erkundigte Zequinha Bigode sich bei Fake und schenkte sich selbst einen Whisky ein. Fake verlangte einen Cowboy, ein guter Whisky wie dieser braucht kein Eis.

Sie setzten sich, jeder mit seinem Getränk, einander gegenüber. Der Fernseher lief weiter ohne Ton, Bilder von einer Publikumsshow. Weißt du, Fake, was ich gerade sagen wollte, Loyalität ist eine sehr wichtige Sache. In unserer Branche sieht man doch lauter Betrüger und Schufte. Natürlich rede ich nicht von dir oder mir, schließlich habe ich dir, wie du dich wohl erinnerst, als Miltão dir ans Leder wollte, hier auf meinem Hügel

Unterschlupf und Schutz gewährt. Ich habe sogar noch mehr für dich getan. Ganz genau betrachtet, habe ich den Pastor deinetwegen umgebracht.

Die Eröffnung überraschte Fake. Er hatte nicht gewußt, daß Zequinha hinter der Tat steckte. Meinst du etwa, Miltão wäre so blöd gewesen, den Pastor umzubringen, nachdem er ihn derart bedroht hatte? Natürlich nicht. Miltão mag verrückt gewesen sein, aber ein Idiot war er nicht. Ich selbst habe es getan. Und ich kann nicht behaupten, daß es mir sehr schwer gefallen wäre, denn wie du weißt, kann ich diese Bibelfritzen nicht ausstehen. Sie gehen mir auf den Sack, diese Wichser. Miltão hat ganz recht daran getan, ihnen einen Tritt in den Arsch zu verpassen. Wenn hier auf meinem Hügel ein Pastor auftaucht, sage ich ihm gleich, mein Sohn, wenn du mir nicht die Hand küßt, ist reden zwecklos.

Dann schilderte Zequinha ausführlich den Mord an dem Pastor, wie seine Männer die Falle in der Kirche vorbereitet und wie Walmir »mit dem Herz in der Hose« das Zeitliche gesegnet hatte. Deinetwegen habe ich den Pastor ins Jenseits befördert, fuhr Zequinha fort. Du hattest besagten Pakt vorgeschlagen, und das war die einzige Art und Weise, wie Reizinho den Berimbau übernehmen konnte. Deshalb ist die zentrale Frage die der Loyalität. Ich bin dir gegenüber immer loyal gewesen. Und du, seien wir ehrlich, warst damals noch nicht mal eine große Leuchte. Heute sehe ich dich elegant, mit Hemd und passender Hose, aber damals warst du nichts als ein Schwarzer mit einem Haufen Zöpfe auf dem Kopf und einem Faible für Rap, weiter nichts, ein Schützling von Nobre, der schon immer ganz verrückt nach dieser Art von Musik war. Ich übertreibe? Und wenn schon. Ich bin loyal, und bei mir gibt es kein Wenn und Aber.

Ich bin loyal, und auf einmal höre ich, daß Reizinho mit Gavião zusammensteckt. Das muß man sich mal vorstellen. Ist doch ärgerlich, oder? Aber gut, ich nehme das so hin. Geschäft ist Geschäft. Was ich allerdings nicht hinnehme, Fake, sind diese Gerüchte über Marta und Reizinho. Die gehen mir ans Eingemachte. Du hast mir versichert, daß er und diese Kelly heiraten würden, aber ich sehe nichts von einer Hochzeit. Marta lügt mich an, Marta verdünnisiert sich, Marta erfindet Geschichten, und ich bin ja nicht blöd. Deshalb werde ich dir etwas sagen. Ich will die Wahrheit wissen. Hat Reizinho was mit Marta?

Fake sah auf das Whiskyglas in seiner Hand, er wollte Zequinha nicht anschauen.

Was ist dir lieber, Fake: reden für Geld oder für Schläge? Du kannst es dir aussuchen. Ich sitze hier und warte.

25

Großes Zuckerrohrschnapsfest. Am Samstag, den zwanzigsten. Sambatrommeln. Spaß. Nicht verpassen. Das Plakat aus Pappe mit einer daraufgemalten roten Flasche war an der Wand in Onofres Bar aufgehängt worden, neben dem Bild der Jungfrau, Nossa Senhora Aparecida. Wenn jemand nachgefragt hätte, Onofre wäre nicht imstande gewesen zu erklären, was für ein Fest das eigentlich war, abgesehen von dem Plakat, so Leitors Kommentar, gibt es hier in Wirklichkeit nichts Neues. Reiner Beschiß, spottete Zino, der Schlachter. In der Tat waren die verschiedenen Sorten Zuckerrohrschnaps, die auf dem Tresen ausgestellt waren, die gleichen, die für gewöhnlich ausgeschenkt wurden, der gleiche Preis, alles wie immer. Und die Musik? fragte Onofre, zählt die etwa nicht? Onofre hatte die Sambaspieler von den Unidos do Berimbau gebeten zu trommeln, er spendierte den Gästen die erste Runde, und das, so hatte er erklärt, ist das Fest.

Von den draußen vor der Bar aufgestellten Tischen konnte man einen Gutteil der Favela überblicken, die verstopfte Avenida Epitácio Pessoa, die Bushaltestelle und die zahllosen Buden, die nun dort aufgebaut waren und Souvenirs von Rio de Janeiro verkauften, Zigaretten, Schuhe, Musikkassetten, T-Shirts, Dörrfleisch, Plastikschüsseln, Eier, Puppen und allen möglichen Schnickschnack. Es war angenehm, spätnachmittags dort zu sitzen und die Anwohner von der Arbeit heimkommen zu sehen, die Kinder, die frischgebadet vor den Häusern spielten, und mit Zuckerrohrschnaps wurde all das noch schöner, besonders an Tagen, wenn der Himmel klar und der Sonnenuntergang ein wahrhaftes Schauspiel war.

Alles war bereit für einen lustigen Abend, und es war schrecklich, erzählte Onofre später Maria, seiner Frau. José Luís hatte heftig reagiert, als er seinen Vater betrunken am Tresen angetroffen hatten. Was tust du hier, Vater? Fast hätte ich geantwortet, mich vollaufen lassen, Zé. Aber ich bin ja nicht blöd, also habe ich die Klappe gehalten. Jeden zweiten Tag schüttet der Alte sich die Birne zu, und wenn's ans Zahlen geht, schreit er noch, ich bin ein Menschensohn, willst du dich mit mir anlegen? Weit schlimmer ist, und ich habe es satt, mir das anzusehen, wie Francisco völlig von Sinnen in seinen Bus steigt und wie der Henker herumfährt und sich als Verkehrsrowdy aufführt. Zino hat mir erzählt, daß der Alte nicht weiß, was eine rote Ampel bedeutet. Er fährt über alle drüberweg. Und auf der Avenida Brasil benimmt er sich wie eine vergiftete Maus. Niemand hat den Mut, es Reizinho zu sagen, du weißt schon.

Zweifellos kümmerte und bemühte José Luís sich sehr um seinen Vater. Über zwei Monate lang hatte er ihn zu den Meetings der Anonymen Alkoholiker begleitet und ihn angespornt, das Trinken aufzugeben, wie viele Tage, Vater? fragte er jedesmal, wenn er Francisco traf. Sechzehn Tage ohne einen Tropfen, antwortete der Mann. Siebzehn. Neunzehn. Zwanzig Tage? Wahnsinn, laß uns das mit einer Coca-Cola begießen. Wir feiern das mit Gebäck vom Markt. Wichtig ist, heute nicht zu trinken, hieß es bei den Versammlungen, jeder Tag ohne Alkohol ist ein Sieg, und José Luís liebte es, die Fortschritte des Vaters zu feiern.

Wochen zuvor hatte er Francisco neue Kleider gekauft, ihm beim Duschen geholfen, ihn zum Barbier gebracht, und als sein Vater praktisch nicht wiederzuerkennen war mit seinem neuen Aussehen, hatte er ihm die Neuigkeit verkündet: Du sollst meine Freundin kennenlernen. Seit langem wünschte Marta sich, Francisco vorgestellt zu werden. Ist dein Vater noch mit dieser Sekretärin verheiratet? Ploc. José Luís hatte so viele phantastische Geschichten über Francisco erfunden, er hatte in Martas Vorstellung das Bild eines so außergewöhnlichen Mannes geschaffen, das nur mit noch mehr Lügen zu reparieren war, in Wahrheit, hatte José Luís gesagt, ist mein Vater entlassen worden, sie haben ihm in seiner Firma übel mitgespielt, verdammt, ploc, wirklich? Übrigens steckt die Sekretärin dahinter. Eine Nutte, die Frau, verdammt, besser, du sprichst dieses Thema gar nicht erst an, hatte José Luís ihr geraten. Vater, das ist Marta. Ploc. Francisco bedankte sich beinahe, wenn José Luís ihn Vater nannte, er fühlte sich so wohl dort, Vater, mein Sohn, sagte er, so ein hübsches Mädchen, er war so stolz auf seinen Sprößling, ein Gewinner, mein Sohn, sagte er zu Marta, du hast ein Mordsglück, Kleine.

Manchmal nahm José Luís den Enkel Alas zum Spielen mit zum Großvater, und in solchen Augenblicken brach Francisco in Tränen aus, verdammt, Vater, hör auf damit. Jedesmal, wenn ich den Jungen mitbringe, bist du so, verdammt. Aber Francisco mußte nun einmal an Carolaine denken, so hübsch, seine Tochter, meinst du, Zé, daß sie eines Tages mit mir spricht? Immer, wenn er seiner Tochter auf der Straße begegnete, verspürte er eine Traurigkeit in der Brust, wahrscheinlich, dachte er, kann ich deshalb nicht aufhören zu trinken. Ich werde damit aufhören. Ja, er trank. Jeden Tag. Und schwor, es nicht zu tun. Keinen einzigen Schluck, José Luís. Absolut nichts. Und er wollte wirklich aufhören. Ich will, und ich werde. Dieses ist das letzte Mal, sagte er jedesmal, ehe er sich vollaufen ließ. Wenn Carolaine ihn wenigstens gegrüßt hätte, wäre es leichter. Jetzt kam es ihm so vor, als sähe er Alzira allerorten. Guten Morgen, Alzira, sagte er einmal. Wenn der Teufel kommt, antwortete sie, dann verstellt er sich. Verflixt noch mal.

Schon im Gehen begriffen und mit Francisco huckepack, schrie José Luís zu Onofre hinüber, ich verbiete dir, meinem Vater etwas auszuschenken, sagte er, ich verbiete es.

Dieses war nicht das einzige unerfreuliche Ereignis in der Nacht. Reizinho war bereits von Franciscos Haus zurück und auch nicht mehr so wütend auf Onofre, als Negaço starr vor Schreck eintraf und erzählte, daß Lobo und Valtinho in einem Polizeitransporter bei einer Tankstelle an der Avenida Brasil gefangen saßen. Das war eine Falle, sagte Negaço. Es konnte nur das sein. Wir waren gerade hier losgefahren, um bei den Verkaufsstellen vom Sambacuim etwas abzuliefern, als diese Kriecher uns plötzlich umzingelten und riefen: Alles raus, und dann sind sie ausgestiegen und haben einen Mordsärger gemacht. Negaço erzählte, daß die Polizisten schnurstracks zu der Verkaufsstelle gegangen waren. Fünfhundert bar auf die Kralle, haben sie gesagt, und alles ist erledigt.

Laß uns zahlen, sagte Leitor. Ja, wir zahlen, pflichtete José Luís ihm bei, aber diese Typen müssen lernen. Ich finde es nicht gut, so viel Wind um den Fall zu machen, fuhr Leitor fort, das sind doch nur ein paar Arschlöcher mehr, die Kohle machen wollen, wir zahlen, und damit ist das Thema durch.

Eine Viertelstunde später saßen alle im Auto, Fake am Steuer, Negaço lotste ihn, bieg rechts ab, jetzt nach links. José Luís blieb die ganze Fahrt über stumm. Später, sagte er zu Negaço, als der einen Witz erzählen wollte.

Als sie an Ort und Stelle eintrafen, gab Fake ein Lichtsignal und schaltete den Gang herunter. Negaço stieg aus, das Geld hatte er bei sich.

José Luís beobachtete vom Vordersitz aus, wie er sich mit den Polizisten unterhielt. Lobo und Valtinho wurden aus dem Transporter geholt, alles in freundschaftlicher Atmosphäre. Alles lachte über einen Witz, den Negaço zum besten gab. Die Polizisten winkten, ehe sie in ihr Fahrzeug stiegen und abfuhren.

Fahr neben sie, verlangte José Luís, als alle im Auto saßen. Leitor versuchte etwas zu sagen, aber José Luís hörte auf niemanden, fahr neben sie, verdammt.

Als sich die Wagen auf selber Höhe befanden, warf José Luís eine Granate, die in das Fenster auf der Fahrerseite des Transporters eindrang. Fake fuhr, so schnell er konnte, davon. Sekunden später hörten sie die Explosion, aber auf ihrer Flucht konnten sie kaum das Feuer sehen, das die Polizisten verschlang.

Etwas ist verkehrt im Paradies, tönte der Sänger aus Martas Walkman, *es ist viel mehr als Widerspruch/ ich bin es, der in den Abgrund stürzt,* Marta nahm das Gerät ab, sprang vom Bett auf, *du fliegst im Flugzeug drüber,* trällerte sie, zwanzig nach elf Uhr abends, sie verspürte keinerlei Müdigkeit und hatte Hunger.

Die Pralinenschachtel auf der Kommode war leer, und in

den Schubladen ihres Schreibtisches lagen nur mehr ein paar übriggebliebene Pfefferminzkaugummis.

In T-Shirt und Slip ging sie die Treppe hinunter in die Küche. Sie holte den Toaster unter dem Waschbecken hervor, bereitete sich ein Sandwich mit Käse, Tomaten und Schinken, genau so, wie ihr Vater es zu tun pflegte, als sie klein war. Alleine am Tisch sitzend aß sie genüßlich das Brot, während sie ohne großes Interesse in einer Zeitschrift über Schönheitsoperationen blätterte, die Priscila in ihrem Zimmer vergessen hatte. Photos von vor und nach der Operation. Vorher hängende Pobacken voller Zellulitis, hinterher, hm, es war tatsächlich besser geworden. Priscila wollte sich das Fett an den Hüften absaugen lassen, sie hatte sich die Operation zum Geburtstag gewünscht. Ja, es kam wirklich etwas dabei heraus.

Noch wach? fragte Suzana und betrat im Bademantel die Küche. Marta hob die Augen nicht von der Zeitschrift. Hmhm. Unglaublich, wie Suzana einem auf die Nerven gehen konnte, dachte Marta. Nirgendwo im Haus konnte sie sich hinsetzen, ohne daß die Stiefmutter mit ihrem berüchtigten Geschwafel auftauchte. Leg die Füße nicht aufs Sofa. Wasch hinterher das Geschirr. Dein Zimmer ist ein einziges Chaos. Räum die Kissen vom Boden, die du runtergeworfen hast. Eine Nervensäge. Kommandierte überall im Haus herum, den Vater, in der Küche, belegte das Badezimmer mit Beschlag, es war so schön gewesen, als sie ohne diese Tussi gelebt hatten, nur sie vier, sie, ihr Vater, Priscila und die Großmutter, so schön, nach dem Mittagessen blieben sie am Tisch sitzen und plauderten, ihr Vater war so zugewandt, so liebevoll gewesen, sonntags fuhren sie gemeinsam an den Strand oder gingen ins Kino, ins Grillrestaurant, wie lange schon waren sie nicht mehr in einem Grillrestaurant gewesen? Seit Trillionen Jahren. Jetzt ging Zequinha nur noch mit Suzana aus, wir wollen ein bißchen turteln, sagte er, gehen wir, du Duft einer Königin-der-Nacht, du Vanilleblüte, Göttin meines Daseins. Im übrigen duldete Suzana nie, daß ihr Vater mit ihnen redete, und sogar die Großmutter stimmte darin überein, Suzana ist eifersüchtig, hatte die Großmutter erklärt. Unerträglich, die Tante. Ich will drei Kinder mit deinem Vater haben, hatte Suzana gesagt. Drei Jungs, denn Frauen gibt es hier schon zu viele. Blöde Kuh. Marta hatte einen Fluch über sie ausgestoßen, diese Schlampe, hatte sie zu José Luís gesagt, wird nicht schwanger werden. Und war es nicht tatsächlich so, daß das Zaubermittel funktionierte? Sie redet sogar schon davon, sich in Behandlung zu begeben, um schwanger zu werden. Ich habe schon zu deinem Vater gesagt, erklärte Suzana, es ist Wahnsinn, was Priscila da verlangt, Fettabsaugen ist hochgefährlich. Zeigen Sie die Zähne, stand in der Zeitschrift geschrieben. Ekelhaft, diese Photos von aufgerissenen Mäulern mit lauter falschen Zähnen. Unterziehen Sie sich einer modernen Zahnbehandlung. Priscila ist viel zu jung dafür, fuhr Suzana fort, findest du nicht? Marta verfügte über eine ausgezeichnete Technik, um sich Suzanas »Lektionen über das Leben« zu entziehen, sie stellte einfach den HmHm-Automaten an, in der Hand eine Zeitschrift, in der sie blätterte, der Preis der Eitelkeit, Nase, sechstausend fürs Richten, Gesichtslifting, achttausend. Suzana kapierte nicht, sie redete weiter, ich habe eine Freundin, sagte sie, die auf dem Operationstisch gestorben ist, Marta hatte diese Geschichte bereits tausendmal gehört, aber so war Suzana, ich frage mich, sagte Marta irgendwann einmal zu José Luís, wie wohl der Kopf einer Frau funktioniert, die so übergeschnappt ist wie sie. Vielleicht ist sie ja plemplem und weiß nicht, daß sie das schon erzählt hat, oder sie denkt, ich hab's schon erzählt, aber egal, sollen sie mich eben ertragen. Es kann nur das sein. Sie ist zu jung, um plemplem zu sein. Es hört sich an wie ein Witz, aber bevor sie zum Friseur geht, läuft sie im Haus umher und fällt allen auf den Geist, ich gehe zum Friseur, mein Handy ist angeschaltet. Geh nicht zu spät schlafen, sagte Suzana zum Schluß, du mußt morgen früh aufstehen. Muttermäßig, spottete Marta. Sie ist aber nicht meine Mutter, sagte sie zu José Luís.

Nachdem Suzana die Küche verlassen hatte, schälte Marta noch eine Mandarine und aß sie.

Als sie die Treppe hochstieg, hörte sie Stimmen aus dem vorderen Zimmer, in dem ihr Vater eine DVD eingelegt hatte. Sie dachte, daß Zequinha und Suzana sich stritten. Auf Zehenspitzen ging sie die Stufen wieder hinunter und näherte sich der Tür. Morgen abend, hörte sie jemanden sagen, geht er zum Spiel von Vasco, vielleicht wäre das eine gute Gelegenheit. Wessen Stimme war das nur? Ich habe nicht vor, ein ganzes Bataillon umzubringen, sagte Zequinha, es muß an einem ruhigeren Ort sein. Aber er fährt mit dem Auto hin, sagte die Stimme, die Marta bekannt vorkam. Auf dem Parkplatz könnte es klappen. Normalerweise geht er ohne Leibwächter zum Fußball. Das ist es, Brother.

Marta hatte ihn erkannt, es war Fake. Sie belauschte die Unterhaltung noch einige Sekunden länger und erschauerte von Kopf bis Fuß, als sie begriff, worum es sich handelte. Sie sprachen darüber, José Luís zu töten. Fake gab ihrem Vater Informationen über José Luís. Ich will nur nicht dabeisein, fuhr Fake fort.

Eilends lief Marta die Treppe hoch, ging in ihr Zimmer, zog eine Jeans an, packte ein paar wenige Kleidungsstücke, den Walkman, CDs, Kaugummi in einen Rucksack und verlor einige Minuten, als sie darüber nachdachte, wie sie am besten die Sicherheitsleute austrickste, die die ganze Nacht über Wache schoben.

Bevor sie ging, telephonierte sie von ihrem Handy mit José

Luís und bat ihn, sich mit ihr an der Copacabana in der Wohnung ihrer Manikürefreundin zu treffen. In einer Stunde. Es ist sehr wichtig.

Nein, sagte Rick Molzer, das war schlecht. Los, übersetz das, Dunga. Spritz ihr Wasser ins Gesicht, verlangte er von der Maskenbildnerin. Es war zwei Uhr nachmittags, aber das Mädchen, das an den Dreharbeiten teilnahm, schien sich an Rick Molzers überzogenen Ansprüchen, die von dem Produzenten Dunga holperig und gehetzt übersetzt wurden, nicht zu stören. Das ist der Vorteil, wenn man mit Anfängern arbeitet, hatte Rick bei der Anberaumung des Castings gesagt. Sie gehen einem nicht auf den Keks. Profis und Schauspieler wollen ständig nur Gage und was zu essen. Action, brüllte er. Aktion, sekundierte Dunga. Die Kommunikation am Set war nicht einfach, alle mußten des Lärms der in nächster Nähe vorbeifahrenden Busse wegen schreien. Außerdem sorgte Dunga mit seinem Simultandolmetschen für Unruhe. Los, sagte er zu der Schauspielerin, geh vorwärts, Mädchen, sinnlich, wiegend, genau, Kamera zwei, genau, Karina, jetzt bleib stehen, du bist durstig, sagte er, zeig das dem Zuschauer, Durst, denk an Durst. Jetzt schau auf deine Hände, zack. Auf einmal kriegst du eine Flasche in die Hand gezaubert, genau, lächele, der Sprudel hat dich gerettet. Jetzt trink, genau.

Carolaine, die neben Leitor auf einem Stuhl in der Nähe des Videobildschirms saß, war begeistert. Was für eine tolle Sache. So eine wundervolle Arbeit. So interessante Leute. Und noch dazu alles auf englisch. Das war es, wozu sie Lust hatte. Schauspielerin sein. Sie hätte nie gedacht, daß es so viel Arbeit machte, einen Werbespot zu drehen. Sie wußte aus der Klatschpresse, daß die Schauspielerinnen viele Stunden im Studio verbrachten, aber sie hatte angenommen, daß das die Stars nicht ermüdete, zum Beispiel Paula Mendonça aus der Serie *Süße Rache*, sie mußte bloß André Vilares küssen (einen so gutaussehenden Mann!), die ganze Folge bestand aus nichts anderem, Küsse über Küsse mit André, die beiden am Strand, händchenhaltend, auf der Fahrt mit dem Motorrad, sich im Sand wälzend, kann denn jemand von so einer Arbeit müde werden?

Die ganze Straße war abgesperrt worden für die Dreharbeiten, und die Anwohner drängten sich an den Fenstern und in den Türen der Häuser, um das Sprudelmädchen zu sehen. Das gab Carolaine ein Gefühl von Wichtigkeit, schließlich saß sie dort, mitten unter den Künstlern, und Rick Molzer wandte sich von Zeit zu Zeit an sie, gefällt es dir, Carolaine? übersetzte Dunga. Schau hier auf den Bildschirm. Ich werde diesen Take noch einmal aufnehmen. Aktion. Und Leitor neben ihr erklärte alles Schritt für Schritt, wie viel er doch vom Fernsehen verstand, dieser Leitor. Ich wußte nicht, sagte Carolaine, daß alles auf dem Papier steht. Sie faßten sich bei den Händen. Absolut alles, versicherte Leitor, sie schreiben in das Drehbuch, was jeder einzelne zu sagen hat, zum Beispiel schreiben sie, hübsches Mädchen geht durstig den Abhang hinunter, und dann sagt sie: Das ist Leben. Findest du das Mädchen hübsch? fragte Carolaine und kniff Leitor ins Bein. Die beiden lachten. Häßlich ist sie nicht, antwortete er, aber sie ist nicht mein Typ, zu dünn. Carolaine war von der Antwort begeistert. Sie hatte seit Júniors Geburt nur drei Kilo abgenommen, und, nun, ich finde auch, daß zu wenig auf den Rippen nicht gut ist.

Wau wau wau, Leitor und Carolaine hielten Händchen, als José Luís mit den Hunden eintraf, am Set herrschte Tohuwabohu, die Tiere vereinnahmten die Straße, Schnitt, Schnitt, befahl Rick Molzer und begrüßte José Luís überschwenglich. Ich möchte mich bei dir bedanken, die Truppe ist begeistert, übersetzte Dunga. Dieses Land ist toll. Was für wunderbare Menschen. Wirklich, vielen Dank. José Luís wollte sich an diesem Nachmittag nicht mit dem Amerikaner unterhalten. Besorgt, unkonzentriert, bedeutete er Leitor, zu ihm herüberzukommen.

Gut, dachte Leitor, habe schon verstanden, er stellte sich darauf ein, über Carolaine zu sprechen, ich mag sie sehr, würde er sagen, wir fahren wirklich aufeinander ab, du weißt schon, die Chemie stimmt zwischen uns, und wenn du nichts dagegen hast, möchte ich es mit ihr gut haben, nun ja, wir lernen uns gerade kennen, verstehst du?

Zequinha will mich umbringen, platzte José Luís heraus, kaum daß sie sich vom Set entfernt hatten. José Luís berichtete ihm alles, von dem Treffen mit Marta in der vorangegangenen Nacht an der Copacabana, von dem Gespräch, das sie im Haus ihres Vaters mit angehört hatte, von Zequinhas Plan, ihn nach dem Spiel von Vasco im Maracanã-Stadion zu ermorden, und Fake ist der Verräter. Marta ist jetzt bei mir, erzählte José Luís, sie geht nicht mehr ins Haus ihres Vaters zurück. Wir werden heiraten. Verflucht, sagte Leitor. Verflucht. So was aber auch.

Was José Luís sich von seinem Freund wünschte, war, daß er auf der Stelle zu Zequinha ginge, um mit ihm zu reden, in friedlicher Mission. Erklär ihm, sagte José Luís, erklär ihm, daß ich Marta liebe, daß ich verrückt nach ihr bin. Laß uns so tun, als wüßten wir von nichts, als hätte Marta nichts gehört, wir benehmen uns ganz normal. Du gehst hin und sagst: Das ist der Stand der Dinge, die beiden werden heiraten, sie wollen alles so machen, wie es sich gehört, mit Schleier, Kranz und allem Drum und Dran. Kapierst du nicht, gab Leitor zu bedenken, daß das alles nichts nützen wird? Halt den Mund und hör zu, Leitor. Du gehst hin und sagst, daß wir seinen Segen wollen. Ich bin sogar damit einverstanden, etwas zu zahlen, wenn er will. Ich weiß nicht, ob ich geeignet bin, um mit Zequinha zu reden, beharrte Leitor, meine Nase paßt ihm irgendwie nicht. Verdammt, ich kann doch nicht diesen Rüpel von Negaço schikken, du gehst, verdammt noch mal. Und Fake? fragte Leitor, was machen wir mit diesem Judas?

Bring du die Sache mit Zequinha in Ordnung, antwortete José Luís. Fake überlaß mir.

Hi, Brother, sagte Fake und stieg zu José Luís ins Auto. Wohin fahren wir? Das Treffen war eine Viertelstunde zuvor am Telephon vereinbart worden. Gleich kommt eine Ladung erstklassiges Haschisch an, ein schwarzer Deal, der nichts mit Gavião zu tun hat, erklärte José Luís, die fahren wir abholen. Nur wir beide? fragte Fake und betrachtete sich im Spiegel des Blendschutzes, machen wir es ihnen damit nicht zu leicht? Zequinha ist mit von der Partie, antwortete José Luís. Fake zeigte keinerlei Reaktion, als er Zequinhas Namen hörte, er ordnete weiter sein Haar und redete vor sich hin, schaltete das Radio ein, er hatte nicht das geringste Schuldgefühl, dachte José Luís, er hatte seinen Freund verraten und saß nun da, verdammt, gut drauf, verdammt, diese gemeinen, undankbaren Arschlöcher, nichts hat für sie den geringsten Wert, verdammt. Leitor hatte gesagt: Das ist der Gipfel der Skrupellosigkeit. Fake redete pausenlos über eine neue Methode, per Laseroperation Tätowierungen zu entfernen, José Luís hörte nur einige Worte, radikal, ein Dreckhauten, ich habe es satt, so auszusehen, ich bin auf einem anderen Trip, etwas hielt ihn davon ab, sich normal zu unterhalten, er hatte Lust, Fake zu beschimpfen, ihn zu verprügeln, zu schlagen, zu treten, verdammt. Er dachte an die Zeit zurück, als er Fake kennengelernt hatte, Rap, Funk die ganze Zeit, jeder Nachmittag ein Fest, die beiden warfen Drogen ein und zogen umher, gingen auf Tanzpartys, die Musik war das Beste in ihrem Leben, sie hatten sogar mit dem Gedanken gespielt, eine Band zu gründen. Genauer besehen, gab José Luís zu, war es überhaupt nicht schön gewesen, verdammt. Eigentlich, dachte er, war es die mieseste Zeit meines Lebens. Fake war nie damit einverstanden gewesen, ihn in die Rap-Band aufzunehmen, er sprach immer von »meiner Band«, »meinem Demo-Band«, »meiner Fangemeinde«. Natürlich, verdammt, José Luís erinnerte sich noch ganz genau, wie ausgeschlossen er sich gefühlt hatte aus Fakes Plänen, Fake, fragte er unvermittelt, weißt du noch, als du eine Rap-Band haben wolltest? Was sollte ich in deiner Band tun? Fake lachte. Ich wußte gar nicht, daß du mitmachen wolltest, antwortete Fake und lachte, warum? Verdammt, er hat nichts kapiert, verdammt. Nur so, sagte José Luís, ich dachte nur gerade an die Zeiten damals. Gute Zeiten, erwiderte Fake und stellte einen anderen Sender ein, aber heute ist es besser, und weißt du warum? Wir haben Money, Brother. Knete. Und Scheiße, verdammte, ist doch toll, Geld zu haben, oder? Schau hier, meine Uhr. Meine neuen Schuhe. Mein Gürtel. Mein Markenhemd. Allein klamottenmäßig bin ich einen Haufen Geld wert. Er lachte. Er hat überhaupt nichts kapiert, dachte José Luís. Verdammt.

Die Sonne war bereits untergegangen, als José Luís den Wagen auf der Müllhalde von Caju abstellte. Zwei Laster fuhren gerade vom Platz. Kommt es mit der Tram? fragte Fake und meinte damit, ob die Drogen in den Lastern von der Stadtverwaltung eintreffen würden. Ja, sagte José Luís und stieg aus dem Auto. Sag bloß, wir müssen uns durch diesen Scheißhaufen wühlen? fragte Fake, als er aus dem Wagen kletterte und vorsichtige Schritte machte, um seine neue Hose nicht zu beschmutzen.

Sie blieben nebeneinander stehen und betrachteten die Müllberge weiter vorne.

Weißt du, sagte José Luís, leider sieht es beschissen aus, Fake. Wovon redest du, Brother? In dem Augenblick war José

Luís plötzlich die Lust zum Sprechen vergangen. Eine Predigt zu halten, du hast dies gemacht, jenes getan, der bloße Gedanke an seine eigenen Worte deprimierte ihn.

Noch Jahre später sollte José Luís sich daran erinnern, wie Fake sich aufgeführt hatte, wehe, du gehst in die Knie, befahl er wütend, ich jag dir das Hirn in die Luft, hier auf der Stelle, Alter. Steh auf und renn. Verdammt. Fake flehte, Brother, tu das nicht, ich bin sauber, Alter. Renn, habe ich gesagt.

Fake rannte, den Blick rückwärts gewandt, José Luís wartete noch einige Sekunden, ehe er losfeuerte. Drei Schüsse. Beim vierten fiel Fake.

Reizinho ging ein paar Meter, nahm Fakes Arm, um seinen Puls zu fühlen. Fehlanzeige. Verdammt.

26

Ja, die Leute kommen aus Mato Grosso, sagte Gavião am Telephon. Gavião hatte sich in seinem Büro eingeschlossen, doch sprach er so laut, daß der im Nebenzimmer auf ihn wartende Leitor verstand, worum es sich handelte, eine Drogensendung aus Bolivien. Das merkwürdige war, daß es dem Rauschgifthändler trotz aller Bemühungen nicht gelang, verschlüsselt zu sprechen und so drollige Entgleisungen wie »sind die Turnschuhe wirklich rein?« oder »vierzehn Kilo Turnschuhe gibt es nicht für jeden« zu vermeiden. Selbst ein fünftklassiger Fahnder hätte beim Mithören gewußt, daß es um Kokain ging, dachte Leitor.

Gavião legte den Telephonhörer auf und betrat, mit einem moosgrünen Hausmantel bekleidet, das Wohnzimmer, hallo,

Marilza, sagte er zu dem jungen Mädchen, das wie ein verängstigtes Tier auf dem Sofa zusammengekauert ebenfalls auf ihn wartete. Leitor hatte die schmale, bleiche und unansehnliche Kleine kaum angeschaut. Ist sie nicht hübsch, meine Maniküre? fragte Gavião, indem er sich auf dem Sofa niederließ und seine Hand auf Marilzas Schenkel legte. Und? Wo ist das Problem? Leitor war es unangenehm, die Angelegenheit im Beisein der Handpflegerin zu besprechen. Pack schon aus, sagte Gavião, Marilza ist ein Grab, nicht wahr, Marilza?

Während er ihm das Drama von José Luís und Marta schilderte, hatte Leitor den Eindruck, daß Gavião unter seinem Hausmantel keine Unterhose trug und absichtlich die Beine breitmachte, damit die Maniküre seinen Penis sah. Das schüchterne Mädchen zog sich beim Feilen der Nägel des Rauschgifthändlers immer mehr in sich zusammen. Ich kann's versuchen, erklärte Gavião, aber ich sage dir von vornherein, daß das eine sehr ernste Geschichte ist. Weißt du, warum? Zequinha hat eine Schwäche für Universitätsdiplome. Ich habe gehört, er hat sogar versucht, eins zu kaufen, ein Ingenieursdiplom. Er lachte schallend. Für Zequinha gibt es zwei Arten von Menschen: solche, die auf der Universität waren, und solche, die nicht dort waren. Der Kerl wird ganz närrisch, wenn er ein Diplom an der Wand hängen sieht. Seit zehn Jahren höre ich dieselbe Litanei, meine Tochter wird einen Anwalt heiraten. Ich finde diese Anwaltsgeschichte direkt lustig. Er kennt bloß die Anwälte vom Knasttor, ziemlich schäbige, verhungerte Typen, und trotzdem behandelt er sie, als ob sie sonst was wären. Was soll man da machen? Jedem Tierchen sein Pläsierchen. Sag Reizinho, daß ich nichts verspreche. Aber ich werde es versuchen.

Die Mission war ein Fehlschlag. Meine Tochter heiraten? antwortete Zequinha völlig entrüstet, was denkt dieser Zwerg eigentlich, wer er ist? Dieser Ziegenköttel. Diese Laus. Dieses

Stück Kuhscheiße. Bisher hatte ich gedacht, ich jage ihm eine Kugel in den Kopf, und fertig, Gavião, aber wie es aussieht, muß ich diesem Wichser wohl tatsächlich die Augen ausstechen, den Kopf abreißen, wirklich, ich drehe diesem undankbaren Kerl die Zunge durch den Wolf. Die arme Marta, so einem schäbigen Typen in die Hände zu geraten, dieser »Primitivling« wird sterben.

Du Blume meines Lebens, sagte er jedesmal, wenn Suzana sich für José Luís einzusetzen versuchte, du Margerite meines Daseins, tu deinem König einen Gefallen und misch dich nicht ein, mein rosarotes Engelchen. Du kannst von deinem Tugendbolzen hier alles verlangen, bitte mich, du Liebesgöttin, sei Papis Babylein, verlang von mir Geld, Extravaganzen, Luxus, alles, was du willst, aber sprich mir nicht über diesen Fiesling, mein Schatz.

Zwanzig Männer kümmerten sich um José Luís' Schutz. Es waren Tage voller Anspannung, doch Reizinho und Marta beklagten sich nicht, gänzlich alleine eingesperrt zu Hause zu sitzen. Ich dachte, daß wir an so einem Ort unsere Flitterwochen verbringen, sagte sie und zeigte ihm eine Zeitschrift mit einem Photo, auf dem ein Künstlerehepaar aus dem Fernsehen in knallbunter Montur auf Skiern durch den Schnee lief, oder an so einem, sagte sie und blätterte die Seite um, ploc, eine Gruppe von Leuten aus dem Sertão vergnügte sich in einem Buggy auf den Dünen am Strand von Natal, Disneyland wäre das größte, ploc, aber ich gebe zu, es ist schön hier, sagte sie. Sie verbrachten einen großen Teil ihrer Zeit im Bett, alberten herum, lachten, schliefen miteinander, liebst du mich wirklich? Ja. Wirst du mich nicht gegen eine hübschere eintauschen? Niemals. Und wenn es eine einsachtzig große, atemberaubende Blondine mit grünen Augen ist? Die Blondinen können mich mal, antwortete José Luís. Du hast es geschworen, sagte sie. Du hast geschworen, und ich habe geschworen.

Und wenn die beiden Hunger hatten, gingen sie in die Küche, verdammt, Marta konnte wunderbare Makkaroni kochen, das Rezept ist ganz einfach, ploc, ein Öffner, eine Dose Tomaten, geriebener Käse, und fertig. Sie spielten mit den Hunden, aßen Schokoladenkuchen und tranken Coca-Cola, sahen fern, sprachen von den Kindern, die sie haben würden, das erste soll Tiffany heißen, ich finde den Namen schön, sagte Marta. Sie wird modische Klamotten anziehen, Miniröcke, kleine Holzpantinen, nichts von wegen Spitzen und Rüschen, du wirst schon sehen, ploc, ich werde eine Supermama sein, und ich werde auch nicht so früh sterben wie meine Mutter, ploc, ich werde sehen, wie unsere Töchter heranwachsen, ploc, heiraten, und Großmutter will ich auch werden.

Am besten gefiel José Luís an dem neuen Leben der Betrieb im Haus, wenn er aufwachte, Marta kümmerte sich um alles, die Hunde, sie wirtschaftete, gab Anweisungen, das Haus war nicht mehr wiederzuerkennen, nicht, weil es ordentlicher oder schöner geworden wäre, es war ein anderes Haus, behaglicher, angenehmer, wohlriechender, ein Haus mit einer Frau darin, sagte Leitor, ist immer ein Palast. Ich habe einen Einkaufszettel geschrieben, sagte Marta, besorg mir alles, Negaço: einen Besen, Sapólio Radium, Chokito, Danoninho und Pizza zum Fertigbacken. Feg das Wohnzimmer, Zenaide. Laß uns diese Möbel hier umstellen, Leitor. Ich werde alle Gardinen auswechseln, helft mir, die Leiter hochzuklettern. Meistens schaltete Marta die Musikanlage ein, zog einen Bikini an und putzte das Haus, dabei sang und tanzte sie vor sich hin, ich bin eine erstklassige Putzfrau, sagte sie, keine Schwarze hier in der Favela schrubbt den Boden besser als ich. Sieh dir meine Muckis an, gefallen sie dir?

Während dieser »Gefängnis«-Tage gab es einen ganz besonderen Abend. Als nämlich Rick Molzer, der Amerikaner, in Begleitung seines Übersetzers Dunga zu José Luís kam, um ihm den Film vorzuführen, den er in der Favela gedreht hatte. In Wahrheit war es die Qualität des von Dunga angebotenen Schnees gewesen, die Rick abermals auf den Elendshügel geführt hatte. Noch nie habe ich einen derart gewaltigen Stoff eingeworfen. Absolut irre. Du ziehst ihn dir durch die Nase und denkst, du bist der Besitzer von Microsoft, er knallt direkt hier rein, in die Birne, weißt du? Ich liebe Brasilien. Wahnsinn, der brasilianische Koks. Schade, daß ich morgen wegfahre. Ich reise morgen nach Guatemala ab. Und danach drehe ich in Australien in der Wüste.

José Luís war begeistert von dem Werbespot, er sah ihn achtmal bei brüllender Lautstärke, toll, sagte er enthusiastisch, die Musik ist klasse, von wem ist sie? Das ist unser Jingle, antwortete Molzer, und Dunga übersetzte. Hast du diese Musik gemacht? fragte José Luís verständnislos. Nein, die Leute von der Produktionsfirma. José Luís wollte wissen, ob er eine CD mit der Musik kaufen könnte. Nein, antwortete Rick, aber ich besorg dir eine.

José Luís fand den Werbespot wirklich toll, die Aufnahme von dem Mädchen, das, sich in den Hüften wiegend, die Favela heruntergeschlendert kam, die fröhliche, rhythmische Musik, all das war riesig, doch eine ganz besondere Färbung bekam der Abend dadurch, daß er sich vor Marta aufspielen konnte, verdammt, Marta bei alledem dabei, er mit Rick Molzer in angeregtem Gespräch, freundschaftlich, Rick Molzer, der Ausländer, der sich bei ihm bedankte, ihm sagte, wie gut sich der Elendshügel im Film machte, der ihm von seinen Zukunftsprojekten erzählte, dem Werbespot für Kreditkarten, den er auf Haiti drehen würde, noch einen Schluck Whisky, Rick? Schließlich habe ich mich auf exotische Szenarien spezialisiert, sagte Molzer. Ich mache Werbung nur nach diesem Konzept. Wenn sie etwas Besonderes wollen, fällt ihnen als erstes mein Name ein. Ich habe schon in Bosnien gefilmt, am Amazonas, in Afrika, in Indien. Ich kenne die ganze Welt. Und ich kann dir garantieren, Schnee wie diesen habe ich noch keinen zu Gesicht bekommen. Sensationell, dieser Koks. Gibt es noch welchen?

José Luís schaute zu Marta, verdammt, diese großen, auf ihn gehefteten, verliebt lächelnden Augen, Haiti, amerikanische Agenturen, Werbespots, Zigaretten, Martinis, Englisch, ich war ganz wild darauf, daß Rick geht, wild darauf, mit dir zu vögeln, sollte er später im Bett sagen, während sie sich liebten, oh, verdammt, wie wunderbar, eine so tolle Frau wie dich zu ficken.

Die beiden waren unzertrennlich. Selbst wenn José Luís etwas mit Leitor zu besprechen hatte, blieb Marta in der Nähe, nahm an allem teil, sagte ihre Meinung, vor allem dann, wenn das Thema ihr Vater war.

So sehr Zequinha sich auch bemühte, er schaffte es nicht, in José Luís' Nähe zu gelangen, statt dessen bereitete er ihm eine Menge Kopfschmerzen.

An einem Mittwochmorgen tauchte die Polizei, alarmiert durch eine anonyme Anzeige, auf der Suche nach einem Waffendepot von José Luís' Bande in der Favela auf. Kein Zweifel, das war Zequinha, hatte Leitors Kommentar gelautet, der Freunde bei der Polizei hatte. Doch José Luís war ihnen zuvorgekommen und hatte alle strategisch wichtigen Punkte des Rauschgifthandels aus Sicherheitsgründen verlagert.

Ebenfalls in jener Woche wurde der Zufahrtstunnel zur Nova Barra zweimal wegen Überfällen geschlossen, und auch dahinter steckte Zequinha. Auf diese Weise gelang ihm, was er bezweckte, nämlich die Aufmerksamkeit der Medien zu wecken und die Polizei auf den Berimbau zu bekommen. Wir werden uns diesen Zirkus nicht mit den Händen im Schoß ansehen, hatte der Präfekt erklärt.

Von einem Tag auf den anderen war José Luís' Name, der bisher noch nie in den Zeitungen gestanden hatte, in aller Munde. Informationshungrige Journalisten liefen plötzlich an Ort und Stelle herum, und viele Berichte wurden veröffentlicht: Amerikanischer Werbefilmer bittet Kokskönig um Dreherlaubnis in der Favela. Abgesehen davon, daß die Artikel voller Fehler steckten, besonders was die Gewinne aus dem Drogenhandel anging, zeigten sie einen gewalttätigen und bei der Bevölkerung wenig beliebten Dealer. Verdammte Scheiße, sagte José Luís, während Leitor ihm die Artikel vorlas. Haben sie denn nichts über die Kinderkrippe geschrieben? He? Und über die Abwasserleitungen?

Was José Luís jedoch am allermeisten beunruhigte, war die Erklärung von Paulo Fernando, dem Direktor der Drogenbekämpfungsstelle, wir haben bereits einen Plan, um ihn zu verhaften, hatte der Kommissar behauptet. Es ist lediglich eine Frage der Zeit. Verdammt. Zequinha macht Schwierigkeiten.

Du wirst nichts gegen meinen Vater unternehmen, Zé, sagte Marta. Kommt nicht in Frage. Du hast noch nicht mal die Gewißheit, daß er dahintersteckt. Es war nicht mein Vater. Versprich es mir, Zé.

Nachts, wenn sie nach dem Vergnügen mit offenen Augen nebeneinander im Bett lagen, fragte Marta, ob es nicht besser wäre, nach Hause zurückzukehren. Nein, sagte José Luís, du gehst nicht zurück, dein Platz ist hier. Obgleich José Luís sich der Risiken, die er einging, bewußt war, dachte er gar nicht daran, ohne Marta zu leben. Er fühlte sich glücklich, verheiratet, verdammt, was machen wir bloß mit Zequinha? fragte er Leitor besorgt.

Im Grunde, sagte Leitor, ist das Problem nicht Marta. Er ahnt schon seit längerem, daß ihr zusammen seid. Das Problem liegt für Zequinha in unserer Unabhängigkeit. Die Geschichte mit den Prozenten, die hat er nie verwunden. Der Typ sieht, wie unser Geschäft sich ausdehnt, wie wir wachsen, das macht ihn wahnsinnig.

Der einzige Ausweg aus dieser Sackgasse, schlug Marta vor, ist der: ich werde meinen Vater anrufen. Tochterherz, sagte Zequinha am Telephon, ich liebe dich über alles, und unser Haus ist sehr trostlos ohne dich. Wir alle leiden, deine Großmutter, Priscila, Suzana, ich. Komm zurück nach Hause, tu deinem Vater das nicht an. Es waren sieben lange Gespräche, und bei dem letzten begriff Zequinha, daß nicht viel zu machen war. Seine Tochter würde niemals zurückkommen. Sag Reizinho, er soll mich heute abend um neun in der Churrascaria Boiada in der Rua da Pitanga treffen, erklärte er. Versprich mir, Vater, daß du, klick, Zequinha legte auf, bevor er die flehentlichen Bitten seiner Tochter zu hören bekam.

Du hast zwei Möglichkeiten, riet ihm Leitor: Entweder, du verhandelst, oder du legst den Typ um und reißt dir den Morro dos Marrecos unter den Nagel.

José Luís war bereit, ein Abkommen zu schließen. Auch, wenn er dabei Geld verlöre. Ich gebe ihm bis zu fünf Verkaufsstellen, wenn er will. Zehn, wenn die Sache damit ein für allemal erledigt ist. Ich kann mir sogar vorstellen, wieder ein paar Prozente zu zahlen, was meinst du? Ich lasse mich auf eine Partnerschaft ein.

Als erstes mußt du Bedingungen stellen, erklärte Leitor, wenn der Kerl merkt, daß wir einen Krieg vermeiden wollen, na, dann sind wir im Arsch. Verkomplizier die Sache, sag: Dies geht nicht, das geht nicht, und dann, wenn der Typ so richtig genervt ist, machen wir ihm einen Vorschlag, zunächst mal einen völlig lachhaften. Wir bieten ihm nur eine einzige Verkaufsstelle an. Wir lassen es langsam angehen.

Den Samstagnachmittag über unterwies Leitor die Männer,

die für José Luís' Sicherheit sorgen sollten, und um drei schickte er Negaço zusammen mit zwei weiteren Bewaffneten zur Churrascaria Boiada, gib über alles Bescheid, was passiert, verlangte er.

Um Punkt neun Uhr abends parkte das Auto, das José Luís hinbrachte, vor dem Restaurant. Minuten zuvor hatte Marta ihm ihr Medaillon mit dem heiligen Georg an die Brust geheftet, nimm das mit, sagte sie, das ist noch von meiner Mutter.

Wenige Tische in dem Restaurant waren besetzt. José Luís ließ sich, immer in der Nähe von Leitor und zwei anderen Bewaffneten, in einer Ecke des Lokals nieder, von der aus er den Eingang im Blick hatte. Der Fernseher lief, ein Fußballspiel, Palmeiras gegen São Paulo. Sie blieben weiterhin wachsam, ab und zu machte einer von ihnen eine Bemerkung über den Spielstand. Da ist was faul, sagte José Luís nach einer Viertelstunde Warten. Ich habe Zequinha noch nie zu irgendwas zu spät kommen sehen.

Beim Verlassen des Grillrestaurants schien alles ruhig. Negaço gab ein Zeichen, daß sie Deckung hatten.

Die Schießerei ging los, als sie ins Auto stiegen. Jetzt ist es aus mit mir, dachte José Luís und warf sich auf den Boden.

Das Wasserstoffperoxyd breitete sich weißlich über Alziras Wunde. Carolaine versorgte das Bein ihrer Mutter fast schon automatisch, sie applizierte die Salben und legte die Gaze darauf, ohne den Blick von der Acht-Uhr-Serie zu wenden. Ernesto hatte Rita in der letzten Folge vor dem Traualtar stehengelassen. Ich möchte mal sein Gesicht sehen, wenn er erfährt, daß Rita die uneheliche Tochter von dem steinreichen Magnaten Pedro Henrique ist. Aua, Mädchen, Vorsicht, paß auf, wohin du das Pflaster klebst. Rita wird die Fabriken ihres Vaters erben, Mutter, das habe ich in der Zeitung gelesen. Wirklich? Geschieht Ernesto ganz recht, er denkt nur an Geld. Und Ana Paula wird Roberto in flagranti mit Teresa im Kino erwischen. Wer? Alzira verfolgte die Serie nur halb, sie verschlief stets einen Teil der Folgen. Roberto hat von Teresa eine Wiedergutmachung gefordert, weißt du noch? In der letzten Folge. Alles wegen der Aktien von der »Webereifabrik«, Mutter. Alzira gab keine Antwort. Sie war wieder eingenickt. Alzira liebte es, vor dem Fernsehen zu schlafen, das gab ihr das wohlige Gefühl, es sei noch früh und ihr bleibe noch einige freie Zeit. Der Schlaf dort auf dem Sofa war auch besser, ab und an öffnete sie die Augen und sah die Paare, die sich küßten oder stritten, die Margarinewerbung, so hübsche Frauen, und dann schlief sie wieder ein, erwachte, schlief, bis sie merkte, daß der Fernseher ausgeschaltet und Carolaine nicht mehr da war, auch Alas und Júnior nicht, alles war ruhig und still, erst dann ging Alzira zu Bett. Und jeden Morgen, wenn sie zerschlagen erwachte und ihr Bein pochen spürte, gelobte sie sich selbst, an diesem Abend würde sie früh schlafengehen. Selbst dann, wenn Dona Juliana, ihre Gnädige, mit Mann und Kindern wochenlang verreist war und es kaum etwas zu tun gab, plagte Alzira sich immer noch zu sehr ab.

Was passiert gerade, Carolaine? fragte Alzira, als sie jäh erwachte und sah, wie Heloísa und Henrique sich küßten. Ist Henrique nicht der Verlobte von Elisa? Psst, Mutter, hör zu.

Carolaine hatte das Handy auf den Schoß gelegt und erwartete jeden Moment Leitors Anruf. Sie wollten sich an dem Abend bei ihm zu Hause treffen. Alzira würde Júnior das Fläschchen geben, falls er in der Nacht wach werden sollte, und Alas schlief bereits. Es war nicht schwierig gewesen, ihre Mutter zu überreden. Alzira hatte gleich in Júniors ersten Lebenstagen die Babypflege übernommen. Carolaine versteht nichts davon, wie der Kleine gebadet werden muß. Carolaine kann ihm nicht die

Windeln wechseln. So geht das nicht, laß mich das machen. Und mit der Zeit kümmerte Alzira sich um Júnior genauso, wie sie sich um Alas gekümmert hatte, und besorgte alles, trotz der stechenden Schmerzen im Bein. Sie dürfen nicht schwer heben und sich nicht überanstrengen, hatte der Arzt gesagt. Diese Wunde, Dona Alzira, wird nur heilen, wenn Sie sich schonen. Unterschenkelgeschwür. Bei jeder Sprechstunde versprach Alzira, sich die Anweisungen des Arztes zu Herzen zu nehmen.

Als das Telephon klingelte, nahm Carolaine freudestrahlend das Gespräch entgegen, hallo, Carolaine, hier ist Negaço. Alzira sah mit an, wie der Gesichtsausdruck ihrer Tochter sich jäh veränderte. Wo? fragte sie. In der Nähe von der Zisterne? Während sie im Haus umherlief, die Schuhe anzog und ihre Tasche suchte, berichtete sie ihrer Mutter, daß Leitor bei einer Schießerei getroffen worden war. Komm zurück, Carolaine, und erklär mir das richtig, sagte Alzira an der Tür, als sie ihre Tochter hektisch das Haus verlassen sah.

Wird er sterben? fragte Carolaine Minuten später in einer von den Rauschgifthändlern provisorisch eingerichteten Ambulanz. Wenn es Verwundete gab, wurde ein Arzt in die Baracke geholt, der sein möglichstes tat, um eine Einlieferung des Opfers ins Krankenhaus abzuwenden. Leitor war der einzige, der bei der Schießerei mit Zequinhas Männern getroffen worden war. Sie wollten nur ihn, sagte Negaço, ich hatte keine Dekkung, den Rücken total frei, es ging wirklich um Leitor.

Sie verbrachten den Rest der Nacht mit Warten. Ab und zu betrat José Luís ängstlich besorgt den Raum, um den Arzt zu drängen. Er hat viel Blut verloren, erklärte der Doktor. Leitors Zustand war ernst.

Am frühen Morgen, als José Luís nach Hause zurückkehrte, fand er Marta wach und mit vom vielen Weinen geröteten Augen im Schlafzimmer vor. Mit der Fernbedienung in der Hand zappte sie weiter durch die Programme, ohne auf die Filme zu achten, die gezeigt wurden.

José Luís schaltete den Fernseher ab, streckte sich neben ihr aus, sie faßten sich bei den Händen und lagen schweigend zur Decke schauend da. Marta wußte schon von Leitor, José Luís selbst hatte sie einige Stunden zuvor angerufen, um es ihr zu erzählen.

Wäre das doch bloß nicht passiert, sagte sie mit stockender Stimme. Jetzt wirst du meinen Vater umbringen, stimmt's?

José Luís wollte sagen, daß es ihm sehr viel lieber wäre, wenn die Dinge anders lägen, verdammt, wenn er anders handeln könnte, verdammt, wenn er die Freiheit hätte zu verzeihen, wenn er Fake nicht hätte umbringen müssen, verdammt, aber das da hatte nichts mit Freundschaft zu tun, sie waren Dealer, verdammt, es war eine Menge Geld im Spiel, verdammt, und auch eine Menge Gefahr, Leute starben, sie töteten die Verräter, die Denunzianten, alle starben, verdammt, er hatte Fake, seinen besten Freund, umgelegt. Verdammt. Die Beziehungen mußten absolut verläßlich sein, wie Leitor selbst es auszudrükken pflegte.

Bevor er sich im Bad einschloß, war das einzige, was er zu Marta sagen konnte, daß nun einer von ihnen beiden, Zequinha oder er, sterben müßte.

Unter der Dusche, während er sich die Blutflecken vom Arm schrubbte, hörte er Marta im Schlafzimmer schluchzen. Das rötliche Wasser lief ihm die Beine hinunter und bildete eine Pfütze zu seinen Füßen. So sehr er sich auch bemühte, es gelang ihm nicht, Leitor zu vergessen, auf der Straße, nach der Schießerei, ich bin im Arsch, hatte Leitor gesagt. Und im Wagen, während Negaço dem Arzt Bescheid gab, daß jemand ihn zu einem Noteinsatz abholen würde, hatte Leitor mit dem Kopf in José Luís' Schoß liegend gesagt, daß er seine Beine nicht mehr spüre. Verdammt. So eine Scheiße.

Zu der Zeit hielt José Luís sich für einen alten Hasen, wenn es um die Besetzung von Elendshügeln ging, und das verdankte er Zequinha. Martas Vater war es gewesen, der ihm beigebracht hatte, eine Truppe aufzustellen, Waffen und Munition auszuwählen, den Feind zu studieren. Es gibt nichts Besseres als die Überraschung, hatte Zequinha gesagt. Du mußt immer zusehen, wie du deinen Gegner am besten mit heruntergelassener Hose zu fassen kriegst.

Deshalb erfolgte die Besetzung vom Morro dos Marrecos entgegen allen Erwartungen am hellichten Tag, als die Familien sich am Sonntag zum Mittagessen versammelten.

Die Zufahrten zu der Favela wurden von fünfundvierzig Männern unter José Luís' Führung besetzt, die Befehl hatten, mit viel Getöse dort einzufallen. Das Feuer war so heftig, daß die Bevölkerung selbst das fünfzehnte Bataillon der Militärpolizei um Hilfe bat. Der Hügel wurde umzingelt, doch der Chef der Operation ließ ihn aus Angst, Zivilisten könnten im Gefecht zu Tode kommen, nicht erstürmen.

Zequinha wurde vor dem Fernseher im Wohnzimmer seines Hauses getötet, mit siebenundzwanzig Schüssen in den Bauchbereich und in den Kopf.

Es kursierten eine Menge Geschichten über die letzten Augenblicke des Anführers vom Morro dos Marrecos, und alle wurden ausgiebig auf Zequinhas Beerdigung erzählt. Er habe sich umbringen lassen, er habe, bevor er starb, zurückgeschossen und drei, acht, zehn von José Luís' Männern ins Jenseits befördert, Marta persönlich sei diejenige gewesen, die die Falle für ihren Vater vorbereitet habe. Einige der Anwohner schworen, Zequinhas Kopf auf einen Zaunpfahl gerammt vor der Bäckerei gesehen zu haben.

Es stimmte nicht, daß José Luís seinem Widersacher den Kopf abgeschlagen hatte. An jenem Sonntag, gleich nach der Hinrichtung Zequinhas, hielten die beiden verfeindeten Banden für einen Moment im Kampf inne, um darüber zu diskutieren, was sie mit der Polizei am Fuß des Hügels tun sollten, die hochzukommen drohte. Reizinho erklärte Zequinhas rechter Hand, Osvair, genannt Vavá, die Lage. Ich habe hier jetzt das Sagen. Das müßt ihr schlucken, verdammt, entweder mit Spucke oder mit einer Kugel. Ich nehme alle auf, die in meine Bande wollen. Aber nur jetzt, verdammt. Entweder jetzt oder nie. Das neue Bündnis war geschlossen. Die Schießerei brach erneut los, und die Polizei konnte nicht eindringen.

Als es dunkel wurde, schmuggelte José Luís sich über die labyrinthartigen Gassen, die in den Berimbau mündeten, durch die Polizeiabsperrung. Viele Leute wurden an diesem Tag verhaftet, als es der Polizei endlich gelang, in den Morro dos Marrecos einzudringen, doch Reizinhos Bande erlitt keine Verluste. Zehn Männer, denen er vertraute, blieben als Garanten der Besetzung an Ort und Stelle zurück.

Auf dem Rückweg überlegte José Luís, bei Kelly und Yolanda vorbeizuschauen, sie fehlten ihm, doch hielt er es für angebrachter, nach Hause zu gehen. Ich möchte sehr, daß du bleibst, sagte er gleich beim Hereinkommen ins Wohnzimmer zu Marta. Aber wenn du willst, kannst du gehen. Ich habe eben deinen Vater umgebracht.

27

Die Landschaft war grandios. Man sah von dort das Meer und die sich darin spiegelnden Lichter der Brücke zwischen Rio und Niterói, die startenden und landenden Flugzeuge des internationalen Flughafens. Ich weiß gar nicht, was ich sagen soll, erklärte Alzira beim Anblick der Kirche Fortuna de Deus, deren Tore sich in dieser Nacht öffnen sollten. Es war ihr siebenundvierzigster Geburtstag, und José Luís hatte sie soeben von zu Hause abgeholt. Das ist dein Geschenk, Mutter, hatte er gesagt, und Alzira hatte vor Rührung geweint. José Luís, sagte sie, du hast den Bau errichtet, nun öffne dein Herz, laß Jesus herein. José Luís freute sich zwar ebenfalls, aber es störte ihn, wenn seine Mutter so übertrieb, und besonders nervten ihn ihre Umarmungen, ihre Küsse, er mochte das nicht.

Mutter und Sohn betraten Hand in Hand den Gottesdienst und setzten sich in die vorderste Kirchenbank, wo Kelly zusammen mit Yolanda, Onofre, Cândida und den engsten Freunden auf sie wartete. Alzira sieht aus wie eine Braut, bemerkte Onofre gutgelaunt zu Yolanda ins Ohr.

Der Schuppen, dessen Bau wesentlich mehr Geld verschlungen hatte, als José Luís für die Kirche auszugeben bereit war, besaß eine Kapazität, um vierhundert Gläubige aufzunehmen. In dieser Nacht war nicht eine einzige Bank leer. Nicht nur die Bewohner des Berimbau befanden sich dort, sondern auch viele Leute vom Morro dos Marrecos.

Die »Einheiz«-Liturgie von Pastor Ângelo, der für die Einweihungsfeier der Kirche Fortuna de Deus verantwortlich war, hatte nicht die geringste Ähnlichkeit mit den Riten von Pastor Walmir. Ângelo war es wichtig gewesen, die Rapper des Elendshügels einzuladen, damit sie ihn bei den Lobgesängen unterstützten, er hatte alle Melodien übernommen, laßt uns die Texte ändern, hatte er gesagt, unser Ding ist Gott und Liebe im Herzen. Die Rap-Musik war der Grundstein des Erfolgs seiner Gottesdienste in anderen Gemeinden. Er brachte die Gläubigen dazu, kleine Sprünge zu vollführen und die Hände zu erheben, mit den Füßen zu stampfen, und das, zusammen mit den »Prügeln für den Teufel« und seine leidvollen Erfahrungen während der Jahre, in denen er als Straßenkehrer, Schuhputzer und Zitronenverkäufer gearbeitet hatte, machte aus ihm einen effizienten Herdentreiber.

Es herrschte ein Klima der Verbrüderung an jenem Abend. Obwohl Reizinho einige Warnungen ausgesprochen hatte, fühlte Ângelo sich von den Rauschgifthändlern nicht unter Druck gesetzt. Eine Hand wäscht die andere, hatte José Luís Wochen zuvor gesagt, als er den Pastor aussuchte, der die Kirche übernehmen sollte. Wir werden ein Abkommen treffen. Du mischst dich nicht ein, verunglimpfst nicht das Geschäft, verdammt, und übertreibst auch nicht mit dem Sündenregister, und als Gegenleistung kriegst du Kohle und Schutz.

Bei diesem unserem ersten Treffen, sagte der Pastor, wollte ich beweisen, und zwar nicht den Gläubigen, denn die brauchen keine Garantien, sondern den Widerspenstigen, die Christus noch nicht die Hand gereicht haben, ihnen wollte ich zeigen, daß Gott existiert. Was ihr gleich sehen werdet, Brüder und Schwestern, ist der Beweis für die Existenz des Allmächtigen, des Allwissenden, von Gottvater, Unserem Herrn.

Ângelo gab ein Zeichen, und die mit elektrischer Gitarre, Schlagzeug und Keyboard ausgestatteten Rapper spielten ein Stück, ähnlich wie bei den Publikumsshows, bevor die nächste

Attraktion angekündigt wurde. Er naht, Brüder und Schwestern, rief der Pastor und wies, den Blick der Zuhörer lenkend, zur Tür.

Der Einzug Leitors in einem von Carolaine geschobenen Rollstuhl war eindrucksvoll.

Während Leitor zum Altar gebracht wurde, weinte die Menschenmenge ergriffen, applaudierte und sang den Lobgesang *Ado ado ado, mein Gott, dir sei Dank.* José Luís versuchte, Marta in den hinteren Bankreihen ausfindig zu machen, doch sie war nicht da. Jetzt, wo er auch der Anführer vom Morro dos Marrecos war, wollte er, daß die Anwohner sie zusammen sahen, du mußt kommen, Marta, hatte er, bevor er Alzira abholen ging, beim Zurechtmachen gesagt. Sie hatte ihm, auf dem Bett liegend, ohne den Blick vom Fernseher zu wenden, nicht mal geantwortet, obwohl ihr danach gewesen war zu schreien, sie sei alleine zur Beerdigung ihres eigenen Vaters gegangen, und auch zum Seelenamt sieben Tage danach, ploc, und ihr Herz sei die blanke Trauer, und deshalb werde sie nicht zur Einweihung irgendwelcher bescheuerter Kirchen gehen, ploc. Marta, hatte José Luís am Tag von Zequinhas Begräbnis gesagt, erklär mir mal, wie soll ich auf dem Friedhof erscheinen? Unmöglich. Und denk bloß nicht, daß ich nicht leide, verdammt, es tut höllisch weh, hör auf zu weinen, verdammt noch mal. Marta hatte nicht mal richtig zugehört, sie hatte Lust gehabt zu antworten, Scheiße, du bringst meinen Vater um und erzählst mir hinterher, daß du leidest, weil ich heule? Scheiße. Ploc. Mörder, sagte sie unter Schluchzen, das Gesicht im Kissen vergraben. Täglich rief sie in ihrer Verwirrung ihre Schwester Priscila an, wie soll ich weiter hier leben? Doch wenn Priscila oder irgend jemand anderes José Luís beschuldigte, nahm Marta ihn in Schutz, er hat keine Schuld, sagte sie.

Marta konnte nicht vergessen, was bei der Totenwache für

ihren Vater passiert war. Neben dem Sarg kniend, hatte sie Suzana auf sich zukommen sehen, die ihr erst leise und dann hysterisch schreiend vorwarf, Marta sei an allem schuld, wäre Marta nicht so egoistisch, so verzogen, wäre nichts von alledem passiert. Halt die Klappe, hatte Marta geantwortet, doch keine der beiden hatte stillgeschwiegen, wutentbrannt hatten sie sich gegenseitig beschuldigt und anschließend miteinander gerauft und den umstehenden Leuten eine Menge Scherereien bereitet bei deren Versuch, sie zu trennen. Am selben Tag hatte Marta José Luís gebeten, die entsprechenden Vorkehrungen zu treffen, sie wollte Suzana aus dem Haus ihres Vaters haben und fern vom Berimbau.

Verletzt hatte sie José Luís' wurstige Reaktion. Er hatte absolut nichts unternommen, um zu verhindern, daß Suzana sich in einem Haus unweit von dem ihren niederließ, obgleich ihm bekannt war, daß diese Verbrecherin, diese Schlampe, ploc, bereits mit Anwälten im Gespräch stand und versuchte, aus ihrer Familie Geld herauszuholen. Und sie wußte auch, weshalb José Luís so gehandelt hatte. Er war zu sehr mit seinem Erfolg beschäftigt, um an die anderen zu denken, ploc. Dank ihrem Vater, jawohl, ploc, da nun mal »die dicke Knete« vom Morro dos Marrecos kam. Am selben Tag, an dem Suzana auf den Berimbau umgesiedet war, hatte José Luís von den Leuten der Sambaschule eine Auszeichnung erhalten. Mit roter Hose, modischer Brille, ganz der Angeber, der erzählt, wo's langgeht, ploc. Sie erinnerte sich genau, es war in der Woche nach dem Siebentageseelenamt für ihren Vater. Ploc. Marta war »todtraurig«, und alles wäre anders gewesen, wenn José Luís zumindest Suzana dort hinausgeworfen hätte. Mehr nicht. Ploc, aber nein, jetzt kann ich nicht reden, hatte José Luís mit einem Becher Yakult in der Hand geantwortet. Wir sind in einer Besprechung, Liebling.

Seit Zequinhas Tod war José Luís unzugänglich geworden. Immer am Telephon, brüllend, beschäftigt, unausstehlich. Jetzt nicht, Marta, sagte er, wir werfen gerade den Vorsitzenden des Anwohnervereins vom Morro dos Marrecos hinaus, verdammt. Es konnte einem schlecht werden, wenn man auf die Straße hinausging, ploc. Mit Gaviãos Hilfe hatte José Luís sechzig bewaffnete Männer angeheuert, die nun pausenlos alle Zugänge zu den Hügeln kontrollierten. Es gab niemanden, der nicht angehalten und durchsucht wurde. Die Autos durften nicht durch die Straßen ins Innere der Favela fahren. Die ortsansässigen Geschäfte konnten ihre Waren nicht auffüllen, da nicht einmal Lieferwagen die Erlaubnis hatten, den Hügel hochzufahren. Vorsichtsmaßnahmen, behauptete José Luís.

Gavião, der jahrelang dick mit ihrem Vater befreundet gewesen war, hockte ständig bei José Luís im Haus. Du mußt den Drogenhandel vollständig beherrschen, und es ist wichtig, daß du deine Macht einsetzt, bis die Dinge sich beruhigt haben. Bring alles unter Kontrolle und töte so viele wie nötig. Zequinha hat das Padre-Moraes-Gefängnis mit Drogen beliefert. Er war auch derjenige, der die Ausbrüche organisiert hat, das alles wirst du übernehmen müssen, Reizinho. Er hatte ihr nicht mal sein Beileid ausgesprochen. Marta, mein Schatz, kannst du uns nicht alleine lassen? sagte José Luís und riß sich zusammen, um seine Verärgerung nicht zu zeigen. Aber sie weint nur, beschwerte er sich manchmal bei Kelly, wenn er bei der Freundin auf einen Kaffee vorbeischaute. Was hätte ich ihrer Meinung nach denn tun sollen? Warten, bis ihr Vater mich umbringt? Den ganzen Tag lang heult sie, antwortet nicht auf meine Fragen, verdammt, und meckert, immer mit zerknautschtem Gesicht, in Tränen aufgelöst, ich ertrage das nicht länger, verdammt noch mal. Sie hat sich entschieden, bei mir zu wohnen.

Ich weiß, daß ich Geduld haben muß, es ist ihr Vater, ich weiß das alles, verdammt, aber kann sie nicht wenigstens aufhören zu heulen, verdammt, keine Ahnung, verdammt, so eine Scheiße. Sie nervt mich. Verdammt.

Leitor wird dort sein, hatte José Luís an jenem Abend gesagt, in einem letzten Versuch, Marta dazu zu überreden, zur Einweihung der Kirche zu gehen. Na und? Leitor kann mich mal, hatte Marta gedacht. Wäre doch lieber er anstelle ihres Vaters gestorben.

Dieser Mann, fuhr der Pastor fort und meinte Leitor, ist der Beweis dafür, daß Gott existiert. Neben Ângelo beim Altar saß immer noch der um viele Kilo abgemagerte Leitor, dem Geschehen entrückt, so als begreife er nichts. Ja, er ist der Beweis für Gottes Existenz. Wißt ihr, wie viele Schüsse dieser Mann davongetragen hat? Dreizehn, ihr Lieben. Das Leben ist unbegreiflich, flüsterte Onofre zu Yolanda ins Ohr, an dem einen Tag ist der Mensch Superhirn, bestimmt, wo's langgeht. Und am nächsten scheißt er Wegwerfwindeln voll. Dreizehn Schüsse, ihr Gläubigen, fuhr der Pastor fort. Eine Kugel nistet noch in seinem Kopf. Bei der Menge Blut, die dieser Mann verloren hat, konnte wirklich nur ein Wunder ihn retten. Und hier ist das Wunder. Leitor kann nicht mehr gehen. Er ist querschnittgelähmt. Er kann nicht mehr sprechen und nicht mehr schreiben. Vielleicht versteht er nicht einmal, was wir über ihn reden.

Ich finde, bemerkte Negaço zu Lobo, daß dieser Pastor Leitor ausnutzt.

Doch das Wunder des Lebens ist hier, sagte der Pastor zur Ergriffenheit der Zuhörer. Leitor ist am Leben, und das Leben ist Gottes großes Wunder. Gott wollte, daß Leitor bei uns bleibt.

Carolaine weinte ununterbrochen. Nicht etwa vor Rührung. Sie dachte daran, was sie am nächsten Tag tun mußte, eine Abtreibungsklinik suchen und die Angelegenheit so schnell wie möglich hinter sich bringen. Und wenn sie sterben würde? José Luís hatte diese Eventualität nicht in Betracht gezogen. Sie hatte gehört, daß Madeusa bei einem Abbruch gestorben war. Und ihre Cousine Dirce ebenfalls. Sie bereute, ihrem Bruder von der Schwangerschaft erzählt zu haben. Sie hatte auf José Luís' Unterstützung gehofft, was sagst du da? war ihr Bruder aufgebraust, du bist schwanger von Leitor? Ja? Du bist die dümmste Kuh, die ich je gesehen habe, und du wirst dieses Kind unter keinen Umständen bekommen. Verdammt. Du wirst es abtreiben. Und halt die Klappe, es interessiert mich nicht, was du mir sagen willst, sich von einem Kohlkopf schwängern lassen, verdammt. Bescheuerte Kuh. Das hatte sie am meisten verletzt, daß er Leitor als Kohlkopf bezeichnet hatte, ausgerechnet Leitor, der beinahe für José Luís gestorben wäre. Carolaine, hier ist das Geld. Geh zu einem von diesen Schlachtern und bring die Sache auf der Stelle in Ordnung, verdammt. Und weinen und zetern nützt nichts, Schluß, du bekommst keine Kinder mehr. Du blödes Stück. Verdammt noch mal.

Obgleich Alzira ihre Tochter am Altar weinen und Leitor im Rollstuhl sitzen sah, achtete sie nicht auf die Worte des Pastors, so hingerissen war sie von all dem, was geschehen war, ihr Sohn, man stelle sich vor, hatte ihr eine Kirche geschenkt, vielen Dank, lieber Gott. Und was für eine schöne Kirche. Sie hatte bereits davon gehört, als sie im Bau war, doch nie hatte sie die Kraft aufgebracht, bis zum Gipfel des Hügels hinaufzusteigen. Alles war sehr hübsch, sauber, ordentlich. Der Altar, so weiß. Danke, sagte sie zu José Luís ins Ohr und fühlte, wie ihr Herz sich von Liebe zu ihrem Sohn erfüllte.

Das war ein besonderer Tag, dachte Alzira, als sie sich an das Entgegenkommen ihrer Gnädigen erinnerte, ausgerechnet heute, hatte sie Carolaine berichtet, ausgerechnet heute hat sie mir freigegeben, nur weil ich Geburtstag habe. Wie ausgewechselt, hatte Alzira unzählige Male zu Carolaine gesagt. Eine andere Frau. Ruhiger, wohlerzogener. Sehr viel besser.

Juliana war vor zehn Tagen aus Europa zurückgekehrt. Bei der Lektüre der während ihrer Abwesenheit angesammelten Zeitungen fand sie etwas, das ihre Aufmerksamkeit erregte: Anführer des Rauschgifthandels verordnet Sperrstunde auf dem Morro dos Marrecos, stand in der Schlagzeile einer der Ausgaben. Prompt erkannte sie das Photo, das den Bericht illustrierte. Rodrigo, sagte sie zu ihrem Mann im Bad und zeigte ihm die Zeitung, ist das hier nicht der Sohn von Alzira? Rodrigo legte den Rasierapparat beiseite, betrachtete das Bild, merkwürdig, ja, das ist er, antwortete er. Anführer des Rauschgifthandels vom Marrecos. Und vom Berimbau. Wie furchtbar. Wir müssen diese Frau wegschicken, Rodrigo. Und zwar schnell.

Juliana war nach Paris gefahren, um »ihre Ehe zu retten«, wie sie ihrer derzeit engsten Freundin Helena gestanden hatte, und mit dem Entschluß zurückgekehrt, ihr Leben zu ändern. Bloß nie wieder einen persönlichen Trainer, Helena. Erinnerst du dich an Fernando? Der Idiot sagte »ich habe in der Firma gearbeitet«, »im Rahmen der Leibeserziehung«, lauter Kitsch. Lektion Nummer eins, meine Liebe: Ich weiß nicht mehr wer, aber irgendein Schriftsteller hat mal gesagt, die Menschen rächen sich sehr für die Gefallen, die wir ihnen tun. Jetzt bin ich ein anderer Mensch, ich möchte es ganz klassisch, weißt du, was ich meine? Ein gehobenes Damen-Fitness-Studio mit dieser Krachmusik und lauter Frauen, die sich in ihren am Po klemmenden Gymnastikhosen abquälen. Jawohl. Ich habe die Nase voll vom Persönlichen. Ich will nie wieder etwas Persönliches. Mir geht's wie in dem Werbeslogan für das Caxambu-Wasser, das mein Vater so liebte: »Genug der Experimente. Trinken Sie Caxambu«.

Die dringendste der vielen Veränderungen, die sie vornehmen würde, war, Alzira zu entlassen. Es geht nicht, Helena, man kann nicht einen Menschen um sich haben, der alles weiß, der dich mit zwei großen, vorwurfsvollen Augen anschaut. Ich habe das Gefühl, sie könnte jeden Moment anfangen, mich zu erpressen. Ich will ein Auto, einen neuen Herd, ich möchte ein süßes kleines Appartement. So wie in dem Roman *Vetter Basílio* von Eça de Queiroz, verstehst du? Weißt du, was sie zu mir gesagt hat, als ich zurückgekommen bin? Seu Fernando hat nicht angerufen. Und ich hatte überhaupt nicht gefragt. Es geht mir auf die Nerven, daß ich jetzt nicht mal mehr mit ihr schimpfen kann, wenn mir danach ist, sie zurechtweisen, über das Essen oder über ihr Putzen meckern, das wäre ja auch gar kein Problem, wenn Alzira ein gutes Dienstmädchen wäre. Aber Alzira ist die dümmste Person, die mir in meinem Leben über den Weg gelaufen ist. Dieser Tage, wir sprachen gerade über São Paulo, erzählte sie mir von einer Bekannten, einer exzellenten Köchin, die dort lebt, und weil mir absolut nichts einfiel, fragte ich, ob besagte Freundin im Nord- oder im Südteil wohnt. Im Norden, gab sie zur Antwort und machte dabei ein Gesicht wie jemand, der nicht weiß, wovon er spricht. Ich habe daraufhin gefragt, bist du sicher? Sie antwortete, liegt denn der Nordteil nicht neben dem Südteil? Ja, meine Liebe. Du darfst ruhig lachen. Rodrigo sagt, wir sollten Alziras Gehirn einer Universität überlassen. Ich werde ihr schnellstens kündigen.

Juliana hätte Alzira auch tatsächlich noch im selben Monat entlassen, wenn sie nicht auf jene Nachricht über José Luís gestoßen wäre. Was sollen wir tun, Rodrigo?

Weitab von all diesen Geschehnissen hatte Alzira nur Lobesworte für ihre Gnädige. Hol dies, hol das, du kannst aber auch rein gar nichts, Alzira, nie wieder hatte sie von Dona Juliana unschöne Dinge zu hören bekommen. Danke, du bist ein Engel. Engel, so ging das jetzt, Alzirinha. Du machst dir keine Vorstellung davon, wie schön Paris ist, Alzira. Das habe ich dir mitgebracht, hatte sie gesagt und ihr eine kleine Tüte mit mehreren winzigen Parfumfläschchen überreicht, auf denen »Not for sale« zu lesen war.

Alzira, hatte Juliana an diesem Morgen bemerkt, als sie ihr Frühstück einnahm, dein Bein ist stärker geschwollen. Ist es doch, Rodrigo, oder? Schau nur, wie dick es geworden ist. Ja. Dein Bein sieht sehr schlimm aus. Das ist äußerst gefährlich, Alzira. Hast du schon mal überlegt, wenn du Gangräne bekommst? He? Wenn es amputiert werden muß? Weißt du was, Alzira, komm her. Nimm das Geld hier. Geh zum Arzt. Und du brauchst heute nicht mehr zur Arbeit zurückzukommen. Genau. Ein freier Tag. Den hast du verdient. Bis morgen, Alzira.

Schon vor ihrer Reise hatte Dona Juliana eine andere Haltung angenommen, was Alzira nur in ihrer Theorie bestätigt hatte, Dona Juliana sei nicht von Natur aus schlecht, sondern lediglich ein Opfer des Höllenhundes.

Und genau über ihn, den Teufel, sprach der Pastor in diesem Moment. Laßt ihn uns gemeinsam bekämpfen, den Teufel. Wir wollen beten.

Und Alzira betete inbrünstig. Sie fühlte sich ausnehmend wohl dort in der Kirche. Sie hatte schon sehr viel gelitten. Ja, sie hatte jetzt ein besseres Leben verdient.

28

Ich habe ein geniales Buch gelesen, erzählte der Anwalt, der Gavião und José Luís Minuten zuvor die Tür der Wohnung in Copacabana geöffnet hatte, darin steht, daß für die Russen selbst

Polen das Paradies ist. Rußland ist etwas für Verrückte geworden. Wissen Sie, was es bedeutet, zweimal Amazonien zu besitzen, ganze Swimmingpools voller Diamanten, dazu Titan, Plutonium, weiß der Teufel, und alles zum Schleuderpreis zu verkaufen? Ganz zu schweigen von den Nuklearraketen, unglaublichen Waffen, alles lag rum, wer wollte, mußte nur hingehen und einpacken. Die Russen sind noch besser als wir darin, ihr eigenes Land zugrunde zu richten. Es hieß, daß sie sogar eine Behörde zur Unterschlagungsbekämpfung haben. Das muß man sich mal vorstellen.

Gavião beobachtete, während er zuhörte, wie das Feuer einen kleinen Kokainberg auf einem Stück Aluminiumfolie verzehrte. Allmählich nahm das Rauschgift eine bräunliche Farbe an. Hervorragend, sagte Gavião zu dem Anwalt, der unaufhörlich von den zahllosen Möglichkeiten sprach, in Rußland zu Reichtum zu gelangen. Weitere drei Kokainproben wurden verbrannt, und nur bei einer kamen Gavião Zweifel. Er bat den Anwalt, ihm ein neues Briefchen zu holen, und schüttete seinen Inhalt in ein Glas Wasser, um die Löslichkeit zu prüfen.

Die drei blieben noch länger dort sitzen und unterhielten sich über Belanglosigkeiten. Entgegen José Luís' Erwartungen sprachen sie zu keiner Zeit über Drogensendungen, Qualität, Transport, Preise, nichts dergleichen. Es war das erste Mal, daß José Luís seinen Freund zu einem Treffen dieser Art begleitete. Kurz vorher hatte Gavião ihn angerufen und gesagt, er befinde sich in der Nähe vom Berimbau. Ich möchte, daß du dir ein Appartement gegenüber von der Favela anschaust, sagte er. Ein erstklassiges Geschäft, du mußt es kaufen. Ich komme vorbei. Unterwegs zu besagter Immobilie teilte Gavião mit, daß etwas dazwischengekommen war, ich muß nach Copacabana, kommst du mit?

Käufer wie José Luís sicherten Gavião das Privileg, praktisch alleine das gesamte Rauschgift zu vertreiben, das nach Rio de Janeiro gelangte. Jedes Wochenende verkaufte er ihm zwanzig Kilo, und dank Beziehungen dieser Art wurde er von kolumbianischen Großhändlern wie dem Anwalt, der sie an diesem Nachmittag empfing, relativ bevorzugt behandelt.

Trotz ihrer Freundschaft wußte José Luís wenig über Gaviãos Geschäfte. Anfangs dachte er, er sei ein Verbindungsglied zu irgendeiner hochgestellten Persönlichkeit, einem wichtigen Politiker, zu jemandem vom Tierkartenspiel oder einem bolivianischen Kartell. Und vielleicht war er das sogar, doch änderte sich alles derartig schnell, wenn José Luís eine Verbindung ausgemacht zu haben vermeinte, dann gab es sie schon nicht mehr, neue Namen tauchten auf, andere verschwanden, es wurden keine verarbeiteten Drogen mehr gekauft, sondern nur noch Koka-Paste oder umgekehrt, die Labors zur Weiterverarbeitung waren nicht mehr die in Mato Grosso, sondern die in São Paulo oder Cascaval, das Geheimnis, sagte Gavião, besteht darin, das Geheimnis zu ändern. Häufig hörte man ihn am Telephon über den Preis von Aceton, Äther und Kerosin verhandeln oder mit Flugzeugpiloten über Trommeln und Gallonen reden. Oft ging es in den Gesprächen auch um die Ankunft von Autos in Ponta Porã. Namen von Städten wie Miami und Amsterdam fielen häufig bei den Unterhaltungen, und immer gab es jemanden mit dem Familiennamen von einem Oberst, General, Abgeordneten oder ähnlichem. Da waren auch viele, sehr viele Frauen, die Kuriere, die kleine Mengen aus den Labors in Bolivien herbeischafften. Meine Kleinen, wie Gavião sie nannte.

Gavião sprach von den Kartells in Cali und in Medellín in ganz ähnlicher Weise wie Alzira von Gott, und all das ließ José Luís mit der Zeit immer besser verstehen, was Leitor damals hatte sagen wollen mit dem »wir sind kleine Fische«. Jetzt, wo er der Herrscher über den Berimbau war, über den Morro dos Marrecos und über weitere zwölf Verkaufsstellen, dachte er nur noch an Geschäfte im großen Stil. Die Liste seiner Besitztümer wuchs in rasantem Tempo. Eine Maisonette-Wohnung im Edifício Mon Amour in Barra. Vier Läden im Zentrum von Curitiba. Zwei Grundstücksparzellen im Stadtteil Inhangá in Niterói. Gavião war sein Mentor bei den Verhandlungen. Kauf dies. Verkauf das. Das solltest du mieten. Überschreib es auf Martas Namen. In der Tat hatte sich sein Leben sehr verändert, sein Name verschwand nicht mehr aus den Zeitungen, fast jede Woche wurden Berichte über seine Aktivitäten veröffentlicht, mit Schlagzeilen wie: Der größte Rauschgifthändler von Rio de Janeiro, Militärtruppe von Reizinhos Männern gedemütigt, Kommissar Almeida verspricht, Morro dos Marrecos einzunehmen. Ich fühle mich persönlich auf den Schlips getreten, hatte Kommissar Almeida erklärt, wenn ich die Zeitung aufschlage und dieses asoziale Element sehe, diesen gefährlichen Mörder, der redet, als wäre er Robin Hood. Und ihr Journalisten helft mit, das Leben von diesem Gesindel zu romantisieren. Das ist doch das Allerletzte.

In den Medien war viel von »effizienten Strategien zur Beseitigung des Rauschgifthandels« die Rede, und stets illustrierte José Luís diese Art von Reportagen. Doch im Gegensatz zu früher stand José Luís jetzt gerne im Rampenlicht.

Obwohl er nun nicht mehr einfach ohne Leibwächter umherlaufen konnte, sah José Luís in seiner Berühmtheit nur Vorteile, er freute sich, von den Frauen und Kindern der Favela geliebt und gefürchtet zu werden, er mochte den Aufruhr, wenn er mit seinen wohlgenährten Hunden durch die Straßen ging, es machte ihm Spaß, seine Männer anzubrüllen, zu johlen, zu schreien, die Leute zu beschimpfen, sich vollaufen zu lassen und aufzuwachen, wann es ihm paßte, zu arbeiten oder auch nicht, im Supermarkt einzukaufen, ohne auf die Preise zu achten, und mit allen hübschen Mädchen zu schlafen, die ihm über den Weg liefen. Er trug auch gerne Stiefel, er hatte etliche Paar gekauft, einige davon mit Sporen am Absatz, die den Holzfußboden in seinem Haus zerkratzten.

Im Anschluß an seinen Abstecher nach Copacabana zeigte Gavião ihm das Obergeschoß mit Dachterrasse, das ein befreundeter Makler ihm angeboten hatte. Dem Besitzer steht das Wasser bis zum Hals, erklärte Gavião, aber das ist noch nicht alles. Das beste ist das hier, sagte er und führte José Luís in die Küche. Man konnte fast die gesamte Favela sehen, man mußte sich nur ein wenig bücken. Noch nie hatte José Luís das Leitungsgewirr der illegalen Stromanschlüsse vor Zinos Schlachterei bemerkt. Ein Chaos. Perfekt, bemerkte Gavião und bewunderte die Aussicht. Als wärst du mittendrin.

Es war keine schlechte Idee, dorthin umzuziehen. Heutzutage, sagte der Makler, der sie begleitete, gehört die Favela zu Rio de Janeiros Panorama. Wir haben ausländische Kunden, die für eine Zeit herkommen und von uns etwas mit Blick auf eine Favela verlangen. Nachts, das ist meine persönliche Meinung, sind sie tatsächlich sehenswert, ein Haufen winziger blinkender Lichter, das ist etwas Besonderes, sagte er. Und die Favelabewohner sind meiner Erfahrung nach sehr gesittete Menschen. Du kannst dir das Gequatsche sparen, sagte Gavião zu dem Makler, hier muß niemand überzeugt werden.

Drei Schlafzimmer, eine Suite, Wohnzimmer mit Dielenfußboden, die Materialien ähnelten sehr denen, die José Luís in seinem Haus verwandt hatte.

Soll ich sie kaufen oder nicht? fragte er Leitor später, als er ins Büro kam. José Luís hatte die Angewohnheit beibehalten, mit seinem Freund zu reden, der ab und an eine Art Muhen von sich gab, verdammt, Leitor, wie soll ich das denn verstehen? Du hörst dich an wie eine Kuh. He? Ja oder nein? Blinzle, Leitor. Die »Blinzel«-Technik war unfehlbar, versicherte José Luís, ihr stolzer Erfinder. Wochen zuvor, als er Strategien zum Überfall auf eine Drogenverkaufsstelle studierte, hatte er dem Freund seinen Plan minuziös dargelegt, blinzle mit dem Auge, hatte er gesagt, wenn du damit einverstanden bist. Und Leitor hatte geblinzelt. Verdammt, schau mal, Negaço, das ist der schlaueste Kohlkopf Brasiliens. Man hörte ihn oft so von Leitor reden, Kohlkopf, und darin lag keinerlei Bösartigkeit oder Ironie, ganz im Gegenteil, es war ein Kosename. Verdammt, Kohlkopf, was soll ich machen? Ein Flugzeug kaufen oder nicht? Wieviel kostet eine Cessna 310? Rede, Kohlkopf. Wieviel nimmt ein Pilot, um eine Ladung herzubringen? He? Hunderttausend? Zweihundert? Blinzle, Leitor. Lohnt es sich? Verstehst du, was mir vorschwebt? Ich denke dabei an Tabatinga und Leticia, Kohlkopf. Lohnt sich das? He? fragte er und meinte die Städte, in denen man kolumbianisches Kokain im großen Stil kaufen konnte. Gute Zeiten waren das, sagte José Luís, als du noch sprechen konntest.

Seit einigen Wochen kümmerte Carolaine sich nicht mehr um Leitor. Jetzt, zu Beginn ihres fünften Schwangerschaftsmonats und nachdem sie das ganze Geld, das ihr Bruder ihr für die Abtreibung gegeben hatte, verjubelt hatte, haßte Carolaine »den Krüppel«. Wie konnte ich nur mit diesem Fettwanst schlafen, Kelly, der nach Zigaretten stinkt und in die Windeln macht? Vor ein paar Tagen, Kelly, war ich da, stell dir bloß mal vor, und habe diesem Koloß von einem Mann den Hintern gewaschen, und habe gedacht, was? Ich schwanger, im Arsch, und mache hier die Scheiße sauber? Es reicht. Ohne mich.

Jetzt kümmerte Onofre sich um Leitor. Kümmern war nicht der richtige Ausdruck, Onofre holte ihn morgens aus dem Bett, steckte ihn unter die Dusche, verpaßte ihm eine frische Windel, und dann setzte er ihn angezogen und gekämmt in den Rollstuhl, unter ständigem Genörgele über seine Frau, Maria, »diese elende Pupserin«, so was habe ich noch nie gesehen, Leitor, nichts als meckern kann die Gnädige, verdammte Scheiße, schau mal, sagte er, auf dem Weg zu José Luís' Hauptquartier den Rollstuhl vor sich herschiebend, die Kleine dort, siehst du sie? So viele hübsche Frauen gibt's auf dieser Welt, sagte er und deutete auf die Kindermädchen und Hausangestellten, die auf dem Weg zur Arbeit den Hügel hinuntergingen, so zarte Pflänzchen, und dann frage ich mich immer, Leitor, wie können sich diese hübschen Gottesgeschöpfe bloß in so etwas verwandeln wie meine Maria?

Häufig, wenn José Luís sehr beschäftigt oder nicht in der Favela war, saß Leitor stundenlang vergessen in der Küche oder irgendwo anders im Haus herum. Marta ignorierte ihn völlig. Räumt ihn mir aus dem Weg, hatte sie einmal gesagt und mit dem kleinen Finger gegen das Rad des Rollstuhls geklopft.

Für gewöhnlich sah man José Luís im Morgengrauen mit Leitor durch die Winkel und Gassen spazierenfahren und ihn dann nach Hause bringen. Ich weiß nicht, ob es eine gute Idee ist, vom Berimbau wegzugehen, sagte er an diesem Nachmittag zu Leitor, nachdem er die Wohnung besichtigt hatte. Du wirst es mir sagen. Wir fahren jetzt hin. Negaço, Cachaça, besorgt mir ein Auto.

Als sie schon im Aufbruch begriffen waren, kam einer der Dealerjungen und überbrachte ihm eine Nachricht von Suzana: »Triff mich heute abend um acht in Kellys Haus«.

Was sie wohl will, Leitor? Ich wette, Geld.

»Mein lieber Weihnachtsmann, hier ist alles bestens, du glaubst gar nicht, wie glücklich Dadás Tochter ist, sie hat keine Ähnlichkeit mehr mit diesem dummen Ding von früher. Heinrich und sie unterhalten sich nur auf deutsch. Im übrigen ist Heinrich begeistert von der Kleinen. Er hat bei ihr sogar Sambatanzen gelernt.«

»Ansonsten ist alles beim alten. Mein Deutsch hat sich sehr verschlechtert, seit Jenifer hier ist. Ich habe Augusta, meine Lehrerin, entlassen (aber jetzt ist sie meine Freundin, sie ist ständig bei uns), und Heinrich stört es nicht, wenn Jenifer ihm übersetzt, was ich sage.«

»Gestern habe ich mich erschreckt, als ich auf die Waage gestiegen bin. Zehn Kilo habe ich zugenommen. Ich glaube, das kommt von der Kälte. Hör auf, mir Erdnußkonfekt zu schicken. Ich passe in keine Kleider mehr.«

»Das war's. Grüße an die Clique. Rosa Maria.«

Sie liebt Erdnußkonfekt, sagte Onofre zu Alzira, die eine Flasche billigen Wein mit dem Korkenzieher öffnete, den Rosa Maria als Geschenk mitgeschickt hatte. Dona Juliana hat genauso einen, er ist prima, erklärte Alzira. Du verstehst sogar was vom Korkenziehen, bescheinigte Onofre ihr begeistert, als er sah, mit welcher Leichtigkeit seine Freundin den Korken aus der Flasche zog. Ich habe schon einen ganzen Haufen Leute gefragt, keiner konnte mit dem Ding umgehen. Das ist der beste, den es gibt, versicherte Alzira, die auf dem Heimweg im Vorbeigehen für diese Aufgabe in die Bar gerufen worden war.

Onofre servierte Alzira eine gefüllte Teigtasche und zeigte ihr verschiedene Photos, die Rosa Maria mitgeschickt hatte, Rosa Maria vor einem schneebedeckten Haus, Rosa Maria vor einer Kirche mit einem vom Krieg zerstörten Turm, das habe ich nicht ganz verstanden, sagte Onofre und präsentierte ein Photo von Rosa Maria neben einer Mauer, sie hat gesagt, daß die Mauer gefallen ist, ich habe keine Ahnung, was das hier für eine Mauer ist. Es gab neuere Bilder, Jenifer zwischen Rosa Maria und Heinrich in einem Vergnügungspark, wie hübsch dieses

Mädchen ist, bemerkte Alzira. Das war sie schon immer, pflichtete Onofre ihr bei, und wäre sie in Brasilien geblieben, dann wäre sie die beste Fahnenträgerin von ganz Rio de Janeiro.

Die beiden schauten sich vergnügt die Photos an, als sie den Lärm von quietschenden Bremsen und einen Aufprall vernahmen. Na bitte, sagte Onofre, als er Franciscos Kleinbus gegen den Baum gerammt stehen sah, an dem José Luís ein Schild hatte anbringen lassen: »Tiere anbinden verboten«. Hat er's endlich geschafft, dagegen zu fahren.

Francisco stieg schwankend aus dem Bus. Er ist voll wie nur was, sagte Onofre zu Alzira. Sieh nur, Alzira, der Mann weiß noch nicht mal, in welche Richtung er geht. Die beiden lachten.

Alzira trank zufrieden ihren Sprudel aus, der Bus war völlig verbeult. Geschah ihm ganz recht.

Das war nicht das einzig Gute, was an diesem Tag geschehen war. An diesem Nachmittag hatte Juliana sie rufen lassen und gesagt, ich habe mir überlegt, Alzira, du kannst nicht mehr arbeiten mit deinem Bein. Wir sind dir sehr dankbar für alles, was du für uns getan hast. Und hier ist deine Belohnung. Ein Scheck über sechsunddreißig Monatsgehälter. Du brauchst drei Jahre nicht zu arbeiten. Und kannst dich um deine Gesundheit kümmern.

Jetzt ging Alzira gesättigt, den Bauch voller Leckereien, die Onofre ihr spendiert hatte, mit dem Scheck in der Tasche zurück nach Hause. Auch Carolaine war froh, als sie die Neuigkeit vernahm. Die Bank hat noch geöffnet, Mutter, laß uns das Geld einzahlen gehen.

Und genau das taten sie. Carolaine schlug vor, das Konto auf ihren Namen laufen zu lassen, schließlich war die Mutter Analphabetin, sie konnte nicht mit einer Magnetkarte umgehen. Es würde herrlich werden, dachte Carolaine. Vor allem nach dem Streit mit ihrem Bruder an diesem Morgen. Sie hatte ihn ein weiteres Mal um Geld gebeten, sie würde die Abtreibung machen, aber es war nicht leicht, José Luís hinters Licht zu führen. Sie stotterte ein bißchen, und das reichte schon, damit José Luís die gesamte Lage erfaßte. Du hast nicht abgetrieben, Carolaine, stimmt's? Nein, hatte sie nicht. Sie hatte CDs gekauft, zwei Paar Turnschuhe, und die ganzen Klamotten, ein paar Stoffteddys, aber davon erzählte sie ihrem Bruder nichts, sie fing an zu weinen, Zé, du weißt nicht, wie schwer es ist, eine Abtreibung zu machen, sie erklärte, daß viele Frauen dabei starben, es reicht, unterbrach José Luís sie. Du bist wirklich strohdoof. Dumm wie Bohnenstroh. Geld, Carolaine, kriegst du von mir nie wieder welches. Die Quelle ist versiegt. Sieh zu, wie du jetzt klarkommst.

Carolaine hatte ihn angefleht, aber es war nichts zu machen gewesen. Jetzt befand sie sich in dieser Lage und mußte ihren Bauch verstecken. Zumindest war sie dick, und das erleichterte die Sache. Das Fett verbarg alles, das war der Vorteil beim Übergewicht. Vielleicht fände sie noch einen Arzt, der die Abtreibung vornahm. Irgendein Schlachter war immer im Einsatz. Eventuell könnte sie einen Teil von Alziras Geld nehmen. Laß uns das Konto auf meinen Namen eröffnen, Mutter, das ist besser. Red kein dummes Zeug, Carolaine. Schlag dir das aus dem Kopf. Ich will das Konto auf meinen Namen, sagte Alzira zu dem Filialleiter.

Einen Freund? Suzana konnte an so etwas nicht einmal denken, und das antwortete sie auch, als Kelly sie mit Fragen über ihr neues Leben bombardierte. Es waren erst zwei Monate seit Zequinhas Tod vergangen, sie war sehr traurig. Wenn ich morgens die Augen aufmache, ist das erste, was ich denke, daß er nicht mehr da ist. Nicht mal zum Aufstehen habe ich Lust.

Niedergeschlagen, um viele Kilo abgemagert und Kette rauchend, erzählte Suzana, wie die beiden am Todestag ihres Mannes lange im Bett geblieben waren. Ich habe ihm den Kaffee gebracht, wir haben Zeitung gelesen, geturtelt. Schade, ich hatte keine Ahnung, daß es unser Abschied war. Kelly, du weißt nicht, was das bedeutet, mit einem Mann verheiratet zu sein, der dich meine Göttin nennt, Königin meines Daseins, Regenbogenblume, meine Kleopatra, mit einem Mann, der dich ständig lobt, der jeden Mist, den du tust, schön findet, ach, jetzt weine ich schon wieder. Das Schlimmste auf der Welt ist es, so einen Mann kennenzulernen. Danach, fuhr Suzana fort, gibt es nichts mehr, das eine Frau interessieren könnte. Absolut nichts. Alles danach ist wenig. Er war der Beste. Der Intelligenteste. Der Zärtlichste. Der Interessanteste. Der Witzigste. Der Großzügigste. Und er wußte, daß er in Gefahr war. Er hat mir erzählt, daß er ein Konto auf meinen Namen eröffnet hatte, wenn ich sterbe, hat er gesagt, dann zieh aus diesem Haus weg, geh zu unserem Anwalt, es ist alles für dich gerichtet. Und alles ist so gekommen, wie er es vorhergesehen hat. So eine Scheiße.

Ja, es stimmte, daß ein gewisser Denilson sie ständig bat, mit ihm auszugehen. Ja, er war Geschäftsführer in einem Supermarkt. Anständig. Ehrlich. Was weiß ich, ob er gut aussieht, Kelly, es ist mir schnuppe. Ich bin vertrocknet, sagte Suzana, meine ganze Liebe habe ich Zequinha gegeben, es ist vorbei, da ist nichts mehr, für niemanden, nie wieder.

Um acht Uhr abends hörten sie das Gebell der näher kommenden Hunde. Das Rudel um José Luís wurde von Mal zu Mal größer, jeder Hund, der in der Gegend auftauchte, schloß sich sogleich seiner Schar an, und überdies hatte José Luís Rottweiler gekauft, die an der Leine liefen und die Passanten erschreckten.

José Luís hatte gedacht, Suzana wolle mit ihm über Geld reden, was ihr gutes Recht war, schließlich war sie Witwe geworden. Ich habe genug Geld, erwiderte sie. Ich habe dich aus zwei Gründen herbestellt: Erstens, damit du weißt, daß ich dir nie den Tod meines Mannes verzeihen werde. Niemals. Wenn du heute wer bist, dann weil Miltão und Zequinha dir geholfen haben. Und keinem der beiden hat deine Nase gepaßt. Ich habe dich protegiert. Und du hast es mir gedankt, indem du meinen Mann umgebracht hast. Du bist genauso ein Bandit wie jeder andere, der Rauschgift verkauft, du bist ein ganz mieser Hund, mehr nicht, ein Arschloch mehr. Das zweite, was ich dir zu sagen habe: Es war nicht Fake, der dich bei Zequinha verpfiffen hat.

Marta war verwirrt, als José Luís im Morgengrauen nach Hause kam, ploc, und herumbrüllte, sie brauchte eine Weile, um zu begreifen, wovon er redete, die Nacht, als sie aus Zequinhas Haus geflohen war, erinnerst du dich, fragte er, weißt du noch, du hast mir erzählt, daß Fake da war und sich mit deinem Vater unterhalten hat? Ja, sie erinnerte sich. Ploc. Hast du Fake in der Nacht damals gesehen? fragte José Luís. Antworte, verdammt noch mal. Nein, sie hatte Fake nicht gesehen, nur seine Stimme gehört, aber er war es, sie war sich ganz sicher. Fake hat mich nicht verraten, schrie José Luís durchs ganze Haus, ruhig, Zé. Marta konnte sich vage daran erinnern, wie jemand im Büro ihres Vaters »Brother« gesagt hatte, es konnte nur Fake gewesen sein, ploc, es war Fake, sagte sie, ich kannte doch diese Art zu reden und ständig »Brother« zu sagen, er war es. Verdammt, brüllte José Luís, alle in diesem Scheißladen hier sagen »Brother«, verdammt, Marta, wie konntest du meinem besten Freund das antun?

Negaço war es, der dich verraten hat, hatte Suzana ihm Stunden zuvor in Kellys Haus erzählt, dieses Klötengesicht, das dir heute ständig Honig um den Bart schmiert, der war's, hatte

Suzana gesagt. Ich weiß nicht, ob du es weißt, aber bevor Fake starb, hatte er Negaço im Verdacht. Und ich weiß auch nicht, ob du weißt, daß Negaço ein Kumpel von Gavião ist. Oder sein Angestellter. Sieh nur, wie du in der Geschichte dastehst. Jede Nacht vor dem Einschlafen, war Suzana fortgefahren, denke ich an Fake. Ich habe gehört, daß er auf der Müllkippe gefunden wurde. Er tut mir so unendlich leid. Und wenn ich dich dann sehe, wie du mit Negaço rumläufst, wie der Kerl dich verarscht und ihr beiden dick zusammen, dann freue ich mich, ich sage, geschieht ihm ganz recht, soll er richtig auf die Fresse kriegen. Denk bloß nicht, daß ich dir das jetzt erzähle, weil ich deine Freundin bin und dich warnen will. Meinetwegen kannst du vor meinen Augen verrecken, Zé, ich schwör dir, es ist mir scheißegal. Ich will, daß du vor die Hunde gehst. Ich kenne dich nicht mehr. Wenn ich es dir erzähle, dann, damit du ein bißchen mehr leidest. Du hast ohne Grund deinen besten Freund umgebracht, und ich hoffe, daß du für den Rest deines miesen Lebens jede Minute daran denken mußt. Das war's. Ich bin fertig. Tschau.

José Luís blieb einige Sekunden allein, bevor Kelly den Raum betrat und ihn zusammengebrochen vorfand, was ist passiert? fragte Kelly. Mein Gott, steh auf, José Luís umklammerte mit Gewalt Kellys Beine, er fühlte sich so elend, steh auf, Zé. Verdammt noch mal, sagte er weinend, Kelly half ihm, sich aufs Sofa zu setzen, mein Liebster, sagte sie, komm. Und tröstete ihn, brachte ihm starken Kaffee, strich ihm liebevoll übers Haar, und so hat alles wieder von vorn angefangen, die alten Zeiten sind wiedererwacht, sollte sie sagen, nachdem sie sich auf dem Wohnzimmerteppich geliebt hatten. Doch war es nicht so gewesen, wie sie es sich ausgemalt hatte. José Luís hatte abwesend, mit geschlossenen Augen, geraucht, die ganze Zeit habe ich gewartet, sagte sie zärtlich. José Luís mußte immerzu an Fake denken. Du warst nicht schuld, sagte sie. Natürlich war ich schuld. Er würde einen Platz für Fake bauen lassen, ein Denkmal, ja, das würde er.

Warum warst du so lange weg? wollte Marta wissen, als er Stunden später das Schlafzimmer betrat. Und dann brach dieser Streit los, du hast mich verraten, brüllte er, verdammt noch mal, du hast mich dazu gezwungen, meinen besten Freund zu töten. Anfangs versuchte Marta zu verstehen, zu erklären, doch dann schrie auch sie los und beschuldigte ihn, warf Sachen an die Wand, du hast meinen Vater umgebracht, sagte sie, und jetzt nervst du mich? Du kannst mich mal.

José Luís schloß sich im Bad ein, plash, alles draußen ging zu Bruch, verdammt, von seinem Handy aus rief er Cachaça an und befahl, Negaço den Kopf abzuschneiden. Dann zog er seine Kleider aus und setzte sich unter die Dusche. Ohne Marta wäre Fake nicht tot. Verdammt. Die Schlampe.

29

Das Hundegebell sorgte für Unruhe. Achtung, Aufnahme, rief Reizinho mit einer Videokamera in den Händen, das Objektiv auf die Preisliste von Zinos Schlachterei gerichtet. Landhähnchen vorrätig, lebend oder gerupft. Leber, Sonderangebot 2,90. Hühnerherz, 3,00 das Kilo. Flügel, 2,50. Rindermagen 2,00.

Der Grill mit dampfenden Fleischspießen, der auf dem Bürgersteig vor der Wand der Schlachterei aufgebaut worden war, wurde von José Luís' nervösen Hunden umzingelt. Ja, erklärte der Rauschgifthändler aus dem Off zu dem Bild vom Rudel, das ist reines Gift. Reizinho hatte die Kamera bei einer Geschäftsverhandlung von Gavião geschenkt bekommen und vertrieb sich in den letzten Tagen die Zeit damit, die Favela zu filmen. Es war Zinos Geburtstag, und José Luís hatte beschlossen, bei dem Schlachter vorbeizuschauen, um seinem Freund zu gratulieren und »sich in Positur zu werfen«.

Er hatte phantastische Aussagen dort aufgenommen, allerdings keine einzige über den Schlachter. Für mich, hatte eine der Anwohnerinnen ein Stück Kuchen essend erklärt, den Zinos Frau den Ankömmlingen anbot, für mich ist Zé Luís ein Heiliger. Im nächsten Jahr, erklärte ein Karnevalist, werden wir abräumen, dank Reizinho. Aber der beste Kommentar kam von Onofre, der erklärte, die Geschichte vom Berimbau teile sich in zwei Phasen, vor und nach dem kleinen König. Sensationell. Vorher und nachher, so hatte er noch nie darüber nachgedacht. Er liebte Lob, Anerkennung wirkte in seinem Körper stets ganz ähnlich wie die Drogen, die er als kleiner Junge genommen hatte, sie breitete sich in Windeseile in seinem Blut aus, stieg hoch in seinen Kopf und gab ihm ein dynamisches, freudiges Gefühl. Die Lobesworte putschten ihn derartig auf, daß er sich nun häufiger mit Kelly traf, vor allem, seit er wieder alleine lebte. Er nahm Kelly oder sonst irgendein hübsches Mädchen aus der Favela mit in seine Dachwohnung, um mit ihm zu schlafen und begierig die angenehmen Dinge zu hören, die sie ihm ins Ohr flüsterten, du mutiger Mann, starker Mann, guter Mann, witziger Mann, sagte Kelly im Bett wieder und wieder.

Du übertreibst, sagte Marta, als sie hörte, daß José Luís Bilder vom Waffendepot und dem Trakt für die Drogenverpakkung aufgenommen hatte. Was soll der Quatsch, hier rumzulaufen und alles zu filmen? Wozu? Du findest dich wohl so toll, hatte Marta gesagt, so obergeil, du bist so von dir überzeugt, ploc, du kapierst nicht mal, daß diese Streifen noch in deinem Prozeß verwendet und dir den Weg auf die Ilha Grande ziemlich erleichtern werden, ploc. Geh mir nicht auf den Keks, Marta, du hast keine Ahnung. Du bist außen vor. Sie will mich bluten sehen, sagte er zu Kelly, als die beiden im Bett lagen. Marta nervt mich nur.

Die Kamera zeigte Zino hinter dem Tresen beim Austeilen von Stücken des Geburtstagskuchens an die eintreffenden Damen. Dieser Gauner dort, der lacht, Zino, fuhr Reizinho im Off fort, verdammt, dieser Schuft brät vergammeltes Fleisch und verkauft es uns. Das ist Qualitätsfleisch, versicherte Zino grinsend.

Die Filmkamera wurde auf den Schlachtertresen gestellt. Es sagt ja wohl alles, entgegnete der nun ebenfalls frontal vor der Kamera stehende José Luís in beigefarbenem Blazer, mit einer Ray-Ban-Sonnenbrille, neuen Turnschuhen und zwei Goldketten auf der Brust, es sagt ja wohl alles, daß das Fleisch, wenn es auf den Spieß kommt, olivgrün ist. Gelächter. Taufrisch, behauptete Zino. Iß, Zino, vor meinen Augen, ich will es sehen. Gelächter. Nutz die Gelegenheit, und beweise an deinem Geburtstag, daß du eine ehrliche Haut bist. Verdammt, habe ich's nicht gesagt? Er lacht, damit er nicht essen muß, dieser abgefeimte Schlachter. Die beiden umarmten einander, ich liebe diesen Mann, sagte José Luís und küßte Zino auf die Stirn.

Genau in diesem schönen Moment, als alle unbeschwert lachend Zino umringten, erhielt José Luís von drei Polizisten in Zivil, die sich dort unter die kleine, den Geburtstag des Schlachters feiernde Menschenmenge gemischt hatten, den Haftbefehl. Es war keine Zeit, zu reagieren, die Waffe zu ziehen, nichts, alles ging so schnell, so idiotisch, wie José Luís später zu Marta am Telephon sagen sollte. Beim Schlachter war ein richtiges Volksfest, viele Leute, die kamen und gingen, Kuchen aßen, alles bestens, und plötzlich, verdammt, haben sie mich verhaftet, sehr merkwürdig.

So ein Vorfall, zumal unter diesen Umständen, war nicht hinnehmbar. Zum einen, weil José Luís nicht mehr auf dem Morro do Berimbau lebte, seit die Zeitungen vor einem Monat damit begonnen hatten, ihre ersten Seiten der Analyse des Drogenhandels in Brasilien zu widmen. Reizinhos Name war zur Nummer eins auf der Liste der zur Fahndung ausgeschriebenen Rauschgifthändler geworden. Seither war er alleine in sein neues Appartement, das Dachgeschoß eines Wohnblocks der oberen Mittelschicht gegenüber vom Berimbau, umgezogen, das er auf Martas Namen gekauft hatte, und von dort aus führte er, möglichst ohne in Erscheinung zu treten, seine Geschäfte. Es gab bereits fünf Haftbefehle gegen ihn. Über Gavião hatte er erfahren, daß der Gouverneur einen weiteren Plan zum Einmarsch in die Favela genehmigt hatte. Nur wegen Sachen wie dieser, hatte Gavião dazu bemerkt, toleriere ich Bestechung. Ab und zu kommt mal eine gute Information dabei heraus. Schau mal, sagte er und wies auf die Schlagzeile des Tages, Gouverneur verspricht Ende der Polizeikorruption. Eine andere: Landesminister für Sicherheit behauptet: Der Drogenhandel ist eine Gefahr für die Demokratie. Diese hier ist die beste, hör mal, Krieg dem Rauschgifthandel. »Wir werden drakonische Maßnahmen ergreifen«, hatte der Präsident erklärt, der die Einbindung der Streitkräfte in den Kampf gegen die Drogen vorschlug. Du kannst dich auf was gefaßt machen, die Typen haben beschlossen, aufzuräumen. Jetzt wird's ernst.

Ich hatte erwartet, sagte José Luís zu Marta, als sie ihn am Sonntag endlich besuchen durfte, ich hatte erwartet, daß sie kommen würden, um ihren Anteil abzuholen. Oder eben, verdammt noch mal, daß sie wie üblich mit einem Bataillon anrücken würden, die versammelte Mannschaft, verdammt, Journalisten, im Morgengrauen, die ganze Gegend, Blitzeinsatz und weiß der Teufel was, aber so war es nicht. Ich bin morgens um elf bei Zino in der Schlachterei verhaftet worden, von drei Polizisten. Lachhaft, verdammt noch mal.

Während er im Wagen zu dem Kommissariat gebracht wurde, in dem der Einlieferungsbeschluß für das Gefängnis ausgestellt werden sollte, versuchte José Luís zu verhandeln, mehrmals erhöhte er die Summe, die er zu zahlen bereit war, um die Sache wie üblich zu erledigen. Wenn du nicht die Klappe hältst, hatte einer der Polizisten gesagt, werde ich auch noch eine versuchte Bestechung dazuschreiben. Stellen Sie sich vor, sagte er später zu seinem Anwalt, an ihr Geschwafel von wegen angeblich auf frischer Tat ertappt bin ich schon gewöhnt, das kostet mich einen Haufen Geld, aber jetzt kommen sie mir mit versuchter Bestechung, verdammt, das ist neu. Wo kommen diese Bullen her?

Die erste Woche seiner Haft verbrachte er mit der ausgiebigen Analyse jeder einzelnen Minute, die seiner Verhaftung vorangegangen war. Hallo, Lucivan. So ein schöner Morgen. Hallo, Máiquel. Seine Leibwächter hatten versichert, daß die Stimmung in der Favela gelassen war. Er spazierte in aller Ruhe mit seiner neuen Kamera umher, hallo Reginaldo, filmte die Verbesserungen, die er auf dem Berimbau vorgenommen hatte. Die neue Kinderkrippe. Hallo, Dona Zilda. Blauer Himmel, frischer Morgen. Hallo, Seu Paulo. In diesem Schuppen veranstalte ich Partys. Ich bin der Schirmherr. Bezahle. Mache und tue. Der neue Belag auf dem Sportplatz, schaut her. Hallo, Lurdivan. Hallo, Baby. Alle naselang kam jemand, um ihm die Hand zu schütteln, zu danken. Die Kinder mischten sich unter das Hunderudel, das ihn umzingelte, alle folgten ihm lärmend, die Hausfrauen lehnten sich aus dem Fenster, hallo, José Luís, um zu sehen, was los war. Dieser Kontakt zur Gemeinschaft gehörte mit zu seiner Arbeit. Von Zeit zu Zeit mußte er durchs Viertel gehen, Kleidung verteilen, Fleisch, Kekse, Spielzeug, Aufmerksamkeit, Öldosen. Ein Anführer, so hatte er gelernt, hielt sich nur mit Unterstützung der Gemeinschaft an der Macht. Deshalb war er entgegenkommend, beglich Rechnungen, schlichtete Streitigkeiten und organisierte Shows mit »hüftschwingenden Frauen zum Vergnügen der Leute«. Nein, es war keine gute Idee gewesen, sich derart zu exponieren, er hätte auf Marta hören sollen, aber, verdammt noch mal, es war unmöglich, nicht auf dem Hügel herumzulaufen, er war Dealer, verdammt, Anführer, das gehörte zu seinem Job. Außerdem hatte Zino Geburtstag. Wie hätte er es versäumen können, einem so treuen Freund wie Zino zu gratulieren? Das wäre Verrat, verdammt.

José Luís wurde von den Häftlingen mit Respekt empfangen. Er hatte mehrere Freunde in dem Trakt, er unterstützte die Familien von Agripino, Paulo Agulha und Rosbife. Und auch die von Nobre, und deshalb war seine Verlegung in eine komfortablere Zelle auch kein Problem gewesen, obwohl sie ihn eine Stange Geld gekostet hatte.

Anfangs glaubte er, Nobre könne ihm zur Flucht verhelfen. Nobre ist eine taube Nuß, er hat von nichts eine Ahnung, sagte er hinterher zu Marta. Ich habe das Geld in den Sand gesetzt. Und dieser Freund von deinem Vater, erklärte er und meinte den Anwalt, den Marta zu seiner Verteidigung engagiert hatte, der Typ macht mich rasend. Der war hier und hat davon gefaselt, daß kein Dealer länger als achtunddreißig Tage im Knast bleibt, wenn das Verfahren nicht abgeschlossen ist, als ob ich irgendwas davon hätte. Verdammt. Du solltest ihm die Lage besser erklären, Marta. Ich werde auf keinen Fall achtunddreißig Tage hier drin bleiben. Hör auf, mit diesem Ochsen Geld zu verplempern.

Das neue im Gefängnis war für José Luís Martas Haltung. Die beiden lebten nicht mehr zusammen, seit er in das Dachgeschoß gegenüber vom Berimbau gezogen war. Hör zu, Marta, hatte er damals gesagt, die Lage ist total beschissen, ich kann hier nicht bleiben, und ich kann dich auch nicht mitnehmen, besser, du wartest ab, hatte er gesagt, das ist sicherer. Marta ging nicht darauf ein, »eine Zeit vergehen lassen«, das ist doch faules Geschwätz, hatte sie geantwortet, du willst mich loswerden, um mit diesen fünfzehnjährigen Dingern zu schlafen, nicht mit mir, da hast du dich geschnitten. Es war nicht leicht gewesen, sie zu überzeugen, José Luís mußte ihr eine Aufgabe »im System« zuweisen. Jetzt, wo ich nicht mehr auf Leitor zählen kann, hatte er beharrt, mußt du meine rechte Hand sein, ich brauche deine Hilfe, Marta. Nur unter dieser Bedingung hatte sie sich darauf eingelassen, prima, ploc, ich bleibe, aber ich bin kein Jasager und auch kein Leisetreter, ich habe meine eigenen Vorstellungen und Methoden, okay? Okay, hatte er gesagt. Und denk bloß nicht, daß ich es dulde, wenn die Schlampen in unserem Dachgeschoß schlafen, betonte Marta, ich jage den Scheißladen in die Luft. Ich schneide dir den Schwanz ab und reiße dir die Nase aus.

Ich hätte ehrlich nicht gedacht, hatte José Luís irgendwann vor seinem Gefängnisaufenthalt zu Leitor gesagt, daß Verheiratetsein so ist, so ein Mist. Das schöne Klima zwischen den beiden war verschwunden, die ausschweifenden Beisammensein, die langen Liebesnächte, wenn Marta seinen Penis mit dem Lineal ausmaß, nichts mehr, verdammt, nur Streit, immer wegen blöder Sachen, Nichtigkeiten, sie redet nur über lästiges Zeugs, meckert bloß herum, warum, Leitor, warum werden aus den Frauen solche Nervensägen, wenn sie verheiratet sind? Sogar zum Vögeln ein endloses Palaver. Verdammt. Nach den Sitzungen mit der Führungsriege war Marta noch unerträglicher, du übergehst mich, sagte sie, nimmst mir meine Autorität, ploc, ich bin die Tochter von Zequinha, hast du kapiert? Schrei mich bloß nicht so an, sagte sie, als wenn ich einer von diesen zahnlosen Jammerlappen wäre, von diesen Hilfsarbeitern, die du zum Autoklauen engagierst, ich habe die Grundschule abgeschlossen, ich habe so viele graue Zellen, daß sie mir zu den Ohren rauskommen. José Luís haßte das alles, Grundschule, verdammt, sie bringt mich auf die Palme, sagte er zu Leitor. Aus all diesen Gründen hatte er sich nicht vorstellen können, daß Marta in dieser widrigen Lage so ein, wie er sich ausdrückte, prima Mädchen sein würde. Er war begeistert, als er hörte, daß sie einen Vorsteher hatte umbringen lassen, der »die Flüglein ausbreiten« wollte. Ihm gefiel, wie sie sagte »damit *sie* wissen, daß auf dem Berimbau du das Sagen hast«. Das professionelle Handeln seiner Frau überraschte José Luís nicht. In dieser Hinsicht war sie von Anfang an hervorragend gewesen. Neu war die zärtliche Art, mit der sie ihn im Gefängnis nun behandelte. Ich möchte, daß du weißt, sagte sie bei einem ihrer Besuche, trotz allem Schlechten, das passiert ist, bin ich deine Frau.

Am letzten Sonntag im November brachte Marta ihm becherweise Danoninho-Joghurt mit, Yakult, Dosen mit süßer Milchcreme, Neuigkeiten von der Familie, Briefe von Freunden und Maiskuchen, den Alzira gebacken hatte. Sie war aufgekratzt an diesem Nachmittag. Ich habe eine tolle Nachricht, sagte sie. Wußtest du, daß das Landesministerium für Sicherheit Handzettel mit deinem Photo verteilt und demjenigen, der Informationen über dich preisgibt, dreißigtausend geboten hat? Dreißigtausend? fragte der kleine König, mehr nicht? Wieviel wollten sie für Chiclete lockermachen? Was weiß ich über Chiclete, erwiderte seine Freundin. Ploc. Fakt ist, daß keiner was gekriegt hat, fuhr Marta fort, ploc, und holte ein Photo aus ihrer Tasche hervor. Das ist die gute Nachricht, sagte sie und drückte José Luís das Bild in die Hand. Zuerst erkannte er die Frau nicht, die mit von Blutergüssen entstelltem Gesicht auf der Müllkippe lag. Das ist Suzana, erklärte Marta. Sie war es, die dich verpfiffen hat. Nur der rechte Fuß war beschuht, die Zehnägel glänzend rosa lackiert, ein gelbes Kleid klebte an ihrem Körper, Suzana sagte immer, Gelb sei ihre Lieblingsfarbe, erinnerte sich José Luís und betrachtete das Photo eingehend, während Marta erzählte, wie sie Denilson ausfindig gemacht hatte, Suzanas neuen Freund, er war ein Polyp, kein Geschäftsführer von einem Supermarkt, ploc, wie sie überall rumerzählt hat, der Typ war ein Bulle, ein Klötengesicht, ploc, der einfach so, pluft, aus der Favela verschwunden ist. An dem Tag, nachdem du ins Gefängnis gekommen bist, fuhr Marta fort, bin ich an seinem Haus vorbeigegangen und habe ein Schild gesehen: »Zu vermieten«. Da bin ich mißtrauisch geworden. Ich habe mit Valdo von der Immobilienfirma gesprochen, und der hat mir erzählt, daß Denilson drei Monate im voraus bezahlt hat, hör zu, und plötzlich »mußte« er umziehen. Ein bißchen viel Zufall. Welcher Geschäftsführer von einem Supermarkt macht so was? Also habe ich mich hinter Suzana geklemmt. Volltreffer. Diese Schlampe hat mitgeholfen, dich zu schnappen. Ploc. Sie hat alles eingefädelt. Alle Informationen gegeben. Es war Denilsons Truppe, die dich gefaßt hat. Und was mich völlig irre gemacht hat, ist, daß sie nicht einen Mucks von sich gab, als sie zur Müllkippe gebracht wurde. Cachaça hatte das elende Stück Minuten vorher aus dem Bett gerissen. Ich will mich von meiner Mutter verabschieden, hat sie von Cachaça verlangt, das heißt, sie wußte, daß sie sterben würde. Als sie bei der Müllkippe ankam, habe ich alles mögliche erzählt, du hast noch eine Chance, habe ich ihr erklärt. Gib alles zu, ich kann dich sogar nach Bahia schikken, habe ich vorgeschlagen. Und das stimmte. Ich darf schließlich nicht vergessen, daß sie mit meinem Vater verheiratet war. Ich habe ihr vorgeschlagen, mir die ganze Kohle meiner Familie zurückzugeben, jeden Heller, ich würde ihr verzeihen.

Ich habe gesagt, du erzählst mir die Wahrheit, und ich lasse dich laufen, mit dem, was du auf dem Leib trägst. Sie hat mich bloß angeschaut, mit ihrem blöden Gesicht, nach dem Motto, nun-schieß-schon. Ich habe von Denilson gesprochen, und sie stumm. Nichts. Da habe ich es nicht mehr ausgehalten. Mensch, was hat mir das Spaß gemacht, ihr ein paar Ohrfeigen zu verpassen. Ich habe ihr welche runtergehauen, wunderbar. Ich dachte, ploc, schade, daß meine Schwester Priscila und meine Großmutter nicht hier sind, um sie ebenfalls zu schlagen. Schön ist es, einmal im Leben eine Suzana zu vermöbeln. Priscila wäre begeistert gewesen. Ich habe richtig zugeschlagen, schonungslos.

Bei dem Photo in seiner Hand mußte José Luís daran denken, wie Suzana mit ihm getanzt hatte, eine vage Erinnerung, die beiden wirbelten in ihrem Haus im Kreis, ein Samba ertönte aus der Musikanlage, Suzana hatte immer gut Samba getanzt. Er erinnerte sich auch daran, wie Suzana ihn eines Sonntags vor Alzira beschützt und sich zwischen sie gestellt hatte, als seine Mutter einen Gürtel ergriff, um ihm eine Tracht Prügel zu verabreichen.

José Luís überkam ein erbärmliches Gefühl, er schloß die Augen und verspürte eine Leere rings um ihn herum, Traurigkeit, Düsternis. Marta tat ihm auf einmal leid. Er war herzlos gewesen, als sie ihn gleich nach Zequinhas Tod darum gebeten hatte, Suzana gegenüber Stellung zu beziehen, verdammt, er hatte nichts unternommen, und jetzt standen sie da, sie beide, Suzana hatte ihn verraten, von Zequinha ganz zu schweigen, verdammt, er hatte Zequinha umgebracht, so viel Scheiße, dachte er, ihm war danach, zu schlafen, an nichts mehr zu denken. Darf ich dich in den Arm nehmen? fragte Marta. Die beiden umarmten einander, nicht so, wie sie es am Anfang immer getan hatten, voller Begehren, diesmal umfaßten sie sich zärtlich, müde, sehnsüchtig, du fehlst mir so, sagte Marta mit tränenerstickter Stimme, ohne dich ist alles so schrecklich. José Luís hätte sie gerne um Entschuldigung gebeten, aber er war nicht gut in solchen Sachen. Schweigend hielten sie einander im Arm, das Photo von Suzana war auf den Boden gefallen.

Da ist noch etwas, das ich dir sagen muß, erklärte Marta, bevor sie ging. Ich will nicht, daß Kelly dich weiter besuchen kommt. Ploc. Ich weiß, daß du in letzter Zeit mit ihr geschlafen hast. Es ist blöd, das zu sagen, aber ich würde mich lieber nicht mit der Dicken anlegen müssen. Mach schleunigst Schluß.

Das Gespräch mit Kelly verlief sehr traurig, als sie am selben Tag gegen Ende der Besuchszeit mit einem Orangenkuchen auftauchte, lächelnd, zuvorkommend. Du bist so komisch, sagte sie. Und dann eröffnete José Luís ihr, er wolle nicht, daß sie auf ihn warte. Es lohne sich nicht. Er sei ein verheirateter Mann, und vielleicht komme er nicht so schnell aus dem Gefängnis frei. Kelly sei jung, sie habe etwas Besseres verdient. Jemanden, der nicht »so ein Leben« führe. Alles leeres Geschwätz, erzählte Kelly später unter Tränen Carolaine. Von wegen verheiratet, der Mann lebte doch gar nicht mehr mit Marta zusammen. Lauter Ausreden, weil er mich nicht liebt. Er macht sich nichts aus mir. Carolaine, mit einer offenen Dose süßer Milchcreme in der Hand, im Fernsehen lief die Achtuhrserie, bemühte sich, Kelly zuzuhören. Die Männer sind alle gleich, sagte sie und wiederholte, was ihr Alzira ihr Leben lang eingeschärft hatte. Männer taugen nichts.

Ein kurzer, dicker Penis mit einem kleinen, aus der Öffnung schießenden Pfeil. Das nenne ich einen gelungenen Denkzettel, sagte Fuinha, als er ihm auf dem Rücken des Gefangenen den letzten Schliff gab. Der Häftling war mit Gewalt festgehalten worden, um die mit einer Nähnadel und vom Anstrich der

Kantine übriggebliebener Farbe vorgenommene Tätowierung verpaßt zu bekommen. Tadellos, sagte Fuinha. Jetzt, Freundchen, sagte er zu dem jungen Mann, der an dem Morgen eingetroffen war und über den die Wärter allen Bescheid gegeben hatten, daß er ein Kinderschänder war, jetzt weiß alle Welt, was du für einer bist. Und mach dich auf was gefaßt. Fuinha zog den Badelatschen von seinem rechten Fuß und schlug, plac, plac, kräftig auf die Tätowierung. Das ist, damit sie auch richtig hält, erklärte er José Luís.

Fuinha, ein berüchtigter Bankräuber, der die Zelle mit José Luís teilte, behauptete von sich selbst, er sei »der beste Tätowierer von Rio de Janeiro«. Ich mache Schmetterlinge, die Jungfrau Maria, Anker, chinesische Drachen, aber richtigen Spaß habe ich daran, Vergewaltigern einen Mordspimmel auf den Rücken zu verpassen. Ich hasse diese Typen. Seit ich hier bin, du kannst es nachprüfen, haben sie alle hinten einen dicken Schwanz drauf. Ich schlage Alarm, damit sie richtig schön in den Arsch gefickt werden und lernen. Ich kann dir einen Jesus Christus auf die Brust machen, wenn du willst. Ich bin doch kein Dieb, erwiderte José Luís, daß ich für Jesus die Werbetrommel rühre.

An diesem Morgen herrschte Unruhe auf dem Innenhof, wo die Gefangenen ihr Sonnenbad nahmen. Sie haben nämlich in Haus vier zwei getötet, erzählte Fuinha. Um die Zelle leer zu kriegen. Und angekündigt, daß sie diese Nacht noch mehr umlegen wollen. José Luís, mit bloßem Oberkörper, spürte die heiße Sonne auf dem Pelz, er wollte sich nicht unterhalten, zieh Leine, Fuinha, sagte er. Er schloß die Augen, dachte an das Photo von Suzana, verdammt, warum nur, zum Teufel, mußte er sich schuldig fühlen? Er hatte Suzana nicht umgebracht. Verdammt. Genau in dem Moment kam ein Wärter auf ihn zu und versuchte, mit ihm ins Gespräch zu kommen. José Luís hatte ihn noch nie dort gesehen. Mein Name ist Jonas, sagte der

Mann, Nobre hat mir von deiner Lage erzählt. Ich habe einen Plan für dich, einen sehr guten Plan, der zwar einen ordentlichen Batzen Moos kostet, aber mit dem kommst du schnellstens hier raus. Es hängt nur davon ab, ob du löhnst. Sie redeten über Zahlen, und nach einigem Hin und Her einigten sie sich auf eine Summe. Jetzt bist du fein raus, versicherte der Wärter. Wie wird es laufen? fragte José Luís. Du wirst es sehr bald erfahren. Aber vorher tu mir einen Gefallen. Halt den Schnabel. Weder Familie, noch Frau, Freund, Nutte, Omi, keiner darf was erfahren. Entweder so, oder ohne mich. Haben wir uns verstanden?

30

Bitte die Karte einführen. Tippen Sie Ihre Geheimzahl ein. Geben Sie den gewünschten Vorgang an. Carolaine war bereits daran gewöhnt, bei dem Bankautomaten in der Rua Sete de Abril, dem nächstgelegenen von der Favela Berimbau, Geld vom Konto ihrer Mutter abzuheben. Obwohl nie viele Leute warteten, war das Schlangestehen unerträglich, dauerte eine Ewigkeit. Die Benutzer, fast alle Bewohner der Favela, Chauffeure, Kindermädchen, Hausangestellte, Verkäuferinnen, konnten mit der Magnetkarte nicht umgehen und brauchten lange, ehe sie den Automaten wieder verließen. Die meisten waren eingeschüchtert von der Technik, zögerlich oder mißtrauisch, viele gingen weg, ohne Geld abgehoben zu haben, bei anderen wurde die Karte verschluckt, Carolaine hatte während der Warterei schon alles mögliche gesehen, Leute, die auf die Maschine einschlugen oder die über die Stimme erschreckten, die den Vorgang erklärte, lauter Idioten, sagte Carolaine verärgert. Dummköpfe. Für sie war alles ganz einfach. Ach, wie schön es war, ein Konto zu besitzen. Wie praktisch doch das moderne Leben war. Es bereitete ihr überhaupt keine Arbeit, sie drückte nur auf ein paar Tasten, und fertig, schon kam das Geld heraus, in Zehner- oder Fünfzigerscheinen, je nachdem, was sie benötigte. Die Freunde waren entzückt gewesen von der Party, die sie zum Geburtstag ihres Sohnes Alas auf dem Sportplatz gegeben hatte. Fünfhundert Walt-Disney-Luftballons, kleine Teller, Becher, das Tischtuch, alles von Walt Disney. Sie hatte geschwankt, als sie das Motto für das Fest im Supermarkt Mundo Novo aussuchen ging, es gab so eine große Auswahl, Herkules, Tarzan, Schneewittchen, schließlich hatte sie sich für die kleine Nixe entschieden. Sogar auf den Einladungskarten befand sich das Bild von dem hübschen blonden Mädchen mit dem Fischschwanz, wir erwarten dich auf meiner Party. Am besten hatten Carolaine die Animateurinnen in Minirock und Schaftstiefeln und mit einem Mikrophon in der Hand gefallen, los, Leute, wer will ein Geschenk? Hier gewinnt nur, wer mitmacht. Wir veranstalten jetzt ein Wettspiel, *Rebolê rebolá,* Kinder, alle wiegen sich in den Hüften, der Gewinner bekommt diese Tischtennisschläger. Den Fußball hier. Diese Packung Kaugummi. Herrlich! Was für ein Fest! Begeistert ahmten die Kinder die berühmten Stars nach und wiegten sich zur Musik. Es war wie bei einer echten Kindersendung im Fernsehen, einer von denen mit Publikum, wie Carolaine sie liebte. Der ganze Elendshügel war da. Die Leute kamen und sagten: Carolaine, so ein schönes Fest, du hast bestimmt eine Mordsarbeit damit gehabt. Was für eine Arbeit kann schon jemand haben, der eine Magnetkarte besitzt? Sie hatte nichts gemacht, gar nichts, außer mehrfach Geld von Alziras Konto abzuheben. Sie liebte diese Karte. Fernseher, Auto, Radio, Motorrad, Mikrowelle, Kühlschrank, Waschmaschine, es gab nichts Schöneres als eine simple Magnetkarte. Sie hatte sie immer in ihrer Tasche, immer zur Hand. Es war nicht leicht gewesen, die Mutter dazu zu überreden, sie benutzen zu dürfen.

Anfangs hatte Alzira darauf Wert gelegt, persönlich in der Filiale in Leblon Geld abzuheben. Sie zog die »Bankfiliale«, wie sie es ausdrückte, dem Geldautomaten vor. Mir wird ganz schwindelig in dieser »Gabine«, erklärte das ehemalige Dienstmädchen. Alzira nutzte das Schlangestehen, um »Freundschaften zu schließen«, unterhielt sich mit Rentnern und Laufburschen, zeigte ihnen ihre Enkel auf Photos, die sie in der Handtasche trug, und wenn Zeit dazu war, schilderte sie das Drama ihrer Beinwunde, deren Größe sich, seit sie nicht mehr arbeitete, verdoppelt hatte. Bloß über José Luís sprach sie nicht, denn sie schämte sich dafür, daß ihr Sohn im Gefängnis saß. Nur ein Mädchen, antwortete sie, wenn sie nach ihren Kindern gefragt wurde.

Jedenfalls hatte Alzira ihr ganzes Leben gearbeitet, und nun, wo sie Zeit hatte, kamen ihr selbst die banalsten Dinge, wie zur Bank zu gehen oder die Stromrechnung zu bezahlen, kurzweilig und neu vor. Es war wunderbar, auszugehen, ohne Eile zu schlendern, in der Schlange zu plaudern, die in den Läden ausgestellten Waren zu betrachten, Stiefel, Spielzeug, die Straßenhändler, alles war vergnüglich. Manchmal hörte sie auf ihren Spaziergängen, oder wenn sie zu Hause auf dem Sofa saß und häkelte, im Kopf die Stimme Dona Julianas, die ihren Namen rief. Sie erinnerte sich noch genau an die Hektik, in die diese Stimme sie versetzt hatte, Alzira, wo ist mein pastellrosa Seidenkleid? Trotz alledem, sie mochte Dona Juliana. Die arme Dona Juliana. Immerzu wollte sie abnehmen. Sie brachte sich um vor lauter Gymnastik bei Seu Fernando, und dabei sah sie immer gleich aus. Habe ich abgenommen, Alzira? Findest du, daß ich dünner geworden bin? Unangenehm wurde es, wenn Dona Juliana den Teufel hereinließ, ja, diese schlechte Laune war der Teufel, die Frau knurrte sogar im Haus herum, ein Orkan, sie brüllte, knallte die Türen, heulte im Bad, arme Dona Juliana. Unglückliche Sünderin. Alzira erinnerte sich nur nicht gerne an die Male, wo die Freundinnen der Gnädigen im Wohnzimmer zusammengesessen und sich über die Geschichten amüsiert hatten, die diese über Alzira erzählte, immer mit leiser Stimme, aber trotzdem in der Küche deutlich vernehmbar. Was Schlimmeres hab ich noch nicht erlebt, sagte ihre frühere Gnädige. Das ist zum Verrücktwerden. Sie ist die dümmste Person, die ich in meinem Leben kennengelernt habe. Vor ein paar Tagen komme ich nach Hause, da sagt sie zu mir: Dr. Rodrigo hat darum gebeten, daß Sie ihn unbedingt oder bedingt anrufen sollen. Warum sagte sie nur so was, die Dona Juliana? Ja, der Teufel. Der Pastor hatte erklärt, es sei der Teufel, der das Verhalten der Menschen verändere, der Teufel fahre den Menschen in den Kopf, ins Blut, und bewirke die Veränderungen. Alzira wußte alles über den Teufel. Sie dachte gerne daran, daß sie alles zu ertragen imstande gewesen war, die Beleidigungen und Beschimpfungen des Höllenhundes, denn am Ende war die Belohnung gekommen, Gott hatte gesiegt, und nun besaß sie ein Bankkonto mit einer Magnetkarte, sie konnte sechsunddreißig Monate lang leben, ohne arbeiten zu müssen, und konnte sich ganz um ihre Gesundheit kümmern. Ja, die Wunde pochte und eiterte, aber das war nichts verglichen mit dem Schmerz, den sie darüber empfand, daß José Luís im Gefängnis saß. Der Satan hatte sich auch ihres Sohnes bemächtigt. Ist das Essen hier gut? hatte sie gefragt, als sie ihn besucht hatte. Sehr gut, hatte José Luís geantwortet. Sie saßen wortlos da, Alzira schwitzend in einem engen Polyesterkleid, José Luís unrasiert, sie beide hatten sich nichts zu sagen. So was Trauriges, den Sohn an den Beelzebub zu verlieren. Nach dem Besuch im Gefängnis hatte sich die Wunde dann »endgültig verschlimmert«. Innerhalb einer Woche hatte sich ihre Größe verdoppelt, und der Knöchel war derart angeschwollen, daß die Fußknochen nicht mehr zu sehen waren, alles war ein einziger Klumpen mit der immer weiter wachsenden Wunde. Von heute an, hatte Carolaine verkündet, gehst du nicht mehr aus dem Haus. Bis sich die Wunde gebessert hat, kümmere ich mich um die Finanzen, gib mir die Karte. Schließlich hatte Alzira nachgegeben, und Carolaine verfügte nun nach ihrem Gutdünken über das Geld. Die Auszüge kamen mit der Post, aber Carolaine zerriß sie ungelesen. Sie waren zu kompliziert, diese Auszüge. Und außerdem konnte Alzira sowieso nicht lesen, wozu also sollte sie die Auszüge sehen wollen? Die Karte hatte Carolaine viele Freuden gebracht, und die größte war gewesen, nicht mehr von Marta abhängig zu sein. Nein, lautete die Antwort, die sie stets von Marta zu hören bekam, wenn sie sie um Geld bat. Nein, nein und nochmals nein. Marta bezahlte alle Ausgaben im Haushalt, Supermarkt, Schlachter, Apotheke, tut mir schrecklich leid, Carolaine, aber Zé will nicht, daß ich dir Bargeld gebe, antwortete sie. Und dann war da dieser ekelhafte Tag gewesen, komm her, Carolaine, du mußt wieder auf dem Teppich landen, meine Liebe. Zurück in die Wirklichkeit. Du sagst, du willst Klamotten kaufen? Spielzeug? Das Haar glätten lassen? Sachen für das Baby, das kommt? Sehr einfach. Geh arbeiten. Such dir einen Job. Wenn du willst, arbeite bei mir, ich brauche tatsächlich eine Sekretärin. Arbeiten, dachte Carolaine empört. Im siebten Monat? Sie haßte Marta. Rannte rum, als ob sie die Herrin vom Hügel wäre. Befahl und kommandierte, und was hatte sie bitte schön mit Leitor gemacht? Onofre hatte es ihr erzählt. Räum das da weg, sollte Marta eines Morgens beim Anblick von Leitor in der Verpackungsabteilung gesagt haben. Ich will nicht, daß er hierbleibt und meine Gespräche mit anhört. Aber José Luís hat darum gebeten, daß Leitor jeden Morgen hierhergebracht werden soll, hatte Onofre erwidert. Wir sind kein Behindertenheim, hatte Marta geantwortet. Onofre hatte noch andere Dinge erzählt. Diese Landlose war mir schon immer suspekt, hatte Onofre gesagt. Zu dünne Frauen machen mich mißtrauisch, sagte er. Wie konnte Reizinho bloß Kelly gegen diese Marta eintauschen? Kelly war so viel netter, kameradschaftlicher, Kelly hätte ihr niemals das Geld verweigert. Aber man würde schon noch sehen. In den Fernsehserien wurden die Heuchlerinnen immer überführt. Wie Isadora mit ihrem Engelsgesicht. Wie Laura, die nun Pedro um Verzeihung bat. Wie Eneida mit ihrer Geschichte von dem kaputten Auto. Lauter falsche Schlangen, die die Männer an der Nase herumführten. Alle würden sie noch vor der letzten Folge entlarvt werden. Warum sollte es im wirklichen Leben anders zugehen? Marta würde ebenfalls bald durchschaut werden. Was für ein Glück, daß sie ihr nicht mehr ausgeliefert war, sie war unabhängig, dank Alziras Karte. Wenn Carolaine mit ihren Freundinnen tanzen gehen wollte, mußte sie bloß beim Bankautomaten vorbeischauen, und schon war alles erledigt. Ach, wie einfach das Leben doch sein konnte!

Die Zelle war leer, als Onofre eintrat, Leitor vor sich herschiebend. Es ist wirklich beeindruckend, bemerkte Onofre, wie leicht in diesem Land Polizisten zu schmieren sind. Ich kann mir vorstellen, daß diese Typen dich einen Haufen Geld gekostet haben. Ich mußte nur deinen Namen nennen, und schon bin ich ohne jede Durchsuchung und ohne eine einzige Frage beantworten zu müssen bis hierher durchgekommen. Und? fragte José Luís erwartungsvoll. Alles in Ordnung, antwortete Onofre. Hilf mir mal, Leitor irgendwo hinzupacken, sagte der Wirt. Leitor wurde aus dem Rollstuhl gehievt und in die untere

Koje gelegt, in der José Luís schlief. Anschließend preßte Onofre die Seiten des Rollstuhls auseinander und entfernte den ledernen Sitz. In dem zutage tretenden Hohlraum lagen mehrere in Supermarkttüten verpackte Bündel Hunderterscheine. Was sagst du dazu? fragte Onofre freudestrahlend. Weißt du, diese Blinzelmethode, die du dir für Leitor ausgedacht hast, taugt nichts. Ich habe was viel Besseres erfunden. Unsere Verständigung ist jetzt ganz einfach. Wenn Leitor einmal blinzelt, bedeutet das *a*. Zweimal ist *b* und so fort. Das Blinzelalphabet, sagte er lachend. Das Problem ist nur, daß es ewig dauert. Jetzt hör dir das mal an: Weißt du, wo Leitor sein Geld aufbewahrt? In der Matratze. Sogar die Portugiesen haben ein Konto bei der Bank, erklär ihm das, Reizinho. Der Typ hat mir immerzu Nachhilfe in moderner Welt, Computer und was weiß ich gegeben, und dann bewahrt er sein Geld in der Matratze auf? Also wirklich.

Die Idee, Leitor um Hilfe beim Aufbringen des Geldes für den Ausbruch zu bitten, war zwei Wochen zuvor geboren worden. José Luís hatte überlegt, mit Marta zu reden, doch sein Fluchthelfer Jonas hatte ihm geraten, seine Frau möglichst nicht einzuweihen. Das Problem bei den Frauen ist, hatte Jonas gesagt, daß sie reden, sie können den Mund nicht halten. Und das hat nichts mit Gemeinheit zu tun. Die Frauen sind einfach so. Geborene Schnattertanten. Heute erzählst du ihnen was, und morgen weiß es der ganze Berimbau. Das könnte unseren gesamten Plan über den Haufen werfen, weißt du, wir gehen lieber kein Risiko ein. Aus diesem Grund hatte José Luís bei Onofre in der Bar angerufen und darum gebeten, am Sonntag Leitor zu ihm zu bringen. Der Typ hat sich gefreut wie ein Kind, als ich ihm von deinem Anruf erzählt habe, hatte Onofre bemerkt. Miteinander alleine, war José Luís gleich zur Sache gekommen. Hör gut zu und antworte mir, Leitor: Hast du noch das Geld? Leitor blinzelte bejahend. Großartig. Jetzt hör zu: Ich brauche zehntausend, besorgst du mir die? Leitor blinzelte abermals. Wunderbar, verdammt. Prima. Noch was: Können wir Onofre trauen? Leitor schloß und öffnete langsam die Augen. Was soll das heißen, verdammt? fragte José Luís, ja oder nein? Ja, blinzelte Leitor. Ja. Sehr gut.

Nun war das Geld da, parat, dank seinen Freunden Onofre und Leitor, die sensationell gewesen waren, verdammt. Ich werde jeden Centavo zurückzahlen, versicherte José Luís.

In den folgenden Tagen, nachdem er das Geld an Jonas weitergegeben hatte, konnte José Luís nichts anderes tun, als an seine Flucht zu denken. Er hatte spektakuläre Geschichten über Gefängnisausbrüche gehört. Flucht durch in jahrelanger Arbeit gegrabene Tunnel, Flucht in gestohlenen Hubschraubern, von Piloten, die ihr Geld mit Panoramaflügen für Touristen verdienten, Flucht in Ruderbooten, in Krankenwagen oder Lieferautos von der Wäscherei. Doch keine war José Luís' Ansicht nach besser als die, bei der der Häftling in aller Seelenruhe durch die Vordertür hinausspazierte. Entkommen, indem man ganz gemütlich, frei, auf dem Bürgersteig davonging. Eine feine Sache, verdammt noch mal. Das erste, was ich machen möchte, wenn ich hier rauskomme, ist dich vögeln, hatte er zu Marta bei ihrem letzten Besuch gesagt. Du Tier, ploc. Den ganzen Tag lang bumsen, bis mein Schwanz total wund ist, hatte José Luís gesagt. Ploc, wirklich? Dann solltest du mir ein Kind machen, ich möchte ein Kind, ich bin in dieser Phase, ploc, wo ich bloß einen Kinderwagen zu sehen brauche, und schon bin ich ganz hin und weg. Willst du? hatte sie gefragt. Ich will alles. Gammeln. Fernsehen bis zum Morgengrauen. Mit Onofre quatschen. An den Strand fahren. Nichts tun. Bei meiner Oma Feijoada essen. Und außerdem auf unsere Veranda rausgehen und pinkeln und in den Himmel schauen, hatte er gesagt und sich dabei an Fake erinnert. So was Bescheuertes, hatte Marta lachend geantwortet. Fake, hatte José Luís gesagt und war dann verstummt und hatte die Geschichte doch nicht zu Ende erzählt. Was ist mit Fake? hatte Marta gefragt. Nichts. Red schon, ploc, ich will es wissen. Fake hat gerne unter freiem Himmel gepinkelt, hatte José Luís schon in weniger enthusiastischem Ton erklärt. Ploc, na so was. Sie saßen eine Weile stumm da, Hand in Hand.

Manchmal konnte José Luís an nichts anderes als an Fake denken. Er erinnerte sich an die Zeit, als sie unzertrennliche Freunde waren, sie rauchten Haschisch und bekamen Lachanfälle, hörten Musik, verdammt, so eine Scheiße. Der Gedanke an Fake, wie er auf der Müllkippe kniete, bekümmerte ihn zutiefst. Wehe, du gehst in die Knie, ich jag dir das Hirn in die Luft, hier auf der Stelle, Alter. Steh auf und renn. Fake, der flehte, Brother, tu das nicht, ich bin sauber, Alter. Fake, der rannte, stolperte, puf, puf, und tot umfiel. Er konnte kein Auge mehr zutun, die Gedanken stürmten auf ihn ein, und anders, als er klein gewesen war und imstande, sich in der Phantasie stundenlang wunderbare Dinge auszumalen, Ausflüge mit dem Vater in moderne Imbißstuben, pfeilschnelle Autos, baden im Meer, hatte er nun im Gefängnis eine enorme Fähigkeit entwikkelt, sich schreckliche Sachen vorzustellen. Fake, der tot niedersank. Der Fluchthubschrauber, der in der Luft explodierte. Polizisten, die in sein Haus eindrangen und ihn erneut festnahmen. Schüsse in den Rücken. Augenblicklicher Tod. Feuer und alles aus und vorbei. Unaufhörlich mußte er an furchtbare Dinge denken, außer er beschäftigte sich mit irgend etwas, unterhielt sich mit seinen Zellennachbarn, redete laut, erzählte Geschichten, spielte Fußball, doch von alledem wurde er völlig erschöpft, überdrüssig. Ich halte es nicht mehr aus, hatte er zu Jonas gesagt. Ich will raus aus diesem Scheißloch, und zwar schnell.

Am Mittwoch wurden die Gefangenen früher zum Sonnenbaden hinausgeschickt, wegen der Hitze der vorangegangenen Tage. Es gab keinerlei Schatten, und die Häftlinge legten sich T-Shirts oder sogar Shorts auf den Kopf, um sich vor der Dezembersonne zu schützen. José Luís war halb eingedöst, als zwei Polizeibeamte kamen, um ihn zu einer Aussage im vierzehnten Revier abzuholen, wo das polizeiliche Ermittlungsverfahren eingeleitet worden war. Es war das erste Mal, daß er die Haftanstalt verließ. Ich weiß von nichts, verdammt noch mal, ich will meinem Anwalt Bescheid geben, verlangte er. Am Ausgang erlaubten sie ihm zu telephonieren.

Sieht so aus, erklärte ihm sein Anwalt, als sie sich im Flur vom Revier unterwegs zum Büro des Kommissars trafen, sieht so aus, als gäbe es eine weitere Anzeige gegen Sie, Ihnen wird der Tod von Miltão zur Last gelegt. Ich weiß nicht, was dieser Kommissar will, vielleicht leitet er noch ein Ermittlungsverfahren ein. Möglich auch, daß er die neue Anzeige in das schon bestehende mit aufnimmt. Sortieren Sie mal Ihr Hemd, sagte er, als sie den Raum betraten, in dem der Schriftführer und der Kommissar warteten, um die Aussage des Rauschgifthändlers zu Protokoll zu nehmen. Sie können sich setzen, sagte der Kommissar und wies auf den Stuhl ihm gegenüber. Und in dem Moment passierte es. Nicht einmal José Luís hatte erwartet, daß es so einfach gehen würde. Verdammt. Er überlegte noch, was er sagen sollte, als vier mit Maschinenpistolen bewaffnete Männer in das Büro drangen, die Polizisten bedrohten und die Befreiung ankündigten. Anschließend besetzten weitere fünf Männer den Raum und entwaffneten die Beamten. Alle wurden in die Toilette gebracht und mit Handschellen gefesselt.

Reizinho ging im Schutz der Gruppe durch die Vordertür hinaus. Er stieg in ein Taxi, alleine, und verschwand im Verkehr.

31

Du kriegst hier erstklassige Ware. Leicht und sogar resistent gegen Maschinengewehrfeuer, erklärte der ehemalige Militärpolizist, der den Kofferraum seines metallicblauen Monza geöffnet hatte, um Marta die kugelsicheren Westen zu zeigen, die extra aus Miami gekommen waren. Aber ich verkaufe sie nur im ganzen, entweder du nimmst alle, oder die Sache ist gegessen. Marta probierte die Ausrüstung an, die für ihren kleinen Körper zu groß war. Die Mode hier ist eine andere, Dona. Die Mode ist, nicht zu sterben, kapiert? Einheitsgröße. Und wir haben sie auch nur in schwarz. Marta gefiel die Bemerkung nicht. Ploc. Sie hatte sie satt, die Witzeleien nach dem Motto du-verstehst-nichts-davon-weil-du-eine-Frau-bist. Ploc. Wenn sie über Drogen oder Waffen verhandelte, wenn sie sich mit den Männern oder Anführern anderer Elendshügel traf, war immer jemand dazu aufgelegt, an ihr herumzukritisieren, weil sie eine Frau war. Hab noch nie so ein hübsches Mädchen gesehen, hatte einer der Dealer zu ihr gesagt, das mit einem israelischen Karabiner rumläuft. Ploc. Idiot. Wegen dieser Art Vorurteile hatte sie ihr Äußeres und ihre Haltung völlig verändert. Sie kleidete sich jetzt wie ein Mann, Militärhosen, Turnschuhe, weite T-Shirts, sehr kurz geschnittenes Haar und Kappe. Sie bemühte sich, wie ein Mann zu reden, wie ein Mann zu gehen, ich bin ein fairer Typ, sagte sie bei den Verhandlungen. Sie verkehrte mit »dieser Bagage«, indem sie sie Auge in Auge, stahlhart, drohend anblickte, genau wie ihr Vater. Zequinha war diesen abgerissenen Gestalten, ploc, die bei ihnen im Haus auftauchten, haushoch überlegen gewesen. Er behandelte sie voller Verachtung. Man muß den Kerlen zeigen, wo sie hingehören, sagte Zequinha. Den Zwergen. Dem Fußvolk. Auch Marta fühlte sich diesen »Oberignoranten« überlegen. Ein Haufen Gesindel, sagte sie zu Priscila, was anderes ist das nicht. Wo immer sie hereinkam, war sie die beste. Um Längen besser als jeder Anführer, den sie kennengelernt hatte. Sogar besser als José Luís, tausendmal besser. Ploc. Als sie wegen José Luís' Verhaftung gezwungen war, die Geschäfte zu übernehmen, hatte sie eine totale Organisationslosigkeit im Rauschgifthandel vorgefunden. An Geldverschwendung und Blödheit herrschte dagegen kein Mangel. Ploc. Zeig mir diese andere Weste dort, verlangte sie. Ploc.

Am meisten empörte sie festzustellen, wie sehr die Leute sich ihr gegenüber verändert hatten. Zu der Zeit, als sie nichts war außer José Luís' Frau, war alles ganz anders gewesen, einfach, leicht, alle Welt umschmeichelte sie, ploc, und jetzt, wo sie die Herrin des Hügels war, ploc, mächtig, da spürte sie, daß die Leute sie nicht mochten. Sie kritisierten sie. Ploc. Der Drogenhandel besteht aus lauter Analphabeten, lauter Strohköpfen, sagte sie zu ihrer Schwester Priscila. Und das Problem ist, daß sie von einer Frau keine Befehle entgegennehmen. Die sind an Frauen nur in zwei Situationen gewöhnt: in der Küche und im Bett. Und dann komme ich, ploc, hab was auf dem Kasten, bin klug, und sie verstehen nur Bahnhof. Kommen aus dem Konzept. Ja, ploc, vielleicht war sie mit den drei »kleinen Flittchen« von José Luís zu ruppig verfahren. Aber sie war völlig außer sich geraten, als sie entdeckt hatte, daß José Luís jeder der drei halbwüchsigen »Parasiten« Wohnung und Essen bezahlte. Sie hatte einen anonymen Brief erhalten, in dem die »ganze Sauerei« aufgedeckt worden war. Marta warf die Mädchen hinaus und schor den dreien den Kopf kahl, bevor sie sie vom Hügel jagte. Drei Tage lang war auf dem Berimbau von nichts anderem die Rede. Aber was hätte sie denn ihrer Meinung nach tun sollen? Die Sache hinnehmen? Welcher duldsame Chef wird geachtet? Nein. Sie hatte richtig gehandelt. Sie bereute nur, die dunkelhäutigste von ihnen nicht verprügelt zu haben, die, die gesagt hatte: Du bist nicht die süße Schnecke, für die du dich hältst. Verdammte Nuttenausgeburt. Komm du wieder, hatte sie gedroht, dann mach ich dir Feuer in deiner Stahlwollmöse. Ganz zu schweigen von Kelly, dieser unterbelichteten Tussi. Alle in der Favela mochten Kelly lieber als Marta. Kelly tat ihnen unendlich leid. Immer ein unglückliches Gesicht, die Dicke. Ploc. Arme Kelly, sagten sie. Marta haßte diesen Ort, wahrhaftig. Ploc.

Und, Mädchen, nimmst du sie nun oder nicht? fragte der ehemalige Militärpolizist und meinte die Westen. Ploc, ich überlege noch, antwortete Marta gereizt. Sie hätte auf den Morro dos Marrecos umziehen und von dort, vom väterlichen Anwesen aus, die Geschäfte befehligen sollen. Statt dessen hatte sie die »Blödheit« begangen, ihre Schwester Priscila und ihre Großmutter zu sich zu holen, um bei ihr auf dem Berimbau zu leben. Ploc. Sie würde es nicht ertragen, im Haus ihres Vaters zu wohnen, überall seine Sachen zu sehen, das wäre zu traurig. Ploc. Sie mögen mich nicht, beklagte sie sich ständig bei Priscila. Was ist nun, Dona? Das ist hier wie bei McDonald's, es muß blitzschnell gehen, drängte der Waffenhändler. Ploc, der Idiot. Irgendwann müßte sie mal einen von diesen Typen abknallen, ploc, vor aller Augen. Pack den Kram in mein Auto, bat sie Cachaça. Was kostet das alles zusammen?

Als sie auf der Avenida Brasil fuhren, Cachaça hinterm Steuer, bat Marta ihn, bei der ersten Tankstelle abzufahren. Sie rief die Auskunft an, geben Sie mir bitte die Nummer vom Anzeigen-Notruf. Anschließend wählte sie und zeigte den Waffenhändler an.

Damit er lernt, Frauen anständig zu behandeln, sagte sie zu Cachaça, als sie wieder in den Wagen stieg. Bescheuerter Typ.

Martas Wagen fuhr die steilen Gassen vom Morro do Berimbau hoch, langsam, der Fußgänger wegen. Lange, bevor sie zu Hause eintraf, noch ehe sie José Luís' Hunde »freudig bellend« vor der Küchentür sah, ahnte sie den Grund so großer Aufregung.

José Luís stand unter der Dusche, als Marta das Bad betrat. Zieh dich aus und komm her, sagte er.

Diese Feijoada, erklärte Onofre und spießte Brocken von Trokkenfleisch, Räucherwurst und Speck aus der Tiefe der schwarzen Bohnen, diese Feijoada ist original, ich selbst habe sie gekocht. Und Leitor hat mir geholfen, nicht wahr, Leitor? Leitor stieß einen eigentümlichen Laut aus, diese Art Wiehern, erklärte Onofre, bedeutet Lachen, er lacht jetzt so. Apfelsinen, Kohl, Reis, geröstetes Maniokmehl mit Ei, alles hier ist erste Güteklasse. Onofre war hoch zufrieden, eine »derartige Sause« an nur einem Nachmittag vorbereitet zu haben. Mehrere Tische waren auf dem Sportplatz aufgestellt worden, zu dem alle Anwohner kamen, um den frisch aus dem Gefängnis entkommenen Anführer zu begrüßen, der glücklich mit Marta an der Hand unter den Gästen umherlief. Ângelo, der Pastor, war von allen am aufgekratztesten. Weil unsere Kirche jetzt Shows machen muß, sogar die Katholen wissen das schon. Die neue Mystik ist aktiv, sagte er. Verdammt, wovon redet der da? fragte José Luís lachend in Martas Ohr. Shows, fuhr der Pastor fort, ganz einfach, die Gottesdienste müssen heutzutage wie eine Show, wie eine Vorstellung, aufgebaut sein. Dieser neue Pfarrer, der jetzt überall so erfolgreich ist, hat mich nur in meiner Theorie bestätigt, daß die Gläubigen heute eine andere, sinnlichere Art von Liturgie wollen. Wir müssen unsere Sambamusik in den

Gottesdienst einbauen. Den Rap. Den Pagode. Bevor die anderen anfangen, auf lateinisch zu rappen. Was willst du, Geld? fragte José Luís. Nein, nein, es geht nicht um Geld, aber wir müssen unsere Aktivitäten populärer machen. Natürlich brauchen wir dazu Geld. Eine beträchtliche Summe. Ich hatte daran gedacht, eine CD aufzunehmen mit dem Lobgesang »Jesus' Rap«. Hast du ihn schon gehört? Die Kinder hier singen nur diesen Rap. José Luís konnte diese Art von Leuten nicht ausstehen, die auf Partys unbedingt ernsthafte Gespräche führen wollten. Auf Partys soll man lachen, verdammt. Trinken. Essen. Verdammt. Sich amüsieren. Los, Marta, laß uns die Feijoada probieren. Die Truppe von der Schule will dir den Samba mit ihrem Motto vorführen, sagte Cândida und zog ihren Enkel von Marta fort. Marta versuchte, mit ihnen Schritt zu halten, wurde jedoch zurückgehalten von der Reihe der Kostümbildner, Dekorateure, Sambatänzer, Trommler und etlicher anderer »Arschkriecher, die bloß hier sind, um bei José Luís Geld abzuzocken«. Plötzlich stand sie allein mitten auf dem Sportplatz, niemand, weder die Vorsteher noch die Verpacker noch die Knirpse schenkten ihr Beachtung, niemand benahm sich ihr gegenüber, wie es der Anführerin des Elendshügels gebührte, jawohl, der Anführerin, noch war sie das, ploc, der Umstand, daß José Luís zurück war, bedeutete gar nichts. Sie würde weiterhin die Anführerin bleiben, und zwar mit Fug und Recht, schließlich hatte Zequinha eine große Anzahl von Verkaufsstellen besessen, die heute José Luís leitete. Sie würde das mit José Luís klären müssen. Geld. Wer würde sich um was kümmern? Idioten. Ploc. Gebiete aufteilen. Sie gingen an Marta vorbei, als wäre sie eine von diesen kleinen Nutten, die die Dealer vernaschen, hallo, sagten sie dürr und rannten gleich zu José Luís, um ihm um den Bart zu gehen, ploc, endlich bist du wieder da, Mensch, Alter, prima, sagten sie wieder und wieder, jetzt, ja jetzt geht es aufwärts mit dem Berimbau. *Wer ist er? Ale-Ale-Aleijadinho, der König der Mulattenkunst / Ale-Ale-Aleijadinho, Sohn von der Sklavin Isabel / und Antônio Francisco Lisboa / dein Brasilien von Kunst und Gold / Brasilien, makelloses Juwel* sangen die Sambamusiker. Marta fühlte sich fehl am Platz inmitten dieser Leute, ihr Rücken schmerzte, José Luís und sie hatten es unter der Dusche miteinander getrieben, José Luís hatte sie heftig gegen die Wand gedrückt, und sie hatte sich am Wasserhahn weh getan. Sie ärgerte sich, als sie daran dachte, daß er sie verletzt hatte. Ja, und es schmerzte gehörig. Ploc. Sie dachte an das Unbehagen zurück, das entstanden war, als sie alle in der Küche gesessen hatten, Marta, José Luís, ihre Großmutter Noemi und Priscila, verdammt noch mal, ich finde es großartig, hatte José Luís gesagt, daß deine Familie hier wohnt. Priscila, fühl dich ganz wie zu Hause, hatte er mehrfach wiederholt. Verdammt, das fehlte gerade noch, daß ich, dein Mann, es nicht gut fände, wenn du deine Großmutter und deine Schwester herholst, um bei uns zu wohnen. Ich wäre blöd, wenn ich nicht damit einverstanden wäre. Du hättest es mir nur vorher sagen sollen, verdammt noch mal. Dreimal hintereinander hatte José Luís den Namen ihrer Großmutter verwechselt, Dona Eva, hatte er gesagt. Ema. Erci. Noemi, hatte Marta wütend verbessert. *Ale-Ale-Aleijadinho.* Bescheuerter Kerl, ploc. Ich liebe Dona Noemi, verdammt, ich finde es prima, meine ganze Familie bei mir wohnen zu haben, hatte er gesagt. Vielleicht sollte ich überhaupt meinen Vater herholen, was meint ihr? Noemi und Priscila saßen schweigend da und fanden alsbald einen Vorwand, um sich vom Tisch zu erheben. Marta fühlte sich höchst unwohl, lange Zeit waren ihre Gefühle sehr wirr gewesen, doch nun, dort auf dem Fest, war ihr alles völlig klar geworden. Sie war wütend auf José Luís. Ich werde diesem Schuft nie verzeihen, hatte Priscila verkündet, daß er unseren Vater umgebracht hat.

Du sagst, daß er dies ist und jenes, daß er keine Schuld hat, das mag sogar stimmen, aber wenn ich in sein Gesicht schaue, dann sehe ich bloß einen Mörder, sagte Priscila. Du hast uns nicht gesagt, daß er hierher zurückkommen würde, bemerkte die Großmutter. Sie hatten völlig recht, die beiden. Und warum hatte sie so lange gebraucht, um das zu begreifen? Die ganze Zeit hatte sie sich bemüht zu glauben, daß sie José Luís liebte, und vielleicht tat sie das auch noch, ja, sie liebte ihn, es war gut, sich mit ihm ins Bett zu legen, aber Priscila hatte ganz und gar recht. Mörder. Weiberheld, der drei Mulattinnen aushielt. Ja, sie liebte ihn, doch da war immer dieser Haß. Der Idiot. Denkt, er sei sonst wer, ploc. Selbst die Art, wie er Samba tanzte, machte sie rasend. Im übrigen hätte José Luís sich ruhig bei Marta für ihren Einsatz erkenntlich zeigen können, aber nein, er war da und tanzte Samba. Seit wann hatte es keinen einzigen Einmarsch mehr in die Favela gegeben? Und warum? Weil sie, Marta, eine andere Politik gegenüber der Polizei betrieb, eine Politik, bei der für die Korrupten richtig Geld ausgegeben wurde. Jawohl, denn was José Luís anfangs gemacht hatte, irgendwelchen Flaschen ein bißchen Kleingeld zuzustecken, hatte keinerlei Wirkung gezeitigt. Marta hatte eine Menge Geld investiert, hatte die richtigen Leute gekauft, nämlich Kommissare, Chefs, keine »kleinen Bullen, die ihr Gehalt aufbessern wollen«. Und auch wenn José Luís noch nichts von den Neuigkeiten wußte (auch nicht, daß seine Gewinne sich verdoppelt hatten, seit sie das Geschäft übernommen hatte), sollte er ihr dankbar sein. Und zwar sehr dankbar. Aber nein. Seit er zurück war, hatte er nicht einmal danke gesagt. *Ale-Ale-Aleijadinho.* Marta war froh, gewisse Dinge geregelt zu haben. *Der König der Mulattenkunst.* Sie hatte ein Konto auf ihren Namen eröffnet und José Luís nichts davon erzählt. *Ale-Ale-Aleijadinho.* Und sie hatte auch zwei Grundstücke auf ihren Namen erworben. *Sohn von Sklavin Isabel.* Und nichts gesagt. Sie hatte richtig gehandelt. Und sie hatte auch zwei neue Verbündete gekauft. *Brasilien, makelloses Juwel.* Alles wird klappen. Sie würde in sehr viel kürzerer Zeit die Anführerin vom Berimbau werden, als diese Knalltüten sich vorstellen konnten. Ploc.

Gesucht wird dieser Affe. Das Plakat zeigte das Photo von Denilson und bot demjenigen eine Prämie, der ihn an die Rauschgifthändler auslieferte. Lebend. Die Idee gefällt mir, sagte José Luís, nachdem er das Plakat studiert hatte. Affe. Sie lachten. Schau mal hier, Marta, sagte er, wir hängen das Plakat in allen Favelas auf, was meinst du? Ploc, ja, klasse, antwortete sie. Wird nur nichts nützen, Denilson wohnt nicht mehr in Rio de Janeiro. Woher weißt du das? fragte irgendwer, und Marta ärgerte sich darüber, ein Nobody und sie herausfordern wollen. Ich weiß das, weil ich mich erkundigt habe. Leck mich, sagte Cachaça. Wir schnappen uns den Typen in Pará. In Bahia. Er muß sterben, dieser Schuft, war er es nicht, der dich in den Knast gebracht hat, Reizinho? So einfach ist das nicht, sagte Marta in schroffem Ton, erbost darüber, daß Leitor die Augen nicht von ihr abwandte. Und ich finde auch nicht, Zé, daß diese Geschichte hier besprochen werden sollte, mit diesen Leuten. Krieg mit der Polizei ist eine ernste Sache. WIR müssen die Sache klären. Sieht fast so aus, als ob sie Denilson gar nicht schnappen will, sagte jemand, dessen Stimme Marta nicht identifizieren konnte. Ploc. Arschlöcher. Besser, das Gespräch wurde nicht weiter fortgesetzt. Ich gehe was trinken, sagte sie zu José Luís.

Hast du Martas Gesicht gesehen? fragte Kelly und trat zu Carolaine, die an einem Tisch saß und ihren zweiten Teller Feijoada verschlang. Nicht etwa, weil die Feijoada gut gewesen wäre, sie konnte ja noch nicht mal das Fleisch herausschmekken. Wenn sie nervös war, überkam sie der Freßzwang. Sie hatte den ganzen Tag gegessen, zwei Schachteln Schokoriegel, eine Dose süße Milchcreme, zwei Schalen Popcorn. Sie war geschockt von dem, was sich am Nachmittag ereignet hatte. Sie war zum Automaten gegangen, um Geld abzuheben, und entsetzt gewesen, als sie auf dem Bildschirm las: ungenügender Kontostand, was hatte das zu bedeuten? Verfügbares Guthaben elf Real. Er konnte nur kaputt sein, der Automat. Elf Real. Auf dem Konto war viel Geld, erheblich viel mehr als elf Real, ein Riesenhaufen Geld. Dona Juliana hatte Alzira mit einer hübschen Summe bedacht, damit sie über Jahre nicht mehr arbeiten mußte. Eine Menge Geld. Ja, aber es ist alles abgehoben worden, erklärte der Filialleiter später, als sie zur Bank ging. Schauen Sie sich Ihren Auszug hier an. Abhebung am zweiten. Abhebung am dritten. Am vierten. Drei Abhebungen am siebten. Weitere zwei am neunten. Es ist alle. Carolaine fand sich nicht damit ab. Ja, sie hatte ein bißchen was für die Weihnachtseinkäufe ausgegeben, aber es war unmöglich, daß das Geld so schnell zu Ende ging. Ausgerechnet an dem Tag, an dem ihre Mutter sie weitere Medikamente kaufen geschickt hatte. Wo ist meine Medizin? hatte Alzira sie bei der Heimkehr gefragt. Mutter, hatte sie geantwortet, José Luís ist aus dem Gefängnis gekommen. Es wird heute ein Fest für ihn gegeben. Alzira war so froh, sie haben ihn freigelassen? Wie schön, das kommt von meinen Gebeten. Gott hat gesiegt. Alzira konnte nicht mehr laufen, seit drei Tagen war die Wunde übermäßig angeschwollen, wie schade, daß ich nicht zu dem Fest gehen kann. Ob er mich wohl besuchen kommt, Carolaine? He? Vielleicht würde José Luís sich jetzt, nachdem er im Gefängnis gelitten hatte, endlich in Gottes Hände begeben.

Ich habe gehört, fuhr Kelly fort, ohne sich an Carolaines abwesendem Gesicht zu stören, ich habe gehört, daß Dirce, die Mutter von Suzana, José Luís einiges zu erzählen hat. Ich finde,

Marta macht ein sehr merkwürdiges Gesicht. Ob sie sich gestritten haben?

Das Fest dauerte die ganze Nacht, die Freunde ließen José Luís nicht eine Minute lang allein. Jeder hatte etwas zu sagen, zu fragen, zu präsentieren. Ich werde dir diesen Brief vorlesen, sagte Onofre, und du sagst mir, was du davon hältst. Hör zu: »Onofre, du Walfisch, hier ein Gedicht, das ich zusammen mit Augusta geschrieben habe, inspiriert von einem sehr berühmten Schriftsteller, den Augusta bewundert. (Habe ich Dir schon gesagt, daß wir Augusta dem Leitor vorstellen sollten?) Es geht so: ›Die Deutschen und ihre niedlichen kleinen Städte und makellosen Häuschen die Deutschen und ihre Alleen blühend oder von weichem Schnee bedeckt die Deutschen und ihre Stiefel die Deutschen und ihre Gelees und Supermärkte und alten Weiblein und blonden Kinder und blauen Augen, die Deutschen eben die Deutschen die Deutschen und ihre stinkenden Ärsche.‹ Gruß. Rosa Maria«. Hast du das kapiert, Zé? Verdammt, José Luís lachte gehörig, stinkende Ärsche, das ist stark. Warum spricht Rosa Maria wohl so abfällig über Deutschland? fragte Onofre enttäuscht. Und was für ein Schriftsteller mag das sein, mit dem sie jetzt ausgeht? Sehr merkwürdig, sagte er. Berühmt. Ich mache mir Sorgen. Was, meinst du, kostet ein Telephongespräch nach Deutschland?

Als fast alle Gäste das Fest verlassen hatten, rief Marta nach José Luís und machte ihn darauf aufmerksam, daß es besser sei zu gehen, bevor der Tag anbrach. Ich bringe dich, sagte sie. Du bringst mich, wohin? fragte José Luís. In die Dachwohnung, antwortete sie, ploc, ich halte es für besser, daß du wieder dorthin gehst. Oder in ein Hotel. Ich bleibe, sagte José Luís, und zwar direkt hier. Hier? Ploc. Aber die gesamte Polizei von Rio ist hinter dir her. Ploc. Genau deshalb, hier kriegt mich keiner, sagte José Luís und küßte Marta. Ich bleibe.

Onofre bat José Luís, ihm dabei zu helfen, Leitor nach Hause zu bringen. Der Reifen von dem rechten Rad hier ist hinüber, da müssen die Muckis ran.

Die Nacht war kühl, angenehm. An den steilsten Stellen trugen Onofre und José Luís den Stuhl, laß uns einen elektrischen kaufen, sagte José Luís. Einen elektrischen Stuhl, Onofre hörte gar nicht mehr auf zu lachen, wollen wir Leitor auf den elektrischen Stuhl bringen? Es nützt nichts, ein automatischer Stuhl muß her, bei diesen ganzen Löchern geht's wirklich nur mit einem Stuhl, der sich nicht überschlagen kann.

Die Tür der Hütte stand offen. Unter Mühen gingen Onofre und José Luís hinein, wir müssen diesen Eingang erweitern, sagte José Luís. Bücher stapelten sich allenthalben, es roch sauer. Macht denn niemand die Bude hier sauber? fragte der Rauschgifthändler. Verdammt, was für ein Gestank. Kein Mensch in Brasilien ist geiziger als Leitor, spottete Onofre. Mit dem Geld dort in der Matratze könnte er sieben Putzfrauen am Tag haben. Hast du ihn blinzeln sehen? Wir verständigen uns jetzt bestens, sagte er und meinte damit die Art, wie Leitor mit den Augen zwinkerte. Er will dir etwas sagen. Jetzt wirst du verstehen, wie das Blinzelalphabet funktioniert. Du kannst reden, Leitor. Jeder Buchstabe ist ein Zwinkern, paß auf, Reizinho. Fang an.

Leitor blinzelte rasch, ruhig, Kohlkopf, ich bin doch keine Rechenmaschine. Langsam. Blinzle. 22 v, 15 o, vo, 18, r, vor, 16, 9, 3, 8, 19, Vorsicht. Vorsicht wovor? 13, 1, 18, 20, 1. Marta. Vorsicht vor Marta.

Das ist, was er gesagt hat, erklärte Onofre, ohne Witz.

José Luís hockte sich vor dem Stuhl nieder. Betrügt Marta mich, ist es das? Verdammt, blinzle, wenn es das ist. Leitor blinzelte. Verdammt noch mal. Das hat mir gerade noch gefehlt. Ist es ein Mann? Nein, das ist es nicht. Betrügt sie mich bei den Geschäften, ist es das? Leitor bejahte. Mensch, Leitor, das mußt du mir erklären, und zwar richtig, ganz genau, du kannst anfangen zu zwinkern.

32

Ich tue, was mir paßt, und kein Mann hat mir was zu sagen. Er schlug die Augen auf und sah Marta neben sich, gebräunte Beine, rote Shorts, und du kommst mit mir, sagte sie, wir sind spät dran. Schnell. Ich habe das Kommando. Ploc. Ich. Gleich findet eine Besprechung mit Gavião statt, sagte sie. Wir werden ein tolles Geschäft machen. Haufenweise Kohle. Ha ha ha. Wessen Gelächter war das? Ein Riesengewinn für dich. Er versuchte, die Arme zu bewegen, doch es war, als wäre er am Bett festgeschnallt, gelähmt, seine Beine reagierten nicht, auch die Hände nicht, die Gedanken waren wirr. Ploc, was ist mit dir los? fragte Marta. Ploc. Willst du etwa dort liegenbleiben und mich mit diesem verschlagenen Blick anschauen? Steh auf. Ich habe es satt, zu flaader giutar futr. Martas Stimme wirkte nun teigig, aber der Grund ihres Zornes war nicht genau auszumachen. Du guartirmir furncal, verstehst du? Weiter im Hintergrund, in der Nähe der Tür, beobachteten Priscila und die Großmutter mit verschränkten Armen die Szene. Daß sie zuschauten, ärgerte ihn. Er versuchte, Marta das zu erklären, verdammt, es war kein Problem, wenn sie dort wohnten, aßen, lebten, aber verdammt noch mal, sie sollten aufhören zu glotzen. Sollten dort verschwinden. Verdammt. Das wollte er sagen, doch seine Stimme versagte ebenfalls. Marta fing an zu lachen, ploc, du hast Angst, sagte sie. Das ist es. Angst zu sterben, Angst vor mir, ich weiß.

Angst, ich könnte dir eine Kugel in den Kopf jagen. Erst jetzt bemerkte er den Revolver in Martas Hand. Immerzu hast du mir erzählt, daß du dich vor nichts fürchtest, fuhr sie fort, aber jetzt, ploc, liegst du da und scheißt dich voll. Das hier, sagte sie, die Waffe auf seinen Kopf gerichtet, und drückte ab, ist für meinen Vater. Ploc. José Luís erwachte genau in dem Moment aus seinem Alptraum, als der Schuß losging, und schnellte von dem Sofa hoch, auf dem er die Nacht verbracht hatte.

Es war zwei Uhr nachmittags, und obgleich alles in Leitors Haus verschlossen war, drang die Sonne durch die Löcher und Ritzen des Daches. Er blieb noch einige Minuten mit geschlossenen Augen auf dem Sofa zurückgelehnt sitzen und lauschte dem Kindergeschrei auf der Straße, während er versuchte, seine Gedanken zu ordnen und zu entscheiden, was zu tun wäre. Leitor war bereits fort. Ich will alles ganz genau wissen, hatte er dem Freund in der vergangenen Nacht gesagt, alles, was du über Marta weißt. Verdammt. Doch Leitor wußte nichts. Und die besagte Blinzelmethode, die Onofre erfunden hatte, war »völliger Mist«. Einfach zum Verrücktwerden, hatte Onofre ihm beigepflichtet. Es hatte ewig gedauert, bis Leitor nur diese wenigen Worte formuliert hatte: Vorsicht vor Marta. Gestört hatte José Luís das Gespräch hinterher mit Onofre. Sieh mal, hatte Onofre gesagt, es hat zwar niemand etwas Konkretes gegen Marta. Dafür mangelt es nicht an Mißtrauen. Sie und Gavião hängen ständig zusammen. Man erkennt fiese Weiber allein schon an der Art, wie sie am Telephon quasseln. Du mußt Marta bloß mal telephonieren hören, sagte er und redete ausweichend: Ja. Nein. Ja. Ich weiß. Ich komme. Ja. Nein. Sehr eigenartig. Als ob sie mit ihrem Liebhaber sprechen würde. Und dann, was sie mit deinen kleinen Dingern angestellt hat, diesen Püppchen, die du vernascht hast, das war eine Gemeinheit. Die Mädchen auf die Straße zu setzen, sie derart zu erniedrigen, ihnen den Kopf kahl zu scheren, den Armen. Ohne ein einziges Haar. Entschuldige meine Offenheit, aber Martas Problem ist ihre Bösartigkeit. Ruf Paula und Cachaça her, verlangte der Rauschgifthändler. Ich würde niemanden holen, antwortete Onofre. Das ist meine Meinung. Tatsächlich wissen wir nicht, was hier los ist. Wir wissen nicht mehr, wer wer ist. Cachaça hat sich auch schon angewöhnt, wie Marta am Telephon zu reden, ja, nein, ich weiß, ich komme, ja, nein, man hört den Mann quasseln und versteht kein Wort. Absolut nichts.

Als sie Leitor aus dem Rollstuhl hievten, um ihn ins Bett zu legen, fiel Onofre ein blauer Umschlag auf, der unter dem Sitz steckte, das hatte er die ganze Zeit sagen wollen, bemerkte der Wirt und riß den Umschlag auf. Er ist für dich, von Dirce, Suzanas Mutter. Lies vor, bat José Luís. »Bitte komm dringend her, ich muß mit dir reden, es ist geheim, ich will nicht sterben wie meine Tochter, sag Marta nichts. Anschrift: Rua Santa Clara 254, Appartement 7. Dirce.« Ist das alles? fragte José Luís. Ja, antwortete Onofre, jetzt verstehe ich, weshalb Leitor so unruhig war, er wollte dir diesen Brief übergeben.

José Luís ging in der Erinnerung noch einmal die Ereignisse der vergangenen Nacht durch. Er dachte an das Gespräch mit Marta kurz vor seinem Ausbruch aus dem Gefängnis zurück. Das erste, was ich machen möchte, wenn ich hier rauskomme, ist dich vögeln, hatte er aufgekratzt gesagt. Du Tier, ploc. Den ganzen Tag lang bumsen, bis mein Schwanz total wund ist, hatte José Luís gesagt. Ploc, wirklich? Dann finde ich, du solltest mir ein Kind machen, ich möchte ein Kind, ich bin in dieser Phase, ploc, wo ich bloß einen Kinderwagen zu sehen brauche, und schon bin ich ganz hin und weg. Willst du? hatte sie gefragt. Ein Kind. Wie konnte jemand so etwas sagen, ich will ein Kind von dir, und ihn dann kaltlächelnd verraten? Verdammt. Unmöglich. Alle waren gegen Marta. Als Leitor von Verrat gesprochen hatte, war seine Angst gewesen, daß es womöglich einen Mann in ihrem Leben gäbe. Das, ja das wäre Verrat. Aber sie hatte gesagt, ich will ein Kind von dir. Verdammt. Wenn du mich fragst, hatte Onofre erklärt, geht es doch um folgendes: Steht Marta auf deiner Seite oder tut sie's nicht? Wenn ja, prima. Selbst wenn sie klaut, kein Problem. Sie kann ruhig ein bißchen Kleingeld mitgehen lassen, schließlich klauen alle. Wenn sie aber nicht auf deiner Seite steht, nun, dann ist es scheiße, wer nicht für mich ist, der ist gegen mich, sagt das Sprichwort. Mit anderen Worten, dann bist du dran und kannst jeden Moment ins Gras beißen, sogar jetzt, jemand kommt rein, und zack, das war's. So machen wir es doch, oder? Wir verbünden uns, töten und verraten, alles in einem Aufwasch? Das ist die große Frage, hatte Onofre gesagt. Ich habe die ganze Zeit zu dir gehalten, habe immer deine Clique unterstützt. Ich will niemanden vom Morro dos Marrecos hier haben. Ich mache mir Sorgen. Große Sorgen.

José Luís gefiel dieses ganze Gegeifere nicht, er fand Onofres Haltung »anmaßend«, Marta, seine Frau, anzugreifen, für wen hielt er sich eigentlich? Ja, Onofre hatte ihm sehr geholfen, dank Onofre hatte er seinen Ausbruch aus dem Gefängnis in die Wege leiten können, das war eins, aber verdammt noch mal, etwas völlig anderes war es, wenn Onofre jetzt damit anfing, wir töten und wir verraten, wir dies und wir das, verdammt, was sollte der Blödsinn? Onofre verkaufte Fleischpasteten, mehr nicht. Und Marta wollte ein Kind von ihm. Verdammt.

Die Karte von Dirce steckte in seiner Hosentasche, José Luís las sie noch einmal. Sag Marta nichts. Warum? Und wenn das alles nur eine Lappalie wäre, unerheblich, bedeutungslos? Vielleicht wollte Dirce lediglich Geld. Das war sehr gut möglich. Soweit er sich erinnerte, hatte sie immer auf Suzanas Kosten gelebt. Ein Kind, verdammt.

Als er aus der Baracke heraustrat, richtete ein Knirps ihm aus, daß Marta ihn suchte.

Mit trockenem Mund ging er die Straßen hinunter. Ihm war unbehaglich, alles ist verkehrt, dachte er. Er hätte zurück nach Hause gehen, mit Marta schlafen können. Schließlich hatte sich nichts geändert. Er machte bei der Apotheke halt, suchte in der Tasche nach dem Zettel mit den Namen von Alziras Medikamenten, den Carolaine ihm in der vergangenen Nacht gegeben hatte. Er hatte ihn verloren. Verdammt.

Christus verbot Eitelkeit, und deshalb war Alzira nicht eitel. Keinerlei Lippenstift, Ohrringe, Ringe, keine Art von Schmuck, Alzira trug nur ein silbernes Kreuz, das Dona Juliana ihr zu Weihnachten geschenkt hatte. Doch wenn sie zu Hause Besuch empfing oder zur Messe ging, zog sie gerne ihr marineblaues Polyesterkleid an, das zwar zu warm war, in dem sie aber »eine gute Figur« machte. Vor allem war sie gerne frisch geduscht, mit feuchtem Haar. Häufig, wenn sie vor dem Kirchgang im Spiegel feststellte, daß ihre kraushaarige Mähne schon getrocknet war, benetzte sie sie erneut im Waschbecken, denn nur so fühlte sie sich »ausgehfertig«. Sauberkeit bedeutete Alzira alles. Nichts stimmte sie fröhlicher als der Geruch nach Chlorwasser, den die vom Dienstpersonal der Wohnblöcke gescheuerten Gehwege verströmten, wenn sie in der Zeit, als sie noch arbeitete, in der Frühe durch Leblon ging. Sie liebte es, sich nach einem Putztag unter die Dusche zu stellen und sich zu waschen, die Nägel zu schrubben, saubere Kleider anzuziehen. Deshalb ging es ihr sehr gegen den Strich, an diesem Nachmittag überraschend ihren Sohn zu empfangen. Barfuß, das alte Kleid naß um den Bauch, Zwiebelgeruch an den Händen, komm rein, sagte sie. Wenn sie gewußt hätte, daß José Luís kommen würde, hätte sie geduscht. Zumindest hätte sie die offene Stelle am Bein mit Gaze abgedeckt, José Luís war von der Größe der Wunde erschrocken. Verdammt, Mutter, das ist sehr viel größer geworden. Und es tut weh, hatte Alzira gesagt, sehr weh, das hört erst dann auf, mich zu piesacken, wenn Gott dazwischenfunkt, ich bete, bete, bete, und dann verschwindet der ganze Schmerz. Jesus wird es richten, erklärte sie.

Das Mittagessen verlief geräuschvoll wegen der Kinder, José Luís aß praktisch nichts, spielte die ganze Zeit über Flugzeug mit Júnior, zeigte Alas Photos von den Spielern von Vasco, brachte ihm die Namen bei. Alzira nutzte den Moment, als sie Eis kaufen gingen, und verschwand schnell im Bad, machte das Haar mit Wasser zurecht, als José Luís zurückkam, war sie »vorzeigbarer«. Sie blieben einige Zeit im Wohnzimmer sitzen, Alzira erzählte von Carolaine, das Baby kommt vor Weihnachten auf die Welt. Es soll Alex heißen, wenn es ein Junge wird, fuhr Alzira fort. Gefällt dir Alex? Das ist der Name von einem Mann aus der Serie. Mir wäre Moisés lieber gewesen. Aber sie hat gesagt, Moisés ist ein Name für alte Leute.

Bevor er ging, hielt José Luís ihr ein Bündel Geldscheine hin, die er bei Leitor im Haus eingesteckt hatte, das habe ich dir mitgebracht, sagte er. Alzira nahm sie nicht an. Wir brauchen nichts, mein Sohn. Uns geht es gut.

Ich habe nicht verstanden, sagte Alzira später argwöhnisch, als Carolaine von der Geburtsvoruntersuchung beim Arzt zurückkehrte, ich habe nicht verstanden, weshalb José Luís davon angefangen hat. Er weiß ganz genau, daß Gott gegen diese Art von Geld ist, ich kann das nicht annehmen, schmutziges Geld von den Rauschgiftgeschäften. Doch Carolaine schenkte den abendlichen Betrachtungen der Mutter kein Gehör. Nichts konnte Carolaine aus ihrer Trance reißen, wenn sie die Wiederholungen der Serien in der Sendung *Sehen und Wiedersehen* anschaute. Vor allem jetzt, wo Vitória und Henrique heiraten würden. Sie war Hals über Kopf aus der ärztlichen Versorgungsstelle gestürzt, bloß um die letzte Folge nicht zu verpassen. Sie hatte schon einmal zugeschaut, als Vitória und Henrique sich das Jawort gegeben hatten, und wollte die Wiederholung um nichts in der Welt versäumen. Schade, daß die Serien nie das Hinterher zeigten. Es wäre doch wunderbar, den Alltag der Künstler zu sehen, Vitória und Henrique als Ehepaar. Was würden sie an einem Samstagnachmittag machen? Was zu Mittag essen? Warum machte das Fernsehen nicht einmal so eine Serie und zeigte das Leben, wie die Schauspieler sich um die Kinder kümmerten, wie sie kochten, turtelten. Jedesmal war sie ein bißchen deprimiert, wenn die Serien zu Ende waren, hatte das Gefühl, daß alles gut laufen würde, und sie könnte in keiner Weise daran teilhaben. Selbst wenn in den letzten Folgen alles in Ordnung kam, selbst wenn Leleco und Vânia zusammen gingen, Pedro und Valentina in Venedig waren, selbst wenn ihr Alfredo das Gedächtnis verloren hatte und bei seiner Tochter wohnte, Carolaine war am Schluß traurig. Sie stand vom Sofa auf, die Kinder verlangten nach irgendetwas, Alas, sei still. Alas war schon groß und verprügelte Júnior immer noch. Und wenn das nächste geboren wäre, würde es noch schlimmer sein. Ach, wie faul sie war. Wo hat José Luís das Geld gelassen, Mutter?

Als Alzira die Frage von Carolaine hörte, begriff sie, was passiert war. Dann hast du José Luís also um Geld gebeten? Ja? Natürlich nicht, Mutter, er hat es angeboten, und ich habe ja gesagt, meine Güte. Du hast unser ganzes Geld ausgegeben, sprach Alzira weiter und ging ins Schlafzimmer. Jetzt weiß ich, weshalb Zé davon angefangen hat. Du hast alles verjubelt. Gib mir die Karte, ich gehe zur Bank, sagte sie. Carolaine suchte noch nach einer Ausrede, doch Alzira war rasend vor Wut, gib mir die Karte, schrie sie. Wenn du mein gesamtes Geld ausgegeben hast, du elendes Stück, dann schlage ich dich tot. Ich bringe dich um, Carolaine.

Hinkend verließ Alzira das Haus, das Bein war an diesem Nachmittag stark geschwollen. Du darfst mit dieser Wunde nicht so laufen, sagte die Tochter vom Tor aus. Oh, Mutter, komm zurück. Alzira hörte gar nicht hin. Verdammt noch mal. Jetzt würde es schlimm werden.

Suzana in Jeanshosen, lachend, mit dem neugeborenen Alas im Arm. Suzana und Carolaine im Bikini am Strand von Copacabana. Suzana auf Miltãos Schoß sitzend. Suzana neben Zequinha bei der Probe der Sambaschule vom Morro dos Marrecos. Suzana und Alzira bei Júniors Taufe. Suzana bei der Feier zu José Luís' zehntem Geburtstag, vor der Torte. Sie war einfach verrückt nach dir, Zé Luís, seit dem Tag, an dem du geboren wurdest, sagte Dirce. Suzana war es, die deiner Mutter geholfen hat, dich das erste Mal zu baden. Alzira mußte meine Tochter manchmal rauswerfen, Suzana wollte dich immer nur auf dem Arm halten. Du verziehst den Kleinen, beschwerte sich Alzira. Suzana hat dich wirklich geliebt.

Auf dem Sofa im Haus einer Freundin sitzend, wo sie seit Suzanas Ermordung versteckt lebte, zeigte Dirce die Erinnerungen an ihre Tochter und weinte. José Luís wandte die Augen nicht von dem Photo, das in seinen Händen lag, auf dem er die Taille der hübschen Suzana, in rotem Kleid mit Rüschen an der Hüfte, umschlungen hielt. Er erinnerte sich noch so genau an diesen Tag, daß er geradezu einen Schmerz in der Brust verspürte, eine immense Traurigkeit, Suzana selbst hatte den Kuchen gebacken, die Schokoladenkugeln für seinen zehnten Geburtstag bereitet, er erinnerte sich sogar noch an den Augenblick, in dem das Photo aufgenommen worden war, stell dich zu Suzana, hatte Cândida, seine Großmutter, gesagt, und das hatte sein Herz mit Glückseligkeit erfüllt. Ach, Suzana, verdammt noch mal. So eine Scheiße.

An diesem Tag erfuhr José Luís, daß Suzana gestorben war, weil sie zu viel wußte, und daß Dirce wegen Martas Drohungen gezwungen gewesen war, den Elendshügel zu verlassen. Verpiß dich, hatte die Rauschgifthändlerin zu ihr gesagt, verpiß dich, ehe ich aus dir einen Hackbraten für meine Hunde mache. Dirce erzählte weiter, daß der Polizeibeamte Denilson bei seinen Ermittlungen, die in der Festnahme von José Luís gipfelten, uneingeschränkte Unterstützung von Marta erhalten hatte, die überdies für Denilsons Aufnahme in die Gemeinschaft verantwortlich gewesen war. Und daß Marta auch diejenige gewesen war, die den Polizisten dazu angestiftet hatte, sich an Suzana heranzumachen, um weitere Informationen über den Rauschgifthandel zu erlangen, wobei sie angeführt hatte, daß die junge Frau die Geliebte eines Anführers vom Berimbau und zudem von Zequinha vom Morro dos Marrecos gewesen war. Er ist hier aufgekreuzt und hat behauptet, er ist Geschäftsführer von einem Supermarkt, und alle haben ihm geglaubt, einschließlich Suzana, erzählte Dirce. Aber das Problem war, daß der Kerl, nachdem du verhaftet worden bist, schon in meine Tochter verschossen war und schließlich gesungen hat. Er hat alles erzählt. Alle Einzelheiten. Marta selbst hat die Baracke für ihn gemietet, damit er auf den Berimbau umziehen konnte. Denk bloß, so eine Schlampe. Das war zu der Zeit, als die beiden sich wegen Zequinhas Vermögen gestritten haben. Suzana hat sich das nicht zweimal sagen lassen, sie hat Marta sofort die Pistole auf die Brust gesetzt und gesagt, sie würde dich im Gefängnis besuchen und dir die »Sauerei« erzählen. Deshalb hat Marta meine Tochter umgebracht. Vielleicht glaubst du kein einziges Wort, aber Marta ist das größte Miststück, das rumläuft auf Erden. Eine miese Hure. Denilson hatte den Verdacht, daß sie bereits Leute im Gefängnis engagiert hatte, um dich zu töten, Reizinho.

Die Geschichte hatte sich nicht ganz genau so abgespielt, wie Dirce es darstellte, doch war es tatsächlich Marta gewesen, die Denilson in die Favela geholt hatte. Die Idee stammte jedoch nicht von ihr. Denilson war ein früherer Partner von Romeu, dem Polizeifahnder, einem Teilhaber Miltãos, der aus dem Geschäft entfernt worden war, gleich nachdem José Luís Anführer des Elendshügels geworden war. Denilson suchte Marta kurze Zeit nach Zequinhas Tod auf. Ich bin ein Freund von deinem Vater gewesen, erklärte er, seit Urzeiten, als dein Vater noch Gelegenheitsarbeiten machte. Wir haben viele gemeinsame Geschäfte abgewickelt. Ich werde dir sagen, was mit José Luís passieren wird: Wir werden ihn abmurksen. Ich dachte, du würdest die Gelegenheit beim Schopf packen und mit ihm abrechnen wollen für den Tod deines Vaters. Vielleicht willst du seine Geschäfte weiterführen, man hat mir gesagt, du bist gut darin. Was mich angeht, so wäre es sehr vorteilhaft für meine Karriere, wenn ich Reizinho schnappen würde. Meine Beförderung da drinnen hängt sehr von dieser Art Jobs ab, weißt du, was ich meine? Wir können in diese Richtung arbeiten. Zusammen. Marta dachte damals nicht daran, José Luís zu töten, sie wollte ihn nur ins Gefängnis bringen, ihm zeigen, daß er nicht so grandios war, wie er dachte, ploc, daß er verwundbar war, doch mit seiner Verhaftung verschlechterten sich die Dinge dann allmählich, ploc, und zudem fand sie nach und nach »Geschmack am Geschäft« und verdiente Geld, und auch ihre Gefühle für José Luís gerieten in dem Maße in Verwirrung, wie ihre Geschäfte mit Gavião vielschichtiger wurden.

Liebst du Zé? Mehr oder weniger, sagte sie in jener Nacht zu Priscila, während sie auf José Luís' Rückkehr wartete. Sein Ausbleiben machte ihr Sorgen. Er hatte gesagt, er würde zurückkommen, wenn er Leitor heimgebracht hätte, er würde zu Hause schlafen. Sie hatte Leitor und Onofre bereits Bescheid gegeben. Vielleicht, meinte Priscila, bumst er mit irgendeiner Tussi rum. Oder er mißtraut dir bereits. Das war es, was Marta Sorgen machte, sie war nicht vorbereitet auf das, was passiert war, hätte sie von Reizinhos Flucht gewußt, hätte sie mehr mit Gavião gesprochen. In unserer Branche, hatte Gavião zu ihr gesagt, als er über José Luís' Ausbruch aus dem Gefängnis informiert worden war, in unserer Branche gibt es nicht die sogenannte »verlorene Zeit«. Wochen zuvor hatte Gavião ihr Männer zur Einnahme des Elendshügels angeboten. Er war daran interessiert, Marta zu helfen, weil sie später, wenn es ihm gelegen käme, leicht von dort zu entfernen wäre. Im Drogengeschäft darf es keinen Stillstand geben, Töchterchen. Du hättest schon längst was unternehmen müssen. Willst du den Morro do Berimbau nun oder nicht? Wenn ja, dann gibt es nur eine Methode. Den Kerl umbringen. Nur so. Wie spät ist es? fragte Marta beunruhigt. Viertel vor fünf. Geh, sagte sie zu einem ihrem Männer, finde Reizinho und bring ihn mir her.

Es war fast fünf Uhr nachmittags, als José Luís den Wohnblock in der Rua Santa Clara verließ. Eine Angelegenheit wie diese war leicht in Ordnung zu bringen. Einfach. Nichts einfacher als das. Er mußte nur von irgendeinem Rauschgifthändler einen Trupp Männer ausleihen, Waffen, und in die Favela einfallen. Mehr nicht. Alle Verräter, Marta, Gavião und all die anderen, die noch entdeckt werden würden, zu einem verlassenen Grundstück bringen. Ganz einfach. Erschießen. Verdammt. Er haßte dieses Gefühl von Verlassenheit. Verfolgt zu werden. Verdammt. Heimlichkeiten. Jemand, der in einem Hinterhalt lauerte. Er haßte das. Feinde, sterben, töten müssen. Verdammt. Er hatte so schöne Pläne gehabt für die Zeit nach dem Gefängnis, und jetzt war alles ganz furchtbar, viel schlimmer als vorher, es war, wie in der Hölle zu sein, eine teuflische Hitze, die Stadt und ihre Kloaken, die Geschäfte voller »Weihnachtsmist«. Verdammt. Am meisten ärgerten José Luís diese »Idioten im Weihnachtsmannkostüm«. Er kannte etliche von ihnen vom Berimbau. Das ganze Jahr über arbeiteten sie im Drogenhandel, als Autodiebe, Betrüger, Bankräuber, und im Dezember kamen sie damit an, daß sie ihr Leben ändern wollten. Besser, als hopszugehen, sagten sie. Clowns. Ganz leicht in Ordnung zu bringen, die Angelegenheit. Das Problem war nur, daß er auf einmal eine Riesenlust verspürte, überhaupt nichts in Ordnung zu bringen, einfach abzuhauen, alles stehen- und liegenzulassen. Und Marta, verdammt. Und das Kind, das sie nie haben würden? Ich habe geschworen, wir haben geschworen. Verdammt. José Luís streifte ewig lange Zeit mit glühendem Kopf durch die Straßen, ohne zu wissen, was er tun sollte. Ganz einfach. Alle Verräter umbringen. Oder gehen, weit weg, er brauchte diesen Scheiß nicht, verdammt. Er würde sehr gut ohne leben können. Alle töten, einschließlich Marta. Komm nicht hierher zurück, sagte Onofre, als er ihn später von einem öffentlichen Telephon aus anrief. Hier ist es total merkwürdig. Sehr merkwürdig.

Hallo? sagte Marta, als sie ans Telephon ging, José Luís? Bist du es? Ich weiß, daß du es bist, José Luís, hör zu, was ich dir zu sagen habe. Hör zu, um Gottes willen. Komm zurück nach Hause. José Luís? Gavião gab Marta ein Zeichen, sich zurückzuhalten. Klick, José Luís legte den Hörer auf. Er wollte Marta beschimpfen, Nutte, Schlampe, Miststück, doch als er ihre flehende Stimme hörte, fand er es idiotisch, angerufen zu haben. Marta konnte ihn mal. Besser, sie war sich nicht sicher, sollte sie doch in Zweifeln schmoren. Er verließ das Telephon und ging eilig zu Steig vierzehn, wo der Bus der Gesellschaft Vôo Azul soeben eingefahren war.

Kelly erwartete ihn nervös, du hast lange gebraucht, sagte sie, wo ist meine Coca-Cola? José Luís hatte vergessen, eine zu kaufen, ich laufe schnell zurück. Nein, sagte Kelly ängstlich besorgt, geh zur Toilette hinten im Bus, bat sie, das ist besser, sicherer, ich habe schon mehrere Polizisten hier im Bahnhof gesehen. Schrecklich, dieses Gefühl. Seit drei Tagen, seit José Luís mit all den Neuigkeiten zu ihr gekommen war, hatte Kelly nicht schlafen können. Sie war darauf gefaßt, daß sie jeden Augenblick mit Pistolen in ihr Haus eindrangen und sie in ein Gehölz schleppten, so wie sie es mit Suzana gemacht hatten. Sie fühlte sich beobachtet auf dem Elendshügel. Sie war entschlossen gewesen, es zu tun, von der ersten Minute an, als José Luís ihr alles erklärt hatte. Ja, ich komme mit, hatte sie geantwortet. Und José Luís hatte ihr eine Liste mit den Dingen gegeben, die sie erledigen sollte, bei den meisten ging es um Geld, tu dies, mach das, es war furchtbar. Sie hatte Angst, daß sie ihr nachgingen, sie gefangennahmen. Dank der Hilfe ihrer Mutter hatte sie es geschafft. Yolanda war es gewesen, die am Ende alles geregelt hatte. Und jetzt war es fast überstanden, in einigen Minuten würden sie den Busbahnhof verlassen und Schluß, ein neues Leben. Es tat ihr nur wegen ihrer Mutter, Yolanda, leid, oh, wie die Mutter geweint hatte. Geh zur Toilette, José Luís, bitte, drängte Kelly, sei nur einmal in deinem Leben kein Dickkopf.

José Luís betrat die Bustoilette, setzte sich auf den Abort und überlegte, ob er richtig gehandelt, ob er gut daran getan hatte, Kelly mitzunehmen. Ja. Er hatte es richtig gemacht. Er mochte sie schließlich. Alles war dabei, auf die bestmögliche Art erledigt zu werden, das war die Wahrheit.

Er wartete, bis der Bus abfuhr, und erst, als er spürte, daß sie freie Fahrt hatten, ohne an den Ampeln der Stadt anzuhalten, kehrte er zurück an seinen Platz neben Kelly.

33

»Dona Juliana ich schreibe Ihnen weil ich in einer sehr schwierigen Lage bin ich brauche dringend dreihundert Real um Medikamente für mein Bein zu kaufen Sie wissen ja daß sie mir das Bein abgenommen haben wegen der Gangräne die offene Stelle ist viel größer geworden das Blut ist verfault und es mußte ab und jetzt tauge ich nicht mehr zum Arbeiten weil ich ein Krüppel bin niemand will mir helfen bitte ich kann nur auf Sie zählen weil die reichen Leute uns benutzen und dann wenn wir nichts mehr taugen werfen sie uns weg bitte helfen Sie mir um Gottes willen, unterzeichnet Alzira.« Jetzt, sagte Carolaine und gab den Brief ihrer Mutter, deren Bein vor kurzem amputiert worden war, mußt du bloß noch hier unterschreiben, setz deinen Namen drunter und fertig. Aber ich will nicht, daß du das mit dem Benutzen und Wegwerfen schreibst, bemerkte Alzira zu dem, was Carolaine gegen ihren Willen geschrieben hatte. Dona Juliana ist sehr gut zu mir.

Alex, Carolaines dritter Sohn, der zwei Tage nach José Luís' Flucht zur Welt gekommen und bald sechs Monate alt war, begann zu weinen. Gut? Wenn diese ordinäre Schlampe gut ist, erwiderte Carolaine und nahm ihren Sohn aus der Wiege, dann bin ich die heilige Carolaine von Rio de Janeiro. Gereizt wechselte das Mädchen dem Kind die Windel, sei still, du elendes Gör. Sie hatte wirklich kein Glück mit den Kindern. Lauter Heulbojen. Alas, Júnior und jetzt noch dieser »Klotz am Bein«, ein unglaublich dickes, schweres Baby, das ständig Bauchweh hatte und weinte. Eine Plage, Kinder zu haben. Und dann noch alleine, ohne Vater, ohne Oma. Seit Alzira operiert worden war, besorgte Carolaine alles ohne irgend jemandes Hilfe, waschen, bügeln und kochen, das war der Grund, weshalb sie Dona Juliana gegenüber so ein negatives Gefühl hegte. Sie betrachtete sie als direkt verantwortlich für ihren beklagenswerten Zustand. Schließlich hätte die Frau, wenn sie was taugte, nicht so »mir nichts, dir nichts von einer Stunde auf die andere« aufgehört, ihnen zu helfen. Sechs Monate lang rief Carolaine regelmäßig bei der früheren Gnädigen ihrer Mutter an und bettelte um »Geld für Medikamente«, Geld, das für alles andere im Haus ausgegeben wurde, nur nicht für Arznei gegen Alziras Unterschenkelgeschwür. Auf diese Weise hatten die beiden es geschafft, die letzten Monate zu überstehen, nachdem das Geld aus dem Verkauf der Haushaltsgeräte und des »Krempels«, den José Luís auf dem Hügel zurückgelassen hatte, schon nicht mehr ausreichte. Beim letzten Telephonat war Juliana schroff zu Carolaine gewesen, ich finde, hatte sie gesagt, du solltest arbeiten. Ist das Baby nicht schon ein halbes Jahr alt? Na also. Gib es in die Krippe und geh arbeiten. Oh, wie Carolaine es gegen den Strich gegangen war, das zu hören, arbeiten? Krippe? Was hieß hier arbeiten? War sie durchgedreht, die Madame? Bei drei Kindern, einer einbeinigen Mutter, wie da arbeiten? Und das war noch nicht mal das Schlimmste gewesen. Juliana gab immer nach, wenn Carolaine durchblicken ließ, daß sie, falls sie nicht zur »Mitarbeit« bereit sei, mit Dr. Rodrigo reden würde. Bei diesen Gelegenheiten zückte Juliana blitzschnell das Scheckheft, ja, ja, ja, hier ist das Geld, dreihundert Real, grüß deine Mutter. Juliana befürchtete, Carolaine und Alzira könnten ihrem Mann »einen Floh ins Ohr setzen« und ihm Dinge aus der Vergangenheit erzählen, über ihre Affäre mit Fernando, ihrem Personal Trainer. Du müßtest mal sehen, sagte sie zu Alicinha, jetzt, wo diese »endgültig« mit Fernando gebrochen hatte, ein mehr als ausreichender Grund, sich zu versöhnen und wieder das zu sein, was sie stolz als »unzertrennliche Freundinnen« bezeichneten, du müßtest mal sehen, was für einen unverschämten Ton dieses Mädchen am Leib hat, wenn sie mich bedroht. Sie erpreßt mich, die Favelatante. Alzira hatte keine Ahnung, daß Carolaine so mit Juliana redete. Es kam ihr gar nicht in den Sinn, ihrer ehemaligen Gnädigen Schwierigkeiten zu bereiten, schließlich war sie ihr sehr dankbar, Juliana war die einzige gewesen, die ihr etwas im Leben gegeben hatte, sagte sie und meinte das Girokonto mit dem Geldgeschenk von der Gnädigen.

Was sagst du da, Carolaine? hatte Juliana beim letzten Telephonat gefragt, willst du mir etwa drohen? Ist es das? Ja, es war eine Drohung, und Juliana, die ihrem derzeitigen Liebhaber Ricardo, dem Computerlehrer ihrer Tochter Marcela, die ganze Geschichte erzählt hatte und sich durch die Ratschläge des jungen Mannes bestärkt fühlte, war kategorisch, damit du es weißt, du kleines Miststück, merk dir, ich habe diese Erpressung auf Tonband aufgenommen, das gesamte Gespräch ist aufgezeichnet, und wenn du mich noch ein Mal anrufst, und sei es auch nur ein einziges, dann gehe ich zur Polizei und bringe dich wegen versuchter Nötigung ins Gefängnis. Carolaine war sehr erschrocken. Versuchte Nötigung mußte etwas sehr Ernstes sein. Die Schlampe, unglaublich, sie ins Gefängnis zu bringen. Versuchte Nötigung. Mit drei Kindern. Wenn sie sich in dieser Lage befanden, dann wegen Dona Juliana. Hätte Alzira nicht so viel geschuftet, wäre das Bein nicht abgefault. Jetzt blieb ihr nur noch, flehentlich zu bitten, und die Idee mit dem Brief würde vielleicht nützen. Vielleicht würde Dona Juliana weich werden. Carolaine überlegte sogar, ihm ein Bild von Alzira ohne Bein beizulegen. Wer weiß? Dona Juliana, diese Schlampe. Jedesmal, wenn sie bei ihr Geld abholen ging, verspürte sie einen Riesenhaß, immer an der Strippe, warte ein Minütchen, Carolaine, sagte sie, immer war sie mit einer Handpflegerin zugange, einer Masseuse, immer ein prima Leben, während sie, sie und ihre Mutter und die Kinder in dieser Hölle lebten. Ja, ein Gutes hatte es, Carolaine gab es zu, durch Dona Juliana hatte sie sich einen neuen Freund geangelt, Edson, den Portier von dem Wohnblock der Schlampe. Wenngleich Edson ein Hohlkopf war. Anfangs redete er ständig davon, daß er sich von seiner Frau trennen würde. Und nun nichts als leere Versprechungen. Warum begegnete ihr nicht so ein netter, romantischer junger Mann wie Rick aus der Sechsuhrserie? Im Vergleich mit Rick war Edson ein Haufen Scheiße auf dem Asphalt. Und obendrein noch verheiratet. Und trennen würde er sich nie und nimmer, »aber alles in Ordnung«, Carolaine interessierte sich sowieso mehr für Zino, weißt du, Zino, den Schlachter? hatte sie Yolanda gefragt. Genau, Zino geht jetzt mit mir aus. Tatsächlich war das Verhältnis der beiden bereits ziemlich weit fortgeschritten, Carolaine hatte sogar den Verdacht einer unerwünschten Schwangerschaft, ihre Periode war über einen Monat im Verzug, aber sie hatte keinerlei Gewißheit. Edson konnte der Vater sein, das stimmte. Aber sie war mit noch einem Jungen ausgegangen, an einem einzigen Abend, wenn sie also tatsächlich schwanger wäre, könnte sie nicht mit Sicherheit sagen, wer der Vater war. Und es war ihr auch völlig egal, sie würde auf jeden Fall abtreiben. Das erste, was sie mit dem Geld von Dona Juliana tun würde, wäre genau das, abtreiben. Ja, sie würde das Baby wegmachen, Alex hatte ihr endgültig die Lektion erteilt, sie haßte Kinder. Total nervig, eingesperrt zu Hause zu sitzen wegen der Bälger. Aus all diesen Gründen überredete sie Alzira dazu, den Brief zu unterschreiben. Oder willst du lieber verhungern? Unsere Lage, Mutter, ist miserabel.

Carolaine war schon im Hinausgehen begriffen, um Dona

Juliana den Brief in Leblon zu übergeben, als Onofre außer Atem bei ihrem Haus eintraf und Bescheid gab, José Luís sei am Telephon in der Bar. Gott ist unser Vater, rief Alzira, geh, mein Kind, geh und bring mir Nachrichten von meinem Jungen. Die beiden hatten nichts von José Luís und Kelly gehört, seit sie vor sechs Monaten geflohen waren. Yolanda, Kellys Mutter, erhielt ab und an Telegramme von ihrer Tochter, uns geht es gut, schrieben die zwei, das war alles. Es gingen viele Geschichten um über den ehemaligen Anführer vom Berimbau. José Luís sei reich geworden. Er lebe in Paraguay und befehlige von dort aus den Drogenhandel. Er werde zurückkehren und seinen Platz zurückerobern, der von Volnei, einem Verbündeten Gaviãos, besetzt worden war. Volnei sei in Wahrheit seine rechte Hand. Doch das waren lauter Gerüchte, und in Wirklichkeit wußte niemand Näheres über José Luís' neues Leben.

Carolaine, die lediglich acht von achtundzwanzig während der letzten Schwangerschaft zugelegten Kilos abgenommen hatte, stieg schwerfällig keuchend den Abhang hoch, los, Carolaine, es ist ein Ferngespräch, sagte Onofre, das geht ins Geld, mach schnell.

Hallo Zé, sagte sie. Als sie die Stimme ihres Bruders vernahm, brach sie in Tränen aus. Ein Glück, daß du lebst. O je, o je, sagte sie, alles ist sehr schwer, Zé.

Viele Dinge waren seit der Flucht des Bruders anders geworden. Und die größte Veränderung für das Leben auf dem Berimbau hatte der tragische Tod Martas mit sich gebracht, die auf der Hauptstraße des Elendshügels von Volneis Männern mit einer Maschinenpistole erschossen worden war. Alles war genau zwei Wochen nach José Luís' Abreise passiert. Marta hatte einen Anruf von Gavião erhalten, der sie um Männer für einen dringenden Einsatz bat. Ohne den Hinterhalt zu ahnen, lieh Marta ihm ihre Milizionäre und öffnete dem Feind die Tore vom Berimbau. Priscila und ihre Großmutter wurden aus der Favela fortgejagt. Aber der Familie von José Luís gegenüber war Volnei »klasse« gewesen, erzählte Carolaine. Er hatte ihr gestattet, alles aus dem Haus ihres Bruders herauszuholen, Fernseher, Kühlschrank, Mikrowelle, und Carolaine hatte alles verkauft, wir haben alles ausgegeben, berichtete sie ihrem Bruder am Telephon, weil Mutter das Bein abgenommen werden mußte, und auch, weil ich seit Weihnachten ein neues Baby habe. Es heißt Alex. Und Mutter ist jetzt ein Krüppel. Verdammt. José Luís war von der Nachricht am Boden zerstört. Besorg ihr einen Rollstuhl, schlug er vor, frag Leitor nach dem Geschäft, wo wir seinen gekauft haben, das ist ein prima Laden, sie verkaufen dort nur Sachen für Behinderte. Leitor? fragte Carolaine, weißt du das denn nicht? Leitor ist tot.

Obgleich viele Leute darauf bestanden, Leitors Tod sei das Werk von Volnei, war er in Wirklichkeit bei einem Brand ums Leben gekommen, den eine von seinem Freund Onofre in seiner Baracke zurückgelassene Kerze verursacht hatte. In jener Nacht hatte ein Unwetter auf dem ganzen Berimbau die Stromversorgung unterbrochen. Im Morgengrauen wehte ein Windstoß die auf einem Stapel Bücher brennende Kerze um. Leitor war noch wach, und lange, ehe die Flammen ihn erreichten, wußte er, daß er sterben würde. Entgegen der Vorstellung seiner Freunde war sein Ende kein Augenblick des Schreckens, sondern des Friedens und der Erleichterung. Er sah, wie die Kerze umfiel, und hoffte inständig, das Feuer werde sich ausbreiten und niemand komme rechtzeitig, um ihn zu retten. Seit über einem Jahr an den Rollstuhl gefesselt, ohne die beiden Dinge tun zu können, die für ihn die schönsten auf der Welt waren, nämlich »lesen und vögeln«, in die Windel machend, und, was das schlimmste war, alles verstehend, hegte er seit längerem den Gedanken an Selbstmord. Deshalb ergriff ihn beim Anblick der sich seinem Bett nähernden Flammen eine derartige Euphorie, daß er es fertigbrachte, ein durchdringendes Gelächter auszustoßen.

José Luís war untröstlich über die Nachricht vom Tod seines Freundes. Doch das war nicht alles, es gab noch mehr Tragödien. Vater ist verschwunden, erzählte Carolaine. Nicht, ohne vorher gehörig Arbeit zu machen. Er hatte die beiden Kleinbusse »versoffen« und eine Menge Unheil in der Favela angerichtet. Er hatte sich unzählige Schwierigkeiten mit den Nachbarn eingebrockt. Und auch einen Haufen Schulden gemacht. Dann fing er an, bei uns zu Hause aufzukreuzen, berichtete Carolaine, und Mutter um Geld zu bitten, er stand am Fenster und bettelte. Jetzt ist er verschwunden, fuhr Carolaine fort. Ein Glück. Irgendwer hat ihn auf der Praça Argentina in einer Ecke mitten im Müll rumliegen sehen.

Und es gab noch mehr Neuigkeiten. Rosa Maria ist aus Deutschland zurück. Diese Nachricht hatte Onofre ihr erzählt. Auf Urlaub? fragte José Luís. Nein, für immer. Rosa Maria hatte ihren Mann in flagranti mit Jenifer erwischt. Erinnerst du dich noch an Jenifer? Die kleine Dunkle, die Rosa Maria als Dienstmädchen mit nach Deutschland genommen hat? Genau die. Die kleine Mulattin hat sich das Beste unter den Nagel gerissen. Rosa Maria hat die beiden splitterfasernackt beim Bumsen in der Garage ertappt. Bevor ich irgendwas sagen konnte, Onofre, hatte Rosa Maria erzählt, hat Jenifer angefangen zu schreien, ich soll meine Sachen packen und mich verkrümeln. Sie hat Heinrich nicht mal zu Wort kommen lassen. Sie hat gebrüllt und mich beschimpft, und der Schuft von meinem Deutschen stand da, mit seinem ausdruckslosen, blöden weißen Würstchenfressergesicht, das nicht mal zum Gutentagsagen taugt. So viele Kartoffeln und so viel Sauerkraut habe ich dem undankbaren Kerl gekocht. Und weißt du was, Onofre? Die beiden können mich mal. Jeden Abend vor dem Schlafengehen schließe ich ganz fest die Augen und konzentriere mich. Arschkrebs für das Mädchen, sage ich mir im Geist. Ich verhexe die beiden mit einem Voodoozauber, ich bin mir sicher, es wird ihnen beschissen gehen. Kinder, wenn sie überhaupt welche kriegen, kommen blöd auf die Welt, mit einem Wasserkopf, denn mein Heiliger ist mächtig. Ein mongoloider Mulatte wird es sein, der sie völlig um den Verstand bringen wird. Um so besser. Schwarz wird er sein, ein verkrüppelter Nigger, damit sie aufhört, sich was einzubilden. Was habe ich dem Mädchen geholfen. Sie wäre genauso eine Nutte geworden wie Dadá, ich habe sie nach Deutschland geholt, ihr ein Dach über dem Kopf und zu essen gegeben, alles vom Feinsten aus Deutschland, aber Gott wird meine Gebete erhören. Jeden Tag wache ich auf und warte auf Neuigkeiten. Bis dahin habe ich Deutsch gelernt und kann zu Heinrich sagen, du kannst mich mal, geh zum Teufel. Du kannst mich mal mit deinen Kartoffeln. Ach, Onofre, wie furchtbar das ist, den Menschen zu hassen, den man liebt. Was soll man da machen? sagte Onofre am Telephon. Wenn sie wenigstens Deutsch könnte, dann hätte sie begriffen, daß sie betrogen wurde. Jetzt ist Rosa Maria wieder »im Gewerbe«. Anfangs hatte sie versucht, eine Arbeit als Verkäuferin zu finden. Aber die Branche hier für eine Negerin, die was auf sich hält, ist anschaffen gehen, hatte sie Onofre erklärt. Ich hasse Leute, die über mich bestimmen wollen. Ich hasse Chefs. Verdammt, so was, die Rosa Maria, sagte José Luís. Mit diesen Nutten ist nicht zu spaßen. Und was ist mit diesem Volnei? Carolaine hat mir von Volnei erzählt, wer ist das? Onofre war nicht eben begeistert von dem neuen Anführer. Er ist in Ordnung. Er hat nur Marta, Cachaça und Mário Paula umgebracht. Die anderen sind alle geblieben. Derselbe Mist wie immer. Und meine Oma? Hast du was von ihr gehört?

In diesem Augenblick brach die Leitung zusammen.

José Luís, der an einem öffentlichen Telephon in der Nähe seines Hauses stand, überlegte, ob er eine neue Karte kaufen sollte, doch dafür hätte er zur Post gehen und mit dieser Tante, Zulmira, reden müssen, er konnte Zulmira nicht ausstehen.

In Depósito Novo, einem Städtchen im Norden des Bundesstaates Roraima, fast schon an der Grenze zu Venezuela, war das Leben sehr öde. Keiner amüsierte sich, alles war »oberlahm«, nur Fernsehen, oder eben die Alten, die auf dem Platz Domino spielten, total langweilig, verdammt.

Anfangs hatten er und Kelly gedacht, daß es schön werden würde. Schließlich kannte niemand sie dort, es war, als ob man im Ausland lebte, das hier, Zé, kommt einem gar nicht wie Brasilien vor. Er konnte nicht sagen, womit dieser Ort Ähnlichkeit hatte. Es sah dort aus wie am Arsch der Welt. Sie kauften eine Bar in der Nähe vom Fluß, doch José Luís hatte sich nicht vorgestellt, daß es so schwierig sein würde, eine Bar zu betreiben. Eine Menge Arbeit. Total öde, verdammt. Teigtaschen fritieren. Saubermachen, einkaufen gehen, ausschenken, und lauter Verluste. Er hatte noch nie mit Geld umgehen können. Und dann dieses fade Leben, das ihn fertigmachte. Keiner dort kannte ihn. Er ging aus, eine Runde drehen, und nicht mal die Polizisten wußten, wer er war, natürlich nicht, verdammt, und das war auch gut so. Aber niemand maß ihm Bedeutung bei, und das war etwas völlig anderes, als der Anführer vom Morro do Berimbau zu sein.

An diesem Nachmittag ging er niedergedrückt zur Bar zurück, zu wissen, daß Marta und Leitor tot waren, daß seiner Mutter das Bein abgenommen worden und sein Vater wieder auf der Straße war, wieder trank, das zerschnitt ihm das Herz. Und Volnei. Er erinnerte sich vage an diesen Namen. Volnei. Vielleicht kannte er ihn schon aus dem Drogenhandel, so etwas kam häufig vor, im übrigen war das eine goldene Regel, keinen

Nobody jemals geringschätzig zu behandeln, denn heute bist du berühmt und verachtest ihn, sagte Leitor, aber morgen sitzt der Typ am längeren Hebel.

Er traf Kelly mit mürrischem Gesicht neben dem Tresen sitzend an. Die Teigtaschen war lappig, und der Geruch nach altem Fritierfett verpestete die Luft. Hallo, Kelly. Seit Tagen benahm Kelly sich so, merkwürdig, abwesend, weinerlich. Ich habe Onofre angerufen, sagte er. Manchmal putzte sie sich heraus, um zur Post zu gehen, und kam freudestrahlend zurück, und einige Stunden später war sie wieder traurig und weinte im Bad, ich habe Sehnsucht nach meiner Mutter, sagte sie.

José Luís war im Begriff, die Neuigkeiten zu erzählen, als Kelly in Tränen ausbrach, ein konvulsivisches Weinen, oh, mein Gott, sagte sie, mein Herz ist so traurig, ganz ruhig, verdammt, erwiderte José Luís, irgendwann fahren wir nach Rio de Janeiro zurück, wir besuchen deine Mutter. Verdammt. Das ist es nicht, antwortete Kelly. Ich habe keine Sehnsucht. Es ist auch nicht wegen Leitor, daß ich weine. Weswegen dann? fragte José Luís. Ich habe dich die ganze Zeit angelogen. Ich werde dich verlassen. Ich gehe weg, sagte sie.

Es war alles total lächerlich, dachte José Luís später. Ich bin wirklich mies, hatte sie gesagt, ich weine, weil ich mein ganzes Leben lang auf dich gewartet habe, du bist mit deinen Männern, deinen Hunden an meinem Haus vorbeigegangen, es fehlte nur, daß ich mich auf die Erde geworfen hätte, damit du mich trittst, so groß war mein Wunsch, deine Frau zu sein. Und jetzt sind wir hier, nun ist alles gut, wir haben unsere Bar, das ist nicht die schönste Stadt der Welt, aber wir sind hier, haben Frieden, du führst ein ordentliches Leben, wir haben Geld verloren, kein Problem, und jetzt, wo alles in Ordnung ist, passiert diese Tragödie. Und dann kam die Tragödie an den Tag. Kelly hatte sich in einen Bahianer verliebt, einen sehr anständigen

Kerl, Besitzer einer Imbißstube in Salvador und zudem Sänger in Grillrestaurants, der vor zwei Monaten auf der Durchreise in Depósito Novo gewesen war, um seine Großmutter zu besuchen. Was soll ich da machen? Er ist weggefahren und schon dreimal wieder zurückgekommen, und damit du's weißt, ich habe nie mit Anderson geschlafen, er hat mich nicht angerührt, nur ein Kuß und sonst nichts, aber es ist nun mal so, ich liebe Anderson, ich liebe ihn leidenschaftlich, ich habe zu ihm gesagt, Anderson, ich bin in festen Händen, geh mir aus den Augen, komm um Gottes willen nicht wieder in meine Bar, aber er ist wiedergekommen, gestern war er hier und hat zu mir gesagt, ich werde mit Zé Luís reden, ihm unsere Lage erklären. Den ganzen Tag lang denke ich nur an Anderson, Zé. Ich habe ein Gelübde abgelegt, wenn ich mir den Mann nicht aus dem Kopf schlage, darf ich ein Jahr lang keine süße Milchcreme essen, aber ich schaffe es einfach nicht, ich denke an ihn, nur an ihn, das ist wie eine Krankheit. Nicht mal mit dir war es so. Ich habe dich geliebt, aber nicht so. Bewundert habe ich dich, sagte sie, und José Luís achtete auf die Zeitform, die sie gebrauchte: ich habe dich gern gehabt, habe dich geliebt, habe dich bewundert. Ich liebe Anderson. Und Anderson liebt mich. Und nun ist alles so passiert und so gekommen, sagte sie. Wenn du Anderson umbringen willst, dann tötest du mich besser gleich mit.

Kelly ging an diesem Nachmittag. José Luís half ihr beim Kofferpacken, half ihr auch, das Gepäck im Auto des Mannes zu verstauen, und anders, als sie sich vorgestellt hatte, war er weder traurig noch hatte er etwas dagegen. Es war ihm gleichgültig. Er fühlte sich hohl, ohne jedes Innenleben, leer, so als wäre er nichts als eine Handvoll Muskeln, und müde, sehr müde. Er mochte Kelly, aber es machte ihm nichts aus, daß sie ging. Sollte sie doch gehen, verdammt. Sollte doch alles vorbei sein, ein für allemal. Besagter Junge, Anderson, hatte erklärt, du kannst beruhigt sein, ich werde gut auf sie aufpassen. Lachhaft, verdammt. Tschau.

Ein alter Mann kam in die Bar, genau in dem Augenblick, als José Luís sich entschieden hatte. Es ist geschlossen, sagte er zu dem Mann, wir haben zugemacht. Zu? Und wann ist wieder geöffnet? fragte der Alte. Nie wieder. Nie, antwortete José Luís. Zieh Leine. Verdammt.

José Luís öffnete die Augen, und erst da bemerkte er, daß er sich bereits auf dem Busbahnhof von Rio de Janeiro befand. Er stand auf, nahm seinen Rucksack, das einzige Gepäckstück, das er bei sich hatte, und stieg verschlafen und mit schmerzenden Gliedern aus. Der Geruch von Rio de Janeiro, verdammt, wie schön war dieser Geruch nach Meer, verfaultem Fisch und Abgasen. Er fühlte sich noch benommen von der langen Busfahrt, dreimal war er umgestiegen, vier Tage unterwegs.

Er ging in die Bar, bestellte einen Kaffee mit Milch und ein Butterbrötchen, aber er konnte nichts essen, Rio de Janeiro nahm ihm den Hunger. Wunderbar, wieder da zu sein, verdammt. Er ging zur Haltestelle, er freute sich, das Menschengewühl zu sehen, das Durcheinander der Stadt, das war herrlich. Ein Polizist direkt vor seiner Nase. Er ging an ihm vorüber, vielleicht hatten sie den ganzen Aufruhr schon vergessen.

Als er beim Berimbau, gegenüber von Zinos Schlachterei, ausstieg, sah er Rosa Maria, die ebenfalls heimkehrte von einer arbeitsreichen Nacht. In einem winzigen rosafarbenen Rock stieg sie den Hügel hoch, wiegend, auf hohen Hacken. Er bemerkte auch das Treiben der neuen Knirpse vom Drogenhandel, er kannte keinen von ihnen, sicher meldeten sie Volnei bereits seine Ankunft in der Favela. Letztlich hatte sich nichts verändert. Zu diesem Zeitpunkt hatte ihn vermutlich schon der Laser irgendeiner Maschinenpistole im Visier.

Zwei von seinen Hunden waren dort und umschwänzelten den Müll der Schlachterei. Mager, ausgehungert, Jaboti, Guliver, rief José Luís. Die Hunde kamen bellend herbeigelaufen, es dauerte ein paar Sekunden, bis sie ihr früheres Herrchen erkannten.

Keine Wolke war am Himmel, und die Sonne brachte alles zum Glänzen und Glühen. Die Vorhersage für den Tag lautete, daß die Temperaturen bis zweiundvierzig Grad hochklettern sollten, ungewöhnlich für diese Jahreszeit, hatte der Schaffner im Bus gesagt. Verdammt. Langsam, ohne genau zu wissen, was er tun würde, stieg José Luís den Hügel hoch, die Hunde liefen ihm voraus und bellten.

Die Übersetzerin erhielt für diese Arbeit ein Reisestipendium des Deutschen Übersetzerfonds e.V.

Die Übersetzung wurde mit Mitteln des Auswärtigen Amts unterstützt durch die Gesellschaft zur Förderung der Literatur aus Afrika, Asien und Lateinamerika e.V.

Die Originalausgabe erschien unter dem Titel »Inferno«
im Verlag Companhia Das Letras, São Paulo

Printed in Germany
Schutzumschlag: Philippa Walz, Stuttgart
Umschlagfotos: © Corbis
Gesetzt aus der 9,25 Punkt Stone Serif
Auf säure- und holzfreiem Werkdruckpapier gedruckt
und gebunden von Kösel, Kempten
ISBN 3-608-93231-3

